BASTEI
LÜBBE

CONSTANCE HALL

Die rebellische Braut

Roman

Ins Deutsche übertragen
von Britta Evert

BASTEI
LÜBBE

BASTEI LÜBBE TASCHENBUCH
Band 18 275

1. Auflage: Mai 2001

Vollständige Taschenbuchausgabe

Bastei Lübbe Taschenbücher
ist ein Imprint der
Verlagsgruppe Lübbe

Deutsche Erstveröffentlichung
Titel der amerikanischen Originalausgabe:
My rebellious bride

Diese Werk wurde vermittelt durch die
Literarische Agentur Thomas Schlück, 30827 Garbsen
Lektorat: Katharina Geppert
Titelillustration: Pino Daeni / Agentur Schlück
Umschlaggestaltung: QuadroGrafik, Bensberg
Satz: KCS GmbH, Buchholz/Hamburg
Druck und Verarbeitung: 55005
Société Nouvelle Firmin-Didot
Mesnil-sur-l'Estrée, Frankreich
Printed in France

ISBN 3-404-18275-8

Prolog

England, Kenilworth Castle
Februar 1194

Mit einem leisen Knarren öffnete sich die Tür zum Schlafzimmer.

Stoke de Bracy, Earl of Blackstone, blinzelte. Die glosenden Holzscheite im Kamin gaben genug Licht, um einen dunklen Schatten erkennen zu lassen, der auf sein Bett zuschlich. Der Eindringling, eine gesichtslose Gestalt im Dunkel der Nacht, hielt sich bewusst ein Stück außerhalb des schwachen Lichtscheins.

Seit er im Heiligen Land gekämpft hatte, schlief Stoke nicht mehr, ohne sein Schwert Dragon's Eye, das berühmte Drachenauge, an seiner Seite zu haben. Jetzt schloss er die Finger um das Heft, wobei er darauf achtete, den Arm nicht zu bewegen.

Schritte näherten sich, durch das leichte Knacken der Scheite kaum hörbar. Der unverkennbare Schattenriss eines Schwerts glitt über den Boden und schwang sich zur Bettkante und über Stokes Schultern.

Der Angreifer stieß zu.

Kalter Stahl streifte Stokes linke Schulter, als er blitzschnell zur Seite rollte. Die Klinge durchschnitt die Matratze und einen Zipfel seines Kissens.

Noch ein Stoß.

Stoke ließ sich von der Bettkante rollen. Die Klinge seines Angreifers verfehlte ihn und traf den Rand der

Matratze. Stoke fuhr mit hoch erhobenem Schwert herum.

Sein Ziel wich pfeilschnell zurück. Die scharfe Metallklinge sauste durch den Bettpfosten statt durch den Angreifer. Eine Ecke des Baldachins krachte auf die Matratze, und eine Wand aus burgunderrotem Leinen nahm Stoke die Sicht.

Er schoss mit gezücktem Schwert um das Fußende des Bettes, bereit, zu einem weiteren Streich auszuholen. Das Geräusch sich entfernender Schritte auf dem Gang drang an sein Ohr. Er stieß einen unterdrückten Fluch aus und lief zur Tür, aber es war zu spät. Der Attentäter war verschwunden.

1

England, St. Vale Castle
März 1194

Zwei schwere Schwerter trafen aufeinander. Weiße Funken blitzten in der Sonne auf, als Metall auf Metall stieß. Das Klirren hallte durch die kühle Morgenluft. William Mandeville, der größere und schwerere der beiden Wettstreiter, parierte und holte erneut zu einem Schlag auf seinen Gegner aus.

Der andere riss seinen Schild in die Höhe, um den Schlag abzuwehren. William lächelte und musterte den nutzlosen Schild, so wie er ein Stück blutiges Fleisch zu betrachten pflegte, bevor er es aufspießte. Mit einem lauten Grunzen schlug er mit seinem gewaltigen Schwert zu. Die Wucht des Schlags ließ den schmächtigen Krieger in die Knie gehen, aber er schaffte es, seinen Schild festzuhalten.

Bevor der andere den Schild wieder heben konnte, beförderte William ihn mit einem Fußtritt aus der Hand seines Kontrahenten und stieß sein Schwert dicht neben dem Hals des geschlagenen Kriegers in den Boden. »Gibst du auf, Pigeon, oder muss ich aus dir Eintopf für das Abendessen machen?«

»Macht ruhig Eintopf aus mir, Mylord, aber gebt Acht, dass Ihr nicht an meinen Knochen erstickt.« Die Stimme des Kleineren wurde durch den Helm gedämpft, den er trug.

Williams Söhne Evel, Cedric und Harold und die

fünfzehn Ritter, die vom Rand des Turnierfelds zuschauten, lachten über den Scherz des schmächtigen Ritters.

William durchbohrte jeden einzelnen mit einem Blick, der Milch hätte gerinnen lassen können. Die Männer verstummten, einer nach dem anderen.

Es war jetzt so still auf dem Turnierplatz, dass William das Zwitschern der Zaunkönige in den Bäumen und das Blöken der Lämmer hören konnte, die keine fünfzig Fuß von ihm entfernt grasten. Obwohl ihn die Herrschaft über sein Reich mit Zufriedenheit erfüllte, blieb seine Miene unverändert finster, als er sich wieder seinem Gegner zuwandte. Klare, lebhafte Augen in der Farbe von gehämmertem Gold erwiderten durch die schmalen Sehschlitze im Helm spitzbübisch Williams Blick.

Er beugte sich vor und wisperte: »Ich sollte dich für deine unverschämte Zunge verprügeln und dir die Zehen brechen lassen, aber ich bin gnädig gestimmt.« Williams Mundwinkel verzogen sich zu einem widerwilligen Grinsen. Er schob sein Schwert in die Scheide und hielt seinem Kampfpartner die Hand entgegen.

»Das bist du immer, wenn du mich besiegt hast.« Der Krieger nahm Williams ausgestreckte Hand.

William half seinem Gegner mit einem unwilligen Schnauben auf die Beine. »Ich neige stets zu Nachsicht, wenn es um dich geht, da du nie imstande sein wirst, ein Schwert so zu führen, wie es sich gehört.«

»Wenn du bei der Auslosung verloren hättest und wir mit Lanzen gekämpft hätten, wären meine Chancen vielleicht besser gewesen.« Der kleine Krieger sah Williams gerunzelte Stirn, nahm den Helm ab und lächelte. Ein langer goldener Zopf, lohfarben wie eine Löwenmähne und so dick wie Williams Handgelenk, baumelte über den Rücken des Kriegers.

William legte einen Arm um die Schultern seiner Tochter und kniff sie in die Wange. »Da könntest du Recht haben, Lark, aber ich bin nicht so dumm, mich vor den Augen meiner Männer von dir aus dem Sattel heben zu lassen.«

»Soll das heißen, du hast gemogelt?«

»Möglicherweise habe ich einen Blick riskiert, als Evel die Strohhalme in der Hand hielt.«

»Das hätte ich mir denken können.«

Sie gab ihm einen Klaps auf die Brust und lächelte ihn an. Es war ein Lächeln, das immer an sein Herz rührte, ein Lächeln, dem er nichts abschlagen konnte, nicht einmal den Wunsch, sich auf dem Turnierplatz zu bewähren. Er sah in diese bezaubernden, tanzenden Augen und dankte der Jungfrau Maria, dass sie nicht wie seine andere Tochter war, Helen, ein stilles, kleines Mäuschen, die mit ihrem Vater kaum je etwas anderes als Gemeinplätze wechselte. Aber Lark sprühte vor Leben, und sie kämpfte darum, ihren Mut unter Beweis zu stellen und seine Anerkennung zu finden. Er hatte schon immer gewusst, dass sie anders war, seit dem Moment, als ihre winzigen Babyfinger seine packten und er in diese lebhaften, bezwingenden goldbraunen Augen sah.

Schon als Baby war sie einzigartig. Im Gegensatz zu seinen anderen vier Kindern hatte sie ihn nie angesabbert. Er konnte sie den ganzen Tag auf seinem Knie schwenken, und sie tat nichts anderes als lachen. Auch quengelte und brüllte sie nicht wie die anderen. Er hatte niemals Tränen in ihren Augen gesehen, ganz gleich, wie hart der Schlag sein mochte, den sie empfing. Durch und durch Metall, das war seine Pigeon. Es war nicht normal, dass ein Mensch im Inneren so hart sein konnte. Eines Tages, das wusste er, würde irgendetwas diese Härte brechen. Er hoffte nur, ihr unerschütterliches Herz würde unversehrt bleiben, wenn es bezwungen wurde. In gewisser Weise war ihm seine Tochter ein Rätsel. Ach ja, die Götter hatten mit der Tradition gebrochen, als seine Tochter zur Welt kam. Sie war aus dem Stoff, aus dem Märtyrer geschaffen wurden. Er blickte sie an und grinste stolz, aber das Grinsen verblasste, als ihm einfiel, dass die meisten Märtyrer wegen ihres Muts gestorben waren.

Sie sah ihn forschend an, und das Strahlen in ihren Augen wich Besorgnis. »Was ist?«, fragte sie.

»Nichts, Pigeon.« William berührte ihre Wange und lächelte sie versonnen an.

»Oh, Vater ...«, rief Evel ihm zu.

Er wandte sich zu seinem Sohn um und sah, dass Evels Blick auf etwas hinter Williams Rücken gerichtet war. William warf einen Blick über die Schulter. Elizabeth, seine Frau, marschierte auf den Turnierplatz, den Blick unverwandt auf ihn geheftet, das Blau ihrer Augen Funken sprühend. Ihre langen schwarzen Zöpfe schimmerten in der Sonne wie Onyx, und ihr braunes Gewand bauschte sich mit jedem ihrer steifen Schritte.

Er drückte Larks Schulter. »Hör zu, deine Mutter kommt gerade, und sie ist drauf und dran, uns in der Luft zu zerreißen. Ich habe geschworen, dich nicht wieder auf den Turnierplatz zu lassen. Jetzt gibt es kein Entkommen vor ihrer scharfen Zunge. Offen gestanden, das ertrage ich nicht ohne ein stärkendes Ale. Was hältst du davon, wenn wir uns schleunigst ins Dorf verziehen und abwarten, bis ihre Wut ein bisschen verraucht ist?«

»Mach, dass du wegkommst! Ich halte sie auf.« Lark zwinkerte ihm verschwörerisch zu.

»Dachte ich mir, dass du das sagen würdest, meine furchtlose Tochter.« William kniff Lark in die Wange und rannte dann zur Umzäunung. Mit mehr Schwung, als einem Mann von sechsundvierzig zustand, nahm er mit einem Satz die Hürde und war außerhalb des Turnierfelds.

Seinen Männern und seinen Söhnen rief er über die Schulter zu: »Wer als Letzter in der Dorfschenke ist, darf eine Woche lang die Reste essen!«

Die Männer brachen in laute Jubelrufe aus, weil ihnen eine Gnadenfrist vor Lady Elizabeths Zorn gewährt worden war. Sie rannten hinter William her, so schnell, dass ihre Gestalten zwischen den Zaunlatten undeutlich verschwammen.

Lark beobachtete sie mit einem Lächeln auf dem Gesicht. Evel, der größer als William war, überholte ihn auf seinen langen Beinen mühelos. Er war mit sechsundzwanzig der älteste ihrer Brüder und schlug mit seinem dichten schwarzen Haar und den intelligenten Augen nach seiner Mutter. Die jüngeren Zwillinge Harold und Cedric, noch keine zwanzig, ähnelten mit ihrem rotblonden Haar und den lausbübischen grünen Augen eher William. Sie waren kleiner als Evel und fielen notgedrungen hinter ihm zurück, drängten sich aber mit den Ellbogen durch die Schar der Ritter, um aufzuholen. Lark fand, dass sie allesamt wie eine Meute Jagdhunde auf der Hatz aussahen.

»Komm zurück!« Elizabeth schwenkte drohend die Faust in Williams Richtung, als sie vor der Umzäunung stehen blieb, und starrte erbittert auf seinen Rücken. Er beachtete sie nicht, und sie legte beide Hände an den Mund und brüllte: »Du brauchst gar nicht nach Hause zu kommen – ich werfe dein Bett in den Burggraben!«

»Mutter, du weißt, dass du das nicht ernst meinst.« Lark wischte sich mit dem Handrücken den Schweiß von der Stirn.

»Ach nein?« Elizabeth presste die Lippen zusammen und stemmte die geballten Fäuste auf ihre Hüften, als wollte sie sich verkneifen, etwas zu sagen, das sie später bedauern könnte.

»Wenn jemand zu tadeln ist, dann ich. Ich habe Vater gebeten, gegen ihn antreten zu dürfen.«

Ihre Mutter starrte sie aus zusammengekniffenen Augen an. Jetzt konzentrierte sich ihr ganzer Zorn auf Lark. »Versuchst du, dich umzubringen, nur um diese Hochzeit platzen zu lassen? Ich schwöre, ich werde eine Doppelhochzeit haben, selbst wenn ich deinen Leichnam neben deine Schwester stellen muss.«

»Lord Avenall könnte etwas dagegen haben, eine Leiche zu heiraten.«

»Nur zu, mach nur aus allem einen Scherz. Du bist deinem Vater viel zu ähnlich. Wenn Lord Avenall herausfindet, dass du wie eine Blinde nähst und nicht einmal Garn spinnen könntest, wenn die Heilige Jungfrau käme, um das Spinnrad zu segnen, oder dass du Minzsauce nicht von verschimmeltem Brot unterscheiden kannst, heiratet er vielleicht lieber eine Leiche.«

»Dann sollten wir vielleicht losziehen und eine für ihn ausbuddeln.«

»Deine unverschämte Zunge wird dich irgendwann einmal in Schwierigkeiten bringen.« Elizabeth drohte ihrer Tochter mit dem Finger. »Was mache ich nur mit dir? Du bist ein hoffnungsloser Fall.« Sie wedelte so heftig mit den Armen, dass die weiten Ärmel ihres Kleids durch die Luft flatterten.

»Das war ein Scherz, Mutter. Du solltest versuchen, das Leben mit mehr Humor zu sehen. Vielleicht würdest du dich dann nicht so oft ärgern.«

»Humor? Du sprichst von Humor, wenn du dich wie ein Mannweib aufführst? Du könntest wenigstens ein bisschen Interesse an deiner Hochzeit zeigen. Helen hilft mir so fleißig, wie es eine pflichtbewusste Tochter sollte. Und was machst du? Treibst dich auf dem Turnierplatz herum und kämpfst, damit du unsere Gäste aufspießen kannst, wenn sie eintreffen.«

»Worüber sollte ich mir Gedanken machen? Das Datum steht noch nicht fest. Lord Blackstone muss erst noch einwilligen, Helen zu heiraten.«

»Wenn er sie sieht, wird er freudig dem Datum zustimmen, das ich festgelegt habe.« Elizabeth heftete ihren Blick auf Lark und runzelte die Stirn, als würde sie sie in Gedanken mit Helens Vollkommenheit messen.

»Ja, natürlich.« Larks Lächeln verblasste, als sie sich um eine unbewegte Miene bemühte, obwohl sie tief getroffen war.

»Schau dich doch nur an. Eine Schönheit bist du weiß Gott nicht, und im Gegensatz zu Helen kennst du keine der weiblichen Schliche, mit denen man einen Ehemann an sich bindet. Sie weiß, wie man einen Mann erfreuen kann, und wird eine gute Ehe führen, aber du ...« Sie schüttelte den Kopf, dass die Zipfel ihres Schleiers flogen. »Denk an meine Worte, Lord Avenall wird deiner Launen überdrüssig werden und dich vermutlich jeden Tag verprügeln.«

»Eins kann ich dir versprechen, Mutter, kein Mann, ob Gatte oder nicht, wird mich je schlagen.« Lark verschränkte die Arme vor der Brust und hob trotzig das Kinn.

»Du bist nicht so unbesiegbar, wie du zu glauben scheinst, junge Dame. Und ich sage dir noch etwas, das du dir gut merken solltest – dein Ehemann wird dich für den Rest deines Lebens besitzen. Glaubst du, er wird einen Krieger in seinem Bett haben wollen? O nein, er wird sich eine gefügige Frau wünschen, die sich darauf versteht, seine Burg und seine Ländereien zu verwalten und seine Wünsche zu erfüllen. Eine Frau wie Helen.«

»Ein Jammer, dass es nicht Zwillinge waren, als Helen geboren wurde.« Lark ließ sich nicht anmerken, wie verletzt sie war. Helen wurde ihr vorgehalten, seit sie sich erinnern konnte. Mittlerweile sollte sie daran gewöhnt sein, aber mit jedem Mal wurde der Stachel tiefer in ihr Fleisch getrieben.

»Oh, Lark, so solltest du nicht mit mir sprechen.«

»Es ist die Wahrheit.« Lark sah die Missbilligung, die stets Elizabeths blaue Augen verdunkelte. »Wir wissen beide, dass du mich am liebsten genauso wie Helen hättest. Aber so bin ich nicht, und ich werde auch nie so sein.«

»Was soll ich tun? Deine Schwester ist das Musterbild einer Dame, und wenn ich sie dir vorhalte, dann in der Hoffnung, dass du ihrem Beispiel folgst. Du bist jetzt achtzehn, und doch hast du keine Ahnung, wie sich eine Dame zu benehmen hat. Du bist die ältere. Du solltest deiner Schwester ein Vorbild sein, aber was machst du …?« Mit einer gereizten Geste deutete sie auf den Turnierplatz.

»Ich bin begabt für das Kämpfen, Mutter. Es ist das Einzige, was ich wirklich gut kann. Tut mir leid, dass es dir missfällt.«

»Du verstehst dich auf Waffen, weil sie das Einzige sind, womit du dich ernsthaft beschäftigst. Ich bin überzeugt, du machst es absichtlich. Dein Vater und du, ihr liebt es, mich zu quälen.«

»Das ist nicht wahr.« Im Inneren stieß Lark einen Seufzer aus. Mit Elizabeth zu streiten führte nie zu etwas. In geduldigerem Ton fuhr sie fort: »Ich werde mich so betragen, wie du es wünschst. Bitte sei nicht wütend auf Vater, weil er mich auf den Turnierplatz gelassen hat.«

»Dein Vater! Sprich nicht von ihm! Ich könnte schreien, wenn ich nur an ihn denke. So, wenn du nicht willst, dass ich noch mehr graue Haare kriege, gehst du mit mir hinein. Helen hat sich bereit erklärt, dir zu zeigen, wie man Seife kocht.«

»Um sie Lord Avenall zum Abendessen zu servieren?«, scherzte Lark.

»Ha! Schon wieder! Hör sofort auf damit! Wenn du das alles nicht endlich ernst nimmst, werde ich persönlich dafür sorgen, dass deine Rüstung und dein Pferd verkauft werden, während dein Vater sich im Dorf mit Ale betrinkt. Dann ist endlich Schluss mit deinem unstillbaren Drang, eine Kriegerin zu werden.« Nachdem sie dieses letzte schwere Geschütz abgefeuert hatte, machte ihre Mutter auf dem Absatz kehrt und rauschte zur Burg zurück.

Lark blieb stehen und betrachtete stirnrunzelnd die langen dunklen Zöpfe ihrer Mutter, die auf ihren Rücken peitschten. Im schlimmsten Fall würde Elizabeth Mandeville ihre Drohung wahr machen, das wusste Lark. Sie wusste auch, dass William Pferd und Rüstung zurückkaufen würde. Wann immer die beiden Streit hatten, ging es um sie. So war es von jeher gewesen. Und es würde sich kaum ändern.

Sie schüttelte den Kopf und schlenderte zur Burg. Baltizar, ihr zahmer Wolf, kam aus den Wäldern zurück und lief zu ihr. Sein grauweißes Fell glitzerte von einem Bad im Teich.

Lark bückte sich, nahm sein Gesicht in beide Hände und legte ihre Nase an seine. Die Spitze seiner kalten, nassen Schnauze zu fühlen brachte sie zum Grinsen. »Du Feigling! Obwohl ich es dir nicht verübeln kann, dass du dich versteckt hast. Und Vater auch nicht.«

Lark streichelte Baltizars Kopf und warf einen Blick in Richtung Dorf. Wenn sie nur dort sein und mit ihrem Vater Ale trinken könnte! Stattdessen hatte sie eine weitere von Elizabeths ermüdenden Lektionen vor sich – die, wie sie wusste, zum einen Ohr hinein und zum anderen hinaus gehen würde. Sie dachte an die Aufgabe, die vor ihr lag, und ihr Lächeln verblasste. Ein tiefer Seufzer kam über ihre Lippen, als sie zur Zugbrücke ging.

Lark starrte Helen mit gerunzelter Stirn an. Sie stand nicht weit vom Garten entfernt, die zierliche Gestalt über einen gewaltigen Eisentopf gebeugt. Dunkler Rauch quoll in Spiralen aus der dicken, brodelnden Brühe und waberte um Helens Wespentaille und die wogende Fülle kastanienbraunen Haars, das über ihren Rücken fiel. Ihr Gesicht, das stets von zarter Elfenbeinfarbe war – hell und makellos genug, um den Neid der Jungfrau Maria selbst zu erwecken –, war jetzt von der Hitze rosig überhaucht, was sie noch hübscher machte. Immer, wenn sie Helen ansah, wurde sich Lark bewusst, wie braun und ledrig ihre Haut, wie kurvenlos ihre Figur und wie dick und ungebärdig ihr Haar war. Sie hätte ihre vollkommene Schwester mit Fug und Recht hassen können, aber jeder, der Helen kannte, wusste, dass das unmöglich war.

Helen blickte auf, und ihre großen braunen Augen strahlten vor Freude. »Oh, Lark, da bist du ja! Warum machst du denn so ein finsteres Gesicht?«

»Mutter besteht darauf, dass ich lernen soll, wie man Seife macht.«

»Oh.« Helen senkte den Blick und seufzte. »Mutter hat dich gescholten. Ich wünschte, sie würde es nicht tun.«

»Das macht nichts. Ich bin es gewöhnt.« Lark beugte sich über den Topf und verzog das Gesicht. »Was ist da drin? Sieht aus wie Schweinefutter.«

Helen lachte melodisch. »Ziegentalg, Holzasche und etwas von Mutters Lavendel. Wir brauchen Duftseifen für unsere Gäste.«

Lark ließ sich auf eine Bank fallen und überkreuzte ihre langen, dünnen Beine an den Knöcheln. Sie beobachtete, wie Helen in dem Topf rührte, mit anmutigen, fast sanften Bewegungen. Ihre Arme wirkten so zart, als könnten sie zerbrechen, wenn sie den großen Löffel zu energisch schwenkte.

»Soll ich dir beim Umrühren helfen?«, fragte Lark. »Du siehst müde aus.«

»Nein, mir geht's gut.« Helen schüttelte den Kopf und lächelte heiter.

»Ich sehe nicht ein, warum wir uns über ihre schmutzigen Leiber Gedanken machen sollen. Wenn sie stinken, können wir sie für ein, zwei Stunden in den Fluss befördern.«

Helen lächelte. »Das lass Mutter lieber nicht zu Ohren kommen.«

»Ist doch egal, ob sie es hört. Nichts, was ich mache oder sage, gefällt ihr.«

»Du gibst dir nicht genug Mühe.«

»Selbst wenn ich alles täte, was sie sagt, hätte sie noch immer etwas daran auszusetzen. Übrigens, ich wollte dich etwas fragen.«

»Was denn?«, fragte Helen zerstreut, während sie den Löffel hob. Kritisch begutachtete sie die zähen braunen Tropfen, die von der Kante in den Topf rannen. »Das muss noch länger gerührt werden.«

»Helen, hörst du mir zu?«

»Ja.« Helen sah ihre Schwester zerknirscht an. »Tut mir leid. Frag nur.«

»Ich wollte bloß von dir wissen, ob du der Heirat mit dem Earl of Blackstone nur zugestimmt hast, um Mutter gefällig zu sein.«

Helen ließ den schweren Löffel wieder in den Topf gleiten. Mit sanfter Stimme sagte sie: »Es ist der vorteilhafteste Antrag, den ich erhalten habe. Mutter sagt, dass die meisten Ehen nicht aus Liebe geschlossen werden. Ich werde bestimmt lernen, ihn zu lieben.«

»Das sind Mutters Worte. Sie will einen Earl in der Familie und ist bereit, dich zu opfern, um ihn zu kriegen. Wie kannst du sagen, dass du einen Mann lieben wirst, dem du noch nie begegnet bist?«

»Ich weiß, dass er gut aussieht und reich ist. Ich bin sicher, dass er nett ist. Was kann man mehr verlangen?«

Lark dachte an Lord Blackstone. Nett war nicht unbedingt das Wort, das ihr einfiel, wenn sie an ihn dachte. Sie wollte Helen keine Angst einjagen, indem sie ihr die Wahrheit erzählte. Lord Blackstone hatte sich im Heiligen Land wegen der vielen Schlachten, die er gewonnen, und der großen Zahl an Sarazenen, die er getötet hatte, den Namen Black Dragon, der Schwarze Drache, erworben. Es wurde gemunkelt, sein Schwert wäre vom Erzengel Gabriel gesegnet, und es würde deutschen Stahl so leicht durchschneiden wie geschmolzene Butter. Kein Zweifel, schon bei seinem Anblick würde Helen in Ohnmacht fallen.

»Ich will nicht, dass Mutter dein Leben zerstört«, sagte Lark. »Wenn du willst, rede ich mit Vater und sage ihm, dass du deine Meinung geändert hast.«

»O nein! Ich habe zugestimmt, Lord Blackstone zu heiraten. Ich werde das Versprechen halten, das ich Mutter gegeben habe.« Sie machte ein wehmütiges Gesicht. »Du kannst dich glücklich schätzen, dass Lord Avenall dich liebt.«

»Das sagst du bloß, um nett zu sein. Du weißt genau, dass er mich nur wegen meiner Mitgift heiratet. Laut

Mutter habe ich keine Eigenschaften, die ein Mann liebenswert finden könnte.«

»Das stimmt nicht. Du hast viele gute Eigenschaften.«

»Nenn mir eine.« Lark kreuzte die Arme vor der Brust und sah Helen mit hochgezogenen Augenbrauen an.

»Nun … ich … ich …«

Helens Unbehagen brachte Lark zum Grinsen. Helen bemühte sich, keine Miene zu verziehen, schaffte es aber nicht. Beide brachen in Gelächter aus.

Helen wischte sich die Tränen aus ihren großen Augen. »Mir ist etwas eingefallen – deine Heilkräuter. Du hilfst vielen Menschen mit ihnen.«

»Nur, weil ich arglose Opfer suche, an denen ich meine neuen Mixturen und Salben ausprobieren kann.«

»Hör auf, Lark. Ich weiß, dass du dich um die Leute kümmerst, weil sie Hilfe brauchen. Und du kannst dich ruhig über Lord Avenall lustig machen, aber ich weiß, dass du ihn liebst, seit er dich damals geküsst hat.«

Lark erinnerte sich an den Kuss. Sie war damals erst fünfzehn gewesen. Sie hatten miteinander gestritten, nachdem sie ihn auf dem Turnierplatz besiegt hatte. Er hatte sie gepackt und geküsst … und geküsst … und geküsst. Bis ihr schwindlig war. Er hatte sie auch berührt, mit seinen Händen ihren Nacken und ihren Rücken gestreichelt. Avenall hatte himmlische Hände, weicher als ihre eigenen. Von diesem Moment an hatte sie ihn geliebt.

Seit damals quälte sie die schreckliche Angst, er könnte merken, wie sehr sie ihn liebte. Es war eine Schwäche, die sie an sich verachtete, denn sie machte sie verletzlich. Einen anderen zu lieben machte einen Menschen verwundbar und empfänglich für Schmerz – diese Erfahrung hatte sie bei Elizabeth gemacht. Immer wieder hatte ihre Mutter Larks Liebe mit Tadel und Missbilligung erwidert. Die Vorstellung, dass Avenall dasselbe tun könnte, war ihr unerträglich. Nein, er durfte nie erfahren, wie sehr sie ihn liebte.

Helen war der einzige Mensch auf der Welt, dem Lark ihre wahren Gefühle anvertrauen konnte, aber sie hatte ihre Ängste noch nie laut ausgesprochen und würde es auch jetzt nicht tun. Also sagte sie nur: »Ja, ich mag ihn, aber wenn er mich fragt, werde ich es leugnen.«

»Oh, du bist schrecklich!«

»Ich bin überzeugt, das Einzige, was mich neben meiner Mitgift für Lord Avenall attraktiv macht, ist die Tatsache, dass ich mich nicht an ihn klammere. Denk daran, wenn du diesen Lord Blackstone triffst. Sei nie zu hingebungsvoll, ganz gleich, was Mutter dir sagen mag. Sonst gibst du ihm ein Druckmittel, das er gegen dich einsetzen kann.«

Helen sah Lark an. Ihre Augen waren so groß und braun, dass sie Lark an ein verschrecktes Reh erinnerten. »Ich werde an deinen Rat denken«, sagte sie mit kaum hörbarer Stimme.

Lark stand auf und nahm Helens Hände, um sie daran zu hindern, weiter in dem Seifentopf zu rühren. »Hör zu, du brauchst Lord Blackstone nicht zu nehmen. Ich weiß, dass du Angst hast. Wenn du willst, rede ich mit dem Herrn und sage ihm, dass du nicht an ihm interessiert bist.«

Helen schüttelte den Kopf und schluckte schwer. »Nein, ich muss ihn heiraten, wenn er mich will.« Sie lächelte heiter und drückte Larks Hand. »Alles wird gut. Lord Blackstone wird ein perfekter Ehemann sein.«

»Ich hoffe, du hast Recht.« Lark gelang es nicht, ihr Unbehagen abzuschütteln.

In dieser Nacht, nach einem weiteren Vortrag über Pflichterfüllung und Gehorsam und darüber, wie wichtig es für eine Frau war, ihre Zunge zu hüten, stahl sich Lark aus der Burg. In ihrem ältesten Arbeitskleid, das Haar in wildem Gewirr offen über ihren Rücken fallend, schlug sie den Weg in Richtung Dorf ein.

Ihre leichten Schritte knirschten leise auf dem von Bäumen gesäumten Pfad, die über alles und jeden unter ihrem Geäst wachten. Der Mond stand an diesem kristallklaren Abend so tief am Himmel, dass er die Baumkronen streifte. Lark hatte das Gefühl, ihn mit Händen greifen zu können, wenn sie die Arme ausstreckte. Die Sterne funkelten von einem tintenschwarzen Himmel auf sie herab.

Über den Bäumen sah sie Fledermäuse nach nächtlichen Insekten jagen, das Flattern ihrer Flügel kaum vernehmbar. Mit tiefen Zügen atmete sie den Geruch des Frühlingsharzes ein, das von den Kiefern tropfte, und horchte auf Baltizars Schritte. Er war kurz zuvor verschwunden, um auf die Jagd zu gehen. Das machte er öfter, und manchmal kehrte er tagelang nicht zurück.

Allmählich wurden die Bäume spärlicher und gaben den Blick auf das Dorf frei. Der Abend hatte sich über die Hütten aus Flechtwerk und Reet gesenkt. In der Dunkelheit erinnerten ihre unschönen braunen Fassaden an rauc Mauern aus verwittertem Felsgestein. Nicht ein Hauch von Kerzenlicht drang aus den Behausungen der Dorfbewohner.

Ein paar Schweine auf Futtersuche grunzten sie an, als sie vorbeiging. Der Abendwind wehte den fauligen Gestank von Unrat zu ihr hinüber. Lark schnitt eine Grimasse, als sie zur Schenke kam, einem schlichten, einstöckigen Gebäude mit einer Fassade aus gelbem Lehm, das dringend neu getüncht gehörte. Sie eilte zu dem Privatzimmer an der Rückseite der Schenke, das Adwid, der Wirt, für ihren Vater bereithielt.

Flackerndes Kerzenlicht fiel durch einen Spalt unter der Tür. Die rostigen Türangeln quietschten laut, als sie eintrat, und der Geruch von abgestandenem Ale und verkohlten Rüben schlug ihr entgegen. Holzscheite glommen im Kamin und warfen trübe, züngelnde Schatten an die rissigen gelben Wände.

Ohrenbetäubendes Schnarchen ertönte von den Männern, die betrunken auf dem Boden lagen, einige von ihnen immer noch mit dem Humpen in der Hand. Evel, Harold und Cedric waren verdächtigerweise nicht zu sehen; vermutlich teilten sie mit den Töchtern des Wirts ihr Lager. In dieser Beziehung waren ihre Brüder nicht wählerisch.

In der Mitte des Raums standen mehrere Tische. Auf einem von ihnen lag ihr Vater. Sein Schnarchen übertönte das Getöse, das die anderen veranstalteten. Der Humpen, der auf seiner Brust ruhte, hob und senkte sich mit jedem seiner tiefen Atemzüge.

Lark setzte ihre Schritte behutsam um die Männer herum, die auf dem Boden lagen, und blieb bei ihrem Vater stehen. Sie schüttelte ihn und flüsterte: »Vater …«

Er grunzte und winkte ab. »Geh weg, geh weg … sei so gut.«

»Ich bin's.« Lark schüttelte ihn noch einmal. »Wach auf.«

Ihr Vater blinzelte sie mit einem Auge an. »Oh, meine süße Pigeon, da bist du ja«, murmelte er mit belegter Stimme.

»Du kannst nicht über Nacht hier bleiben. Mutter erwartet Lord Blackstone, und sie wird dir die Hölle heiß machen, wenn du jetzt nicht mit mir kommst. Bitte, wach auf.« Lark fing den starken Geruch von Ale auf, den er verströmte, und fragte sich, ob es ihr gelingen würde, ihn nach Hause zu schaffen. Sie musste es schaffen, da sie sich für den Streit verantwortlich fühlte, der ihn hierher geführt hatte.

»Meine süße Elizabeth will mich nicht daheim.« Er gluckste, obwohl es eher wie ein Schnauben klang. »Wenn sie nach mir fragt, sag ihr einfach, dass ich zu betrunken bin, um mich zu rühren.« Die Augen fielen ihm zu.

»Vater.« Lark schüttelte ihn, aber er fing wieder an zu schnarchen.

Sie verdrehte die Augen. »Ich hole Evel, damit er mir hilft.« Sie nahm ihrem Vater den irdenen Humpen aus der Hand und gab ihm einen Kuss auf die Stirn. »Ich bin gleich wieder da. Rühr dich nicht von der Stelle.« Sie lächelte, weil die Bemerkung so lächerlich war, und machte sich auf die Suche nach Evel.

Sie ging den kurzen Gang hinunter. Plötzlich drangen fremde, tiefe Stimmen an ihr Ohr. Ein unerklärliches Gefühl von Angst bewog sie, hinter der Tür zum Schankraum stehen zu bleiben und zu lauschen.

»Los! Ohren auf, Jungs! Der Bote hat gesagt, dass er heute Abend auf dem Weg hierher ist.«

»Wie sollen wir diesen Engländer umlegen? Er hat bestimmt eine ganze verdammte Armee im Gefolge.«

»Es heißt, dass nur ein Ritter bei ihm ist. Lass jetzt das Meckern, Fish, und hör zu. Ich habe mir überlegt, dass wir sie am besten unten am Fluss bei der Straße erwischen. Dort gibt es jede Menge Bäume als Deckung.«

»Zwei Ritter zu Pferd, da stehen die Chancen nicht gut. Wir sind nur fünf und zu Fuß.«

»Och! Wirst du auf deine alten Tage zum Feigling, Fish? Ich glaube, du hättest lieber zu Hause bleiben sollen.«

»Ich bin kein Feigling!«

»Dann hör auf zu jammern. Wir haben die Überraschung auf unserer Seite. Du und Gonnie, ihr stellt euch gegenüber von Tic und mir auf – hoppla, Alard! Nicht zu viel Ale! Dein Pfeil soll sein Herz treffen, nicht seinen Hintern. Wir werden dafür bezahlt, den Bastard umzubringen, nicht, ihn zu verwunden.«

»Aye, wir brauchen das Gold. Keine Frage, das wird mein erstes nüchternes Blutvergießen.« Ein Humpen krachte auf den Tisch. Lautes Gelächter machte die Runde.

Lark schob die Tür einen Spaltbreit auf. Der Schankraum war leer bis auf fünf ungepflegte Schotten, die an einem Tisch in der Ecke saßen. Kerzenlicht fiel auf die zottigen Felle, in die sie gehüllt waren. Dichte Bärte bedeckten ihre Gesichter. Ihr Haar, das ihnen in langen, fettigen Strähnen auf die Schultern fiel, bedurfte eindeutig einer gründlichen Entlausung und Helens Lavendelseife.

Lark schloss behutsam die Tür und nagte an ihrer Unterlippe. Sollte sie einem Mann das Leben retten oder ihren Vater nach Hause bringen?

Sie hörte die Bank im Schankraum auf den Boden poltern, als sich die Männer vom Tisch erhoben. Ein paar von ihnen rülpsten, andere furzten. Ihr Lachen verstummte; dann fiel die Vordertür der Schenke krachend ins Schloss.

Lark zögerte nicht länger. Sie öffnete die Tür und folgte ihnen nach draußen.

2

Das Mond schien hell genug, dass Lark in ungefähr hundert Meter Entfernung die geduckten Gestalten der Schotten erkennen konnte. Sie gingen zu Fuß und trotteten so gemächlich dahin, dass sie keine Mühe hatte, ihnen auf den Fersen zu bleiben. Lark, die ihr ganzes Leben in der Nähe der Grenze verbracht hatte und wusste, dass Schotten eine Art sechsten Sinn für Verfolger hatten, hielt sich bedeckt, während die kleine Schar entlang dem Fluss, der die Straße säumte, Richtung Süden marschierte.

Lark lauschte auf das Glucksen des strömenden Wassers, das wie ein Murmeln durch die Nacht klang. Eine leichte Brise wehte über ihr Gesicht und brachte den moosigen Geruch des Flusses mit sich. Grasklumpen und Zweige knackten leise unter ihren Stiefeln, als sie Deckung suchte.

Die Schotten näherten sich einer dicht mit Bäumen bestandenen Senke, wo sich der Fluss verbreiterte und von einer Brücke überspannt wurde. Schilfbüschel ragten aus dem sumpfigen Uferboden und warfen unheimliche Schatten auf das dunkle, glänzende Wasser.

Die Schotten näherten sich der Brücke und verlangsamten ihre Schritte. Sie waren immer noch auf St.-Vale-Land. Elizabeth hatte von William verlangt, die Brücke zu bauen, damit die Räder ihres Karrens nicht im Morast einsanken. Lark lächelte, als sie daran dachte, wie ihr Vater eine Woche lang über die Ansprüche hochnäsiger Damen gegrummelt hatte.

Die Schotten verständigten sich jetzt mit Handzeichen. Einer von ihnen, offensichtlich der Anführer, stellte sich vor die anderen und teilte die Gruppe auf. Drei von ihnen liefen die Straße weiter und kauerten sich hinter das Brückengeländer; die anderen beiden wurden vor der Brücke postiert.

Weiter oben auf der Straße ertönte das Stampfen von Pferdehufen, zu früh für Lark. Sie war noch in der Talsenke und nicht nahe genug bei den Reitern, um sie zu warnen. Sie setzte sich in Bewegung und rannte den Hügel hinauf, wobei sie darauf achtete, nicht in die Nähe der Schotten zu geraten.

Zwei Reiter erschienen auf der Kuppe des Hügels.

»He! Halt! Das ist eine Falle!«, brüllte sie und lief auf sie zu.

Noch immer trennten sie zwanzig Meter von der Straße. Ihr Blick flog zwischen den Schotten und den Reitern hin und her. Sie sah die beiden an ihr vorbeigaloppieren und dabei Wolken von Erde und Staub aufwirbeln. Schon waren sie auf halbem Weg ins Tal.

Lark erreichte die Straße, sprang über den Graben und rannte ihnen nach. Mit wild rudernden Armen schrie sie: »Wartet! Wartet!«

Kurz vor der Brücke verlangsamten die Männer endlich ihr Tempo. Sie drehten sich zu ihr um, aber es war zu spät.

Totales Chaos brach aus.

Die Schotten griffen an. Ihre Kampfschreie gellten durch die Nacht. Die Pferde bäumten sich unter dem unerwarteten Ansturm von Angreifern auf. Pfeile zischten links und rechts an den Reitern vorbei.

Lark, die sich für das Leben der Reiter verantwortlich fühlte, stürzte sich mitten ins Getümmel, ohne einen Gedanken an die Gefahr zu verschwenden. Instinktiv tastete sie nach ihrem Schwert. Als ihre Hand nur ihre Hüfte streifte, fiel ihr ein, dass sie es nicht bei sich trug.

Metall klirrte, als die beiden Berittenen ihre Schwerter zogen, und ein kehliger Kampfschrei gellte durch das Tal. Er kam von dem Ritter, der weiter vorn kämpfte, nach der Breite seiner Schultern zu urteilen ein auffallend großer Mann. Die Schwerter der Ritter droschen auf die der Schotten ein. Das bösartige Klirren von Stahl auf Stahl klang unablässig durch die Nacht.

Lark, die den Kampf gebannt verfolgte, sah den Schotten am Brückenrand erst, als er seine Armbrust hob. Er zielte auf den hoch gewachsenen Ritter. Lark stürzte sich auf den Bogenschützen und warf sich mit ihrem ganzen Gewicht gegen ihn. Die Armbrust segelte über seine Schulter und platschte in den Morast.

»Meine Fresse!« Der Mann packte Lark bei den Schultern, um sich aufrecht zu halten, aber sie kippten beide von der Brücke und landeten im Sumpf.

Lark plumpste rücklings ins Wasser. Der Mann fiel auf sie. Ihr blieb die Luft weg, als er sie mit seinem Gewicht in das schlammige Wasser drückte. Jeder Muskel in ihrem Körper verkrampfte sich unter dem Kälteschock. Das eisige Wasser drang ihr in die Nase und lief ihre Kehle hinunter. Sie versuchte, den Kopf zu heben, aber der Schotte hatte die Hände um ihren Hals gelegt und drückte zu.

Lark packte seine Handgelenke und zog mit aller Kraft an ihnen, aber seine Finger pressten sich wie Eisendornen in ihre Luftröhre. Er stieß ihren Kopf tiefer in den morastigen Boden. Glitschiger Schlamm sickerte in ihre Ohren. Ihr Herz hämmerte an ihre Rippen, und ihre Lungen fühlten sich an, als würden sie zerquetscht. Wenn sie nicht bald Luft bekam, würde es ihr die Brust zerreißen.

Mit aller Kraft, die sie aufbringen konnte, trat sie den Mann in den Unterleib, eine Taktik, auf die sie bei ihren Brüdern immer als letzten Ausweg zurückgriff.

Er ließ ihren Hals los und taumelte zur Seite. Lark tauchte auf und schnappte nach Luft. Durch schlammverkrustete Wimpern sah sie, wie sich der Schotte kampfbereit zu ihr umdrehte. Sie holte weit aus und ließ ihre Faust auf seine Nase krachen.

»Zur Hölle mit dir, du Schlampe!« Er schien drauf und dran, sich wieder auf sie zu stürzen, überlegte es sich dann aber anders. Er stolperte durch den Sumpf und humpelte ans Ufer. Nach einem bitterbösen Blick in ihre Richtung verschwand er hinkend in Richtung Wald, wobei er die eine Hand an seinen Schritt presste, die andere an seine Nase.

»Das wird dir eine Lehre sein, wenn du das nächste Mal jemanden ertränken willst!«, brüllte Lark ihm nach und schwenkte ihre pochende Hand. Am nächsten Morgen würden ihre Knöchel vermutlich geschwollen sein, aber die geschwollenen Körperteile des Schotten würden ihm weit mehr Schmerzen bereiten. Das Wissen, dass sie ihm – unter anderem – die Nase gebrochen hatte, zauberte ein breites Grinsen auf ihre Lippen.

Sie rappelte sich hoch. Ihr wollenes Kleid war so mit Wasser und Schlamm vollgesogen, dass es sich schwer wie eine Rüstung anfühlte. Ihre Stiefel verursachten im Schlamm schmatzende Geräusche, und jeder Schritt wurde zu einem Balanceakt, um nicht wieder im Wasser zu landen. Als sie zum Ufer stapfte, spürte sie, wie ihr zerrissenes Oberkleid an ihre Hüfte schlug. Der Schlamm auf ihrem Gesicht rann ihr über die Stirn und in die Augen. Sie blinzelte und versuchte, ihn wegzuwischen, schaffte es aber nur, ihn über Lider und Wangen zu verschmieren.

Als sie wieder etwas mehr sehen konnte, lief sie in Richtung Brücke und blieb kurz davor stehen. Drei Schotten lagen tot am Boden. Der vierte stak auf dem Schwert des hoch gewachsenen Ritters.

Einen langen Augenblick schwebte der Schotte in der Luft,nur von dem Schwert und der schier unvorstellbaren Kraft in den Armen des Ritters gehalten.

Larks Unterkiefer klappte auf.

Der Schotte war kein Leichtgewicht. Ganz und gar nicht. Er musste ungefähr die Statur ihres Vaters haben, und doch geriet die übermenschliche Kraft des Ritters nicht einen Moment ins Wanken. Lark hatte das Gefühl, er könnte seinen Gegner für alle Zeiten so halten, wenn er wollte. Schließlich zog der Ritter seine Waffe zurück. Die Klinge machte einen gurgelnden Laut, als sie aus dem Bauch des Opfers glitt.

Die Knie des Schotten gaben nach. Mit einem Fluch brach er auf der Brücke zusammen.

Gespenstische Stille senkte sich über die Nacht, vereint mit dem Geruch von Blut und Tod. Selbst die nächtlichen Insekten waren verstummt. Larks abgehackte Atemzüge gellten ihr laut in den Ohren.

»Ich wollte einen von ihnen lebend.« Die tiefe Stimme des großen Ritters brach das Schweigen. Bedauernd betrachtete er die Toten.

»Wie denn?«, sagte der Kleinere von beiden. »Es hieß, sie oder wir.«

»Du hast wahrscheinlich Recht.«

Klonk. Die Füße des kleineren Ritters landeten auf dem Boden, als er abstieg. »Ich schaue sie mir mal an.«

Lark beobachtete, wie er sich über die Männer beugte und sie auf Lebenszeichen untersuchte. Ihr Blick kehrte zu dem massiven Rücken des anderen zurück, der es an Breite mit der Eichentür zu ihrem Schlafzimmer aufnehmen konnte.

Als hätte er gespürt, dass sie ihn anstarrte, riss er sein Schlachtross herum und sah zu ihr. Kohlschwarzes Haar fiel in dunklen Wellen auf seine Schultern, die im Mondlicht in einem düsteren Stahlgrau schimmerten. Schatten verhüllten sein Gesicht, aber sie spürte, wie sich seine Augen in ihre bohrten. Der volle Mond stand hinter ihm tief am Himmel. So groß war der Mann, dass seine dunkle Silhouette das ganze blaue Firmament ausfüllte.

Lark schluckte schwer, Woge für Woge von der sengenden Bedrohung getroffen, die von ihm ausging.

Er sagte nichts, starrte sie nur einen langen Moment an. Dann trieb er sein Pferd an und ritt auf sie zu. *Klip-klop*.

Die Hufe seines Pferds schlugen auf die Holzbohlen der Brücke. Das stetige Geräusch zerrte an Larks Nerven. Sie zuckte zusammen und wich einen Schritt zurück. Dann noch einen. Die Erscheinung des Ritters wurde immer größer.

Er zog die Zügel an, als er bei ihr war und bedrohlich vor ihr aufragte. Sein Arm, der das gewaltige Schwert hielt, ruhte auf dem Sattelknopf, und seine Augen blickten sie finster an.

Lark starrte auf das Blut, das auf der Schwertspitze glänzte, und entschied, dass es vielleicht günstiger wäre, als Erste zu sprechen. »Wirklich ein Jammer, dass Ihr mich nicht gehört habt, Mylord. Ich war dort drüben auf dem Hügel, aber Ihr seid an mir vorbeigeritten. Ihr hättet früher stehen bleiben sollen, dann hätte sich das alles vermeiden lassen können …« Lark brach ab, als ihr auffiel, dass sie daherplapperte wie ihre Mutter.

»Wenn du nicht gerufen hättest, wären wir direkt an

deinen Freunden vorbeigeritten, und sie hätten uns nicht so überrumpeln können.« Ein drohender Unterton schwang in seiner tiefen Stimme mit.

»Ich wollte Euch bloß warnen, bevor Ihr zu nahe bei den Schotten wart.«

»Du lügst, um dich selbst zu retten.«

Seine kräftige Faust schloss sich um das Heft des Schwerts, und sie fügte so beherrscht wie möglich hinzu: »Ich bin keine Lügnerin. Ihr könnt unmöglich glauben, dass ich den Hinterhalt zusammen mit diesen Schotten ausgeheckt hatte.«

»Warum nicht?«

Lark leckte sich die Lippen. Das seltsame Unbehagen, das er in ihr auslöste, war ihr zuwider. Sie schluckte, weil ihre Kehle plötzlich wie zugeschnürt war. »Ich sage die Wahrheit. Ich bin unschuldig. Ich habe in der Schenke im Dorf von St. Vale zufällig belauscht, wie die Schotten den Anschlag auf Euch planten. Ich bin ihnen gefolgt, um Euch zu warnen. Wer seid Ihr eigentlich? Warum wollten sie Euch töten?«

»Wenn du mit diesen Mördern unter einer Decke steckst, solltest du es wissen.« Sein Gesicht wandte sich dem Mondlicht zu, und eine seltsame Schattierung von Kupferrot blitzte in seinen Augen auf.

»Ich habe Euch doch gesagt, dass ich diese Mörderbande nicht kenne. Hätte ich Euren Rücken vor einem Pfeil bewahrt, wenn ich mit ihnen im Bunde wäre? Wenn ich Euch hätte umbringen wollen, wärt Ihr jetzt schon tot, glaubt mir.«

»Du hast mehr Talent zum Lügen als zum Töten.«

»Ich versichere Euch, ich habe Euch das Leben gerettet.«

Der Ritter richtete sich auf, und das Leder seines Sattels knarrte unter seinem Gewicht. »Ach ja, und du hast auch nur geschrien, um uns zu retten.«

»Es stimmt! Einer von ihnen hatte eine Armbrust auf Euren Rücken angelegt. Ihr wärt in diesem Moment tot, wenn ich dem Schurken nicht einen Strich durch die Rechnung gemacht hätte!«

»Ich sehe nur vier Leichen. Wo ist denn dieser Schurke?« Die unerbittliche Härte in seinem Gesicht milderte sich ein wenig, als er höhnisch lächelte.

»Nachdem ich ihm die Nase gebrochen hatte, flüchtete er in die Wälder.«

»Du hast ihm die Nase gebrochen?« Er knurrte etwas Unverständliches, dann wurde seine Stimme wieder scharf genug, um jedes einzelne Haar auf ihrem Kopf zu spalten. »Sollte dieser Schurke tatsächlich existieren, hast du ihm geholfen und lügst jetzt, um deine und seine Haut zu retten. Lügner verdienen ein schnelles Urteil.«

Lark wollte protestieren, aber der Ritter hob sein Schwert. Fahles Mondlicht brach sich auf der langen, scharfen Klinge. Nach einem flüchtigen Blick in seine Richtung raffte sie ihre Röcke und rannte los. Es wurmte sie, vor einem Kampf davonzulaufen, aber sie hatte keine Waffe bei sich, und sie hatte noch nie die Klingen mit einem Ritter gekreuzt, der ein massives Breitschwert so mühelos handhabte wie dieser Goliath.

Die Hufe des Schlachtrosses schlugen hinter ihr wie gewaltige Felsbrocken auf den Boden, wurden lauter … und lauter.

Erdbrocken und Kieselsteinchen wurden an ihre Knie und Knöchel geschleudert. Sie fühlte den schweren Atem des Pferdes auf ihrem Arm, als es sie einholte. Lark wich zur Seite aus und sprang über den Graben. Ihre Füße erreichten die andere Seite nicht. Der Ritter packte sie am Saum ihres Oberkleids, und sie segelte durch die Luft.

Sie kniff die Augen zusammen und wartete auf den Schwertstreich, der sie in den Himmel befördern würde – hoffentlich. Wann war sie eigentlich zum letzten Mal bei der Beichte gewesen?

Bevor es ihr einfiel, prallte ihr Körper mit etwas Hartem zusammen. Sie riss die Augen auf und sah dicht neben ihrer Wange ein Knie. Ein schwerer Schenkel presste sich an ihre Brüste, ein zweiter an ihren Unterleib. Ihre Ellbogen baumelten neben einem langen Schienbein.

»Lasst mich los! Ich bin unschuldig!« Sie versuchte, den Kopf zu drehen und ihn anzuschauen, aber alles, was sie sehen konnte, war ein kräftiger Oberschenkel. »Ich habe nicht versucht, Euch zu töten. Ich habe Euch das Leben gerettet, was ich allmählich von ganzem Herzen bereue!«

Er gab ihr mit der flachen Hand einen Klaps auf den Po. »Solltest du noch einmal versuchen wegzulaufen, wirst du die Hölle für ein Paradies halten, wenn ich mit dir fertig bin.«

Lark, die an der Stelle, wo er sie geschlagen hatte, immer noch einen brennenden Schmerz spürte, kniff die Augen zusammen. Das Blut strömte ihr in den Kopf, und in ihren Schläfen hämmerte es. Sie starrte auf seinen Stiefel, der im Steigbügel steckte, und merkte, wie ihr dünner Geduldsfaden riss. »Dann tötet mich doch! Das habt Ihr doch ohnehin vor.«

»Das wird sich weisen.«

Lark verzog das Gesicht angesichts der düsteren Drohung,die in seinen Worten mitschwang. Irgendwie musste sie diesem Goliath entkommen.

Stoke de Bracy, Earl of Blackstone, ritt zu der Brücke zurück. Er konnte spüren, wie sich die knochigen Rippen des Mädchens an seinen Lenden rieben. Ihr nasses, verdrecktes Kleid hatte seine Tunika und Hosen durchtränkt, und er fühlte zwischen seinen Beinen eine unangenehme Feuchtigkeit. Außerdem roch sie wie saures, verschimmeltes Brot. Ihr dickes, schlammüberzogenes Haar klatschte an die neuen Wildlederstiefel, die er erst vor kurzem gekauft hatte. Bis er bei seinem Freund Rowland angelangt war, hatte sich seine Miene stark verdüstert.

Rowland, der gerade den letzten der vier toten Schotten an den Straßenrand legte, hielt inne. »Das ist der Letzte von ihnen.«

»Nein, einer ist davongekommen«, sagte das Mädchen.

»Ja – du«, knurrte Stoke halblaut.

»Ah!« Rowland zog die Augenbrauen hoch und betrachtete das Mädchen. Seine blauen Augen zwinkerten. »Wie ich sehe, bist du fündig geworden.«

»Glaubt mir doch, ich gehöre nicht zu denen!« Das Mädchen versuchte, den Kopf zu heben, um Rowland anzuschauen.

»Entweder du hältst den Mund, bis du gefragt wirst, oder du wirst eine Woche lang nicht mehr auf deinem mageren Hintern sitzen können!«

»Was nützt mir mein Hintern, wenn Ihr mich doch töten wollt?«

»Das wirst du bald erfahren.«

Er fühlte, wie sie sich versteifte. Er konnte nicht sagen, ob es aus Furcht geschah oder aus der unverschämten Arroganz heraus, die ihr offenbar angeboren war. Sie hatte es gewagt, ihm in die Augen zu schauen, nachdem ihre Freunde versucht hatten, ihn zu töten, und sie sprach mit ihm, als wäre sie ihm ebenbürtig. Die Person dachte nicht einmal daran, den Blick zu senken! Die meisten Frauen duckten sich in seiner Gegenwart, aber die hier nicht.

»Sollen wir die Toten begraben?«, fragte Rowland.

»Nein, überlassen wir sie den Raben.« Stoke schob sein Schwert in die Scheide.

»Was hast du mit dem Mädchen vor?«

»Ich bin sicher, dass sie weiß, wer hinter diesen Anschlägen auf mein Leben steckt. Ich habe vor, die Wahrheit aus ihr herauszuholen.«

Rowland ging zu seinem Streitross und saß auf. »Sie sieht so aus, als würde sie lügen, sobald sie den Mund aufmacht.«

»Ich verwahre mich gegen diese Unterstellung.« Das unverfrorene Frauenzimmer wand sich hin und her und hob ihren schlammigen Kopf. »Was wisst Ihr schon von meinem Charakter – Ihr, den ich noch nie im Leben gesehen –«

Stoke verpasste ihr einen Schlag auf den Hintern und brachte sie zum Verstummen.

»Oho! Eine von der bösartigen Sorte.« Rowland lächelte. »Du tust gut daran, ihr nicht den Rücken zuzukehren.«

»Das habe ich nicht vor.« Stoke starrte auf den verlängerten Rücken des Mädchens, der sich verlockend an seine Lenden presste. »Wir sehen uns morgen.«

Rowland nickte, ein schiefes Grinsen auf seinem Gesicht. »An deiner Stelle würde ich sie in den Fluss tauchen, bevor du sie befragst. Sie sieht völlig verlaust aus.«

»Lasst Euch gesagt sein, dass ich erst heute Abend ein Bad genommen habe. Wann seid Ihr zum letzten Mal mit Wasser in Berührung gekommen?«

»Wir können ihrer langen Liste von Eigenschaften Unverschämtheit hinzufügen.« Rowlands Mundwinkel verzogen sich zu einem seiner stets bereiten Lächeln. »Pass auf, dass du sie nicht erwürgst, bevor du die Wahrheit aus ihr herausgeholt hast. Ich wünsche einen schönen Abend.« Rowland gab seinem Pferd die Sporen und galoppierte davon.

Stoke starrte seinem Freund finster nach. Er spürte, dass sich das Mädchen wieder an seinem Unterleib wand, und seine Miene wurde noch düsterer, als er Shechem zum Galopp antrieb. In kurzer Zeit hatten sie die Talsenke hinter sich gelassen. Er fand einen sicheren Platz am Waldrand und blieb in der Nähe eines Bachs stehen.

»Ich warne dich, wenn du mir wieder wegläufst, wirst du die Folgen bitter bereuen.« Er warf sie über seine Schulter und stieg ab. Mit einem Stirnrunzeln registrierte er, wie viel sie wog. Kein Federgewicht, das Mädchen. Sie war genauso schwer wie ein Mann. Und nach ihren straffen Schenkeln zu urteilen, war sie auch nicht so gut gepolstert und weich wie andere Frauen.

»Lasst mich los!« Sie biss die Zähne zusammen und fügte hinzu: »Bitte.«

Stoke ließ sie in der Nähe des Bachs fallen und starrte auf das am Boden liegende Mädchen. Ihr Haar hing in schmutzigen, verfilzten Zotteln herunter. Sie war größer, als er gedacht hatte; ihr Kopf reichte vermutlich bis an sein Kinn. In dem alten, verdreckten Kleid, das an ihrer knabenhaften, flachbrüstigen Gestalt klebte, erinnerte sie mehr an einen Jungen als an eine Frau.

»Ich bin eine Dame. Ihr habt kein Recht, mich gefangen zu halten.« Sie schob das Haar zurück, das ihr Gesicht verdeckte, und schwenkte drohend die Faust.

»Ja, das sehe ich.«

»Ich bin es, und es wird Euch noch leid tun, mich hier festzuhalten.«

Er verschränkte die Arme vor der Brust und musterte sie düster. »Das glaube ich nicht, Mylady.« Die letzten Worte kamen gedehnt über seine Lippen.

»Ich lasse mich von Euresgleichen nicht verhöhnen.«

»Hältst du mich für dumm genug, die Lügen zu glauben, die aus deinem Mund kommen?«

»Es ist die Wahrheit.«

»Wenn du eine Dame bist, bin ich König Richard.« Stoke starrte auf das Mädchen, das am Boden lag, auf die feurigen goldbraunen Augen, die ihn durchbohrten. Das Mondlicht, das sich in ihnen spiegelte, ließ sie gelblich glitzern. Was für eine seltsame Farbe. Die Augen einer Tigerin.

Sie hielten ihn einen Moment lang in ihrem Bann, dann wanderte sein Blick zu dem Schlitz auf der Seite ihres Kleids. Er reichte bis zur Mitte ihres Oberschenkels und gab den Blick auf ein langes, schlankes Stück weißes Fleisch frei. Sie hatte die längsten Beine, die er je bei einer Frau gesehen hatte. Das Bild, wie sich diese Beine um ihn schlangen, tauchte flüchtig vor seinem geistigen Auge auf. Er schüttelte die unerwünschte Vision ab und biss die Zähne zusammen. Das Luder hatte ihn in eine Falle gelockt. Sie war sein Feind. Er konnte nichts als Abscheu für sie empfinden.

»Warum starrt Ihr mich so finster an? Wollt Ihr mir mit Euren Augen Angst machen?«

Stoke musterte mit zusammengezogenen Augenbrauen ihr schlammverschmiertes Gesicht. »Zieh dich aus und geh dich im Fluss waschen.«

»Ich ziehe mich nicht aus. Ich sehe nicht ein, warum ich nicht vollständig bekleidet gefoltert werden kann.«

»Nichts wäre mir lieber, aber da deine Sachen voller Dreck sind und ein Teil davon bereits an mir klebt, wirst du dich leider ausziehen und ein Bad nehmen müssen.«

»Ich werde mein Kleid nicht ablegen, und ich weiß nicht, wer Euren Tod wünscht.« Allmählich geriet sie in Panik, und ihre Stimme schraubte sich in die Höhe. »Soll ich Euch etwa einen Haufen Lügen auftischen? Ich schwöre bei allen Heiligen und der Jungfrau Maria, dass ich mit diesen Schotten nichts zu tun hatte.«

Stoke trat einen Schritt näher. »Zieh dich aus, sonst übernehme ich es selbst.«

Sie streckte die Hände aus, als wäre er der Teufel, den sie abwehren müsste. »Bevor ich Eure Berührung ertrage, mache ich es selbst.«

Er blieb stehen, verschränkte die Arme vor der Brust und starrte diese sündhaft langen Beine an.

»Nun?« Sie sah ihn an, als wartete sie auf etwas.

»Was?«

»Dreht Euch um.«

Der Anflug eines Lächelns spielte um seine Lippen. »Glaubst du wirklich, ich bin so dumm, dir den Rücken zuzukehren, damit du mir ein Messer hineinjagen kannst?«

»Selbst wenn ich ein Messer hätte, würde ich Euch nicht töten. Bei meiner Ehre.«

»Ehre?« Er warf ihr einen verächtlichen Blick zu. »Mörderinnen haben keine Ehre.«

»Ach, was soll's! Es hat keinen Sinn, mit Euch zu reden. Das ist nun der Dank dafür, dass ich Euer elendes Leben gerettet habe. Sei's drum. Alles, worum ich Euch bitte, ist ein schneller Tod, damit ich aus meinem Grab steigen und Euch für den Rest Eurer Tage verfolgen kann.«

Sie zog ihre Stiefel aus und schleuderte sie in seine Richtung. Er duckte sich. Einer segelte an seinem Kopf vorbei. Als er sich aufrichtete, drehte sie sich um und rannte auf den Bach zu.

»Mörderische Hexe«, stieß Stoke halblaut hervor und setzte ihr nach.

Anmutig wie eine Gazelle machte sie einen Satz ans andere Ufer und hielt auf den Wald zu.

Stoke watete fluchend durch den Bach zum anderen Ufer, wo er mit seinen Stiefeln im Matsch ausrutschte. Das Weiß ihrer Beine blitzte auf, als sie an den Bäumen vorbei rannte, die vor ihm aufragten. Für eine Frau war sie schnell und stark. Er beschleunigte sein Tempo, während er sich gleichzeitig vor herabhängenden Ästen duckte und Blätter beiseite schob.

Er kam näher, und jetzt witterte er ihre Angst. Er hätte sie überholen können, aber er behielt sein Tempo bei, wartete darauf, dass die Angst an ihr fraß und sie dazu trieb, einen Fehler zu machen. Sie machte einen. Sie wich nach links aus. Stoke war mit einem Satz bei ihr, und sie fielen beide hin.

Stoke landete auf ihrem Rücken. Sie zappelte und schlug mit der Faust nach ihm, aber er packte ihre Handgelenke und hielt sie über ihrem Kopf zusammen.

»Ich hatte dich davor gewarnt, noch einmal wegzulaufen«, sagte er schwer atmend. »Jetzt wirst du lernen, mir zu gehorchen.«

»Niemals! Lieber würde ich dem Teufel gehorchen. Er weiß zumindest, wenn jemand nicht lügt.« Obwohl ihre Stimme herausfordernd klang, fühlte er, wie ihr Körper unter ihm zitterte.

»Ich werde dich und deine unverschämte Zunge zähmen, noch bevor die Nacht vorbei ist.« Er zog ihre Hände hinter ihren Rücken, rollte sich von ihr herunter und drehte sie auf die Seite, um ihr Gesicht sehen zu können.

»Von einem wie Euch lasse ich mich nicht zähmen.«

Er betrachtete ihr trotziges Gesicht, das stolze, eigensinnige Kinn, die rebellischen bernsteinfarbenen Augen, die vollen Lippen, die fest zusammengepresst waren.

Ihre heißen, unregelmäßigen Atemzüge strichen über sein Gesicht und seine Lippen. Immer stärker wurde er sich ihres Körpers bewusst, der sich an ihn presste, der weichen Haut, die er unter seinen Fingern spürte. Seine Hand hielt ihre Handgelenke auf ihrem Rücken in der Höhlung ihrer Taille fest, und sein Oberarm streifte die Unterseite ihrer Brüste. Er wollte sie auf die Füße ziehen und von sich stoßen. Stattdessen vergrub er seine Finger in dem dicken, schlammigen Haar in ihrem Nacken und hob ihr Gesicht zu seinem empor, um sie zu küssen.

3

Lark fühlte, wie sein dunkles, welliges Haar über ihre Wangen strich, als er ihr Gesicht an seines zog. Der eigenartige Kupferschimmer in seinen Augen nahm sie gefangen. Eine unerklärliche Kraft, wie sie ihr nie zuvor begegnet war, zog sie zu ihm hin. Sie war so stark, so übermächtig, dass sie an einen Urinstinkt tief in ihrem Inneren rührte. Ohne es zu wollen, bot sie ihm ihren Mund dar. Kurz bevor ihre Lippen einander berührten, fing Lark aus dem Augenwinkel eine flüchtige Bewegung auf.

Sie wandte gerade noch rechtzeitig den Kopf, um zu sehen, wie der Schotte, der versucht hatte, sie zu ertränken, auf sie zugestürzt kam. Sein gezückter Dolch funkelte im Mondlicht, und seine Knollennase war sichtlich angeschwollen, seit Lark sie ihm eingeschlagen hatte. Seine Augen lagen tief und drohend in seinem Gesicht und blitzten vor Wut.

»Achtung! Einer der Schotten ist hinter Euch!«

»Mich kannst du mit deinen Lügen nicht hinters Licht führen.«

Ein Kampfschrei drang aus der Kehle des Schotten, als er mit der Klinge zustieß.

»Bei Judas!«, knurrte der Ritter, rollte sich blitzschnell ab und packte die Hand des Schotten.

Lark erstarrte. Ihr Blick war auf die Spitze des Dolchs gerichtet, die nur um Haaresbreite von ihrer Brust entfernt war. Sie hielt den Atem an und spürte, wie ihr Herz gegen ihre Rippen hämmerte. Die Hand des Schotten bebte unter dem kraftvollen Griff des Ritters. Sie wusste, dass es nur die Willenskraft des Ritters war, die den Schotten daran hinderte, die Klinge in ihr Herz zu stoßen, denn an Stärke schienen sich die beiden Männer ebenbürtig zu sein.

Schließlich gewann der Ritter den Wettstreit und stieß die Hand des Schotten zurück. Lark atmete auf und rollte sich auf die Seite ab. Der Schotte zielte mit dem Dolch auf die Kehle des Ritters, aber bevor ihn die Spitze berührte, packte der gewaltige Ritter die Hand des Schotten. Ein Tritt in den Bauch ließ den anderen mehrere Schritte zurücktaumeln.

Der Schotte lächelte, als wäre diese Rauferei ganz nach seinem Geschmack, und stürzte sich wieder auf den schwarzen Ritter, während er Lark über die Schulter zurief: »Zu dir komme ich später, Schätzchen.«

Wild und gnadenlos stieß der Mann immer wieder mit dem Dolch zu. Der Ritter taumelte zurück, und die Klinge verfehlte ihn nur knapp.

Lark warf sich zur Seite, um nicht zertrampelt zu werden, und versuchte davonzukriechen, aber ein kräftiger Ruck an ihrem Kragen hielt sie zurück. Hinter sich sah sie den schwarzen Ritter, der das Oberteil ihres Kleids festhielt und gleichzeitig den Schotten abwehrte.

Lark, die nur noch an Flucht dachte, packte mit beiden Händen das Vorderteil ihres Kleids und riss den alten, zerschlissenen Stoff in der Mitte durch. Das Kleid rutschte von ihren Schultern, und sie taumelte ein wenig nach vorn. Hinter sich hörte sie das dumpfe Grollen des Ritters. Ohne sich umzuschauen, rannte sie in die Wälder und ließ ihn mit ihren Sachen und dem Schotten zurück. Feuchtkalte Luft wehte über ihre nackte Haut. Sie erschauerte und rannte weiter.

Stoke fluchte, als er im Mondlicht einen flüchtigen Blick auf ihren nackten Körper erhaschte und die feuchte Wolle ihres Kleids in seiner Faust fühlte. Aus dem Augenwinkel sah er wieder den Dolch des Schotten durch die Luft sausen. Sein Angreifer war ein großer Mann und konnte es an Gewicht und Kraft mit Stoke aufnehmen.

Stoke fing die Faust ab, bevor der Dolch in seiner Brust landete. Er nutzte die Wucht, mit der sich der Mann auf ihn gestürzt hatte, stieß ihm die Füße in den Bauch und warf ihn um. Mit einem dumpfen Krachen ging der Schotte zu Boden.

Bevor sich der andere rühren konnte, sprang Stoke auf. Der Schotte war groß, aber er war auch langsam. Stoke warf sich auf ihn und presste die Arme des Manns auf den Boden. Immer wieder hieb er die Hand, die den Dolch hielt, auf die Erde, bis der Schotte die Waffe fallen ließ.

Der andere strömte den Geruch von Ale, Blut und Schweiß aus. Stoke starrte den knurrenden, schwer atmenden Mann ab. »Sag mir etwas über das Mädchen.«

Das grimmige Knurren verwandelte sich in ein bösartiges Lächeln, das die verrotteten Zähne des Mannes zeigte. »Für eine Engländerin ist sie gar nicht so übel, wenn sie die Beine breit macht.«

»Gehört sie zu deiner Bande?«, stieß Stoke zwischen den Zähnen hervor.

»Aye.«

»Lebt sie bei deinem Clan?«

»Kaum. Sie ist Engländerin. Die würden sie bei lebendigem Leib rösten und aufhängen.« Sein Hass auf die Engländer schwang in seiner Stimme mit.

Stoke drückte seinen Ellbogen so fest auf die Luftröhre des Schotten, dass er sie beinahe zerquetschte. »Wo lebt das Mädchen?«

Er hustete und würgte. »Weiß ich nicht.«

»Wir werden sehen, wie viel du weißt.« Stoke ließ seinen Ellbogen auf der Kehle des Schotten, als er ihn auf die Seite rollte. Er stieß ihm die Arme hinter den Rücken und zog ihn hoch.

Diesen Moment nutzte der Schotte zum Angriff.

Er rammte Stoke mit dem Rücken und riss dabei seine Arme los. Stoke verlor die Geduld, packte den Schotten und schleuderte ihn gegen einen Baumstamm.

Der Schotte prallte an den Stamm, zuckte krampfartig zusammen und krümmte sich. Ein dumpfes Röcheln kam über seine Lippen. Sein Kopf sackte nach vorn gegen den Baumstamm.

Stoke, der halb und halb mit einem weiteren Angriff rechnete, ließ den Schotten nicht aus den Augen.

Bis er den scharfen, gezackten Ast sah, der aus der Mitte seines Rückens ragte.

»Hölle und Teufel!«, murmelte er. Er hatte den Schotten lebend gewollt, um ihn auszufragen. Ein dünnes Rinnsal Blut tröpfelte aus der geschwollenen Nase des Schotten. Stoke beugte sich vor. Ihm war eingefallen, dass das Mädchen behauptet hatte, die Nase eines der Angreifer gebrochen zu haben.

Die Nase des Mannes schien tatsächlich erst kürzlich eingeschlagen worden zu sein; das Fleisch unter seinen Augen verfärbte sich bereits bläulich. Stoke schüttelte den Kopf. Er glaubte keine Sekunde, dass eine Frau in der Lage sein könnte, einem Mann die Nase zu brechen. Wahrscheinlich hatte der Schotte vor kurzem eine Rauferei mit einem seiner Kumpane gehabt, aus der er als Verlierer herausgegangen war. Noch eine von ihren Lügen.

Ihm ging durch den Kopf, dass sie gesagt hatte, die Schotten wären zu fünft gewesen. Er erinnerte sich an ihre Warnung, dass der Schotte hinter seinem Rücken wäre. In beiden Punkten hatte sie die Wahrheit gesagt. Vermutlich empfand sie keinerlei Loyalität für den Halunken. Das war typisch für diese Art Frau.

Diese Art Frau. Welche Art Frau war sie? Ihm war aufgefallen, wie gewählt sie sich ausdrückte, als hätte sie in einem vornehmen Haus gelebt. Wahrscheinlich hatte sie als Kammerzofe gearbeitet, war der Sache überdrüssig geworden und hatte sich mit den Schotten zusammengetan. Sie musste eine gute Schauspielerin sein.

Aber nicht gut genug. Seine Lippen verzogen sich zu einem grimmigen Lächeln, als er zu seinem Pferd schlenderte. Sie ging ihm einfach nicht aus dem Kopf – sie und die Art, wie sich ihr Körper unter seinem angefühlt hatte. Die Hitze ihrer Lippen, als sie sie ihm darbot. Er würde sich den Kuss holen, der ihm gestohlen worden war. Und noch mehr. Ihre Spur zu verfolgen würde ein Vergnügen sein.

Es dauerte nicht lange, bis die Mauern von St. Vale vor Lark aufragten. Der Wald war ihr zweites Zuhause. Sie verbrachte dort viele Stunden, um Kräuter zu sammeln. Sie kannte jeden Eichhörnchenkobel, jeden Wildwechsel, jede Spur von den Wildschweinen, jede Lichtung und jede Anhöhe. Und die schnellsten Wege, um nach Hause zu kommen.

Sie ließ den Wald hinter sich und schlich sich an die Burg heran. Die hohen grauen Mauern schimmerten bläulich im Mondlicht. Keine fünf Fuß entfernt verbarg sich in einem Gewirr von Dornenzweigen und Nesseln das Seitentor. Lark warf einen sehnsüchtigen Blick auf den geheimen Zugang, aber da es unmöglich war, sich unbekleidet durch die Dornen zu wagen, ging sie daran vorbei zur Vorderseite der Burg.

Auf der Brustwehr ertönten Schritte, und sie machte einen Satz zur Seite und presste sich mit dem Rücken flach an die Mauer. Der Schatten eines Wachtpostens bewegte sich dicht vor ihren Füßen über den Boden. Sowie die Schritte verklungen waren, rannte sie weiter an der Mauer entlang. Als sie sich der Zugbrücke näherte, hörte sie Stimmen von dem Pfad, der ins Dorf führte.

Im letzten Moment erinnerte sie sich an ihre Nacktheit und verschwand fluchtartig hinter der östlichen Mauer. Sie drückte ihren Rücken daran und fühlte die eisigen Steine an ihrem Rückgrat. Zitternd vor Kälte, eine Gänsehaut auf den Armen, wartete sie darauf, dass die Leute vorbeigingen.

Die Stimmen kamen näher.

»Oh, sing mich in den Schlaf, du holde Maid …« Lark erkannte den misstönenden Gesang ihres Vaters.

»Sei lieber still, Vater. Mutter soll doch nicht merken, dass wir da sind«, bemerkte Evel, ihr ältester Bruder.

»Nee, sie war nicht gerade glücklich, als wir vorhin vom Turnierplatz verschwunden sind«, sagte einer der Zwillinge. »Ich möchte nicht, dass sie dir einen Rattenschwanz in die Suppe gibt.«

»Und das würde sie fertig bringen. Die Frau liebt es, mich zu quälen. Ihr habt ja gehört, dass sie gedroht hat, mein Bett in den Burggraben zu werfen.« Ihr Vater erhob die Stimme und brüllte: »Elizabeth, meine Liebste, muss ich im Burggraben schlafen?«

Lark spähte hinter der Mauer hervor. »Psst! Vater!«

»Ist das meine kleine Pigeon?«, rief ihr Vater. Cedric und Harold hielten ihn an den Armen, und als er herumfuhr, zog er die beiden mit sich und hätte beinahe alle drei zu Fall gebracht.

»Sachte, sachte!« Evel stützte seinen Vater, während die Zwillinge um ihr Gleichgewicht kämpften.

»Vater, du musst hineingehen und Ruhe geben«, sagte Lark, die ihrer Mutter im Moment lieber nicht begegnen wollte. Sie hoffte, dass ihr Vater auf sie hören würde. Gewöhnlich hatte sie mehr Einfluss auf ihn als ihre Brüder.

»Komm raus, Pigeon, komm raus. Ich kann nur deinen Kopf sehen. Und zwar gleich zwei davon … nein, drei.« Ihr Vater kniff die Augen zusammen und riss sie dann wieder auf.

Lark verdrehte die Augen. »Ich kann nicht kommen.«

»Warum nicht?«, fragten Harold und Cedric gleichzeitig.

Lark beschlich ein vertrautes, leicht gespenstisches Gefühl, wie immer, wenn die Zwillinge dasselbe sagten. Sie schüttelte es ab und sagte: »Ich habe nichts an.«

Ihr Vater sah zuerst Harold, dann Cedric an. »Habt ihr zwei eurer Schwester wieder mal einen Streich gespielt?«

»Nein, Vater«, sagte Harold.

»Du weißt, dass wir in der Schenke waren«, fügte Cedric hinzu. »Wir haben dich nach Hause gebracht, damit du keinen Ärger mit Mutter bekommst.«

»Ah ja. Richtig.« Er trat schwankend von einem Fuß auf den anderen und sah wieder zu Lark. »Wo sind deine Sachen?«

Sie suchte nach einer glaubwürdigen Lüge. »Du weißt doch, wie sehr Mutter es hasst, wenn ich ein Bad im Teich nehme. Na ja, nach einer ihrer öden Nähstunden bin ich zum Teich gegangen, und dann ist Baltizar – das räudige Mistvieh – mit meinem Kleid auf und davon.«

»Warum ist dein Gesicht braun, Pigeon?« Ihr Vater schirmte seine Augen mit einer Hand ab, als könnte er dadurch klarer sehen. »Ist das Schlamm? Sieht nicht so aus, als wärst du geschwommen.«

»Ich bin hingefallen, als ich Baltizar nachlief. Wenn ich das Rabenaas in die Finger kriege, wird es ihm leid tun.« In der Hoffnung, das Thema zu wechseln, wandte sie sich an Evel. »Könntest du mir bitte deinen Umhang leihen?«

»Ich gebe dir meinen – gegen einen Preis.« Harold und Cedric kicherten.

Lark durchbohrte die beiden mit einem Blick. Seit sie sich erinnern konnte, quälten die Zwillinge sie. Dieses Mal war keine Ausnahme. »Wenn ihr mir schon nicht helfen wollt, helft wenigstens Vater. Bringt ihn bitte zu Bett … und sorgt dafür, dass er sich ruhig verhält.«

»Du hast uns gar nichts zu sagen«, sagte Cedric.

»Tut, worum euch eure Schwester gebeten hat«, sagte William versöhnlich.

Die beiden starrten Lark giftig an und halfen dann William über die Zugbrücke.

Sie drehte sich zu Evel um und sah den finsteren Ausdruck auf seinem Gesicht.

»Hier, ich denke, das kannst du brauchen.« Er warf ihr seinen Umhang zu.

»Danke.« Lark nahm das Kleidungsstück und warf es um ihre Schultern. »Wenigstens einer meiner Brüder ist ritterlich.« Sie lächelte ihn an und trat zu ihm.

Er betrachtete den Schlamm auf ihrem Haar und Gesicht. »Was hast du jetzt schon wieder angestellt?«

»Das ist eine lange Geschichte, die ich lieber vergessen möchte.« Sie wechselte rasch das Thema. »Danke, dass du Vater nach Hause gebracht hast.«

»Ich wusste, Mutter würde mir die Hölle heiß machen, wenn ich es nicht tue.«

Lark hörte hinter ihnen auf der Straße das Geräusch von donnernden Hufen – ein nur zu vertrauter Klang. Sie packte Evel am Arm. »Wenn du mich auch nur ein bisschen gern hast, sagst du dem Ritter, der gleich kommen wird, dass du mich nicht gesehen hast. Er wird weiterreiten, wenn er hört, dass ich nicht hier bin.«

»Aber –«

Aber Lark lief schon über die Zugbrücke und verschwand im Burghof. Evel starrte ihr mit offenem Mund nach.

Stoke zügelte sein Pferd vor der hoch gewachsenen Gestalt. Er beugte sich vor, um sich das Mädchen zu schnappen, aber dann bemerkte er seinen Irrtum. »Habt Ihr ein Mädchen gesehen – groß, blond, höchstwahrscheinlich nackt?«, fragte er den jungen Mann.

»Wenn es so wäre, hätte ich Besseres zu tun, als mit Euch zu reden.« Der leicht feindselige Ton strafte das Grinsen auf seinem Gesicht Lügen.

»Ich dachte, ich hätte sie in diese Richtung laufen sehen.«

»Ihr irrt Euch. Was hat das Mädchen getan?«

»Sie war bei einer Gruppe Schotten, die mich angegriffen hat.«

»Ich habe sie nicht gesehen«, gab der junge Mann etwas zu abrupt zurück. Offensichtlich fiel es ihm selbst auf, denn seine Stirn furchte sich ein wenig, und er warf einen verstohlenen Blick in den Burghof.

Stoke, der sich von dieser Lüge nicht täuschen ließ, starrte den jungen Mann finster an. »Ihr wisst, wo sie ist. Wahrscheinlich ist sie Euch ebenso wie jedem anderen Mann hier in der Gegend zu Diensten. Ich will das Weibsbild. Sagt mir, wo Ihr sie versteckt.«

»Mein Wort ist meine Ehre.« Der junge Mann reckte sich stolz. »Ich bin Evel Mandeville, Erbe von St.

Vale. Falls Ihr nicht den Wunsch habt, mir auf dem Kampfplatz zu begegnen, müsst Ihr mein Wort akzeptieren.«

Stoke hatte in seiner Eile, das Mädchen zu finden, völlig vergessen, wo er war. In umgänglicherem Ton sagte er: »Ihr seid der Bruder von Lady Helen?«

»Ja.« Evels Augenbrauen fuhren verwundert in die Höhe. Forschend betrachtete er Stokes Gesicht.

»Ich bin Stoke de Bracy, Earl of Blackstone. Ich werde erwartet.«

Dem jungen Mann verschlug es die Sprache. Wieder sah er nervös zum Burghof. Mit auffallend lauter Stimme sagte er: »Dann bleibt Ihr bei uns?«

»Wie sonst könnte ich Eure Schwester kennen lernen?«

Dem jungen Mann schien aufzufallen, wie absurd seine Frage war. Er trat von einem Bein aufs andere. »Das ist wahr, Mylord. Meine Mutter erwartet Euch.«

Stoke gönnte seinem zukünftigen Schwager einen letzten langen Blick und ritt dann über die Zugbrücke, wobei er auf das hohle Dröhnen von Shechems Hufen auf den Holzplanken lauschte. Das Mädchen war irgendwo in St. Vale; er konnte ihre Angst förmlich riechen. Er würde sie finden, noch bevor die Nacht vorbei war. Er brauchte nur Evel zu folgen. Bestimmt würde der junge Mann ihn zu ihr führen.

Beim Absteigen musterte er den Burghof, ohne Evel aus den Augen zu lassen. Das Mondlicht brach sich an den grauen Zinnen und warf lange, dreieckige Schatten in den Hof. Stoke betrachtete die Burgkapelle mit ihrem spitzen Turm und den weitläufigen, strohgedeckten Stall, wo er in der langen Reihe von Boxen nach dem Mädchen Ausschau hielt. Aber alles, was er sah, waren Pferde, die mit dem Schweif die Fliegen verscheuchten. In der Nähe des Stalls ragte ein hoher

Heuschober vor dem Abendhimmel auf. Stokes Blick wanderte über den Boden, vorbei an zwei Hunden, die an einem großen Haufen Abfall schnüffelten. In der Nähe befand sich eine Reihe strohgedeckter Werkstätten, die zweifellos einen Grobschmied, einen Waffenschmied und einen Zimmermann beherbergten. Von dem Mädchen war nirgends etwas zu sehen.

»Wen haben wir denn da? Besuch?« Das undeutliche Lallen eines Betrunkenen ließ sich vernehmen.

Stoke wandte sich zu den gewaltigen Türen um, die in die Halle führten. Drei Männer standen davor. Zwei von ihnen stützten den dritten.

Evel trat zu ihm. »Das sind mein Vater und meine Brüder. Kommt. Ich werde Euch vorstellen. Vergebt den Zustand meines Vaters – er hat ein bisschen zu viel des Guten gehabt. Ihr könnt Euer Pferd hier lassen. Ich schicke jemanden, der sich um das Tier kümmert.«

Stoke sagte nichts, sondern folgte Evel nur. Er blieb vor seinem zukünftigen Schwiegervater stehen. Ein älterer Mann, wenn auch ohne den Bauchansatz, der gewöhnlich das Alter begleitete, und auch sein Haar war noch nicht schütter. Dichtes dunkelblondes Haar bedeckte seinen Kopf; silbergraue Strähnchen durchzogen die Schläfen.

»Vater, das ist der Earl of Blackstone. Lord Blackstone, mein Vater, William Mandeville. Und meine Brüder Harold und Cedric.«

Stoke nickte den beiden jungen Männern zu, die ihren Vater hielten. Beide mit blondem Haar, das im Mondlicht schimmerte, ähnelten sie einander wie ein Ei dem anderen. Es hieß, dass Zwillinge Unglück brachten, und die meisten von ihnen wurden bei der Geburt ertränkt. Wie waren die beiden diesem Schicksal entgangen?

»So, so, freut mich, den Schwarzen Drachen endlich

kennen zu lernen«, sagte William. »Ich habe die Bänkelsänger von Eurem Triumph singen hören. Ihr könnt doch nicht wirklich fliegen, oder?«

»Ihr dürft nicht einmal die Hälfte von dem glauben, was man sich über mich erzählt.« Stoke starrte über Williams Kopf hinweg auf den Torbogen vor den Türen zur Halle, immer noch auf der Suche nach irgendeinem Zeichen von dem Mädchen.

»Freut mich trotzdem, Euch kennen zu lernen.« William wollte Stoke auf die Schulter klopfen, verfehlte ihn aber und traf nur die Luft vor Stokes Oberkörper. »Aber seid Ihr sicher, dass Ihr keine Flügel habt? Ich würde Euch zu gern fliegen sehen. Einem müden, alten Krieger wie mir würde es gefallen, einen geflügelten Schwiegersohn zu haben.« Er warf den Kopf zurück und lachte so schallend, dass es von den Burgmauern widerhallte.

Stoke versteifte sich, und seine Miene wurde noch düsterer.

»Kommt, kommt. Meine Frau wird sich freuen, dass Ihr endlich eingetroffen seid.« Er beugte sich näher zu Stoke und raunte ihm zu: »An Eurer Stelle würde ich ihr nicht erzählen, dass Ihr nicht fliegen könnt. Sie hat hohe Erwartungen, was Eure Person angeht. Sie glaubt, alle Grafen könnten fliegen.« William wandte sich an Evel. »Wo ist meine Pigeon? Ich will, dass sie den Flugdrachen kennen lernt.« Seine Stimme wurde lauter. »Pigeon, wo bist du?«

»Ich hole sie, Vater«, sagte Evel beschwichtigend.

Stoke sah zu Evel, dann wieder zu William Mandeville. Er hatte gehört, dass Baron Mandeville exzentrisch war, aber Tauben zu halten? Und den Wunsch zu haben, dass eine von ihnen Stoke kennen lernte? Das war eindeutig mehr als exzentrisch.

Er wartete, bis die Zwillinge mit William vorangingen, dann trat er zu Evel. »Hält Euer Vater Tauben als Haustiere?«, fragte er mit gedämpfter Stimme.

»Nein.«

»Warum will er dann, dass ich eine kennen lerne?«

Evels Blick ging nervös zum Rücken seines Vaters und kehrte dann unruhig zu Stoke zurück. Ein Muskel in seinem Kiefer zuckte, als er sagte: »Um ehrlich zu sein, wir haben gerade unsere Schweinehirtin verloren. Ihr Name war Pigeon. Ein großer Verlust für meinen Vater. Er scheint ihren Tod nicht akzeptieren zu können.« Er schaute sich im Hof um, als ob er erwartete, dass jeden Augenblick der Geist dieser Pigeon auftauchen würde.

»Euer Vater lässt seine Schweine von Frauen hüten?« Stokes Skepsis war nicht zu überhören.

»Na ja, er hatte Mitleid mit dem armen, einfältigen Ding. Sie war auch ein bedauernswertes Wesen, wälzte sich ständig im Dreck, verlor ihre Kleider. Ein hässliches Geschöpf – noch dazu stumm. Die Schweine zu hüten hielt sie von Schwierigkeiten fern, und sie brachte zwar kein einziges vernünftiges Wort heraus, aber sie konnte grunzen, und die Schweine verstanden sie.« Er zuckte die Schultern. »Sie war meinem Vater sehr ergeben und den Schweinen auch. Ich bin nicht sicher, wen sie mehr verehrte.«

»Verstehe.« Stoke bewunderte William Mandeville für sein Mitgefühl, aber einer Frau, die nicht ganz richtig im Kopf war, zu erlauben, sich um seine Schweine zu kümmern? Stoke schüttelte den Kopf.

Evel war in nachdenkliches Schweigen verfallen. Stoke lauschte auf William Mandevilles betrunkenes Summen und Pfeifen und sah zu, wie er beim Gehen vornüber taumelte und dadurch seine Söhne zwang, seinen schwankenden Körper nach jedem Schritt hochzuhieven.

Stoke hatte das Gefühl, von jemandem beobachtet zu werden. Er warf einen Blick auf ein paar Baracken, in denen er die Quartiere der Soldaten vermutete. Irgendetwas bewegte sich im Schatten. Oder spielten ihm seine Augen einen Streich? Er war sich nicht sicher. Der Mond war hinter einer Wolke verschwunden, und der Burghof war in Dunkelheit getaucht.

Er runzelte die Stirn und dachte an das Mädchen. Ihr Bild stand lebhaft vor seinen Augen. Sie war nicht hübsch, entschied er, und auch nicht so üppig, wie er es bei Frauen gern hatte, sondern knochig wie ein krankes Maultier. Sie hatte zu wenig – praktisch gar keinen – Busen, um einen Mann zu reizen. Aber ihre Zunge lief wie geölt.

Tatsächlich hätte sie sogar einen tauben Mönch in Rage bringen können. Würde sie ihre Zunge ebenso sehr einsetzen, um einem Mann zu gefallen, wie sie es getan hatte, um ihn zu provozieren, könnte sie eine reiche Hure sein. Auch war sie nicht zurückhaltend oder gefügig, wie es eine Frau sein sollte. Sie war alles, was Stoke verabscheute. Verschlagen. Gerissen. Dreist. Vorlaut. Und dennoch hatte er bei keiner Frau ein stärkeres Verlangen verspürt, sie zu beherrschen und zu besitzen.

Er schlenderte in die Burg und behielt dabei Evel scharf im Auge. Sir William, sein Gastgeber, gab undeutliche Grunzlaute von sich, die an den steinernen Wänden echoten. Fackeln brannten zu beiden Seiten des Ganges, und ein Gobelin, auf dem Blumen und Früchte zu sehen waren, schmückte eine Wand. Schritt für Schritt glich Stoke sich Evels Tempo an, nicht gewillt, ihn von seiner Seite zu lassen. Er wusste, dass Evel ihm zu dem Mädchen führen konnte. Seine Gedanken kreisten so ausschließlich darum, sie zu finden, dass er den schrillen Aufschrei einer Frau, als sie die Halle betraten, kaum zur Kenntnis nahm.

»Nein, Elizabeth, nicht meinen Becher!«, brüllte William.

Harold und Cedric schubsten William zur Seite und warfen sich zu Boden.

»Ducken!«, brüllte Evel und presste sich an die Wand.

Stoke bemerkte den schweren Goldkelch erst, als er ihn direkt an der Schläfe traf. Einen Moment lang sah er alles doppelt. Dann wurde ihm schwarz vor Augen.

Stoke spürte etwas Kaltes auf seinem Kopf und schlug die Augen auf. Eine Frau nahm ein feuchtes Tuch von seiner Stirn und sah ihn an. Ihr schwarzes Haar, das ihr in einem dicken Zopf über die Schulter fiel, glänzte im Kerzenlicht. Sie war hübsch, mit einem ebenmäßigen Gesicht, und musste in den Vierzigern sein. Sorgenfalten zeigten sich in ihren Augenwinkeln und zwischen ihren Augenbrauen. Irgendetwas in ihren lebhaften blauen Augen sprach von einem verhaltenen Schmerz, einer inneren Zerrissenheit, mit der sie schon lange leben musste.

Er hatte diesen Blick bei seiner Frau Cecily die ganzen zwei Jahre ihrer Ehe erlebt, nachdem sie ihm erst das Herz aus dem Leib gerissen und dann vor die Füße geschleudert hatte. Er fragte sich, welche geheime Hölle diese Frau wohl durchmachte.

»Erlaubt mir zu sagen, wie leid es mir tut, die Beherrschung verloren zu haben. Ich schwöre, ich habe nur William gesehen, und in diesem Augenblick ist mein Temperament mit mir durchgegangen.«

Stoke verzog das Gesicht und berührte die Schwellung an seiner Schläfe. »Ihr wart es, die mich verletzt hat?«

»Ja. Ich bin Lady Elizabeth, Lord Mandevilles Frau, und ich schäme mich meines Benehmens zutiefst. Es ist unverzeihlich. Wenn ich geahnt hätte, dass Ihr hinter meinem Mann wart, hätte ich den Kelch niemals geworfen. Oh, Ihr müsst mir verzeihen!« Ihre Wangen glühten, als sie den Blick auf ihre Hände senkte.

Stoke grunzte etwas Unverständliches. Jetzt wusste er mit Sicherheit, dass William Mandeville nicht ganz bei Trost war. Ein Mann, der seine Frau nicht beherrschte, konnte nicht richtig im Kopf sein.

»Wie geht es dir?« Rowland sprach von einem Stuhl am Bettende. Die Sorge in seinen Augen strafte das Grinsen auf seinem Gesicht Lügen.

Stoke sah ihn an. »Ich werd's überleben.«

»Von einem Becher zu Fall gebracht.« Rowland schüttelte den Kopf. Seine graublauen Augen funkelten boshaft, als er hinzufügte: »Ich hoffe, diese Geschichte macht nicht die Runde. Dieses Missgeschick möchte ich nicht gern im Lied eines Barden wiederfinden.«

Stoke, der Rowlands trockenen Humor kannte, durchbohrte ihn mit einem finsteren Blick.

»Oh, Sir Rowland, wir würden nie ein Wort darüber verlauten lassen«, hauchte Lady Elizabeth. »Wir können nicht zulassen, dass unser Ruf so leidet.« Sie lächelte Stoke an, aber ihre dunklen Augenbrauen zogen sich ein wenig zusammen. »Wir haben Euch früher erwartet, Mylord. Helen war sehr enttäuscht, dass Ihr nicht mit zu Abend essen konntet. Sir Rowland erzählte, dass Ihr durch Geschäfte aufgehalten wurdet. Ich hoffe, Ihr werdet nicht noch einmal abberufen, bevor Ihr Euch wegen Helen entschieden habt.«

Stoke und Rowland wechselten einen Blick. Dann bemerkte Stoke das allzu eifrige Leuchten in Lady Elizabeths Augen. Das Gefühl, in der Falle zu sitzen, stieg abrupt in ihm auf und bewog ihn zu der Erwiderung: »Das kann ich nicht mit Sicherheit sagen, Mylady.«

»O je, ich fürchte, Ihr seid nicht erfreut über uns.«

»Er wird erfreut sein, sowie er Lady Helen sieht«, sagte Rowland grinsend.

Wieder warf Stoke seinem Freund einen finsteren Blick zu. Er wusste, dass Rowland das nur gesagt hatte, um sein Interesse zu wecken. Aber im Moment fand Stoke den Raum, in dem man ihn gebracht hatte, weit interessanter. Er starrte an der Schulter seines Freundes vorbei auf eine Sammlung von Streitäxten, die aufs Geratewohl aufgehängt waren und an einer der Wände ein leicht verzogenes V bildeten. Auf dem Boden lagen wahllos Kleidungsstücke verteilt, daneben die Teile einer Rüstung. Flaschen mit verschiedenfarbigen Flüssigkeiten standen neben mehreren Büchern auf einem Tisch. Vor dem Tisch stand ein Stuhl, aus dessen Polster aus mehreren Löchern an der Seitennaht die Füllung quoll.

»Oh, bitte«, sagte Lady Elizabeth atemlos, die seinem Blick gefolgt war. »Ich bitte Euch, seht Euch in diesem Zimmer nicht um. Es gehört meiner Tochter Lark. Sie ist nicht so gewissenhaft wie Helen, obwohl ich das Kind jede Minute des Tages anflehe, dieses Zimmer in Ordnung zu bringen.«

»Ordnung«, echote Stoke, der sich fragte, ob er sich nicht eher in einer Folterkammer als im Gemach einer Dame befand. Er dachte an die bezaubernde Vollkommenheit von Cecilys Zimmer, an die Wände mit den Tapisserien, die sie gestickt hatte, und den Stühlen, die so zerbrechlich gewirkt hatten, dass er kaum je gewagt hatte, sich auf einen zu setzen, aus Furcht, er könnte unter ihm zusammenbrechen. Er versuchte sich vorzustellen, was für eine Art Frau es sein mochte, die ein

Zimmer wie dieses bewohnte. Ohne Zweifel eine Frau, die dazu neigte, im Chaos zu leben, und am Töten interessiert war. Das Bild des Mädchens entstand vor seinem geistigen Auge, und er zog die Augenbrauen zusammen. Irgendetwas in dem Zimmer erinnerte ihn an sie. Lady Elizabeths Stimme unterbrach seine Überlegungen.

»Ich wollte nicht, dass meine Söhne Euch hierher bringen, aber es war das nächste Bett.« Lady Elizabeth seufzte. »Ich hätte diesen Raum schon längst reinigen lassen sollen, aber Lark weigert sich, jemanden hier hereinzulassen. Und offen gesagt, das ist auch besser so.« Elizabeth schaute sich in dem Zimmer um und verzog das Gesicht.

»Ich kann verstehen, warum«, sagte Stoke. »Sagt mir, wie sieht Lady Lark aus?«

»Sehr groß, dünn, langes blondes Haar. Aber warum fragt Ihr?« Lady Elizabeth blickte Stoke verwirrt an.

»Reine Neugier.« Stoke unterdrückte das boshafte Grinsen. »Und wo ist Eure Tochter?«

»Das kann ich wirklich nicht sagen. Sie ist oft allein unterwegs. Ich predige ihr ständig, dass junge Damen so etwas nicht tun, aber mein Mann lässt ihr in allem ihren Willen. Der Himmel allein weiß, wo sie sein mag.«

Stoke verzog keine Miene.

Lady Elizabeth sah ihn forschend an und platzte heraus: »Wenn ich es recht überlege, glaube ich, dass sie in die Dorfschenke gegangen ist, um meinen Mann nach Hause zu bringen. Sie ist allerdings nicht mit ihm gekommen.« Sie bemerkte, dass Stoke die Stirn runzelte, und fügte hinzu: »Ihr dürft nicht glauben, dass Helen auch so ist. Nie würde sie so etwas tun. Sie ist ganz anders als ihre Schwester.«

»Das will ich hoffen, Mylady.«

»Bitte verzeiht mir, dass ich so daherschwatze. Ich

werde Euch etwas Tee machen. Bestimmt habt Ihr Kopfschmerzen. Der Tee wird Euch helfen einzuschlafen. Wenn Ihr Euch morgen besser fühlt, könnt Ihr meine Tochter Helen kennen lernen. Ich bin sicher, Ihr werdet der Heirat zustimmen, wenn Ihr sie erst einmal gesehen habt.«

Stoke hob eine Hand, um ihr zu sagen, dass er den Tee nicht brauchte, aber sein Finger blieb in einem Loch in der Bettdecke stecken. Der zerschlissene Stoff riss, als er den Finger herauszog. Er hob den Blick, um Lady Elizabeth anzuschauen, aber sie hatte das Zimmer bereits verlassen.

Stoke ließ seine Hand sinken und musterte kopfschüttelnd den gut zehn Zentimeter langen Riss in der Decke. Dann merkte er, dass sich irgendetwas in seine Seite bohrte, langte nach unten und zog einen Dolch unter dem Leintuch hervor.

»Ah, noch ein Stück aus Lady Larks Räuberhöhle.« Rowland unterstrich seine Worte, indem er auf das Zimmer deutete.

»Tja, aber ich denke, man sollte Lady Lark nicht erlauben, Waffen zu haben.« Er warf einen Blick auf die Türfüllung.

Tiefe Kerben in der Größe einer Dolchspitze bildeten ein unregelmäßiges Muster auf dem Eichenholz, ein Hinweis darauf, dass Lady Lark ihre Wurftechnik gern vom Bett aus übte. Stoke hob den Dolch und schleuderte ihn an die Tür. Zitternd blieb er in einem der Löcher im Holz stecken.

Rowland betrachtete den Dolch und fragte: »Denkst du dasselbe, was ich denke?«

»Ja.« Stoke schnitt eine Grimasse, schwang seine langen Beine aus dem Bett und setzte sich auf. Dann hielt er sich den Kopf und wartete darauf, dass der Raum aufhörte, sich vor ihm zu drehen.

»Sie hat also die ganze Zeit die Wahrheit gesagt. Sie ist eine Dame.«

»Wenn man sie so nennen kann.« Stoke runzelte die Stirn und fragte: »Wie ist ihre Schwester?«

»Schöner, als du dir erträumen kannst. Sie ist sanft und gefügig, und mit ihrer Anmut verzaubert sie jeden Raum. Ich bin sicher, sie wird dir gefallen.«

»Cecily war auch sanft und gefügig … am Anfang.«

»Ja, aber du kannst nicht jede Frau nach ihr beurteilen.«

»Ich fange allmählich an zu bedauern, wieder an eine Heirat gedacht zu haben.«

»Warum? Du brauchst jemanden, um deinen Sohn großzuziehen. Du kannst es nicht ständig hinauszögern, dir eine Frau zu suchen.«

»Davon versuchst du mich seit einem Jahr zu überzeugen, aber ich sehe immer noch keinen Grund dazu.«

»Du wirst deine Meinung sofort ändern, wenn du Lady Helen siehst. Alles, was wir bei Hof über sie gehört haben, ist wahr. Ihre Liebenswürdigkeit und Schönheit stellen jede Dame, die ich je kennen gelernt habe, in den Schatten.« Ein verzücktes Lächeln trat auf Rowlands Lippen.

»Das sind unleugbare Vorzüge, zugegeben, aber alles, was ich von ihr verlange, ist, dass sie meinen Haushalt führt, Varik eine gute Mutter ist und sich ansonsten bescheiden im Hintergrund hält.« Stoke hoffte, Lady Helen würde diese Ansprüche erfüllen können, denn er hatte nicht die Absicht, jemals wieder eine Frau zu lieben oder ihr zu vertrauen.

»Ich bin überzeugt, du wirst feststellen, dass sie all das kann und noch mehr.« Rowland grinste wissend.

Stoke musterte ihn finster. Im Grunde rechnete er nicht damit, dass Lady Helen sich in irgendeiner Weise von Cecily unterscheiden würde, denn auch Cecily hatte Schönheit und gewinnende Manieren besessen. Unglücklicherweise hatte ihre liebenswürdige Fassade nichts daran geändert, dass sie ein schlechtes Herz hatte.

Angesichts Stokes Schweigen fügte Rowland leicht ironisch hinzu: »Du wirst einfach die Tatsache übersehen müssen, dass sie eine Schwester hat, die dich möglicherweise gern tot sehen würde.«

»Mit Lady Lark werde ich schon fertig.«

»Was hast du vor?«, brach Rowland das Schweigen.

»Sie zu finden.«

»Wie konnte sie dir entkommen, bitte sehr?«

»Das würdest du nicht wissen wollen.« Stoke fiel Rowlands Grinsen auf, und seine Miene verdüsterte sich.

»Heute scheint nicht dein Glückstag zu sein.«

»Ich habe vor, das zu ändern.« Stoke biss die Zähne zusammen. »Irgendwann muss Lady Lark ja nach Hause kommen.«

Stokes Augen wurden schmal, als er sich an die feurige, sinnliche Hitze von Lady Larks Lippen erinnerte, die die seinen beinahe berührt hätten, und an diese langen Beine, die die Hüften eines Mannes mühelos umschlingen könnten. O ja, er würde es genießen, sie wieder zu sehen. Dieses Mal würde sie nicht so leicht davonkommen.

Lark schlich den langen Gang zur Halle hinunter. Der Schein der Fackeln, der über die Wände flackerte, schien ihr zu folgen. Baltizar trottete neben ihr her, so dicht, dass sie sein dichtes graues Fell an ihrem rechten Bein spüren konnte. Sie hatte sich im Badehaus den Schmutz vom Leib gewaschen und sich in den Soldatenunterkünften lange Hosen, eine Tunika und ein

Paar Stiefel geliehen – aber erst nachdem sie alles gründlich auf Ungeziefer untersucht hatte. Man konnte nicht vorsichtig genug sein. Ihre Mutter entlauste die Baracken jeden Mittwoch mit Flohmittel. Leider vernichtete es nicht immer alle Flöhe und Läuse.

Ihr nasses Haar klebte an ihrem Rücken. Sie hatte es schrecklich lange einseifen und spülen müssen, um den Dreck und Schlamm herauszubekommen. Jetzt drang die Nässe durch das grobe Wollhemd und juckte. Sie kratzte sich an einer Stelle an den Rippen. Der schwarze Ritter war immer noch hier; sie hatte ihn hinter ihrem Vater in die Burg gehen sehen. Die beiden waren zu weit entfernt gewesen, als dass sie etwas von ihrer Unterhaltung mitbekommen hätte, aber sie hatte gehört, wie ihr Vater laut nach ihr rief.

Sie dachte an den schwarzen Ritter und seine faszinierenden Schlangenaugen. Diese Augen besaßen die Macht, in ihr den Wunsch zu wecken, ihn zu küssen. Wie war das nur möglich? Sie liebte Avenall. Aber der Ritter würde keine zweite Chance haben, ihr je wieder in die Nähe zu kommen. Ihre Finger schlossen sich um das Heft ihres Schwerts.

Mit diesem Entschluss gewappnet, betrat sie die Halle. Balken, so breit wie ihre Taille und durch den Ruß und Qualm von Jahrhunderten verwittert und geschwärzt, spannten sich über die Decke. Gobelins, viele davon von ihrer Mutter oder Helen gefertigt, zierten die Wände. Schwere Eichentische, die zu einer langen Reihe zusammengestellt waren, erstreckten sich über die gesamte Länge des Raums. In der Mitte brannte ein Feuer in der Feuerstelle.

Evel und Sir Gowan, der Waffenmeister ihres Vaters, saßen sich an einem der Tische gegenüber. Der Schein des Feuers brach sich in Sir Gowans dichter silbergrauer Haarkrone. Er zupfte an seinem Vollbart.

Seine buschigen Augenbrauen zogen sich zusammen, als er nach seinem König griff, um einen Zug zu machen. Sir Gowan war ihrem Vater von all seinen Rittern am treuesten ergeben, und Lark respektierte den alten Soldaten ebenso sehr wie ihren Vater, wenn nicht mehr. Er ließ die Burg nie unbeaufsichtigt und sorgte für ihrer aller Sicherheit, wenn ihr Vater sich wieder einmal im Dorfkrug vergnügte, so wie heute. Lark tat Gowan leid. Vor zehn Jahren hatte er seine über alles geliebte Frau verloren, und seither hatte ihn kaum jemand lächeln sehen.

Die beiden hörten ihre Schritte und blickten auf. Gowans Hand, die immer noch den König hielt, verharrte über dem Schachbrett.

Evel starrte sie an und sprang auf. »Wo bist du gewesen? Ich muss mit dir reden.«

»Ich habe ein Bad genommen …« Sie machte eine Pause und wollte gerade fortfahren: »… und etwas zum Anziehen gesucht«, als sie Gowans argwöhnischen Blick bemerkte und das Thema wechselte. »Wo sind die Zwillinge?«, fragte sie. Sie hatte keine Lust, sich von den beiden aufziehen zu lassen, weil sie splitternackt vor der Burg aufgetaucht war.

»Mutter glaubt, dass sie im Bett sind, aber sie haben sich wieder in die Schenke davongemacht.«

»Ich hoffe, sie sind vor Sonnenaufgang zurück. Als sie das letzte Mal mit Atwit und Mordrid das Lager teilten, musste ich Mutter vorschwindeln, dass sie noch vor Tagesanbruch auf die Jagd gegangen wären.« Atwit und Mordrid waren die Töchter des Wirts und zur Zeit Harold und Cedric sehr zugetan.

»Ihr solltet Euch lieber Gedanken um Euch selbst machen. Ihr könnt nur beten, dass Dame Elizabeth Euch nicht auf die Schliche kommt.« Gowan stellte die Schachfigur hin, und sein bärtiges Gesicht teilte sich zu einem seiner seltenen Lächeln. »Als Ihr nicht rechtzeitig zum Abendessen da wart, zog sie ein Gesicht, als würde sie Euch am liebsten windelweich prügeln.«

Lark drehte sich hastig um, um sich schleunigst ein Versteck zu suchen. In dem Moment erschien ihre Mutter mit einem Tablett auf den Armen. Lark stieß mit ihr zusammen. Bevor sie es auffangen konnte, segelte das Tablett durch die Luft. Heißer, dampfender Tee ergoss sich über das Kleid ihrer Mutter, als der Becher auf den Boden krachte. Die mit Speisen beladene Platte schoss in die Höhe und sauste wie ein Geschoss auf Evel und Sir Gowan zu.

Sie duckten sich.

Ein ganzes Huhn, eine Portion Karotten und die Platte flogen über ihre Köpfe und polterten auf den Boden. Die Karotten kullerten in alle Richtungen und übersäten die Binsenstreu mit hellroten Tupfen. Das Huhn und die Platte landeten knapp vor der Feuerstelle. Baltizar stürzte sich auf das Huhn und schlang es herunter, ohne sich damit aufzuhalten, die Knochen zu kauen.

»Du!« Ihre Mutter durchbohrte Lark mit einem eisigen Blick. Mit zornrotem Gesicht und bebenden Händen schüttelte sie den Saum ihres Kleids aus. »Sieh nur, was du angerichtet hast!«

Evel kam seiner Schwester zu Hilfe. »Das war ein Missgeschick, Mutter. Lark kann nichts dafür.«

»Das Tablett war für Lord Blackstone. Sie hat alles ruiniert. Und dieses Vieh« – ihre Hand zeigte auf Baltizar – »verschlingt gerade unser letztes Hühnchen. Was soll Lord Blackstone jetzt zu essen bekommen? Ich hatte es extra für ihn aufgehoben. Oh, was wird er bloß von uns denken?« Ihre Mutter presste die Hände an die Wangen und schüttelte den Kopf.

»Er ist also hier?« Lark zog überrascht die Augenbrauen hoch und bückte sich, um die Scherben des Bechers aufzusammeln, die vor den Füßen ihrer Mutter lagen.

»Allerdings, aber was kümmert das schon deinen Vater oder dich? William war so betrunken, dass er Lord Blackstone nicht einmal angemessen begrüßen konnte. Und dann habe ich ...« Sie brach ab und stöhnte laut. »Ich bin sicher, dass es ihm jetzt schon leid tut, gekommen zu sein. Wie könnte es anders sein?«

»Was kannst du schon anderes getan haben, als ihn willkommen zu heißen?« Lark hielt inne, in der Hand zerbrochenes Steingut.

Die Wangen ihrer Mutter liefen feuerrot an.

Lark hätte nicht sagen können, ob Elizabeth zu aufgebracht oder zu verlegen war, um etwas zu sagen. Also raffte sie den Saum ihrer Tunika, legte die Scherben hinein und fuhr fort: »Wenn er Helen sieht, wird er keinen Gedanken mehr an den Rest von uns verschwenden. Wo ist Helen eigentlich?«

»In ihrem Schlafzimmer, wo du auch längst sein solltest, statt nachts stundenlang durch die Wälder zu streunen. Schau dich nur an. Du warst wieder schwimmen. Du siehst aus wie eine ersoffene Ratte, und dein Haar ...« Ihre Mutter beäugte missbilligend die verfilzten Strähnen, die sich um Larks Taille wanden. »Marta wird zwei Tage brauchen, um es zu entwirren. Die letzten Stunden hier waren eine einzige Katastrophe!« Elizabeths Blick fiel auf Baltizar, der gerade das letzte Stück Huhn verschlang und dann auf Lark zutrottete.

»Pfui Teufel! Schaff dieses flohverseuchte wilde Tier aus meinem Haus!«

Angesichts Elizabeths gellendem Ton zog Baltizar den Schwanz ein und duckte sich hinter Larks Beine.

»Du hast seine Gefühle verletzt.« Lark hob die letzte Scherbe auf und richtete sich auf, um Baltizar vor Elizabeths bitterbösem Blick zu schützen.

»Ich sollte mehr als nur seine Gefühle verletzen.« Ihre Mutter beobachtete, wie Baltizar sich hinter Lark hervorwagte und einen Schritt auf die Speisenplatte zuging, die verkehrt herum auf dem Boden lag. »Friss noch etwas, und du wirst geschlachtet, abgezogen und geröstet. Ich bin nicht darüber erhaben, Wolfsfleisch zu essen.« Sie zischte ihn an wie eine Schlange.

Baltizar zog den Schwanz ein und verkroch sich wieder hinter Larks Beine. Er war ein furchtloses Wesen, griff Wildschweine an, focht Kämpfe mit den Meutehunden ihres Vaters aus und brachte sogar wilde Rehböcke zur Strecke, aber wenn er Elizabeths scharfer Zunge zum Opfer fiel, verwandelte er sich in den größten Feigling auf Gottes Erdboden. Lark konnte es ihm nicht verübeln. Vorsichtig, um nicht die Scherben aus ihrer Tunika fallen zu lassen, bückte sie sich und tätschelte Baltizar.

»Nur zu, streichle ihn ruhig. Wie oft habe ich dir schon gesagt, du sollst dieses wilde Tier nicht hier hereinbringen? Aber hörst du etwa auf mich? O nein, das tust du ja nie! Jetzt wird Lord Blackstone nicht nur nichts zu essen haben, sondern noch dazu von Flöhen gepeinigt werden, weil du meine Autorität schamlos missachtest.«

»Das will ich nicht hoffen.«

Jedes Wort dieser tiefen, vertrauten Stimme traf Lark wie ein Messerstich. Sie ließ den Saum ihrer Tunika los und fuhr herum. Scherben krachten auf den Boden und zerbarsten in Tausende winzige Stücke. Schmale schwarze Augen musterten sie, und das kupferrote Feuer in ihnen versengte ihr Gesicht. Ihre Hand tastete instinktiv nach dem Schwert.

4

Lark starrte die beeindruckende Erscheinung mit offenem Mund an, die gewaltigen Schultern, so breit, dass sie eine Tür ausfüllten, die starken Hände, die aussahen, als könnten sie Granit pulverisieren. Sie waren zu Fäusten geballt, und die Knöchel traten weiß hervor. Unter seinen Hosen, schwarz wie seine Tunika, zeichneten sich die sehnigen Muskeln seiner kräftigen Schenkel ab. An einem Oberschenkel hing seine Schwertscheide. Der rote Edelstein im Griff des Schwerts schien zum Leben zu erwachen und ebenso zu glühen wie Blackstones Augen.

Ihr Blick wanderte an seinen Hüften hinauf, von den straffen Muskeln seines flachen Bauchs, der sich mit jedem seiner tiefen Atemzüge hob und senkte, bis zu dem schulterlangen schwarzen Haar und dem eckigen Kinn. Dichte schwarze Stoppeln bedeckten die arrogante Kinnpartie. Sein Mund war breit, mit vollen Lippen. Dichte Augenbrauen zogen sich in einer dunklen Linie über seiner geraden Nase zusammen und verliehen dem Gesicht etwas Bedrohliches. Und dann diese pechschwarzen Augen, in denen jener seltsame Kupferschimmer lag. Heilige Muttergottes! Es waren die eindringlichsten Augen, die sie je gesehen hatte, und sie übten eine unerklärliche Macht auf sie aus. Schon konnte sie spüren, wie sie sie unwiderstehlich in ihren Bann schlugen. Sie kämpfte gegen den Drang an, einen Schritt zurückzuweichen. Ihn klar und deutlich bei Licht zu sehen ließ einiges von dem Wagemut verschwinden, den sie zuvor bewiesen hatte.

Als er einen Schritt auf sie zu machte, lugte Baltizar hervor und schnüffelte an seinem Bein.

»Lark, bring dieses entsetzliche Vieh nach draußen.« Ihre Mutter trat zu dem schwarzen Ritter. »Es geht nicht an, dass er Lord Blackstone beschnuppert.«

Lark fiel der Unterkiefer herunter, und ihre Augen wurden riesengroß. Sie stellte fest, dass er sie betrachtete, geringschätzig und ausgesprochen selbstgefällig. Er konnte unmöglich Blackstone sein! Das Ganze war ein Albtraum, aus dem sie gleich aufwachen würde.

Er sah sie aus schmalen Augen an. »Es ist mir ein Vergnügen, Euch wieder zu sehen.«

»Ihr kennt meine Tochter?« Lady Elizabeth machte ein ungläubiges Gesicht.

»Ich kenne sie von ihrem Zimmer.« Leiser Spott schwang in seiner Stimme mit.

Lark wandte sich zu Elizabeth um. »Du hast ihn in mein Zimmer gelassen?«, rief sie.

»Er war verletzt. Es war der nächste Ort, an den wir ihn bringen konnten. Es macht dir sicher nichts aus, Lark.« Ein warnender Unterton lag in der Stimme ihrer Mutter.

»Doch. Du weißt, dass ich niemanden da drinnen haben will.«

»Warum? Befürchtet Ihr, jemand könnte dort verloren gehen?« Blackstone musterte sie kritisch.

»Wenn ich mir dessen sicher sein könnte, würde ich Euch gestatten, mein Zimmer zu betreten, wann immer es Euch beliebt.« Lark lächelte zuckersüß, aber ihre Augen sprühten Funken.

»Lark, du wirst dich auf der Stelle entschuldigen!«

Lark presste die Lippen zusammen, verschränkte die Arme und starrte Blackstone finster an.

»Stimmt etwas nicht mit deiner Stimme, Kind?« Elizabeth trat an ihre Seite.

Sie schenkte ihre Mutter ein starres Lächeln. »Nein, meine Stimme ist ganz in Ordnung.«

Lark wurde verstohlen in den Ellbogen gekniffen und erntete zusätzlich einen bitterbösen Blick von ihrer Mutter. »Wir sprechen uns später«, zischte Elizabeth ihr zu. Mit lauterer Stimme sagte sie zum Earl: »Es tut mir leid, Mylord. Ich wollte Euch gerade Euren Tee und etwas zu essen bringen, als Lark mit mir zusammenstieß.«

»Tja, Baltizar hat Euer Abendessen verputzt.« Lark grinste ihn hinter Elizabeths Rücken an, bückte sich und tätschelte Baltizars Kopf.

Blackstone, der Elizabeth gut um einen Kopf überragte und mit Leichtigkeit über sie hinwegsah, schaute Lark an. In seinen schwarzen Augen blitzte eine Erheiterung auf, die in krassem Gegensatz zu seiner finster gerunzelten Stirn stand. »Vielleicht sollte ich den Wolf essen.«

Baltizar warf Blackstone einen schiefen Blick zu, als hätte er ihn verstanden.

»Ich bin sicher, eine Schüssel Haferschleim ist weit mehr nach Eurem Geschmack«, übersetzte Lark für ihr Haustier.

»Nein, ich ziehe Fleisch bei Tisch vor.« Sein Blick glitt langsam über ihren Körper.

»Das hört Vater sicher gern. Nichts macht ihm mehr Spaß als die Jagd, auch wenn es sich im Moment schwierig gestalten könnte, die Tafel zu füllen.« Lark bedachte seinen Körper mit einem ebenso verächtlichen Blick, wie er ihn ihr gegönnt hatte.

»Und ich kann mir denken, dass es ihm keine Schwierigkeiten bereitet, Euren Appetit zu stillen. Als die zarte, scheue Dame, die Ihr seid, esst Ihr sicher nicht mehr als ein Vögelchen.« Sein Blick blieb an ihren weiten Beinkleidern und der übergroßen Tunika hängen.

»Um ehrlich zu sein, meine Mutter hat oft festgestellt, dass ich einen bodenlosen Schlund habe. Ist es nicht so, Mutter?« Lark sah zu Elizabeth, stellte fest, dass es ihr die Sprache verschlagen hatte, und fuhr fort: »Nicht alle Damen essen wie die Spatzen, Mylord. Ich kenne einige, die mehr zu sich nehmen als drei Männer. Zum Beispiel meine Tante Isabel, die gewöhnlich die Vorratskammern leer isst, wenn sie hier ist. Trotzdem gilt sie als große Dame. Sie ist übrigens auch zur Hochzeit geladen. Ich bin überzeugt, Ihr werdet euch großartig mit ihr verstehen.«

Lady Elizabeth schnappte nach Luft. »Rauf mit dir, sofort!«, herrschte sie ihre Tochter an.

Jetzt meldete sich auch Evel zu Wort. Er wirkte verstört und sah besorgt aus. »Wollt Ihr uns bei einer Partie Schach Gesellschaft leisten, Mylord?«

Lord Blackstone antwortete ihm nicht; sein Blick war auf Lark geheftet, die gerade von Lady Elizabeth an der Hand gepackt und die Treppe hinaufgezerrt wurde.

Elizabeths Fingernägel bohrten sich in Larks Handfläche. Lark schnitt eine Grimasse und lauschte den Schritten ihrer Mutter, die zornig über den Boden stampften.

Als sie weit genug entfernt waren, machte Elizabeth den Mund auf, wobei sie ihre Tochter immer noch die Stufen hinauf zerrte. »Was soll das? Versuchst du, deiner Schwester die Aussichten darauf zu ruinieren, eine Braut zu werden? Ich dulde nicht, dass du dich vor dem Earl of Blackstone wie ein ungehobelter Bauerntrampel benimmst. Hast du denn alles vergessen, was ich dir beigebracht habe? Du wolltest dich nicht einmal bei ihm entschuldigen! Was soll er nur von dir denken?«

»Das ist mir egal. Er ist verabscheuungswürdig, ein Unmensch. Du kannst unmöglich zulassen, dass er Helen heiratet, nur weil er sie will. Er wird sie derartig einschüchtern, dass sie den Rest ihrer Tage wie ein verschrecktes Mäuschen verbringt.«

»Du kannst ihn nach einer so kurzen Bekanntschaft nicht beurteilen.« Elizabeth ließ Larks Hand los, als sie die letzte Stufe erreicht hatte, und warf ihrer Tochter einen bitterbösen Blick zu.

»Ich brauche nicht Stunden in seiner Gegenwart zu verbringen, um zu wissen, dass er nicht zu Helen passt.« Lark blieb eine Stufe unter ihrer Mutter stehen, und die beiden standen einander jetzt auf Augenhöhe gegenüber. Elizabeths Gesicht rötete sich vor Zorn, und ihre missbilligenden blauen Augen starrten Lark unverwandt an. Sie fuchtelte mit einem Finger vor Larks Nase herum.

»Natürlich passt er zu Helen. Und diese entsetzliche Bemerkung, die du über seinen Appetit gemacht hast – ich staune immer wieder, was du über die Lippen bringst. Ich habe mich noch nie im Leben so geschämt! Wie konntest du nur?«

»Er hatte es verdient.«

»Das hatte er ganz sicher nicht. Ob du es hören willst oder nicht, von einer Dame wird erwartet, dass sie ihre Zunge im Zaum hält. Es gibt so etwas wie Zurückhaltung, eine weitere Lektion, die du lernen musst. Ich hätte darauf bestehen sollen, dass du in der Klosterschule bleibst.«

»Die wollten mich nicht mehr, schon vergessen?«

»Ich bitte dich, wie könnte ich das je vergessen? Du hast die Äbtissin mit einem Messer bedroht.«

»Sie war ein Drachen! Sie hat versucht, mir die Zunge mit einer Kerze zu verbrennen!«

»Du hast sie provoziert – du könntest Gott selbst provozieren!«

»Es ist immer meine Schuld, nicht wahr, Mutter?«

»Ja, so ist es – und die deines Vaters. Er trägt die Schuld daran, was aus dir geworden ist. Er hat sich ein Vergnügen daraus gemacht, dich zu dem ungeschliffenen Mannweib heranzuziehen, das du bist. Er hat es für einen großartigen Witz gehalten, als du klein warst. Jetzt bist du eine erwachsene Frau – eine Dame, aber dein Benehmen ist immer noch keinen Deut besser als das eines Bauerntrampels. Denk nur dran, wie du Lord Blackstone behandelt hast. Du hast unserer Familie Schande gemacht.« Lady Elizabeths Augen wurden schmal und sprühten Funken.

»Für dich werde ich immer ein Schandfleck sein.« Lark ließ sich nichts von ihren Gefühlen anmerken. »Aber ich finde trotzdem, dass Helen Lord Blackstone nicht heiraten sollte.«

»Du würdest die Aussichten der armen Helen nur zu gern zerstören, aber das lasse ich nicht zu.«

»Ich will gar nichts zerstören, sondern sie nur vor einem Schicksal bewahren, das schlimmer als der Tod ist.« Lark senkte den Blick und starrte auf die feuchten Flecken auf Elizabeths Kleid. »Sie ist wie ein Lamm, das zur Schlachtbank geführt wird, und du schickst sie dorthin, nur um unserer Familie seinen Titel und seinen Reichtum zuzuführen. Ich begreife nicht, wie du so etwas tun kannst, und ich lasse nicht zu, dass er Helen wehtut.«

»Helen würde ihm nie Grund geben, sie zu schlagen. Hätte er die Absicht, dich zu heiraten, müsste ich mir Sorgen machen, aber um Helen habe ich keine Angst. Sie wird Lord Blackstone heiraten und glücklich werden.« Elizabeth stampfte mit dem Fuß auf. »Und jetzt kein Wort mehr davon. Ab sofort wirst du nett und höflich zu ihm sein und ihn so behandeln, wie es einem Gast unseres Hauses zusteht. Verstanden?«

»Ich werde nie verstehen, warum du den Ehrgeiz hast, Helen für den Rest ihres Lebens unglücklich zu machen.«

»Jetzt reicht es aber!« Ihre Mutter holte aus und gab Lark eine schallende Ohrfeige.

Der Schlag knallte auf ihre Wange wie der Hammer eines Schmieds auf den Amboss.

In dem darauf folgenden Schweigen sahen sie einander an. Ihre Mutter schien einen Moment lang nicht fassen zu können, was sie getan hatte. Es war das erste Mal, dass Elizabeth Lark geschlagen hatte, und es wurde ihnen beiden im selben Moment bewusst. Ihre Mutter starrte den roten Abdruck auf Larks Wange an. Tränen stiegen ihr in die Augen.

Lark blinzelte und legte eine Hand an ihre glühende Wange. Das Schweigen, das zwischen ihnen hing, war wie eine Mauer, die mit jedem Moment höher wuchs. Diese Mauer würde nie wieder verschwinden. Ihre Beziehung, wie sie auch sein mochte, würde nie wieder dieselbe sein. Und das wussten sie beide.

Lark litt darunter, eine Enttäuschung für Elizabeth zu sein und ihr Kummer zu bereiten, aber es war unmöglich, ihr zu gefallen. Lark hatte den Versuch schon vor langer Zeit aufgegeben. Sie freute sich darauf, Avenall zu heiraten und von Elizabeth wegzukommen, auch wenn sie William schmerzlich vermissen würde.

Irgendjemand räusperte sich hinter ihrer Mutter. Lark blickte auf und sah den humorvollen Ritter, der bei dem Überfall der Schotten bei Lord Blackstone gewesen war. Baltizar drückte sich neben den Beinen des Ritters an die Wand und behielt Elizabeth wachsam im Auge.

Der Ritter, dem es offensichtlich unangenehm war, Zeuge dieser Szene gewesen zu sein, bückte sich und streichelte Baltizar. »Verzeihung.«

»Nein, ich muss um Verzeihung bitten.« Elizabeth sah Lark an, während sie sprach, wandte sich dann aber dem Mann zu. »Das ist Rowland of Larange, ein Freund von Lord Blackstone. Wenn Ihr mich entschuldigen wollt, ich muss meine nassen Kleider wechseln. Danach zeige ich Euch Euer Zimmer.«

Lark beobachtete, wie Elizabeth den Saum ihres braunen Kleids raffte und den Gang hinunterging. Das Licht der Fackeln fiel auf ihre hängenden Schultern. Ihre Schritte waren langsam und schleppend, als zöge sie eine schwere Last hinter sich her.

Rowland sah zu Lark. »Ich möchte mich entschuldigen, weil ich Euch vorhin nicht glauben wollte, dass Ihr eine Dame seid.«

»Ihr werdet feststellen, dass ich schnell verzeihen kann, wenn jemand zugibt, einen Fehler gemacht zu haben, Rowland of Larange.«

Rowland grinste, und zwei Grübchen zeigten sich in seinen Wangen. »Das hoffe ich, Lady Lark. Ich würde schrecklich unter Eurem Groll leiden.« Das verschmitzte Lächeln verblasste. »Es tut mir leid, dass ich Euch und Eure Mutter gestört habe.«

»Vielleicht war es besser so.« Lark blickte Elizabeth nach, bevor sie wieder Rowland anschaute. Sie beobachtete, wie seine langen Finger durch Baltizars Fell glitten. »Es überrascht mich, dass Ihr Freundschaft mit ihm geschlossen habt. Er lässt sich nicht von jedem streicheln.«

»Alle wilden Geschöpfe fühlen sich zu mir hingezogen.« Er schenkte ihr ein betörendes Lächeln, das sein Gesicht erhellte.

»Ich bin sicher, fast jedes Lebewesen ist für Euer

Lächeln empfänglich.« Obwohl sie sich wünschte, Blackstones charmanten Freund von ganzem Herzen zu verabscheuen, stellte sie fest, dass man ihn einfach gern haben musste. Aber sein Lächeln erwiderte sie nicht.

»Flirtet Ihr etwa mit mir, Mylady?« Rowlands Grinsen vertiefte sich.

»Nein, es erfordert mehr als ein hübsches Gesicht und Grübchen, um mich in Versuchung zu führen. Ich habe nur ausgesprochen, was offenkundig ist. Und bildet Euch nicht ein, Ihr könntet mich mit Eurem Charme hinters Licht führen. Ich sehe Euch an der Art, wie Ihr mich anschaut, an, dass Ihr immer noch glaubt, ich hätte etwas mit diesen Schotten zu tun gehabt. Aber das stimmt nicht. Hätte ich Lord Blackstones Tod gewünscht, dann hätte ich ihm in dem Moment, in dem er die Burg betreten hat, einen Pfeil durchs Herz geschossen. Richtet ihm das bitte von mir aus. Ich bin sicher, er denkt immer noch, ich hätte ihm nach dem Leben getrachtet.«

»Ich teile es ihm gern mit, bezweifle aber, dass er seine Meinung ändern wird.«

»Vermutlich nicht«, sagte Lark, die sich fragte, ob irgendetwas einen Mann wie Blackstone bekehren konnte, sowie er sich erst einmal eine Meinung gebildet hatte.

Rowland sah sie forschend an, und das Grinsen verschwand von seinem Gesicht. Sein Blick kam ihr fast ein wenig zu scharf vor, als wüsste er, welche Macht Blackstones Augen über sie hatten. Er konnte unmöglich wissen, dass Lark seinen Freund fast geküsst hätte. Oder?

Lark setzte ein unsicheres Lächeln auf, als sie feststellte, dass Sir Rowlands zwinkernde blaue Augen sie immer noch beobachteten. Dann fiel Elizabeths Zimmertür ins Schloss, und Lark spähte den Gang hinunter.

»Wenn Ihr mich entschuldigen wollt, ziehe ich mich jetzt zurück. Es war ein langer Abend. Ich wünsche Euch eine gute Nacht. Komm, Baltizar.«

Er berührte ihren Ellbogen. »Darf ich noch etwas sagen?«

»Natürlich.«

»Verurteilt Lord Blackstone nicht zu streng wegen der Art und Weise, wie er mit Euch umgesprungen ist. Im vergangenen Jahr sind zehn Anschläge auf sein Leben verübt worden. Das gibt ihm gewissermaßen das Recht, all jene zu verdächtigen, die ihm unbekannt sind, insbesondere jemanden, den er zusammen mit mutmaßlichen Attentätern erwischt hat.«

»Ich wusste nicht, dass es andere Anschläge auf ihn gegeben hat. Jetzt wird er mir wohl nie glauben, dass ich unschuldig bin.«

»Das kann ich nicht sagen. Ich kenne Black Dragon mein Leben lang. Sein Vater war der Lehnsherr meines Vaters. Seit mein ältester Bruder den Besitz meines Vaters erbte, habe ich mich irgendwie durchgeschlagen und versucht, etwas aus meinem Leben zu machen. Stoke nahm mich in seine Dienste, obwohl er keinen Ritter mehr brauchte.« Er fuhr über den goldblonden Bart auf seinem Kinn und machte ein nachdenkliches Gesicht. »Und nicht nur das«, fuhr er fort. »Wir haben zusammen im Heiligen Land gekämpft. Stoke hat mir in mehr Schlachten das Leben gerettet, als ich zählen kann. Er ist der tapferste, anständigste Mann, den meinen Freund zu nennen ich je die Ehre hatte. Wenn er einen Menschen mag, ist er der beste Freund, den man sich denken kann. Aber wehe, Ihr seid sein Feind. Dann gnade Euch Gott!«

»Ich bin nicht sein Feind«, erwiderte Lark hitzig.

»Ich hoffe und bete, dass das wahr ist.«

»Ich schwöre es bei Gott und allen Heiligen.« Lark bekreuzigte sich. Sie sah den Schimmer von Argwohn in Rowlands Augen und ließ ihre Hand sinken. Er war genauso misstrauisch wie sein Freund. Warum sollte sie versuchen, die beiden von ihrer Unschuld zu überzeugen? Sollten sie doch denken, was sie wollten!

Als Lark sich, gefolgt von Baltizar, zum Gehen wandte, spürte sie Sir Rowlands Blicke in ihrem Nacken. Das laute Schnarchen ihres Vaters dröhnte aus seinem Schlafgemach. Noch ein wenig lauter, und die Burg würde bis in ihre Grundfesten erbeben. Aber es war ein anheimelndes Geräusch und ebenso vertraut wie das unablässige Knarren von Dielen und Wandvertäfelungen und der Geruch von brennendem Talg und Holzscheiten, der stets in der Luft hing, und das leise Rascheln der Binsen unter ihren Füßen. All das gab ihr ein Gefühl von Geborgenheit und Wärme. Und es lenkte sie von Blackstone ab.

Als Lark an Helens geschlossener Tür vorbeikam, dachte sie an ihre Schwester. Arme Helen. Irgendwie musste Lark sie dazu überreden, den Schwarzen Drachen nicht zu heiraten. Helen würde jetzt schon schlafen, aber gleich morgen früh würde sie mit ihr sprechen, egal, was Elizabeth sagte.

Helen durfte nicht zu einer Ehe mit Blackstone gezwungen werden. Wenn Lark das erst einmal klargestellt hatte, würde sie dafür sorgen, dass er von hier verschwand.

Sie hatte allerdings das unbestimmte Gefühl, dass er erst dann gehen würde, wenn er sich davon überzeugt hatte, dass sie nichts mit den Attentaten auf ihn zu tun hatte. Mit tiefen Sorgenfalten auf der Stirn betrat sie ihr Zimmer und tat etwas, das sie noch nie zuvor getan hatte. Sie schob den schweren Riegel an der Tür vor.

Als Schritte ertönten, blickte Stoke vom Schachbrett auf und sah über Evels Kopf hinweg. Rowland tauchte am Fußende der Treppe auf, auf seinem Gesicht ein Lächeln und ein Funkeln in seinen blauen Augen. Stoke, der gerade einen Zug machen wollte, hielt inne und wartete, bis Rowland bei ihnen war.

»Guten Abend.« Rowland verneigte sich leicht vor Evel und vor Sir Gowan, der neben ihnen saß und das Spiel verfolgte. Dann sah er Stoke an. »Auf ein Wort?«

Stoke stand auf und folgte ihm in eine Ecke des Raums. Er war sich bewusst, dass Evels und Sir Gowans Blicke auf ihnen ruhten.

»Ich nehme an, du hast Lady Lark kennen gelernt?«, raunte Rowland ihm mit einem breiten Grinsen zu.

»Ja.« Stoke hielt seine Stimme gesenkt. »Ich habe sie außerdem oben auf dem Treppenabsatz mit ihrer Mutter streiten hören. Wie es aussieht, teilt die Dame die Begeisterung ihrer Mutter für die geplante Ehe keineswegs.«

»Ich fürchte, nein. Das hat ihr eine Ohrfeige von Lady Elizabeth eingetragen. Ich bin mitten in ihren Streit hineingeplatzt.«

»Das wundert mich nicht. Lady Lark hat ein Talent, andere herauszufordern.«

»Übrigens, die Dame lässt dir ausrichten, sie hätte dich ohne weiteres töten können, als du in die Burg kamst. Sie schwört, dass sie mit den Schotten nichts zu tun hat.«

»Das behauptet sie, seit ich sie gefunden habe.« Stoke machte eine gedankenverlorene Pause und sah dann seinen Freund an. »Glaubst du ihr?«

»Offen gestanden, ich weiß es nicht.«

»Ich werde die Wahrheit früh genug herausbekommen.« Stoke drehte sich um und stellte fest, dass Evel ihn beobachtete. Ihre Blicke trafen einen Moment lang aufeinander, dann wandte Evel hastig den Blick ab.

Der Blickwechsel blieb von Rowland nicht unbemerkt. »Aha, sieht so aus, als könnte ihr Bruder auch etwas wissen. Was hältst du davon, wenn du Evel im Auge behältst und ich Lady Lark übernehme?«

Stoke sah das gierige Funkeln in Rowlands Augen. »Nein, um die Dame werde ich mich kümmern. Wir sind noch nicht fertig.« Stoke erinnerte sich, wie ihre goldenen Augen geblitzt hatten, als sie mit Worten die Klingen kreuzten. Keine Frau hatte es je gewagt, so mit ihm zu sprechen. Merkwürdigerweise bestärkte ihn das nur in seinem Entschluss, sie besitzen zu müssen.

Im Geist sah er ihren nackten Körper vor sich, auf den er einen flüchtigen Blick erhascht hatte, als sie davonrannte – der kesse kleine Po, die endlos langen Beine. Viel quälender aber war die Erinnerung an ihre heißen Lippen, die er beinahe geküsst hätte. Seit er die Person aufgegriffen hatte, setzte sie ihm zu. Jetzt war er an der Reihe.

Lark hing in den Fängen eines Traums. Ihr Herzschlag raste, und sie schlug wild mit den Armen um sich. Ein riesiger, Feuer speiender schwarzer Drache jagte sie durch die Wälder. Flammen züngelten an ihren Kleidern empor und verwandelten sie in Asche. Nackt rannte sie unter den Bäumen hindurch. Je schneller sie lief, desto näher kam er. Seine gewaltigen schwarzen Schwingen rauschten dicht hinter ihr. Mit jedem Flügelschlag fegte ein Luftstoß an ihr vorbei, so kräftig, dass es sie beinahe vom Boden hob. Sein gigantischer Schatten glitt schwarz und Unheil verkündend über sie hinweg. Seine mächtigen Klauen stießen auf sie herab. Öffneten sich. Krallten sich in ihre Schultern …

Ein Geräusch riss sie aus dem Schlaf. Ihre Sachen klebten schweißnass an ihrem Körper, als ihr Blick durch den Raum flog. Kein Drache. Sie stieß einen tiefen Atemzug aus und legte eine zitternde Hand auf ihre Schulter.

Am Fußende ihres Betts hob Baltizar den Kopf zum Fenster und knurrte.

»Was ist, mein Freund?« Bevor sie sich schlafen legte, hatte sie ihr Schwert neben das Bett gelehnt, aus Angst, der Schwarze Drache könnte in ihre Kammer eindringen. Jetzt nahm sie es, schlug die Decke zurück und schwang sich flink aus dem Bett, alles völlig geräuschlos, eine Fähigkeit, die sie schon vor Jahren entwickelt hatte, da Harold und Cedric es liebten, sich in ihr Zimmer zu schleichen, um ihr einen Streich zu spielen. Einmal hatten sie versucht, ihr die Haare abzuschneiden; ein anderes Mal waren sie hereingekommen, um sie mit Pferdeäpfeln zu bombardieren. Die beiden konnten verdammt lästig sein.

Wieder war das Geräusch zu hören. Es klang, als würde jemand mit dem Kopf gegen die Steine schlagen. Ein gedämpfter Fluch folgte. Falls das der Schwarze Drache bei dem Versuch war, sich durch das Fenster hereinzustehlen, gelang es ihm anscheinend nicht, lautlos seine Flügel zusammenzuklappen. Lark hob den Saum des alten dünnen Hemds, in dem sie gern schlief, wich ein paar Kleiderstapeln auf dem Fußboden aus und schob sich näher an das offene Fenster.

Die Nacht war warm für März, und sie hatte die Läden offen gelassen. Mondlicht fiel in das Zimmer. Die dunkle Silhouette eines Kopfs und breiter Schultern tauchte über dem Fenstersims auf. Blitzschnell und zielsicher schob sie ihr Schwert unter das Kinn des Eindringlings, bis die scharfe Spitze auf Haut traf.

»Jesus, Lark! Ich bin's!«

Sie erkannte Evels Stimme sofort. »Hättest du nicht an die Tür klopfen können?« Sie zog ihr Schwert zurück und legte es auf den Tisch beim Fenster.

»Ich musste Lord Blackstone und seinem Freund eine Lüge auftischen, um wegzukommen. Sie glauben, dass ich nach einem kranken Pferd sehe. Ich musste mit dir sprechen, deshalb bin ich aufs Dach geklettert, so wie früher.«

»Damals warst du viel kleiner. Du weißt, dass du hier nicht rein kannst. Es ist viel zu schmal.« Lark steckte ihren Kopf durch den engen Spalt und landete Nase an Nase mit Evel. Er lag flach auf das Steildach gepresst und klammerte sich an das steinerne Gesims.

»Ich bleibe nicht lange. Ich habe mir Sorgen um dich gemacht. Warum warst du auf der Flucht vor Lord Blackstone, noch dazu nackt?«

»Frag mich bitte nicht.«

»Du musst es mir sagen. Ich habe meinen Hals riskiert, um hier raufzukriechen – du kannst mir jetzt nicht die Wahrheit vorenthalten. Sag's mir!«

»Versprichst du mir, es nicht den Zwillingen zu erzählen? Wenn sie Wind davon bekommen, ärgern sie mich damit, bis ich alt und grau bin.«

»Glaubst du etwa, ich würde dein Vertrauen missbrauchen?« Evel klang verletzt.

»Nein, natürlich nicht. Entschuldige bitte.« Zwischen ihr und Evel hatte von jeher eine starke Bindung bestanden, stärker sogar als die zwischen ihr und Helen. Nach kurzem Zögern schüttete sie ihm ihr Herz aus. »Es war furchtbar, Evel. Jemand hat versucht, Lord Blackstone zu ermorden, und er glaubt, dass ich etwas damit zu tun habe.« Lark berichtete, was sich ereignet hatte, und schloss mit den Worten: »Ich habe ihm die Wahrheit gesagt, aber er glaubt mir einfach nicht.«

»Er kann unmöglich glauben, dass du hinter diesem Anschlag steckst!«

»Tut er aber, und ich fürchte, ich kann nichts daran ändern.«

Von unten ertönte unvermittelt eine Stimme. »Evel, bist du das?«

Lark spitzte die Ohren. Jedes Mal, wenn sie diese Stimme hörte, spürte sie tief in ihrem Inneren ein Wohlgefühl. Sie spähte an Evel vorbei auf den Burghof. Avenall! Er stand unter ihrem Fenster, seine schlaksige Gestalt eine dunkle Silhouette vor dem Mondlicht.

»Avenall!«, rief Lark, unfähig, die freudige Erregung in ihrer Stimme zu unterdrücken.

Evel warf einen Blick über die Schulter. Im selben Moment verlor er den Halt auf dem schrägen Dach und kam ins Rutschen. Lark packte seine Hand.

»Halt dich fest, Evel!«

»Ich kann nicht!«

Lark spürte, wie seine Finger ihrem Griff entglitten. Dann rutschte er bäuchlings über die moosbewachsenen Dachziegel.

»Jesus!« Evels Aufschrei gellte durch den Burghof. Er langte nach der Dachkante. Einmal. Zweimal. Seine Hände griffen ins Leere. Er segelte über die Kante, durch die Luft, direkt auf Avenall.

Lark sah Avenall zurückweichen, aber nicht weit genug. Evel zappelte in der Luft und krachte auf ihn drauf.

»Heilige Muttergottes! Evel! Avenall!« Lark zog den Kopf ein und rannte aus dem Zimmer.

5

Lark riss ihre Zimmertür auf, stürzte ohne zu überlegen hinaus und prallte mit ihrer Mutter zusammen. Sie hielt sich an Elizabeths Ellbogen fest, um nicht hintenüber zu kippen.

»Bei allen Heiligen, was ist passiert?« Elizabeths Augenbrauen zogen sich zusammen, und sie stieß Larks Hände von ihren Armen.

»Entschuldige bitte.« Lark drängte sich an ihrer Mutter vorbei und rannte weiter. Sie rief über die Schulter zurück: »Vielleicht gibt es keine Hochzeit!«

»Was?« Elizabeths schriller Schrei gellte durch die Gänge.

Lark, die sich davon nicht beeindrucken ließ, sprang die Treppe hinunter, indem sie zwei Stufen auf einmal nahm. Die Schritte ihrer Mutter waren dicht hinter ihr.

»Lark, ich verlange von dir, dass du augenblicklich stehen bleibst und eine Erklärung abgibst!«

»Geht nicht, tut mir leid.« Aber Lark hatte kaum den Fuß der Treppe erreicht, als sie auch schon Lord Blackstones harte Brust rammte. Einen Moment lang verschlug es ihr den Atem.

Er packte sie an den Armen. »Was ist los? Wir haben Schreie gehört.«

Larks Blick flog von Blackstone zu Gowan, der neben dem Earl stand, und platzte heraus: »Es ist schrecklich! Wir müssen Gott und allen Heiligen dankbar sein, wenn Avenall nicht zerquetscht ist! Er ist nicht so kräftig gebaut wie Evel. Bestimmt ist er verletzt, und bestimmt wird Mutter mir die Schuld geben und behaupten, ich hätte es geplant, um die Hochzeit platzen zu lassen.« Sie stieß Blackstones Hände weg und rannte durch die Halle.

»Avenall? Verletzt?«, rief Gowan ihr verwirrt nach. Er war plötzlich sehr blass. »Der Herr bewahre uns vor einem solchen Unglück.« Das Blut wich aus seinen Wangen, und er rannte mit klirrendem Schwertgehänge hinter ihr her.

Stoke drehte sich mit finsterer Miene um, um ihnen zu folgen, erstarrte aber, als er auf der Treppe Schritte hörte. Lady Elizabeth erschien und schwenkte eine Hand unbestimmt durch die Luft.

»Mylord, bitte vergebt meiner Tochter. Wo sie ist, herrscht Chaos. Ich habe ihr zwar Manieren beigebracht, aber sie vergisst sie ständig.« Sie sah zur anderen Seite der Halle, wo Lark, dicht gefolgt von Gowan, soeben zur Tür hinaus schoss, und drohte mit der Faust in Richtung Tür. »Lark! Ich bestehe darauf, dass du bleibst und mir sagst, was hier vorgeht! Lark, hörst du mich?« Die Tür fiel krachend ins Schloss. »Entschuldigt mich, Mylord.« Sie eilte ihrer Tochter nach.

Mehr als nur ein bisschen neugierig, was diesen Lord Avenall anging, ging auch Stoke nach draußen. Ein Mann, der bereit war, ein so ungebärdiges Frauenzimmer wie Lady Lark zu heiraten, musste verrückt sein – oder Spaß daran haben, seine Frau wie einen Hund zu prügeln.

Bei der Vorstellung, dass Lady Lark von einem anderen Mann berührt wurde, runzelte er unwillkürlich die Stirn und beschleunigte seine Schritte. Er brauchte nur Lady Elizabeths Kreischen zu folgen, um an dem einem Ende des Burghofs die Verwundeten zu entdecken. Evel war gerade dabei, Lord Avenall auf die Beine zu helfen. Stoke stellte fest, dass sich sämtliche Muskeln in seinem Körper verkrampft hatten. Beim Anblick von Lord Avenall entspannte er sich. Der Neuankömmling war kaum größer als Lady Lark. Das Mondlicht beschien ein junges Gesicht. Die hellblauen Augen waren zu sanft, zu nachgiebig, und das kurz gestutzte kastanienbraune Haar ließ ihn nicht älter als einen Knaben erscheinen. Es war offenkundig, was Lady Lark bewogen hatte, sich für diesen grünen Jungen zu entscheiden; sie konnte ihn beherrschen. Stoke gelobte sich insgeheim, dass sie über ihn nie die Oberhand gewinnen würde. Ganz im Gegenteil. Er würde den Ton angeben.

Rowland kam aus dem Schatten geschossen und schloss sich ihm an.

»Was ist passiert?«, flüsterte Stoke ihm zu, während er Lord Avenall beobachtete, der leicht schwankend zum Stehen kam. Gowan packte ihn am Arm, um ihn zu stützen.

»Kurz gesagt, Evel war nicht im Stall, um nach einem Pferd zu sehen, wie er uns glauben machen wollte. Anscheinend war das Gespräch mit seiner Schwester sehr dringend, denn er stürzte dabei von ihrem Fenster. Eine Komödie. Landete direkt auf ihrem galanten Freier, um den sie im Moment schrecklich besorgt scheint.«

Stoke folgte Rowlands Blick zu Lark hinüber.

»Avenall, ist alles in Ordnung?« Lady Lark warf sich so schwungvoll an seinen Hals, dass er beinahe wieder das Gleichgewicht verloren hätte.

»Ja, Liebste, es geht mir gut.«

»Ich hatte solche Angst um dich!«

Stokes Anflug eines Grinsens erstarb, als Lady Lark das jungenhafte Gesicht in beide Hände nahm und küsste. Avenalls Arme schlossen sich um ihre Taille, und der Kuss dauerte eine ganze Weile. Stoke beobachtete, wie sich Avenalls dünne Arme an Larks Rücken auf und ab bewegten und in ihrem Haar vergruben, dessen dunkler Goldton an das Fell einer Tigerin erinnerte.

Stokes Blick wanderte weiter nach unten zu ihrem Nachthemd. Der Stoff war dünn wie Spinnweben und an den Knien und Ellbogen schon mehr als fadenscheinig. Der verschlissene Zustand der Seide ließ die Konturen ihres Pos erahnen und machte Lark in seinen Augen anziehender denn je. Es war nicht viel dran, aber es juckte ihn in den Fingern, die kleinen gewölbten Halbkugeln zu erforschen. Ihn streifte der Gedanke, dass er außer im Heiligen Land noch nie ein so verführerisches Kleidungsstück an einer Frau gesehen hatte.

Seine Hände ballten sich zu Fäusten, als er seinen Blick zu den zerfransten Seitenteilen ihres Hemds gleiten ließ, die bis zur Hälfte ihrer Oberschenkel nacktes Fleisch preisgaben. Ihre Schenkel waren nicht rund und mollig, wie sie bei einer Frau sein sollten, sondern schlank und sehnig wie die eines Fohlens. Noch nie hatte er eine Frau mit so muskulösen Schenkeln gesehen; die Kraft, die in ihnen steckte, mochte einem Mann im Bett durchaus Vergnügen bereiten. Plötzlich sah er ein Bild vor sich: Lark, die rittlings auf ihm saß, den Kopf in den Nacken geworfen, das lange goldene Haar über ihren Rücken in seine Hände fallend, während er sie küsste. Die Stunden der Sinnenlust könnten endlos sein mit ihr.

Er fühlte, wie sein Körper auf ihren Anblick reagierte, und er fragte sich zähneknirschend, ob dieser Kuss denn nie enden würde. Er warf einen verstohlenen Blick auf Lady Elizabeth. Warum schritt sie nicht ein? Als sie keine Anstalten machte, das Pärchen zu trennen, sondern im Gegenteil beifällig lächelte, machte Stoke einen Schritt auf die beiden zu.

Sie lösten sich voneinander, und Stoke blieb stehen.

»Ich habe dich so vermisst, Avenall.« Larks große goldbraune Augen starrten verzückt in das Gesicht ihres Verlobten. Ihre Lippen, immer noch rot und geschwollen von dem Kuss, verzogen sich zu einem warmen Lächeln.

Stoke, der diese roten Lippen im Mondlicht schimmern sah, wurde beim Anblick ihres Lächelns unsicher. Bis zu diesem Moment hatte er kein von Herzen kommendes Lächeln auf ihrem Gesicht gesehen, auch nicht ein so warmes Leuchten in ihren Augen. Ein gut geschnittenes Gesicht, entschied er, das entwaffnenden Charme zeigte und einen wachen Geist verbarg. Aber er würde sich nicht von ihrem Lächeln täuschen lassen wie ihr Bräutigam. Er wusste, was dahinter steckte. Sicher setzte sie dieses betörende Lächeln vor allem zu ihrem eigenen Vorteil ein, zum Beispiel bei diesen Schotten.

»Mir geht es gut.« Lord Avenall tätschelte ihre Hand, während sein Blick über die fünf Leute wanderte, die ringsum standen, als würde er sie jetzt erst zur Kenntnis nehmen. Er hüstelte und trat verlegen einen Schritt von Lady Lark zurück.

»Warum habt Ihr uns Euer Kommen nicht angekündigt, Mylord? Schämt euch.« Lady Elizabeth drohte dem Neuankömmling mit dem Finger.

»Vergebt mir, Lady Elizabeth. Ich hätte Nachricht geben sollen, aber ich konnte vor der Frühjahrsaussaat nicht von zu Hause weg. Danach war es zu spät zum Schreiben, und ich machte mich einfach auf den Weg.«

»Und du, Evel? Hast du etwa auf dem Dach herumgeturnt? Ich dachte, das hätte ich dir schon vor Jahren abgewöhnt.« Lady Elizabeth bedachte Evel mit einem tadelnden Blick und schenkte Avenall ein Lächeln. »Ich hoffe, er hat Euch nicht verletzt, Mylord.«

»Mir ist nichts passiert, wirklich.«

»Darüber sind wir alle sehr froh. Es wäre schlimm, wenn Ihr die Hochzeit versäumt, nur weil mein Sohn« – wieder warf sie einen Blick auf Evel – »sich auf einmal wie ein dummer Junge benimmt und aufs Dach klettert. Es gibt Türen, Evel. Bitte benutze sie in Zukunft.«

»Ja, Mutter«, sagte Evel tonlos.

»Gott sei Dank ist nichts Schlimmeres passiert. So wie Lark aus ihrem Zimmer gestürzt kam, dachte ich schon, Ihr wärt tot.« Lady Elizabeth musterte stirnrunzelnd ihre Tochter und wandte sich dann wieder dem Neuankömmling zu. »Was heute alles passiert ist! Bestimmt wird uns bald kein Herr von Rang mehr besuchen wollen. Als Lord Blackstone eintraf, war ich erzürnt über meinen Mann – was ich zutiefst bedaure, ich weiß wirklich nicht, was über mich kam – und traf Lord Blackstone mit einem Kelch, der meinem Mann gegolten hatte …« Lady Elizabeth brach ab.

Stoke fühlte den Blick der Dame auf sich ruhen und wusste, dass er dabei ertappt worden war, auf den verführerischen Schlitz in Lady Larks Hemd und das großzügig zur Schau gestellte Stück alabastern schimmernder Haut zu starren. Sie war glatt und cremig wie Sahne und leuchtete weiß im Mondlicht. Schließlich wandte Stoke den Blick ab und sah Lady Elizabeth an.

Sie runzelte die Stirn und fuhr fort: »Lord Blackstone weiß natürlich, wie leid mir dieses Missgeschick tut. Und Ihr, Avenall, werdet von Evel über den Haufen geworfen. Falls es sich herumspricht, dass wir unsere Bräutigame so schlecht behandeln, werden die Hochzeitsgäste ausbleiben.«

»Das bezweifle ich, Mutter.« Lark sah zu Stoke, und das Lächeln auf ihren Lippen verblasste.

Wieder war er dabei ertappt worden, ihre Beine anzustarren, diesmal vom Objekt seiner Begierde selbst. Lady Larks Finger krampften sich um die Seiten ihres Hemds und zogen sie zusammen. Sein Blick wanderte nach oben, zu ihren schmalen Hüften und der schlanken Taille und noch weiter zu den kleinen Brüsten und dem langen Schwanenhals.

Er blickte auf und begegnete ihren funkelnden topasfarbenen Augen. Sie besaß die Frechheit, ihn mit einem vernichtenden Blick zu durchbohren und dann zu erröten – und das, obwohl sie in diesem Hemd schamlos vor aller Augen herumparadierte! Eins musste er ihr zugestehen, sie war eine erstklassige Schauspielerin, wie auch Cecily es gewesen war. Stoke wusste ganz genau, dass in diesem Körper nicht einmal ein Funken mädchenhafter Scheu vorhanden war. Er unterdrückte ein Grinsen. Irgendwann in nicht allzu ferner Zukunft würde er sie schon dazu zu bringen, das Hemd abzulegen. O ja, und er würde es genießen.

»Es war dumm und ungeschickt von mir, aber Avenall trägt es mir nicht nach. Oder, alter Freund?«, sagte Evel und klopfte Lord Avenall auf die Schulter.

»Nein, das weißt du doch.« Lord Avenall wandte sein jungenhaftes Gesicht Stoke zu. »Ihr müsst der Earl of Blackstone sein.«

»Kein anderer«, bestätigte Evel. »Und das hier, Mylord, ist Lord Avenall, Baron Listmore.«

»Ich habe viel von Euch gehört, Mylord.« Lord Avenall machte eine tiefe Verbeugung vor ihm. Als er sich aufrichtete, war er etwas unsicher auf den Beinen und musste mit den Armen rudern, um das Gleichgewicht zu behalten.

»Nur Gutes, hoffe ich.« Stokes Abneigung gegen den jungen Mann klang in seiner Stimme durch.

»Durchaus. Alle Barden besingen Euch. Würdet Ihr

mir erzählen, was für ein Gefühl es war, mit König Richard im Heiligen Land zu kämpfen? Es war auch mein innigster Wunsch, an diesem Kreuzzug teilzunehmen, aber mein Vater wollte es mir nicht erlauben.«

Stoke öffnete den Mund, um etwas zu erwidern, aber Lady Elizabeth sagte: »Ich bitte Euch, unterhaltet Euch drinnen über den Krieg, wo es Lord Avenall bequemer hat. Bitte, Evel, geh mit und lass Wira etwas kaltes Fleisch aus der Vorratskammer holen. Ich möchte mit deiner Schwester sprechen.«

»Komm, erzähl mir, was du in der Zwischenzeit getrieben hast.« Evel legte einen Arm um Lord Avenalls Schultern, und die beiden schlenderten in die Halle.

Stoke sah ein letztes Mal zu Lark. Ihre Blicke prallten aufeinander. Sie reckte hochmütig das Kinn, und ihre Augen funkelten vor Trotz und Feindseligkeit. Und wenn es das Letzte war, was er tat, er würde diesen Ausdruck von ihrem Gesicht fegen. Sein Mund verzog sich zu einem schiefen Grinsen, als er Evel, Gowan und Lord Avenall in die Halle folgte. Er hatte keine Angst, dass Lark ihm entkommen könnte – dafür würde ihre Mutter schon sorgen.

Stoke bemerkte, dass Rowland seine Augen nicht von Lady Lark lassen konnte, und ging absichtlich langsamer, um ihm die Sicht zu versperren.

Rowland lächelte ihn an und sagte leise: »Ich glaube, nach dieser Nacht werde ich Frauen nie mehr so sehen wie früher. Es spricht doch einiges für einen schlanken Körper.«

»Ja, aber bei einem durchtriebenen Weibsstück wie Lady Lark kann er tödlich sein.«

»Ich hätte nichts dagegen, mich von ihren Reizen blenden zu lassen, falls sie je auf den Gedanken kommen sollte.«

»Halt dich von ihr fern, Rowland.«

Rowland warf Stoke einen langen Blick zu und fragte: »Soll ich mich von ihr fern halten, weil du besorgt um meine Sicherheit bist oder weil du sie für dich selbst behalten willst?«

»Ich weiß noch nicht, was ich mit ihr machen werde.«

»Du tätest gut daran, dich damit zu begnügen, sie anzuschauen. Du bist hier, um dich zu überzeugen, ob ihre Schwester eine passende Braut für dich abgibt. Und du kommst zu spät, um Lady Larks Hand zu beanspruchen.«

»Das weiß ich. Du brauchst mich nicht darauf hinzuweisen. Und ich habe nicht die Absicht, einen solchen Teufel wie Lady Lark zu heiraten.«

»Ein Glück, denn sie ist Lord Avenall versprochen.«

Die düstere Miene, die Stoke aufsetzte, brachte Rowland zum Lachen. Stoke, der das Ganze überhaupt nicht komisch fand, starrte seinen Freund finster an. Die Vorstellung, dass Lady Lark in Kürze Lord Avenalls Frau wurde, weckte in seinem Inneren unerwünschte Besitzansprüche. Er verdrängte das Gefühl und folgte Rowland in die Halle.

Elizabeth wartete, bis er und die anderen verschwunden waren, bevor sie Lark am Arm packte. »Wie konntest du nur in diesem Fetzen aus dem Haus rennen? Du bist halb nackt. Sieh dich nur an!«

»Wenn du mich schon schelten musst, Mutter, kann es nicht wenigstens bis morgen warten?«

»Nein, kann es nicht. Was müssen Avenall und Lord Blackstone von dir denken? Wegen Avenall mache ich mir weiter keine Gedanken, denn er wird bald dein Ehemann sein, aber Lord Blackstone hat dich angeglotzt, als wärst du eine billige Hure.«

»Was schert mich seine Meinung?« Lark hätte ihrer Mutter am liebsten mitgeteilt, dass er sie schon nackt gesehen hatte, sagte aber nur: »Ich bin sicher, dass seine keuschen Augen nicht beleidigt wurden.«

»Nur zu, mach dich ruhig lustig darüber, aber ich habe gesehen, wie er dich begafft hat. Du hast seine Aufmerksamkeit erregt, und ich dulde nicht, dass du dich zwischen ihn und Helen stellst.«

»Glaubst du im Ernst, ich wollte auf diese Weise absichtlich sein Augenmerk auf mich lenken?« Lark knirschte mit den Zähnen. »Lieber würde ich ein Stachelschwein in mein Bett lassen!«

»Du solltest nicht so von ihm sprechen. Und du wirst ihn nicht mehr so stumpf finden, wenn er dir irgendwo auflauert und zudringlich wird. Wie konntest du nur aus der Halle laufen, ohne einen Umhang überzuwerfen? Ich hätte dieses Hemd, in dem du schläfst, schon vor acht Jahren verbrennen sollen. Es ist nichts als ein Lumpen. Wenn wir wieder in der Burg sind, wirst du es mir geben, damit ich es verbrennen kann.«

»Du weißt, dass ich ohne meine Gänsefederkissen und dieses Hemd nicht schlafen kann. Ich trage es niemals außerhalb meines Zimmers. Ich hatte Angst um Avenall und Evel und dachte nicht daran, dass ich es anhatte. Du brauchst dir deshalb keine Gedanken mehr zu machen, Mutter. Ich werde bald heiraten und das Hemd mitnehmen.«

»Du wirst Avenalls Heim nicht in Lumpen betreten! Keine Tochter von mir wird mich in dieser Weise in Verlegenheit bringen. Eine Dame hat stets den Anstand zu wahren, und ich dulde nicht, dass du dich in diesem grauenhaften Fetzen zur Schau stellst – nicht einmal vor deinem eigenen Ehemann!«

Jahre der Frustration ließen Lark explodieren. Von Kopf bis Fuß zitternd schrie sie: »Ich wünschte, ich wäre nackt herausgekommen, Mutter! Gott bewahre mich vor den feinen Damen dieser Welt!« Lark hätte am liebsten laut aufgeschrien und sich die Haare gerauft; stattdessen drehte sie sich um und lief in die Halle, bevor sie etwas sagte, das sie den Rest ihres Lebens bereuen würde.

»Vergiss nicht, dass er deine Schwester heiratet!« Elizabeths Stimme hallte über den Hof.

»Wie könnte ich das vergessen?«, murmelte Lark halblaut.

Sie musste mit Helen sprechen und sie überreden, Blackstone abzuweisen, falls er ihr einen Antrag machte. Falls Elizabeth Helen das Leben zur Hölle machte, könnte sie bei ihr und Avenall wohnen – wenn er seine Meinung nicht geändert hatte. Aber das bezweifelte Lark. Avenall brauchte ihre Mitgift, um seine Schatullen zu füllen, und da er bereit war, sie zu heiraten, bedeutete sie ihm sicher etwas. Aber zuerst musste sie den Schwarzen Drachen davon überzeugen, dass sie an jedweden Untaten unschuldig war. Bei der Vorstellung runzelte sie die Stirn. Unbelehrbare Drachen zu überzeugen war gewiss nicht leicht.

Als Lark die Halle betrat, standen Evel, Lord Blackstone, Avenall, Gowan und Rowland mitten im Raum und sprachen alle durcheinander. Nun, vielleicht nicht alle. Blackstone sagte kein Wort. Er hatte eine düstere, brütende Miene aufgesetzt und stand mehrere Schritte von den anderen entfernt.

Das Geräusch leiser Schritte ließ Lark in der Tür stehen blieben und einen Blick zur Treppe werfen. Helen kam die Stufen heruntergeeilt. Mit dem offenen braunen Haar, das sie umwehte, wirkte sie wie eine aus dem Schlaf geschreckte Nymphe. Ihr Rock und das dazu passende Oberkleid aus schwerer, grüner

Seide schmiegten sich an ihre vollkommenen Rundungen. Sie sah Lord Blackstone erst, als sie die unterste Stufe erreichte, und ein Hauch Farbe stieg in ihre Wangen. Sie senkte sofort den Blick und machte einen anmutigen Knicks.

»M-mylord.«

Lark verschränkte die Arme über der Brust und wartete Blackstones erste Reaktion auf Helen ab. Sein Gesichtsausdruck blieb verschlossen und gab keine Gefühlsregung preis. Die meisten Männer japsten angesichts Helens Schönheit wie abgehetzte Jagdhunde. Blackstones Reaktion fiel völlig aus dem Rahmen. Lark starrte ihn verdutzt an.

Blackstone musterte Helen, eine Ewigkeit, wie es schien, und begutachtete jede ihrer Rundungen unter dem schönen grünen Oberkleid und das dichte dunkle Haar, das über ihre vollen Brüste bis zur Taille wogte. Ein seltsames, beunruhigendes Lächeln spielte um seine Lippen, als er auf sie zuging.

Er legte einen Finger unter Helens Kinn und hob es leicht, damit sie ihm ins Gesicht sah. »Es ist ein Vergnügen, Euch endlich kennen zu lernen. Ihr seid in der Tat so schön, wie man sich erzählt.« Seine Stimme blieb unbewegt, als er sprach.

Kein Mann hatte Helen je angesprochen, ohne sie mit Komplimenten zu überschütten, und man sah ihr an, wie überrascht sie jetzt war. Sie wirkte zu scheu und zu verwirrt, um etwas zu erwidern, und starrte Blackstone nur aus ihren großen, sanften Rehaugen an.

Lark spürte, wie sich jeder Muskel in ihrem Körper anspannte, als sie den Drang bekämpfte, Helen zu schütteln und zu zwingen, irgendetwas zu sagen. Es war der erste gewalttätige Gedanke, den Lark je gegen ihre Schwester gehegt hatte. Früher hatte sie Helen immer beschützt – vor allem vor den Zwillingen. Nie hatte Lark bei Helen die Beherrschung verloren oder den Wunsch gehabt, ihr wehzutun. Plötzliche Scham befiel sie, und sie trat von einem Fuß auf den anderen.

In diesem Moment betrat Elizabeth die Halle, das Gesicht immer noch gerötet vor Zorn. Nach einem missbilligenden Blick auf Lark bemerkte sie Helen und Blackstone und eilte zu ihnen.

»Ihr habt meine Tochter kennen gelernt, Mylord.« Elizabeth legte einen Arm um Helens Schultern. »Ist sie nicht eine Schönheit?«

»Allerdings.« Er sah auf Helen hinab, die er bei weitem überragte. Ihr Scheitel reichte knapp an seine Brust. Schon seine Größe musste Helen Angst einjagen.

»Ich dachte mir, dass Ihr erfreut sein würdet.« Die Augen ihrer Mutter leuchteten vor Stolz, als sie Helen betrachtete. »Ich wollte Euch eigentlich erst morgen früh mit meiner Tochter bekannt machen. Warum bist du auf, mein Liebes?«

Helen wandte sich zu ihrer Mutter um und fand ihre Stimme wieder. »Ich habe einen lauten Aufschrei gehört. Ist alles in Ordnung?«

»Das war ich.« Avenall trat zu Helen.

»Avenall, endlich!« Helen hielt ihm eine bebende Hand entgegen. Etwas von der Angst, die Blackstone in ihr hervorgerufen hatte, schwand.

Avenall nahm ihre ausgestreckte Hand und drückte sie. »Ja. Die Aussaat hat mehr Zeit beansprucht, als ich erwartet hatte, und außerdem musste ich meinen Verwalter entlassen. Als ich einen Blick in die Bücher warf, stellte ich fest, dass der Mann mich schamlos beraubte.«

»Wie furchtbar. Ich weiß, wie sehr Euch solche Unannehmlichkeiten belasten. Hoffentlich habt Ihr einen neuen Mann gefunden.«

»Ja, aber er muss sich noch einarbeiten. Ach was,

sprechen wir nicht mehr davon. Ich habe all das hinter mir gelassen, um hierher zu kommen.«

»Und wir sind froh, dass Ihr eingetroffen seid.« Helens Augen strahlten. Sie schenkte ihm ein warmes Lächeln, aber dann wurde ihr Gesichtsausdruck wieder sorgenvoll. »Ich hoffe, Ihr habt Euch nicht verletzt – als Ihr geschrien habt, meine ich.«

»Eigentlich war nicht ich es, sondern Evel, der geschrien hat.«

Helen sah ihren Bruder fragend an.

»Ich bin vom Dach gefallen«, erklärte Evel kurz.

»Hoffentlich hast du dir nicht wehgetan.«

»Keine Angst, in dem Punkt habe ich Erfahrung, und Avenall hat meinen Fall gemildert.« Evel stieß Avenall mit dem Ellbogen in die Rippen.

»Ihr seid nicht zu Schaden gekommen?« Helen musterte Avenall ängstlich besorgt.

»Nein, er ist gesund und munter.« Evel gab Avenall einen Klaps auf die Schulter.

Lark betrachtete die beiden Männer, die sie nach ihrem Vater am meisten liebte. Sie beneidete sie um ihr unbefangenes Verhältnis zueinander. Gleich nachdem Avenall als linkischer Jüngling nach St. Vale gekommen war, hatte Evel sich mit ihm angefreundet. Manchmal war Lark eifersüchtig auf diese Freundschaft. Evel hatte Verständnis für Avenalls ruhige Art, und die beiden machten oft lange Spaziergänge, ohne sie je aufzufordern mitzukommen. Ihre Eifersucht hielt immer nur so lange an, bis die beiden außer Sichtweite waren. Sie brauchte nicht lange, um Zerstreuungen zu finden, die sie vergessen ließen, übergangen worden zu sein. Und Avenall machte es immer wieder gut, indem er sich ihr widmete.

»Nun, gesund und munter genug, um zu heiraten«, sagte Gowan und lächelte Avenall an.

»Ganz recht.« Avenall schien sich erst jetzt wieder an Lark zu erinnern, und sein Lächeln verrutschte ein wenig. Dann entdeckte er sie in der Nähe des Gangs im Schatten, und sein Lächeln wurde breiter.

Lark lächelte zurück. Am liebsten hätte sie ihn wieder geküsst. Es war lange her, seit sie ihn zum letzten Mal gesehen hatte, und seine Abwesenheit hatte eine schmerzhafte Leere in ihr hinterlassen.

Aus Gründen, die für Lark unersichtlich waren, trat Blackstone zwischen sie und Avenall und versperrte ihr die Sicht. Jetzt konnte sie nur noch seinen breiten Rücken und das wellige schwarze Haar sehen, das auf seine Schultern fiel. Stirnrunzelnd betrachtete sie seinen Rücken. Im Grunde sollte sie einfach zu Avenall gehen, aber sie wollte nicht, dass Blackstone schon wieder durch ihr dünnes altes Hemd ihren Körper begaffte.

»Komm, Helen, ab ins Bett mit dir«, sagte Elizabeth. »Für heute Abend hast du unsere Besucher lange genug gesehen. Du und Avenall, ihr könnt Euch morgen früh weiter unterhalten. Evel, bring bitte unsere Gäste auf ihre Zimmer. Gowan, seid so gut und weckt Wira, damit sie Avenall ein Tablett mit kalten Speisen bringt.«

»Gewiss, Mylady.« Gowan nickte und stapfte über den Steinboden zu den Dienstbotenquartieren.

Elizabeth schien vergessen zu haben, dass Lark in der Halle war. Sie hängte sich bei Helen ein und ging mit ihr zusammen die Treppe hinauf. Lark war es ganz recht so. Sie war froh, der Aufmerksamkeit ihrer Mutter entgangen zu sein, obwohl sie sich eingestehen musste, dass es ein wenig an ihrer Eitelkeit nagte, dass Blackstone ihre Anwesenheit ebenfalls vergessen zu haben schien. Er hätte sie zumindest finster anstieren können. Aber sein Blick ruhte immer noch auf Helen, bis sie am Treppenabsatz verschwand.

Rowland und Avenall wirkten gleichermaßen fasziniert von Helens Kehrseite, bis Evel in die Hände klatschte und sagte: »Ich darf bitten, mir zu folgen.«

Blackstone sah zu Lark und durchbohrte sie mit seinen eindringlichen, düsteren Augen. Sein Blick senkte sich auf ihr fadenscheiniges Hemd, glitt langsam über ihre flache Brust und verharrte dann, um durch die offenen Seitennähte des Hemds ihre Beine und noch weiter unten ihre dünnen Knöchel und langen nackten Zehen zu begutachten. Mit beleidigender Trägheit wanderten seine Augen wieder nach oben, um ihrem Gesicht zu begegnen, wobei er sie offensichtlich mit Helen verglich.

Das war nichts Neues. Schon immer hatten die Männer sie mit Helen verglichen, und schon immer hatte sie dabei schlecht abgeschnitten. Aber in Blackstones Augen sah sie nicht die übliche Ablehnung oder Gleichgültigkeit, nur eine Art animalischen Hunger, bei dem ihr das Blut in die Wangen schoss und ein Prickeln ihren Körper von oben bis unten überlief. Sein Blick brachte ihr zu Bewusstsein, wie gefährlich er war.

Als könnte er ihre Gedanken lesen, verzog er seine Lippen zu einem boshaften Grinsen. Der dunkle, sinnliche Ausdruck in seinen Augen sagte: »Bald wirst du mir gehören.« Er drehte sich um und ging hinter Evel und Rowland die Treppe hinauf, ohne sich noch einmal umzudrehen.

Lark wartete, bis er ganz oben angekommen war, statt ihm sofort zu folgen. Sie war sich sehr wohl bewusst, dass sie in dieser Nacht vermutlich kaum Schlaf finden würde. Er hatte ihr den Fehdehandschuh hingeworfen, und sie musste darauf vorbereitet sein, die Herausforderung anzunehmen.

Wenig später blieb Lark auf der Treppe stehen. Während sie darauf wartete, dass sich die Schritte der Männer entfernten, lauschte sie ihrem Gespräch.

»Wenn Ihr eine Frau wollt, kann ich eine der Mägde wecken, Mylord«, sagte Evel.

»Nein, zeigt mir einfach mein Bett«, sagte Blackstone mit seinem tiefen Bariton.

»Im Gegensatz zu meinem Freund würde ich die Gesellschaft eines Mädchens, das mir das Bett wärmt, begrüßen.« Ein Lachen schwang in Rowlands Stimme mit.

»Ich finde sicher eines, das Euch zusagt …«

Lark war dankbar, dass Blackstones Zimmer an einem Nebengang lag. Vor einem Jahr, als Elizabeth sich für eine Doppelhochzeit entschied, hatte sie William zugesetzt, einen dringend erforderlichen Flügel als Unterkunft für die Gäste anzubauen. Nach einem Monat unablässigen Nörgelns hatte ihr Vater schließlich nachgegeben. Ein langer Gang verband den Anbau mit der Großen Halle. Blackstones Zimmer befand sich im neuen Flügel – weit entfernt von ihrem Zimmer, Gott sei Dank.

Ihre Stimmen und Schritte verklangen. Als Lark einen Fuß hob, um ihn auf die nächste Stufe zu setzen, hörte sie, wie ihre Mutter Helen eine gute Nacht wünschte, in einem liebevollen Ton, den sie Lark nur selten, wenn überhaupt jemals zukommen ließ. Erst als die leisen Schritte verhallt waren und eine Tür geschlossen wurde, wagte Lark es, die Treppe hinaufzugehen. Als sie oben angelangt war, öffnete sich mit einem leisen Knarren Helens Tür.

»Psst!« Helen winkte Lark in ihr Zimmer. »Ich muss mit dir sprechen.«

Lark betrat das Gemach ihrer Schwester, und Helen schloss behutsam die Tür. In diesem Raum herrschten

Ordnung und Sauberkeit. Nicht eine einzige Falte beeinträchtigte die Wirkung der gestickten Blumen auf der Tagesdecke, die sorgfältig zurückgeschlagen und unter die Matratze gesteckt war. Wie Helen es schaffte, in einem Bett zu schlafen, ohne es auch nur ein kleines bisschen zu zerwühlen, blieb ein ewiges Rätsel für Lark. Ihr Blick fiel auf den Tisch an der Wand. Er glänzte so sehr von Wachs, dass man sich darin spiegelte.

Über dem Tisch hing ein großer hölzerner Rosenkranz an einem Nagel. Hier kniete Helen jeden Morgen und jeden Abend zum Gebet nieder. Das Nähkästchen, das neben einem kleinen Schemel stand, war verschlossen und sein Inhalt sorgfältig eingeräumt. Der Grasgeruch frischer Binsen vermischte sich mit Lavendelduft und erfüllte den Raum. Angesichts all dieser Vollkommenheit stieß Lark einen Seufzer aus. In Helens Zimmer fühlte sie sich wie vor einem Kirchenaltar; sie hielt sich nie lange hier auf. Wie im Zimmer ihrer Mutter empfand sie auch in diesem Raum Unbehagen.

»Oh, Lark, Lord Blackstone gefällt mir sehr!« Helen schlang glücklich die Arme um ihre Schwester. »Das musste ich dir einfach sagen.«

»Er gefällt dir?«, fragte Lark ungläubig, während sie die Umarmung ihrer Schwester erwiderte. »Unten in der Halle hast du ausgesehen, als wärst du zu überwältigt, um auch nur ein Wort herauszubringen.« Als sie zurücktrat, fiel ihr auf, dass Helens große dunkelbraune Augen strahlten. Sie hatte ihre Schwester noch nie so lebhaft gesehen.

»Na ja, Mutter hat mir erklärt, dass er zwar ein wenig schroff, aber nett ist. Es ist einfach seine Art. Ich hoffe, er wird um mich anhalten. Er ist hübsch, findest du nicht?«

»Wahrscheinlich schon, wenn man etwas für Dunkle übrig hat.«

»Das ist nicht dein Ernst.« Helen grinste. »Und seine Augen – sie sind so schwarz und so perfekt geformt. Hast du gesehen, wie lang seine Wimpern sind? Sind es nicht schöne Augen?«

»Debolts sind schöner.«

»Hör auf!« Helen legte eine Hand auf ihren Mund, um ein Kichern zu ersticken. »Du weißt, dass dein Gaul keine schöneren Augen hat.«

»Wenn du ein Ritter wärst, würde ich dich für diese Bemerkung fordern.« Lark nahm eine indignierte Pose ein, die im Widerspruch zu dem Grinsen auf ihrem Gesicht stand. »Wohlan! Ich lasse Debolt nicht schmähen! Gibt es einen edleren Tod, als für die Ehre meines Pferdes das Leben zu geben? Was meinst du? Wählst du die Waffen, oder soll ich es tun?«

Helen unterdrückte ein Lachen. »Sei doch still, Lark, sonst hört Mutter uns noch. Ich bin sicher, du vergleichst Lord Blackstones Augen mit denen von Lord Avenall.«

Die Leichtigkeit verschwand aus Larks Stimme. »Niemand hat so blaue Augen wie Avenall. Sie funkeln wie makellose Saphire. Weißt du noch, wie ich ihn früher aufgezogen und ihn Lord Sa und Phir genannt habe?«

»O ja! Du hast ihn unbarmherzig gehänselt.«

»Ich weiß.« Lark schien stolz auf sich zu sein. »Ich habe Zweifel, ob du es dir erlauben kannst, Lord Blackstone zu hänseln.«

Sie brach ab, und das Lächeln auf Helens Gesicht verblasste. »Das klingt, als ob du ihn nicht magst.«

Lark sah ihre Schwester an. Wie konnte sie ihr die Wahrheit über Lord Blackstone sagen? Sie fragte: »Magst du ihn denn? Wirklich, meine ich?«

»Nun, er wird einen guten Ehemann abgeben.« Helen machte eine Pause und sagte dann mehr zu sich selbst: »Und es hat mir gefallen, als er mein Kinn berührte.« Sie hob ihre Hand und strich über die Stelle, die er berührt hatte.

»In eurer Hochzeitsnacht wird er mehr als dein Kinn berühren. Wirst du es ertragen können, wenn er wie ein geiler Bock über dich herfällt?«

Helens Gesicht nahm dasselbe Scharlachrot an wie die gestickten Rosen auf ihrer Überdecke.

Lark fiel verspätet ein, dass sie mit Helen gesprochen hatte wie mit den Männern ihres Vaters oder ihren Brüdern. Sie räusperte sich und fügte hinzu: »Entschuldigung. Du weißt, was ich meine.«

»Ich bin sicher, das erste Mal wird nicht sehr angenehm sein.« Helen starrte auf ihre ineinander verschlungenen Hände.

»Schlimmer als das, wenn er ein linkischer Tölpel ist.« Vor ihrem geistigen Auge stand das Bild von Lord Blackstone, wie er sie zu Boden geworfen hatte, kurz bevor er sie zu küssen versuchte. Lark fand es erregend, aber Helen würde diese Art Behandlung nicht aushalten.

»Das ist er bestimmt nicht. Er war schon einmal verheiratet.«

»Ja, und zwar vermutlich mit einem braven, fügsamen Lamm wie dir. Sie konnte ihn wahrscheinlich nicht daran hindern, seine ehelichen Rechte einzufordern, und du wirst auch gezwungen sein, mit ihm zu schlafen.«

»Gewiss, genauso wie du mit Lord Avenall schlafen wirst.« Eine zarte Falte furchte Helens Stirn.

»Im Gegensatz zu dir kann ich mich verteidigen. Wenn Lord Avenall mir beim ersten Mal wehtut, werde ich ihn nie wieder in mein Bett lassen. Und wenn er mir befiehlt, ihm zu Willen zu sein, teile ich ihm einfach mit, dass ich nicht sein Besitz bin. Sollte er dennoch hartnäckig bleiben, spieße ich ihn mit einer Lanze auf.« Lark grinste bei der Vorstellung, Avenall mit einer Lanze durch ihr Schlafzimmer zu hetzen.

»Du würdest Avenall doch nie dein Bett verbieten«, sagte Helen entsetzt.

»Und ob.«

»Das meinst du nicht so. Du liebst ihn – ganz bestimmt würdest du ihn nicht abweisen.«

»Es gibt Liebe, und es gibt Selbsterhaltung. Ich könnte ihn immer noch lieben, aber es wäre eine Liebe wie bei den Minnesängern, keusch und rein. Aber du« – Lark berührte ihre Wange – »wirst nicht einmal diesen Trost haben. Du wirst Lord Blackstone gehören, sein Besitz sein, mit dem er tun und lassen kann, was er will. Glaube mir, er wird dich unterdrücken, und du wirst ihm bestimmt nicht dein Bett verweigern. Er ist herrschsüchtig. Was er will, wird er sich nehmen.«

»Mutter hat gesagt, ich soll froh sein, wenn er nach den ersten Malen noch in mein Bett kommt.«

»Hat sie?« Lark zog eine Augenbraue hoch. Als sie jünger war, hatten sie die intimen Beziehungen zwischen Mann und Frau sehr interessiert. Sie hatte ihren Brüdern oft genug nachspioniert, um zu wissen, dass es Frauen gab, die Gefallen daran fanden, mit einem Mann zu schlafen. Elizabeth Mandeville jedenfalls schien es sehr zu genießen. Larks Zimmer befand sich dem Schlafzimmer ihrer Eltern gegenüber. Fast jede Nacht konnte sie Keuchen und Stöhnen hören, manchmal stundenlang. Es war möglich, dass Lord Blackstone mit Helen behutsamer umging als mit ihr – schließlich war ihre Schwester sehr schön, und er verdächtigte sie nicht, ihn umbringen zu wollen. Dennoch, die Idee, Helen könnte mit dem Schwarzen Drachen Vergnügen im Bett finden, schien so weit hergeholt, dass Lark die Stirn runzelte.

»Ich habe das Gefühl, dass wir eine gute Ehe führen werden.« Helen klang, als wollte sie vor allem sich selbst überzeugen.

»Macht dir nicht allein schon sein Körperbau Angst? Seine Schultern sind so breit wie Debolts Hinterbacken und wahrscheinlich genauso behaart.«

Helen musste sich wieder den Mund zuhalten, um ein Lachen zu ersticken. »Seine Größe stört mich nicht. Bei ihm werde ich mich immer sicher fühlen.«

»Na ja, das Schwert, das er trägt, ist groß genug, um drei Männer auf einen Streich zu töten.« Ein Anflug von Anerkennung und Neid schwang in Larks Stimme mit. Sie erinnerte sich, wie er in den Wäldern den Angriff der Schotten abgewehrt hatte, und sie konnte nicht umhin, sein Kampfgeschick zu bewundern – zumindest ein wenig.

Helen machte ein verstörtes Gesicht, als Lark sein Schwert erwähnte. Mit einem gewollt vertrauensvollen Ton sagte sie: »Siehst du, ich werde immer gut beschützt sein.«

»Ich kann mir nicht denken, dass ein Verbrecher, der auch nur halbwegs bei Verstand ist, ihn angreift.«

»Also findest du doch etwas Gutes an ihm?«

»Nun, als Krieger muss ich ihn bewundern. Selbst die Barden besingen seinen Mut im Heiligen Land. Aber falls du es wagen solltest, es ihm gegenüber zu erwähnen, werde ich es leugnen.«

Helen lächelte sie an. »Ich werde es ihm nicht sagen, aber ich hoffe, du änderst eines Tages deine Meinung über ihn.«

»Wenn du dir sicher bist, dass du ihn heiraten willst, und er dich gut behandelt« – Lark schnitt ein Gesicht –

»werde ich versuchen, ihn zu ertragen. Wahrscheinlich werde ich vor Freude strahlen, wenn ich dich mit ihm sehe, und meinem Schöpfer danken, dass er nicht mein Ehemann ist.«

Helen runzelte die Stirn und machte ein ratloses Gesicht, als wüsste sie nicht, was sie mit dieser Bemerkung anfangen sollte. Rehbraune Augen starrten Lark einen Moment lang nachdenklich an. Schließlich huschte ein Lächeln über Helens Lippen. »Eines Tages wirst du ihn mit derselben Zuneigung behandeln wie deine Brüder, davon bin ich überzeugt. Das ist alles, was ich von dir erwarte. Sollte sich Lord Blackstone für mich entscheiden, möchte ich, dass du und Avenall uns oft besuchen kommt, also tu bitte nichts, was sein Missfallen erregen könnte.«

»Ich glaube, schon mein Anblick ärgert ihn«, bemerkte Lark trocken.

»Warum sagst du so etwas?« Helens Stimme klang argwöhnisch. »Hast du ihn in irgendeiner Weise erzürnt?«

»Ich habe mein Bestes getan.« Lark grinste.

Als Lark wieder in ihrem Zimmer war, schob sie rasch den Riegel vor.

Das metallische Klirren des Riegels durchbrach die Stille … eine ungewöhnlich tiefe Stille. Ihr Instinkt warnte sie vor etwas, und sie blieb stehen, die Hand noch immer auf dem Türriegel. Hinter ihr waren langsame, stetige Atemzüge zu hören. Lark spitzte die Ohren. Obwohl das Geräusch kaum mehr als ein Wispern war, kratzte es an jedem Nervenende ihres Körpers.

»Baltizar, ich hoffe, das bist du.« Ihr Flüstern klang in der Stille wie ein Schrei.

»Ich fühle mich gekränkt.«

Beim Klang der vertrauten tiefen, geringschätzigen Stimme fuhr sie herum. Im Mondlicht, das durch das schmale Fenster fiel, zeichnete sich die gewaltige, dunkle Silhouette Lord Blackstones ab. Der weiche Schimmer des Lichts hob die glimmenden schwarzen Augen und das kupferfarbene Feuer in ihnen hervor.

Sie drehte sich um und griff hastig nach dem Riegel. Eine schwere Hand presste sich auf ihren Mund; die andere nahm sie bei der Taille. Ihr Rücken prallte abrupt an seine Brust.

»Du wirst mich nicht so bald verlassen«, murmelte seine Stimme tief und rau an ihrem Ohr.

6

Angst war für Lark immer ein abstrakter Begriff gewesen. Aber als Black Dragons heißer Atem ihr den Nacken versengte und eine Gänsehaut sie bis zum Bauch hinunter überlief, als sie die Kraft seiner Armmuskeln spürte, die sie in einem eisernen Griff hielten, verstand sie endlich, warum sich Krieger nach der Schlacht an einen sicheren Zufluchtsort zurückzogen.

Die Erinnerung daran, wie sie auf ihn reagiert hatte, als er auf ihr lag und sie ihm ihre Lippen zum Kuss darbot, stürmte auf sie ein. Diese Augen. Sie übten auf Lark eine unerklärliche Macht aus, obwohl sie sich dagegen wehrte. Diese Schwachstelle in ihrer Abwehr zu entdecken brachte sie völlig aus der Fassung, und sie wusste, dass sich Blackstone an ihrer Furcht weidete wie ein Wolf, der seine immer noch zappelnde Beute in den Fängen hat.

Sie befahl ihm wutentbrannt, aus ihrem Zimmer zu verschwinden, und flocht einige derbe Schimpfwörter ein, um sich Mut zu machen. Unglücklicherweise war ihre Stimme hinter seiner Handfläche nur undeutlich zu hören.

»Aber, aber! Ist das eine Art, mich zu begrüßen?«

Lark gab zurück, dass sie ihn am liebsten mit der Spitze ihres Dolchs begrüßen würde, aber wieder erstickte seine Hand ihre Worte. Als sie wütend fluchte, strich er mit der schwieligen Haut seiner Handfläche über ihre Lippen, und Lark spürte, wie der dünne Schweißfilm auf ihrer Haut mit der Wärme seiner

Hand verschmolz. Rau und nass berührte ihre Haut seine, und ihre Lippen wurden heiß und feucht.

Noch dazu fühlte sie seine massive Brust an ihrem Rücken und seine kräftigen, muskulösen Schenkel an ihren Beinen, und um alles noch schlimmer zu machen, pressten sich seine Hüften eng an ihre Kehrseite, und … Heilige Muttergottes! Kein Zweifel, was sich da an ihr Hinterteil schmiegte, war eine Erektion.

Der Rest ihres erstickten Wortschwalls verlor sich in einem Labyrinth wirrer Gedanken, die in einer Frage gipfelten: Warum erregte sie ihn? Lark wusste nicht, ob sie empört oder geschmeichelt sein sollte. Es war Helen, die auf Männer wirkte. Selbst bei Avenall hatte Lark häufig das Gefühl, dass es seinen Küssen an Feuer mangelte, und manchmal war sie es, die nicht locker ließ, auch wenn sie spürte, dass Avenall eigentlich mit Küssen aufhören wollte.

Blackstone stand einen Moment reglos da und hielt sie fest. Dann beugte er sich zu ihrem Ohr vor. »Soll dieses plötzliche Schweigen bedeuten, dass du dich ergibst, du Tigerin? Ich will nicht die ganze Burg mit deinem Gekreische wecken. Wenn ich meine Hand wegnehme, hältst du dann den Mund?«

Lark schloss die Augen und kämpfte gegen den unerwünschten Aufruhr in ihrem Inneren an, den sein heißer Atem auf ihrem Ohr und ihrem Nacken wachrief. Nach einem Moment hatte sie sich wieder im Griff und nickte.

Sowie ihr Mund von seiner Hand befreit war, fuhr sie herum und zischte: »Wie seid Ihr hier hereingekommen, Blackstone?«

»Wir kennen uns gut genug, um uns zu duzen. Nenn mich Stoke.«

»Ich will Euch nicht duzen. Was habt Ihr mit Baltizar gemacht? Wenn Ihr ihm etwas getan habt, werdet

Ihr meine Schwertspitze in Eurem Bauch zu spüren bekommen!«

Er hielt ihr wieder den Mund zu. »Bei deinen süßen Drohungen wird mir warm ums Herz, und als Lohn für deine liebenswürdigen Worte verrate ich dir, dass dein Haustier unversehrt ist. Ich habe ihn mit einem Stück Fleisch nach draußen gelockt. Heiliger Himmel, fühlst du dich gut in meinen Armen an!« Er fing an, ihr Ohr mit seiner Zunge zu liebkosen.

Lark spürte, wie ein Schauer über ihren Rücken lief. Sie dachte daran, so laut zu schreien, dass die Burgmauern einstürzten, entschied sich dann aber doch dafür, lieber Black Dragons Lippen auf ihrem Nacken zu spüren, als Elizabeth zu erklären, was er in ihrem Zimmer zu suchen hatte – insbesondere, nachdem ihre Mutter behauptet hatte, Lark hätte versucht, ihm schöne Augen zu machen.

Seine Lippen bewegten sich an ihrem Nacken hinunter. Sie fühlte die heiße, feuchte Spitze seiner Zunge über ihre Haut gleiten, während die Hand, die ihr den Mund zugehalten hatte, über ihr Kinn und ihren Hals zu ihrer Brust wanderte. Seine andere Hand schob sich von ihrer Taille nach oben und schloss sich um ihre andere Brust. Lark lehnte sich zurück. Ihr Körper gehorchte nicht länger ihrem Willen, sondern der Macht, die seine Hände über sie hatten. Die Hitze dieser Hände brannte bis in ihr Inneres und ließ ihre Knie weich werden. Larks Kopf sank kraftlos an seine Schultern. Irgendetwas zog sie zu dem Feuer hin, das in ihm loderte, und sie wandte ihm ihr Gesicht zu.

In dem Moment, als ihre Lippen aufeinander trafen, keuchte sie, so quälend war es, sie zu spüren, weich, glühend und erregend. Der Geschmack seiner Lippen erfüllte sie bis in die Spitzen ihrer Finger und Zehen. Seine Zunge glitt in ihren Mund, erforschte und liebkoste dort jeden Winkel, und Lark fragte sich benommen, warum Avenall das nie bei ihr gemacht hatte. Er hätte es zumindest versuchen können.

Ohne diese sinnliche Erkundung ihres Mundes zu unterbrechen, hob er sie in seine Arme. Lark nahm vage die Matratze unter ihrem Rücken wahr, als er sich mit ihr auf das Bett sinken ließ. Sie konnte seinen gewaltigen Körper spüren, der jeden Zoll von ihr bedeckte, seine harte Erektion, die sich an das zarte Fleisch zwischen ihren Schenkeln presste ... ein atemberaubendes Gefühl, das ihr Herz schneller schlagen ließ. Sein männlicher Geruch nach Leder und Pferd und Moschus kitzelte ihre Sinne. Sein langes schwarzes Haar strich über ihre Schläfen und Wangen, als er fortfuhr, sie zu küssen.

Lark schlang ihre Arme um ihn und strich über seinen Rücken, tief beeindruckt von den stählernen Muskeln die sich unter ihren Fingern abzeichneten. Es war, als würde sie mit ihren Händen über gemeißeltes Felsgestein fahren.

»Du bringst mich um den Verstand«, stöhnte er. Seine Hand glitt an ihrem bloßen Arm hinunter. Die Schwielen in seiner Handfläche strichen über die zarte Haut auf der Innenseite ihres Oberarms und ließen sie von den Handgelenken bis zu den Schultern prickeln. Ihr seidenes Hemd bauschte sich in ihrer Armbeuge, als er seine Hand darunter schob und ihre Brust berührte.

Er rieb die Spitze zwischen Daumen und Zeigefinger. Lark zog den Atem ein, und eine Woge von Hitze lief durch ihren Körper. Ihr Atem ging schnell und stoßweise. Sie konnte an nichts anderes denken als an ihn, an seine Hand, die auf ihrer Brust lag, an seine Zunge, die sich mit der ihren in einem wilden Rhythmus bewegte, an die Wärme seines Körpers, der sich an ihren presste. Avenall hatte nie derartige Gefühle bei ihr ausgelöst.

Stokes Schenkel drängte sich zwischen ihre Beine, während seine Hand von ihrer Brust nach unten glitt, über ihre Rippen und den flachen Bauch bis zu ihren Hüften. Ihr Hemd bauschte sich um ihre Hüften, und als er ihren nackten Oberschenkel berührte, erschauerte sie bis in die Zehenspitzen. Sie fühlte, wie sein Finger in das weiche Fleisch zwischen ihren Schenkeln tauchte.

»Heilige Jungfrau Maria, das dürft Ihr nicht!«, rief Lark aus. Sie versuchte, ihre Schenkel zusammenzupressen, aber sie gehorchten ihr nicht. Alles, was sie tun konnte, war, sich unter dem Ansturm von Empfindungen zu winden, die sie durchzuckten, als er sie streichelte.

»Doch, meine Tigerin. Lass mich dich fühlen.«

»Ich darf nicht!«

»Warum nicht? Hast du etwa Angst vor einem richtigen Mann?« Er küsste und liebkoste sie zugleich, indem er seine Zunge in ihren Mund stieß und im selben Rhythmus bewegte wie seinen Finger.

Larks Hüften begannen sich unter seiner Hand zu bewegen, und am liebsten hätte sie laut geschrien vor Wonne.

Lautes Wolfsgeheul zerriss die Luft.

Das misstönende Jaulen schien eine Ewigkeit in der Luft zu vibrieren.

Lark kam schlagartig wieder zu sich. Sie versuchte, Blackstone von sich herunterzuschubsen. Als er sich nicht rührte, packte sie ihn bei den Haaren und riss kräftig an.

Stoke brach den Kuss abrupt ab. »Hölle und Teufel«, knurrte er, während er ihre Finger packte und sie drückte, bis Lark seine Haare losließ.

»Runter von mir!« Lark setzte sich jetzt mit ihrer ganzen Kraft gegen ihn zur Wehr, aber er drückte ihre Handgelenke mühelos über ihrem Kopf auf das Bett.

Wieder ertönte das Heulen. Diesmal dröhnten Baltizars Klagelaute mit der Lautstärke eines Jagdhorns durch die Burg.

»Ich dachte, ich wäre diesen wandelnden Flohhaufen losgeworden«, murmelte er an ihr Ohr.

»Ich hoffe, er weckt die ganze Burg!«

Ihr Wunsch ging in Erfüllung. Auf dem Gang wurde abrupt eine Tür aufgerissen. »Lark!«

Lark zuckte zusammen, als sie Elizabeths Stimme hörte, und warf einen Blick zur Tür.

»Dieses wilde Tier ist in der Halle.« Elizabeths Stimme wurde durch die dicke Tür gedämpft. »Ich hatte dir doch gesagt, du sollst ihn nach draußen bringen. Was hat er hier drinnen verloren? Und was soll das Geheule?«

Blackstone machte immer noch keine Anstalten, sich zu rühren, und Lark zischte: »Runter von mir!«

»Lark! Ich kann dich tuscheln hören! Du redest mit jemandem. Mach die Tür auf!« Es wurde laut und ausdauernd an die Tür geklopft. »Wenn du nicht sofort aufmachst, hole ich Gowan, damit er die Tür aufsperrt!«

Stoke stieß ein kehliges Grollen aus. »Glaub nicht, dass du so leicht davonkommst. Du bist mir wegen dieser Schotten noch ein paar Antworten schuldig, Tigerin, und ich werde sie mir holen.« Er rollte sich von ihr herunter und stand auf.

»Ich weiß nichts über sie.«

»Lark! Mach die Tür auf! Wer ist bei dir?«

Lark drehte sich zu ihm um und flüsterte: »Kriecht unter das Bett.«

»Das werde ich nicht tun!« Er baute sich mit gespreizten Beinen vor ihr auf und verschränkte die Arme auf seiner massiven Brust. Ein eigensinniges Lächeln spielte um seine Mundwinkel.

Lark schätzte seine Größe ab und stellte fest, dass er beim besten Willen nicht unter ihr Bett passte. »Na schön, aber ich werd's mir merken. Wenn Ihr das nächste Mal versucht, in mein Zimmer einzudringen, erwartet Euch eine Falle, verlasst Euch drauf.« Lark hob einen Stapel alter Hemden und Hosen auf, aus denen ihre Brüder herausgewachsen waren und die sie schon vor Jahren für sich beansprucht hatte. In Augenblicken wie diesem boten sie ein großartiges Versteck. Sie tauchte unter das Bett, zog die Überdecke herunter und drückte sich an die Wand. Dann türmte sie die alten Sachen rings um sich auf.

Ihre Mutter hämmerte unablässig an die Tür.

Sie hörte, wie Stoke um das Bett herumging und vor der Tür stehen blieb. Der Metallriegel klapperte, dann quietschten die Scharniere, als er die Tür öffnete.

»Mylord!« Ihre Mutter schnappte hörbar nach Luft. »Was macht Ihr in Larks Zimmer? Wo ist sie? Ich dachte, ich hätte Stimmen gehört.«

»Ich weiß nicht. Ich muss mich verlaufen haben, als ich die Latrine suchte. Ich dachte, das hier wäre mein Zimmer.«

Lark hielt den Atem an. Ob Stoke ihr Versteck verraten würde?

»Habt Ihr meine Tochter gesehen? Dieses Vieh, das ihr gehört, ist im Allgemeinen immer in ihrer Nähe.«

»Nein, aber ich wünsche Euch Glück bei der Suche.« Lark atmete erleichtert auf. »Wenn Ihr mich jetzt entschuldigen wollt, es war ein langer Abend. Gute Nacht.«

Der Staub, der an ihren Wangen und in ihren Haaren klebte, kitzelte Larks Nase. Sie hielt sich die Nasenlöcher zu und erstickte ein Niesen, als Stokes Schritte verklangen.

Ein schmaler Spalt zwischen Matratze und Überdecke gewährte Lark einen winzigen Ausblick auf ihre Mutter. Elizabeths langes blaues Kleid fegte an Larks Gesicht vorbei und verharrte. Ihre Mutter trat näher ans Bett … noch näher … und bückte sich. Sie schaute unter das Bett! Jede Faser in Larks Körper erstarrte. Sie hielt den Atem an und presste ihren Rücken flach auf den Boden.

Elizabeth spähte direkt unter das Bett. Lark konnte ihr Gesicht nicht sehen, aber sie spürte den durchdringenden Blick ihrer Mutter.

Nach einem langen, spannungsgeladenen Moment stieß Elizabeth einen lauten Seufzer aus und richtete sich auf. Blaue Seide wirbelte durch die Luft, als sie auf dem Absatz kehrt machte und aus dem Zimmer stürmte. Der Tür fiel krachend hinter ihr zu. Lark fühlte etwas Haariges an ihrem Schenkel. Sie wandte den Kopf und sah Baltizar zu ihr kriechen. Er hielt inne und legte seinen Kopf auf ihre Hand.

Sie fuhr mit ihren Fingern durch sein dichtes graues Nackenfell. »Das war knapp, mein Freund. Ich schulde dir mehr, als du ahnst. Du hast mich aus den Klauen des Schwarzen Drachen gerettet.«

Bei Tagesanbruch schlüpfte Lark in lange braune Beinkleider und eine Tunika. Sie langte in ihren Ärmel und schnallte eine lederne Scheide um ihren Oberarm. Der Dolch darin wies mit dem Griff zum Handgelenk, sodass er leicht zu greifen war. Lark fuhr mit der Hand über den glatten, mit Perlmutt eingelegten Griff. Diese Waffe liebte sie ganz besonders, denn William hatte sie ihr zum zwölften Geburtstag geschenkt.

Er hatte gesagt, der Dolch würde sie schützen, wenn ihr Schwert sie im Stich ließ.

Noch einen Dolch schob sie in ihren rechten Stiefel. Dieses Messer hatte sie vor sieben Jahren von Avenall beim Schachspiel gewonnen. Sie hatte ihn in vier Partien dreimal besiegt. Seither war er nie wieder gegen sie angetreten.

Sie grinste bei der Erinnerung von einem Ohr zum anderen, als sie ihr Schwert umschnallte und die Scheide zurechtrückte. Solchermaßen für eine Begegnung mit Stoke gerüstet, marschierte sie zur Tür. Baltizar sprang vom Bett und schloss sich ihr an.

Lark hielt im Gang erst einmal Ausschau nach Elizabeth und Stoke. Dann ließ sie Baltizar hinaus und schloss leise die Tür hinter sich. Im Gehen beäugte sie jede einzelne Tür, an der sie vorbeikam, mit argwöhnischen Blicken. Ihr offenes Haar strich über ihre Hüften, und das leise Rascheln vermischte sich mit ihren leichtfüßigen Schritten. Es war zu mühevoll, das Haar zu flechten, deshalb hatte sie es nur mit einem Lederband zusammengefasst und ließ es über ihren Rücken fallen.

Von unten aus der Halle war Stimmengewirr zu hören. Seit sie sich erinnern konnte, hatten sie an jedem Morgen die Stimmen der Männer ihres Vaters begrüßt, die in der Halle ihr Frühstück einnahmen, und gewöhnlich hatte sie sich ihnen mit einem freudigen Lächeln angeschlossen. Aber heute war kein Tag wie jeder andere. Vielleicht erwartete sie dort unten Stoke. Bei dem Gedanken zog sich ihre Stirn in Falten.

Oben an der Treppe traf sie Marta, eine alte Magd, die gerade heraufkam. Marta sah sie an und legte eine Hand an ihre schwer atmende Brust. Aus ihrem grauen Zopf hatten sich ein paar Strähnen gelöst und fielen ihr ins Gesicht. Marta strich sie sich mit einer schwieligen Hand aus den Augen. Die tiefen Furchen auf ihrer pergamentartigen Haut gaben ihr das Aussehen einer weisen Fee aus längst vergangenen Zeiten. Lark hatte Marta einmal nach ihrem Alter gefragt, aber ihre Antwort hatte gelautet: »So alt wie die Mauern dieser Burg.« Und so sah sie mit ihrer gebeugten und gebrechlichen Gestalt auch aus.

Larks alte Kinderfrau musterte ihren ehemaligen Schützling aus zusammengekniffenen Augen. Die Falten auf ihren Wangen spannten sich an, und die blauen Venen traten unter ihrer durchscheinenden Haut deutlich hervor. »Wo bist du gewesen, Kind? Die Herrin hat mich im ganzen Schloss nach dir suchen lassen. Hast du denn gar kein Erbarmen mit einer alten Frau?« Martas Hand fuhr nach oben und legte sich auf den Ansatz ihrer Kehle, wobei sich das Zittern in ihren knochigen Fingern verstärkte. Ihr Keuchen wurde lauter.

Lark, die das alte Kindermädchen wie eine Großmutter liebte, war mit Martas Schlichen vertraut. Wann immer sie Lark Schuldgefühle machen wollte, pochte sie auf ihr Alter. Sie kannten einander viel zu gut, als dass Lark auf derartige Tricks hereingefallen wäre. »Tut mir leid.« Lark berührte ihren Arm. »Mutter hätte nicht von dir verlangen dürfen, mich zu suchen.«

»Natürlich durfte sie das. Ich bin für dich verantwortlich, bis an den Tag, an dem man mich zur letzten Ruhe bettet. Ich habe alle Sprösslinge unseres Herrn aufgezogen und ihn selbst dazu, und ich liebe euch, als wärt ihr mein Fleisch und Blut. Aber ich muss dir trotzdem sagen, dass du eines Tages noch mein Tod sein wirst. Ich dachte, die Zwillinge mit ihrem Übermut würden es schaffen, doch du bist genauso schlimm. Aber ich will dich nicht schimpfen. Das wird deine Mutter schon tun, und zwar ausgiebig.« Sie zeigte mit einem gekrümmten Finger auf Larks Zimmer.

»Geh sofort wieder da rein. Die Herrin sagt, du darfst nicht nach unten, wenn du nicht ein feines Kleid trägst, wie es sich für eine anständige junge Dame schickt. Lord Avenall ist bei uns.«

Lark stemmte die Hände in die Hüften. »Ich habe es nicht nötig, mich für Avenall herauszuputzen. Er hat mich auf dem Turnierplatz in weit schlimmerer Aufmachung gesehen. Und ich habe nicht das Verlangen, auf Lord Blackstone Eindruck zu machen.«

»Mag schon sein, aber ein paar seiner Ritter sind eingetroffen, mit einem Wagen voller Geschenke. Deine Mutter wird sicher nicht wollen, dass du in diesem Aufzug vor ihnen erscheinst. Du solltest die Kostbarkeiten sehen, die sie für deine Schwester mitgebracht haben. Die Herrin ist überglücklich. Und Helen, Gott segne ihr liebliches Gesicht, strahlt vor Freude. Sie blüht förmlich auf, wenn dieser Koloss von einem Lord in ihrer Nähe ist. Sie sind jetzt gerade unten und schauen sich die Sachen an. Ein paar der schönsten Stoffe, die ich je gesehen habe. Manche davon mit Gold- und Silberfäden durchwirkt. Und mit Juwelen besetzte goldene Becher und Teller. Er muss reicher als der König selbst sein.«

»Ich bin sicher, Mutter wird ein Inventar all seiner Besitztümer verlangen. Hat er sich schon bereit erklärt, Helen zu heiraten?« Larks Magen krampfte sich zusammen, als sie auf Martas Antwort wartete.

»Nein, aber das wird er noch. Er hätte nicht einen Wagen voller Geschenke mitgebracht, wenn er nicht ernste Absichten hätte. Deine Mutter rechnet damit, dass er noch heute Morgen in aller Form um sie anhält.«

»Freut mich, dass Helen eine so gute Partie macht.« Lark wollte so klingen, als würde sie sich für ihre Schwester freuen, aber ihre Worte waren sehr tonlos herausgekommen. »Und da er Helens Verlobter und nicht meiner ist, brauche ich mich doch nicht fein zu machen, um Seine Lordschaft oder seine Ritter zu beeindrucken, oder?«

Marta schüttelte den Kopf, dass ihr feines graues Haar flog. Dann hielt sie inne und sah Lark prüfend an. »Du bist doch wohl nicht eifersüchtig auf deine Schwester, oder?«

Lark fühlte sich unter dem scharfen Blick dieser allzu wissenden grauen Augen nie ganz wohl. So auch jetzt. Sie verdrängte das Gefühl und hielt Martas Blick stand. »Warum sollte ich? Ich freue mich, dass Helen glücklich ist.«

»Du scheinst ihn nicht besonders zu mögen.« Martas buschige graue Augenbrauen zogen sich zusammen, als sie fragte: »Gibt es dafür einen Grund?«

Da Lark ihr kaum gestehen konnte, dass Stoke sie verdächtigte, einen Mordanschlag auf ihn verübt zu haben, sagte sie: »Er ist arrogant, brutal und stumpfsinnig. Das ist mein einziger Grund zur Klage …«

Stirnrunzelnd trat Lark in die Halle. Dutzende von Männern befanden sich in dem gewaltigen Raum; einige saßen an den Tischen, andere standen herum. Die Fremden, die sich unter die Männer ihres Vaters mischten, trugen alle schwarze, mit kleinen Drachen bestickte Wappenröcke. Drei Mägde huschten hin und her und sorgten dafür, dass Becher und Teller ständig nachgefüllt wurden.

Wira, eines der Mädchen, blieb kurz stehen, um mit ihr zu sprechen. Lark betrachtete das große, dralle Mädchen. Ihr dickes schwarzes Haar, das einen starken Kontrast zu ihrer milchweißen Haut bildete, fiel ihr in langen Zöpfen bis auf die Taille. Sie war bei weitem die hübscheste der Mägde, obwohl in ihren Augen eine Wachsamkeit lag, die nicht ihren neunzehn Jahren entsprach und sie älter erscheinen ließ. Lark hatte das Gefühl, dass dieser Ausdruck etwas mit ihrer Leidenschaft für Evel zu tun hatte, denn Lark hatte sie mehrmals dabei ertappt, wie sie in seine Schlafkammer schlich.

»Lady Lark, Ihr müsst Euch den Wagen mit Geschenken anschauen, den Lord Blackstones Männer mitgebracht haben. Es sind Gaben für Lady Helen.«

»Wo sind Lord Avenall und Lady Elizabeth?«

»Sie sind mit Lady Helen draußen und sehen sich die Sachen an.« Einer der Männer hieb seinen Humpen auf die Tischplatte. Wira runzelte die Stirn. »Ich kümmere mich lieber darum, dass der da seinen Durst stillen kann, bevor er ein Loch in den Tisch schlägt.«

Lark beobachtete, wie sie sich durch das Getriebe von Männern schob, wobei sie hier einem Tätscheln auf den Po, dort einer neugierigen Hand auswich. Zwei von Blackstones Männern, die mehrere Schritte entfernt standen, entdeckten Lark. Einer von ihnen war ein grauhaariger Mann mit einer Augenklappe und einem von Narben übersäten Gesicht. Kurz geschnittenes blondes Haar bedeckte den Kopf des anderen. Er war jünger als sein Freund, zehn bis zwölf Jahre vielleicht, und hatte ein Hängelid.

Narbengesicht musterte sie von oben bis unten. Ein träges, bösartiges Lächeln teilte seine Lippen. Er stieß Hängelid mit dem Ellbogen an. »Na, was haben wir denn da. Ich glaube, das ist eine Frau in Männerkleidern.«

»Hm, groß und schlaksig – könnte auch ein Junge sein. Hat auch keine Brüste oder einen nennenswerten Hintern. Aber Haare wie eine Frau.« Narbengesicht umkreiste sie langsam. »Ich frage mich, ob das nicht ein Eunuch ist.« Er streckte eine Hand aus, um Larks Haar zu berühren.

7

Baltizar sprang mit gefletschten Zähnen die Treppe hinunter. Seine Nackenhaare waren aufgestellt, und ein leises Knurren kam aus seiner Kehle. Auf seinen Fängen glitzerte Speichel.

Narbengesicht riss die Augen auf und machte einen Satz zurück.

»Sieh mal einer an, der Eunuch hat einen Beschützer.« Hängelid versuchte, Baltizar einen Tritt zu versetzen.

Der Wolf knurrte und schnappte nach dem Stiefel des Angreifers.

»Wenn ihr euch nicht von ihm fern haltet, werdet ihr es bereuen, mein Wort drauf.« Lark starrte sie an wie Küchenschaben, die zertreten werden mussten.

Die beiden lachten schallend.

Narbengesicht beruhigte sich als Erster. »Es hat also einen Mund. Wir sollten die Hosen runterziehen und nachschauen, was darunter steckt. He, was meinst du? Könnte diesem Ding eine Lehre sein.« Wieder stieß er seinen Freund mit dem Ellbogen an.

Larks Finger schlossen sich um das Heft ihres Schwerts. »Ich rate euch, nicht in meine Nähe zu kommen, denn ich bin heute Morgen nicht besonders gut gelaunt, und Baltizar hat noch nichts zu essen bekommen.«

»Hast du Angst?« Hängelid stubste seinen Freund an.

»Mir schlottern die Knie.«

Sie warfen die Köpfe zurück und wieherten vor Lachen.

Mit einer geschmeidigen Bewegung zog Lark den Dolch aus ihrem Ärmel und zückte ihr Schwert. Bevor die beiden ihre Köpfe wieder heben konnten, berührte die Spitze ihres Schwerts Narbengesichts Kehle. Der Dolch lag an Hängelids Halsbeuge.

Das Gelächter der beiden erstarb. Durch den scharfen Stahl an ihren Kehlen außerstande, das Kinn zu senken, schielten sie seitlich an ihren Nasen vorbei zu Lark, fassungsloses Entsetzen auf ihren Mienen.

»Sehr gut, ihr schenkt mir also eure Aufmerksamkeit. Zu eurem eigenen Besten hoffe ich, dass ihr euch gegen eure ursprüngliche Vorgangsweise entschieden habt. Nun?«

Keiner von ihnen sagte ein Wort.

»Kommt schon, ihr habt doch sicher etwas zu sagen.« Lark drückte die Klingen fester an ihre Kehlen und lächelte, als sie zusammenzuckten. »Gerade eben noch wart ihr zwei so wortgewandt. Hat es euch plötzlich die Sprache verschlagen?«

»Es war ein Irrtum.« Ein Muskel in Hängelids Wange zuckte unkontrolliert.

»Allerdings. Solltet ihr weiterhin den Wunsch haben, mich persönlich anzugreifen, trete ich gern auf dem Turnierfeld gegen euch an.«

»Nein, diesen Wunsch haben wir nicht.« Ein dünner Schweißfilm glänzte auf Hängelids Stirn, und sein Adamsapfel hüpfte unter der Klinge nervös auf und ab.

»Hört gut zu – wenn ihr das nächste Mal jemanden unter seinem eigenen Dach beleidigt, solltet ihr darauf vorbereitet sein, euch zu verteidigen.«

»Wer seid Ihr?«, fragte Hängelid.

»Lord Mandevilles Tochter«, antwortete Lark stolz.

Die beiden wechselten einen bestürzten Blick und wurden noch blasser.

Lark brach das Schweigen. »Von jetzt an achtet ihr zwei sicher auf eure Manieren, solange ihr Gäste im Hause Lord Mandevilles seid.«

»Jawohl, Mylady«, stieß Narbengesicht hervor, seine kleinen Knopfaugen starr auf sie geheftet.

Erst jetzt fiel Lark auf, wie still es war, so still, dass sie das Flattern einer Feder hören konnte. Sie drehte sich um und stellte fest, dass aller Augen auf sie gerichtet waren. Sämtliche Männer Lord Blackstones beobachteten sie, einige mit Interesse, andere mit Widerwillen oder Argwohn. Sie zog rasch ihre beiden Waffen zurück und stellte sich den Blicken von dreißig Männern.

Lark entdeckte ihren Vater, der den mittleren Platz an der erhöhten Haupttafel einnahm. Er sah nicht im Mindesten so aus, als würde er an den Folgen einer Nacht hemmungsloser Ausschweifungen leiden. Seine Wangen waren rosig, und seine grünen Augen zwinkerten, als er sie voller Stolz anlächelte.

Ihr Blick wanderte zu Black Dragon, der den Platz neben ihrem Vater innehatte. Im hellen Tageslicht sah er ganz anders aus. Auf eine dunkle Art sogar recht attraktiv. Sein Haar war im Nacken zusammengebunden, und er trug eine schwarze Tunika. Der große grüne Drache, der darauf gestickt war, spannte sich auf seiner breiten Brust, und seine Augen glitzerten. Darüber trug Stoke einen mit roter Seide gefütterten Umhang aus schwarzem Samt, der an den Schultern von zwei goldenen Spangen in Drachenform gehalten wurde. Erst jetzt fiel Lark auf, dass er einen spitzen Haaransatz hatte, der tief in die Stirn reichte, eine so genannte Teufelsspitze.

»Schäm dich, Tochter. Kaum bist du da, legst du

dich auch schon mit Lord Blackstones Männern an.« Das Lachen in der Stimme ihres Vaters strafte seine tadelnden Worte Lügen.

»Ich habe lediglich darauf hingewiesen« – Lark hob ihr Schwert und strich mit einem Finger über die scharfe Klinge – »welches Benehmen wir hier in St. Vale von unseren Gästen erwarten.«

Ihr Vater lachte, und seine Gefolgsleute taten es ihm nach. Sie hatten sich an ihr Benehmen und ihren trockenen Humor gewöhnt. Auch die Mienen von Stokes Leuten entspannten sich, und sie stimmten in das allgemeine Gelächter ein. Nur auf dem Gesicht ihres Anführers blieb die finster brütende Miene. Stoke stand auf und richtete den Blick seiner schwarzen Augen auf Narbengesicht und Hängelid.

Das Gelächter brach abrupt ab, und Totenstille senkte sich über die Halle.

»Ich dulde nicht, dass sich meine Männer wie gemeine Tagediebe benehmen«, sagte Stoke. In seiner Stimme lag eine Sanftheit, die viel bedrohlicher als jedes Gebrüll wirkte. »Geht mir aus den Augen, bevor ich eure Bestrafung persönlich in die Hand nehme.«

Beide Männer starrten ihren Lehnsherrn einen Moment an. Narbengesicht öffnete den Mund, um etwas zu sagen, sah dann in das umwölkte Gesicht seines Herrn und klappte den Mund abrupt wieder zu. Er machte auf dem Absatz kehrt und stürmte aus der Halle, ohne sich noch einmal umzuschauen. Sein Gefährte warf Lark einen bösartigen Blick zu und folgte seinem Freund.

Stoke wandte den Kopf in Larks Richtung, mit strenger Miene, als gäbe er ihr die Schuld an dem Vorfall. Sie hielt seinem Blick unverwandt stand. Auf keinen Fall würde sie die Verantwortung für das anstößige Benehmen seiner Männer übernehmen. Mit einer raschen Bewegung steckte sie Schwert und Dolch wieder zurück.

»Komm und teile das Mahl mit mir, meine kühne Tochter!« Williams Stimme dröhnte durch das Schweigen.

Lark sah zu ihm auf und erhaschte einen flüchtigen Blick auf seine hellgrünen Augen, die vor Stolz und Liebe strahlten. Ihr wurde warm ums Herz, wie immer, wenn ihr Vater sie auf diese Art ansah. Tag für Tag lebte sie für einen dieser Blicke. Nicht mit Spott oder Verachtung angesehen zu werden, wie von ihrer Mutter, war, als würde die Sonne in ihr aufgehen. Und obwohl Stokes Anwesenheit bei Tisch ihre Freude ein wenig trübte – sie konnte seinen Blick spüren –, würde sie sich diesen Augenblick nicht verderben lassen.

Den Blick auf ihren Vater gerichtet und den Kopf hoch erhoben, ging sie zu seinem Tisch, dicht gefolgt von Baltizar. Stoke saß auf dem Stuhl rechts von ihrem Vater, der gewöhnlich ihrer Mutter vorbehalten war. Links von William saß Evel, dann kamen Harold und Cedric.

Als sie sich den Zwillingen näherte, wandten sie sich zu ihr um und grinsten spöttisch. Die einzige Möglichkeit, sie auseinanderzuhalten, war die Narbe auf Harolds rechter Wange, ein Merkmal, das er trug, seit sie Kinder gewesen waren und mit Ästen Schwertkampf gespielt hatten. Harold hatte Lark einmal zu oft erwischt. Sie hatte die Beherrschung verloren und zurückgeschlagen. Danach hatten die beiden Lark nie wieder aufgefordert, bei einem ihrer Scheinkämpfe mitzumachen.

Harold hob die Hände und applaudierte lautlos, um sie zu ärgern, als sie vorbeiging.

»Du hast es mal wieder geschafft, kleine Schwester«, wisperte Cedric. »Dank deiner haben wir bald Black Dragons gesamte Armee am Hals.«

»Lieber am Hals als im Nacken«, stieß Lark mit einem knappen Lächeln zwischen den Zähnen hervor.

»Hier, nimm meinen Platz.« Evel erhob sich, aber Rowland war schneller. Er stand bereits und zog seinen Stuhl zurück.

Er machte eine anmutige Verbeugung vor ihr. »Nein, ich bestehe darauf, dass Ihr meinen Platz nehmt, Mylady.« Seine tiefblauen Augen blitzten, und seine Grübchen zeigten sich, als er ihr ein breites Lächeln schenkte.

Lark sah erst den Stuhl an, dann Stokes breiten Rücken, der auf dem Nebenplatz zu sehen war. Als sie auf das schimmernde schwarze Haar starrte, das sich in seinem Nacken ringelte, erinnerte sie sich daran, wie es sich auf ihrem Gesicht angefühlt hatte, als er sie geküsst hatte.

»Danke.« Lark brachte das Wort zwar über die Lippen, doch es klang reichlich zitterig.

Das Grinsen wich nicht von Rowlands Gesicht, als er den Stuhl für sie zurechtrückte. Nach einem weiteren Lächeln in ihre Richtung ging er und gesellte sich zu einer Gruppe von Stokes Männern, die in der Nähe standen.

Stoke drehte sich um. Sein eindringlicher Blick glitt über ihren Körper und kehrte dann abrupt zu ihrem Gesicht zurück. Sie fühlte die Spannung, die von ihm ausging, und rückte so weit von ihm ab, wie es ihr möglich war, ohne vom Stuhl zu fallen.

William lehnte sich hinter Stoke vor, um Lark anzuschauen. »Wo bist du gewesen, Pigeon?«

Stokes Augen wurden schmal, als er ihren Spitznamen hörte. Er sah zu Evel hinüber, der völlig fasziniert von der Form seines Löffels zu sein schien.

Ihr Vater fuhr fort: »Es sieht dir nicht ähnlich, die Herde zu verlassen, wenn wir Gäste haben. Deine

Mutter hat im ganzen Haus nach dir suchen lassen. Sie hat mich bei Tagesanbruch geweckt.«

»Tut mir leid, aber ich wollte nicht, dass Mutter mich findet, deshalb habe ich unter meinem Bett geschlafen.«

William schien ihr Geständnis keineswegs zu überraschen. Er zuckte nur die Schultern. »Na schön, ich nehme an, du hattest dafür einen guten Grund. Ich glaube, deine Mutter wollte einen guten Eindruck auf unseren Gast machen.« Er nickte Stoke zu. »Ihr seid euch schon begegnet?«

»Allerdings.« Stoke richtete die volle Kraft seiner schwarzen Augen auf Lark.

»So ist es.« Lark ließ sich nicht erschüttern.

»Sie hat Euch bestimmt nach all den Schlachten ausgefragt, die Ihr im Heiligen Land gekämpft habt. Falls Ihr es nicht schon erraten habt, meine Tochter interessiert sich für die Kriegskunst. Sie ist ganz anders als ihre Schwester.«

»Über Schlachten habe ich genug gehört.« Nicht länger imstande, diesen durchdringenden Augen standzuhalten, warf Lark einen Blick auf die Fleischplatte, die sie notgedrungen mit Stoke teilen musste. Froh, etwas zu tun haben, nahm sie drei dicke Scheiben geschmortes Schweinefleisch und warf sie unter den Tisch.

Baltizar fing sie in der Luft auf, und mit drei Bissen waren sie verschlungen. Bei dem Geruch von Fleisch lief Lark das Wasser im Munde zusammen, und sie hörte, wie ihr Magen knurrte. Indem sie Stoke bewusst ignorierte, griff sie nach einer Scheibe dunklem Brot. Sie häufte mit der Gabel etwas Rührei hinauf, rollte die Brotscheibe zusammen und biss hinein.

Ihr Vater nahm einen Schluck Wein und musterte sie. »Fehlt dir etwas? Kenne ich gar nicht an dir, dass du kaum Interesse an Schlachten zeigst – schon gar nicht, wenn es um die Triumphe eines Ritters geht, der so berühmt ist wie unser Gast hier.« Er klopfte Stoke auf die Schulter.

Lark schluckte. »Mir geht es gut, Vater. Ich habe einfach keine Lust, über den Krieg zu sprechen.« Sie stopfte den Rest des Brots in den Mund und kaute darauf herum.

Ihr Vater blinzelte mehrmals und starrte sie an, als wäre sie eine Fremde an seinem Tisch. Nach einem Moment lehnte er sich in seinen Stuhl zurück und zog die Stirn in Falten. »Meine Tochter mag nicht in der Stimmung sein, Kriegsgeschichten zu hören, aber ich für mein Teil wüsste gern, wie Euer Schwert Granitwände spalten kann, ohne einen Kratzer davonzutragen.«

»Das ist eine Übertreibung.« Trotz seiner bescheidenen Worte wirkte Stoke erfreut.

»Ich weiß nur, was die Barden singen.« William grinste. »Die Tatsachen mögen ein wenig verzerrt sein, aber die meisten ihrer Geschichten beruhen auf einem Stückchen Wahrheit. Sagt mir bitte, wo Ihr ein solches Schwert herhabt. Ist Euch tatsächlich der Erzengel Gabriel erschienen und hat Euch damit gesegnet, wie es heißt?«

Trotz ihres gespielten Desinteresses ertappte sich Lark dabei, wie sie sich ein wenig vorbeugte und die Ohren spitzte.

Stoke rückte näher an William heran und sagte mit gesenkter Stimme: »Da ich vermutlich demnächst zur Familie gehören werde, kann ich Euch wohl in mein Geheimnis einweihen. Ich beschäftige mich ein wenig mit der Kunst der Metallbearbeitung. Ich habe mein Schwert selbst geschmiedet.« Er strich liebevoll über das Heft seiner Waffe.

»Ihr könntet ein reicher Mann sein, wenn Ihr eine Waffenschmiede aufmacht. Ihr müsst meinem Waffenmeister Euer Geheimnis verraten.«

»Die Welt ist noch nicht bereit für ein solches Geheimnis. Könnt Ihr Euch vorstellen, welchen Schaden ein so hartes Metall anrichten könnte, sollte das Geheimnis auf Umwegen zu König Philip oder einem anderen Feind unseres Königs gelangen? Mit gutem Gewissen kann ich meine Fortschritte beim Schmieden nicht preisgeben, aber ich werde in meiner Werkstatt gleich als erstes, wenn ich wieder zu Hause bin, ein Schwert für Euch anfertigen.«

»Ich glaube, Ihr werdet einen recht passablen Sohn abgeben.« William schenkte Stoke ein warmes Lächeln und klopfte ihm auf den Rücken. »Habt Ihr wegen meiner jüngeren Tochter schon eine Entscheidung getroffen?«

Die Muskeln in Larks Brust verkrampften sich, als sie auf Stokes Antwort wartete.

»Nein. Ich habe es nicht eilig mit dem Heiraten. Ich muss sie noch ein bisschen besser kennen lernen.«

»Was heißt hier kennen lernen? Entweder Ihr wollt sie oder nicht.« William musterte Stoke fragend.

»Ich werde mich in einigen Tagen entscheiden.«

Lark atmete auf.

Evel, der gerade mit den Zwillingen darüber stritt, ob Pfeile mit Widerhaken besser schossen als solche mit spitzen Enden, wandte sich verzweifelt an seinen Vater, um die Frage zu klären. »Was meinst du, Vater?«

William beantwortete die Frage. »Mit Widerhaken, versteht sich.«

Stoke schien das Interesse zu verlieren. Er richtete sich auf seinem Stuhl auf und sah zu Lark.

Als seine Schulter Larks Arm streifte, fiel ihr wieder ein, dass sie näher zu seinem Stuhl gerückt war. Sie zuckte zurück, wobei sie in ihrem Arm die Wärme spürte, die seine kurze Berührung ausgelöst hatte.

Er beugte sich vor, bis seine Schulter ihre streifte, und flüsterte: »Dieses Desinteresse an Kriegsgeschichten überrascht mich. Jemand, der so versiert in der Kunst der hinterlistigen Täuschung ist und sich so gut darauf versteht, Männer zu provozieren« – sein Blick wanderte aufreizend langsam an ihrem Körper hinunter – »sollte über nichts lieber sprechen als über den Krieg.«

»Aber nicht mit Euch.« Lark versuchte, dem Gespräch zwischen ihrem Vater und Evel zu folgen, aber sie konnte sich nicht konzentrieren, weil ihre Haut dort, wo sein Arm an ihrem lag, prickelte.

»Es fällt mir nach der letzten Nacht schwer zu glauben, dass du mich so sehr verabscheust.« Er zog eine dunkle Augenbraue hoch. Anscheinend wusste er, was seine Liebkosungen bei ihr bewirkt hatten, denn in seinen Augen tanzten boshafte Fünkchen.

»Ich hatte den Kopf verloren. Es wird nicht wieder vorkommen.«

»Nicht?« Wieder fuhr eine seiner dunklen Brauen in die Höhe, und ein träges, sinnliches Lächeln spielte um seine Mundwinkel.

»Bleibt mir vom Leib. Ich habe Euch doch gesagt, dass ich nichts über die Männer weiß, die Euch überfallen haben.«

»Wenn das wahr ist, warum hat dann einer von ihnen geschworen, du wärst mit ihnen im Bunde und hättest für ihn die Beine breit gemacht?«

»Das war der Mann, dem ich die Nase gebrochen hatte. Natürlich war ihm daran gelegen, mich schlecht zu machen.«

»Du erwartest doch nicht im Ernst, ich würde dir glauben, dass du ihm die Nase gebrochen hast.«

»Es stimmt aber. Er war derjenige, den ich daran gehindert habe, einen Pfeil in Euer Herz zu schießen. Wenn Ihr zur Brücke geht, werdet Ihr dort im Morast den Pfeil finden.«

»Woher soll ich wissen, dass nicht du ihn dorthin gelegt hast?« Er musterte sie mit einem argwöhnischen Funkeln in den Augen.

»Gibt es keine Möglichkeit, Euch von meiner Unschuld zu überzeugen?«

»Nein, aber ich fände es schade, wenn du aufhörst, es zu versuchen«, sagte er gedehnt.

Lark starrte in diese rätselhaften schwarzen Augen, so gebannt, dass ihr nicht auffiel, wie seine Hand unter den Tisch glitt, bis er ihren Schenkel berührte und seine langen Finger ihr Fleisch massierten.

Eine köstliche Wärme breitete sich von ihren Zehen bis in ihre Oberschenkel aus und nistete sich tief in ihrem Inneren ein. Der Protest, den sie erheben wollte, erstarb auf ihren Lippen. Sie verlor sich völlig in dem Gefühl, seine Hand auf ihrem Schenkel zu spüren, und in der Hitze, die von seiner Berührung ausging. Seine herrlich langen Finger fingen an, die Muskeln an ihrem Oberschenkel zu massieren. Eine Erinnerung blitzte in ihr auf, die Erinnerung daran, wie er sie in der vergangenen Nacht geküsst hatte und wie sich seine Hände auf ihren Brüsten angefühlt hatten. Ihr Atem ging schnell und flach. Sie sackte an die Stuhllehne zurück und versuchte, gegen die Hitze anzukämpfen, die von seiner Hand ausging und ihr die Haut verbrannte.

»Aber du wirst nicht damit aufhören, oder?«

»Nehmt Eure Hand weg oder Ihr verliert Eure Finger«, brachte Lark heraus, aber ihre Worte klangen eher nach einer Liebkosung als nach einer Drohung.

»Falls du daran denkst, deine kümmerlichen Waffen bei mir einzusetzen, so wie du es vorhin bei meinen

Männern gemacht hast, vergiss es. Ich werde sie mit bloßen Zähnen verschlingen und wieder ausspucken.«

»Muss ziemlich unangenehm für Eure Zähne sein«, bemerkte Lark, die von einer unerklärlichen Trägheit befallen wurde.

»So bleiben sie scharf, für den Fall, dass ich auf so heißes, scharfes Fleisch wie deines stoße.«

»Ihr werdet nie wieder Gelegenheit haben, Eure Zähne wie letzte Nacht in mich zu schlagen.« Lark spürte, wie sich seine langen Finger zwischen ihre Schenkel schoben und dort verharrten.

»Wenn ich mich recht entsinne, waren dir meine Berührungen nicht unangenehm«, sagte er, wobei sein Atem heiß über ihr Ohr strich. »Schon gar nicht, als ich dich hier berührte.« Er streichelte sie durch ihre Hose hindurch.

Ein Schauer durchlief sie. Sie griff nach seiner Hand, um sie wegzuziehen, aber seine Finger bohrten sich noch tiefer in das weiche Fleisch. Ihr stockte der Atem, und ihre Hand verharrte auf seiner. Sie konnte nicht mehr klar denken und zitterte von Kopf bis Fuß. Der Griff, mit dem sie seine Hand hielt, lockerte sich unwillkürlich.

Ihre andere Hand sank kraftlos an ihre Seite. Es war fast unmöglich, so dreinzuschauen, als wäre nichts Besonderes los. Sie fühlte, wie sich seine Finger unter ihrer Handfläche bewegten und das Feuer schürten, das bereits in ihr loderte. Der Schmerz in ihren Lenden wurde unerträglich. Sie drückte ihren Rücken leicht an den Stuhl und stöhnte innerlich, so groß war das Verlangen, ihren Körper an seinen zu pressen.

Sie wandte den Kopf und sah ihn an. Er warf ihr ein boshaftes Lächeln zu, nahm sich mit der freien Hand eine dicke Scheibe Schweinefleisch und biss hinein, als würde unter dem Tisch überhaupt nichts vorgehen. Er wandte sich sogar um und sprach ihren Vater an. »Nun, Lord William, ich gebe Euch Recht, ein Pfeil mit Widerhaken trifft genauer und fliegt weiter.«

»Was meinst du, Lark?« William lehnte sich nach vorn und sah sie an.

Lark antwortete ihm nicht gleich. Sie hatte Mühe, ihre wirren Gedanken zu ordnen und sich unter den aufwühlenden Empfindungen, die Stokes Finger in ihr wachriefen, nicht auf ihrem Platz zu winden. Nach einem Moment sagte sie: »Ich … ich weiß nicht.«

William starrte sie seltsam an. Nach kurzem Überlegen lehnte er sich wieder in seinen Stuhl zurück.

Danach konnte sie dem Gespräch überhaupt nicht mehr folgen. Ihre Schenkel entspannten sich, öffneten sich Stoke ganz und gar und gewährten ihm freien Zugang zu ihrem Körper.

Er neigte sich an ihr Ohr und raunte: »Sollen wir das in meinem Zimmer fortsetzen?«

»Nein. Ich hasse Euch.« Lark fühlte seinen heißen Atem auf ihrem Hals und ein leises Prickeln an ihrer Kehle.

»Das sagst du, aber ich glaube dir nicht. Du hast Angst vor mir.«

»Ich fürchte mich vor keinem Mann«, gab Lark atemlos und im Flüsterton zurück.

»Vor mir solltest du Angst haben, Lark.«

»Habe ich aber nicht.«

»Das ist eine Lüge. Ich kann die Angst in dir förmlich schmecken. Du hast Angst davor, mit mir echte Leidenschaft zu erleben und dir den Appetit auf das zahme Lamm zu verderben, das du heiraten sollst. Er hat dich noch nie so berührt, oder? Er hat dich noch nie von Kopf bis Fuß zum Erschauern gebracht, oder?«

»Doch, hat er – das ist nicht wahr. Es ist nicht wahr!«

Seine Bemerkung holte Lark auf die Erde zurück

und entriss sie dem Sinnentaumel, der sie gefangen gehalten hatte. Sie stieß seine Hand weg und versuchte, gleichzeitig aufzuspringen und zurückzuweichen. Ihr Stuhl kippte mit ihr nach hinten und fiel um.

Das laute Krachen, als Eiche auf Stein traf, lenkte die Aufmerksamkeit sämtlicher Anwesenden auf sie.

Wieder einmal herrschte Stille im Raum. Lark war mit dem Stuhl zwischen ihren Beinen auf dem Boden gelandet. Ihr Hinterteil brannte an der Stelle, wo es auf die Stuhllehne geprallt war.

Stoke hielt ihr seine Hand hin. »Ich helfe Euch auf.« Ein schiefes Grinsen zuckte um seine Lippen.

Sie warf ihm einen bitterbösen Blick zu. »Nein, danke!« Sie stieß seine Hand weg und stand auf.

»Was ist denn los, Pigeon?« William drehte sich zu ihr um und starrte sie mit sorgenvoll gerunzelter Stirn an.

»Ich habe das Gleichgewicht verloren und bin nach hinten gefallen«, sagte Lark. Ihre Brust hob und senkte sich so heftig, dass sie die Worte kaum herausbekam.

»Ist auch wirklich alles in Ordnung? Du siehst gar nicht wohl aus.« Ihr Vater schaute erst zu Stoke, dann wieder zu Lark.

»Ja, Vater. Ich habe einfach keinen Appetit, das ist alles.«

Stoke drehte sich um und musterte sie, auf seinem Gesicht dieses aufreizende Grinsen. Sie ließ nicht die Augen von ihm, als sie sich bückte und den Stuhl aufhob. Hinter ihr ertönten Schritte. Sie drehte sich um und sah in Elizabeths wütendes Gesicht.

»Wo bist du gewesen? Weißt du nicht, dass ich dich überall habe suchen lassen?«

Die schrille Stimme ließ Stoke herumfahren. Lady Elizabeths Gesicht war wutverzerrt. Lark wich nicht von der Stelle, aber ihre goldbraunen Augen waren geweitet und zeigten eine Verletzlichkeit, die er noch nie in ihnen gesehen hatte. Es war das erste äußere Anzeichen von Schwäche, das ihm an ihr auffiel. Es hätte ihm Spaß machen sollen, sie so wehrlos zu erleben, aber aus irgendeinem Grund bereitete es ihm kein Vergnügen.

»Ich habe letzte Nacht draußen im Wald geschlafen, Mutter. Tut mir leid, wenn ich Ungelegenheiten gemacht habe.«

»Ungelegenheiten? Weißt du, welche Sorgen ich mir gemacht habe? Hast du gar kein Anstandsgefühl? Im Freien schlafen wie ein dahergelaufener Tagedieb! Und schau dich nur an! In diesen Sachen siehst du wie ein Junge aus. Ein Kleid würde zumindest deine mangelnden Rundungen überspielen, aber du musst ja unbedingt in Hosen herumlaufen und deine mageren Hüften und Beine zeigen. Ich begreife nicht, was Avenall an dir findet –« Lady Elizabeth, die sich zu erinnern schien, dass Lord Avenall und Helen neben ihr standen, klappte den Mund abrupt zu.

Lady Lark ließ die Schultern hängen und zuckte unter den schneidenden Worten ihrer Mutter zusammen. Einen Augenblick lang sah sie wie eine Märtyrerin aus, die Schläge empfängt. Ihr Blick flog zwischen ihrer Mutter und Lord Avenall hin und her, dann rannte sie davon.

»Komm zurück!« Lady Elizabeth stampfte mit dem Fuß auf. »Du musst dein Hochzeitskleid anprobieren! Ich dulde nicht, dass du schon wieder ausreißt!«

Die einzige Antwort, die sie bekam, war das Krachen der schweren Eichentür.

»Ich gehe ihr nach«, sagte Helen.

»Nein, ich gehe.« Lord Avenall sah auf Helen hinab.

»Nein, es ist meine Schuld. Ich gehe.« Lady Elizabeth wandte sich zum Gehen.

Lord Mandeville sprang auf. Mit drei weit ausholenden Schritten war er bei seiner Frau und hielt sie am Arm fest. »Lass sie in Ruhe, Elizabeth. Hast du nicht schon genug angerichtet?«

»Natürlich, du bist wie immer auf ihrer Seite. Wenn sie schon durch und durch dein Kind ist, kannst ja du zu ihr gehen und versuchen, ob sie mit sich reden lässt.«

»Du würdest mit einem freundlichen Wort mehr ausrichten als mit deiner bösen Zunge.« William stieß sie beiseite und eilte davon, um seine Tochter einzuholen.

Stoke stand auf. Noch nie hatte er so viel Respekt vor William Mandeville empfunden wie jetzt. Zumindest konnte er seine Frau in die Schranken weisen, wenn es nötig war. Und Lady Elizabeth verdiente Tadel für die schlechte Behandlung ihrer älteren Tochter. Irgendetwas schwelte hinter dem Genörgel, etwas, das tiefer ging als bloße Verärgerung, eine Art Wunde in Lady Elizabeths Innerem. Stoke fragte sich nach der Ursache dieser Verbitterung, als er zur Tür ging. Lark tat ihm fast ein wenig leid, obwohl ihm diese Regung unbegreiflich war. Immerhin steckte sie mit seinem Feind unter einer Decke.

Lady Elizabeth trat ihm in den Weg. »Es tut mir sehr leid, dass Ihr das ungebärdige Betragen meiner Tochter erleben musstet. Sie macht uns allen Schande. Esst doch bitte zu Ende, Mylord.«

»Der Fehler lag nicht allein bei Eurer Tochter, Mylady.« Stoke musterte sie scharf und sah eine leise Röte in ihre Wangen steigen. Offenbar war sie zu bestürzt, um etwas zu erwidern, und er sagte: »Entschuldigt mich, ich habe zu tun.«

»Aber Helen hat sich so sehr gewünscht, mit Euch zu speisen.« Lady Elizabeth hatte ihre Stimme wieder gefunden. »Sie wird enttäuscht sein.«

»Ich spreche mit ihr.« Sein Blick flackerte zu Helen hinüber, die bei Lord Avenall stand.

Sie sah hinreißend aus in ihrem gelben Gewand, das sich an ihre Stundenglasfigur schmiegte. Zwei dicke, lange Zöpfe reichten ihr bis zur Taille, und ein Kranz aus winzigen Kleeblüten schmückte ihren Kopf. Sie war der Inbegriff von Schönheit und Anmut, von allem, was die Waffen einer Frau ausmachte. Als er sie zum ersten Mal gesehen hatte, hatte es ihm einen Stich versetzt, wie sehr sie Cecily ähnelte. Es fiel ihm schwer, sie anzuschauen, ohne die schmerzlichen Erinnerungen aufleben zu lassen, die Cecily unauslöschlich in ihm hinterlassen hatte. Sicher, sie war nicht wie ihre unverschämte Schwester, aber es kostete ihn trotzdem Mühe, sie auch nur anzuschauen.

Lord Avenall warf Stoke einen wissenden Blick zu und nahm Lady Elizabeths Arm. »Darf ich Euch zur Tafel geleiten?«

»Danke.« Elizabeth, die ein wenig aus der Fassung schien, tätschelte seine Hand.

Stoke sah den beiden nach und wandte sich dann zu Helen um. Er legte einen Finger unter ihr Kinn und hob es sanft an, damit sie ihn ansah. »Ich kann heute Morgen leider nicht mit Euch frühstücken, aber wir werden uns nachher ein wenig unterhalten.«

Sie sah ihn aus ihren großen braunen Augen unsicher an und lächelte schüchtern. »Ich weiß, dass Lark und Mutter Streit haben, aber ich bitte Euch, seid nicht zu streng in Eurem Urteil. Mutter hätte nie in dieser Weise mit Lark sprechen sollen, und das weiß sie auch.«

»Springt sie immer so mit Eurer Schwester um?«

»Nicht immer, nur wenn sie sehr verärgert ist. Und Lark hat es so tapfer hingenommen. Ich kann ihr nicht verdenken, dass sie hinausgelaufen ist. Verurteilt sie bitte nicht. Trotz der harten Fassade, die sie zur Schau stellt, ist sie in Wirklichkeit sehr verletzlich, obwohl sie es gut verbirgt. Und auch wenn sie Euch vielleicht noch nicht mag, sie wird es später tun. Sie schließt sich nicht leicht an andere an, aber wenn man ihre Liebe und ihre Achtung gewonnen hat, gibt es im ganzen Christentum keine treuere Seele.«

»Ich wünschte, ich könnte das glauben.« Stoke sah zu dem leeren Gang, durch den Lark vor kurzem geflüchtet war.

»Ich bin sicher, wenn Ihr sie erst einmal kennt, werdet Ihr sie genauso lieben, wie ich es tue.«

Stoke sah wieder Lady Helen an. Der Ausdruck von Naivität auf ihrem Gesicht wirkte echt. Sein Gewissen regte sich. Das Letzte, was er sich wünschte, war, ihre irregeleitete Schwester zu lieben. Er ließ seine Hand von ihrem Kinn sinken. »Ich muss gehen. Wenn ich zurückkomme, machen wir beide einen langen Spaziergang.«

»Das würde ich sehr gern tun … Ach ja, und vielen Dank für die Geschenke! Sie sind wunderschön.«

»Keine Ursache. Ich konnte schließlich nicht mit leeren Händen kommen.« Stoke beugte sich vor und küsste ihre Hand. Er spürte, wie ihre Finger unter seinen Lippen zitterten, und runzelte die Stirn, als er sich aufrichtete und ihre Hand losließ.

War er nicht bei Cecily auf dieselbe scheue Schönheit hereingefallen? Keine Frau war, was sie nach außen hin zu sein schien. Immer gab es ein Geheimnis, eine heimliche Schwäche. Er sah in Lady Helens Augen und fragte sich, welches Geheimnis sich hinter ihrem lieblichen Antlitz verbergen mochte.

Rowland trat zu ihnen und räusperte sich. Die Falten auf Stokes Stirn vertieften sich, als er seinen Freund musterte und zu Lady Helen sagte: »Wenn Ihr mich bitte entschuldigen würdet.«

Sie machte einen anmutigen Knicks und ging langsam zur Tafel, um sich ihrer Mutter anzuschließen.

Stoke betrachtete das verführerische Wiegen ihrer Hüften unter ihrem Kleid und wandte sich dann an Rowland. »Behalte du ihren Bruder im Auge. Ich kümmere mich um Lady Lark.« Er starrte zu Evel hinüber, und ihre Blicke trafen sich.

Evel sah hastig beiseite, aber nicht, bevor Stoke die sorgenvolle Miene auf seinem Gesicht gesehen hatte.

»Evel hast du mir schon letzte Nacht aufgehalst, und ich musste ein Mädchen aus meinem Bett schmeißen, um seine Zimmertür im Auge zu behalten. Er hat sich nicht mehr gerührt, nachdem er erst einmal drin war. Ich hatte gehofft, du würdest es mir überlassen, unserer kleinen Pest zu folgen, während du hier bleibst und deiner Zukünftigen den Hof machst.« Rowland zwinkerte ihm zu.

»Nein. Mich beschäftigen andere Dinge.«

»Schön, aber sieh zu, dass du darüber nicht vergisst, was dich hergeführt hat.« Rowland warf einen Blick auf Helen und runzelte nachdenklich die Stirn.

»Keine Sorge.« Nach einem kurzen Blick in Rowlands Richtung schlenderte er aus der Halle, langsam und gemächlich. Er wollte Lady Elizabeth nicht auf den Gedanken bringen, er könnte Lark folgen.

Als er den Burghof erreichte, fand er William Mandeville, der sich am Kopf kratzte und sorgenvoll zum Burgtor blickte. Stoke folgte seinem Blick und entdeckte Lady Lark, die auf einem gewaltigen Schimmel über die Zugbrücke galoppierte. Sie ritt ohne Sattel, tief über den Hals des Tiers gebeugt. Ihr volles, glattes Haar wippte auf ihrer wollenen Tunika auf und ab und bauschte sich wie eine wogende goldene Wolke auf ihrem Rücken. Ihr zahmer Wolf lief hinter ihr her.

»Ich habe versucht, sie aufzuhalten«, sagte William mehr zu sich selbst. »Ist wohl besser, wenn sie ein wenig für sich ist.«

»Reitet sie oft allein aus?«, fragte Stoke, ohne sich die Mühe zu machen, das Misstrauen in seiner Stimme zu unterdrücken.

»Immer, wenn sie kein süßes Mutterwort mehr ertragen kann.« Williams Stimme klang tief bekümmert.

Stoke schlug den Weg zu den Stallungen ein

»Ihr verlasst uns?«, rief William ihm nach.

»Mich rufen dringende Geschäfte. Ich bin bald wieder da.«

»Kann sich niemand anders darum kümmern?«

»Nicht in diesem speziellen Fall.«

William warf einen langen Blick auf Stoke, und ein wissendes Lächeln breitete sich auf seinem Gesicht aus. Kopfschüttelnd drehte er sich um und schlenderte zur Burg zurück.

»Warum seid Ihr mir gefolgt? Könnt Ihr mich nicht einfach in Ruhe lassen?« Larks Augen schossen Blitze. Sie hatte Hufschlag hinter sich vernommen, als sie an einer Schlucht Debolt zum Halten gebracht hatte und abgestiegen war.

»Nein, leider nicht.« Stoke saß ab und kam auf sie zu.

»Das müsst Ihr aber.« Sie wich weiter zurück und spürte, wie ihre Füße auf den feuchten Kieseln unter ihren Ledersohlen ausrutschten.

»Halt, Lark. Keinen Schritt weiter. Du bist knapp vor dem Abgrund.« Er blieb wie angewurzelt stehen.

»Das ist mir egal! Geht weg! Hört Ihr nicht? Ich will Euch nicht in meiner Nähe haben. Ich hasse Euch!« Wieder machte sie einen Schritt zurück. Ihr Fuß strauchelte über eine Felskante.

»Nein!«

Lark hörte seinen lauten Aufschrei, als sie rücklings in den Abgrund stürzte.

8

Stoke machte einen Satz nach vorn, erwischte einen von Larks Knöcheln und hielt ihn mit beiden Händen fest. Das Leder ihrer hohen Stiefel presste sich an seine Handflächen. Einen Moment lang baumelten ihre Arme und ein Bein über den Rand des scharfen Felsvorsprungs.

»Jesus Maria!«, brachte sie mit zitternder Stimme heraus.

»Halt durch! Ich zieh' dich rauf!« Stoke rutschte auf den Knien zurück und zog sie behutsam nach oben.

Dann lag er einfach da und drückte sie an seine Brust. Sie zitterte am ganzen Leib, und er spürte, wie ihr das Herz in der Brust hämmerte. Alles Blut war aus ihrem Gesicht gewichen. Ihr Kopf schmiegte sich an seine Brust. Sie hielt sich mit beiden Händen an seiner Tunika fest und drehte den Stoff in ihren Fäusten hin und her. Stoke strich über ihren Scheitel. Tief im Inneren rührte es ihn, wie wehrlos sie wirkte. Er wagte nicht zu sprechen, denn er spürte, dass Momente wie dieser in ihrem Leben nur selten vorkamen und kaum je ein Mensch daran teilhaben durfte.

Ihr schien bewusst zu werden, was sie tat, und sie ließ ihn los. »Es geht schon wieder.« Sie wandte den Blick ab und versuchte, den Schock, der ihr immer noch in den Gliedern steckte, zu überwinden.

Stoke spürte, dass die Nähe des Augenblicks verflogen war. Er stand auf und reichte ihr eine Hand. »Kannst du allein aufstehen?«

»Natürlich kann ich.« Sie versuchte, eine entrüstete Miene aufzusetzen, obwohl sie von Kopf bis Fuß zitterte. Sie starrte auf seine ausgestreckte Hand und legte dann zögernd ihre Hand hinein.

Stoke, der wusste, was es sie kostete, seine Hilfe anzunehmen, schenkte ihr ein ermutigendes Lächeln. Ihre schweißnasse Hand lag feucht und rutschig in seiner, als er ihr auf die Beine half.

Plötzlich gaben ihre Knie nach, und sie taumelte an seine Brust. »Entschuldigung«, sagte sie und sah zu ihm auf.

Er legte seine Arme um ihre Taille und hielt sie fest. »Was gibt es da zu entschuldigen, außer dass du zu starrköpfig bist, deine Grenzen einzugestehen?« Er fühlte, wie sich ihre Finger auf seiner Brust spreizten, und sah ihr in die Augen. Man konnte ertrinken in diesen goldenen Tiefen.

»Ich kenne sie nur zu gut.« Sie hob den Blick zu ihm, wobei sie an ihrer Unterlippe nagte, damit sie nicht bebte.

»Wirklich, meine Tigerin?« Stoke berührte ihr Kinn und spürte unter seinen Fingerspitzen ihre zarte Haut. Ihr weiblicher Duft kitzelte seine Sinne. Es war ihm vorher nicht aufgefallen, aber sie hatte hohe Wangenknochen und eine schmale, perfekt geschnittene Nase. Ihre Augenbrauen waren schön geschwungen und von einem rauchigen Goldbraun, das mit ihrer gebräunten Haut verschmolz und sie kaum erkennen ließ. Lange Wimpern von derselben Farbe wie ihre Brauen säumten ihre großen Augen, stolze, unbezwingliche Augen, die im Moment allerdings sehr verwirrt aussahen.

»Du hast kein Recht, so bezaubernd zu sein«, murmelte er. Seine Finger vergruben sich in dem dichten Haargewirr in ihrem Nacken, und er beugte sich vor, um sie zu küssen.

In dem Moment, in dem er ihre Lippen schmeckte, drang ein tiefes Stöhnen aus seiner Kehle. Das Gefühl, sie in den Armen zu halten, erfüllte all seine Sinne.

Er spürte den Moment, in dem sie sich ergab – ihre Lippen hörten auf zu zittern und wurden weich und nachgiebig, und sie schmiegte sich an ihn. Seine Zunge glitt in ihren Mund, und ihm wurde schwindlig, als er ihren süßen Geschmack kostete.

Seine Hände sanken nach unten, und er presste ihre Hüften enger an sich, um seine Erektion an ihr zu reiben. Sie schlang ihre Arme um seinen Hals. Er fühlte, wie sich ihre Finger in seinem Haar vergruben, und ein Schauer lief ihm über den Rücken.

Gerade als Stoke sie wieder sanft auf den Boden drängen wollte, hörte er donnernde Hufschläge, und noch bevor er sich von Lark lösen konnte, kamen die Reiter mit stampfenden Hufen zum Stehen.

»Lark! Bei der Liebe Gottes, was tust du da?«

Stoke löste sich von ihr und sah sich Lord Avenall gegenüber. Sein jungenhaftes Gesicht war verzerrt vor Wut und rot angelaufen. Evel, der ihn begleitete, sperrte den Mund auf.

Lark wand sich aus Stokes Umarmung. Ihr Gesicht rötete sich leicht. »Ich kann das erklären, Avenall.«

»Da bin ich aber gespannt.« Avenall starrte sie an. Seine Hände krampften sich um die Zügel, als wollte er das Leder in Stücke reißen.

»Es war meine Schuld.« Stoke trat auf ihn zu.

»Ihr haltet euch da raus!« Lark warf ihm einen warnenden Blick zu und wandte sich wieder an Avenall. »Es war meine Schuld. Ich bin über die Klippe gestürzt. Lord Blackstone hat mir das Leben gerettet. Ich war ein wenig unsicher auf den Beinen und fiel in seine Arme.«

»Und dann hasst du ihn geküsst.« Avenall richtete den Blick auf Stoke.

»Nein, ich habe sie geküsst.« Stoke, der die Situation zu genießen schien, schenkte ihrem Verlobten ein träges Lächeln.

»Verschwindet! Ihr macht alles nur noch schlimmer!« Lark wedelte mit der Hand in seine Richtung, ohne sich die Mühe zu machen, ihn anzuschauen.

»Wie kann die Wahrheit etwas schlimmer machen?«

»Heilige Muttergottes! Haltet den Mund!« Lark wirbelte herum und starrte Stoke erbost an.

Stoke verschränkte die Arme vor der Brust und grinste boshaft. Er genoss die Situation mit jedem Augenblick mehr.

»Ihr, mein Herr, habt angeblich Lady Helen zu Eurer Ehefrau gewählt. Wie könnt Ihr es wagen, Euch bei meiner Verlobten Freiheiten herauszunehmen?« Avenalls Augen sprühten Funken. »Wenn Ihr Lark je wieder berührt, fordere ich Euch zum Kampf!«

»Nein, das wirst du nicht tun!« Lark drohte ihm mit dem Finger. »Er wird dich mit einem Streich töten. Wenn jemand ihn fordert, dann ich.«

»Darauf freue ich mich schon.« Stoke zog eine Augenbraue hoch.

Sie durchbohrte ihn mit einem vernichtenden Blick und berührte Avenalls Hand, um ihn von Stoke abzulenken. »Hör zu, es war nur ein Augenblick der Schwäche. Niemand ist schuld daran.«

»Wie konntest du ihn nur küssen?« Lord Avenall sah wie ein gekränkter Junge aus, als er sie anschaute. »Und ich komme extra hierher geritten, um nach dir zu sehen.«

»Es hätte nicht passieren dürfen. Ich habe nichts dabei empfunden. Es ist bereits vergessen.«

Stoke schnaubte leise, was ihm ein weiteres Aufblitzen ihrer goldenen Augen eintrug. Auch ihr Bräutigam wirkte nicht allzu glücklich, im Gegenteil, er schien vor Eifersucht zu platzen.

»Glaub mir, du bist der einzige Mann, den ich je lieben werde. Er bedeutet mir nichts«, beharrte Lark.

Avenall sah ihr einen Moment lang in die Augen, dann stieß er ihre Hände weg. »Ich will nicht mehr darüber reden.« Er riss die Zügel an. Sein Pferd tänzelte unruhig zur Seite, wobei es fast Lark umstieß, und galoppierte davon.

»Warte! Ich kann es erklären!« Sie lief ihm ein paar Schritte nach und blieb dann mit hängenden Schultern stehen. Sie starrte auf den Boden und schüttelte den Kopf.

»Eine reife Leistung, Tigerin. Ich muss gestehen, einen solchen Akt der Verstellung hätte ich dir nicht zugetraut.« Noch während Stoke sprach, griff er nach Shechems Zügeln.

Sie fuhr herum. Hätten ihre Augen Dolche schleudern können, wäre er in diesem Moment ein Sieb gewesen. »Ich hasse Euch! Ihr habt alles zerstört!«

»Könnte ich vielleicht mit meiner Schwester sprechen, Sir … *allein*?« Evel starrte Stoke finster an.

»Na schön, aber wir werden beenden, was wir begonnen haben, Lark.«

Evel wartete, bis Stoke ins Tal hinuntergeritten war, bevor er etwas sagte. »Ich wollte dich warnen, dass Lord Blackstone hinter dir her ist, aber wie ich sehe, hätte ich mir die Mühe sparen können.«

»Warum hast du Avenall mitgebracht?« Lark beobachtete Stokes dunkle Gestalt, die immer kleiner wurde, als er über einen Abhang galoppierte und die Hufe seines Pferdes dicke Klumpen Gras in die Höhe schleuderten.

»Habe ich doch gar nicht. Ich bin ihm unterwegs begegnet. Wie zum Teufel kommst du dazu, Blackstone zu küssen?«

»Evel, bitte.« Lark rieb sich die Schläfen. »Ich brauche mich nicht von dir schelten zu lassen.«

»Meiner Treu, irgendjemand sollte es aber tun. Das verzeiht dir Avenall nie.«

»Was kann ich dafür, dass Blackstone mir gefolgt ist? Er lässt mich einfach nicht in Ruhe.«

»Laut Rowland sind zehn Anschläge auf Blackstones Leben verübt worden. Nach deinem Auftritt mit den Schotten hat er jedes Recht, dir zu folgen.«

»Ich habe seine Verdächtigungen satt.« Lark drehte sich um und ging zu Debolt, der immer noch graste.

»Lark! Lark! Evel!« Ihre Namen hallten durch die Schlucht.

Lark hielt inne und drehte sich um. Auf der gegenüberliegenden Seite des Tals entdeckte sie Sir Joseph Montfort, der ihnen zuwinkte. Sein langer, buschiger grauer Bart reichte mit seiner dünnen Spitze bis zu seinem mächtigen Bauch. Sein Haar trug er kurz, was sein viereckiges Gesicht breiter erscheinen ließ, als es war. Neben ihm auf dem Wagen saß seine Frau, Lady Lucinda. Ein langer grüner Schleier bedeckte ihr Haar und hing zu beiden Seiten ihres Mondgesichts herab. Auch sie winkte Lark zu, so lebhaft, dass ihre üppigen Brüste auf ihrem runden Bauch auf und abhüpften.

»Guten Morgen, Sir Joseph und Lady L.!«, rief Lark ihnen zu, indem sie Williams Spitznamen für Lady Lucinda benutzte.

»Das hat uns gerade noch gefehlt«, murmelte Evel halblaut.

Lady Lucinda hielt ihre Hände wie einen Trichter an ihren Mund und schrie: »Wir sind gerade unterwegs zu eurer Mutter, um zu sehen, ob sie Hilfe bei den Vorbereitungen für das Hochzeitsfest braucht. Kommt doch mit uns. Wir freuen uns über nette Gesellschaft.«

Lark, die sich im Moment nicht als sonderlich nette

Gesellschaft empfand, schnitt ein Gesicht, aber weil sie nicht unhöflich wirken wollte, rief sie tapfer entschlossen zurück: »Wir kommen!«

»Gut gemacht.« Evel sah sie schief an, als sie aufsaß. »Wir werden den ganzen Heimweg keinen Moment Ruhe haben.«

»Besser, als dein Geschimpfe anzuhören.« Lark trieb Debolt an und trottete davon. Sie konnte Evels Blick in ihrem Rücken spüren.

Es dauerte nur eine Viertelstunde, das Tal an einer geeigneten Stelle zu durchqueren und zu Lady Lucinda und Sir Joseph zu stoßen. Lark freute sich über den Anblick ihrer lächelnden, runden Gesichter, und während der nächsten Minuten war Lady Lucindas Redefluss gar nicht zu stoppen.

Dann beschlich Lark auf einmal das Gefühl, dass sie beobachtet wurde. Ihr Blick wanderte den grasbewachsenen Hügelkamm hinauf. Sie entdeckte Stoke, die starre Verkörperung von Männlichkeit und selbst aus dieser Entfernung eine imposante Erscheinung. Rowland, ebenfalls zu Pferde, war bei ihm. Sie waren mitten auf dem Feld stehen geblieben und unterhielten sich angeregt, aber Stoke behielt sie unablässig im Auge.

»Was gibt es denn da zu sehen, meine Liebe?« Lady Lucinda verrenkte sich den Hals. »Ach du meine Güte! Wer ist dieser gewaltige Ritter in Schwarz? Was für eine gute Figur er im Sattel macht!«

»Das ist Lord Blackstone«, sagte Evel kurz.

»Der Lord Blackstone, der wegen unserer Helen hier ist? Wie wundervoll!« Lady Lucinda schlug die Hände zusammen.

»Wenn Ihr mich entschuldigen wollt«, sagte Lark. »Wir treffen uns in der Burg.«

»Nicht, Lark.« Evel packte sie am Arm. »Das wird ihm nicht gefallen. Du forderst den Ärger heraus.«

»Ich habe es satt, ständig von ihm verfolgt zu werden. Glaubst du etwa, es kümmert mich, was ihm gefällt oder nicht?« Lark schüttelte Evels Hand ab und trieb Debolt zum Galopp an.

»Was meinst du damit, es würde ihm nicht gefallen?« Lady Lucindas Augen funkelten vor Neugier.

Evel schenkte ihr keine Beachtung, sondern beobachtete, wie Lord Blackstone die Zügel anzog. Sein Pferd bäumte sich auf, und die gewaltigen Hufe des schwarzen Hengstes schlugen in die Luft. Pferd und Reiter setzten den Hügel hinunter und nahmen die Verfolgung auf. Evel sah ihnen nach und schüttelte den Kopf.

»Was meinst du damit?«, bohrte Lady Lucinda nach. »Ich muss leider darauf bestehen, dass du es mir sagst, lieber Junge.«

»Ich wollte damit nur sagen, dass Blackstone eine Abneigung gegen Lark hat.«

»Eine Abneigung?« Sie schnalzte mit der Zunge. »Er mag deine Schwester nicht? Pah! Er kennt die wahre Lark nicht. Jeder, der sie kennt, liebt sie. Sie mag ein bisschen rau und ungeschliffen sein, aber in ihrem Inneren ist sie weich wie feinste Seide. O ja, das habe ich oft gesagt. Wirklich.«

»Ich glaube, bis zur Seide ist er noch nicht vorgestoßen.« Evel wandte den Kopf und schaute Blackstone nach, bis er nicht mehr zu sehen war.

Lark kannte jeden Zoll St.-Vale-Land. Sie nahm den schnellsten, kürzesten Weg zur Burg, über die Hauptstraße, die zum Dorf führte. Sie wollte sich im Dorf verstecken, bis er vorbeigeritten war. Das würde ihm eine Lehre sein. Als sie einen Blick über die Schulter zurückwarf, sah sie ihn – kerzengerade im Sattel, den Blick düster und unverwandt auf sie gerichtet.

Ihre Fersen bohrten sich in Debolts Flanken. Sie lockerte die Zügel und ließ ihn das Tempo bestimmen. Der Wind peitschte ihr ins Gesicht, als sie sich tief über seinen Nacken duckte.

Die stampfenden Hufe des schwarzen Hengstes wurden lauter. Wieder trieb sie Debolt an. Sie galoppierten jetzt hügelaufwärts, und Debolts Atem ging schwerer. Er war einer der schnellsten Hengste in ihrem Stall, aber Blackstones Pferd rückte unaufhaltsam näher.

Links von der Straße stand eine kleine Baumgruppe. Als Lark kurz davor war, blitzte im Wipfel eines der Bäume Metall auf. Sie sah einen Mann auf einem Ast stehen, in der Hand eine Armbrust, die auf Stoke zielte.

Alles passierte gleichzeitig. Noch bevor Lark einen Warnruf ausstoßen konnte, schoss der Mann den Pfeil ab. Sie drehte sich um, gerade noch rechtzeitig, um zu sehen, wie sich Stoke seitlich aus dem Sattel lehnte und der Pfeil um Haaresbreite an seinem Pferd vorbeisauste. Stoke zückte einen Dolch. Mit einer blitzschnellen Drehung des Handgelenks flog die Waffe aus seiner Hand und zischte auf den Baum zu. Der Schütze, der die Armbrust gerade mit einem neuen Pfeil bestückte, sah den Dolch erst, als es zu spät war. Er bewegte sich. Der Dolch bohrte sich in seinen Hals. Armbrust und Pfeil fielen ihm aus den Händen.

Er kippte vornüber, und sein lebloser Körper brach durch die Zweige, bevor er wie ein schlaffes, unnatürlich verdrehtes Bündel auf dem Boden landete. Lark wollte Debolt gerade zügeln, als sie sah, wie Stoke seine schwarzen Augen mit einem mörderischen Blick auf sie richtete. Sie überlegte es sich anders und ließ die Zügel auf Debolts Rumpf schnalzen.

Die Hufschläge von Stokes Hengst dröhnten dicht hinter ihr. Lark spürte, wie die Vorhand seines Pferds ihr Bein streifte. Raue Finger schlossen sich um ihre Taille. Dann segelte sie durch die Luft.

9

Stoke zog die Zügel an, als er Lark vor sich auf den Sattel setzte. Sie schlug mit den Fäusten nach ihm, aber er fing ihre Handgelenke mühelos ein. »Versuch nie wieder, vor mir wegzulaufen.«

»Ich bin nicht vor Euch weggelaufen!«

»Nein, du hast versucht, mich in eine deiner kleinen Fallen zu locken.«

»Nein, habe ich nicht. Das schwöre ich. Als ich die Burg verließ, wollte ich allein sein, aber Ihr seid mir gefolgt! Ihr könnt unmöglich glauben, dass ich das geplant hatte! Ich bin losgeritten, um aus Eurer Nähe zu kommen.«

Stoke hätte ihr gern geglaubt. Er starrte sie an. Seine Brust hob und senkte sich, und jeder Nerv in seinem Körper vibrierte unter dem Schock, beinahe das Leben verloren zu haben. Oder lag es daran, sie wieder in seinen Armen zu halten?

»Schaut mich nicht so an. Immer wenn Ihr das macht, wollt Ihr mich küssen.« Sie befeuchtete nervös ihre Lippen.

»Ich habe festgestellt, dass die Nähe des Todes das Blut erhitzt – vor allem mit einer Verführerin wie dir in meinen Armen ...« Er fing ihr Kinn ein, presste seinen Mund auf ihre geschlossenen Lippen und küsste sie, hart und fordernd. Er nahm undeutlich wahr, dass sie mit den Fäusten an seine Brust hämmerte, aber nach einem Moment hörte der Trommelwirbel auf.

Sie stöhnte. Es war kein sinnliches Stöhnen, sondern ein klagender Laut über den Kampf in ihrem Inneren, den sie verlor. Ihr Körper schmiegte sich an seinen, und ihre Arme schlangen sich um seinen Hals. Dann erwiderte sie seinen Kuss, und ihre Hände vergruben sich in seinem Haar. Die Leidenschaft, die er in ihr spürte, stachelte ihn an, und er nahm sie in seine Arme und saß ab, ohne den Kuss zu unterbrechen. Sie verstand sich gut auf die Kunst der Verführung, und das Ganze war vermutlich ein Trick, um seine Wachsamkeit einzuschläfern, aber wenn er sie jetzt nicht bekam, würde er vor Verlangen nach ihr vergehen.

Als er sich in Richtung Wald wandte, fest entschlossen, dieses Verlangen zu stillen, hörte er Reiter näher kommen. Er stieß einen unterdrückten Fluch aus, als Lark sich von ihm löste.

Lark hob den Kopf und starrte ihn entgeistert an, als könnte sie es nicht fassen, dass sie ihn geküsst hatte. Er schaute die Straße hinunter. Evel und Rowland kamen auf sie zugaloppiert, und Larks zahmer Wolf bildete die Nachhut.

»Hallo!« Evel schwenkte einen Arm.

»Gibt es denn keinen Ort, wo ich mit dir allein sein kann?«, knurrte er halblaut.

»Hoffentlich nicht.« Ihre goldbraunen Augenbrauen zogen sich zusammen, und eine leichte Röte stahl sich in ihre Wangen.

»Wir werden allein sein, und dann brauchst du nicht mehr die Leidenschaft zu bekämpfen, die du für mich empfindest.«

»Oh! Ich empfinde nur Abscheu für Euch!«

»Wenn das Abscheu sein soll, möchte ich lieber nicht wissen, was du Liebe nennst.«

Eine dicke Staubwolke stieg auf, als Evel und Rowland auf ihrer Höhe die Pferde zügelten. Evel sprach als Erster. »Wir haben den Toten gefunden und Sir Joseph bei dem Leichnam gelassen. Ist alles in Ordnung?« Er richtete die Frage an Lark.

»Mir geht es gut. Der Mann hatte es auf Lord Blackstone abgesehen.«

»Warum trägt er dich dann?« Evel glotzte erst Stoke, dann Lark an, die in Stokes Armen lag.

»Jedenfalls nicht wegen einer Verletzung«, murmelte Stoke halblaut und starrte auf ihre Lippen.

»Ihr könnt mich jetzt absetzen.« Stokes Griff verstärkte sich, und sie fügte hinzu: »Bitte.«

Als Stoke sie auf den Boden rutschen ließ, verdüsterte sich seine Miene vor Verbitterung.

»Glaubst du, er hatte Komplizen?«, fragte Rowland grimmig.

»Das wird sich weisen.« Stoke sah Lark an.

»Ihr glaubt doch wohl nicht, Lark hätte etwas damit zu tun?« Evel sprang zur Verteidigung seiner Schwester ein.

»Sprich nicht mit ihm, Evel. Es ist zwecklos. Er hat sich seine Meinung über mich gebildet, und nichts von dem, was wir sagen, kann daran etwas ändern.« Lark streckte ihre Hand nach ihm aus. »Nimm mich bitte mit nach Hause. Debolt ist sicher in seinen Stall gelaufen.«

»Ich nehme dich mit, aber eigentlich sollte ich dir eine Tracht Prügel geben.« Evel nahm Larks Hand und zog sie hinter sich in den Sattel.

Lark hatte kaum einen Fuß in die Halle gesetzt, als sie auch schon von ihrer Mutter gestellt und gezwungen wurde, die letzte Anprobe ihres Hochzeitskleids über sich ergehen zu lassen. Es wurde zu einer zermürbenden Stunde voller boshafter Sticheleien.

»Steh still, Lark.«

»Musst du die Schultern hängen lassen wie ein altes Weib?«

»Werden deine Brüste denn nie voller?«

»Wir müssen es an den Hüften enger machen – du hast nämlich keine.«

»Wie konnten deine Arme und Beine nur so lang werden? Sie müssen über Nacht gewachsen sein.«

Lark hätte es vorgezogen, noch eine Ohrfeige zu bekommen, aber sie hatte das Gefühl, dass Elizabeth nie wieder derartig die Beherrschung verlieren würde. Sie zog es vor, Lark mit Worten und gezielten Stichen zu quälen. Obendrein war Lark gezwungen, Lady Lucindas unaufhörliches Geplapper über die Hochzeitsvorbereitungen anzuhören.

Als sie es endlich überstanden hatte, wünschte Lark, sie wäre ausgerissen und hätte Avenall auf seinem Besitz geheiratet. Elizabeth hatte Helen den Auftrag gegeben, Stoke zu suchen, und Lark ergriff die Gelegenheit beim Schopf und flitzte mit ihrer Schwester zur Halle hinaus. Sie sah zu, wie ein junges Mädchen eine Hühnerschar über den Burghof scheuchte, als sie und Helen nebeneinander hergingen.

»Bist du sicher, dass du mich nicht zum Turnierplatz begleiten willst?«, fragte Helen. »Avenall ist bestimmt dort.«

»Nein. Wenn er mich sehen will, weiß er, wo er mich findet. Und wenn ich hingehe, bekomme ich vielleicht Lust, gegen jemanden anzutreten, und ich bezweifle, dass mein Körper das nach der Begegnung mit Mutters Stecknadeln aushält.« Lark rieb sich das Hinterteil. »Ich vergesse den Turnierplatz und gehe lieber in den Garten. Ich habe ihn in letzter Zeit vernachlässigt, und das Unkraut geht zum Angriff gegen meine Kräuter über.« Lark verbarg ihren Unmut hinter einem gezwungenen Lächeln. Sie wäre sehr gern im Schaukampf gegen Blackstones Männer angetreten, aber ihr Lehnsherr würde ebenfalls dort sein. Und nachdem sie vorhin in seinen Armen geschmolzen war und ihn geküsst hatte – obwohl sie geschworen hatte, es nie wieder zu tun! – , legte sie keinen Wert darauf, sich erneut dem Blick dieser hungrigen schwarzen Augen auszusetzen.

»Was meinst du, soll ich ihn wirklich auf dem Turnierplatz ansprechen? Mutter sagt, ja. Er wollte noch mit mir spazieren gehen, aber das hat er wohl vergessen. Allerdings möchte ich kein Quälgeist sein.«

»Genau das, was er braucht, wenn du mich fragst.«

»Oh, Lark, wie kannst du nach dem Vorfall von heute Morgen immer noch etwas gegen ihn haben! Schrecklich! Jemand hat einen Anschlag auf ihn verübt, als er in wichtigen Angelegenheiten unterwegs war. Lady Lucinda konnte gar nicht aufhören, von dem Mann zu reden, den sie mit Lord Blackstones Messer im Hals vorfanden. Warum sollte jemand ihm etwas antun wollen?«

Lark hielt eine Hand hoch und zählte ihre Finger ab, als sie ihrer Schwester antwortete. »Er ist überheblich, brutal, eigensinnig, impulsiv und hört nur, was er hören will.« Ihr gingen die Finger aus, und sie hielt die andere Hand hoch. »Er beschuldigt andere, ohne sich die Mühe zu machen, die Fakten herauszufinden, er versucht diejenigen zu beherrschen, die schwächer sind als er, und er hat die unangenehme Angewohnheit, andere zu fixieren. Keine sehr liebenswerten Eigenschaften, würde ich sagen.«

»Lark, sei doch einmal ernst.« Helen runzelte die Stirn, konnte aber ein Grinsen nicht ganz unterdrücken.

»Na schön.« Lark wurde ernst. »Ich habe keine Ahnung, warum ihn jemand überfallen sollte.« Lark erzählte Helen nichts von den anderen Anschlägen auf sein Leben und auch nicht, dass er überzeugt war, sie hätte etwas damit zu tun. »Der Mann muss ein Räuber gewesen sein, der bei der Straße arglosen Reisenden aufgelauert hat.«

»Aber dann hättest du auch überfallen werden können. Lady Lucinda sagt, du wärst vor ihnen losgeritten. Dann musst du eigentlich alles gesehen haben, oder?« Helen starrte ihre Schwester gespannt an.

»Ja, ich habe es gesehen.«

»Waren noch andere Räuber in der Nähe?«

Lark schüttelte den Kopf.

»Was ist, wenn noch mehr von ihnen auf der Lauer liegen, um uns zu überfallen?«

»Falls es dich beruhigt, spreche ich mit Vater und reite mit ihm aus, obwohl ich mir nicht vorstellen kann, dass eine Räuberbande unsere Gäste am Kommen hindern wird. Sie werden zweifellos in Scharen einfallen, unsere Vorratskammern plündern und Mutter dazu zwingen, die große Dame und noble Gastgeberin zu spielen.«

Die Anspannung wich von Helens Gesicht, als sie mit einem Lächeln sagte: »Danke, Lark. Ich wusste, es würde mir helfen, mit dir zu sprechen. Und jetzt mache ich mich lieber auf die Suche nach Lord Blackstone.«

Helen ging mit anmutigen Schritten und wogendem Haar zum Tor des inneren Burghofs.

Lark schlug die entgegengesetzte Richtung ein. Die Morgensonne schien hell, als sie über den Burghof schlenderte. Eine Brise strich über ihr Gesicht und brachte aus dem Burggraben einen fauligen Modergeruch mit, der im Widerstreit mit dem Duft von frischem Heu stand, das in den Ställen ausgestreut war. Zwei kleine Jungen mit verschmierten Gesichtern und bloßen Füßen, die mit Stöcken einen Stein vorantrieben, rannten an ihr vorbei.

Das grüne Kleid mit dem Unterrock aus Leinen, das Elizabeth ihr aufgezwungen hatte, wand sich um ihre Knöchel. Lark blieb abrupt stehen, um nicht zu stolpern, schnitt eine Grimasse und zog die lästigen Stoffbahnen zwischen ihren Beinen hervor. Wie sämtliche ihrer Kleider war auch dieses zu kurz. Ihre Mutter lehnte es ab, ihr neue Kleider zu machen, da sie hoffte, Lark würde sich selbst welche nähen, aber bis jetzt war Lark nicht zu bewegen gewesen, zur Nadel zu greifen. Die Linie, die sie mit Lanze oder Schwert schlug, war weit gerader als jeder Saum, den sie nähen konnte. Es kümmerte sie nicht, dass einige ihrer Kleider drei bis vier Jahre alt waren. Sie trug sie ohnehin kaum, und wenn, dann nur, um Ruhe vor Lady Elizabeth zu haben.

Lark spürte, wie bei jedem Schritt ihr Haar über ihre Hüften strich. Seit Avenalls Ankunft erlaubte sie Marta, mit einem Kamm durch das Gewirr zu fahren. Ihr Haar fiel über ihren Rücken, frei von Zotteln, aber immer noch offen und unfrisiert und von einem mit Perlen besetzten Lederreif gehalten, einem Geschenk ihres Vaters. Sie trug ihr Haar nicht gern ungeflochten – es war ihr ständig im Weg –, aber Marta behauptete, es würde Avenalls Aufmerksamkeit wecken, wenn sie es offen trug. Nicht dass es Lark sonderlich kümmerte, ob sie Avenalls Blicke auf sich zog oder nicht. Welchen Sinn hatte es, verführerisch auszusehen, wenn er ohnehin schon mit ihr verlobt war? Ihrem Empfinden nach sollte es ihr freistehen, sich so zu geben, wie es ihr gefiel. Aber sie hütete sich, darüber mit Marta zu streiten. Die alte Frau verlor kaum je eine Auseinandersetzung, wenn sie einen Kamm in der Hand hielt.

Lark ging an zwei jungen Mägden vorbei, die über einen riesigen Kessel gebeugt standen und Wäsche kochten. Schweißperlen tropften ihnen von der Stirn, und sie hielten kurz inne, um ihr zuzuwinken und sich mit dem Ärmel über das Gesicht zu fahren. Lark rief ihnen einen Gruß zu. Auf der anderen Seite des Hofs stand der Schmied vor seiner Feuerstelle und bearbeitete ein Stück Eisen mit dem Hammer. Das stetige Hämmern hallte an den Steinmauern wider und dröhnte in ihren Ohren.

»Guten Morgen, Daith«, rief Lark ihm zu.

Er machte eine Pause und blickte von seiner Esse auf. Daiths gewaltige Schultern und Arme bildeten einen seltsamen Kontrast zu seinen kurzen, dünnen Beinen und erweckten den Eindruck, er würde jeden Moment umkippen. Rote Locken bedeckten seinen langen, schmalen Schädel, und zwischen einem Paar freundlicher grauer Augen saß eine flache Nase. Er zog erstaunt eine Augenbraue hoch. »Nanu, was macht Ihr denn hier, Mylady? Ich glaubte Euch draußen auf dem Feld, um zu prüfen, was in Black Dragons Männern steckt.« Er zeigte mit seinem Hammer auf das Burgtor. »Wollt ihr Euch den anderen nicht anschließen? Ich war ganz sicher, Ihr würdet als Erste antreten, um einen der Burschen auf dem Hintern landen zu lassen.« Er grinste sie an.

»Ich verzichte auf dieses Vergnügen. Der Garten bedarf meiner Pflege«, sagte Lark und wich ein paar schnatternden Gänsen aus.

»Na schön, dann eben später.« Daith warf einen neugierigen Blick in ihre Richtung.

»Ja.« Lark winkte ihm zu und beeilte sich weiterzukommen. Sie hatte keine Lust, sich noch mehr Ausreden auszudenken.

Sie betrat durch einen Spalierbogen den oval geformten Garten. Steinplatten bildeten zwei Wege, die den Garten wie ein großes X durchschnitten. In den dreieckigen Flecken schwerer, dunkler Erde blühte in adretten Reihen eine Überfülle an Blumen und Kräutern, gesäumt von Apfel-, Birnen-, Pflaumen- und Kirschbäumen, die auf den Wegen Schatten spendeten. Der liebliche Duft von Minze und Lorbeer wehte zu ihr herüber und zauberte ein Lächeln auf ihr Gesicht.

Wenn sie nicht gerade auf dem Turnierfeld war oder an ihren Kräutertinkturen arbeitete, fand man Lark hier vor, in der Abgeschiedenheit des Gartens, wo sie Elizabeths wortreichen Attacken und kritischen Blicken entfliehen konnte. Elizabeth hatte für Gartenarbeit nichts übrig, da sie fürchtete, die Sonne könnte ihre Haut braun und ledrig machen. Das erwies sich als Segen für Lark, denn hier fand sie Ruhe und Frieden.

Als sie zu einem Beet mit Ringelblumen kam, entdeckte sie Avenall. Er saß auf einer Steinbank, beide Beine weit ausgestreckt. Der grüne Saum seines Hemds lugte unter einer ärmellosen Weste hervor. Beide Kleidungsstücke waren an den Kanten abgestoßen, und ihr fiel ein Loch in seinem linken Strumpf auf. Bis zu diesem Moment war ihr nicht bewusst gewesen, wie dringend er es nötig hatte, seine Schatullen zu füllen. Das Sonnenlicht ließ einzelne Strähnen in seinem kastanienbraunen Haar rot aufleuchten. Die Feder in seiner Hand bewegte sich kratzend über die Seite eines Buchs.

Beim Klang ihrer Schritte blickte er auf und klappte das Buch zu. »Oh, Lark! Ich dachte, hier wäre ich allein.«

»Ich kann gehen, wenn du willst.«

»Nein, nein.« Er betrachtete sie stirnrunzelnd und

stand auf. »Ich hatte gehofft, dich allein zu treffen, um mit dir darüber zu reden, was heute Morgen passiert ist.«

»Das müssen wir wohl.« Lark schnitt eine Grimasse und versuchte das Thema zu wechseln. »Warum bist du nicht mit Vater auf dem Turnierfeld?«

»Ich habe mich entschuldigt, um hierher kommen zu können.«

»Du dichtest wohl wieder?« Lark lächelte ihn an. Diese zarte, empfindsame Seite an ihm weckte in ihr eine Zärtlichkeit, die ihr ansonsten fremd war. Aus diesem Grund liebte sie ihn so sehr, und seit sie Blackstone kannte, wusste sie sein sanftes Wesen umso mehr zu schätzen.

»Ja.« Er starrte versonnen auf sein Buch.

»Möchtest du mir nicht vorlesen, was du geschrieben hast?«

»Eigentlich wollte ich mit dir über den Vorfall von heute Morgen sprechen. Bitte setz dich zu mir.« Er nahm ihre Hand.

Lark hoffte, er würde den Versuch machen, sie zu küssen. Ein einziger Kuss bloß, und alles wäre wieder in Ordnung. Aber er starrte sie einfach aus seinen tiefblauen Augen an. Nach einem Moment fegte er die Bank für sie ab, legte eine Hand an ihren Ellbogen und half ihr, sich zu setzen, als wäre sie ein kostbarer, zerbrechlicher Gegenstand.

»Ich habe dich vermisst.« Lark, die es genoss, mit solchem Zartgefühl behandelt zu werden, drückte seine Hand. Seine Finger fühlten sich an ihrer Handfläche merkwürdig klamm an. Sie starrte seine Hände an. Wie klein sie doch im Vergleich mit Stokes Händen waren, kaum breiter als ihre eigenen.

»Lark, bitte, du versuchst schon wieder, das Thema zu wechseln.«

»Könnten wir Lord Blackstone nicht einen Moment lang vergessen?« Larks Finger schlossen sich um seine Hand. »Ich habe dich seit über einem halben Jahr nicht mehr gesehen. Fällt dir nichts anderes ein, als über Blackstone zu reden? Hast du mich denn nicht vermisst?«

»Doch, natürlich.« Er drückte ihre Hand. »Und du siehst heute in deinem Kleid sehr schön aus. Mir gefällt auch, wie du dein Haar trägst. Es ist wie ein goldener Wasserfall, der sich über deinen Rücken ergießt.«

Avenall war immer sehr großzügig mit Komplimenten, und wie gewöhnlich machte er Lark verlegen. Um ihre Befangenheit zu überspielen, sagte sie: »Harold und Cedric behaupten immer, dass mein Haar wie verfaultes Stroh aussieht – aber ich freue mich, dass es dir gefällt.«

Seine leuchtend blauen Augen trafen auf ihre, und er runzelte die Stirn. »Warum kann ich dich nie bewundern, ohne dass du meine Komplimente ins Lächerliche ziehst?«

»Du sagst so etwas doch nur, um nett zu sein, aber du brauchst mich nicht zu belügen. Ich weiß, wie ich aussehe. Ich bin keine Schönheit wie Helen.«

»Jede von euch hat Eigenschaften, die der anderen fehlen.« Nachdenklich starrte er auf sein Buch.

»Weise gesprochen, König Salomo.« Lark machte eine leichte Verneigung aus der Taille heraus.

Er zog überrascht eine Augenbraue hoch. »Das ist das erste Mal, dass du mir in irgendeiner Form Respekt zollst.«

»Ich habe den Kopf verloren.« Ein spitzbübisches Lächeln spielte um ihre Mundwinkel.

Seine Miene verdüsterte sich, und er verfiel in Schweigen. Gewöhnlich konnte Lark ihm ein Lächeln entlocken, ganz gleich, wie verärgert er über sie war, aber heute blieb er ernst.

In geduldigem Ton sagte er: »Du hast mich abgelenkt. Wir müssen über Lord Blackstone sprechen.«

»Nein, müssen wir nicht. Es war ein Fehler, dem Impuls des Augenblicks entsprungen. Ich habe es bereits vergessen. Du musst doch wissen, dass er mir nichts bedeutet. Du bist der Herr, den ich heiraten werde. Kannst du mir verzeihen? Bitte?« Lark legte ihre Hand an seine Wange und sah in seine tiefblauen Augen.

Seine Augenbrauen zogen sich zusammen. Nach einem Moment, der ihr wie eine Ewigkeit erschien, in Wirklichkeit aber nur kurz währte, schüttelte er den Kopf. »Das muss ich wohl, denn ich glaube, dass er die Situation ausgenutzt hat. Ich weiß, du hättest ihm nie erlaubt, dich in dieser Weise zu küssen.«

»Nie!« Lark merkte sofort, dass sie viel zu viel Betonung auf diese Lüge gelegt hatte, und starrte betreten auf ihre Hände.

»Er hätte eine Lektion verdient. Er kann nicht einfach küssen, wen er will.«

»Lass es bitte gut sein.«

Er sah ihr lange und eindringlich in die Augen. »Ich habe das seltsame Gefühl, dass du jetzt nicht mehr mir gehörst, sondern ihm.«

»Ich gehöre ihm nicht.« Stoke hatte lediglich Gewalt über ihre Sinne. Lark wusste, dass sie Freitag bei Pater Kenyon schrecklich viel zu beichten hatte. »Du bist der Mann, den ich mir zum Ehemann gewählt habe, nicht er. Ich verabscheue ihn. Können wir ihn nicht einfach vergessen? Wenn nicht, gehe ich.« Lark wusste, dass sie lieber gehen sollte, bevor sie noch mehr Lügen erzählte. Sie stand auf, aber Avenall hielt sie an der Hand fest.

»Na gut, Lark. Vergessen wir ihn fürs Erste. Wir müssen uns einem anderen Thema zuwenden.«

»Welchem?« Lark ließ sich wieder an seine Seite ziehen.

»Wir haben noch nie über unser Eheleben gesprochen, und genau das will ich jetzt tun. Ich hoffe, dass du imstande bist, mir Gehorsam und Respekt zu zollen, wenn wir verheiratet sind.«

»Respektieren werde ich dich immer, aber mit dem Gehorchen bin ich mir nicht so sicher«, zog Lark ihn mit einem halbherzigen Lächeln auf.

»Das ist kein Scherz, Lark …« Seine Stimme verklang, und wieder starrte er mit nachdenklich gerunzelter Stirn auf das Buch in seinen Händen.

»Du musst es nicht so ernst nehmen.«

»Wir müssen aber ernsthaft darüber reden. Du wirst meine Frau sein. Damit zwischen uns Frieden herrscht, muss ich in allen Dingen das letzte Wort haben. Das muss dir klar sein.«

»Ich habe mir bis zu diesem Moment keine Gedanken darüber gemacht. Warum musst du das letzte Wort haben?«

»Weil ich dein Ehemann sein werde. Eine Frau muss sich ihrem Mann unterwerfen.«

Lark dachte an Stoke und sagte: »Was ist, wenn er ein Dickschädel ist? Wenn er alle Menschen in seiner Umgebung tyrannisiert? Wenn er Lügen nicht von der Wahrheit unterscheiden kann? Soll sich eine Frau auch einem solchen Mann unterwerfen?«

»Willst du mir etwa unterstellen, ich hätte diese Eigenschaften?« Avenall sprang auf und drückte das Buch an seinen Schenkel.

»Nein, natürlich nicht. Ich spreche ganz allgemein.«

Seine Empörung legte sich. »Das freut mich. Wir hätten schon früher darüber reden sollen.«

»Ja. Warum hast du mir nie gesagt, wie wichtig dir das ist?«

Er nagte an seiner Unterlippe und sagte dann: »Ich wusste, dass es ein Kampf werden würde.« Er zuckte mit den Schultern. »So ist es immer bei dir, wenn jemand versucht, deine Meinung zu beeinflussen.«

»Wenn ich so dickköpfig bin, warum heiratest du mich dann?«

Avenall konnte nie lange böse bleiben, und das bewies er auch jetzt, indem er seine Arme um sie legte. »Ich heirate dich, weil ich deine Stärke und deine Schönheit und deinen wachen Geist liebe. Es tut mir leid, wenn ich dich verärgert habe, aber du weißt, dass ich die Wahrheit gesagt habe.«

Lark wusste, dass er Recht hatte, und sie starrte ihn an, weil ihr keine schlagfertige Antwort einfiel.

Er lächelte auf die für ihn typische geduldige Art. »Sind wir zu einem Einverständnis gekommen?«

Lark, die sich nicht sicher war, ob sie so schnell nachgeben wollte, verzog schmollend das Gesicht.

»Das ist der eigensinnige Gesichtsausdruck, den ich so sehr liebe.« Er zog sie an sich, um sie zu küssen.

Als ihre Lippen aufeinander trafen, wurde Lark nur von einem Gedanken beherrscht: Wie nichts sagend wirkte dieser Kuss verglichen mit Stokes lustvollen, gierigen Attacken auf ihren Mund!

10

Wenig später war Avenall gegangen und Lark jätete Unkraut, als sie Stimmen vernahm. Es waren Stoke und Helen. Lark kauerte sich hinter die Bank, in der Hoffnung, weder er noch Helen würde sie sehen.

»Ich frage mich, wo Lark stecken mag.« Helens helle Stimme klang durch den Garten. »Sie sagte, sie würde herkommen. Ich hatte mir so sehr gewünscht, dass sie uns begleitet. Ich dachte, ein Wort der Ermutigung von Euch könnte sie überzeugen.«

»Ich bin sicher, sie ist gerade damit beschäftigt, irgendjemanden oder irgendetwas zu quälen«, sagte Blackstone.

Lark grinste.

»Oh, Mylord, Lark würde nie jemandem etwas antun. Sie gibt ihr Bestes, um anderen zu helfen. Seht nur ihren Garten an. Sie pflanzt Kräuter an, um aus ihnen Salben und Tinkturen herzustellen und die Leiden anderer zu lindern. Erst vor zwei Wochen war sie im Dorf, um einem kleinen Jungen zu helfen, der sich den Arm gebrochen hatte, ich erinnere mich genau.«

»Irgendwie sehe ich Eure Schwester nicht in der Rolle der Krankenpflegerin.«

»Aber sie war wundervoll! Ich ging mit ihr, und als sie den Arm schienen musste, konnte ich einfach nicht zuschauen. Sie nahm mir nicht übel, dass mir elend wurde, sondern schickte mich nur hinaus.«

»Wie edel von ihr.«

Bei dieser Bemerkung hob Lark den Kopf und spähte hinter der Bank hervor. Blackstone starrte Helen in die Augen, prüfend und mit undurchdringlicher Miene. Er sah unverschämt gut aus mit seinem aus dem Gesicht gestrichenen Haar, dessen tiefschwarze Farbe in der Sonne bläulich schimmerte. Sein Profil war ihr zugewandt, und sie konnte den dunklen Bartanflug auf seinem eckigen Kinn sehen, den spitzen Haaransatz auf seiner Stirn. Ein leichter Schweißfilm glänzte auf seiner Stirn, Folge seiner Waffenübungen auf dem Turnierplatz. Er trug dieselben Sachen wie zuvor, schwarze Hosen und die schwarze Tunika mit dem gestickten Drachen, der sich auf seiner breiten Brust spannte. Eine Biene, die um Larks Gesicht summte, lenkte sie kurz von Blackstone ab. Sie verscheuchte sie und sah wieder zu ihm.

»Darf ich Euch eine Frage stellen, Mylord?«, sagte Helen schüchtern.

»Ja, natürlich. Welche denn?«

»Ich frage mich nur … was ist mit Eurer ersten Frau passiert?«

»Ich möchte nicht von ihr sprechen.« Die harte Maske löste sich einen Moment lang auf, und ein Anflug von Schmerz huschte über sein Gesicht, der jedoch rasch hinter einer verschlossenen Miene verschwand.

»Oh.« Helen senkte den Blick auf ihre Hände.

»Aber ich kann Euch sagen, dass sie mir einen Sohn geschenkt hat.«

»Ich glaube, das habe ich schon gehört. Ich habe allerdings vergessen, wie alt er ist.« Helen schien sich zu freuen, dass er sie angesprochen hatte, und lächelte ihn scheu an.

»Fast drei.«

»Habt Ihr noch mehr Kinder?«

»Nein.« Einen Moment lang sah er Helen forschend an. Die steinerne Maske war im Nu wieder da, als er fragte: »Verhält sich Eure Schwester in letzter Zeit ungewöhnlich?«

»Ich weiß nicht, was Ihr meint.« Helen legte den Kopf zur Seite. »Mir ist an ihr keine Veränderung aufgefallen.«

»Habt Ihr sie mit Fremden sprechen sehen?«

»Nein. Aber Lark ist gern in der Nacht unterwegs. Ich denke, dann könnte sie sprechen, mit wem sie will.«

»Verstehe.« Stoke rieb sich gedankenverloren das Kinn. Argwohn glomm in seinen Augen, und er sagte mehr zu sich selbst: »Ich frage mich, was sie sonst noch macht ...«

»Warum wollt Ihr das wissen? Hat Lark etwas angestellt?«

»Nein. Sie fällt so sehr aus dem Rahmen, dass ich einfach neugierig war, was ihre Gewohnheiten angeht.«

»Lark mag anders sein als die Damen, die Ihr kennt, aber ich hoffe, Ihr nehmt daran keinen Anstoß.«

»Sie ist so ziemlich genauso wie alle ihres Schlags, nur etwas offener.«

Helen starrte ihn verwirrt an.

Er schenkte ihr ein gezwungenes Lächeln. »Aber Ihr braucht Euch keine Gedanken darüber zu machen, ob mir Eure Schwester gefällt oder nicht. Zum Glück ist sie nicht hier.« Er betrachtete Helen eingehend.

Lark beobachtete ihn zähneknirschend. Er riss Helen nicht an seine Brust oder zog sie in seine Arme, wie er es bei ihr getan hatte, sondern stand vor ihr und sah unverwandt in ihre großen braunen Augen. Die unerbittliche Härte in seinen Augen blieb, aber sein Gesichtsausdruck wurde ein klein wenig milder. In gewisser Weise zeigte er fast Wohlwollen, die erste freundliche Regung, die Lark an ihm erlebte.

Es war offenkundig, was er für Helen empfand. Sie musste es sich gefallen lassen, begutachtet zu werden wie eine Ware, obwohl es noch keine drei Stunden her war, seit Lark seine gierigen Hände und derben Liebkosungen hatte erdulden müssen. Er sah in ihr lediglich eine Person, die an einem Mordkomplott gegen ihn beteiligt war und wie eine käufliche Dirne behandelt werden konnte.

Lark packte einen Klumpen Erde, um ihn Stoke an den Kopf zu schleudern, aber genau in diesem Moment landete die Biene auf ihrer Nase. Als Lark nach ihr schlug, stach das Insekt zu.

»Autsch!« Lark merkte, dass sie laut gesprochen hatte, als sich Stoke zu ihr umdrehte und ihre Blicke sich begegneten.

Seine Lippen verzogen sich zu einem herablassenden Grinsen, als hätte er die ganze Zeit gewusst, dass sie im Garten war. Sein Gesicht wandte sich ein wenig dem Sonnenlicht zu, und die kupferroten Pünktchen in seinen Augen blitzten auf.

Sein Grinsen und seine glitzernden Augen forderten sie heraus, und sie streckte kampflustig das Kinn vor.

»Lark!« Die Überraschung auf Helens Gesicht wurde von einem tiefen Erröten verdeckt.

Lark richtete sich auf und marschierte zu den beiden. »Wie könnt Ihr es wagen, meine Schwester so anzugaffen!« Sie schwenkte drohend den Erdklumpen, um ihre Worte zu unterstreichen, und drehte sich dann zu Helen um. »Mutter hätte nie erlauben dürfen, dass du allein mit ihm in diesen abgeschiedenen Garten gehst. Ich schäme mich zutiefst für dich.«

»Aber wir haben doch nur geredet! Und ich bin hergekommen, um dich zu suchen.« Helen stiegen Tränen in die Augen.

»Du hast mich ein bisschen zu spät gefunden. Ich habe dich nicht kommen hören.«

»Es tut mir so leid! Ich ... ich dachte, es wäre nichts dabei, mit ihm spazieren zu gehen. Ich ... ich ...« Helen war zu erschüttert, um ein Wort herauszubringen. Schluchzend lief sie davon.

Lark starrte ihr nach. Auf einmal fühlte sie sich wie das ärgste Scheusal auf Gottes Erdboden. Warum hatte sie ihre Wut an Helen ausgelassen?

»Ich hoffe, du bist mit dir zufrieden.«

Sie drehte sich um und fixierte ihn. »Versucht nicht, mir die Schuld zu geben. Ihr hättet Helen niemals hierher locken dürfen.«

»Ich bin angeblich hier, um sie kennen zu lernen. Willst du mir etwa sagen, ich darf nicht mit ihr allein sein?«

»Ihr seid zu gefährlich, um mit irgendeiner Frau allein sein zu dürfen.«

»Vorsicht, meine Tigerin, deine Krallen sind ausgefahren. Oder ist es Eifersucht, die dich so fauchen lässt?« Er zog spöttisch eine Augenbraue hoch und musterte sie selbstgefällig.

»Warum bitte sollte ich eifersüchtig sein? Auch wenn Ihr der letzte Mann auf Erden wärt, würde ich euch freudig Helen überlassen. Aber bildet Euch nicht ein, Ihr könntet sie so behandeln, wie Ihr mich behandelt habt. Und wenn Ihr mir noch einmal zu nahe kommt, wird es das letzte Mal sein, das schwöre ich.«

»Drohe mir nicht.«

Lark warf ihm einen kurzen Blick zu, hob den Erdklumpen, den sie immer noch in der Hand hielt, und schleuderte ihn in seine Richtung. Dann schoss sie nach links, flitzte um den Apfelbaum herum und rannte den Pfad hinunter. Da sie damit rechnete, von ihm verfolgt zu werden, blieb sie erst im Burghof stehen.

Als sie keine Schritte hinter sich hörte, seufzte sie und drehte sich um. Kein Zeichen von Stoke. Nur die Waschfrauen hatten ihre Arbeit unterbrochen und starrten sie neugierig an.

Lark warf ihnen einen verdrossenen Blick zu, stieß das schwere Eichentor auf und rannte in die Halle. Er würde ihr wieder nachstellen. O ja, ganz bestimmt. Und wenn sie ganz ehrlich war, hatte sie keine Ahnung, wie sie sich gegen seine Lippen und seine Hände zur Wehr setzen sollte. Unter seinen Liebkosungen wurde sie weich wie Wachs. Sie marschierte in die Halle, fest entschlossen, ihm um jeden Preis aus dem Weg zu gehen. Aber zuerst ging sie zu Helen, um sich bei ihr zu entschuldigen.

Als Lark spät am Abend in den Hof hinaustrat, funkelten Tausende Sterne am Himmel. Hinter ihr wurden Stimmen laut, und sie drückte sich in den Schatten, um zu warten, bis die Gruppe von Rittern vorbeigegangen war. Die Männer gingen in die Halle. Die Tür fiel zu, und ihr Gerede verklang.

Lark wandte sich in Richtung Stall. Ihre Füße huschten durch die beklemmende Stille auf dem nächtlichen Burghof. Über ihr Gesicht wehte eine leichte Brise, die den Geruch des Dunghaufens neben dem Kuhstall mit sich brachte. Lark rümpfte die Nase und eilte zu den Pferdeställen.

Die besseren Streitrösser und Zelter standen innerhalb des überdachten Stalls, nicht draußen, wo ein Vordach den Reittieren der Diener und Gäste Schutz bot. Lark schlich durch den Stall, vorbei an den Pferden von Evel und den Zwillingen. Bei Tencendur, Williams Pferd, einem Grauschimmel, der den weiten Weg von der Gascogne gekommen war, blieb sie kurz stehen. Er wieherte und stubste sie mit dem Kopf an.

Sie tätschelte seine Stirn und ging weiter zu Debolts Box. Ihr geliebter Hengst war einer von Tencendurs wertvollen Nachkommen, mit breiter Vorhand und festem Rumpf und genauso leichtfüßig und schnell wie sein grandioser Vater.

Als Lark näher kam, stieß Debolt sie mit dem Maul an und schnupperte an ihrer Tasche. »Du willst wohl deinen Leckerbissen, was? Du bist schrecklich verwöhnt, weißt du das?« Sie holte den Apfel heraus und legte ihn in ihre offene Hand.

Sie fühlte sein großes, weiches Maul auf ihrer Handfläche, als er den Apfel aufklaubte und zwischen den Zähnen zermahlte, und streichelte seinen schlanken weißen Nacken. Seine Muskeln arbeiteten unter ihrer Handfläche, während seine raue weiße Mähne über ihren Handrücken strich. »Ich habe noch etwas Gutes für dich. Machen wir einen nächtlichen Ritt?«

»Nur wenn ihr zwei dabei Gesellschaft wollt.«

Die tiefe samtige Stimme, die durch das Dunkel der Nacht drang, jagte Lark einen Schauer über den Rücken.

11

Lark fuhr herum und sah Stokes eindrucksvolle Gestalt in der Stalltür aufragen. Das Mondlicht in seinem Rücken warf dunkle Schatten auf sein Gesicht und ließ seine Schultern noch breiter aussehen, als sie waren. Lark fühlte sich, als würde sie Goliath gegenüber stehen. Ein Jammer, dass sie keine Schleuder hatte.

»Nun, wohin des Wegs?«

»Wenn Ihr es unbedingt wissen müsst, ich wollte bloß weg von Euch, aber wie ich sehe, habe ich mich vergeblich bemüht.«

»Du wirst nie von mir wegkommen, es sei denn, ich wünsche es.«

Larks verächtliche Miene blieb wirkungslos, denn sein Blick ruhte auf Baltizar, der mit erhobener Schnauze schnüffelte und zu ihm lief. Er hielt Baltizar ein Stück Fleisch unter die Nase und warf es dann zur Tür hinaus. »Los, hol's dir, Wolf.«

Das treulose Tier marschierte schnurstracks zu Stoke, ließ sich streicheln und stürmte dann nach draußen, um das Fleisch zu suchen.

Stoke schlug die Stalltür zu. Mit einem Schlag war es stockfinster. Lark fuhr zusammen. Sie hörte, wie er etwas in die hölzerne Falle schob. »Wo waren wir stehen geblieben?«, bemerkte er beiläufig.

»Nirgendwo. Ich gehe. Jetzt sofort.« Lark wollte zur Tür gehen, aber sie konnte nichts sehen. Panisch tastete sie mit ihrem Blick die undurchdringliche Dunkelheit ab. Ihre Sinne lauerten angespannt auf irgendein Zeichen, das darauf hinwies, wo er sein könnte. Das Einzige, was sie spüren konnte, war der Blick seiner funkelnden schwarzen Augen.

»Ich kann dich nicht gehen lassen, nachdem ich dich endlich für mich allein habe.«

Lark spähte nach links. Dem Klang seiner Stimme nach zu urteilen stand er nur wenige Schritte von ihr entfernt. Sie wich ein Stück zurück. »Hat Euch schon mal jemand gesagt, dass Ihr wie ein hartnäckig wiederkehrender Albtraum seid?« Stroh raschelte, als er ihr folgte.

Instinktiv zog sie den Dolch aus der ledernen Scheide um ihr Handgelenk.

»Es macht mir nichts aus, dein Albtraum zu sein.«

»Mir aber.«

Wieder das kaum hörbare Knistern von Heu.

»Geht«, warnte sie ihn mit klopfendem Herzen, den Dolch fest umklammert.

»Sicher. Wenn wir beendet haben, was wir früher am Tag begonnen haben.«

»Wir haben gar nichts begonnen.«

»So schnell vergisst du, wie du in meinen Armen gezittert hast, nachdem ich dir das Leben gerettet hatte? Ich hätte dich nehmen können, bevor Rowland und dein Bruder uns unterbrachen, und letzte Nacht auch. Hast du vergessen, wie du unter meiner Berührung erbebt bist? Ich habe es nicht vergessen.«

Lark öffnete den Mund, um etwas zu sagen. Als könnte er sie in der Dunkelheit sehen, schnitt er ihr das Wort ab. »Leugne es nicht, es wäre nur eine weitere Lüge aus deinem Mund. Lass es mich beweisen. Lass dich von mir berühren.«

»Nein. Ich bin mit Avenall verlobt.« Lark ballte die Fäuste und trat zurück. »Bleibt mir vom Leib, oder Ihr verlasst diesen Stall nicht auf Euren zwei Beinen.«

»Wir wissen beide, dass du diese reizenden Drohungen nicht ernst meinst.« Er kam noch einen Schritt näher.

Er bewegte sich völlig lautlos, aber sie fühlte, wie er in der Dunkelheit näher kam. Die Macht, die von ihm ausging, war beinahe mit den Händen zu greifen. Lark wich zurück, stieß an die Tür eines Verschlags und zuckte zusammen.

»Geht!« Sie hob das Messer und schob sich rückwärts um den Verschlag herum.

»Wohl kaum. Ich will dich seit jener Nacht, in der wir uns zum ersten Mal begegnet sind. Ich will dich ausziehen und deinen nackten Körper liebkosen, bis ich dich erbeben fühle, will deine feurigen Lippen kosten und deine Brüste unter meinen Händen spüren. Ich will an deinen Brüsten saugen und das heiße Fleisch zwischen deinen Schenkeln streicheln …«

»Lasst das!« Lark kämpfte gegen die Wärme an, die seine Worte in ihrem Inneren hervorriefen. Sie fing von Kopf bis Fuß zu zittern an, als sie sich daran erinnerte, wie er sie unter dem Tisch berührt hatte, wie wehrlos sie gegen die wilden Gefühle gewesen war, die er in ihr wachrief. Ihre Stimme bebte, als sie sagte: »Das ist meine letzte Warnung. Bleibt mir vom Leib!«

Er lachte, ein voller, warmer Klang, der den Stall erfüllte. Debolt und Tencendur, die an dem ungewohnten Geräusch Anstoß nahmen, stampften mit den Hufen gegen die Wände ihrer Boxen. Lark, die sein Lachen noch nervöser machte, als sie ohnehin schon war, schob sich rückwärts in eine leere Box.

Stoke machte abrupt einen Satz auf sie zu.

Sein Gewicht traf sie mit voller Wucht. Ihre Finger ließen unwillkürlich den Dolch los, und sie spürte, wie er ihrem Griff entglitt. Mit einer flinken Drehung des Handgelenks fing sie ihn wieder ein. Sie dankte ihrem

Schöpfer, dass sie die Waffe nicht verloren hatte, und ließ sich rücklings auf einen Haufen Stroh fallen.

Er landete direkt auf ihr, fing aber mit seinen Händen einen Großteil seines Gewichts ab. Sie schob den Dolch tiefer in das Stroh an ihrer Seite.

»Wann lernst du endlich, dass du mir nicht drohen kannst?« Überraschend sanft berührte er ihr Kinn. Sein Finger zeichnete die Rundung ihrer Wangenpartie nach, bevor er weiter nach oben wanderte und langsam über ihre Unterlippe strich. Die Rauheit seiner Haut, die Hitze seiner Fingerspitze ließen ihr Gesicht und ihre Kehle prickeln.

»Ich habe es gelernt. Und jetzt lasst mich aufstehen.« Lark fühlte ihre schweißnasse Handfläche auf dem glatten Elfenbeingriff des Dolchs. Das Gewicht seines Körpers drückte sie ins Stroh, aber sie empfand es nicht als erstickend, sondern fast schon als angenehm.

»Nein, ich muss es dir beweisen.« Sein warmer Atem strich über ihr Gesicht. »Dein rebellisches, eigenwilliges Wesen spricht mich an. Es bringt mein Blut in Wallung, mehr als je bei einer anderen Frau.«

»Dann wünschte ich, ich wäre die sanftmütigste Frau auf Erden.« Lark hasste die Furcht in ihrer Stimme und das Beben in ihrem Inneren. Wieder verwandelte sie sich in eine rückgratlose Qualle.

»Was du auch sein magst, sanftmütig bist du ganz gewiss nicht, so sehr du es dir auch wünschen magst.« Er senkte sein Gesicht und fing ihren Mund ein.

Als sie seine heißen Lippen auf ihren spürte, stockte ihr der Atem, und sie konnte fühlen, wie sie bis ins Innerste erzitterte, sich ihm und der Macht, die er über sie hatte, auslieferte. Bald würde diese Macht sie vollends überwältigen. Es gab kein Entkommen. *»Ich gehöre nicht ihm …«* Die Worte, die sie zu Avenall gesagt hatte, kehrten zurück und ließen ihr keine Ruhe. Quälend echoten sie in ihrem Kopf. Wie von Sinnen vor Panik und Entsetzen tastete sie nach ihrem Dolch und jagte ihn in Stokes Rücken.

Er riss seine Lippen von ihren los und stieß ein tiefes, kehliges Stöhnen aus. Jeder Muskel in seinem Körper spannte sich an. »Zur Hölle mit dir …« Er brach auf ihr zusammen. Sein Kopf schlug auf ihre Brust, und sein Körper drückte sie wie ein Eisenklotz nach unten.

Lark erstarrte. Ihre Hand lag noch auf dem Griff des Dolchs, aber sie konnte trotzdem nicht fassen, was sie getan hatte. Da sie unter dem Gewicht seines schlaffen Körpers kaum Luft bekam, setzte sie alles ein, was sie in Armen und Beinen an Kraft besaß, und schubste ihn hinunter. Zitternd und schwer atmend lag sie im Heu, benommen vor Grauen über das, was sie getan hatte.

Ihr kam der Gedanke, dass er noch am Leben sein könnte. Sie kniff die Augen fest zu und tastete mit einer bebenden Hand nach seinem Körper. Als ihr Handgelenk den Dolch streifte, zuckte sie unwillkürlich zurück. Es dauerte einen Moment, bis sie sich wieder gefasst hatte. Sie zwang sich, Stoke zu berühren. Unter ihren Fingerspitzen fühlte sie die harten Muskeln auf seinem Rücken, und noch etwas … das stetige Heben und Senken seiner Brust.

»O Gott, er ist am Leben! Ich danke dir, Heilige Jungfrau Maria«, murmelte sie, während ihre Finger nach dem Heft des Dolchs tasteten. Sie zog daran und schloss die Augen, als ein saugendes Schmatzen zu hören war.

Mit einem letzten Ruck glitt der Dolch aus Stokes Rücken. Etwas Warmes, Klebriges legte sich an Larks Handfläche und tropfte von ihren Fingern. Als sie erkannte, dass es Blut war, Stokes Blut, schleuderte sie die Waffe weit von sich, froh, sie los zu sein.

Die Klinge traf die Stallwand. In der Stille klang es wie der dröhnende Schlag einer Streitaxt auf eine Rüstung.

Lark presste eine Hand auf die Wunde, um die Blutung zu stillen, und benutzte die andere, um den Dolch aus ihrem Stiefel zu ziehen und mehrere grobe Leinenstreifen von ihrem Unterrock zu schneiden. Sie fertigte daraus hastig einen Verband an und legte ihn um die Wunde. Als sie das Leinen um seine Brust wickelte, musste sie sich an seinen Oberarm und seine Schulter lehnen. Sie stieß einen erschöpften Seufzer aus, als sie fertig war.

Sie hörte, wie er Atem holte. Der Laut kam tief aus seinen Lungen und klang wie ein Röcheln. Dann nichts mehr.

»Nein, Ihr dürft nicht sterben … hört Ihr mich?« Sie beugte sich über ihn und tastete fieberhaft nach dem Puls in seiner Halsbeuge.

Nichts.

»Wacht auf! Ihr sollt aufwachen, hört Ihr nicht?« Sie gab ihm einen Klaps auf die Wange und schlug ihm auf den Rücken. »Bleibt bei mir! Hört Ihr! Ihr wollt doch bestimmt wiederkommen und mich weiterhin quälen – und diesmal hätte ich es sogar verdient. Ich könnte Euch keine Vorwürfe machen.«

Sie berührte seinen Rücken. Nichts regte sich. Sie nahm ihre ganze Kraft zusammen, rollte ihn auf den Rücken und schlug ihm so fest sie konnte ins Gesicht. Die rauen Bartstoppeln auf seiner Wange fühlten sich unter ihrer Hand wie das Blatt einer Feile an. »Ihr könnt nicht sterben! Hört Ihr mich?«

Wieder tastete sie nach seinem Puls.

Ihre Finger berührten schlaffes, totes Fleisch.

»Ihr dürft nicht sterben! Ihr sollt doch Helen zur Frau nehmen, und sie mag Euch! Bitte, lasst mich nicht den Rest meines Lebens mit dieser Schuld auf meinem Gewissen verbringen. Wie typisch für Euch, mich so zu martern.« Sie boxte ihn in die Brust. »Wacht auf!«

Er rührte sich nicht.

Lark ließ sich ins Heu fallen, Tränen der Erbitterung in den Augen. Sie zog die Knie an, vergrub ihr Gesicht in ihren feuchten Handflächen und wiegte sich hin und her. In all den Jahren, die sie sich im Waffenhandwerk übte, hatte sie noch nie einem Menschen das Leben genommen. Es war nur ein Sport. Die Erinnerung an den Moment, in dem sie den Dolch in seinen Rücken gestoßen hatte, an das Gefühl, als sich die Klinge in sein Fleisch bohrte, kehrte wieder. Noch schlimmer allerdings war es gewesen, den Dolch wieder herauszuziehen.

Lark beugte sich vor und gab das wenige Essen, das sie in ihrem Zimmer zu sich genommen hatte, wieder von sich. Als der Würgereiz aufhörte, richtete sie sich auf und vergrub ihr Gesicht in den Händen. Sie zitterte von Kopf bis Fuß, und wieder wiegte sie sich hin und her. Sie hatte nie die Absicht gehabt, ihn zu töten, aber sie hatte sich vor der Macht gefürchtet, die er über sie hatte. Heilige Jungfrau Maria! Noch dazu hatte er ihr heute Morgen das Leben gerettet.

»Lark, wo bist du?«

Sie erstarrte beim Klang von Evels leiser Stimme. Ihr Kopf fuhr hoch, als er an der Stalltür rüttelte.

»Ich bin hier«, flüsterte Lark. Ihre Stimme war so rau und gequält, dass sie in ihren eigenen Ohren fremd klang.

»Mach die Tür auf.«

»Bist du allein?«

»Ja, aber nicht mehr lange.«

Seine Worte brachten sie in Bewegung. Sie stand auf, wobei sie sich bemühte, Stokes leblosem Körper nach Möglichkeit auszuweichen. Auf wackeligen Beinen taumelte sie zur Tür, und ihre Hände zitterten, als sie die Mistgabel aus den hölzernen Fallen zog, wo Stoke sie hineingestoßen hatte.

Bevor sie die Tür öffnen konnte, stieß Evel sie auf und ließ sie in Larks Seite krachen. »Autsch!« Sie machte einen Satz zurück, rieb sich die Hüfte und sah zu, wie er in den Stall kam.

Er schnitt eine Grimasse, als sein Blick ihrem begegnete. »Mir fiel auf, dass Blackstone aus der Halle verschwunden war, und ich ging auf dein Zimmer, um nach dir zu sehen, aber du warst weg. Ich habe nur einen Moment Zeit. Rowland folgt mir auf Schritt und Tritt wie ein junger Hund. Ich habe Wira gebeten, ihn für einen Moment abzulenken, deshalb konnte ich mich davonstehlen.«

»Evel, du musst mir helfen!« Lark stürzte sich auf ihn und umarmte ihn.

Er gab einen erstickten Laut von sich und schob ihre Arme von seiner Kehle. »Beim Heiligen Johannes! Was ist los mit dir, Lark? Du erwürgst mich ja!«

»Ich habe ihn umgebracht.«

»Umgebracht? Wen?«

»Blackstone.«

Evel musterte sie aus zusammengekniffenen Augen. »Nichts da! Jetzt ist nicht der richtige Zeitpunkt für einen deiner Scherze. Heb dir das für die Zwillinge auf.«

»Es ist kein Scherz. Hör mir zu! Ich habe ihn umgebracht.«

Der Ernst in ihrer Stimme war nicht zu überhören. Evel starrte sie mit offenem Mund an, zu betäubt, um etwas zu sagen.

Lark packte ihn an der Hand und zog ihn durch den Stall. »Ich zeig's dir.«

»Jesus! Ich will es nicht sehen!« Evel hob kaum die Füße, als Lark ihn weiter zerrte.

Debolt, Tencendur und ein paar andere Pferde rührten sich, als sie durch den Mittelgang des Stalls gingen. Lark zuckte zusammen und schrak vor den Pferden zurück. Jede Bewegung, jeder Laut verstärkte sich in ihren Ohren. Ihre Nervosität war ansteckend, und auch Evel machte einen Satz.

»Verdammt, Lark, hör auf! Das sind nur die Pferde.«

»Ich kann nichts dafür. Ich erwarte jede Sekunde, dass Stokes Geist auf mich losgeht.« Sie legte eine Hand an ihre Kehle, als sie Evel weiter zog.

»Sei nicht albern.«

»Ich bin nicht ...« Larks Worte blieben ihr im Hals stecken, als sie vor Stokes Beinen stand, die aus der Box ragten. Sie starrte auf seine Stiefel hinunter. »Da ist er. Mausetot.«

Evel spähte in die Box. Durch die Stalltür drang genug Mondlicht, um erkennen zu lassen, wer hier lag. »Jesus!« Wieder blieb ihm der Mund offen stehen.

»Ich wollte ihn nicht töten.« Sie brachte die Worte heraus, obwohl ihr die Kehle wie zugeschnürt war. »Er fiel über mich her. Ich hatte den Dolch in der Hand ...« Ihre Stimme erstarb.

»Du musst Vater sagen, was du getan hast.«

»Das kann ich nicht! Was wird er von mir denken? Nein, ich ertrage es nicht, den Abscheu auf seinem Gesicht zu sehen, wenn ich ihm erzähle, dass ich Blackstone rücklings erstochen habe. Eine so feige Tat würde er mir nie verzeihen.«

»Wenn die Leiche gefunden wird, weiß er, dass es irgendwer gewesen sein muss. Und du weißt, dass er keine Ruhe geben wird, ehe er den Schuldigen gefunden hat. König Richard wird jemanden schicken, um Nachforschungen anstellen zu lassen. Wahrscheinlich wirst du für den Mord hängen. Blackstone soll einer von Richards engsten Freunden sein.«

»Nicht, wenn niemand weiß, dass ich es war.«

»Jeder wird es wissen.«

»Vor allem, wenn du nicht ein bisschen leiser sprichst«, zischte sie ihn an.

»Wie willst du das verheimlichen?«, fragte er mit gesenkter Stimme.

»Ich brauche deine Hilfe.«

Er hob abwehrend die Hände. »Ich will damit nichts zu tun haben!«

»Aber du bist der Einzige, dem ich vertrauen kann.«

»Das kannst du nicht von mir verlangen.« Er wich zurück.

»Bitte, Evel! Hast du etwa vergessen, wie ich dich vor diesem Wildschwein gerettet habe? Es hätte dich aufgeschlitzt! Und was ist mit der Geschichte bei Onkel Jamus, als du dich in Lady Janes Schlafzimmer gestohlen hast? Ich war es, die den Aufpasser ihres Ehemanns von der Tür weglockte. Der Bursche hat mich die ganze Nacht gejagt. Und weißt du noch, wie du einen Grund gebraucht hast, Lady Katherine zu sehen, damit du sie verführen konntest, und du mich dazu gebracht hast, deine verrückte Schwester zu spielen, die ihrer liebevollen Pflege bedurfte?«

»Schon gut, schon gut!« Er hob eine Hand. »Hoffentlich bist du zufrieden, wenn wir beide hängen.«

»Danke, Evel!« Sie lief zu ihm, um ihn zu umarmen, aber er wehrte sie ab.

»Glaub bloß nicht, du bringst mich mit Schmeicheleien dazu, das, was du vorhast, zu billigen. Ich lehne es von ganzem Herzen ab. Du könntest uns beide an den Galgen bringen. Verstehst du? Ich tue das nur, um mich für alles, was du je für mich getan hast, zu revanchieren. Aber damit sind wir quitt.«

»Na schön, ich werde dich nie wieder um einen Gefallen bitten. Hilf mir nur aus dieser Katastrophe heraus.« Sie packte Stoke bei den Füßen. »Los, hilf mir, ihn auf Debolts Rücken zu legen. Wir müssen ihn loswerden, bevor jemand nach ihm sucht.«

»Wo willst du mit der Leiche hin?«

»Wart's ab.«

Evel führte ihren Hengst aus der Box. Nach vielem Zerren und Wuchten und unter Stöhnen und Fluchen gelang es ihnen schließlich, den schweren Körper quer über Debolts Kruppe zu hieven.

Lark schlang ein paar Lederriemen um Stokes Hände und Füße, um den leblosen Körper an dem Pferd festzuzurren; dann warf sie eine Decke darüber. Evel führte Debolt, während Lark nebenherging und darauf achtete, dass der Leichnam nicht hinunterfiel. Sie warteten, bis der Burghof menschenleer und die Wache auf der anderen Seite war. Dann schlichen sie leise zum Tor hinaus.

Es dauerte nicht lange, die Straße zu überqueren und in den Wald vorzudringen. Keiner von ihnen sprach. Das leise Tappen ihrer Fußtritte und das Stampfen von Debolts schweren Hufen vermischte sich mit dem Surren nächtlicher Insekten und überspielte das angespannte Schweigen, das zwischen ihnen stand.

Lark sog den Geruch der Kiefern und nach verrottetem Laub ein, als sie immer tiefer in den dichten Wald eindrangen. Der reine Duft der Wälder – gewöhnlich eine Quelle der Freude für ihre Sinne – würde sie von diesem Tag an zum Erbrechen reizen, dessen war sie sicher. Die Erinnerung an diese Nacht würde sie den Rest ihres Lebens verfolgen.

Irgendetwas raschelte über ihren Köpfen.

Sie fuhren im selben Moment zusammen und starrten in die leuchtend gelben Augen einer Eule. Sie wechselten einen erleichterten Blick, sagten aber kein Wort. Ihre Tat erforderte andächtiges Schweigen, und diese Stille begleitete sie tief in den Wald hinein.

Lark machte eine Pause und flüsterte: »Das ist weit genug, findest du nicht?« Bei den nächsten Worten verzog sie das Gesicht und warf einen Blick auf Stokes Körper. »Ich denke, die Raben werden das Fleisch von seinen Knochen nagen, bevor man ihn findet.«

»Ich finde, selbst wenn du mit der Leiche nach Irland segelst und sie ins Meer wirfst, ist es immer noch nicht weit genug, aber ich schätze, das hier muss reichen.« Evel machte sich daran, die Riemen zu lösen.

»Es tut mir wirklich leid, dass ich dich mit hineinziehen musste.« Lark half ihm, den Körper auf den Boden zu legen. »Vielleicht glaubt man, dass ein Attentäter ihn getötet und hier gelassen hat, wenn man ihn findet.«

»Vielleicht. Und falls es so ist, wird man mit Rowland sprechen, der davon überzeugt ist, dass du und ich mit den Attentätern unter einer Decke stecken.« Seine Hand fuhr zornig durch die Luft. »Verschone mich bitte mit weiteren Mutmaßungen.« Evel nahm einen Haufen Blätter und streute sie gereizt über den Leichnam, um dann noch mehr Blätter zu nehmen und mit finsterer Miene weiterzumachen.

Lark half ihm. Die kalten Blätter fühlten sich unter ihren Fingern wie tote, welke Haut an. Sie ertrug es nicht, Stokes Gesicht anzuschauen, während sie mit dieser Tätigkeit beschäftigt war. Als sie fertig war, starrte sie auf den Laubhaufen im Schatten des Mondlichts und biss sich auf die Lippe.

»Komm schon.« Evel packte sie am Arm.

»Sollten wir nicht ein Gebet für ihn sprechen?«

»Ich denke, du solltest lieber ein Gebet für *dein* Seelenheil sprechen – und für meines.« Evel zog sie mit sich.

Er griff nach Debolts Zügeln, schwang sich auf den Rücken des Pferdes und half Lark, hinter ihm aufzusitzen. Sie schloss fest die Augen und sprach ein stummes Gebet, wobei sie die Heiligen bat, Evel zu verschonen, falls man sie erwischen sollte. Das Gesicht an Evels steifen Rücken gelehnt, lauschte sie seinem unruhigen Herzschlag, als sie durch den Wald zurückritten.

Das Klappern der Hufe verklang. Tiefe Stille senkte sich über den Wald, bis sie von dem Geräusch raschelnder Blätter gebrochen wurde. Und einem erstickten Stöhnen.

Am nächsten Morgen war die angespannte Atmosphäre, die in der Großen Halle der Burg herrschte, zum Schneiden dick. Lark beobachtete ihre Mutter, die vor der Feuerstelle hin und her ging. Das stetige Knirschen von Elizabeths Schritten auf den Binsen bildete einen Kontrapunkt zu dem unruhigen Zischen und Prasseln des Feuers.

Lark fing Helens kaum hörbares Schluchzen auf und warf einen Blick auf ihre Schwester, die neben ihr saß. Ein unaufhörlicher Tränenfluss strömte über Helens liebliches Gesicht, und bei jeder Träne versetzte es Lark einen Stich. Schlimmer noch als das war die Tatsache, dass sich das Bild, wie sie Stoke erdolchte, nicht mehr vertreiben ließ. Immer wieder spielte sich diese Szene vor ihrem geistigen Auge ab, und sie wurde mit jedem Mal lebendiger. Sie hätte frohen Herzens mit Stoke getauscht, wenn ihn das zurückgebracht hätte.

Als Helen Schluckauf bekam, hielt Elizabeth inne und drehte sich zu ihr um. Mit mühsam beherrschter Stimme sagte sie: »Bitte, Helen, hör auf. Du weinst schon seit Stunden. Du machst dich noch krank. Und du willst doch nicht krank werden, oder?«

»Aber wenn ihm nun etwas zugestoßen ist?«

»Ihm ist nichts zugestoßen.«

»Aber er ist verschwunden. Und ich habe zufällig gehört, wie ein paar seiner Männer davon sprachen, dass schon früher Anschläge auf ihn verübt worden sind. Was ist, wenn er ermordet wurde?« Eine frische Tränenflut ergoss sich über Helens bleiche Wangen.

Lark, die es nicht länger ertrug, Helen anzuschauen, starrte auf ihre Hände. Ihre Kehle war wie zugeschnürt.

»Du bist seit Lord Blackstones Verschwinden auffallend ruhig, Lark. Weißt du etwas von diesen Anschlägen auf sein Leben?«

Es dauerte einen Moment, bis Lark ihre Stimme fand. »Nur das, was man mir erzählt hat.«

»Und das wäre?«

»Ich habe gehört, dass zehn Anschläge auf sein Leben verübt worden sind.«

Helen und Elizabeth schnappten gleichzeitig nach Luft.

In dem gereizten Ton, der nur Lark vorbehalten war, sagte Elizabeth: »Ich wünschte, das hättest du uns gesagt.«

»Tut mir leid, Mutter.«

»Das sollte es auch, aber ich kann die Schuld nicht dir allein geben. Er hätte den Anstand haben sollen, uns davon in Kenntnis zu setzen. Es gab auch andere Bewerber um Helens Hand. Lord Lovington war interessiert. Und jetzt, nachdem sie seinen Antrag abgelehnt hat, gönnt er ihr vielleicht keinen Blick mehr.

Lord Blackstone hätte uns zumindest mitteilen können, ob es ihm mit der Heirat ernst ist, statt uns hinzuhalten. Und wahrscheinlich war er nur unschlüssig, weil er wusste, dass ihm jemand nach dem Leben trachtet. Sollte mir dieses Lumpenpack je unter die Augen kommen, kann es etwas erleben! Diese Halunken haben ja keine Ahnung, welchen Ärger sie mir machen, wie viele Monate wir damit verbracht haben, diese Hochzeit vorzubereiten! Ich habe all unseren Bekannten eine Einladung versprochen.«

»Sollten die Schuldigen je gefunden werden, Mutter, werden sie wohl kaum lange genug am Leben bleiben, um sich deine Vorhaltungen anzuhören«, sagte Lark tonlos und mit einem mulmigen Gefühl in der Magengegend. Sie hatte ihre Sünden noch nicht Pater Kenyon, dem hiesigen Priester, gebeichtet. Aber Stoke das Leben zu nehmen, noch dazu auf diese Art, war so schändlich und feige, dass sie glaubte, es nicht einmal vor einem Priester laut aussprechen zu können.

»O mein Gott, ich werde ihn nie wiedersehen …« Helens Worte gingen in einem schweren Schlucken und noch mehr Tränen unter.

Elizabeth berührte Helens Schulter. »Nicht verzweifeln, Kind, vielleicht ist noch nicht alles verloren. Vielleicht ist er noch am Leben, und wenn nicht, nun, du bist hübsch genug, um einen anderen Ehemann zu finden. Und wenn ich es recht bedenke, ist da ja noch Larks Hochzeit. Unsere Vorbereitungen sind also nicht völlig vergeblich gewesen.«

»Das kann nicht dein Ernst sein!« Lark starrte ihre Mutter mit großen Augen an.

»Aber ja doch. Warum denn nicht?«

»Du erwartest doch wohl nicht von mir, Avenall zu heiraten, wenn Helens mutmaßlicher Ehemann möglicherweise tot ist!«

»Ich kann daran nichts Unrechtes finden.«

Helen sprang auf und rannte schluchzend durch die Halle und die Treppe hinauf.

»Jetzt sieh nur, was du angerichtet hast!«

»Das warst du. Wie konntest du nur so gefühllos sein? Vielleicht müssen wir bald auf Lord Blackstones Beerdigung gehen.«

Die Türen zur Halle wurden aufgestoßen. Laute Stimmen ertönten. Ihr Vater und eine ganze Schar Männer erschienen. Evel, die Zwillinge und Avenall kamen als Letzte.

Ihr Vater ließ sich in einen Stuhl fallen und legte den Kopf in den Nacken. Lark hatte ihn noch nie so erschöpft gesehen, noch nie mit so sorgenvoller Miene. Auch wirkte er älter als sonst und nicht mehr ganz so unbeugsam, wie Lark ihn immer empfunden hatte.

Elizabeth lief zu ihm. »Habt ihr ihn gefunden, mein Lieber?«

»Nein.« William verdrehte seine müden Augen. »Aber nicht, weil wir es an Mühe hätten fehlen lassen. Wir haben fast die ganze Nacht nach ihm gesucht. Bei meiner Seel', ich hatte keine Ahnung, dass die Wälder so zugewachsen sind! An manchen Stellen waren sie so dicht, dass mein Pferd nicht durch das Unterholz kam. Als ich die Augen nicht länger aufhalten konnte, rief ich die Männer zurück.«

»Was ist mit Lord Blackstones Männern?«

»Sind immer noch da draußen. Sie geben einfach nicht auf. Wir brauchen etwas zu essen und viel Ale.«

Die abgekämpften Männer setzten sich an die Tische.

»Ich sage in der Küche Bescheid.« Elizabeth eilte davon.

William stützte seine Ellbogen auf den Tisch und

legte sein Kinn auf seine Hand. Gowan lehnte sich zu ihm und redete mit gedämpfter Stimme auf ihn ein.

Lark hörte Schritte und blickte auf. Evel kam zu ihr, seine blauen Augen getrübt vor Besorgnis. Statt sich zu ihrem Vater zu gesellen, blieb sie vor der Feuerstelle sitzen. Er setzte sich in den Stuhl, auf dem vorher Helen gesessen hatte, und beugte sich zu ihr. »Das glaubst du mir nie.«

»Was?«

Evel schluckte, und sein großer Adamsapfel hüpfte auf und ab. »Die Leiche ist weg.«

»Das kann nicht sein.« Als die Zwillinge zu ihr schauten, wurde ihr bewusst, dass sie zu laut gesprochen hatte. Sie senkte die Stimme und sagte: »Du musst dich irren.«

»Nein, ich bin genau zu der Stelle gegangen, wo wir ihn gelassen hatten. Er war weg.«

»Könnte es ein Tier gewesen sein?«

»Müsste schrecklich groß gewesen sein. Nein, ein Tier war es sicher nicht.«

»Wer dann?«

»Keine Ahnung, aber irgendetwas ist faul, das spüre ich.«

»Was habt ihr zwei denn zu plaudern?«, fragte Harold, der dicht gefolgt von Cedric zu ihnen geschlendert kam.

Der Schein des Feuers tanzte in dem goldenen Haar der Zwillinge, als sie sich mit verschränkten Armen vor Evel und Lark aufbauten und die beiden anstarrten.

»Was gibt's?«, wollte Evel wissen.

Harold ignorierte Evel und beugte sich zu Lark vor. »Die Frage ist, was habt ihr zwei angestellt?«, wisperte er.

»Ich habe keine Zeit für euch beide.« Lark verzog das Gesicht.

»Ihr habt etwas zu verbergen«, sagte Cedric in seinem üblichen gehässigen Tonfall und legte eine Hand auf ihren Arm.

»Nein, haben wir nicht.« Sie entzog sich seiner Berührung.

»Wir wissen Bescheid.« Cedric ließ die drei Worte fallen wie Felsbrocken. Genau wie Harold schien er sehr zufrieden mit sich zu sein.

»Bescheid?« Sie sah die beiden an, wobei sie sich bemühte, keine Miene zu verziehen, obwohl sich ihr Magen zu einem engen Knoten zusammenkrampfte.

»Wir haben dich und Evel gestern Nacht aus der Burg schleichen sehen. Ihr hattet etwas Großes über Debolts Rücken gelegt. Unser Schweigen wird euch einiges kosten.«

Lark starrte die beiden an. Ihre Hauptaufgabe im Leben war es von jeher gewesen, ihre Schwester zu peinigen. Aber noch nie hatten sie die Oberhand über sie gewonnen. Sie musterte sie mit kühler Berechnung und sagte: »Nur eine alte Decke. Mutter hatte mich gebeten, sie für sie wegzuwerfen.«

»Sie war noch nie eine besonders gute Lügnerin.« Harold gab seinem Bruder einen spielerischen Klaps auf die Schulter.

»Es ist uns einfach ein Rätsel, warum du es getan hast«, sagte Cedric.

»Sie hat gar nichts getan«, erklärte Evel.

»Du hängst auch mit drin, du solltest also lieber lächeln, wenn du mit uns sprichst.« Ein süffisantes Grinsen spielte um Harolds Lippen.

Lark knirschte mit den Zähnen.

»Habt ihr mit irgendjemandem darüber gesprochen?« Evel ballte die Hände zu Fäusten, und er warf Lark einen vorwurfsvollen Blick zu, als wäre das alles ihre Schuld.

»Nein, und das werden wir auch nicht, wenn ihr unsere Forderungen erfüllt.« Cedric lächelte Evel an und zwickte Lark in die Nase.

Sie stieß seine Hand weg. »Welche Forderungen?«

»Dass ihr zwei unsere Sklaven werdet.«

Lark biss so fest die Zähne zusammen, dass ihr der Kiefer wehtat. Es brachte sie fast um, die nächsten Worte auszusprechen, aber sie brachte sie heraus. »Na gut, aber ich warne euch, das vergesse ich euch nie.«

»Das hatten wir auch nicht erwartet«, sagte Harold und grinste sie unverschämt an.

»Ihr könnt morgen anfangen, indem ihr unsere Pferde striegelt.« Cedrics Grinsen stand dem von Harold um nichts nach.

»Und ich soll mich um die Reinigung des Burggrabens kümmern. Das könnt ihr auch übernehmen.«

»Danach müssen die Ställe ausgemistet werden.«

Die Zwillinge machten eine Pause und starrten einander nachdenklich an, als könnte einer ohne den anderen nicht denken.

»Ist das alles?« Lark stand jetzt vor ihnen, die Hände in die Hüften gestemmt, und funkelte sie an.

»Wahrscheinlich nicht. Lass uns noch einen Tag Zeit.« Harold grinste. Als er sah, wie Lark verärgert die Lippen verzog, fügte er hinzu: »Oh, oh! Ich weiß, was du denkst. Du bist jetzt unsere Sklavin. Gewöhn dich dran.«

»Es sei denn, du willst, dass alle erfahren, was du getan hast«, führte Cedric den Gedanken für seinen Bruder zu Ende.

»Wehe, ihr erzählt es weiter«, stieß Evel zwischen den Zähnen hervor.

»Macht einfach, was ihr zu tun habt, und kein Mensch wird es je erfahren.« Harold setzte ein selbstgefälliges Grinsen auf.

»Was gibt es da zu tuscheln, ihr vier?« Williams lautes Blaffen ließ seine Kinder zusammenfahren.

»Nichts, Vater«, rief Cedric.

»Dann schlage ich vor, ihr esst etwas und ruht euch aus, denn wir brechen in wenigen Stunden wieder auf, um Lord Blackstones Männer abzulösen.«

Die goldblonden Augenbrauen der Zwillinge zogen sich zu einem Stirnrunzeln zusammen, als sie sich umdrehten und gemächlich zum Tisch schlenderten. Evel warf Lark einen erzürnten Blick zu und folgte den beiden.

Lark stand auf und bemerkte Avenall, der unter einem der Wandteppiche stand. Sein Scheitel reichte genau an den Speer Wilhelms des Eroberers, den man auf dem Bild dabei sah, wie er bei der Schlacht von Hastings den Sachsenkönig Harold mit einem Speer durchbohrte. Avenalls Kopf verdeckte den gefallenen König Harold, und es sah so aus, als wäre Williams Speerspitze auf Avenalls Kopf gerichtet. Er trat einen Schritt beiseite und sah sich gedankenverloren in der Halle um. Als sein Blick auf Lark fiel, ging er mit sorgenvoll gefurchter Stirn auf sie zu.

Sie konnte nicht mit Avenall sprechen. Nicht jetzt. Wenn sie nicht in diesem Moment die Halle verließ, würde sie zusammenbrechen und ihrem Vater alles gestehen. Sie ignorierte Avenall und ging mit gesenktem Kopf an den Tischen vorbei, wo statt des üblichen Lärmens gedämpfte, ernste Töne vorherrschten. Sie hörte Gesprächsfetzen über die Anschläge auf Lord Blackstones Leben und darüber, was man tun würde, wenn der Schuldige entdeckt war. Trotz des Versuchs, Haltung zu bewahren, ließ Lark die Schultern hängen, und es kostete sie Mühe, nicht aus der Halle zu rennen.

»Warte, Lark!«

Als sie Avenalls Stimme hörte, drehte sie sich um und wartete, bis er bei ihr war. Er nahm ihre Hand und fragte: »Weißt du, wo Helen ist?«

»Auf ihrem Zimmer, um sich die Augen auszuweinen. Warum?«

»Ich mache mir Sorgen um sie. Ich weiß, wie empfindsam sie ist. Ich bin sicher, sie ist außer sich vor Angst. Ich wollte mit ihr sprechen und sehen, ob ich etwas für sie tun kann.«

»Tu das. Vielleicht bringst du sie dazu, dass sie aufhört zu weinen. Mir ist es nicht gelungen«, sagte Lark und machte eine vage Handbewegung in Richtung Treppe.

»Wir unterhalten uns später.« Er tätschelte ihre Hand und ließ sie los.

»Gern.« Lark wandte sich ab, erstaunt über ihr mangelndes Verlangen, mit ihm zu sprechen.

Sie hatte ihn seit ihrer Auseinandersetzung im Garten kein bisschen vermisst, und sie hatte auch keine Lust, dieses Thema wieder anzusprechen – nicht, wenn sie ständig Stokes Gesicht vor sich sah oder daran dachte, dass Evel mit ihr hängen würde, weil er ihr geholfen hatte, die Leiche wegzuschaffen. Alles war so fürchterlich schief gegangen. Und am schlimmsten war, dass die Zwillinge es wussten.

An diesem Nachmittag stand Lark am Rand des Burggrabens und beobachtete die zwei Diener, die damit beschäftigt waren, ein Netz durch das trübe Wasser zu ziehen. Eine dünne Schleimschicht klebte an dem Netz und ließ es wie die glitschige Haut einer Schnecke schillern. Alles, was als Abfall galt, landete im Graben, einschließlich der Exkremente aus dem Abtritt. Die Reinigung zu überwachen war keine angenehme Aufgabe, aber der Bodensatz gab gute, schwere Erde für den Kräutergarten. Im Moment hatte sie all die unappetitlichen Aufgaben verdient, die die Zwillinge ihr aufhalsten. Es würden noch viel mehr werden müssen, ehe ihr Gewissen aufhörte, sie zu quälen.

Sie ging am Rand des Grabens auf und ab und drehte nervös einen Schilfhalm zwischen den Fingern hin und her. Der Wind raschelte in den letzten hartnäckigen Blättern, die immer noch an den Eichen hingen. Lark zuckte zusammen. In ihren überempfindlichen Ohren klang es wie das Rasseln unzähliger Knochen. Aber seit kurzem zerrte jedes Geräusch an ihren Nerven. Sie schrak sogar zusammen, wenn kein Laut zu hören war.

Sie sah zur Straße und zum nahe gelegenen Wald. Sie rechnete damit, jeden Moment William mit Stokes Leichnam auf einem Pferd zurückkehren zu sehen. Ihr Blick fiel auf eine gewaltige Eiche. Im Geist sah sie Evel und sich selbst an einem der dicken Äste baumeln. Sie fröstelte. Wo war Stokes Leichnam? Was war passiert?

Das Schilfrohr in ihrer Hand brach. Sie starrte es stirnrunzelnd an und warf es weg. Plötzlich schnappte einer der Männer in ihrer Nähe nach Luft. Er ließ das Netz fallen und zeigte auf etwas im Wald. Der Mann neben ihm warf die Hände in die Höhe. Sein Gesicht war aschfahl.

Das Netz rutschte mit einem lauten Platschen in den Burggraben.

Lark drehte sich um. Ihr Atem stockte, ihre Augen weiteten sich, und ihr sackte der Unterkiefer herunter. Ihre Halsmuskeln zogen sich zusammen. Sie legte eine Hand an ihre Kehle und sah mit einer Mischung aus Grauen und einer Art Erleichterung Stoke aus den Wäldern auftauchen.

12

Seine kräftigen Arme teilten das niedrige Buschwerk am Straßenrand. Der Drachen auf seiner Tunika schlug bei jedem Schritt, den er näher kam, mit den Schwingen, und seine Augen funkelten Unheil verkündend. Erdklumpen hingen am Saum seiner Tunika und an seiner Hose, als wäre er direkt dem Grab entstiegen. Der Verband, den sie ihm angelegt hatte, verlief von seiner Schulter bis zu der Spitze eines Drachenflügels. Zerrissene Blätter, die in dem Verband hängen geblieben waren, steckten wie verunglückte braune Zähne in dem weißen Leinen. Stokes kohlschwarzes Haar wehte um sein blasses Gesicht und seine breiten Schultern.

Ihre Erleichterung erwies sich als kurzlebig und wich dem Impuls zu fliehen. Aber die kalte Wut, die von ihm ausging, hielt sie fest, ließ ihre Gliedmaßen festfrieren und ihr Inneres zu Grabeskälte erstarren. Der rötliche Schimmer in seinen Augen flackerte und loderte wie zwei Altarkerzen.

Er war etwas unsicher auf den Beinen, kam jedoch unbeirrt auf sie zu. Sein Gesicht war schmerzverzerrt und wirkte dadurch noch bedrohlicher. Lark wäre gern zu ihm gelaufen, um ihm zu helfen, aber der Ausdruck auf seinem Gesicht ließ sie zurückweichen.

Er kam näher.

Sie wich weiter zurück.

»Verschwindet!« Er starrte die beiden Diener bitterböse an.

Sie verbeugten sich hastig, schlichen sich gebückt davon und rannten dann über die Zugbrücke.

Lark leckte sich die Lippen. Sie schmeckte den Speichel, der sich in ihren Mundwinkeln sammelte. Das Bild, wie sie selbst gestreckt und gevierteilt wurde, entstand vor ihrem geistigen Auge. Nach seinem Gesichtsausdruck zu urteilen, würde sich Stoke noch Schlimmeres für sie einfallen lassen. Sie schluckte schwer. Im selben Moment blieb sie mit ihrem Fuß an einem Grasbüschel hängen. Sie stolperte und kullerte mit einem lauten Aufschrei die Böschung hinunter.

Das Gesicht voran und mit offenem Mund landete sie in den Abwässern des Burggrabens. Einen Moment lang schlug sie wild mit Armen und Beinen um sich, bis sie merkte, dass das Wasser an der Stelle, wo sie stand, nur knietief war. Bittere Galle stieg ihr in die Kehle, als sie den fauligen Gestank einsog, der jetzt ein Teil von ihr war. In ihrem Mund. In ihrer Nase. Auf ihrer Haut. Selbst ihre Seele schien verrottet und verkommen, nicht so sehr von der Ausdünstung des Grabens, sondern durch den Dolchstoß in Blackstones Rücken. Sie erhob sich aus dem Wasser, zog etwas Langes, Grünes und Glitschiges weg, das über ihr linkes Auge und ihre Nase hing, und blickte auf.

Er starrte von der Böschung auf sie herab wie ein Scharfrichter, der sein nächstes Opfer begutachtet. »Wie ich sehe, bist du entzückt, mich zu sehen.«

Lark warf einen Blick auf ihn, dann konnte sie den Brechreiz nicht länger unterdrücken. Sie übergab sich, bis ihre Rippen wehtaten. Nach einem langen Augenblick hielt sie sich keuchend die Mitte und stieß hervor: »Die Heilige Jungfrau Maria weiß, dass ich Euch nicht verletzen wollte. Ihr hättet mir nicht so nahe kommen sollen. Ich hatte Euch gewarnt.«

»Ja, aber deine Lippen und dein Körper sagten etwas anderes. Ich habe dich unterschätzt. Das wird nicht wieder vorkommen.«

Sollte je der Teufel zu ihr sprechen, dann würde er so klingen wie Stoke jetzt, davon war sie überzeugt. Sie wandte ihm das Gesicht zu und sah, dass er die Böschung herunterkam. Das kupferrote Feuer in seinen Augen versengte sie bis ins Mark.

Das Kläffen von Hunden schlug an die äußere Burgmauer, hallte über den Graben und wurde mit jedem Moment lauter. Stoke drehte sich um und warf einen Blick über die Schulter.

»Dem Himmel sei Dank! Da drüben ist er, beim Burggraben!«, hörte Lark ihren Vater brüllen.

Die Jagdhunde kamen einer nach dem anderen angerannt und drängten sich hechelnd und wedelnd um Stokes Beine.

William, Rowland, ihre Brüder, Avenall und Gowan zügelten alle dicht vor dem Graben ihre Pferde. Als Evel feststellte, dass Blackstone noch am Leben war, trat ein Lächeln der Erleichterung auf sein Gesicht. Rowland und Gowan betrachteten stirnrunzelnd den blutigen Verband um Stokes Brust und Rücken. Avenall schien seltsam losgelöst von dem Geschehen. Die Hände auf den Sattelknopf gestützt, starrte er Blackstone geistesabwesend an. Als könnte er Larks Blick spüren, sah er zu ihr und runzelte die Stirn.

»Gott, was für ein Gestank.« Harold beugte sich über den Nacken seines Pferdes, um Lark näher anzuschauen.

»Du hast Recht.« Cedric ahmte den spöttischen Ton seines Bruders nach. »Mir ist auch gleich aufgefallen, dass der Graben noch ärger stinkt als sonst.«

»Genießt du dein Bad im Burggraben, Schwester?«, fragte Harold feixend.

»Das reicht.« William richtete sich im Sattel auf, warf einen strengen Blick auf die Zwillinge und sah dann zu Lark. »Was soll das, Lark?«

Bei diesem Namen nannte er sie nur, wenn er verärgert war. Mit bebender Stimme sagte sie: »Ich … ich bin ausgerutscht.«

»Hier …« William warf ihr einen der Zügel in seiner Hand zu und wandte sich zu Blackstone um. »Wo wart Ihr, Sir? Ist Euch bewusst, dass wir die ganze Umgebung nach Euch abgesucht haben?«

»Jemand hat mich niedergestochen. Offenbar hielt der Täter mich für tot und ließ mich einfach liegen. Als ich zu mir kam, wanderte ich ziellos in der Dunkelheit durch die Wälder, bis ich wieder das Bewusstsein verlor. Vor ungefähr einer Stunde wurde ich wach und ging hierher.«

»Es überrascht mich, dass die Hunde Euch nicht früher gefunden haben.« Der Argwohn in Avenalls Stimme war nicht zu überhören.

William sprach, bevor Blackstone Gelegenheit hatte, etwas zu erwidern. »Erinnerst du dich nicht, wie wir sie das erste Mal losließen und sie einem Hirsch nachsetzten?«

»Doch, ich erinnere mich«, sagte Avenall.

»Aber warum wollten sie immer wieder zur Burg zurück? Das ist mir ein Rätsel.« Gowan zupfte an der Spitze seines silbergrauen Barts.

»Sie müssen durcheinander geraten sein und die Fährte verloren haben.« William beäugte die Hunde abfällig. »Es wäre nicht das erste Mal.«

»Weißt du, wer dich niedergestochen hat?«, fragte Rowland seinen Freund, ohne den Blick von Lark zu wenden.

»Ich konnte das Gesicht des feigen Wurms nicht sehen.«

Bei diesen unerwarteten Worten flog Larks Blick zu Blackstone.

Er starrte sie an. Ihr schien es Jahre zu dauern, aber es waren nur wenige Sekunden. Er wollte sie quälen, bis er den Zeitpunkt für gekommen hielt, Rache zu üben, das las sie in seinen Augen. Lark krümmte sich innerlich.

Außerstande, seinem Blick standzuhalten, betrachtete sie den grünen Schleim, der an ihrem Kleid klebte. Dann benutzte sie den Zügel in ihrer Hand, um sich aus dem Graben zu ziehen. Glitschige grüne Schilfblätter hingen an ihrem Körper, als sie auf der Böschung stand und sich hinter Tencendur verbarg, der einen sicheren Wall zwischen ihr und Blackstone bildete.

Der intensive Blickkontakt zwischen Lark und Blackstone blieb von William nicht unbemerkt. Mit einer Stimme, die nur sie hören konnten, sagte er: »Ich hoffe, Ihr seid Euch sicher, wenn Ihr den Übeltäter vor Euch habt, und verdächtigt keinen Unschuldigen.«

»Seid gewiss, dass ich nur die Schuldigen bestrafe.«

Die Worte waren an Lark gerichtet, und sie spürte sie wie Messerstiche in den Rücken. Sie wagte es nicht, zu Stoke zu sehen, sondern beobachtete einen der Hunde, der an ihrem Bein schnüffelte. Das Tier wich mit eingezogenem Schwanz zurück, hob den Kopf und schnupperte. Offensichtlich hatte es Angst, ihr wieder zu nahe zu kommen.

Auch Tencendur schien genug von ihrer Ausdünstung zu haben, denn er legte die Ohren an, verdrehte die Augen, bis man die weißen Augäpfel aufblitzen sah und machte einen Schritt zur Seite.

»Ganz ruhig, alter Junge.« William tätschelte seinem Hengst den Nacken. »Gib mir den Zügel, Lark, und nimm ein Bad im See, bevor deine Mutter dich sieht.«

»Ja, Vater.« Lark warf ihm einen raschen Blick zu, als sie zum See lief. Die Meute teilte sich, um ihr und dem widerwärtigen Geruch, der ihr anhaftete, bereitwillig Platz zu machen.

»Noch etwas, Lark!«

»Ja?« Sie drehte sich zu William um.

»Verbrenne diese Kleidungsstücke.«

Lark nickte.

Harold und Cedric gluckten.

William drehte sich zu ihnen um und starrte sie durchdringend an. »Ihr zwei holt eurer Schwester frische Sachen und Seife und überwacht dann die restliche Reinigung des Burggrabens. Soweit ich weiß, hat eure Mutter euch das schon vor Tagen aufgetragen.«

Harold stammelte etwas, und Cedric schluckte, dass sein Adamsapfel hüpfte.

»Spart euch eure Ausreden«, blaffte William. »Tut, was ich gesagt habe, sonst werdet ihr dafür zur Rechenschaft gezogen.«

Harold und Cedric wechselten einen betretenen Blick und ritten zur Zugbrücke.

Lark fühlte Stokes Augen auf sich ruhen. Sie strahlten so viel aus. Sie beschleunigte ihre Schritte. Wann würde er zuschlagen? Das Schlimmste war die Anspannung, das Warten. Und das wusste er. Er genoss es, sie auf die Folter zu spannen. Sie schnitt eine Grimasse, als sie spürte, wie sich in ihrem Inneren schon jetzt alles vor Nervosität verkrampfte.

William sah seiner Tochter nach, die auf ihren langen Beinen mit gesenktem Kopf davonstakste. Grüner Schlick hing an ihrem Zopf und verwandelte das dunkle Gold in schmutziges Messing. Ihr Kleid klebte klatschnass an ihren Beinen. Ihre Füße schleppten sich mühsam dahin. Irgendetwas stimmte nicht mit ihr. Er drehte sich zu Blackstone um und stellte fest, dass er Lark belauerte wie ein Falke seine Beute.

Blackstone war ein wenig unsicher auf den Beinen, und Rowland saß ab, um ihn zu stützen. »Schaffst du es zurück zur Burg?«, fragte er.

»Ja. Und dann mache ich mich auf den Heimweg.«

William wechselte einen Blick mit Gowan und sah Blackstone stirnrunzelnd an. »Ihr wollt uns verlassen?«

»Ja. So leid es mir tut, aber ich muss alle Heiratspläne aufschieben, bis ich den Schurken geschnappt habe, der mich niedergestochen hat.« Wieder sah Blackstone Lark nach. »Selbstverständlich werde ich Euch und Eure Frau für die Unannehmlichkeiten entschädigen, die Ihr auf Euch nehmen musstet, und für sämtliche Unkosten aufkommen.«

»Nun, über Unannehmlichkeiten kann ich nicht klagen«, brummte William halblaut, »über Unkosten schon. Meine Frau hat meine Schatullen geplündert, um die geplante Hochzeit auszurichten.«

»Seid gewiss, dass ich sie wieder füllen werde.«

»Es ist allgemein bekannt, dass Doppelhochzeiten unter keinem guten Stern stehen.« William sah Evel an, der bisher noch kein Wort gesagt hatte. Er schien völlig gebannt eine Bremse auf dem Ohr seines Pferds zu betrachten. »Das habe ich auch meiner eigensinnigen Frau gesagt, als sie auf diese Idee kam. Aber ich verstehe Euch. Ich würde auch nicht gern mit dem Wissen, dass mein Leben in Gefahr ist, eine Ehe schließen.«

»Ich verstehe es nicht«, platzte Avenall heraus. »Wie seid Ihr überhaupt auf die Idee gekommen zu heiraten, wenn Ihr bereits wusstet, dass Euch jemand nach dem Leben trachtet?«

»Ich brauche eine Ehefrau, aber ich sehe jetzt ein, dass mein Entschluss voreilig war. Ich hätte erst meine Verfolger aufspüren sollen, statt an eine Heirat zu denken.«

»Helen wird außer sich sein.« Avenalls Stimme klang schrill. »Ihr könnt ihr mit Eurem Reichtum nicht ihren Seelenfrieden zurückkaufen.«

Blackstones Blick traf den des jungen Mannes. Lange Zeit sagte er nichts, sondern starrte ihn nur abschätzend an. Dann sagte er: »Ich werde mit ihr reden.«

»Mit Reden ist ihr nicht geholfen«, erwiderte Avenall. »Seit man Euch sucht, weint sie sich die Augen aus. Ihr jetzt zu sagen, dass die Hochzeit nicht stattfindet … das wird sie nie verwinden.«

William, dem auffiel, dass Blackstone die Hände ballte, lenkte Tencendur zwischen die beiden. »Natürlich wird sie es verwinden. Vergiss nicht, wie großmütig sie ist, Avenall. Und jetzt will ich nichts mehr davon hören.« Er richtete den Blick auf Avenall, einen Blick, bei dem er sich als junger Bursche immer schnell aus dem Staub gemacht hatte.

Aber der junge Mann sah William nur finster an. Er öffnete den Mund, um etwas zu sagen, überlegte es sich dann anders und wendete sein Pferd, um im Galopp zur Zugbrücke zu reiten.

»Warte!«, rief Evel Avenall nach und folgte ihm.

»Avenall ist noch jung.« William, der dem Klappern der Hufe lauschte, als Avenall und Evel über die Holzbohlen der Zugbrücke ritten, sprach seine Gedanken laut aus.

»Ja«, knurrte Blackstone. »Aber ich habe keine Geduld mit grünen Jungen.« Er wandte sich zu Rowland um. »Gehen wir.«

William beobachtete, wie sich Blackstone schwer auf die Schulter seines Freundes stützte, als sie in Richtung Zugbrücke gingen. Ein großer Blutfleck auf Blackstones Rücken lenkte seinen Blick auf sich. Er war so groß wie ein Pferdekopf und zog sich quer über seine rechte Schulter. Ein hastig geschlungener Verband bedeckte die Wunde in der Nähe seiner Armbeuge. Das Blut hatte den Verband getränkt und war zu einem dunklen Braun getrocknet.

Gowan beugte sich vor und nahm die Zügel von Rowlands Pferd auf. Er lenkte sein Pferd näher an William heran. »Irgendetwas stimmt hier nicht.«

»Und zwar die ganze Geschichte, von vorn bis hinten. Hast du den Verband gesehen? Wer sticht schon einen anderen nieder und verbindet nachher die Wunde? Blackstone selbst war es nicht – bei dieser Art Verletzung war er dazu nicht in der Lage.«

»Ein Leibeigener könnte es für ihn getan haben.«

»Dann hätte er es erwähnt. Und hast du nicht etwas zwischen Lark und dem Earl gespürt?«

»Um das zu übersehen, müsste man schon mit Blindheit geschlagen sein.« Gowan blickte an Blackstone vorbei zu Lark, die gerade über einen Bach sprang und in Richtung Wald verschwand. »Glaubt Ihr, sie war es, die ihn in den Rücken gestochen hat?«

»Ich weiß es nicht, aber ich werde sie noch vor Sonnenuntergang fragen.« William machte ein ebenso sorgenvolles Gesicht wie Gowan. »Wenn sie es getan hat, muss sie dafür einen guten Grund gehabt haben, und diesen Grund würde ich gern erfahren.«

»Was wollt Ihr tun, wenn Lady Elizabeth zu Ohren bekommt, dass der Earl sich entschlossen hat, noch nicht zu heiraten?«

Ein schriller Aufschrei ertönte aus dem Burghof.

William warf seinem langjährigen Gefährten einen Blick zu. »Ich glaube, sie weiß es schon. Ein strategischer Rückzug ins Dorf ist angesagt. Die Zeit wird ihre Enttäuschung lindern, und ich werde nicht hier sein, um das volle Ausmaß ihrer üblen Laune zu erleben. Das bleibt dir überlassen, lieber Freund. Ich bin vor Sonnenuntergang zurück.« William gab seinem Pferd die Sporen und galoppierte in Richtung Dorf. Die Jagdhunde folgten ihm.

Gowan sah ihn in einer Staubwolke verschwinden. Wieder zerriss ein Schrei die Luft. Er zog den Kopf vor dem gellenden Geräusch ein und starrte sehnsüchtig in Richtung Dorf.

Einige Stunden später brachte Lark genug Mut auf, nach Hause zu kommen und sich dem Zorn des Schwarzen Drachen zu stellen. Als sie die Halle betrat, dröhnten ihre Schritte durch den riesigen, leeren Raum. Langsam ging sie an den langen Eichentischen entlang und forschte in jedem Winkel und in jedem Schatten nach einem Zeichen von Stoke.

Plötzlich hörte sie Schritte hinter sich und wirbelte herum, halb und halb in der Erwartung, Stoke würde sich auf sie stürzen. »Oh, Marta!« Sie presste eine Hand an ihre Kehle. »Wie kannst du dich nur so anschleichen!«

Marta, die ein schweres Tablett trug, blieb stehen. Die Falten auf ihren Wangenknochen spannten sich, als sie sagte: »Ich schleiche nicht. Ich bringe ein Tablett für deine Mutter und Lady Helen nach oben. Sie haben sich zur Ruhe begeben, als der Earl Knall auf Fall abreiste.«

»Er ist weg?« Lark starrte Marta mit offenem Mund an.

»Weg ist er, jawohl. Sagt, er kann nicht heiraten, bevor er nicht die Person erwischt, die ihm ans Leben will. Ich kann es ihm nicht verdenken, aber die Herrin hat es nicht gut aufgenommen. Nachdem sie sich die Lungen aus dem Leib gekreischt hatte, ging sie zu Bett und fing an zu jammern und zu stöhnen. Hab' sie noch nie so mitgenommen gesehen. Ich habe ihr etwas Tee gemacht. Sie hat nach dir und dem Herrn gefragt.«

»Sie will wohl sichergehen, dass zumindest meine Heirat zustande kommt.« Wie konnte sie Avenall heiraten, wenn ihr Black Dragon bedrohlich im Nacken saß?

»So ist es.« Marta schürzte die Lippen und schnaubte abfällig. »Sie hat mit Lord Avenall gesprochen.«

»Na schön, wenn es Mutter glücklich macht – und sie hat weiß Gott nicht viel Freude an mir –, heirate ich ihn eben. Vielleicht hat Vater dann ein bisschen Ruhe und Frieden.«

»Ich finde, du solltest nicht heiraten, um andere glücklich zu machen, sondern dich selbst.«

»Ich werde glücklich sein.« Larks Stimme mangelte es an Überzeugung, und Marta musterte sie scharf.

Die alte Dienerin sah aus, als wollte sie noch etwas dazu sagen, schien es sich dann aber anders zu überlegen. Nach einem Moment sagte sie: »Ich wünschte, du würdest mit deiner Schwester sprechen. Sie weint immer noch. Ich habe allmählich Angst, sie macht sich noch krank damit. Sieht ihr gar nicht ähnlich, so zu heulen.«

»Ich rede mit ihr.« Lark würde nie verstehen, was Helen an Stoke fand. Er passte überhaupt nicht zu ihr. Die beiden waren wie Feuer und Wasser. Obendrein würde er Helen als Ehemann schrecklich tyrannisieren. Sie schaute sich in der leeren Halle um und fragte: »Wo sind die anderen?«

»Nachdem die Zwillinge deine Sachen geholt hatten, sind sie alle ins Dorf, um dem Herrn Gesellschaft zu leisten.«

Jetzt wusste Lark, warum Harold und Cedric es so eilig gehabt hatten, sie am See allein zu lassen. Als William ins Dorf aufbrach, war ihnen klar, dass sie auf seine Kosten so viel Ale, wie sie wollten, trinken und mit den Töchtern des Wirts ins Bett gehen konnten. Aber sie wusste, dass Avenall nicht bei ihnen sein würde. Sie fragte: »Und Lord Avenall, wo ist er?«

»Auf seinem Zimmer, um sich auszuruhen. Die Suche nach dem Earl hat ihn sehr angestrengt.«

Lark fiel auf, dass das Tablett in Martas schmächtigen Armen zitterte. »Warte, ich werde es nach oben bringen.« Sie nahm es Marta ab. »Wo ist Wira?«

»Oben bei der Herrin, um ihr den Nacken zu massieren.« Marta presste die Lippen zusammen und rieb mit ihren Fingern über die dicken Adern, die sich unter der dünnen Haut der anderen Hand abhoben. »Diese alten Finger sind zu knotig zum Massieren, deshalb habe ich mich um den Tee gekümmert.«

Die vertrauten schweren Schritte in ihrem Rücken verrieten Lark, dass William nach Hause gekommen war. Sie drehte sich zu ihm um. Seine Augen waren glasig und seine Wangen leicht gerötet, aber sein Gang war sicher und seine Nase nicht übermäßig rot, wie immer, wenn er angetrunken war.

Seine grünen Augen leuchteten auf, als er sie sah. Aber dann schien er sich an etwas zu erinnern, und das Leuchten erlosch. Er runzelte die Stirn und sagte: »Ich muss mit dir reden, Lark.«

Er nannte sie bei ihrem richtigen Namen. Das bedeutete Ärger. »Ich wollte gerade für Marta das Tablett hinaufbringen.«

»Wo sind all die Dienstboten, die ich nähre und kleide?« Williams Blick wanderte durch die leere Halle. »Ich habe Elizabeth gesagt, dass Marta nichts Schweres mehr tragen soll.«

»Wira ist bei Mutter. Und die anderen helfen der Köchin, das Abendessen vorzubereiten.«

Etwas von Williams Unmut verschwand, als er die

alte Frau ansah, die ihn und seine Kinder großgezogen hatte. Alles, was er an Zuneigung und Achtung für sie empfand, lag in seiner Stimme, als er zu ihr sagte: »Marta, geh rauf und sag Wira, sie soll das Tablett holen. Du trägst nichts mehr, verstanden?«

»Ich bin nicht zu alt, um –«

»Hör auf zu murren, Alte, und tu, was ich dir sage.« Williams Worte klangen zwar barsch, aber er sprach sie mit einem schiefen Lächeln aus.

Wie fast alle, die William dienten, war auch Marta nie imstande gewesen, diesem Lächeln zu widerstehen. Sie drehte sich kopfschüttelnd um und verkniff sich selbst ein Grinsen, als sie die Stufen hinaufhumpelte.

Lark stellte das Tablett auf einen Tisch.

»Setz dich, Lark.« William nahm ihre Hand. Er stieß zwei Stühle mit dem Fuß zurück und zog sie an seine Seite. »Ich muss mit dir reden.«

»Ich gestehe es. Ich war's.« Vor Erleichterung, endlich die Schuld loszuwerden, die ihr seit Stunden auf der Seele lastete, stieß Lark einen tiefen Seufzer aus.

»Du gestehst, ohne zu wissen, was ich fragen wollte.« Er blinzelte sie neugierig an.

»Ich weiß es, und ich habe es getan.«

»Seit wann kannst du zaubern und Gedanken lesen?« Er zog eine Augenbraue hoch und beugte sich dicht zu ihr, um ihr in die Augen zu sehen.

Lark nahm den Hauch von Ale in seinem Atem wahr, vermischt mit dem abgestandenen Geruch der Schenke und dem Duft von Sattelleder in seinen Sachen. »Man muss nicht zaubern können, um zu wissen, wovon du sprichst. Es geht um Lord Blackstone. Ich war es.«

»Ich hatte gehofft, du würdest es leugnen.« Er lehnte sich zurück und fuhr mit den Fingern durch das leicht ergraute goldblonde Haar an seinen Schläfen. »Aber ich hätte wissen müssen, dass du mir gegenüber ehrlich sein würdest. Du hast mich noch nie belogen.«

»Nein, Vater, das könnte ich nie.«

»Deshalb stehst du mir auch besonders nahe.« William legte eine Hand an ihr Kinn. In seinen Augen leuchtete ein Gefühl, das tief aus seinem Inneren kam.

»Es tut mir leid, Vater. Ich wollte ihn nicht verletzen.« Lark senkte den Blick auf die goldblonden Haare auf dem breiten Handgelenk ihres Vaters.

Er ließ seine Hand sinken und sagte: »Ich mache dir keine Vorwürfe.«

»Nicht?«

»Nein.« Seine Augen verdunkelten sich, als er hinzufügte: »Er wollte dich, stimmt's?«

Lark nickte. Sie spürte, wie ihr eine heiße Röte in die Wangen stieg, die sich bis in ihren Hals brannte.

»Und seine Berührung war dir nicht unangenehm, oder? Du wolltest ihn auch und bist darüber so sehr in Panik geraten, dass du zugestoßen hast.«

Larks Augen weiteten sich. »Woher weißt du das?«

»Ich kenne die menschliche Natur, und was sich zwischen Mann und Frau abspielt, ist mir nicht fremd. Und zufällig kenne ich dich besser, Pigeon, als du dich selbst kennst. Das sollte dir mittlerweile klar sein.« Wieder zeigte sich das schiefe Grinsen.

»Ja, wahrscheinlich, aber es ist erschreckend, dass du mich so gut kennst.« Lark konnte nicht anders, sie musste sein Lächeln erwidern.

»Ich kenne nur den Teil von dir, der wie ich ist.«

»Wie du?« Lark legte den Kopf zur Seite und sah William forschend an.

»Ja. Du hast alle meine Eigenschaften, die guten wie die schlechten.«

»Du hast keine schlechten Seiten, Vater.«

Er lächelte sie an wie früher, als sie noch ein Kind war, und berührte ihre Schulter. »O doch, die habe ich, und du bist so ungefähr der einzige Mensch auf der Welt, der blind für sie ist. Wie du bin ich eigensinnig – vor allem, wenn es um Herzensfragen geht.«

»Das verstehe ich nicht.«

»Eines Tages wirst du es verstehen.« Er ließ seine Hand sinken, lehnte sich in seinen Stuhl zurück und starrte gedankenverloren in die offene Feuerstelle.

Als er keine Neigung zeigte, noch etwas zu sagen, bemerkte Lark: »Falls du Mutter meinst, ich habe mich oft gefragt, warum du sie geheiratet hast.«

»Ich nahm sie wegen ihrer Mitgift und der Ländereien, die sie mit in die Ehe brachte, zur Frau. Ich hatte nichts, was für mich sprach außer dem Anspruch, der jüngste Sohn eines Barons zu sein – der mir nichts hinterließ, wie du weißt, da ich fünf Brüder hatte. Das ganze Vermögen meines Vaters ging an deinen Onkel Egbert.« Er zuckte philosophisch die Achseln. »In der Mandeville-Linie hat nie Mangel an Söhnen geherrscht – nicht, dass ich es bedaure, wohlgemerkt. Ich hätte keinen meiner Brüder gegen den Reichtum und das Land meines Vaters eingetauscht. Und ich werde es nie bereuen, klug geheiratet zu haben.«

Lark blieb still. Der Augenblick erforderte Schweigen.

William brach das Schweigen. »Ich wusste, dass sie eine Kratzbürste war, als ich sie zur Frau nahm, aber sie war schön, und ich ahnte eine Leidenschaft in ihr, die der meinen um nichts nachstand. Wäre sie kalt und abweisend gewesen, hätte ich sie nie geheiratet. Es gab andere Edelfräulein, unter denen ich wählen konnte.«

»Du hast also ohne Liebe geheiratet.« Lark sprach nur aus, was sie gespürt hatte, seit sie alt genug war, um sich Gedanken über die ungewöhnliche Beziehung ihrer Eltern zu machen.

»Unterschätze nie die Macht der Leidenschaft. Sie macht in einer Ehe sehr viel aus.«

»Aber Verlangen ist nicht Liebe.«

»Nein, aber es kann zu Liebe werden. Glaube nicht, dass ich deine Mutter nicht liebe. Es gibt Zeiten, in denen sie mich mit ihrem Gezänk um den Verstand bringt, aber sollte sie in diesem Moment sterben und ich könnte ihren warmen Körper nie wieder an meiner Seite spüren, würde ich den Rest meines Lebens um sie trauern. Ich habe in meinem Leben manches getan, was ich von ganzem Herzen bereue, aber deine Mutter geheiratet zu haben gehört nicht dazu.«

Als sie nichts sagte, fuhr er fort: »Ich habe mich oft gewundert, dass deine Wahl auf Avenall gefallen ist. Jemanden wie ihn hatte ich mir als deinen Ehemann nicht vorgestellt.«

»Und wer hat dir vorgeschwebt, Vater?«

»Wenn du es genau wissen willst, jemand wie Blackstone.«

»Bitte nicht!« Lark kniff fest die Augen zusammen.

»Du wolltest die Wahrheit, und da hast du sie. Als du zur Frau erblühtest und mir auffiel, was zwischen dir und Avenall vorging, hielt ich es für nicht mehr als eine vorübergehende Vernarrtheit von deiner Seite. Als dir dann deine Mutter zusetzte zu heiraten und du sagtest, du wolltest ihn zum Mann, war es zu spät. Ich hoffte, du würdest deine Meinung noch ändern.«

»Aber ich liebe ihn«, sagte Lark, wobei ihr auffiel, dass ihre Stimme übertrieben energisch klang.

William starrte den schweren Rubinring auf seinem Finger an und sagte: »Wenn du ihn küsst, bringt er dann dein Blut so in Wallung wie Blackstone?«

Lark zögerte und schluckte schwer. Schließlich sagte sie: »Nein, aber ich liebe ihn auf eine andere Art.«

»Wie viele Arten, einen Menschen zu lieben, gibt es schon? Und komm mir jetzt nicht mit dieser Idee von der edlen Minne, denn das ist der größte Unsinn, den ich je gehört habe. Wenn es zwischen euch keine Leidenschaft gibt, was dann?«

»Liebe.«

»Liebe? Wenn ich ernsthafte Zweifel habe, ob du ihn achten kannst?«

»Vater, das ist nicht wahr!«

»Er ist eine farblose Erscheinung. Schon als Junge fehlte es ihm auf dem Turnierplatz an Mumm. »Er schwenkte einen Finger vor ihrem Gesicht. »Das einzige Mal, dass ich echten Kampfgeist an ihm erlebt habe, war heute, als er sich wegen Helens Gefühlen gegen Blackstone behauptete. Und das aus einem so armseligen Grund«, brummte William halblaut.

»So ist er nun einmal. Er betrachtet Helen als Schwester. Natürlich stellt er sich auf ihre Seite. Er ist der edelmütigste Mann, den ich kenne. Was du auch sagst, Vater, ich liebe ihn.« Lark hob störrisch ihr Kinn.

»Na gut, aber liebst du ihn auch genug, um ihm die Verantwortung für dein Leben zu übergeben?« Er legte seine Hand auf ihre. Sie öffnete den Mund, aber er brachte sie mit einer Geste zum Verstummen. »Lass dir Zeit mit deiner Antwort. Denk gut darüber nach. Wenn du in einer Woche noch genauso empfindest, mag die Hochzeit stattfinden, solltest du dich aber anders entscheiden, werde ich sie absagen.«

Sechs Nächte später wälzte sich Lark unruhig in ihrem Bett hin und her. Der Traum, der seit Tagen ihren Schlaf störte, war wieder da. Avenall stand im Garten. Der Mond stand hoch am Himmel, direkt über seinem

Kopf. Seine blauen Augen funkelten sie durch die dunklen Schatten des Gartens an. Der liebliche Duft von Koriander und brauner Erde lag in der Luft. Avenall stand vor ihr auf dem Pfad und streckte die Hände nach ihr aus. Mit erhobenen Armen versuchte sie ihn zu berühren, aber irgendeine Kraft hielt sie zurück. So sehr sie sich auch bemühte, sie kam nicht an ihn heran. Seine Fingerspitzen waren nur wenige Zoll von ihren entfernt, aber diese dunkle Macht stand zwischen ihnen …

Plötzlich wurde etwas auf Larks Mund gepresst, und sie schrak jäh aus dem Schlaf. Bevor sie auch nur die Augen aufschlagen konnte, stopfte jemand einen Lappen in ihren Mund und drehte sie um. Ein Knie bohrte sich in ihren Rücken. Ihr Gesicht wurde in das Kissen gedrückt. Starke Finger packten ihre Handgelenke und rissen sie nach hinten. Während sie noch nach Atem rang, spürte sie die Lederriemen, die in ihre Haut schnitten.

Sie wandte den Kopf, um den Angreifer anzuschauen, aber ein Sack wurde über ihren Kopf gestülpt und über ihre Schultern und ihren ganzen Körper gezogen. Jemand schnürte ihn um ihre Hüften zu. Große, unerbittliche Hände legten sich um ihre Taille und hoben sie hoch. Ihr Bauch landete auf einer steinharten Schulter. Die dunkle Macht aus ihrem Traum war gekommen, um sie zu holen.

13

Die nächsten zwei Stunden waren die Hölle für Lark. Das Dröhnen der Pferdehufe vibrierte in ihrer Brust, und Stokes Körper berührte ihren überall.

Kalte, feuchte Luft wirbelte um ihre nackten Füße und an dem Rückenteil ihres dünnen Nachthemds hinauf. Durch das grobe Gewebe des Sackleinens über ihren Augen sah sie Dunkelheit und eine Andeutung von Mondlicht. Würde er denn nie Halt machen, um seinem Pferd eine Pause zu gönnen? Diese Folter musste doch einmal ein Ende nehmen.

Als hätte er ihre Gedanken gelesen, zügelte er im selben Moment sein Pferd. Lark stieß ein stummes Dankgebet aus. Stoke hielt an und saß ab. Seine Hände legten sich unvermittelt um ihre Taille, und sie landete in seinen Armen. Ihr wurde schwindlig, als sie plötzlich wieder aufrecht stand. Damit sich nicht mehr alles vor ihren Augen drehte, lehnte sie den Kopf an seine Schulter.

Er versteifte sich. Jeder seiner Schritte brachte den Boden zum Beben und erschütterte ihren Körper mit derselben Wucht wie ein Schwert, das auf einen Schild prallte. Zehn qualvoll lange Schritte, dann setzte er sie auf die Erde.

Blätter raschelten unter ihrer Sitzfläche und ihren nackten Füßen. Feuchtigkeit drang durch den Leinensack und ihr dünnes Nachthemd. Fröstelnd lauschte sie seinen Schritten, die sich wieder entfernten.

Das also sollte ihre Strafe sein. Ausgesetzt in den

Wäldern. Gefesselt. Geknebelt. In einen Sack gestopft. Die Vorstellung, eine Mahlzeit für ein Rudel Wölfe zu werden, gab ihr die Kraft, an den Riemen um ihre Handgelenke zu zerren und an dem Knebel zu würgen.

»Es steckt also immer noch Kampfgeist in dir?«

Sie hörte die tiefe Stimme hinter sich und erstarrte. Die Panik verebbte langsam. Er rollte sie herum, schnitt die Schnüre um den Sack durch und zog ihn ihr mit einem kurzen Ruck über den Kopf. Als Nächstes nahm er ihr den Knebel aus dem Mund. Ein Nachgeschmack von Schmutz, Bienenwachs und Wolle blieb auf ihrer Zunge haften.

Stoke stellte sich vor sie. Die Arme über der Brust verschränkt, ragte er bedrohlich über ihr auf.

Als sie weder das Schweigen noch seinen bohrenden Blick länger aushielt, sagte sie: »Würde es helfen, wenn ich sage, dass ich nicht die Absicht hatte, Euch den Dolch in den Rücken zu stoßen?«

»Am besten ist, du sagst gar nichts.« Er trat einen Schritt zurück. Trotz seiner Warnung fragte sie: »Wollt Ihr mich dafür bestrafen, meine Ehre verteidigt zu haben? Ihr hattet kein Recht, mir wieder nahe zu kommen. Ich hatte Euch gewarnt.«

»Wer einen Mann so küsst, wie du es getan hast, kann nicht erwarten, dass er einer solchen Warnung Glauben schenkt.«

Darauf fiel Lark keine Antwort ein. Sie rutschte unruhig hin und her und wechselte das Thema. »Was habt Ihr mit mir vor?«

»Dich zu meiner Gefangenen zu machen.«

»Aber das könnt Ihr nicht!«

»Ich habe es bereits getan.«

»Aber mein Vater wird es nie zulassen. Und Avenall wird mir zu Hilfe kommen. Jetzt habt ihr alles kaputt gemacht. Wir sollten morgen heiraten.«

»Dein Vater und dein Verlobter haben in dieser Sache nichts zu sagen. Wenn sie dich holen wollen, müssen sie zuerst mit mir fertig werden.«

»Bitte, zettelt keinen Krieg mit meinem Vater an!«

»Ich werde tun, was nötig ist, damit du meine Gefangene bleibst.«

Lark schwieg betroffen.

Er musterte sie noch einen Moment und drehte sich abrupt um. Sein Umhang flatterte um seinen Körper, als er zu seinem Pferd ging.

Als sie ein scharfes Stechen zwischen ihren Schulterblättern spürte, zerrte sie an den Schnüren, die ihre Handgelenke auf dem Rücken hielten, und rief: »Bindet mich zumindest los. Wenn ich Eure Gefangene sein soll, brauche ich meine Hände.«

»Ich habe gesehen, was du mit deinen Händen anstellst. Sollte ich den Wunsch verspüren, noch einmal ein Messer in den Rücken gejagt zu bekommen, werde ich deine Fesseln lösen.« Er machte sich nicht die Mühe, sich beim Sprechen zu ihr umzudrehen, sondern kramte weiter in dem Beutel herum, der an seinem Sattel hing.

»Wenn Ihr mich nicht bald losbindet, kann ich meine Arme nicht mehr bewegen.« Sie runzelte irritiert die Stirn, als ihr der flehende Unterton in ihrer Stimme auffiel.

Scheinbar taub für ihre Bitte nahm er eine kleine Flasche aus dem Beutel und kam zu ihr zurück. Er setzte sich ihr gegenüber auf die Erde und hielt die Flasche an seine Lippen. Nachdem er einen Schluck genommen hatte, beäugte er sie über den Flaschenrand hinweg, als versuchte er zu entscheiden, was er mit ihr machen sollte. Sein Blick wanderte hungrig über ihren Körper und verharrte bei ihren Brüsten. Bei ihrer Taille. Weiter unten, zwischen ihren Beinen.

Lark sah an sich hinunter. Ihr fadenscheiniges Hemd verbarg sehr wenig vor seinen Blicken. Ihre harten Brustspitzen zeichneten sich unter dem Stoff ab, und das dunkelgoldene Dreieck zwischen ihren Schenkeln schimmerte durch das beinahe durchsichtige Leinen. Hitze durchströmte sie und wärmte sie von innen nach außen. Ob es von ihrem Erröten oder von der Hitze in seinem Blick kam, wusste sie nicht.

Er starrte sie noch einen Moment an, legte dann die Flasche beiseite und zog ein Messer aus seinem Stiefel.

Ohne den Blick von der funkelnden Klinge zu wenden und mit einer Ruhe in der Stimme, die sie überraschte, fragte sie: »Werdet Ihr mich jetzt töten?«

Er sagte kein Wort, sondern beugte sich nur vor, das Messer in der Hand. Die scharfe Klinge kam näher. Stokes dunkle Augen waren unverwandt auf ihr Gesicht gerichtet.

Um ihn nicht anzuflehen, ihr Leben zu verschonen, biss sie die Zähne zusammen und verspannte sich. Wenn sie schon sterben musste, dann mit Anstand. Sie hielt seinem Blick mit allem Mut stand, den sie aufbringen konnte.

Zu ihrer Überraschung schwenkte die Hand, die das Messer hielt, zur Seite und um ihren Rücken herum. Seine Schulter streifte ihren Arm, als er sich hinter sie lehnte. Lark zuckte bei der Berührung zusammen.

»Halt still.« Er packte ihre Handgelenke und zerschnitt die Fesseln. »Keine Angst, ich werde dich nicht töten. Ich ziehe es bei weitem vor, dich gefangen zu halten.« Ein bösartiges Lächeln spielte um seine Lippen.

Wo sein Arm sie berührt hatte, prickelte ihre Haut bis in die Fingerspitzen. Hastig rückte sie ein Stück von ihm ab und rieb mit leicht zitternden Händen die aufgescheuerte Haut an ihren Handgelenken. »Danke«, sagte sie, wobei sie allerdings nicht so klang, als ob sie sich tatsächlich zu Dank verpflichtet fühlte.

»Und jetzt steh auf.« Er zog sie auf die Füße.

»Shechem hat sich lange genug ausgeruht.«

»Wo bringt Ihr mich hin?« Lark rieb sich die Gänsehaut auf ihren Armen.

»Das wirst du noch früh genug merken.«

Sie fühlte, wie etwas Schweres auf ihre Schultern fiel, und stellte fest, dass es sein Umhang war.

»Lass das an. Ich möchte nicht, dass du dir eine Erkältung holst und am Fieber stirbst.« Sarkasmus schwang in seiner Stimme mit.

Sie schlang den dicken Samt um sich, der von Stokes Wärme und seinem Geruch erfüllt war. Am liebsten hätte sie ihm den Umhang ins Gesicht geschleudert. Aber ihr war kalt, und sie wollte ihm nicht die Befriedigung geben, dass er sich an ihrem Unbehagen weidete.

Baltizar trat aus dem Schatten und kam zu ihr gelaufen. Sie blieb stehen und tätschelte seine Schultern. Er sprang an ihr hoch und stemmte seine Pfoten auf ihre Brust.

»Du hättest mir nicht folgen sollen«, sagte sie, während sie mit den Händen durch sein dichtes graues Nackenfell fuhr und sich von ihm das Gesicht ablecken ließ.

Irgendwie musste sie es schaffen, zu entkommen und zu Avenall zurückzukehren, dachte sie dabei. Sie liebte Avenall. Wollte seine Frau werden. Diese Leidenschaft für Lord Blackstone, der so erpicht darauf war, sie gefangen zu halten, war absurd!

Zwei Stunden später beobachtete Stoke, wie ihr Kopf auf ihre Brust sank und ihr Körper zur Seite rutschte. Er packte sie an den Schultern und zog sie wieder an seine Brust. Sie kuschelte sich in die Beuge zwischen seinem Hals und seiner Schulter und murmelte etwas Unverständliches im Schlaf.

Ihre Lippen bewegten sich an seinem Hals, und ihr weiches Fleisch schien seine Haut zu versengen. Goldene Haarsträhnen berührten die Unterseite seines Kinns und kitzelten seine Kehle wie Liebkosungen zarter Fingerspitzen. Ihr sinnlicher, erdiger Geruch, vermischt mit dem Kräuterduft, den ihr Haar ausströmte, erfüllte seine Sinne. Ihr Po rieb sich an seinen Lenden und löste ein schmerzhaftes Ziehen in seinem Unterleib aus. Er spürte die sanfte Wölbung ihres Rückens an seinem Oberkörper, spürte, wie er sich an seiner Brust rieb. Er fluchte innerlich. Sie war seine Gefangene, und doch war er es, der gefoltert wurde.

Der Drang, sie auf die Erde zu werfen und sein lange unterdrücktes Verlangen zu befriedigen, wurde übermächtig. Mit der festen Absicht, sie zu nehmen, ließ er Shechem langsamer werden.

Eine Erinnerung tauchte blitzartig auf. Er lag mit ihr im Stroh und küsste sie, fühlte, wie ihre Lippen und ihr Körper ihren Zauber auf ihn ausübten … und dann der lähmende Schmerz, als die Klinge in sein Fleisch eindrang. Noch jetzt erstarrte ihm das Blut in den Adern, wenn er daran dachte. Er hatte geglaubt, dass sie ihn ebenso sehr wollte, wie er sie wollte. Sie hatte ihn mit feurigen Küssen angestachelt, um sich dann wieder abweisend zu geben. Er hatte gedacht, es wäre ein Spiel, das sie mit allen ihren Opfern trieb. Zu spät hatte er gemerkt, dass es bitterer Ernst war.

Zu seiner Linken erkannte er nun die Abtei von Bardney, deren zinnenbewehrte Mauern sich deutlich vor dem erleuchteten Himmel abhoben.

Er lenkte Shechem von der Straße und auf das Feld. Schwere Regentropfen durchnässten sein Haar und sein Gesicht. Blitze zerrissen den Himmel. Donnergrollen ertönte.

Seine Gefangene schrak zusammen und stieß mit ihrem Kopf an sein Kinn. Sie schien gleich zu merken, dass sie sich an ihn lehnte, denn sie versteifte sich und rutschte ein Stück vor. »Verzeihung.« Sie rieb sich den Kopf. »Ich muss eingenickt sein. Wo sind wir?«

»Im Moment auf der Suche nach einem Obdach.«

Die Schleusen des Himmels öffneten sich. Wolkenbruchartige Güsse stürzten hernieder. Lark schmiegte sich in seinen Umhang, als heftige Böen sie an Stokes Brust pressten. Zum ersten Mal seit zwei Stunden begrüßte er die Wärme ihres Körpers an seinem.

Die Tore der Abtei tauchten verschwommen im Regen vor ihnen auf. Stoke beugte sich vor und hämmerte mit der Faust dagegen. Nach einem Moment wurde ein kleines ovales Fenster in der einen Torhälfte geöffnet. Ein Gesicht spähte zu ihnen heraus. Alles an diesem Gesicht war spitz – Nase, Kinn, Wangenknochen. Selbst der Schädel, der aus der Tonsur ragte, lief spitz zu. Der Mönch begutachtete sie aus schmalen Augen. Schließlich sagte er: »Wer da?«

»Der Earl of Blackstone. Wir brauchen eine Unterkunft.«

Das Tor öffnete sich, und Stoke lenkte Shechem in den Hof.

Der hoch gewachsene Mönch mit dem spitzen Gesicht lugte unter der Kapuze seines ledernen Capes hervor und griff nach Shechems Zügeln. »Ich bringe Euer Pferd in den Stall, Mylord. Ihr könnt hineingehen. Bruder Duncan wird Euch auf ein Zimmer führen.«

Stoke saß ab. Als Lark sich anschickte, aus dem Sattel zu springen, nahm er sie auf seine Arme und lief mit ihr zur Tür.

»Ich habe mir nicht die Beine gebrochen«, sagte sie,

während sie den Kopf vor dem prasselnden Regen einzog.

»Ich weiß, aber ich will nicht, dass du mir mit deinen schmutzigen Füßen die Kammer nass machst.«

Er machte die Tür auf und trat ein. Baltizar schlüpfte hinter ihnen hinein. Stoke stieß die Tür mit einem Fuß wieder zu. Das Ächzen und Stöhnen der alten Eisenscharniere klang, als würden Steine zermahlen.

Stoke sah sich in der dunklen Eingangshalle um. Tiefes Schweigen ruhte auf jedem Stein und in jedem schattigen Winkel und ließ seine und Larks Atemzüge wie das Pumpen eines Blasebalgs klingen. Jeder Tropfen von ihrer nassen Kleidung klatschte laut auf den Steinboden. Fackeln warfen flackernde gelbliche Schatten an die Wände und in eine Nische, in der eine Statue der Heiligen Jungfrau stand, mit gefalteten Händen und gesenktem Kopf.

Gleich bei seiner rechten Schulter entdeckte Stoke einen Klingelzug an der Wand. Er zog an der Schnur. Das Läuten hallte laut durch die Halle, bevor es mit der Stille verschmolz.

»Ihr könnt mich jetzt absetzen.« Lark wischte sich mit dem Handrücken das Wasser aus dem Gesicht.

Er stellte sie auf den Boden.

Weiter unten im Gang ertönten Schritte.

Sie blickten beide auf. Ein Mönch blieb vor ihnen stehen und faltete die Hände über seinem rundlichen Bauch. Das Kerzenlicht, das auf seinem rasierten Schädel glitzerte, zeigte mehrere winzige Warzen. Nachdem er Stoke eingehend gemustert hatte, sah er zu Lark, auf ihre bloßen Füße und die Pfütze, die sich rund um sie gebildet hatte. Sein Blick fiel auf Baltizar, und er zog die Stirn in Falten. »Haustiere sind bei uns nicht gestattet. Wir räumen nicht den Schmutz hinter Tieren weg.«

»Er wäre zutiefst gekränkt, wenn er Euch verstehen könnte«, sagte Lark. »Er ist sauberer als Ihr oder ich und hat seine Notdurft noch nie innerhalb der Mauern eines Hauses verrichtet.«

»Trotzdem, hier kann er nicht bleiben.« Der Ordensbruder hob mahnend einen feisten Finger.

Sie öffnete den Mund, um noch etwas zu sagen, aber Stoke brachte sie mit einer Handbewegung zum Verstummen. Er beobachtete, wie die Augen des Mönchs zu der Börse huschten, die an seinem Gürtel hing. Irgendetwas an den kleinen Knopfaugen erinnerte Stoke an eine Ratte. Von starker Abneigung gegen den guten Bruder erfüllt, fischte Stoke eine Münze aus seiner Börse und legte sie in Bruder Duncans fette kleine Hand. »Betrachtet das bitte als meinen Zehent für die Kirche.«

Der Mönch starrte die Silbermünze an, die im Kerzenlicht funkelte. »Vielleicht kann dieses eine Mal eine Ausnahme gemacht werden. Ihr braucht zwei Kammern?«

»Eine«, sagte Stoke. »Das hier ist meine Frau.«

»Glaubt ihm nicht! Das ist eine Lüge–«

Stoke hielt Lark den Mund zu. »Sie ist eine widerspenstige Braut und noch nicht an ihre Pflichten als gehorsames Eheweib gewöhnt.«

Der Mönch betrachtete Lark mit missbilligend hochgezogenen Augenbrauen.

Stoke hielt ihr mit einer Hand den Mund zu, kramte mit der anderen erneut in seiner Börse und drückte eine weitere Münze in die kleine, plumpe Hand. »Eine Spende für die Kirche.«

Ein gieriges Leuchten trat in die Augen des Mönchs, als sich seine feisten Finger um die Gabe schlossen. Er drehte sich um und winkte sie zu sich. »Folgt mir.«

»Wenn du den Mund hältst, Weib, nehme ich meine Hand weg«, raunte Stoke ihr zu, während er sie voran drängte.

Sie nickte.

Er ließ seine Hand sinken, hielt sie aber gut am Ellbogen fest.

Der rundliche, kleine Mönch blieb vor einer Tür stehen und öffnete sie. »Hier findet ihr ein warmes Feuer und Leinentücher, um Euch abzutrocknen. Verhaltet Euch bitte so ruhig wie möglich.« Er warf Lark einen warnenden Blick zu. »Wir sind hier ein stiller Orden. Lärmendes und anstößiges Betragen wird mit einem sofortigen Verweis aus dem Kloster geahndet.«

Larks Augen funkelten.

Stoke ahnte, was kommen würde. Wieder legte er seine Hand auf ihren Mund, um eine höchstwahrscheinlich beißende Bemerkung abzuwürgen. »Ihr werdet keinen Muckser hören.« Er schob Lark ins Zimmer und schloss hinter sich sanft die Tür.

Stoke beobachtete, wie Lark herumfuhr und ihn anblitzte. »Für einen Ehemann benehmt Ihr Euch reichlich schäbig!«

»Ich behandle dich besser, als du verdienst, Weib.« Ein spöttisches Grinsen breitete sich auf seinem Gesicht aus.

»Ich begreife nicht, warum Ihr darauf besteht, dass ich hier bei Euch sein muss. Ihr hättet mich genauso gut in meinem eigenen Zimmer fesseln können.«

»Du weißt, dass so etwas in der Heiligkeit der Kirche nicht geduldet würde. Du wärst bei Nacht geflohen.«

Sie schnitt eine Grimasse. »Außerdem habt Ihr ihm zu viel Geld gegeben. Ein Viertel von dem, was Ihr gezahlt habt, hätte auch gereicht, um ihn zu bestechen.«

»Du zeterst wie ein Fischweib.«

Ein freches Grinsen hob ihre Mundwinkel. »Eure Gegenwart bringt meine besten Seiten zum Vorschein.«

»Soll ich dich etwa wieder knebeln, bist du lernst, den Mund zu halten?« Er sah sie aus schmalen Augen an.

Sie hob hochmütig den Kopf. »Nicht nötig. Ich werde den Rest der Nacht kein Wort mehr mit Euch wechseln.«

»Ah, was für eine Wohltat!« Ohne die Augen von ihr zu lassen, nahm er ein Tuch von einem Stapel auf dem Tisch. Er rieb sich Haare und Gesicht trocken. Als Lark ihm wortlos zusah, sagte er: »Steh nicht so herum, trockne dich ab.«

Sie griff nach einem Leinentuch und setzte sich auf einen von zwei hochlehnigen Stühlen vor dem Kaminfeuer. Baltizar rollte sich zu ihren Füßen zusammen. Lark tätschelte ihm mit dem linken Fuß den Kopf, während sie ihr Gesicht mit dem Handtuch abtupfte. Der Umhang auf ihren Schultern klaffte vorn auseinander, und Stoke konnte das dünne Nachthemd sehen, das wie feuchtes Pergament durchsichtig an ihrer Haut klebte. Er erhaschte einen Blick auf ihre Kehle und die Rundung ihrer Brüste. Sie waren nicht so klein, wie er geglaubt hatte.

Lark merkte, dass er sie anstarrte, und zog den Umhang hastig zusammen. Mit geschickten Bewegungen löste sie ihren langen Zopf und wrang das Wasser heraus. Als sie ganz unten angelangt war, schob sie sich unabsichtlich näher ans Feuer heran.

Stoke erstarrte. Die Flammen. Noch einen Zoll weiter, und sie würden an ihren Haarspitzen lecken. Das Blut strömte ihm aus dem Gesicht, und sein Magen krampfte sich zusammen. Den Blick unverwandt auf das Feuer gerichtet, packte er sie am Arm und riss sie zurück.

Der Anblick der Flammen, die vor seinen Augen züngelten, hielt ihn im Bann. Im Geist sah er eine grausige Szene. Flammen, die eine Wand hinaufkrochen. Schreiende Menschen, die durch Feuerwände rannten. Die Hitze, die ihn verbrannte. Seine eigenen Schreie …

»Was ist?«

Stoke fühlte die Berührung ihrer Hand. Mit einem Schlag war er wieder in der Gegenwart. Seine Handflächen waren schweißnass, sein Herz hämmerte in seiner Brust, und jeder Muskel hatte sich bei der Erinnerung verkrampft. Etwas verspätet fiel ihm auf, dass er immer noch ihre Schulter hielt. Er ließ sie los und trat einen Schritt zurück.

»Du hättest dir fast das Haar verbrannt«, sagte er rau.

»Es war mehr als das.« Ihr Blick bohrte sich in sein Gesicht. »Ich habe die Angst auf Eurem Gesicht gesehen. Ihr fürchtet Euch vor Feuer, nicht wahr?«

»Wie ich höre, hat dein gesegnetes Schweigen nur wenige Minuten angehalten.«

»Ja, und ich habe Euch eine Frage gestellt.« Dass sie ihr Schweigegelübde gebrochen hatte, schien sie nicht sonderlich zu kümmern.

Er starrte in die Flammen und presste die Lippen aufeinander. Da es keinen Sinn hatte, die Wahrheit zu verschweigen, sagte er: »Jetzt kennst du meine Schwachstelle. Wirst du dieses Wissen gegen mich verwenden?« Er drehte sich zu ihr um und sah ihr in die Augen.

Was er dort entdeckte, überraschte ihn. Verständnis glomm in den goldenen Tiefen, eine offene Wärme, die er bei ihr nie erwartet hätte.

»Nein, seid unbesorgt«, sagte sie. »Ich weiß, was es bedeutet, Ängste zu haben.«

»Du hast also auch welche?«

»Einige.« Sie sah ihn offen an. »Sonst wäre ich kein Mensch.«

Er wollte diese warmherzige Seite an ihr nicht kennen lernen. Sie war eine Frau, und allein deswegen konnte man ihr nicht trauen. Er hob das Handtuch auf, das auf den Boden gefallen war, und fuhr fort, sich Gesicht und Hals abzutrocknen.

Lark ließ das Thema fallen und machte sich wieder daran, ihre dichte Mähne zu entwirren. Er warf einen verstohlenen Blick in ihre Richtung. Flammen funkelten in der feuchten goldenen Masse, als sie die dicken Strähnen teilte und vor dem Feuer trocknete.

Ihm war nie aufgefallen, wie schlank, fast zerbrechlich, ihre Finger waren oder dass ihre Handrücken von kleinen Narben übersät waren. William hatte mit ihrer Kenntnis der Waffengattungen und den Triumphen, die sie auf dem Turnierplatz gegen seine Männer errungen hatte, geprahlt. Stoke hatte das für die wilden Fantasien eines verblendeten Vaters gehalten, aber nach dem gezielten Dolchstoß, mit dem sie ihn außer Gefecht gesetzt hatte, und dem Zustand ihrer Hände zu urteilen, hatte sie Jahre damit verbracht, die Kunst des Tötens zu lernen. Ihm wurde eindringlich bewusst, dass er ihr nicht den Rücken zukehren durfte. Und jetzt kannte sie eines seiner tiefsten Geheimnisse.

Er musterte sie finster. »Zieh deine nassen Sachen aus.«

Jeder Anflug von Zärtlichkeit verschwand aus ihrem Gesicht. Sie betrachtete ihn aus schmalen Augen und streckte trotzig das Kinn vor. »Das werde ich nicht tun!«

»Du wirst.«

»Ich sehe nicht ein, warum ich mich ausziehen soll.«

»Dir mag es vielleicht gefallen, in einem nassen Bett zu schlafen, mir nicht. Ich lasse mich auf keine Debatten ein. Entweder du tust, was ich sage, oder ich reiße dir die Sachen vom Leib.« Er machte einen Schritt auf sie zu.

14

Lark hob abwehrend die Hand. »Na schön, ich mach's, aber müsst Ihr mich demütigen, indem Ihr mir zuschaut?«

»Du brauchst vor mir nicht die keusche Jungfrau zu spielen. Schließlich ziehst du dich nicht zum ersten Mal aus. Ich bin sicher, du zeigst dich all deinen Liebhabern nackt.«

»Ich habe keine Liebhaber«, zischte sie ihn an, während sie den Umhang von ihren Schultern riss und auf den Boden warf. »Wie oft muss ich Euch das noch sagen?«

»Gar nicht.« Er starrte ihr unverwandt ins Gesicht. »Du kannst deine Lügen für dich behalten. Und du vergisst, dass ich dich schon nackt gesehen habe. Glaub mir, du könntest dich mit gespreizten Beinen auf das Bett legen, ohne befürchten zu müssen, mich in Versuchung zu führen. Lieber würde ich mich zu einer Natter legen.«

»Keine Angst, ich werde Euch nicht verführen.« Sie zog sich ihr feuchtes Hemd mit einem zornigen Ruck über den Kopf und schleuderte es ihm vor die Füße.

Plopp! Es landete auf seinen Stiefelspitzen.

Baltizar hob den Kopf und beäugte das feuchte Kleidungsstück.

Zornesröte färbte ihre Wangen. Sie verschränkte die Arme vor der Brust und starrte ihn mit einem Trotz an, der sich, wie Stoke sehr gut wusste, nicht auf ihre Miene beschränkte, sondern bis in ihr Innerstes reichte.

Seine ohnehin schon strapazierter Geduldsfaden riss. Er streckte die Hände nach ihr aus, beging aber den Fehler, den Blick auf ihren nackten Körper zu senken. Seine Hände erstarrten. Ihr Haar, das ihr in feuchten Flechten bis auf die Schenkel fiel, streifte das goldene Vlies zwischen ihren Beinen. Rosige Brustspitzen lugten über ihren verschränkten Armen hervor.

Sein Blick wanderte weiter nach unten, über eine schmale Taille und einen flachen Bauch zu ihren langen, schlanken Beinen. Wie oft hatte er sich vorgestellt, sie würden sich um seine Hüften schlingen! Sie waren keineswegs makellos und rundlich, wie sie bei einer Frau sein sollten; eine fünf Zoll lange Narbe verlief über ihren linken Oberschenkel und eine zweite, die genauso lang war, über ihr rechtes Knie. Etliche kleinere Narben bedeckten ihre schlanken und doch muskulösen Schienbeine und Knöchel. Der Schein des Feuers fiel auf ihre Alabasterhaut und ließ sie golden schimmern, wie ihre Augen.

»Habt Ihr irgendetwas vor?« Sie zeigte auf seine Hände, die immer noch über ihren Schultern schwebten.

»Ja, aber was ich gern täte, würde dir keinen Spaß machen.« Es kostete ihn alles, was er an Entschlossenheit besaß, seine Hände sinken zu lassen und den Blick abzuwenden. Noch nie war seine Willenskraft auf eine härtere Probe gestellt worden, nicht einmal in dem Moment, als er Cecilys Betrug entdeckte. Aber er würde sein Verlangen bezwingen. Er musste es.

Er öffnete die Schließe seines Schwertgehänges. Aus dem Augenwinkel konnte er sehen, dass sie sich nicht bewegt hatte. Seine Gereiztheit machte sich Luft. »Ab ins Bett!«, fuhr er sie an.

Sie sah aus, als wollte sie Protest erheben, schien es

sich dann aber anders zu überlegen und marschierte zum Bett. Ihre Schritte hallten an den bloßen Wänden der kargen, kleinen Kammer wider.

Er konnte den Blick nicht von ihr losreißen. Das Wogen ihres kleinen, gerundeten Hinterteils hielt ihn in Bann, bis sie die braune Wolldecke zurückschlug und sich darunter verkroch.

»Ich schlafe heute Nacht auf der rechten Seite des Bettes«, sagte er, während er seine feuchte Tunika abstreifte. »Rutsch rüber.«

»Ihr schlaft abwechselnd links und rechts?« Sie zog eine Augenbraue hoch.

»Ich weiß nie, wann wieder ein Attentäter zuschlägt, und ich habe gelernt, dass es besser ist, kein Gewohnheitstier zu sein.«

»Verstehe.« Sie machte ein nachdenkliches Gesicht und rückte auf die andere Bettseite.

Als er sich setzte, um seine Stiefel und seine nassen Sachen auszuziehen, spürte er, wie sich ihr Blick auf die Narben an seinen Unterschenkeln heftete. Er stand auf und drehte sich zu ihr um. »Bitte, zur Abwechslung bekommst du jetzt etwas zu sehen.«

Sie senkte den Kopf und starrte auf die Bettdecke. Es war ihr peinlich, beim Hinschauen erwischt worden zu sein. »Wie habt Ihr sie bekommen?«, fragte sie mit leiser Stimme.

»In Kenilworth brach ein Feuer aus. Ich war damals siebzehn. Meine Mutter, mein Vater und mein Bruder kamen wie viele unserer Diener in den Flammen um. Ich hatte das Glück, mit dem Leben, wenn auch nicht unversehrt davonzukommen, wie du siehst.« Er sah auf die dicken weißen Narben hinunter, die sich von seinen Knöcheln bis zu den Knien zogen.

»Das tut mir leid.«

»Nicht nötig.« Er trat ans Bett und zog Dragon's Eye

aus der Scheide. Das blank gehämmerte Metall klirrte leise. Stoke warf einen Blick zu ihr und sah, dass sie mit großen Augen über den Rand der Bettdecke lugte.

»Wollt Ihr das benutzen?« Sie starrte sein hartes Glied an.

»Ich nehme an, du meinst Dragon's Eye?«

Ihr Blick fiel auf das Schwert, und sie errötete. »Ja, natürlich, das Schwert.«

»Bei dir jedenfalls nicht.« Er schien sich an ihrem Unbehagen zu weiden. »Ich habe mir im Heiligen Land angewöhnt, mit dem Schwert an meiner Seite zu schlafen, und das ist gut so, sonst hätten mich schon einige Attentäter im Bett erledigt.« Er starrte sie betont an.

»Ich wünschte, Ihr würdet mich nicht anschauen, als ob –« Sie brach ab und zuckte die Achseln. »Was soll's? Ihr vertraut mir ja doch nicht.« Sie rollte sich auf die Seite und zog sich die Decke über den Kopf.

Er schlug die Decke auf der rechten Bettseite zurück und legte sich hin. Ein flüchtiger Blick auf ihren weißen Rücken und die Rundung ihrer Hüften ließ ihn innerlich aufstöhnen. Es kostete ihn seine ganze Willenskraft, das Schwert zwischen sich und Lark zu legen. Der kalte, harte Stahl würde ihn an seinen Schwur und an ihre Hinterlist erinnern.

Er starrte die sanften Kurven ihres Körpers an, die sich unter der Decke abzeichneten. »Gib mir dein Haar.«

»Sehr gern, aber leider ist es mit meinem Kopf verbunden.« Sie sah ihn über die Schulter an, als wäre er schwachsinnig.

»Gib mir sofort dein Haar, sonst hole ich es mir. Und für dich wird es sicher nicht angenehm, wenn ich es mir gewaltsam nehmen muss, das schwöre ich dir.«

Mit einem Stirnrunzeln stützte sie sich auf einen

Ellbogen und fing im Nacken die schwere, feuchte Masse ihres Haars ein. »Da.« Sie schwenkte das Haar vor seinem Gesicht. »Und was wollt Ihr jetzt damit?«

»Eine reine Vorsichtsmaßnahme.« Er packte die lange Mähne, die so dicht war wie ein schimmernder Pferdeschweif, und wickelte sie um seine Hand, bis er an ihrem Nacken anlangte. Er ließ genug Länge übrig, damit er nicht ihre Haut streifte. »Ich möchte nicht, dass du dich in der Nacht davonmachst.«

»Das ist sehr unbequem. Ich kann den Kopf nicht drehen.«

»Denkst du etwa, mir liegt etwas an deiner Bequemlichkeit, Mädchen?« Er schnaubte halblaut.

Die Klumpen in der Strohmatratze drückten sich in seinen Rücken und in seine Schultern, und er rutschte hin und her, um eine bequemere Lage zu finden.

»Müsst ihr so an meinen Haaren reißen?« Sie drehte sich zu ihm um und starrte ihn erbost an.

»Komm näher.«

»Mit Euch in einem Zimmer zu sein ist schon viel zu nahe.« Darauf bedacht, ihn nicht zu berühren, rückte sie ein Stück näher.

Ihr Oberschenkel streifte sein Bein. »Kannst du nicht still liegen?« Er verkrampfte seinen Arm, um ihn nicht nach ihr auszustrecken.

»Es ist Euer Schwert. Der Griff piekst mich.«

»Glaub bloß nicht, dass ich es deinetwegen verschiebe.«

»Gott bewahre! Höflichkeit erwarte ich nicht von Euch.« Sie hörte auf zu zappeln, drehte sich auf den Rücken und starrte in der Stille an die Decke. Ihr Gesichtsausdruck wirkte gelangweilt. Als könnte sie das Schweigen nicht länger ertragen, fragte sie: »Was ist das eigentlich im Griff Eures Schwerts? Die meisten Ritter haben Reliquien von Heiligen. Eures ist das

Erste mit einem Stein, das ich kenne. Ist es ein Rubin? Es sieht so aus, aber er ist der größte Edelstein, den ich je zu sehen bekommen habe. Er muss sehr teuer gewesen sein.«

»Typisch, dass du vor allem an seinen materiellen Wert denkst.«.«

Ihre Augen wurden schmal. »Ich mag vieles sein, aber mit Sicherheit keine Diebin.«

»Schade. Es wäre mit Abstand deine beste Eigenschaft.« Unfähig, in die flammenden Tiefen ihrer goldenen Augen zu schauen, ohne sich sofort auf sie zu stürzen, richtete er seinen Blick auf den Bettpfosten und sagte: »Diebin oder nicht, ich kann dir verraten, dass der Stein kein Rubin und keinen Heller wert ist. Ich habe ihn von einem fahrenden Händler in Acre. Er schwor, es wäre das versteinerte Auge eines Drachen und würde mir Glück bringen.«

»Und? Hat es?« Allmählich klang ihre Stimme schläfrig.

Er beobachtete, wie ihr die Augen zufielen. Lange goldbraune Wimpern lagen fächerförmig auf ihren Wangen. Sein Blick folgte ihrem Schwung. »Es hat mir Glück gebracht, bis ich dich traf ...« Die noch nicht lange verheilte Wunde in seiner Schulter machte sich bemerkbar, und er verzog das Gesicht.

Sie gähnte. »Das beweist, dass Euer Talisman Grenzen hat. Sagt mir, hat er Euch in anderen Bereichen Eures Lebens Glück gebracht? Ich habe mich schon immer gefragt, ob es einen Talisman für die Liebe gibt.«

»Nichts bringt Glück in der Liebe.«

»Bestimmt hattet Ihr Glück mit Eurer ersten Frau. Ihr müsst sie geliebt haben.«

»Früher einmal, vor langer Zeit.« Schmerz schwang in seiner Stimme mit.

»Was hat Euch dazu gebracht, sie nicht mehr zu lieben?«

»Sie hat mich betrogen.«

»Wie?«

»Sie –« Ihm wurde bewusst, dass er über Dinge sprach, die er noch keinem Menschen anvertraut hatte, und er machte abrupt den Mund zu. Eine seltsame Stimmung hielt ihn gefangen. Er wollte sich diese Last von der Seele reden, aber warum gerade bei ihr?

Ihre Stimme klang belegt und noch schläfriger, als sie in sein Schweigen hinein sagte: »Ich kann mir nicht vorstellen, wie es ist, von dem Menschen, den man liebt, betrogen zu werden. Ich weiß, dass mein Vater und Avenall mich nie betrügen würden. Und wenn sie es jemals täten, würde ich nur noch den Wunsch haben, zu sterben.«

Stoke hatte ihr ein so tiefes Empfinden gar nicht zugetraut. Er verspürte einen leisen Stich von Eifersucht. »So sehr liebst du Lord Avenall?«

»Ja. Ich habe ihn schon immer geliebt.«

Stoke unterdrückte seine unwillkommene Eifersucht. Er lauschte ihren tiefen, regelmäßigen Atemzügen und drehte sich zu ihr um. Sie lag zusammengerollt auf der Seite, mit dem Gesicht zu ihm, beide Hände unter ihre Wange geschoben. Seine Hand, die ihr Haar hielt, lag auf dem Rand ihres Kissens und nahm ihm die Sicht auf ihre Augen. Er bewegte die Hand und starrte auf das ovale Gesicht. Ihre tiefroten Lippen waren im Schlaf leicht geöffnet, als verlangten sie nach einem Kuss.

Unter der Decke wurde er sich immer mehr ihrer Körperwärme bewusst, die ihn streifte. Wo die Decke ihn berührte, stellte er sich vor, es wären ihre Hände, die ihn streichelten. Seine Faust krampfte sich um ihr Haar, und es schmiegte sich wie feuchte Seide in seine

Handfläche. Er zügelte das Verlangen, mit seinem Daumen darüber zu fahren. Schlimmer noch war ihr weiblicher Duft, der schwer in der Luft lag und seine Sinne quälte. Er konnte ihre Ellbogen an seinen Armen fühlen. In seinen Lenden pochte es schmerzhaft. Eva, Dalilah, Thais und Aphrodite lagen in einer Person vereint neben ihm. Aber ihn schützte seine eiserne Entschlossenheit.

Er schloss die Augen. Seine bloßen Füße hingen über den Rand der Matratze, und er versuchte, seine Gedanken auf die kühle Luft zu konzentrieren, die über seine Sohlen wehte. Aber es fühlte sich an, als wäre es Larks Hemd, das über seine Haut strich. Als er es auch damit nicht schaffte, ihr Bild aus seinem Kopf zu verscheuchen, berührte er den harten Stahl von Dragon's Eye. Sein rechtes Bein ruhte an dem Schwert. Es hatte seine Körperwärme aufgenommen, und wenn er es sich nur lange genug vorstellte, fühlte es sich wie glatte, warme Haut an. Würde ihn das qualvolle Verlangen, das ihn marterte, seit er diese Hexe getroffen hatte, denn nie mehr loslassen?

Eine Stunde später lag Lark wach im Bett und starrte an die Decke. Das Feuer war zu einer schwelenden Glut erloschen, die rötliche Schatten an die weißen Wände warf. Ängstlich darauf bedacht, keine schnellen Bewegungen zu machen, wandte sie sich zu Stoke um. Er lag auf der Seite, mit dem Gesicht zu ihr. Seine Augen waren geschlossen, und eine leichte Furche stand zwischen seinen Augenbrauen, als ob ihn etwas in seinen Träumen störte. Sie konnte seine leisen, gleichmäßigen Atemzüge hören.

Ihr Puls pochte in ihren Schläfen, als sie zu seinem Arm spähte. Die Hand, die ihr Haar festhielt, lag unter dem Kissen. Lark biss sich auf die Unterlippe und schob ihre Hand unter die mit Federn gefüllte Kante. Behutsam und vorsichtig zog sie seine Hand hervor, Zoll für Zoll, ohne sein Gesicht aus den Augen zu lassen. Er rührte sich nicht. Zuckte nicht mit der Wimper. Langsam, aber entschlossen löste sie einen Finger nach dem anderen aus dem Griff um ihr Haar.

Als sie ihre Haare abwickelte, fiel ihr auf, wie kräftig sich seine Hand neben ihrer eigenen anfühlte. Ein einziger Griff, und er könnte ihr die Kehle zudrücken. Sie schluckte schwer. Sanft legte sie seine Hand neben seine Wange auf das Kissen zurück. Dann schob sie sich an die Bettkante und schwang ihre Beine hinüber.

Ein lautes Knarren. Die Seile unter der Matratze protestierten.

Bevor sie sich umdrehen konnte, um nachzuschauen, ob ihn das Geräusch geweckt hatte, schloss sich eine Hand wie eine Klammer um ihren Arm.

»Wohin des Wegs?« Trotz ihres samtweichen Klangs kratzte seine Stimme an jedem Nerv ihres Körpers.

Ein kurzer Ruck an ihrem Arm, und sie fiel aufs Bett. Ihr Oberkörper stieß mit seinem zusammen, und es verschlug ihr den Atem. Stoke zog sie auf sich hinauf. Jeder Instinkt, sich gegen ihn zu wehren, verschwand im selben Moment, in dem ihre nackten Körper einander berührten. Die schwelende Hitze seines Körpers traf sie überall. Sie spürte das heiße Glühen seiner Haut, die Kraft seiner Arme, die sie packten und an ihn pressten.

Sein hartes Glied drängte sich an den sensiblen Bereich in ihrem Unterleib und setzte das zarte Fleisch zwischen ihren Schenkeln in Brand.

»Ich habe einen sehr leichten Schlaf.« Sein warmer Atem strich wie eine Liebkosung über ihre Brust.

»Ich erinnere mich.« In ihren leise geflüsterten

Worten schwang das Verlangen mit, das Feuer zu löschen, das er in ihr entfacht hatte.

»Ich muss weg von dir.« Er hielt sie an den Armen fest und erstarrte. Seine Finger bohrten sich in ihre Haut, und seine Arme und Hände begannen zu zittern, als kämpfte er gegen einen Drachen in seinem Inneren.

Sie erwartete, jeden Moment von ihm weggestoßen zu werden. Nichts. Er starrte ihr nur ins Gesicht, seine Hände um ihre Arme gekrampft und in seinen Augen jener seltsame rötliche Schimmer.

»Was hast du mit mir gemacht?« Die Worte kamen tief aus seiner Kehle, wie ein Klagelaut.

»Nicht mehr, als du mit mir gemacht hast.« Sie schob sich näher an seinen Mund heran.

»Wir sind noch nicht fertig miteinander, Tigerin.« Der Kampf in seinem Inneren fand ein jähes Ende. Seine Hände ließen ihre Arme los und rissen sie in einer feurigen Umarmung an sich. Eine Hand legte sich an ihren Hinterkopf, als er ihr Gesicht an seines zog.

In dem Moment, als ihre Lippen aufeinander trafen, sprühten Funken in ihrem Inneren. Ihre Haut stand in Flammen. Es war berauschend, ein Gefühl, als würde vor der Hitze in ihrem Inneren ein Schleusentor aufgestoßen. Lark lieferte sich gänzlich diesem Gefühl aus. Stoke war Himmel und Erde zugleich für sie. Jetzt wusste sie, was ihr Vater mit Leidenschaft gemeint hatte. Das hier glich in nichts den Erfahrungen, die sie mit Avenall gemacht hatte. Das hier war animalisch. Mitreißend. Der Stoff, aus dem die griechischen Mythologien, die Götterwelt der Römer und der Trojanische Krieg geschaffen waren. Es war verbotene Ekstase. Und es machte süchtig.

Ihr Kuss wurde intensiver. Stokes Lippen pressten sich hungrig auf ihre.

Dann zog er das Gesicht ein wenig zurück und murmelte an ihre Lippen: »Soll ich nachschauen, ob du irgendwo an dir eine Waffe versteckt hast?«

»Keine Waffen diesmal, nur meine Hände.« Sie strich mit den Innenflächen ihrer Hände über die Bartstoppeln auf seinen Wangen.

Wieder zog er sie an sich, um sie erneut zu küssen. Seine breiten Hände zogen eine Linie an ihrem Nacken hinunter und an ihrem Rückgrat entlang. Noch weiter unten legte er seine Hände um ihren Po. Er begann, seine Hüften an ihren zu bewegen und presste sie eng an sich.

Lark stöhnte und bewegte sich mit ihm. Sie öffnete ihre Schenkel. Seine Hände glitten an ihren Seiten entlang; dann packte er sie unter den Armen und hob sie hoch, sodass sie rittlings auf ihm saß.

Er stützte sich auf einen Ellbogen und legte seine Lippen an ihre Brust. Lark bog den Rücken durch und vergrub ihre Hände in seinem Haar, um sein Gesicht noch näher an sich heranzuziehen. Seine Zunge strich über ihre harte, kleine Brustspitze, dann saugte er an ihr.

Sie fühlte, wie er eine Hand zwischen seinen und ihren Körper schob. Als sein Finger das Zentrum ihres Feuers berührte und sie streichelte, stieß sie einen Schrei aus und warf den Kopf zurück.

»Sag meinen Namen, Lark«, murmelte er, wobei sein Atem heiß über ihre Brust strich. »Ich will, dass du weißt, wer bei dir ist.«

»Black Dragon«, stöhnte sie.

»Nein, ich heiße Stoke. Sag meinen Namen. Sag Stoke.«

»Stoke …« Lark schloss die Augen, so überwältigt von den Gefühlen, die er in ihr auslöste, dass sie das Wort kaum über die Lippen brachte.

»Bist du sicher, dass du mich willst, Lark?« Sein Finger drang in sie ein, während er fortfuhr, sie zu streicheln.

»Ja, das bin ich. Bitte …«, stöhnte sie. Ihre Hüften bewegten sich wie von selbst unter seiner Hand. Sie zerbarst in kochend heiße Flammen, und ihr Mund öffnete sich, um einen Schrei auszustoßen.

Er fing ihren Schrei mit seinen Lippen auf, indem er sie küsste, rollte sie dann auf die Matratze und flüsterte: »Sag meinen Namen …«

»Stoke …«

Als das Wort aus ihrem Mund kam, packte er sie bei den Hüften, hob sie von der Matratze und drang in sie ein. Sein Glied durchstieß ihr Jungfernhäutchen und bohrte sich tief in ihren Leib. Jäher Schmerz durchzuckte sie. Ihr Körper verkrampfte sich. Sie biss sich auf die Lippen, um nicht laut aufzuschreien. Sowie der brennende Schmerz ein wenig nachließ und sie sich wieder rühren konnte, schlug sie mit den Fäusten auf ihn ein. »Du hast mir wehgetan! Das hast du mit Absicht gemacht! Runter von mir, du … du linkischer Tölpel!«

Er fing ihre Handgelenke ein, drückte sie über ihrem Kopf auf die Matratze und starrte sie entgeistert an. »Du bist noch Jungfrau? Bei allen Heiligen!« Er machte dasselbe fassungslose Gesicht wie in jener Nacht, als sie ihm den Dolch in den Rücken stieß, nur dass er heute nicht Zorn fühlte, sondern Bedauern.

»Du scheinst überrascht zu sein.«

»Du hast dich nie wie eine Jungfrau benommen.«

»Und wie, bitte sehr, benimmt sich eine Jungfrau?« Groll schwang in ihrer Stimme mit.

»Eine Jungfrau stellt sich nicht in durchsichtigen Hemden zur Schau. Eine Jungfrau schaut einem Mann nicht in die Augen, sondern ist zurückhaltend und fügsam. Eine Jungfrau macht einem Mann nicht schöne Augen, um ihm dann ein Messer in den Rücken zu jagen.«

»Anscheinend werde ich deinen Ansprüchen in keiner Weise gerecht. Du und meine Mutter, ihr solltet euch zusammentun. Ihr kann ich auch nie etwas recht machen. Anscheinend entspreche ich nie den Erwartungen und vermittle ständig einen falschen Eindruck.«

»In diesem Fall schon.«

»Ich konnte dir nur mein Wort geben, aber du wolltest mir ja nicht glauben.« Sie versuchte, ihren Groll zu unterdrücken, aber es gelang ihr nicht. »Ich habe dir gesagt, dass es keine Liebhaber gibt. Jetzt sind wir quitt. Ich habe dich mit einem Dolch verletzt, jetzt hast du mich mit deiner Männlichkeit verletzt – noch dazu ganz gewaltig. Glaub mir, deine Wunde kann nicht mehr geschmerzt haben als meine. Und jetzt geh runter von mir.«

»Wir sind nicht quitt. Ich habe zu lange auf dich warten müssen. Ich kann jetzt nicht aufhören. Wenn ich geahnt hätte, dass du noch Jungfrau bist, wäre ich langsamer vorgegangen, um dir nicht wehzutun.«

Sie öffnete den Mund, um zu protestieren, aber er brachte sie mit einem Kuss zum Verstummen. Er blieb in ihr. Sie konnte spüren, wie ihr schmerzendes Fleisch an seinem harten Glied vibrierte. Er knabberte an ihrer Unterlippe, während er gleichzeitig seine Zunge in ihren Mund gleiten ließ. Nach einem Moment existierte für Lark nur noch das Gefühl, von ihm geküsst zu werden, und sie hatte ihre Schmerzen fast schon vergessen, als er anfing, sich langsam in ihr zu bewegen.

Lark fing an, es zu genießen, seine Härte in ihrem Inneren zu spüren.

In diesem Moment knurrte Baltizar, wie er es immer

tat,wenn ein Fremder in der Nähe war, und zog die Lefzen zurück.

Stoke erstarrte. »Kann ich denn nie mit dir schlafen?«, stieß er erbittert hervor.

Sie spürte, wie sich jeder Muskel in seinem Körper zu Stahl verwandelte. Die unverkennbare Selbstbeherrschung, die es ihn kostete, sich nicht zu bewegen, ließ sie erzittern. Er legte seine Hand auf ihren Mund. Das dunkle Verlangen in seinen Augen verschwand, als er einen Blick zur Tür warf.

Er sah wieder zu ihr und raunte: »Bring Baltizar zum Schweigen – aber leise.«

»Still, Baltizar. Komm her«, murmelte sie.

Baltizar folgte sofort und ging um das Bett herum zu ihr.

»Mutter kommt«, sagte sie, indem sie ein Kommando gebrauchte, das ihr zahmer Wolf nur zu gut kannte.

Wie immer, wenn das gefürchtete Wort »Mutter« fiel, verkroch sich Baltizar unter dem Bett.

»Denk dran, kein Laut!« Stoke schoss Lark einen warnenden Blick zu, bevor er sich von ihr löste. Dann griff er nach seinem Schwert und rollte sich auf die rechte Seite des Bettes.

Kalte Luft strich über ihre Haut. Das köstliche Gewicht und die Wärme seines Körpers brachte sie zum Frösteln, und sie zog sich die Decke bis zum Kinn. Zwischen ihren Beinen, dort, wo er sie verlassen hatte, fühlte sie einen ziehenden Schmerz.

Die Tür ging mit einem leisen Knarren auf.

Stokes Finger streiften ihren Oberschenkel, als er das Heft seines Schwerts packte.

Eine dunkle Gestalt schlich sich in das Zimmer. Schwache Lichtpünktchen von der Feuerstelle huschten flüchtig über eine kurze, untersetzte Erscheinung. Matte Funken brachen sich an einer Tonsur. Lark erkannte das Gesicht des habgierigen Mönchs, der sie auf ihr Zimmer geführt hatte. Ihre Augen weiteten sich, als sie den Dolch in seiner Hand sah.

Aus halb geöffneten Augen beobachtete sie, wie sich der Mönch erstaunlich lautlos für seinen Umfang ans Bett schlich. Er blieb stehen und betrachtete Stokes Gesicht, als wollte er sichergehen, das richtige Opfer vor sich zu haben. Mit einem Ruck hob er den Dolch.

Schnell wie der Blitz stieß Stoke mit seinem Schwert zu.

Durch die Decke.

In die Brust des Mönchs.

Der Mann stieß einen gurgelnden Laut aus und sackte auf dem Boden in sich zusammen.

Stoke zog Dragon's Eye unter der Decke hervor und drehte sich zu ihr um. »Zieh dich an. Wir sollten lieber verschwinden.«

Draußen ertönten Schritte, und die beiden sahen unwillkürlich zur offenen Tür. Ein schwankendes Licht im Gang kündete jemandes Kommen an. Der schlanke, hochgewachsene Ordensbruder, der sie am Tor empfangen hatte, tauchte mit einer Kerze in der Hand auf. Er sah blinzelnd zu Stoke, der immer noch sein Schwert hielt, dann zu dem leblosen Mann auf dem Boden. Seine Augen schienen jeden Moment aus den Höhlen zu treten. »Gott sei meiner Seele gnädig! Ihr habt Bruder Martin getötet!«

»Ich habe ihn getötet, bevor er mit seinem Dolch zustoßen konnte.« Stoke zeigte auf den Leichnam. »Ihr könnt das Messer noch in seiner Hand sehen.«

Der Bruder zögerte einen Moment und trat dann über die Schwelle. Ein runder Lichtschein kam mit ihm ins Zimmer. Das Kerzenlicht, das sein Gesicht von unten beleuchtete, hob die scharfen Höhlungen unter seinen Augen und Wangenknochen hervor und ließ ihn ein wenig geisterhaft erscheinen. Er beugte sich über den Toten und senkte die Kerze. »Jetzt sehe ich es.« Er schnalzte mit der Zunge und schüttelte den Kopf. »Das wird dem Herrn Abt aber gar nicht gefallen.« Er blickte zu Stoke hinauf, wobei seine schweren Lider kaum merklich flatterten. »Er war neu hier, müsst Ihr wissen.«

»Wisst Ihr, wie er zu euch gekommen ist?«

»Nein, ich weiß nur, dass er kurz vor euch eintraf.«

»Ich möchte den Abt sprechen.« Stoke schlug unbekümmert um seine Nacktheit die Decke zurück, um aus dem Bett zusteigen.

»Oh, dafür bleibt Zeit genug.«

Ein grausames Lächeln trat auf das Gesicht des Mönchs … dann blitzte Metall auf.

Ein Dolch flog aus seiner Hand, direkt auf Stokes Kehle zu.

15

Offensichtlich hatte Stoke die Klinge kommen sehen. Blitzschnell packte er ein Kissen und riss es hoch.

Die Klinge bohrte sich in die Füllung.

Der Mönch drehte sich um und floh.

Stoke sprang aus dem Bett, griff nach seinem Schwert und rannte seinem Angreifer nach. Lark, die die Schnelligkeit bewunderte, mit der er sich für einen Mann seiner Statur bewegte, erhaschte einen flüchtigen Blick auf seinen knackigen Hintern, als er den Gang hinunterlief. Das Geräusch seiner nackten Fußsohlen, die auf den Steinboden klatschten, war rasch verhallt.

Lark stieg aus dem Bett und trat über den leblosen Mönch. Sie nahm die Decke vom Bett und schlang sie um sich, wobei sie darauf achtete, nicht mit dem Toten in Berührung zu kommen. Dann spähte sie in den Gang hinaus und hielt nach Stoke Ausschau. Es herrschte eine unheimliche Stille, die sogar das Huschen und Scharren der Mäuse hinter den Wänden verstummen ließ. Am anderen Ende des Gangs brannte eine Kerze, aber ihr Schein konnte die dunklen Schatten nicht erhellen, die dazwischen lagen. Halb und halb damit rechnend, den Mönch oder Stoke auftauchen zu sehen, schob Lark sich vorsichtig in den Gang hinaus.

Eine Hand packte sie an der Schulter.

Lark schrak zusammen und fuhr mit erhobenen Fäusten herum. Eine Hand erstarrte vor Stokes Nase, die andere knapp vor seiner Kehle.

»Wolltest du weg?« Er musterte sie finster.

Sie ließ die Hände sinken. »Ich wollte nachschauen, ob du meine Hilfe brauchst.«

»Du wolltest wohl eher versuchen zu fliehen.«

»Ich muss zugeben, dass mir der Gedanke an Flucht gekommen ist. Es ist ganz schön gefährlich in deiner Nähe.«

»Eigentlich nicht. Es könnte schlimmer sein. Ich bin schon einmal von fünf Leuten gleichzeitig angegriffen worden.« Er starrte sie betont an. Offensichtlich dachte er an die fünf Schotten, die ihn überfallen hatten. Er packte sie am Arm und zog sie in das Zimmer zurück.

»Hast du den anderen Mönch gefunden?«

»Der Bastard hat sich einfach in Luft aufgelöst. Die Abtei ist sehr groß.« Er machte einen Schritt über den toten Mönch neben dem Bett.

Lark betrachtete seinen Körper, während er auf und ab ging, das Spiel der Muskeln in seinen Schenkeln.

Zwischen seinen Schulterblättern war ein gemalter Drache auf seiner Haut zu sehen. Er nahm fast den ganzen oberen Teil seines Rückens ein, und seine grün-schwarzen Schwingen berührten mit ihren Spitzen die Schultern. Der scharf gezackte Schwanz ringelte sich auf der rechten Seite bis zum Rippenbogen hinunter. Die roten Augen folgten ihr, und Schwanz und Flügel bewegten sich gleichzeitig mit Stokes Muskeln.

»Du kannst aufhören, mich anzugaffen, es sei denn, du willst da weitermachen, wo wir aufgehört haben.« Er sprach, ohne sich zu ihr umzudrehen.

Hatte er etwa Augen im Hinterkopf? Sie sah zu, wie er nach seinen Hosen griff, die über einem Stuhl in der Nähe des Feuers hingen. Ihr Blick wanderte zu den Narben auf seinen Beinen, die sich auffallend von der gebräunten Haut seiner Füße und Beine abhoben. Rote Flecke, durchsetzt mit weißen, wulstigen Narben zogen sich bis zu den Knöcheln über seine Waden und Schienbeine.

Es tat weh, solche Vollkommenheit beeinträchtigt zu sehen. Lark hatte schon Brandwunden versorgt, und ein Blick auf seine Narben verriet ihr, dass diese Wunden nicht oberflächlich waren, sondern tief reichten. Die Furcht auf seinem Gesicht, als er sie von der Feuerstelle zurückriss, fiel ihr wieder ein.

»Wenn du mich weiter so anstarrst, könnte ich gezwungen sein, dich zu packen und aufs Bett zu werfen.«

Ihr Blick fuhr zu dem Drachen hinauf. Seine fließenden Bewegungen, die über den Rücken liefen, als Stoke in seine Hosen schlüpfte, faszinierten sie. »Du hättest dir keinen Drachen auf die Haut malen lassen sollen, wenn du nicht begafft werden willst.«

»Du hast nicht den Drachen angeschaut.« Er hatte seine Hosen zugeschnürt und sah über die Schulter zu ihr, ein träges, wissendes Lächeln auf seinem Gesicht.

»Doch, auch.« Unbeeindruckt von dem trockenen Lächeln in seinen Augen, fuhr sie fort: »Das stimmt. Er zieht den Blick magisch an. Ich habe einmal auf einem Jahrmarkt einen Hausierer mit ebensolchen seltsamen Zeichnungen auf der Haut gesehen, am ganzen Körper, sogar im Gesicht. Es war ein dunkelhäutiger Mann aus einem fernen Land, noch weiter im Osten als das Heilige Land. Bei seinem Volk war es Sitte, mit einer Nadel Zeichen in die Haut zu ritzen. Je mehr Bilder der Körper eines Mannes trug, desto anziehender wirkte er dort angeblich auf Frauen. – Hier bei uns hat es bestimmt gewirkt. Sein eigenartiges Aussehen lockte viele Frauen an seinen Stand, um ihn anzustarren und etwas von ihm zu kaufen. Ich weiß, dass es dein Wappen ist, aber warum hast du dir einen Drachen auf den Rücken machen lassen? Eigentlich ein Jammer, deinen Körper so zu verunstalten.« Sie beobachtete, wie er die Arme hob und seine Tunika über den Kopf streifte. Der Drachen erhob sich und schwoll an. Allzu schnell verdeckte die Tunika den Anblick.

»Du sprichst, als ob du meinen Körper bewunderst.« Er befestigte mit mehreren kleinen Schließen die Schwertscheide und schlüpfte in seine Stiefel.

Lark bewunderte sein schönes Profil, die Aura männlicher Kraft, die er ausstrahlte. Sie dachte daran, wie ihre Finger über seine Brust gestrichen waren, die sich unter ihren Händen wie warmer Stahl angefühlt hatte. Ja, sie bewunderte alles an seinem Körper, aber sie war nicht gewillt, seiner Eitelkeit zu schmeicheln und ihm das zu verraten. »Er ist nicht übel«, sagte sie nur.

Stoke zog eine Augenbraue hoch. »Zieh dich an.« Er klang ungeduldig. »Ich sehe mich mal nach dem Abt um. Seltsam, dass niemand sonst hier zu sehen ist. Wenn ich zurückkomme, brechen wir sofort auf. Ich brenne darauf, nach Hause zu kommen.« Er griff sich sein Schwert und schob es in die Scheide. Dann packte er den stämmigen Mönch bei den Füßen und schleppte die Leiche zur Tür. Das Gewicht des Toten schien ihm nicht mehr Mühe zu bereiten, als würde er ein Kleidungsstück über den Boden ziehen.

Larks Blick ruhte auf dem schimmernden Dolch in der Hand des Mönchs. Seine rundlichen Finger hielten ihn noch im Tod fest umklammert. Stoke folgte ihrem Blick, bückte sich und zog den Dolch aus der Hand des Toten. »Den nehme ich lieber an mich.« Er schob ihn hinter den Gurt seiner Schwertscheide. »Und du kannst dir jeden Gedanken an Flucht aus dem Kopf schlagen. Ich versperre die Tür.«

Lark sah zu, wie er die Leiche in den Gang zog.

Nach einem warnenden Blick knallte er die Tür zu. Einige Augenblicke verstrichen, dann krachte etwas dumpf an die Tür. Vermutlich sorgte Stoke dafür, dass sie sich nicht davonmachen konnte.

Sie hörte Baltizar unter dem Bett leise winseln. »Schon gut, du kannst rauskommen.« Sie sprach die erlösenden Worte. »Mutter ist weg.«

Baltizar kam unter dem Bett hervorgekrochen und schnüffelte an der Blutlache auf dem Fußboden.

»Komm her!« Sie klopfte an ihre Brust, und er sprang an ihr hoch. »Du hast mich also noch nicht ganz vergessen.«

Er leckte ihr Gesicht, während sie das dichte Fell an seinem Hals kraulte.

»Schön, dass du dich noch erinnerst, eine Herrin zu haben. Ich dachte schon, du hättest mich über Lord Blackstone ganz vergessen. Immerhin findet er dich erträglich.« Mit bedrückter Stimme sagte sie: »Ich fürchte, ich muss den Befehlen meines Kerkermeisters folgen, sonst wird er noch mehr toben als Mutter.«

Bei dem Wort Mutter verschwand Baltizar mit einem Satz unter dem Bett. Lark hätte beinahe gelächelt, aber sie war immer noch zu erschüttert über die beiden Attentate.

Ihr wurde auf einmal bewusst, dass sie in dieser Welt nicht mehr leben wollte, wenn es Stoke nicht mehr gab, und der Gedanke an Flucht schien nicht mehr so wichtig.

Ein Bild stand plötzlich vor ihren Augen: Helen, wie sie in der Großen Halle saß und um Stoke weinte, weil sie ihn für tot hielt …

Was hatte sie getan?

Lark biss sich in den Knöchel ihres Zeigefingers. Helen durfte nie erfahren, dass ihre Schwester Stokes Liebkosungen nicht nur geduldet, sondern sogar genossen hatte. Helen war zu reinen Herzens, um das zu verstehen. Sie würde daran zerbrechen, und Lark würde lieber die Hiebe einer Streitaxt auf bloßem Rücken hinnehmen als ihrer Schwester wehzutun.

Irgendwie musste Lark es schaffen, dass sie diesen fleischlichen Gelüsten nie wieder nachgab. Alles, was sie vorhatte, war, Stoke ihre Unschuld zu beweisen, die Anziehungskraft zu vergessen, die er auf sie ausübte, und ihn zu überreden, Helen wie geplant zu heiraten. Und ihr blieb … Avenall.

»Oh, Avenall«, stöhnte sie. Wie konnte sie ihm je wieder in die Augen sehen? Ihr Leben war zerstört. Ihre größte Angst hatte sich bewahrheitet: Sie hatte Avenall für immer verloren.

Draußen im Gang vergewisserte sich Stoke, dass die Marmorstatue, die er vor die Tür geschoben hatte, gut stand. Dann nahm er eine Fackel aus einem der Wandhalter und machte sich auf den Weg durch das Labyrinth von Gängen. Sein Blick suchte in jedem Winkel, und seine Hand ruhte auf dem Heft seines Schwerts.

Seine Schritte verschmolzen mit dem leisen Huschen von Mäusepfoten, als er vorsichtig um eine weitere Ecke bog. Ein erstickter Laut ließ ihn innehalten. Er leuchtete mit einer Fackel auf eine Tür und stellte fest, dass sie von außen versperrt war.

Dragon Eye's glatt geschmiedetes Metall ließ ein feines Klingen ertönen, als er es aus der Scheide zog. Jeder Muskel seines Körpers spannte sich an. Behutsam sperrte er die Tür auf, ohne ein Geräusch zu machen, hob dann mit beiden Händen sein Schwert und trat die Tür auf, bereit, den nächsten Attentäter zur Hölle zu schicken. Ein lauter Kampfruf kam von seinen Lippen.

Der Anblick, der ihn in der kleinen Kapelle erwartete, ließ ihn überrascht blinzeln. Zehn Mönche, alle gefesselt und geknebelt, lagen bäuchlings auf dem Boden und starrten zu ihm hinauf. Furcht lag in allen zehn Augenpaaren. Ein älterer Mönch mit einem langen grauen Bart hob den Blick zu ihm. Stoke hatte denselben angstvollen, hilflosen Blick in den Augen von Rehen gesehen, bevor er sie erlegte. Der Unterkiefer des alten Mannes bebte unter dem Knebel, und sein Körper zitterte so stark, dass seine Knie auf den Steinboden schlugen.

»Habt keine Angst«, sagte Stoke. »Ich will euch nichts Böses.« Er schnitt die Fesseln des alten Mannes durch, nahm ihm den Knebel ab und half ihm auf die Beine. Durch den Ärmel der Kutte fühlte er die dünnen, zerbrechlichen Knochen seines Arms.

»Gott segne euch, Mylord.« Der Mönch schloss die Augen wie zum Gebet. »Wir dachten, es wären wieder die beiden.«

»Ihr meint die Männer, die versucht haben, mich zu töten?«

»Ja, dieselben.«

»Wie sind sie hierher gekommen?«, fragte Stoke. Er durchtrennte die Fesseln eines weiteren Mönchs und reichte ihm den Dolch, den er dem untersetzten Attentäter abgenommen hatte.

»Sie überfielen uns kurz vor Eurer Ankunft. Sie fesselten uns und ließen uns hier. Seid Ihr verletzt?« Der ältere Mann legte eine zitternde Hand auf Stokes Arm.

»Nein.«

»Wie können wir das je wieder gutmachen?«, fragte einer der anderen Mönche, der gerade die Fesseln eines seiner Mitbrüder mit dem Dolch durchtrennte.

»Falls ihr etwas über die beiden Männer erfahrt, die

mich angegriffen haben, würde ich Euch bitten, eine Nachricht nach Kenilworth Castle zu schicken.«

»Ihr seid Black Dragon, der Schwarze Drache?«, wollte der Grauhaarige wissen. Sein langer Bart wippte auf seiner Brust.

»Ja, ich bin der Earl of Blackstone.«

»Abt Hadrian zu Euren Diensten, Mylord.« Der Mann zeigte mit einer knotigen, mageren Hand auf die anderen Mönche. »Unserem Orden wird es eine Ehre sein, ein wenig für Euch zu spionieren, Mylord.«

Die Brüder nickten zustimmend.

»Es wäre eine große Hilfe für mich, da einer der Attentäter entkommen konnte und ich keine Zeit habe, ihn zu verfolgen.« Stoke hatte die unbestimmte Vorahnung, dass auf Kenilworth etwas nicht stimmte, und dieses Gefühl wurde er einfach nicht los.

»Bleibt doch ein paar Tage bei uns.«

»Nein, ich muss sofort aufbrechen. Es ist kurz vor Sonnenaufgang, und ich bin nur noch einen Tagesritt von daheim entfernt.« Stoke sah durch die pergamentdünne Haut von Abt Hadrians Tonsur die Adern pulsieren.

Einer der Mönche reichte dem Abt einen Handstock. »Kommt, ich begleite euch.« Er drehte sich um und humpelte in den Gang hinaus.

Stoke folgte ihm. Der Stock schlug mit stetigem Klappern auf den Boden. Der Abt blieb stehen und berührte Stoke leicht am Arm, dann zögerte er einen Moment. »Es mag eine impertinente Frage sein, Mylord«, sagte er schließlich, »aber warum wollten diese beiden Männer euch töten?«

»Das weiß ich nicht, Abt Hadrian. In den letzten sechs Monaten sind zahlreiche Anschläge auf mein Leben verübt worden. Ich muss die Person finden, die meinen Tod will.«

»Habt Ihr Feinde?«

»Nur einen.« Stoke dachte an Lark und runzelte die Stirn. »Und selbst da bin ich mir nicht sicher.«

»Ist es eine Frau?« Der Abt sah Stoke unverwandt an.

»Ja.«

»Ah, bei ihnen kann man nie wissen, ob sie Freund oder Feind sind. Sie sind der schlimmste Feind des Mannes, denn sie kennen seine Schwächen.«

»Was Frauen angeht, habe ich keine Schwächen.« Stoke fiel auf, dass er unnötig brüsk gesprochen hatte und seine Worte reichlich scharf klangen.

Der andere brummte etwas Unverständliches, und ein Lächeln huschte über seine Lippen. Eine Reihe vom Alter verfärbter Zähne zeigte sich zwischen seinen Lippen. »Das hat schon Adam auch geglaubt, und Samson ebenfalls.« Er schüttelte den Kopf, und sein langer grauer Bart wehte hin und her. »Jeder Mann leidet darunter, dass sein Fleisch schwach ist. Es ist der Fluch der Menschheit. Möge Gott Euch bei dieser Eva in Eurer Nähe beistehen. Fastet, betet, bleibt auf der Hut. Wir werden versuchen, Euch zu helfen, Mylord.«

»Danke. Ihr müsst mich nicht begleiten. Ich finde den Weg.«

»Alles Gute, Mylord. Wir werden für Euer Wohlergehen beten.«

Am nächsten Abend hörte Lark Shechems schwere Hufe auf die hölzerne Fußbrücke von Kenilworth schlagen. Sie waren unermüdlich geritten und hatten nur Rast gemacht, um dem Pferd Ruhe zu gönnen und den Proviant, etwas Käse und braunes Brot, zu essen, den die Mönche ihnen mitgegeben hatten. Stoke schien es aus irgendeinem Grund nicht erwarten zu können, nach Hause zu kommen. Lark ging es umgekehrt, denn seine Burg würde ihr Gefängnis sein. Nervös rutschte sie im Sattel hin und her.

Baltizar trottete neben ihnen her, als sie zur nächsten Brücke weiterritten. Lark rümpfte die Nase über den Ekel erregenden Gestank nach menschlichen Exkrementen, der einer Grube in der Nähe des Burggrabens entströmte. Zwei kleine Jungen, die auf der Jagd nach Fröschen waren, hielten inne. Einer von ihnen erkannte Stoke und winkte ihm zu.

»Ihr seid wieder da, Herr!«, rief er, während er mit einer Hand einen Frosch packte, der verzweifelt versuchte, sich frei zu strampeln.

Stoke nickte ihnen zu und lenkte Shechem über die Zugbrücke.

»Mylord, welch ein Glück, Euch wieder daheim zu sehen«, rief der Pförtner Stoke von der Mauerwehr zu. Das Einzige, was Lark von dem Mann sehen konnte, war sein Schmerbauch, der über die Brüstung ragte. Er wuchtete seinen schweren Leib herum und rief jemandem, der hinter ihm stand, zu: »Der Herr ist nach Hause gekommen! Öffnet das Tor!«

Mächtige Eisenscharniere ächzten, und die schwere Eichenpforte wurde aufgerissen.

Sie ritten unter dem Fallgitter hindurch. Die Metallzähne des Gitters glitzerten im weichen Mondlicht, als lauerten sie darauf, unerwünschte Besucher zu beißen. Lark fühlte sich wie ein Eindringling. Die vier Wachtposten auf der Mauerwehr beäugten sie wie einen Feind.

Als sie endlich den Burghof erreichten, krachte das Fallgitter hinter ihnen auf den Boden. Das harte Dröhnen von Eisen auf Stein klang endgültig, wie der letzte Hammerschlag, der einen Grabstein in die Erde treibt. Lark hatte das Gefühl, in einer sehr großen Drachenhöhle gelandet zu sein.

Als sie im leichten Galopp zu den Ställen ritten, runzelte sie die Stirn und sah sich um. Der Burghof wirkte ungewöhnlich verlassen. Fackeln steckten in der Mauer und warfen flackernde Schatten über die grauen Pflastersteine und die vielen Nebengebäude. Der Burghof, groß und quadratisch, glich in der Form dem von St. Vale, war aber weitläufiger. Im Gegensatz zu St. Vale, wo ihr Vater der allgemeinen Sitte trotzte und schwor, dass man innerhalb seiner Mauern nie einen Falken antreffen würde – er respektierte diese Greifvögel und sagte, sie hätten es nicht verdient, gezähmt zu werden –, schien es auf Kenilworth sehr viele von ihnen zu geben. Lark hörte schrille Krächzlaute aus einer Reihe kleiner Gehege an der Wand.

Ein massiver Bau, ein wenig abgesetzt von den Stallungen, lenkte ihren Blick auf sich. Die grauen Steinmauern bildeten ein Rechteck, fünfzig Fuß lang und zwanzig breit. Schiefer schimmerte auf dem Dach, auf dem sich ein wuchtiger steinerner Schornstein erhob. Lark fragte sich, ob das Stokes Schmiede war, wo er sein Schwert gefertigt hatte.

Die Burgkapelle war größer als die von St. Vale, und eine sehr kostbar wirkende Fensterrosette schmückte den Eingang. Statuen von Heiligen, deren Marmor im Mondlicht bläulich schillerte, säumten zu beiden Seiten die Stufen, die zur Tür führten. In der Tat ein eindrucksvoller Besitz. Und jeder Gedanke an Flucht war ausgeschlossen.

Ihre Augenbrauen zogen sich zusammen, als sie beobachtete, wie ein junger Leibeigener, nicht älter als sechzehn, nach Shechems Zügeln griff.

»Todd.« Es war das erste Wort, das Stoke seit Stunden von sich gab.

»Mylord.« Todd verbeugte sich und errötete, weil sein Herr und Meister geruht hatte, ihn zur Kenntnis zu nehmen, auch wenn Stokes Begrüßung kaum mehr als ein Knurren gewesen war.

Stoke wandte sich zu Lark um und fasste sie um die Taille, um ihr aus dem Sattel zu helfen.

Sie versuchte, seine Hände wegzustoßen. »Ich brauche keine Hilfe.«

»Sei nicht so dickköpfig.« Er hob sie schwungvoll vom Pferd, indem er ihren Körper an seinem hinuntergleiten ließ.

Bei der Berührung verhärteten sich ihre Brustspitzen, und ihre Knie wurden weich. Es wäre so leicht, die Arme um seinen Hals zu legen und seine hungrigen Lippen auf ihren zu spüren. Stattdessen trat sie einen Schritt zurück. »Ich kann allein gehen.«

Er musterte sie wortlos und runzelte die Stirn. »Na schön, aber gewöhn dich lieber an den Gedanken, auf Kenilworth zu sein, denn jetzt gehörst du mir.« Er ließ seine Hände von ihrer Taille sinken und ging voran.

Sie starrte auf seinen Rücken und blinzelte. Seine Worte »Jetzt gehörst du mir« gingen ihr immer wieder durch den Kopf. Sie hob die Füße und folgte ihm durch eine gewaltige Eichentür. Baltizar lief neben ihr her, wobei seine Krallen auf dem Steinboden klickten. Mächtige Wildschweinhauer ragten an den gewölbten Wänden eines Durchgangs vor. Das Licht der Fackeln brach sich an den scharfen Spitzen, und Lark erwartete halb und halb, dass die Wände jeden Moment näher rücken und sie aufspießen würden, weil sie, die vermeintliche Feindin, es wagte, die Höhle des Drachen zu betreten.

Sie spürte die Kälte der Steinplatten unter ihren nackten Füßen. Ein Schauer lief ihr über den Rücken, und sie zog Stokes Umhang enger um sich.

Ihr Blick wanderte zu Stoke. Er ging ein Stück vor ihr, und seine breiten Schultern federten bei jedem seiner energischen Schritte mit. Sein pechschwarzes Haar schimmerte im Licht der Fackeln bläulich. Sie erinnerte sich, wie sie mit ihren Händen in die seidige Fülle gegriffen hatte. Eine nur zu vertraute Wärme durchströmte sie, und ihre Hände ballten sich unwillkürlich zu Fäusten.

Sie zwang sich, an ihm vorbeizuschauen, zu dem hellen Lichtkreis am Ende des Portals. In der Luft hing der schwere Geruch von gebratenem Wild und Feuchtigkeit und Rauch und menschlichen Ausdünstungen.

Was fehlte, war die weibliche Note. Bis zu diesem Moment hatte Lark die Bemühungen ihrer Mutter, aus St. Vale ein Heim zu machen, nicht richtig gewürdigt. So ungern sie es zugab, es sprach doch einiges für die frischen Binsen, die sie mit duftenden Kräutern durchsetzt regelmäßig auf die Böden streuen ließ.

Laute Stimmen ertönten aus der Halle. Aber im Gegensatz zu den abendlichen Mahlzeiten in St. Vale war kein Gelächter zu hören, nur leises Murmeln. Vermutlich herrschte bei den Mahlzeiten auf Kenilworth im Gegensatz zu St. Vale eine düstere, gedrückte Stimmung. Schließlich fehlte hier die unbekümmerte und fröhliche Art Sir William Mandevilles. Lark stieß insgeheim einen Seufzer aus und sehnte sich nach ihrem Zuhause. Selbst der Anblick ihrer Mutter wäre ihr willkommen gewesen.

Lark folgte Stoke in die Halle, die es mit so mancher prachtvollen Burg in der Normandie aufnehmen konnte, von der sie gehört hatte. Das gewaltige Deckengewölbe erreichte eine Höhe von mindestens hundert Fuß, und sie musste den Hals verdrehen, um nach oben zu schauen. Grob zugehauene Balken, von Rauch und Alter geschwärzt, spannten sich über die hohe Decke.

Eine hölzerne Galerie lief ungefähr zwanzig Fuß über dem Boden rund um den Raum. An einer Wand hing ein großes Banner mit dem Wappen der Blackstones, eben jenem dunklen, rotäugigen Drachen, den sie von Stokes Waffenrock kannte. Zwei Wandteppiche, auf denen kämpfende Drachen zu sehen waren, zierten neben zahlreichen Geweihen die anderen Wände. Auf der einen Seite befand sich eine gewaltige Feuerstelle, wo eine kleine, untersetzte Frau ein Stück Wild auf dem Bratrost drehte. Fleischsaft trat aus der glänzenden braunen Haut und tropfte ins Feuer, das laut zischte und knisterte. Graue Rauchschwaden trieben in dicken Spiralen an die Decke.

Zwei Mundschenke eilten zwischen den Tischreihen her, die den Raum säumten, um Stokes Männer mit Getränken zu versorgen, während junge Knappen geschickt den riesigen Tabletts auswichen, die von den Mägden geschleppt wurden. Ein langer Eichentisch stand etwas erhöht auf einer Empore. Durch eine Schicht von gelblichem Bienenwachs glitzerten die Flecken und Kratzer von vielen Jahren auf der Tischplatte.

Larks Blick fiel auf die zwei Männer, die an der Tafel saßen. Einer von ihnen, klein und schmächtig, mit dunkelblondem Haar, starrte in seinen Becher. Er hatte ein schmales Gesicht, und seine braunen Augen waren so groß, dass er an ein verschrecktes Eichhörnchen erinnerte. Seine zarten Gesichtszüge ließen ihn jünger erscheinen, als er vermutlich war. Lark schätzte ihn auf fünfundzwanzig. Er teilte sich eine Platte Fleisch mit einem hoch gewachsenen Ritter, nach dem kostbaren Stoff seiner grünen Tunika zu schließen, ein Edelmann. Er hatte Stokes dunkles Haar und dasselbe eckige, stolze Kinn, aber seine Augen waren blau, nicht schwarz, und er war älter als Stoke, vielleicht Anfang dreißig, vermutete Lark. Er kaute gerade an einem Bruststück, und auch er schien tief in Gedanken versunken.

Stoke marschierte in die Halle, und seine Gegenwart beherrschte den riesigen Raum sofort. Gabeln verharrten in der Luft. Schweigen senkte sich über die Halle. Es war so still, dass Larks Pulsschlag laut in ihren Ohren dröhnte.

Fünfzig Augenpaare wandten sich ihr zu. Die Feindseligkeit, die von ihnen ausging, war so greifbar, dass Lark wie angewurzelt stehen blieb. Sie warf einen Blick auf Baltizar und strich mit leicht bebender Hand über sein Fell. Zum ersten Mal in ihrem Leben brachte sie nicht den Mut auf, dem Feind offen gegenüberzutreten. Alle schienen zu wissen, dass sie ihren Lehnsherrn niedergestochen hatte, und selbst wenn sie versuchte, den Vorfall zu erklären, würde ihr niemand glauben, dass es keine Absicht gewesen war.

»Komm schon, du kannst nicht ewig dort stehen bleiben.« Stoke nahm ihre Hand und zog sie in Richtung Empore.

Sie klammerte sich an seine breite Handfläche, als wäre sie eine Art Schild gegen die Feindschaft, die ihr entgegenschlug. Die blauen Augen des Ritters wanderten langsam über ihr Gesicht und dann über ihren Körper.

Stoke fixierte den großen Edelmann an seiner Tafel und sprach ihn an. »Welchem Umstand verdanken wir die Ehre, Louis?« Abneigung schwang in seiner Stimme mit. »Ich habe dich seit fünf Jahren nicht gesehen.«

Ein träges Lächeln breitete sich auf Louis' gut geschnittenem Gesicht aus. Die Spannung zwischen den beiden Männern knisterte förmlich. Einen Moment lang starrten sie einander an.

Schließlich brach Louis das Schweigen. »Komm

schon, Cousin, du weißt, dass ich keinen Grund brauche, um dich zu besuchen. Aber um die Wahrheit zu sagen, mir kam zu Ohren, dass du mit dem Gedanken spielst, dir eine Frau zu nehmen, und ich war zutiefst verletzt, dass du nicht zuerst bei mir warst, um meine Zustimmung einzuholen. Sir Rowland hat mir berichtet, was passiert ist. Sehr bedauerlich, dass aus deinen Plänen nichts geworden ist.« Ein hinterhältiges Lächeln spielte um Louis' Mundwinkel. Er schüttelte den Kopf. »Ein Jammer!«

»Du hättest mir dein Kommen ankündigen können.«

»Was, weil du mich dann persönlich willkommen geheißen hättest? So sehr ich deine Gesellschaft auch vermisst habe, bin ich doch sehr gut ohne dich zurechtgekommen. Dafür hat Ebba schon gesorgt.« Louis musterte eine der Mägde, ein hübsches junges Mädchen mit grünen Augen und zwei langen kastanienbraunen Zöpfen, die ihr über den Rücken hingen. Sie war mittelgroß mit rundlichen Formen und üppigem Busen.

Leise Röte stieg in die Wangen der Frau, als sie Louis' Blick erwiderte und dann zu Stoke spähte.

Lark beobachtete, wie Stoke die Zähne zusammenbiss, so fest, dass die Adern an seinem Hals hervortraten. Sein Gesicht rötete sich, und ein schwelendes Feuer loderte hinter seinen Augen. Ihr fiel auf, dass eine besonders dicke Ader an seinem Hals pulsierte, und die junge Frau namens Ebba tat ihr fast leid. Lark nahm an, dass Ebba auch Stokes Bett geteilt hatte, und nach der erschrockenen Art zu urteilen, wie sie ihren Herrn ansah, mehr als einmal.

Ebba hielt seinem Blick noch einen Moment lang stand, dann strömten Tränen über ihr Gesicht. Sie drehte sich um und rannte schluchzend hinaus.

»Du schüchterst also immer noch die Schwachen mit deinen roten Augen ein, Cousin.« Louis, der mit sich selbst sehr zufrieden schien, klang amüsiert. Sein Blick heftete sich auf Lark, als versuchte er, durch Stokes Umhang hindurchzuschauen, der auf ihren Schultern lag. »Das ist also die tollkühne junge Dame, von der ich schon so viel gehört habe. Du musst uns miteinander bekannt machen, Stoke.«

Stoke verzog keine Miene, als er sie ansah. »Lady Lark, mein Cousin Lord Trevelyn.«

Lark sah Lord Trevelyn an. »Ich wünschte, ich könnte sagen, es wäre mir ein Vergnügen, Mylord, aber unter den Umständen und angesichts der Tatsache, dass ich als Gefangene hier bin …« Sie brach ab und zuckte die Achseln.

»Ich verstehe vollkommen.« Louis lächelte sie mit aufgesetzter Höflichkeit an, während er sie von oben bis unten musterte. »Ihr habt also dem Schwarzen Drachen einen Dolch in den Rücken gestoßen. Eine beachtliche Leistung für eine Dame.«

»Ich wollte es nicht.« Lark wandte sich zu Stoke um und forschte in seinem Gesicht. Er erwiderte ihren Blick, in seinen Augen wieder jenes vertraute argwöhnische Funkeln. Unfähig, diesem Tadel länger standzuhalten, wandte sie sich wieder Louis zu.

Er hatte ein freundliches, aber hinterhältiges Lächeln aufgesetzt, das jene Art Bewunderung verriet, die ein Lügner einem anderen zollt. »Wie kann man einen Mann niederstechen, ohne es zu wollen, bitte sehr? Hat mein Cousin irgendetwas getan, um einen so gewalttätigen Angriff zu rechtfertigen? Ihr müsst unbedingt mehr erzählen.«

Lark öffnete den Mund, aber Stoke fiel ihr ins Wort. »Sie wird nichts dergleichen tun.«

»Aber, aber, Cousin, lass sie sprechen. Du musst mir

erlauben, in den Genuss ihrer Geschichte zu kommen. Du weißt doch, wie gern ich von Hinterlist und Heimtücke höre.«

»Diese Eigenschaften, Mylord, sind keine Tugenden, sondern Laster.« Lark hielt Louis' Blick stand.

»Gewiss, aber wenn wir keine Laster hätten, wie langweilig wäre doch das Leben. Nehmt meinen Cousin hier ...« Er winkte in Stokes Richtung. »Wie viele Laster er haben muss, um euch so weit zu bringen, mit dem Messer auf ihn loszugehen.«

»Mag sein. Ich allerdings kann nur wenige an ihm entdecken.« Lark warf einen Blick auf Stoke und stellte fest, dass er ein verwirrtes Gesicht machte.

Louis zog eine Augenbraue hoch. »Es freut mich zu hören, dass Ihr an meinem Cousin so wenig auszusetzen findet. Ich selbst habe ihn immer sehr geschätzt.« Er lächelte Stoke an. Als wollte er das Thema wechseln, richtete er seinen Blick auf Baltizar. »Ein zahmer Wolf als Haustier. Wie interessant.« Er langte über den Tisch nach Baltizar.

Baltizar duckte sich, zeigte die Zähne und knurrte.

Louis zog abrupt seine Hand zurück. »Ah, jetzt verstehe ich, warum Ihr ihn haltet.«

»Ja, und er verfügt über ausgezeichnete Menschenkenntnis.«

Leises Gelächter lief durch den Raum.

Louis' Augen wurden schmal. Ein wenig verspätet wurde Lark bewusst, dass sie mit ihm gesprochen hatte, als hätte sie einen ihrer Brüder vor sich. Aber ihr gefiel die Art nicht, wie er Stoke provozierte, und sie bereute kein Wort.

Die gleichgültige Fassade, um die sich Louis so sehr bemüht hatte, zerbröckelte vor Larks Augen. Einen Moment lang sah sie Groll und Bosheit in seinen lebhaften blauen Augen aufblitzen, aber nur kurz. Mit mühsam gewahrter Höflichkeit sagte er: »Ihr habt sicher Recht. Ich werde mir auch einen zähmen.« Er griff nach einem Stück Fleisch und schob es in den Mund, während sein Blick Lark unmissverständlich mitteilte: »Und dich werde ich auch zähmen.«

Lark zweifelte nicht daran, dass er es versuchen würde. Sie wandte den Kopf und sah Ratlosigkeit auf dem Gesicht des jungen Mannes mit den großen braunen Augen, der neben Louis saß. Ihre Blicke trafen sich kurz, und der junge Mann machte ein bestürztes Gesicht. Er senkte den Kopf und spielte nervös mit dem Boden seines irdenen Bechers.

In diesem Moment betrat Rowland die Halle. Ein Priester war an seiner Seite. Das goldene Kreuz um seinen Hals leuchtete auf seiner braunen Kutte. Das walnussfarbene Haar des Priesters war kurz geschnitten und so dicht, dass Lark die Tonsur auf seinem Kopf nicht erkennen konnte. Er schien für einen Priester recht jung zu sein, vielleicht fünfundzwanzig, und im Gegensatz zu allen anderen Priestern, die sie kannte, trug er ein Schwert. Der Metallgriff schimmerte an seiner Seite, als er dicht bei ihr stehen blieb.

Lark spürte Rowlands Blick und sah zu ihm. Tadel lag in seinen blauen Augen. Als könnte er es nicht ertragen, sie anzuschauen, wandte er den Blick ab. Noch eine feindselige Person auf der langen Liste, die mit jedem Moment länger wurde.

Der Priester und Rowland blieben vor Stoke stehen. Beide schienen etwas sagen zu wollen, aber keiner brachte es übers Herz. Schließlich sagte Rowland: »Varik ist kurz vor deiner Heimkehr krank geworden.«

Stokes Augenbrauen zogen sich zusammen. »Was fehlt ihm?« Er wandte sich an den Priester um eine Antwort.

»Das wissen wir nicht«, sagte der Priester bekümmert. »Der Dorfheiler ist bei ihm. Er hat uns versichert, Master Varik würde wieder gesund werden …« Er brach ab, als Stoke Lark am Arm packte und sie in Richtung Treppe zog.

Rowland beobachtete, wie Baltizar den beiden folgte. »Amory, ich dachte, dein Priestergelübde verbietet dir zu lügen.«

Amory schüttelte den Kopf und starrte auf das Heft seines Schwerts. »Ich gebe zu, dass ich eine Menge Dinge tue, die ein Priester nicht tun sollte. Lügen ist tatsächlich eine Sünde und noch dazu feige, aber ich bringe es einfach nicht fertig, einem Freund zu sagen, dass sein einziger Sohn und Erbe im Sterben liegen könnte.«

16

Stoke stürmte die Treppenflucht hinauf, die zum Zimmer seines Sohnes führte. Er nahm mit jedem Schritt zwei Stufen auf einmal; Lark zerrte er einfach hinter sich her. Einige Schritte hinter ihnen hörte er das stetige Klicken von Baltizars Tatzen.

»Wenn dein Sohn krank ist, kann ich ihm helfen.«

»Du hast mir schon mehr als genug geholfen.« Stoke hielt sich nicht damit auf, sich zu ihr umzudrehen.

»Bitte, hab ein wenig Vertrauen zu mir! Ich will ihn doch nur anschauen!«

Stoke fuhr herum, packte sie bei den Armen und schüttelte sie heftig. »Verstehst du nicht? Ich kann dich nicht in die Nähe meines Sohnes lassen. Kein Wort mehr davon!«

Das tiefe Gold ihrer Augen trübte sich. Es waren keine Tränen, sondern etwas anderes, Ausdruck eines Gefühls, dem er keinen Namen geben wollte. Nein, er glaubte nicht, dass ihr wirklich etwas daran lag, Varik zu helfen. Es war nur eine List, um ihre Freiheit wieder zu erlangen.

Unfähig, in diese goldenen Augen zu schauen, nahm er sie am Handgelenk, drehte sich um und zog sie den Gang hinunter.

»Wohin bringst du mich?«

»In mein Zimmer.«

»Muss ich dort bleiben? Gibt es keinen anderen Ort, wo du mich unterbringen kannst – ein Verlies, einen Turm?«

»Du brauchst keine Angst zu haben, dass ich dir noch einmal nahe komme, es sei denn, du willst es, Lark. Es ist nicht meine Art, Frauen zu vergewaltigen.« Er warf ihr einen schrägen Blick zu. »Hättest du bei Louis den Mund gehalten, könnte ich deinem Wunsch nachkommen und dich in mein Verlies oder einen der Türme stecken. Aber du hast ihn verärgert. Er ist kein Mensch, dem man gern den Rücken kehrt oder den man sich zum Feind wünscht. Er würde dich schnappen, ehe ich mich versehen hätte, und dann wäre ich gezwungen, ihn zu töten. Und König Richard wäre bestimmt nicht begeistert, einen seiner größten Geldgeber für den Krieg zu verlieren.«

»Du würdest meinetwegen einen so mächtigen Mann töten?«, fragte sie ungläubig.

»Ja. Was mir gehört, behalte ich, und du gehörst mir. Ich werde dich keinem anderen überlassen.« Er stieß seine Zimmertür auf, schubste sie hinein und erlaubte Baltizar, ihr zu folgen.

Als er die Tür ins Schloss ziehen wollte, hielt sie die Klinke fest. »Bitte, lass mich einen Blick auf deinen Sohn werfen. Ein Dorfheiler wird ihm nur schaden.«

»Ich habe dir gesagt, du sollst nicht mehr davon reden.« Er zögerte und starrte in ihre Augen. Nach einem langen angespannten Moment stieß er ihre Hand weg und schlug die Tür zu.

»Ich kann ihm helfen! Lass mich zu ihm!« Ihre Proteste wurden durch die schwere Tür gedämpft.

Er warf einen finsteren Blick auf die Tür und schob von außen den Riegel vor. Ihre Rufe gellten ihm in den Ohren, als er zu Variks Zimmer lief.

Dalia, die Kinderfrau, eine mollige Person mit ernstem Gesicht, das so aussah, als wäre es noch nie von einem Lächeln erhellt worden, stand händeringend vor der Tür. Dalia war Cecilys Zofe gewesen und hatte die Aufgabe einer Kinderfrau übernommen, als Varik geboren wurde. Stoke war bis zu diesem Moment mit ihr zufrieden gewesen.

Beim Klang seiner Schritte drehte sie sich zu ihm um. Als sie Stoke sah, vertieften sich die Sorgenfalten auf ihrer Stirn. »Mylord! Ich bin froh, dass Ihr wieder da seid. Varik hat nach Euch verlangt.«

Stoke blieb vor ihr stehen. »Wie ist es dazu gekommen?«

»Ich weiß es nicht. »Wieder rang sie ihre großen Hände. »Bis vor einer Stunde ging es ihm gut. Master Variks Essen habe ich gekostet, wie immer. Wenn er etwas Schlechtes zu sich genommen hätte, wäre ich jetzt auch krank. Er hat einen Ausschlag, und er glüht vor Fieber. Der Dorfheiler sagt, es sind wahrscheinlich die Pocken.«

Stoke spürte ein quälendes Gefühl von Enge in der Brust, als er an ihr vorbeiging und die Tür öffnete. Varik lag auf seinem Bett, blass und mit schweißnassen schwarzen Locken, die an seinen kleinen runden Wangen klebten. Er hatte geweint, und seine Augen waren rot und geschwollen und im Moment geschlossen. Ein roter Ausschlag bedeckte sein Gesicht und seine Arme. Der starke Geruch von Fieber hing in der Luft.

Ein Heilkundiger stand über das Bett gebeugt und hielt eine Schüssel unter Variks zarten Arm. Blut lief an seinem Ellbogen hinunter. Es war allgemein üblich, Patienten zur Ader zu lassen, aber als Stoke das Blut seines Sohnes sah, machte er einen Satz auf den Mann zu. Er griff nach der Schüssel und stieß den Mann zurück. »Was machst du da?« Stoke starrte auf den birnenförmigen Kopf und die breite, platte Nase des Mannes.

»Das Kind zur Ader lassen. Es ist das Beste für ihn. Ich habe ihm etwas gegeben, damit er schlafen kann.

Mehr kann ich nicht für ihn tun.« Der Mann lugte wachsam zu Stoke.

»Verbinde seinen Arm und verschwinde. Und wenn er sich nicht erholt, wirst du es mir büßen.«

»Sehr wohl, Mylord.« Der Heiler nickte. Mit zitternden Händen verband er Variks Arm und verließ nach einem kurzen Blick auf Stoke das Zimmer.

Dalia kam herein und starrte Varik an. »Wie geht es ihm?«

»Lass diesen unfähigen Schwachkopf nicht wieder in Variks Nähe.«

»Aber es heißt, er kann Krankheiten heilen.«

»Mir gefallen seine Methoden nicht.« Stoke starrte die Schüssel mit Blut an, die auf dem Nachttisch stand. Für ein so kleines Kind schien es furchtbar viel Blut zu sein. Er trat ans Bett und setzte sich zu Varik. Die Matratze gab unter seinem Gewicht nach, und die Taue ächzten.

Er strich seinem Sohn das Haar aus dem Gesicht. Variks Stirn war feucht und heiß. »Lass uns allein. Ich bleibe bei ihm. Und schick Amory zu mir.«

Stoke hörte Dalias schwere Schritte, als sie aus dem Zimmer ging und die Tür hinter sich schloss.

Stoke starrte auf Varik hinunter. Das Geräusch der zufallenden Tür ließ eine Erinnerung in ihm wach werden …

Er trat in Cecilys Schlafgemach. Das Zimmer war in Dunkelheit getaucht. Eine einzige Kerze brannte und warf verzerrte Schatten an die Wand über dem Bett. Der Geruch von Talg, Schweiß und der Niederkunft hing wie eine Dunstglocke in der Luft. Cecily sah aus den verschwitzten Leintüchern zu ihm.

Die stumpfen grünen Augen, die ihn anstarrten, hatten kaum noch Ähnlichkeit mit den hellen, lebhaften Augen, die er einmal so sehr geliebt hatte. Es schien lange her zu sein, seit er in diese Augen hatte schauen können, ohne den Schmerz über ihren Betrug zu empfinden. Es waren nicht die Augen des jungen Mädchens, um das er geworben, dem er sein Herz geschenkt hatte und dem er die Sterne vom Himmel geholt hätte, wenn sie nur darum gebeten hätte. Es waren nur noch zwei leere Hüllen, erfüllt von zwei Jahren bitterer Reue über eine unglückliche Ehe.

Stokes Gewissen regte sich. Er wusste, dass sie ihm treu gewesen war, und doch hatte er sie bewachen lassen. Oft, wenn sie zu seinem Bett gekommen war, hatte er daran gedacht, den Versuch zu machen, noch einmal von vorn anzufangen, aber weder würde er über die offene Wunde in seinem Inneren hinwegkommen noch jemals wieder sein Herz an eine Frau verlieren – schon gar nicht an diese. Sein Glaube an sämtliche Frauen war im selben Augenblick erloschen wie seine Liebe zu Cecily.

»Ich habe nicht geglaubt, dass du kommen würdest.« Cecilys Unterlippe bebte. Eine Träne lief über ihre Wange. »Danke. Wie hast du Richard dazu gebracht, dich gehen zu lassen?«

»Ich habe ihn davon überzeugt, dass in seiner Abwesenheit jemand ein Auge auf England und seinen Bruder John haben müsse, und er gab mir Recht.«

»Hast du unseren Sohn gesehen? Er ist wunderschön.« Sie lächelte schwach, aber ihr Lächeln verblasste bald. Wieder lief eine Träne über ihr Gesicht, als sie sagte: »Das Einzige, was ich dir geben kann, um dich für die Qualen zu entschädigen, die ich dir bereitet habe. Kannst du mir verzeihen?«

Er sah das verzweifelte Flehen in ihren trüben Augen, das Beben ihrer Lippen, die Schweißperlen, die von ihrer blassen Stirn tropften, und er hörte sich sagen: »Ja, ich kann dir verzeihen.«

»Danke. Stoke, bitte, hör mir zu. Ich weiß, was ich dir angetan habe, aber das darf dich nicht abhalten, wieder zu heiraten. Du musst unserem Sohn eine Mutter geben.«

Stokes Kehle war wie zugeschnürt, und er schluckte mühsam. Er wandte sich von Cecily ab und sah zu seinem neugeborenen Sohn. Die Amme wickelte das quäkende Kind gerade in eine Decke. Die Schreie klangen laut und klar. Gesund. Voller Leben. Während das Licht in den Augen seiner Mutter erlosch. Geburt und Tod lagen dicht beieinander.

Er wandte sich wieder zu Cecily um und sah in ihre eingesunkenen, matten Augen.

»Bitte, schwöre mir, unserem Sohn eine andere Mutter zu geben ...« Die Verzweiflung in Cecilys Stimme drang direkt in Stokes Brust.

Er hörte sich sagen: »Ich schwöre es.«

»Danke.« Sie nahm seine Hand. Ihre Finger übten kaum noch Druck auf seine Haut aus. »Pass gut auf unseren Sohn auf ... Gib ihm die Liebe, die du mir nicht geben konntest.«

Stoke, der nicht wusste, was er sagen sollte, strich ihr das feuchte Haar aus der Stirn. Dann beugte er sich vor und hauchte einen bitter-süßen Abschiedskuss auf ihre Lippen. Sie reagierte nicht auf seine Berührung. In dem Glauben, dass sie verschieden war, richtete er sich auf und sah ihr ins Gesicht.

Ihre Unterlippe erzitterte in einem traurigen, reumütigen Lächeln, dann sah sie an ihm vorbei ins Leere ...

Varik schlug die Augen auf und riss Stoke aus seinen Erinnerungen. »Va-peer wieder da«, sagte er, indem er das Wort Vater aussprach, so gut er konnte, und verzog die Lippen zu einem schwachen Lächeln.

Irgendetwas an diesem Lächeln erinnerte Stoke an

den Ausdruck, der auf Cecilys Gesicht gelegen hatte, kurz bevor sie starb. Er beugte sich vor und umarmte Varik liebevoll. »Ja, ich bin wieder da. Wie geht es dir?«

»Bauchweh. Ganz schlimmes Aua-Aua.« Varik verzog gequält das Gesicht und presste seine Hände auf den Bauch.

»Tut's immer noch weh?«

»Ja, Va-peer. Schlimmes Aua-Aua.« Er drehte sich auf die Seite und rollte sich zusammen.

»Bald wird es dir besser gehen. Jetzt bin ich ja wieder da.« Stoke nahm seinen Sohn in die Arme. Er wünschte, er wäre so überzeugt, wie seine Stimme geklungen hatte.

Lark starrte die Drachen in Stokes Zimmer an. Sie waren überall. Das Bett mit den vier Pfosten prunkte mit kunstvoll geschnitzten Drachen in allen erdenklichen Posen. Am Fußende kämpften Feuer speiende Drachen mit ausgebreiteten Schwingen gegen Ritter. Zwei der geflügelten Fabelwesen standen in der Mitte des Kopfteils aufrecht nebeneinander und umarmten sich, die gezackten Schwänze eng ineinander verschlungen.

Mehrere große Tapisserien an den Wänden stellten Drachen dar, die über Feldern und Wiesen aufstiegen. Drachen wanden sich um die Beine eines schweren Holztischs.Ein schwarzer Schrank in der Nähe des Kamins zeigte in Perlmutt eingelegt ein Mädchen, das auf dem Rücken eines Drachens ritt. Die Binsen, die im Allgemeinen ausgestreut wurden, um die Räume anheimelnder zu machen, fehlten; stattdessen lag ein großer schwarzer Teppich mit roter Einfassung auf dem Fußboden. In die rote Bordüre waren Drachenköpfe eingewebt. Drachen, wohin man auch blickte.

»Die fressen uns noch, wenn wir hier nicht bald rauskommen.« Lark bückte sich, um Baltizar zu streicheln. Als sie jemanden an der Tür hörte, drehte sie sich um.

Der Priester kam mit einem Tablett mit Essen ins Zimmer. Sein warmes Lächeln war die erste freundliche Geste, die sie sah, seit sie diese Burg betreten hatte. »Stoke hat mich gebeten, Euch etwas zu essen zu bringen. Mein Name ist Pater Amory, aber Ihr könnt mich Amory nennen, wenn Ihr wollt.«

»Was ist das für ein merkwürdiger Priester, der Waffen trägt und Gefangene bewacht?« Lark konnte nicht anders als sein Lächeln erwidern.

»Kein sehr guter, fürchte ich, und auch kein sehr gottgefälliger. Wisst Ihr, ich bin ebenso Krieger wie Priester. Ich kann mich einfach nicht entscheiden, was mir mehr liegt. Wenn ich die Messe lese, will ich Priester sein, und doch erfüllt es mich nicht mit Reue, mein Schwert für eine gute Sache zu führen oder einem so würdigen Lehnsherrn wie Lord Blackstone zu dienen.« Er stellte das Tablett auf den Tisch.

»Aber ein Priester kann nicht zwei Herren dienen.«

»Das muss ich mir jeden Monat von meinem Bischof sagen lassen.« Amory lächelte sie an. »Am liebsten würde er mich exkommunizieren.«

»Ihr könntet Euch immer noch den Tempelrittern anschließen.« Lark gab das Lächeln zurück und sah in freundliche rehbraune Augen, die ein wenig heller in der Farbe waren als sein Haar.

»Ja, aber ich kann mir nicht vorstellen, einem so fanatischen Orden anzugehören. Nein, wenn die Kirche mich ausstößt, werde ich dem Black Dragon dienen.«

»Wie lange seid Ihr schon bei ihm?«

»Seit wir uns im Heiligen Land getroffen haben.«

»Was ist mit Eurer Familie? Wie wird ihr zumute sein, wenn Ihr exkommuniziert werdet?«

Amorys Hand schloss sich um das Heft seines

Schwerts, und er starrte zu Boden. Offensichtlich wollte er nicht darüber sprechen, und er sagte mehr zu sich selbst: »Ich habe seit sieben Jahren nicht mehr mit meinem Vater gesprochen. Er weiß nicht, dass ich die Priesterweihe empfangen habe.«

»Ich kann mir nicht vorstellen, sieben Jahre lang nicht mit meinem Vater zu sprechen. Ich würde ihn schrecklich vermissen.«

Amorys Gesicht spannte sich an, und ein verhaltener Ausdruck trat in seine Augen. »Mein Vater und ich haben uns im Streit getrennt. Er wollte, dass ich eine junge Dame heirate, die er für mich ausgesucht hatte. Ich weigerte mich. Er sagte, er würde mich enterben, wenn ich nicht gehorchte, also verschwand ich aus seinem Leben.«

»Das tut mir leid.«

»Das liegt jetzt alles hinter mir. Wir werden uns nie versöhnen, aber das Leben geht weiter.« Amory brachte ein trauriges Lächeln zustande.

»Ich weiß, was Ihr meint. Ich habe eine Mutter, der ich es nie recht machen konnte. Inzwischen habe ich es aufgegeben.«

»Ich habe Eure Mutter kennen gelernt, als ich den Ehevertrag für Stoke besprach. Sie ist eine sehr liebenswürdige Dame. Ich kann mir nicht vorstellen, dass sie je gereizt ist.«

Lark lächelte schief. »Ihre schlechte Laune behält sie mir vor. Übrigens fällt mir jetzt ein, dass sie Euch erwähnt hat. Sie hielt Euch für sehr nett, aber auch für den seltsamsten Priester, den sie je kennen gelernt hatte. Als sie mir erzählte, dass Ihr ein Schwert tragt, tat es mir leid, auf einer anderen Besitzung meines Vaters gewesen zu sein. Ich hatte das Gefühl, ein seltenes Vergnügen versäumt zu haben.«

»Ich glaube kaum, dass ich ein Vergnügen bin.«

»Weit mehr, als Ihr ahnt. Als Pater Kenyon, unser alter Priester, von Euch hörte, zeterte er tagelang über gottlose Priester und geriet so außer sich, dass er gezwungen war, das Bett zu hüten. Wir hatten in St. Vale zwei Wochen keinen Gottesdienst.«

»Konntet Ihr denn keinen Ersatz für ihn finden?«

»Das war nicht nötig. Ich ging zu ihm und erzählte ihm, Ihr würdet einen Gottesdienst in St. Vale halten, und siehe da – ein Wunder. Er wurde sofort wieder gesund.«

Amory lachte, wurde dann aber wieder ernst. »Ich hätte gern einen Gottesdienst bei Euch gehalten, aber es war nicht möglich. Stoke verlässt sich darauf, dass ich auf Varik aufpasse, und ich lasse den Jungen nicht gern längere Zeit allein.« Er starrte auf das Tablett mit Speisen. »Ich habe das Gefühl, versagt zu haben.«

»Ihr konntet nicht verhindern, dass er krank wurde. Wie geht es dem Jungen?«

»Noch nicht besser. Stoke weigert sich, von seiner Seite zu weichen. Er lebt nur für das Kind. Nach Lady Cecilys Tod war Varik alles, was ihm blieb.«

»Ich verstehe etwas von der Heilkunst. Ihr müsst ihn überreden, mich zu dem Jungen zu lassen.«

Amory sah sie lange prüfend an. Nach einer Weile sagte er: »Ihr scheint mir nicht so schlimm, wie er sagt, aber –«

»Bitte! Ich würde nie einem Kind etwas zuleide tun. Und ich hatte nicht vor, Stoke mit dem Dolch zu verletzen. Ich hatte Angst und tat es, ohne zu überlegen.«

»Aber er sagt, ihr hättet den Schotten geholfen, die ihn angriffen.«

»Ich rief ihn an, um ihn zu warnen, und er glaubte, dass ich mit ihnen unter einer Decke steckte. Bitte, überredet Stoke, dass ich mir seinen Sohn anschauen darf. Varik zuliebe! Stoke kann dabei sein, und ich werde alles zuerst nehmen, was ich dem Jungen vielleicht geben muss, um ihm zu beweisen, dass es seinem Sohn nicht schaden kann. Ihr müsst ihn überzeugen, bitte …« Larks Kehle schnürte sich zusammen, und ihre Stimme erstarb.

Amory legte seine Hände auf ihre Schultern und musterte sie forschend. »Na schön, wenn Ihr glaubt, dass Ihr ihm helfen könnt.«

»Ich kann es nur versuchen«, sagte Lark ehrlich.

Amory, dem ihre Antwort zu gefallen schien, nickte. Dann ließ er seine Hände sinken. »Esst. Ich werde sehen, was ich tun kann.«

Lark sah zu, wie er das Zimmer verließ. Sie hörte, wie der Riegel wieder vorgeschoben wurde, und warf einen Blick auf das Essen. Ihr knurrte der Magen bei dem Anblick und dem Duft von saftig gebratenem Wild neben einem mit Petersilie bestreuten Klacks Kohl. Ein großes Stück Käse und drei Scheiben Brot vervollständigten die Mahlzeit. Dazu gab es einen Becher mit dampfendem Glühwein.

Lark setzte sich an den Tisch. Aber sowie sie ein Stück Fleisch vom Knochen gerupft und in den Mund geschoben hatte, verzog sie das Gesicht. Obwohl das Fleisch so zart war, dass es vom Knochen fiel, schmeckte es in ihrem Mund wie Knorpel. Irgendetwas sagte ihr, dass ihr nichts mehr schmecken würde, bevor ihr nicht erlaubt wurde, Stokes Sohn zu helfen. Wenn er ihr nur genug Vertrauen schenken würde, um es zuzulassen!

»Nein, sie wird Varik nicht in die Nähe kommen!« Stoke durchbohrte Amory mit einem finsteren Blick. »Hat sie dich hergeschickt?«

Amory und Stoke standen auf der Schwelle zu Variks Zimmer. Amory spähte an Stokes Schulter vorbei zum

Bett, wo Dalia gerade damit beschäftigt war, das Gesicht des Jungen mit einem feuchten Lappen abzuwischen. Varik sah noch blasser aus, seine Augen waren noch tiefer eingesunken, und die Ringe unter ihnen wurden mit jedem Augenblick dunkler und größer. Sein Gesicht war schmerzverzerrt und wirkte durch den Ausschlag, als wäre die Haut von der Sonne verbrannt.

»Schau ihn dir an.« Amory hatte die Stimme gesenkt. »Es geht ihm schlechter, nicht besser. Was kann es schon schaden, wenn sie sich den Jungen ansieht?«

»Wie kann ich ihr Variks Leben anvertrauen?«

»Du darfst dich in dieser Sache nicht von deinen Gefühlen für Cecily leiten lassen. Ich sehe in ihren Augen den aufrichtigen Wunsch, dem Kind zu helfen. Ich bitte dich, lass sie es versuchen.«

»Ich weiß nicht.« Stoke fuhr sich mit den Fingern durch sein Haar.

»Was hast du zu verlieren?«, fuhr Amory eindringlich fort. »Irgendwann musst du einer Frau wieder vertrauen, und mein Herz sagt mir, dass sie kein schlechter Mensch ist. Sie wird versuchen, den Jungen zu heilen.«

»Es geht um Variks Leben. Wenn es um meines ginge, wäre es mir egal, aber es ist sein Leben, und ich habe geschworen, ihn zu beschützen.«

»Ohne ihre Hilfe wird er sterben.«

Lark, die zu Ende gegessen hatte, saß da und zählte Drachen. Einhundertundzwanzig …

Die Tür flog auf, und die nächste Zahl erstarb auf ihren Lippen.

Stoke stand in der Tür, einen gequälten Ausdruck auf seinem Gesicht. Einen Moment lang wirkte er zerrissen, als wäre das, was er zu sagen hatte, das Schwerste, was er je in seinem Leben ausgesprochen hätte. Schließlich sagte er: »Ich brauche deine Hilfe.«

»Geht es ihm so schlecht?« Lark war nicht imstande, das unruhige Klopfen ihres Herzens zu beschwichtigen. Sie wusste nicht, ob es aus Angst um Varik war oder weil Stoke sich an sie um Hilfe gewandt hatte.

»Ja. Er bekommt kaum noch Luft, und er hustet Blut.« Tiefe Qual lag in der undurchdringlichen Schwärze seiner Augen. Er ballte die Fäuste. Die Adern auf seinen Händen traten hervor, als er hinzufügte: »Ich gebe dir alles, was du willst, wenn du ihm helfen kannst.«

»Ich will nichts von dir.« Lark sah Überraschung in seinen Augen aufblitzen. Im nächsten Moment verbargen sie sich wieder hinter einem dunklen Schleier. »Glaubst du etwa, ich würde um ein krankes Kind feilschen? Was du auch von mir halten magst, so etwas würde ich nie tun. Genau wie du bete ich um sein Leben.«

Er betrachtete sie zweifelnd. Dann drehte er sich um und ging.

Sie folgte ihm, den Blick auf seine Schultern und die starre Linie seines Rückens geheftet, auf seine steifen Schritte. Wie wenig er doch an sie glaubte! Ihre Kehle schnürte sich zusammen.

Stoke ging an Rowland und Amory vorbei, die vor einer offenen Tür standen und in ein Zimmer starrten. Als sie stehen blieb, flog ihr Blick von einem zum anderen. In Rowlands Augen glomm immer noch Unsicherheit. Wenigstens Amory wirkte halbwegs ermutigend auf sie. Sie holte zur Stärkung tief Luft, während sie in einem stummen Gebet darum bat, dem Kind helfen zu können, und folgte Stoke in das Zimmer.

Sie blieb neben der kräftig gebauten Frau stehen, die auf dem Bett saß, und sagte: »Ich muss ihn untersuchen.«

Die Frau sah kurz zu Lark auf, bevor sie ihren Blick über Larks dünnes Hemd wandern ließ. Stokes Umhang fiel über Larks Schultern, aber er klaffte in der Mitte auseinander und zeigte ein ganzes Stück von ihrem Nachthemd. Nach dem verächtlichen Gesichtsausdruck der Frau zu schließen, wusste sie, dass es Lark gewesen war, die ihren Herrn mit einem Dolch verletzt hatte. Lark vermutete, dass im Umkreis von mehreren Meilen jeder Diener und Dorfbewohner über ihre Untat im Bilde war. Die Kinderfrau verzog abfällig das Gesicht und erhob sich.

Lark beugte sich über den Jungen und berührte seine Stirn. Seine heiße Haut versengte ihr die Hand. Sie zog sie zurück und untersuchte den Ausschlag in seinem Gesicht. Dann hob sie eines seiner Lider und begutachtete die Pupille, die so stark vergrößert war, dass sie beinahe die ganze Iris ausfüllte. Sein Atem rasselte in seiner Brust.

»Ich weiß, was ihm fehlt. Ich kenne die Symptome von zwei Kindern daheim. Sie hatten versehentlich eine Wildpflanze gegessen.« Lark wandte sich zu der Kinderfrau um. »Hat er draußen im Wald gespielt?«

»Nein, ich habe ihn nicht aus den Augen gelassen. Er wurde nur wenige Minuten, bevor der Herr zurückkam, krank.«

»Welche Pflanze könnte er gegessen haben?«, fragte Stoke und trat zu ihr.

»Tollkirsche.«

»Eine Giftpflanze?«

»Ja, und sie wächst überall in den Wäldern. Falls er ihre Beeren oder Blätter geschluckt hat, muss jemand sie ihm gegeben haben.« Lark sah, wie sich die Fassungslosigkeit auf Stokes Gesicht in Wut verwandelte. Er richtete seinen Blick auf die Kinderfrau.

Die füllige Frau wich zurück, bis sie mit dem Rücken an die Wand stieß. »Ich war es nicht, Mylord, ich schwöre es! Ihr wisst, dass ich Master Varik nie etwas zuleide tun könnte.«

Stoke öffnete den Mund, um etwas zu sagen, aber Lark ließ ihn nicht zu Wort kommen. »Ich glaube dir, dass du unschuldig bist. Hättest du das Kind vergiften wollen, hättest du ihm das Gift geben können, bevor er zu Bett ging, und er wäre gestorben, ohne dass jemand Verdacht geschöpft hätte.«

Die Kinderfrau schien überrascht und erleichtert über Larks Vertrauen. Einiges von dem Groll schwand aus ihren Augen, und sie sagte: »Danke, Mylady.«

»Du kannst mir später danken. Im Moment brauche ich deine Hilfe.« Lark schob sich hinter Varik ins Bett und lehnte ihn an ihren Oberkörper. Das Rasseln in seinen Lungen ließ ein wenig nach. »Ich möchte, dass du schwarze Johannisbeeren suchst und sie zu einem Sirup gegen das Fieber einkochst. Dann brauchen wir noch Odermenning, Salbeitee …« Lark verstummte. Sie versuchte, nicht zu viel Gewicht auf alten Aberglauben zu legen, aber da es nicht schaden konnte, sich vor finsteren Mächten zu schützen, fügte sie hinzu: »Und einen Jaspis, einen Mistelzweig und ein paar Holunderblätter. Findest du das alles?« Sie sah die Kinderfrau fragend an.

»Ja, die Herrin hat einen Kräutergarten angelegt, bevor sie starb. Ich habe ihr dabei geholfen. Er ist wahrscheinlich voller Unkraut, aber ich kann alles finden. Einen Jaspis habe ich in meinem Zimmer.«

»Beeil dich.« Lark beobachtete, wie die Frau an Amory und Rowland vorbeihastete.

Stoke sah erst sie, dann Varik an. Mit rauer Stimme fragte er: »Sind wir zu spät?«

»Ich weiß es nicht, aber ich tue, was ich kann.«

Lark hätte alles gegeben, um die Verzweiflung aus

Stokes Augen zu vertreiben. Wenn die Heiligen gnädig waren, würden sie das Kind verschonen. Aber von ihrer Krankenpflege bei den Dorfbewohnern wusste sie, dass nichts den Tod aufhalten konnte, wenn er seinen Tribut forderte, nicht einmal die Heiligen.

Zwei Nächte später herrschte Grabesstille auf Kenilworth. Selbst die Steine in den Mauern schienen diese Stille auszustrahlen. Sie warf auf alles ihren Schatten. In der Stille hörte Lark ihren eigenen Herzschlag. Er hämmerte laut, als wollte er das Schweigen brechen. Sie nahm ein feuchtes Tuch von Variks Stirn. Das Tuch hatte die Hitze aufgesogen und war so heiß, als hätte sie es aus einem Kessel mit kochendem Wasser gezogen. Sie ließ es in eine Schale mit kaltem Wasser fallen und wrang es aus.

Sie musterte Varik. Er lag reglos wie ein Leichnam da, und die einzigen Farbtupfer in seinem Gesicht waren die verblassenden roten Bläschen. Vor wenigen Augenblicken hatte sein Röcheln aufgehört. Sie konnte das Heben und Senken seiner Brust weder hören noch sehen. Ihre Brauen zogen sich angestrengt zusammen, als sie sich vorbeugte und auf seinen Herzschlag lauschte.

»Ist er tot?«

Als Stokes tiefe, gequälte Stimme ertönte, drehte sie sich zu ihm um. Er saß auf einem Stuhl am Fußende des Betts, und seit Lark das Zimmer betreten hatte, war er nicht von der Stelle gewichen.

»Ich kann sein Herz noch schlagen hören.« Lark verschwieg, dass es nur noch schwach und kaum vernehmlich schlug.

»Soll ich Amory holen?«

»Noch nicht. Wir dürfen die Hoffnung nicht aufgeben.«

»Hoffnung? Schau ihn doch an.« Stoke sah zu Varik. »Welche Hoffnung haben wir denn noch?« Seine Stimme war belegt und kaum mehr als ein Flüstern.

»Er wird nur so stark sein wie die Hoffnung, die du in dir trägst. Wir sind es ihm schuldig, an seine Genesung zu glauben.«

»Hat eins von den Kindern, die von der Tollkirsche gegessen haben, überlebt?«

Lark schwieg. Sie schluckte den Kloß, der sich in ihrer Kehle gebildet hatte, und sagte: »Nein.«

Stokes Kiefer verkrampfte sich. Er sagte nichts, starrte nur Varik an. Nach einem Moment senkte er den Kopf und sah auf seine verschränkten Hände. »Ich hätte ihn nicht allein lassen sollen ...« Seine Stimme erstarb.

Sie wollte die Arme nach ihm ausstrecken, aber in diesem Moment sah er auf. Sein Blick traf auf ihren. Der erschütterte, zugängliche Mann, den sie hatte trösten wollen, war verschwunden; der Mann, den sie jetzt vor sich sah, machte ihr Angst. Das Unheil verkündende Funkeln in seinen Augen ließ sie die Arme senken und zurückweichen.

»Wenn ich herausfinde, wer Varik vergiftet hat, wird man den Foltermeister für einen netten Kerl halten.«

Die Tür flog weit auf.

Amory stand in der Tür. Das Kreuz auf seiner Brust schwang hin und her, als er von Lark zu Stoke sah. »Ich habe Stimmen gehört. Ist Varik ...« Amorys Blick wanderte zu Varik, und er verstummte. Er schien es nicht über sich zu bringen, die Frage zu stellen.

»Er lebt noch.« Lark sah Stokes Gesicht an, dass er zu Tode erschöpft war. »Bringt Euren Lehnsherrn bitte dazu, sich ein wenig auszuruhen.«

Amory öffnete den Mund, um etwas zu sagen, aber ein Blick von Stoke brachte ihn zum Schweigen.

Stoke starrte auf Lark hinunter. Seine Augen hatten die Farbe von geschmolzenem Eisen. »Du bist meine letzte Hoffnung.« Dann stand er auf, als könnte er es nicht ertragen, sie noch länger anzuschauen.

Lark rutschte auf den Knien ein Stück zurück, um nicht an seine Beine zu stoßen, als er sich umdrehte und mit düsterer Miene das Zimmer verließ.

Als seine Schritte auf dem Gang verhallten, spürte Lark tief in ihrer Kehle ein Brennen. Varik fing an zu husten und lenkte ihre Aufmerksamkeit auf sich. Als sie zum Bett lief, hörte sie, wie Amory begann, ein Vaterunser zu sprechen.

17

Als Stoke am nächsten Morgen vor der Tür zum Kinderzimmer stand, hatte er vor Übermüdung rasende Kopfschmerzen. Er hatte die ganze Nacht in seiner Werkstatt verbracht, um ein Schwert für William Mandeville anzufertigen. Die Arbeit konnte ihn jedoch nicht von seiner Angst um Varik ablenken.

Er lauschte an der Tür.

Totenstille.

Amory war während der Nacht nicht zu ihm gekommen. Vielleicht, um ihm den Schmerz über Variks Tod zu ersparen? Im Geist sah er Variks kalten, leblosen Körper auf dem Bett liegen, die Augen für immer geschlossen, die kleinen Ärmchen auf der Brust gefaltet.

Stoke riss sich zusammen, holte tief Luft und öffnete die Tür. Was er vorfand, ließ ihn den Atem ausstoßen, den er angehalten hatte. Der Druck in seiner Brust ließ nach. Zum ersten Mal seit drei Tagen entspannten sich die harten Linien um seinen Mund und die tiefen Sorgenfalten auf seiner Stirn.

Varik lag eng an Lark geschmiegt im Bett. Sein Kopf ruhte auf ihrem Schoß. Seine Augen waren offen, und er lutschte am Daumen. In der anderen Hand hielt er ihren langen Zopf, und seine zarten Finger strichen über das seidige goldene Haar.

Lark lehnte am Kopfteil, im Nacken ein Kissen, das links und rechts von ihrem Kopf hervorlugte. Ein paar Haarsträhnen fielen ihr ins Gesicht. Eine Strähne, die ihr über Mund und Augen hing, flatterte leicht, wenn sie Atem holte. Das Bild, das die beiden boten, zauberte ein Lächeln auf seine Lippen.

In diesem Moment merkte Varik, dass er da war. Er nahm den Daumen aus dem Mund und wisperte: »Va'ik besser.«

»Ich bin froh, dass es dir besser geht.« Stoke trat lächelnd ans Bett.

»Mhm. Mutter macht besser.« Varik zeigte auf Lark.

»Sie ist nicht deine Mutter.«

Variks Engelsgesichtchen sah verdutzt aus. »Nicht?«

»Nein. Ich habe noch keine neue Mutter für dich gefunden.«

»Wer is' das?« Varik fuhr mit seinem Finger über Larks Zopf. »Engel?«

Stoke ertappte sich bei einem Grinsen, und er brauchte einen Moment, um diese Frage zu überdenken. Schließlich sagte er: »Nein, ein Engel ist sie nicht, nur jemand, der wusste, wie man dich wieder gesund macht.«

»Mutter.« Varik strahlte ihn an. Dann legte er besitzergreifend seinen Arm um Larks Hüften und presste seine Wange an ihre Taille.

Stoke hatte nicht das Herz, seinem Sohn zu widersprechen.«Lark ist bestimmt sehr erschöpft. Was hältst du davon, wenn wir sie jetzt in ihr Bett lassen, damit sie sich ein bisschen ausruht? Nachher kann sie wieder zu dir kommen.«

Varik runzelte die Stirn. Offensichtlich hielt er nicht viel von der Idee. Schließlich sagte er: »Na gut.«

Stoke drehte sich zu Amory um, der sich gerade von seinem Nachtlager in einer Ecke des Zimmers erhob. Baltizar, der es sich neben ihm bequem gemacht hatte, hob den Kopf und sah Stoke an. »Pass auf ihn auf«, sagte Stoke zu Amory. »Ich komme bald wieder.«

»Ist gut.«

Stoke gab Varik einen Kuss auf die Stirn. Ihm fiel auf, dass sie nicht mehr heiß war, und der letzte Rest Sorge verschwand. »Ruh dich aus. Ich komme bald wieder.«

Varik nickte. Sein Blick fiel auf Baltizar, und sein Stirnrunzeln verwandelte sich blitzartig in ein Lächeln. In seinem Alter wechselte die Stimmung schnell. »Neuer Hund?«, fragte Varik Amory.

»Ja. Möchtest du ihn gern streicheln?« Amory ging mit Baltizar zum Bett.

Stoke nutzte den Umstand, dass sein Sohn abgelenkt war, um Lark in seine Arme zu nehmen.

Ihre Augen öffneten sich blinzelnd. »Stoke«, sagte sie schlaftrunken.

Seinen Namen mit so sinnlicher Stimme gemurmelt zu hören und gleichzeitig ihre Hüften an seinem Unterleib zu spüren, erregte ihn.

»Ich bringe dich ins Bett.« Er klang so atemlos, als wäre er fünf Meilen gerannt.

»Ich bin nicht müde.«

»Du hast drei Tage lang meinen Sohn gepflegt. Du gehörst ins Bett.« Er marschierte hinaus. Ihre Lippen waren nur einen Atemhauch von seinem Hals entfernt, und die Hitze ihres Körpers brannte sich durch seine Kleidung. Ein Riss in ihrem zerschlissenen Nachthemd erlaubte ihm, unter seiner Hand ihren nackten Oberschenkel zu spüren. Er strich mit dem Daumen über die seidige Haut.

»Du brauchst dir um Varik keine Sorgen mehr zu machen. Das Schlimmste ist überstanden.«

»Du hast ihm das Leben gerettet, und ich stehe in deiner Schuld.« Er betrat sein Zimmer, stieß mit dem Fuß die Tür zu und trug Lark zu seinem Bett. Als er sie behutsam auf die Matratze sinken ließ, spürte er die weiche Haut ihres Schenkels über seine Handfläche streichen.

»Sagen wir, wir sind quitt. Du hast mir auf dem Felsen das Leben gerettet, weißt du noch? Ich habe dir noch nicht dafür gedankt.« Sie starrte ihn an, in ihren goldenen Augen einen weichen, verletzlichen Ausdruck, den er noch nie zuvor an ihr gesehen hatte.

»Es ist nie zu spät, um jemandem zu danken.« Sein Blick streifte hungrig über das dünne Hemd, das kaum etwas von ihrem Körper verbarg. Die Schlitze an den Seiten zeigten ein großzügig bemessenes Stück der verführerischen, cremigen Oberschenkel. Weiter oben konnte er das dunkle Dreieck zwischen ihren Schenkeln sehen. Die Erinnerung an ihre heiße, enge Hitze, die ihn seit jener Nacht in der Abtei beinahe um den Verstand brachte, kehrte mit einem Schlag wieder.

Sein Vorsatz, ihr etwas Ruhe zu gönnen, löste sich schnell in Luft auf. Er griff nach ihr und riss sie an sich wie ein Ertrinkender, der nach dem Rettungsseil greift. Seine Lippen fanden ihre. Obwohl er es erwartet hatte, wehrte sie sich nicht. Ihre Arme schlangen sich um seinen Hals, und sie erwiderte seinen Kuss bereitwillig und mit einem Hunger, der seinem um nichts nachstand.

Er nahm ihren Mund mit solcher Vehemenz in Besitz, dass ihr Kopf nach hinten über seinen Arm fiel. Ausgehungert nach ihr, verschlang er ihre Lippen, ihre Wangen, ihren Hals.

Er fühlte, wie ihre Hände unter sein Hemd glitten. Als sie seine nackte Brust berührten, zog er scharf den Atem ein, und jeder Muskel an ihm spannte sich. Die Folter endete nicht, denn jetzt breitete sie die Finger aus und schob sie auf seinen Rücken. Ihre Hände kneteten und streichelten hemmungslos die straffen Muskeln seines Rückens. Dann wanderten sie weiter nach unten.

Ein Stöhnen entrang sich ihm. Er konnte ihre Hitze spüren, das Feuer in ihr, ihr Verlangen nach ihm. Es stachelte ihn an. Wenn er sie nicht sofort nahm, würde er explodieren.

Sie schien seine Erregung zu spüren, denn sie zerrte an den Schnüren seiner Hose. Er zog ihre Hüften an die Bettkante und riss ihr Hemd hoch. Die langen, schlanken Beine, das goldene Vlies zwischen ihren Schenkeln zu sehen, ließ ihn erbeben.

Mit zitternden Fingern machte sie sich an der Verschnürung zu schaffen. Stoke, der sich kaum noch beherrschen konnte, stieß ihre Hände beiseite und riss seine Hosen auseinander, um sein hartes, pulsierendes Fleisch zu befreien. Er spreizte ihre Schenkel und drang in sie ein.

Sie bog ihren Rücken durch und klammerte sich an ihn.

»Sieh mich an, Lark«, sagte er.

Sie hob den Blick zu ihm. Ihre Lippen waren leicht geöffnet, und ihr Gesicht war erfüllt von der süßen Qual des Liebesakts. Er starrte in ihre Augen, wie gebannt von der strahlenden goldenen Flamme und den Funken der Leidenschaft, die sich auf ihn richteten und sich bis in den innersten Kern seines Wesens brannten. In diesem Moment gab es zwischen ihnen weder Misstrauen noch Uneinigkeit, nur das Gefühl, von einer Macht vereint zu sein, die stärker war als alles, was er je gekannt oder gefühlt hatte. Das Ausmaß dieser Macht machte ihm Herzklopfen, und kalter Schweiß brach an seinem Körper aus.

Zweimal stieß er in sie hinein. Dann beugte er sich vor, um sie zu küssen und einen stummen Schrei an ihrem Mund auszustoßen, während er sich in sie ergoss.

Er klammerte sich an sie, als er spürte, wie seine Knie unter der Gewalt ihrer Vereinigung nachgaben. Seine Lippen immer noch auf ihren, hob er ihre Hüften und drängte sie sanft auf die Matratze zurück. Sorgsam darauf bedacht, sich nicht von ihr zu lösen, schob er sich mit ihr in die Mitte des Betts; dann legte er sich auf sie.

Er zog einen Pfad von Küssen um ihr Kinn, als er ihr das Hemd über den Kopf zog und über seine Schulter auf den Boden warf. Voller Ungeduld, ihre nackte Haut an seiner zu spüren, riss er sich seine Tunika vom Leib und streifte seine Hosen von den Beinen. Er fühlte ihren Körper unter seinem, spürte den glatten Schweißfilm, der Larks Hitze verstärkte, bis sie ihn versengte.

»Stoke ...«

»Ja.« Er bewegte träge seine Brust und spürte ihre Brustspitzen an seinen, während seine Finger das Grübchen in ihrer Halsbeuge erforschten. Er presste seine Lippen an die seidige Haut unter ihrem Kinn und ließ seine Zunge an ihrer Kehle hinunterwandern. Ein Schauer durchlief sie. Ihr fraulicher Duft, unterlegt mit dem sinnlichen Geruch des Liebesakts, kitzelte seine Sinne. Noch nie hatte ihn der Duft einer Frau so sehr fasziniert. Er spürte, wie sein Glied in ihr wieder anschwoll.

Mit kleinlauter Stimme sagte sie: »Wir sollten das nicht wieder tun. Irgendwann muss ich wieder nach Hause und meinem Vater gegenübertreten. Und Avenall.« Stoke hob den Kopf von ihrer Brust. Die Vorstellung, sie zu verlieren, schien ihm unerträglich. Er sah in ihre Augen und murmelte: »Ein bisschen spät, sich darüber Gedanken zu machen.«

»Ich weiß, aber irgendwann muss ich mich ihm stellen. Ich war mit ihm verlobt.«

»Liebst du ihn noch?«

»Ich habe ihn mein ganzes Leben geliebt. Die Wahrheit zu erfahren wird ihn verletzen, und er wird es nie ganz verwinden. Seine Gefühle gehen viel tiefer als bei allen anderen Menschen, die ich kenne.«

In Stoke hätte sich vielleicht Eifersucht geregt, wenn Lark nicht sein Kinn geküsst hätte, als sie das sagte. Nichts in ihrer Stimme sprach von wahrer Liebe, wenn sie diesen Schwächling erwähnte. Freundliche Schwärmerei vielleicht, aber nicht Liebe. Er hatte ein gutes Ohr für diesen besonderen Klang in der Stimme einer Frau. Bei Cecily war nichts davon zu hören gewesen, als er um sie warb, aber damals hatte ihm noch die Erfahrung gefehlt, es zu bemerken. Mittlerweile konnte er bei jeder Frau an ihrer Stimme das Ausmaß ihrer Zuneigung abschätzen.

Als er nichts sagte, fuhr sie fort: »Eins wundert mich.« Sie hörte auf, sein Kinn zu küssen, und starrte ihm in die Augen.

»Was, meine Tigerin?« Er knabberte an ihrer Unterlippe.

»Ist es immer so schnell vorbei?«, fragte sie mit wehmütiger Stimme. »Ich weiß nicht, warum – wahrscheinlich, weil ich oft hören konnte, wie meine Eltern sich die ganze Nacht in ihrem Bett vergnügten –, aber ich dachte, es würde länger dauern. Ich gefalle dir nicht, stimmt's? Ich weiß, dass ich zu dünn bin und meine Hüftknochen pieken. Bestimmt möchtest du lieber eine Frau, die hübsch und üppig ist wie Helen.«

Stoke schnitt ihr das Wort ab, indem er sanft einen Finger auf ihre Lippen legte. »Und wenn drei von ihrer Sorte gleichzeitig mein Bett bevölkerten, sie könnten mir nicht annähernd so viel Lust schenken wie du.«

»Drei?« Leichte Röte stieg ihr in die Wangen, und sie machte ein skeptisches Gesicht.

»Drei«, versicherte er ihr mit einem Nicken und strich eine dunkelgoldene Haarsträhne aus ihrem Gesicht. »Du musst doch wissen, wie sehr du mir gefällst. Darum war es ja so schnell vorbei.«

»Wirklich?« Sie zog eine Augenbraue hoch.

»Ja, es war deine Schuld. Wenn du mich nicht so um den Verstand bringen würdest und nicht so mitreißend wärst in deiner Leidenschaft, hätte ich mich zurückhalten und auch dich glücklich machen können.«

»Soll ich mich denn nicht bewegen und wie ein Klotz daliegen, damit es beim nächsten Mal nicht so schnell vorbei ist?«

»Nein, darum brauchst du dir keine Sorgen mehr zu machen.« Er grinste sie an und berührte dann zärtlich ihre Brust. »Ich will dich in Zukunft jedes Mal zufrieden stellen, wenn ich mit dir schlafe, und es wird so oft vorkommen, dass etwas wie eben nicht mehr passieren kann. Ich will jeden Moment auskosten, den ich eine Tigerin in meinem Bett habe.«

»Ich finde allmählich Gefallen daran, lustvolle Drachen in meinem zu haben.« Sie zog seinen Kopf herunter, um ihn zu küssen, während ihre langen Beine über seine Waden strichen.

Es klopfte unvermittelt an die Tür, dann ging sie auf. Stoke griff schnell wie der Blitz nach der Bettdecke und warf sie über sie beide. Lark spähte an Stokes breiter Schulter vorbei. Ein verächtlicher Blick aus Lord Trevelyns blauen Augen traf sie. Lark stöhnte innerlich, als ein hämisches Grinsen auf seine Lippen trat. Er stand mit verschränkten Armen in der Tür und sah aus, als gehörte die ganze Welt ihm.

»So, so, Cousin, du beginnst den Tag also damit, deine neue Gefangene ins Training zu nehmen?«

»Ich hätte die verdammte Tür absperren sollen.«

Stoke rollte sich auf ihre Seite, wobei er sorgsam darauf achtete, dass die Decke nicht verrutschte.

»Ich fühle mich aufrichtig gekränkt, Stoke.« Lord Trevelyn schnalzte mit der Zunge. »Ist das eine Art, mit mir zu reden? Ich wollte nachschauen, wie es deinem Sohn geht, und dein Priester sagte mir, du wärst auf deinem Zimmer. Ich wollte dir nur sagen, wie sehr es mich freut, dass Varik wieder gesund ist.«

Ohne einen Gedanken daran zu verschwenden, dass er splitternackt war, sprang Stoke aus dem Bett und zeigte zur Tür. »Raus! Und wenn du das nächste Mal dieses Zimmer ohne meine Erlaubnis betrittst, schneide ich dir das Herz aus dem Leib.«

Lord Trevelyn legte den Kopf zurück und lachte. Im nächsten Moment war er wieder ernst. »Ich freue mich schon darauf, Cousin.« Er warf einen lüsternen Blick auf Lark und knallte die Tür zu.

»Was für ein unangenehmer Mensch.« Lark spürte immer noch den Blick, mit dem Lord Trevelyn sie bedacht hatte. Sie klammerte sich mit den Fingern an die Bettdecke und wartete, bis das Gefühl von Ekel abebbte.

»Es macht ihm Spaß, mich zu provozieren.« Stoke wandte sich zum Bett um.

»Warum?« Lark beobachtete das Spiel der Muskeln auf seinem Oberkörper und seinen Schenkeln und fühlte eine vertraute Wärme in ihrem Inneren.

Sie machte ein enttäuschtes Gesicht, als er zu einer Truhe ging und ein Paar Hosen herausholte. Als er sie anzog, beobachtete sie, wie der Drachen auf seinem Rücken seine Schwingen ausbreitete. Dann blickte sie auf die Narben an seinen Beinen.

»Louis war Knappe bei meinem Vater und wurde von ihm zum Ritter geschlagen. Mein Vater liebte ihn wie einen Sohn. Als Louis in seine Heimat Burgund zurückging, warf sich Velda, die Dame, der er den Hof gemacht hatte, mir an den Hals. Louis hörte davon und kam außer sich vor Wut hierher. Er wollte einfach nicht glauben, dass ich ihm Lady Velda nicht abspenstig gemacht hatte. Nun, er entdeckte ihren wahren Charakter, als er an den Hof ging und sie dort im Bett eines anderen ertappte. Er entschuldigte sich bei mir, aber ich glaube, er hat im Grunde nie wahrhaben wollen, dass ich Lady Velda nicht verführt habe.« Stoke hatte seine Beinkleider verschnürt und starrte gedankenverloren auf den Boden.

»Könnte es Lord Trevelyn sein, der hinter den Mordversuchen steckt?«

Stoke hob den Blick zu ihr. »Sehr gut möglich. Ich habe ihn seit über fünf Jahren nicht gesehen, und ich finde es höchst verdächtig, dass er ausgerechnet jetzt auftaucht, zur selben Zeit, in der mir jemand nach dem Leben trachtet.« Er nahm sich eine frische Tunika aus der Truhe und zog sie mit nachdenklich gerunzelter Stirn über den Kopf.

Lark fiel etwas ein, und sie sagte: »Ich war so sehr damit beschäftigt, Varik zu pflegen, dass ich noch gar keine Zeit hatte, dich zu fragen, ob du herausgefunden hast, wer ihm die giftigen Beeren gegeben hat.«

Er zögerte einen Moment und starrte sie an, als widerstrebte es ihm, darüber zu sprechen. Schließlich sagte er: »Ich habe Dalia noch einmal befragt. Sie schwört, nicht zu wissen, wie er vergiftet worden ist. Aber sie hat zugegeben, eingenickt zu sein, als er seinen Mittagsschlaf hielt. Jemand könnte es ihm in dieser Zeit gegeben haben.«

»Ich glaube ihr. Ich kann mir nicht vorstellen, dass sie es war. Aber es muss jemand von hier gewesen sein, jemand, der die Möglichkeit hat, in seine Nähe zu kommen.«

Stokes schwarze Augenbrauen zogen sich drohend zusammen. »Ich hatte schon länger den Verdacht, dass es jemand ist, der mir nahe steht. Wie nahe, wusste ich nicht, aber jetzt steht fest, dass es jemand sein muss, der unter meinem Dach lebt.«

»Hat Lord Trevelyn durch deinen Tod etwas zu gewinnen?«

»O ja. Er wird meinen Titel und meine Ländereien erben, wenn Varik und ich sterben.«

»Aber du hast doch gesagt, dass er reich ist.«

»Unvorstellbar reich, aber Macht kann einen Mann verderben und in ihm das Verlangen nach mehr wecken.«

»Ich habe Angst um dich und Varik.«

»Wirklich?« Stoke sah sie eindringlich an.

»Natürlich.« Ihre Stimme wurde weich. »Wenn du Vertrauen zu mir hast« – Lark legte besondere Betonung auf das Wort *Vertrauen* – »würde ich gern auf Varik aufpassen und die Zubereitung eurer Mahlzeiten überwachen. Dann kann ich sichergehen, dass ihr nicht vergiftet werdet.«

Er stand einen Moment da und musterte sie unsicher, die Lippen nachdenklich geschürzt. In seinem Inneren schien ein Kampf zu toben. Lark hielt seinem Blick unverwandt stand, denn sie wusste, wenn sie wegsah, würde er ihre Bitte abschlagen.

»Na gut.« Die Worte schienen ihm nur schwer über die Lippen zu kommen.

Durch einen schmalen Fensterschlitz fiel etwas Sonnenlicht in den Raum, und winzige Staubteilchen tanzten in dem Lichtstreifen. Stoke kam zum Bett, legte eine Hand unter ihr Kinn und strich mit seinem Daumen über ihre Lippen.

»Ich vertraue Varik und mich deiner Fürsorge an. Lass uns nicht im Stich, Lark.«

Auf der Burg St. Vale warf William Mandeville seiner Frau einen Blick zu und sagte: »Ich mache mir keine Sorgen um Lark.« Fasziniert sah er zu, wie Elizabeth ihr Unterkleid über ihre nackten gerundeten Kurven zog.

»Das sieht dir gar nicht ähnlich. Weißt du etwa, wo sie ist?« Elizabeths blaue Augen funkelten ihn argwöhnisch an.

»Ich glaube es zu wissen.«

Mit jedem Atemzug, den sie machte, bebten ihre Brüste unter dem weißen Leinen. Er betrachtete diese sinnlichen Rundungen, konnte sie beinahe in seinen Händen spüren. Sein Blick wanderte weiter nach oben, zu der unglaublich cremigen Haut ihres Nackens, die er so oft mit seinen Lippen gekostet hatte. Auch nach fünfundzwanzig Jahren Ehe faszinierte es ihn immer noch, Elizabeth beim Anziehen zuzuschauen, so sehr, dass er unter der Bettdecke eine Erektion bekam. Als er sah, dass sie nach ihrem Kleid griff, schwang er die Beine über die Bettkante und ging zu ihr.

Ihr Blick fiel auf sein hartes Glied, und sie wich zurück. »O nein, du kommst mir nicht davon, ohne meine Frage zu beantworten. Es ist unfair, Leidenschaft als Vorwand zu benutzen, um das Thema zu wechseln.«

»Vielleicht, aber ich finde es ganz in Ordnung.« Er drängte sie an die Bettkante. Bevor sie ihm entschlüpfen konnte, zog er sie in seine Arme.

Sie sträubte sich. Er rieb sein hartes Glied an ihr, und sie hörte auf zu zappeln. Der Zorn verschwand spurlos von ihrem Gesicht, und ihre blauen Augen wurden weich. Sie schlang ihre Arme um seinen Hals und schmiegte sich an ihn. »Ich weiß nicht, warum ich mir überhaupt die Mühe mache, mit dir zu sprechen.

Du beantwortest meine Fragen ohnehin nie. Wie kommt es, dass wir immer im Bett landen, wenn es etwas Wichtiges zu besprechen gibt? Du machst mit mir, was du willst. Nur einmal möchte ich Macht über dich haben – nur um es dir zu zeigen.«

»Du hast mehr Macht über mich, als du weißt.« Er starrte auf ihre Brüste, die das Hemd kaum verbarg, und lächelte.

»Du bist ein Halunke.« Sie streifte seine Nasenspitze mit ihren Lippen und strafte damit ihren gereizten Tonfall Lügen.

»Davon bin ich überzeugt, aber dafür bist du eine Kratzbürste. Und du behauptest dich mir gegenüber genauso, wie ich es bei dir mache. Wann begreifst du endlich, dass es in der Liebe keinen Sieger und keinen Verlierer gibt. Wir sind eins. Du kannst dich selbst nicht übertrumpfen. Ist dir das noch nicht klar geworden?‹

»Du weichst meiner Frage sehr geschickt aus.« Ihre dunklen Augenbrauen zogen sich in gespieltem Ärger zusammen. »Wo ist Lark?«

»In Sicherheit.«

»Ich verstehe schon. Du hast sie weggeschickt, um mich zu beschämen, nicht wahr? Deshalb weigerst du dich, es mir zu sagen. Hoffentlich bist du zufrieden. Ich habe vor unseren Gästen wie eine komplette Närrin dagestanden.«

»Das scheint ihren Appetit aber nicht beeinträchtigt zu haben.« William bewegte seine Hüften und spürte, wie sich seine Erektion an ihren weichen Leib drückte.

»Du und deine dummen Scherze. Ich hoffe, du bist zufrieden mit dir – und mit deiner Tochter. Wenn du tatsächlich dahinter steckst ...« Elizabeths bissiger Tonfall stand in krassem Gegensatz zu den Küssen, die sie auf sein Kinn hauchte.

»Glaubst du wirklich, ich würde so etwas tun, Elizabeth? Ich wäre doch ein ausgemachter Dummkopf, wenn ich meine Vorratskammern und Geldtruhen für eine Hochzeit plündern würde, die gar nicht stattfindet.«

»Aber wo kann sie bloß sein?«

»Auf Kenilworth Castle, wenn du mich fragst.«

»Aber das ist doch ...« Elizabeth hörte auf, ihn zu küssen, und schnappte nach Luft.

»Die Höhle des Schwarzen Drachen, ganz recht«, beendete William den Satz für sie.

»Ich wusste es – ich wusste es einfach! Ich habe gesehen, wie er sie in diesem fürchterlichen alten Hemd begafft hat. Sie sah darin wie eine schamlose Dirne aus. Ich habe sie gewarnt, aber hat sie je auf mich gehört? Und der arme Avenall war am Boden zerstört, als ich am Morgen der Hochzeit ihr Bett leer fand. Du musst ihm und Evel Bescheid sagen. Sie suchen nach ihr.«

Ein Grinsen spielte um Williams Lippen, und sein Griff um Elizabeth verstärkte sich. »Nein, ich finde, wir können sie ruhig noch ein bisschen zappeln lassen.«

»Wie pervers du bist! Willst du denn, dass sie mit einem Bastard im Bauch zurückkommt? Denn genau das wird passieren. Noch mehr Schande wird über uns kommen!«

»Er wird sie heiraten.«

»Kannst du dir dessen sicher sein?«

»So sicher wie deine Augen blau wie das Meer sind.« Er beugte sich vor und rieb seine Nase an ihrer.

»William, wie kannst du das nur gutheißen und auf die leichte Schulter nehmen? Sie wird als Hure enden, genau wie ihre –«

Er hielt ihr den Mund zu. »Kein Wort von ihr!«

Einen Moment lang herrschte gespanntes Schweigen. Verachtung und Schmerz verschleierten unübersehbar das Verlangen in Elizabeths Augen.

Außerstande, in diese schmerzerfüllten Augen zu sehen, starrte William auf die blasse Haut ihrer Stirn und nahm seine Hand von ihrem Mund.

Sie wandte sich tief gekränkt ab und griff hastig nach ihrem Kleid. »Du magst vielleicht nicht von ihr sprechen, aber Lark wird genauso werden wie sie!«

Diesmal streckte William nicht die Arme nach ihr aus, sondern sah schweigend zu, wie sie das blaue Leinenkleid über ihren Kopf zog. »Nein, wird sie nicht. Blackstone wird sie heiraten, dafür sorge ich schon.«

Er schwieg einen Moment. »Und wie lange muss ich für diesen einen Fehler noch leiden?«, sagte er. »Es ist achtzehn Jahre her, und du kannst es immer noch nicht vergessen.«

»Wie kann ich vergessen, dass Lark dein Bastard ist?«

18

»Jedes Mal, wenn ich Lark anschaute, sah ich in das Gesicht jener Frau«, sagte Elizabeth. Das Leid all der Jahre stand in ihren Augen. »Es war, als würde sie bei mir leben. Ich habe es versucht, wirklich, aber Lark war kein einfaches Kind, und jedes Mal, wenn ich sie sah, durchlebte ich den Schmerz von neuem.«

»Ja, und Lark musste dafür büßen. Darum wollte ich sie bei mir haben. Ich konnte nicht mit ansehen, wie sie durch deine Ablehnung eingeschüchtert und gebrochen wurde.«

»Also hast du einen Sohn aus ihr gemacht. Das war nicht richtig von dir.«

»Ich habe sie stark genug gemacht, deine Verachtung zu überleben.«

»William, was du da sagst, ist schrecklich!«

»Es ist die Wahrheit, meine Liebe, die reine Wahrheit.« William legte die Arme um Elizabeth und drehte sie zu sich herum, hielt sich an ihr fest wie an einem Talisman. »Ich hatte so gehofft, nach all den Jahren würdest du wissen, wie viel du mir bedeutest, und dich nicht mehr bedroht fühlen. Carmia hat mir nie etwas bedeutet.«

»Ja, das sagst du, aber wie konnte ich deine Untreue je vergessen, nachdem du mir ein Kind ins Haus gebracht hast, das diesem Ehebruch entsprungen ist, und von mir erwartet hast, es wie mein eigenes aufzuziehen.« Eine Träne lief über Elizabeths Wange. »Du hast zu viel von mir verlangt.«

»Ja, das stimmt. Die Liebe verlangt viel von uns allen.« William küsste ihre nasse Wange und schmeckte das Salz der Tränen auf ihrer Haut.

Elizabeth klammerte sich an ihn, wie immer, wenn sie sich hilflos fühlte. Trotz all ihres Gezänks war sie eine verletzliche, in vielerlei Hinsicht fast kindliche Frau. Diese Seite an ihr war es, in die William sich verliebt hatte und die er heute noch liebte.

Als er Elizabeth jetzt in den Armen hielt, dachte er an Lark. Sie hatte seit dem Tag, an dem er sie gebracht hatte, einen Keil zwischen ihn und seine Frau getrieben, aber er war entschlossen gewesen, seine uneheliche Tochter großzuziehen. Ein selbstsüchtiges Unterfangen, denn er wusste, dass es für Lark besser gewesen wäre, in der Klosterschule zu bleiben, statt mit einer täglichen Dosis von Elizabeths Groll zu leben. Aber als sie ihn mit tieftrauriger Miene anflehte, sie nicht zurückzuschicken, konnte er es nicht ertragen, sich von ihr zu trennen. Also behielt er sie trotz Elizabeths Eifersucht bei sich. Er hatte sich immer zwischen den beiden hin und her gerissen gefühlt.

Er hatte auf den richtigen Augenblick gewartet, um Lark von Carmia zu erzählen, hatte ihn aber in achtzehn Jahren nicht gefunden. Teilweise deshalb, weil er den Gedanken nicht ertrug, das schwärmerische Strahlen in ihren Augen erlöschen zu sehen, wenn er ihr es sagte, denn noch nie hatte jemand ihn so sehr vergöttert wie seine Tochter. Aber jetzt würde Lark Blackstone anbeten können. Das kleine Mädchen, das er abgöttisch geliebt hatte, das ihm auf Schritt und Tritt gefolgt war, das alles getan hatte, um ihm Freude zu machen, gehörte nicht länger ihm. Sie gehörte Blackstone.

Am nächsten Morgen weckte ein kräftiges Klopfen an der Zimmertür Lark auf. Am Winkel des Sonnenlichts, das durch den Fensterspalt fiel, konnte sie erkennen, dass der Tag längst angebrochen war. Die Tür quietschte in den Angeln, und die junge Frau namens Ebba, die Lark bei ihrer Ankunft gesehen hatte, trat in den Raum.

»Wie lange habe ich geschlafen?«

»Seit gestern früh.«

»Ich war wohl müder, als mir bewusst war.« Stoke hatte sie trotz seines Versprechens schlafen lassen. Sie fühlte sich ausgeruht, hätte es aber vorgezogen, sich von einer Nacht in Stokes Armen erschöpfen zu lassen.

Ebbas Miene verriet nichts, aber ihre Stimme bebte vor Groll, als sie ans Bett trat. »Ich hätte Euch jetzt auch nicht geweckt, aber der Herr hat mir aufgetragen, Euch das hier zu bringen.« Sie warf ein braunes Wollkleid, ein weißes Leinenhemd und ein Paar Stiefel aus Rehleder auf das Bett.

»Danke.«

»Ihr braucht mir gar nicht auf Eure damenhafte Art zu danken. In meinen Augen seid Ihr keine Dame. Einfach den Herrn rücklings niederstechen! Jetzt seid Ihr nichts anderes als die Gefangene des Herrn … und seine Hure.« Die junge Frau warf den Kopf zurück und stieß ein Lachen aus, das grell die Luft durchschnitt.

Lark richtete schweigend den Blick auf die Frau.

»Viel Vergnügen wünsch' ich.« Trotz Ebbas gehässigem Ton traten Tränen in ihre grasgrünen Augen, die sie hastig wegblinzelte. »Von mir will er nichts mehr wissen. Ich weiß nicht, ob es an Euch liegt oder weil ich mit Lord Trevelyn das Lager geteilt habe. Ich wünschte, ihr wärt beide tot!«

Lark versteifte sich. »Hat Lord Trevelyn dich gezwungen, mit ihm zu schlafen?«

Larks direkte Frage schien Ebba aus dem Gleichgewicht zu bringen. Nach einem Moment fand sie ihre Stimme wieder. »Nein, da war kein Zwang dabei. Wenn Ihr ihn je geküsst hättet, wüsstet Ihr, was ich meine.«

Bei der Vorstellung, Lord Trevelyn zu küssen, verzog Lark angewidert das Gesicht. »Was für ein Mann ist er?«

»Er ist nett.« Ebba kramte mit selbstgefälliger Miene in ihrer Rocktasche und fischte einen kleinen Beutel heraus. Ihre Finger tauchten in das Leder und zogen einen großen Smaragd hervor, der in ihrer Hand zum Leben zu erwachen schien und grüne Funken sprühte. »Den hätte er mir nicht geben müssen, aber er hat's getan. Jetzt bin ich reich. Ich kann hier weg, wann es mir passt. Der Herr hat mir nie Edelsteine gegeben, und Ihr werdet auch keine bekommen.« Sie bedachte Lark mit einem höhnischen Blick.

Lark biss die Zähne zusammen und fragte: »Ist Lord Trevelyn an dem Abend, als Varik krank wurde, in der Nähe des Jungen gewesen?«

»Er würde Master Varik nie etwas tun. Er war bei mir, bevor der Junge krank wurde.« Sie ließ den Smaragd in den Lederbeutel fallen und schob ihn wieder in ihre Tasche.

»Weißt du, wer Varik vergiftet hat?«

Sie zögerte einen Moment. »Nein, weiß ich nicht. Und jetzt muss ich mich wieder an meine Arbeit machen.« Ebba wandte sich zur Tür.

Lark beobachtete den Schwung ihrer breiten Hüften unter dem derben Tuch ihres Kleids und wusste, dass Ebba ihr nicht die Wahrheit über Lord Trevelyn sagen würde. Nicht, nachdem er sie mit einem kostbaren Edelstein bestochen hatte. Lark hatte immer noch das Gefühl, dass er der Schuldige war.

Sie würde weitere Nachforschungen anstellen müssen. Sie schlug die Decke zurück und schlüpfte in das Hemd, das Kleid aus grober Wolle und die Stiefel. Die Wolle kratzte auf ihrer Haut, als sie auf dem Tisch einen Kamm fand und ihr Haar entwirrte. Als sie es geflochten hatte, machte sie sich auf den Weg zum Kinderzimmer.

Sie hörte Kinderlachen aus dem Zimmer und blieb in der Tür stehen. Stoke saß auf der Bettkante. Varik hing mit dem Kopf nach unten zwischen den Beinen seines Vaters. Sein dunkles Haar streifte beinahe den Boden. Stoke zog Varik an den Händen hoch und setzte ihn auf seine Knie.

»Noch mal, Va-peer! Mach noch mal Zugb'ücke 'unter.«

»Nur wenn du Vater sagst.« Stoke sprach das Wort betont langsam für seinen dreijährigen Sohn.

»Va-peer.«

»Vater.«

»Va-peeer.«

Stoke schnitt eine Grimasse, gab auf und spreizte die Beine. Varik rutschte hindurch. Bevor er auf den Boden plumpste, fing Stoke ihn ein und setzte seinen juchzenden Sohn wieder auf seine Knie.

»Noch mal, Va-peer! Noch mal!«

»Die Zugbrücke ist für heute geschlossen. Jetzt muss ich mal schauen, ob bei uns auch alles in Ordnung ist.« Stoke tippte auf Variks schmollend vorgeschobene Unterlippe. »Lass das.«

Variks Blick fiel auf Lark. »La'k!« Er krabbelte von Stokes Schoß, rannte zu ihr und packte ihr Kleid mit einem kräftigen Ruck am Saum.

Lark bückte sich und nahm ihn auf den Arm. »Ich bin froh, dass es dir heute schon so viel besser geht.«

»Ja, bessa'.«

Sie hörte Schritte hinter sich und wirbelte herum. Vor ihr stand der junge Mann, den sie am Abend ihrer Ankunft mit Lord Trevelyn bei Tisch gesehen hatte.

»Verzeihung, Madam.« Der Mann deutete eine Verbeugung an. Als er den Kopf hob, schienen seine ohnehin großen Augen in seinem schmalen Gesicht noch größer zu werden. »Ich wollte mit meinem Herrn sprechen.«

Er war einen Kopf kleiner als Lark, und sie musste auf ihn hinunterschauen. Dass es ihm nicht gefiel, den Blick zu ihr heben zu müssen, war ihm deutlich anzusehen. »Dann will ich nicht länger stören.«

Seine großen braunen Augen hefteten sich auf Stoke. »Ich wollte fragen, ob wir vielleicht die Bücher durchgehen könnten, Mylord. Es gibt da ein paar Probleme, auf die ich Euch hinweisen muss.«

»Gut.« Stoke machte eine nachlässige Handbewegung. »Das ist Thomas, mein Verwalter. Thomas, Lady Lark.«

»Sehr erfreut. Wenn Ihr mich jetzt entschuldigen wollt, Varik und ich müssen frühstücken. Was hältst du davon, Varik?«

»Gut.« Er nickte energisch und schlang beide Arme um ihren Hals.

Eine Stunde später bedachte Rashid, ein dunkelhäutiger Sarazene in mittleren Jahren, der jedes Wort brüllte und ständig eine finstere Miene machte, Lark mit einem verächtlichen Blick. »Du mir nicht sagen, wie kochen, Gefangene. Ich kochen seit zwei Jahren für Black Dragon. Hören keine Klagen.« Er zog seinen Kochlöffel aus einer riesigen Schüssel und schwenkte ihn drohend.

Hinter seinem Rücken hörte ein kleiner Küchenjunge auf, den Blasebalg zu pumpen, und kauerte sich an die Herdstelle.

Lark hielt Variks winzige Finger fest, bevor er Gelegenheit hatte, einen Mörser mit Stößel umzukippen, der auf einem Tisch stand. »Ich habe doch nur gesagt, dass meine Mutter mehr Knoblauch und Basilikum in ihren Aal in Aspik gibt. Es war nur eine Bemerkung. Ich wollte dir nicht vorschreiben, wie du zu kochen hast!«

Dass er ihr kein Wort glaubte, sah sie an seiner überheblich gerümpften Nase. »Dann jetzt raus aus meiner Küche!« Er schlug mit dem Löffel an die Schüssel. »Nicht mehr herumhacken hier und einmischen da. Tu dies nicht, tu das nicht. Und mit Adleraugen zuschauen.« Er stieß beide Hände in eine Schale mit Zwiebeln und warf eine Hand voll in die Luft. Sie regneten auf den Küchentisch, auf den Fußboden und über die Ärmel seiner grob gewebten Tunika. »Du meckerst wie Ziege, Gefangene!«

»Ich hoffe nicht.« Lark runzelte die Stirn.

Dann hockte sie sich auf die Fersen. Varik schlang seine Arme um ihren Hals und kletterte auf ihren Rücken. Sie hielt seine Beine gut auf beiden Seiten fest, als sie aufstand.

Varik zog an ihrem Zopf. »Hü, Pfe'dchen!«

Lark trabte zur Tür, und der jauchzende Varik hüpfte an ihrem Rücken auf und ab. Als sie die Küche verließ, flog Rashids Hand zu einer Schale mit zerdrücktem Knoblauch, dann zu einer anderen kleinen Schale mit gehacktem Basilikum. Die Bewegungen waren so schnell, dass sie Lark entgangen wären, wenn sie in diesem Moment geblinzelt hätte. Er streute die Gewürze unauffällig in das Aalgericht und zog den Löffel durch die zähe Masse, bevor er alles geschickt in einen schweren Eisentopf umfüllte.

Lark grinste in sich hinein und trat auf den Burghof hinaus. Die obere Hälfte der aufgehenden Sonne lugte über die hohen grauen Mauern. Das Krächzen aus den Greifvogelgehegen, vermischt mit dem Muhen der Kühe und dem gelegentlichen Schnattern einer Gans, erfüllte den Hof. Der junge Stallknecht, den sie bei ihrer Ankunft auf der Burg gesehen hatte, war eifrig damit beschäftigt, neben dem Stall lose verstreutes Heu zu einem großen Haufen zusammenzukehren. Ein Milchmädchen mit einem Joch über den Schultern eilte quer über den Hof. Zu beiden Seiten des Jochs hingen zwei Eimer mit Milch. Ein paar Katzen, die ihr nachliefen, blieben immer wieder stehen, um die verschütteten Tropfen aufzulecken. Baltizar saß regungslos da und ließ sie nicht aus den Augen. Katzen zählten nicht zu seinen Lieblingen.

Lark ging an Stokes Knappen vorbei, einem jungen Burschen um die zwanzig, mit kurz geschnittenem braunem Haar, das sich über seiner Stirn wie eine ordentlich gestutzte Hecke erhob. Er hatte an einen Stützpfeiler gelehnt und jeden ihrer Schritte in der Küche beobachtet. Nun richtete er sich auf, offensichtlich bereit, ihr auf Schritt und Tritt zu folgen.

»Wirst du es nicht leid, mir zu folgen?« Sie lächelte, aber ohne Wärme, denn der Knappe war nur eine ständige Erinnerung daran, dass Stoke nicht bereit war, sie auch nur einen Moment aus den Augen zu lassen.

Der Knappe starrte sie wortlos an.

»Nun, das nehme ich als Zustimmung.« Lark fragte sich, ob der Mann stumm war. Nicht ein Wort war über seine Lippen gekommen, seit er vor einer Stunde mit seiner Überwachung begonnen hatte, und in dieser Zeit hatte sie drei Fragen an ihn gerichtet.

»Zu'timmung, Zu'timmung, Zu'timmung«, wiederholte Varik im Singsang.

»Zustimmung.«

»Zu'timmung.«

Lark schüttelte lächelnd den Kopf. Ihr fiel auf, dass Dalia über den Hof gelaufen kam. Kurz vor Lark blieb sie stehen und wisperte: »Hat Euch der Koch nicht bei lebendigem Leib gegessen? Dieser Heide mag keinen Menschen in seiner Nähe haben. Ich gehe nicht gern da rein.« Dalia zeigte mit dem Daumen in Richtung Küche. »Diese Sarazenen sind alle vom Teufel besessen.«

»Ich habe in der Küche keinen Teufel herumgeistern sehen. Wenn man dem Koch glauben darf, war ich der einzige Dämon dort.« Lark grinste Dalia verschmitzt an.

Dalias ständig abweisend geschürzte Lippen entspannten sich. Seit Variks Genesung hatte Lark dem Kindermädchen ihre Befürchtungen über Lord Trevelyn anvertraut, und die beiden hatten eine Art Bündnis geschlossen. Dalia sah Lark jetzt kaum noch missbilligend an, und manchmal gelang es Lark sogar, ihr ein Lächeln zu entlocken.

»Ihr könnt von Glück sagen, davongekommen zu sein. Einmal hat er einem Mann einen Finger abgehackt.«

Lark riss die Augen auf. »Erzähl es mir.« Sie spürte, wie Varik an ihrem Zopf zog.

»Es war einer der Helfer. Rashid erwischte ihn beim Stehlen von Eiern und hackte ihm den Finger ab, einfach so. Der Mann wäre beinahe verblutet.«

»Ich glaube, Rashid hat ausgeprägte Beschützergefühle, was seine Küche angeht.« Lark hörte, wie Varik zu summen anfing, und wechselte das Thema. »Lord Trevelyn hat nicht versucht, in Variks Nähe zu kommen, oder?«

»Nein, jedenfalls nicht, solange ich bei dem Kind

war. Ich lasse ihn nicht aus den Augen. Ich bin jetzt vor Lord Trevelyns Schlichen gewarnt. Und der Herr auch. Er hat Sir Rowland beauftragt, jeden seiner Schritte zu überwachen. Ich glaube kaum, dass er wieder einen seiner üblen Tricks versucht.«

»Ich traue es ihm durchaus zu. Wo ist Lord Trevelyn jetzt?«

»Auf dem Turnierplatz, mit dem Herrn.«

Lark zog die Augenbrauen zusammen. Sie wusste, dass Stoke im Kreis seiner Männer nichts zustoßen konnte, aber sie machte sich trotzdem Sorgen. Menschen vom Schlag Lord Trevelyns kämpften kaum jemals offen oder ehrenhaft.

»Zum Tu'nie'platz, P'erdchen.« Varik lehnte sich nach vorn, um Lark ins Gesicht zu schauen.

»Na gut.«

»Galopp … bitte«, schmeichelte Varik.

»Nur wenn du Vater sagst. Du würdest ihm eine große Freude machen. Kannst du es, Sir Varik, mein edler Ritter?«

Ein Lächeln rundete Variks Pausbäckchen. »Va-te'.« Er betonte jeden Buchstaben.

»Ein guter Versuch von einem so jungen und würdigen Knaben. Wir brechen auf, Dalia.« Lark hielt seine Beine wieder gut fest und rannte den Rest des Wegs, um Varik auf und ab hüpfen zu lassen. Hinter sich hörte sie die Schritte des Knappen. Sie runzelte die Stirn.

Variks Jauchzen hörte erst auf, als sie sich den Männern näherte und langsamer wurde. Der Geruch von Schweiß, Leder und Pferdeäpfeln hing schwer in der Luft, eine Mischung, die sie gut von St. Vales Turnierplatz kannte. Einen Moment lang verspürte sie nagendes Heimweh, aber es verflog bald, als laute Jubelrufe ihre Aufmerksamkeit ablenkten. Sie sah die Rückseite von Amorys Tonsur, die sich auf seinem dunklen, runden Kopf deutlich abhob. Rowland stand neben ihm. Sie erkannte ihn an seinem sandfarbenen Haar, das in der Sonne schimmerte. Die beiden verfolgten gebannt das Geschehen auf dem Kampfplatz.

Lark drängte sich zu ihnen durch. »Dürfen wir auch zuschauen?«

Amory machte ihr Platz. »Ah! Lady Lark!«

Jetzt bemerkte auch Rowland sie. »Wer, bitte, ist denn das auf Euren Schultern?« Ein anziehendes Lächeln erhellte sein Gesicht. Auch er hatte sich seit Variks Genesung für sie erwärmt.

»Das ist der edle Ritter Sir Varik.«

»Und sein treues Pferd?« Rowlands Lächeln vertiefte sich, als er Varik ansah.

»Jawohl, und die Mähre ist ihre letzte Meile gelaufen.«

Amory lächelte. »Komm, Varik, gönne deinem Streitross etwas Ruhe und setz dich auf meine Schultern«, sagte er. »Von hier siehst du auch besser.«

Lark sah zu, wie Amory den Jungen auf seine Schultern hob, und fragte: »Wo ist Sto …« Sie brach ab, als ihr Blick über den weichen, sandigen Lehmboden des Turnierplatzes wanderte und bei Stoke und Lord Trevelyn verharrte.

Ihre Arme waren in einem gnadenlosen Würgegriff ineinander verschlungen. Einer lehnte sich an den anderen, Brust an Brust, die Arme an den Schultern verkrampft. Keiner von beiden rührte sich, und ihre angespannten Armmuskeln glänzten vor Schweiß. Offensichtlich hatten sie diese Stellung beim Ringen schon eine ganze Weile inne, denn Lark konnte sehen, wie ihre sehnigen Arme bebten. Sie waren nur mit Lendentüchern bekleidet, und obwohl Lord Trevelyns Gestalt straff und muskulös war, war seine Brust nicht so breit wie die von Stoke.

»Va-peer! Va-peer!« Varik zeigte auf seinen Vater.

Als er die Stimme seines Sohnes hörte, hob Stoke den Kopf. Sein Blick fand zu Varik, dann zu Lark. Ein sinnliches Lächeln spielte um seine Mundwinkel.

Lord Trevelyn, der sofort merkte, dass Stokes Konzentration nachließ, grinste boshaft. Er holte mit einem Bein aus und zielte auf Stokes rechte Seite.

»Pass auf!«, schrie Lark.

19

Der Schlag erwischte Stoke mit voller Wucht am Knie. Sein Bein knickte ein, und er fiel mit einem Fluch rücklings auf die Erde. Louis warf sich auf ihn.

»Ich hätte dich abstechen können, Cousin«, stieß Lord Trevelyn zwischen den Zähnen hervor, während er versuchte, Stokes Arme auf den Boden zu pressen.

»Du hättest es versuchen können.« Stoke starrte in die durchdringenden blauen Augen, befreite dann einen Arm und schlang ihn um Louis' Hals.

»Du benimmst dich wie ein liebeskranker Narr, wenn deine Gefangene im Spiel ist. Ich würde mich nicht zu sehr an sie hängen. Wer weiß, wann sie dir wieder davonläuft.«

Stoke rammte seinen Fuß in Louis' Bauch und schleuderte ihn rücklings über seinen Kopf. Bevor er sich rühren konnte, stürzte sich Stoke auf ihn, hielt seine Arme fest und sagte: »Ich glaube kaum, dass sie sich in absehbarer Zeit davonmacht.«

Louis knurrte und setzte sich verbissen zur Wehr, wie ein Mann, der gegen Dämonen kämpft. Aber er konnte sich nicht befreien. Stoke hörte seine Männer lauthals über seinen Triumph jubeln. Lark schrie am lautesten von allen.

»Ein guter Kampf.« Stoke rollte sich von Louis. Er konnte es kaum erwarten, Lark wieder für sich zu haben.

»Aber für uns wird er nie vorbei sein, stimmt's?«

Stoke sah ihn einen Moment eindringlich an. »Nur,

wenn du es so haben willst.« Dann drehte er sich um und schlenderte zu Lark. Louis starrte ihm finster nach.

Das Leuchten in ihren Augen zu sehen, das stolze Lächeln, das ihr Gesicht erhellte, überwältigte ihn.

Seine Männer klopften ihm auf den Rücken, als er zu Lark ging. Stoke sah unverwandt in ihre strahlenden goldbraunen Augen. Ihr Blick senkte sich auf sein Lendentuch. Das Lächeln verblasste, und eine leichte Röte färbte ihre Wangen.

Er spähte verstohlen auf sein Lendentuch, das sich unverkennbar ausbeulte. Ein schiefes Grinsen spielte um seinen Mundwinkel. Rowland und Amory lächelten wissend.

»Va-peer gewonnen.«

»Bleib einen Moment bei Amory. Ich möchte Lark den Bach zeigen.« Er zerstrubbelte seinem Sohn das Haar, hob dann Lark in seine Arme und marschierte zielstrebig zur Brücke. Amory und Rowland blieben grinsend zurück.

Lark schien etwas einzufallen, denn sie sah über seine Schulter zum Turnierplatz. »Ich kann nicht mitkommen, Mylord. Ich muss ein Auge auf Lord Trevelyn haben. Sieh nur, er redet mit Ebba.«

Stoke wandte leicht den Kopf und warf einen Blick auf die beiden, die mit gesenkten Köpfen dicht beieinander standen, ein Stück von den anderen entfernt. »Sie lässt sich von ihm ansprechen?«

»Sie hat mir einen großen Smaragd gezeigt, den er ihr geschenkt hat. Ich glaube, mit dem Stein hat er sie bestochen, damit sie behauptet, er wäre bei ihr gewesen, als Varik krank wurde.«

»Ich weiß von diesem Stein.«

»Woher?« Ihre strahlenden goldenen Augen weiteten sich ungläubig.

»Ebba hat ihn mir gezeigt. Sie wollte mich wohl eifersüchtig machen«, bemerkte Stoke beiläufig.

»Findest du das nicht verdächtig?«

»Es wäre idiotisch von ihr, für Louis zu lügen und dann überall mit dem Beweis hausieren zu gehen. Ich lasse Louis und Ebba von Rowland und meinen Männern überwachen. Vergiss die beiden.«

Das tat Lark nur zu gerne. Sie legte die Arme um seinen Hals und fing an, zarte Küsse auf sein Kinn zu hauchen.

Stoke fühlte ihren warmen Atem an seinem Hals, ihre zärtlichen Lippen an der rauen Haut seines Kinns. Ihre Finger schlangen sich in das Haar in seinem Nacken, und ihm lief eine Gänsehaut über den Rücken. Er spürte, wie sie sich an sein hartes Glied schmiegte, und dasselbe quälende, übermächtige Pochen, das er immer empfand, wenn er bei ihr war, regte sich in seinem Inneren.

»Ich warne dich, wenn du so weitermachst, bleiben wir vielleicht tagelang in den Wäldern«, sagte er heiser.

»Ist das ein Versprechen?«

Sie lächelte. Es war ein Lächeln voller Verheißungen, und es traf Stoke bis ins Mark. Er stöhnte auf und beschleunigte seine Schritte.

Er näherte sich dem Bach. Die Luft war feucht und erfüllt von dem erdigen Geruch nach Moos und getrocknetem Laub. Der Bach gurgelte und plätscherte und glitzerte wie gehämmertes Silber. Stoke sah, wie sich das wirbelnde Wasser in Larks Augen spiegelte, als er sie behutsam auf die Uferböschung gleiten ließ. Er spürte ihren schlanken Körper unter dem groben rotbraunen Stoff ihres Kleids und ließ seine Hände über ihre Schenkel und die Rundung ihrer Hüften wandern. Ein leichter Schauer überlief sie, und er grinste zufrieden über ihre Reaktion auf seine Berührung.

Sie streckte eine Hand aus, um einen der vielen wilden Farne zu berühren, die am Ufer wuchsen, und sagte: »Wenn es wirklich Feen gibt, ist das hier ihr Zuhause.« Gefesselt von dem Zauber ihrer Umgebung sah sie sich um. »Wie schön! Ich bin froh, dass du mich hierher gebracht hast.« Sie lächelte zu ihm auf.

Er antwortete darauf, indem er sich vor ihr auf die Knie fallen ließ. »Ich dachte mir, dass es dir gefallen würde, aber jetzt wäre es mir ganz lieb, wenn du deine Aufmerksamkeit mir zuwenden würdest.«

Fest entschlossen zu beweisen, dass er seine rasende Lust im Griff hatte und den Liebesakt mit ihr langsam und genießerisch vollziehen konnte, legte er seine Finger um ihre schmalen Knöchel. Sacht fuhr er mit seinen Händen an ihrem Schienbein hinauf und schob dabei ihr Kleid und ihr Hemd mit nach oben.

Sie erschauerte, und er spürte ihre Gänsehaut unter seinen Fingern.

»Nimm mich, Stoke …«, bat Lark mit leiser Stimme.

»Bei Gott, ich werde dich nehmen, meine Tigerin, Stück für Stück …« Er küsste sie, wild und hungrig, während er in sie eindrang und das berauschende Gefühl auskostete, von ihrer feuchten Hitze umschlossen zu sein.

Ihre Hände krampften sich um seine Hüften. »Stoke …«, brachte sie heraus.

»Schon gut, meine Tigerin, ich weiß, was du brauchst.« Er hob sie ein wenig an und stieß tief in sie hinein.

Jeder Stoß kam jetzt mit unterdrückter Wildheit, und immer wieder stießen seine Schenkel auf ihre. Larks leises Wimmern trieb ihn an den Rand der Selbstbeherrschung.

»Komm mit mir … Lark!«

Larks Nägel krallten sich in seine Schultern, als sie sich von der puren Ekstase ihrer Leidenschaft mitreißen ließ. Tief aus Stokes Kehle entrang sich ein Stöhnen.

Er fühlte ihr Erschauern und hörte ihren Aufschrei, als sie zu ihrem Höhepunkt fand. Es war der Augenblick, den zu erreichen er tausend qualvolle Tode gestorben war. Zitternd, jeder Muskel vor Anspannung verkrampft, stieß er noch ein letztes Mal zu, um seine eigene Erfüllung zu finden, atemberaubend und überwältigend wie die Macht, die sie über ihn hatte.

Er brach auf ihr zusammen und blieb so, einen Moment lang gelähmt vor Erschöpfung und erschüttert von der unglaublichen Kraft, die sie vereinte. Schließlich ging sein Atem ruhiger. Er wälzte sich von ihr herunter und zog sie eng an sich.

Lange Zeit lagen sie so da, Arm in Arm, in das Sonnenlicht gebadet, das leuchtende Schatten auf ihre nackten Körper malte. Sie klammerten sich aneinander, stumm, da sie es nicht wagten, den Zauber durch einen Laut zu brechen, und lauschten dem uralten Gesang der Zikaden, Grillen und Frösche, wie es Liebende schon Jahrhunderte vor ihnen getan hatten, an eben diesem Fluss, an einem genauso schönen Sommertag wie diesem.

»Diesen Ort werde ich nie vergessen«, sagte Lark wehmütig.

»Du brauchst ihn nicht der Erinnerung zu überlassen. Wir werden noch oft herkommen, du und ich.« Er drückte sie noch fester an sich.

Sie hob den Kopf von seiner Brust. Ihr Gesichtsausdruck war plötzlich ernst und entschlossen. »Ich kann nicht ewig als deine Gefangene hier bleiben.«

»Ich lasse dich nicht gehen. Niemals.« Stoke merkte, dass er sie so fest gedrückt hatte, dass sie zusammenzuckte, und lockerte seinen Griff. »Du könntest meinen Sohn unter dem Herzen tragen.« Er breitete seine Hand auf ihrem Bauch aus und strich mit den Fingerspitzen über ihre seidige Haut. Der Gedanke, dass Lark ein Kind von ihm bekommen könnte, brachte ihn zum Grinsen.

»Warum sagst du das?« Lark stieß seine Hand weg und rückte ein Stück von ihm ab. »Ich bin nicht schwanger. Und nimm das schwachsinnige Grinsen von deinem Gesicht.«

»Du könntest es sein.« Stoke lächelte sie an, legte einen Arm um sie und zog sie an seine Brust.

Vierzig Schritt entfernt stand im dichten Unterholz eine zusammengekauerte Gestalt und beobachtete Stoke und Lark. Ein Zweig knackte leise, als die Gestalt sich in den Wald zurückzog.

20

Eine ganze Weile später betraten Stoke und Lark Hand in Hand den inneren Burghof. »Ich gehe jetzt in die Werkstatt«, sagte Stoke, »um das Schwert fertig zu stellen, das ich deinem Vater versprochen habe. Ich werde Varik deinen fähigen Händen überlassen.«

»Darf ich mitkommen? Ich würde dir so gern bei der Arbeit zuschauen«, sagte Lark eifrig.

»Nein. Niemand hat Zutritt zu meiner Werkstatt.«

Lark spürte, wie ihre freudige Erregung abrupt verpuffte. »Gib's zu, du lässt nur die Leute nicht in deine Werkstatt, denen du nicht traust!« Sie wandte sich zum Gehen.

Er packte sie am Arm und zog sie zurück an seine Seite. »Das ist nicht wahr, Lark. Außer mir hat noch nie jemand einen Fuß über die Schwelle meiner Werkstatt gesetzt.«

Plötzlich hallte Variks helles Lachen durch den Burghof. Lark spähte an Stoke vorbei und sah Varik auf Amorys Schultern reiten. Amory lief ein paar Schritte und blieb dann unvermittelt stehen, wodurch Varik nach vorn schwankte. Amory fing ihn auf, bevor er fiel. Wieder brach Varik in entzücktes Lachen aus.

»Noch mal!« Varik tippte auf Amorys Kopf.

»Na gut.« Amory rannte wieder drei Schritte, und das Ganze fing von vorn an.

Dalia eilte hinter ihnen her. Sie ließ Varik nicht aus den Augen und hielt die Hände ausgestreckt, als erwartete sie, ihn jeden Moment auffangen zu müssen.

»Ich finde, Ihr solltet das nicht tun, Pater Amory. Er könnte fallen.«

»Ich passe gut auf!« Amory warf ihr einen empörten Blick zu.

Stoke legte eine Hand unter Larks Kinn und zwang sie, ihm ins Gesicht zu sehen. »Wir reden später darüber.«

»Was mich betrifft, ist es erledigt.« Lark hielt dem eindringlichen Blick seiner dunklen Augen stand, ohne mit der Wimper zu zucken.

Amory unterbrach das Spiel und stellte sich zu Lark. Varik streckte seine Ärmchen nach ihr aus. »La'k, nehmen!«

Lark hob Varik von Amorys Schultern und hielt ihn im Arm. »Und wie ist es Euch ergangen, Sir Varik?«

»Hab dich vermisst.«

Sie sah in das strahlende kleine Gesicht, und Varik umarmte sie stürmisch. Lark versetzte es einen scharfen Stich. Eines Tages würde sie dieses Kind verlassen müssen. Und seinen Vater. Mit einer Zurückhaltung, die dem Aufruhr in ihrem Inneren widersprach, sagte sie: »Ich habe dich auch vermisst.«

Der Dialog blieb von Stoke nicht unbemerkt. Die strengen Linien auf seinem Gesicht wurden weich.

»Ich wollte gerade Almosen an die Armen verteilen. Wollt Ihr und Varik mitkommen?«, fragte Amory. »Vielleicht könntet Ihr Euch auch ein paar der Dorfbewohner anschauen. Der Dorfheiler ist, wie Ihr selbst wisst, kein Gramm Salz wert. Und er verlangt unverschämte Preise. Und da Ihr Euch auf die Krankenpflege versteht, dachte ich …«

»Kein Wort mehr.« Lark hob eine Hand. »Ich helfe Euch gern – falls einer Gefangenen diese Freiheit zugestanden wird.« Sie sah unsicher zu Stoke.

Stoke runzelte die Stirn. »Die beiden dürfen gehen.

Gib Acht, dass ihr nicht zu lange ausbleibt.« Die Worte galten seinem Knappen.

Jamus nickte und richtete seinen stoischen Blick auf seine Schützlinge.

»Schön«, sagte Amory erfreut. »Ich hole den Karren aus der Küche.« Er entfernte sich.

Stoke schlug ohne ein weiteres Wort den Weg zur Werkstatt ein.

Lark beugte sich zu Dalia hinüber und dämpfte die Stimme, damit Jamus sie nicht hören konnte. »Hast du zufällig gesehen, was Lord Trevelyn gemacht hat, nachdem er den Turnierplatz verlassen hat?«

»Er ging auf sein Zimmer, Mylady. Verlangte nach einem Bad und nach Ebba. Ich konnte das Mädchen und ihn hören, als sie …« Dalia brach ab und starrte Varik an, der gebannt lauschte. Sie warf Lark einen vielsagenden Blick zu und fuhr fort: »Lachten. Ja, sie lachten.«

»Verstehe.« Lark nickte nachdenklich.

»Sie werden wahrscheinlich noch einige Zeit lachen.«

»Dann können wir Pater Amory helfen, ohne uns darum sorgen zu müssen, was der Cousin deines Herrn wieder im Schilde führt.«

»Ja, und außerdem hat Sir Rowland ein Auge auf ihn. Ich habe ihn in der Nähe von Lord Trevelyns Schlafzimmertür stehen sehen. Glaube kaum, dass Lord Trevelyn dort rauskommt, ohne von Sir Rowland gesehen zu werden.«

»Hauptsache, er bleibt unter Beobachtung.«

Die Sonne war schon vor einer ganzen Weile untergegangen, als Lark aus einer der Dorfhütten trat. Erstaunt betrachtete sie die Sterne, die am Himmel funkelten. Es musste später sein, als sie geglaubt hatte.

Der Geruch von Abfällen, Tieren, Aalbrühe und ungewaschenen Leibern wehte an ihrer Nase vorbei. Der Geruch eines Dorfs.

Dalia und Varik waren schon vor einiger Zeit gegangen, damit Varik sein Schläfchen halten konnte. Lark erinnerte Dalia daran, die Tür versperrt zu lassen, bis sie zurückkam, denn sie wusste, dass Dalia vermutlich einnicken würde, und sie wollte verhindern, dass irgendjemand Varik wieder Gift verabreichte. Amory war vor einer Stunde gegangen, um die Vesper zu halten.

Lark hatte diesen frühabendlichen Gottesdienst auf St. Vale immer gemocht, kündete er doch das Ende eines weiteren Tages an und verschaffte ihr im Allgemeinen eine Stunde Ruhe vor Elizabeths ständigem Genörgel. Einen schwerttragenden Priester wie Amory bei der Messe zu beobachten war sicher ein Erlebnis, aber sie kam nicht rechtzeitig aus dem Dorf weg. So viele Menschen bedurften ihrer Pflege – so viele Wunden waren zu heilen, so viele Furunkel aufzustechen, so viele Fieber zu senken. Alle Dorfbewohner, die sie versorgt hatte, segneten sie für ihre Güte, aber Lark machte es Freude, anderen zu helfen. Abgesehen von dem Umgang mit Waffen war es das Einzige, was sie sich zutraute.

Sie hörte hinter sich Jamus' Schritte. Den ganzen Nachmittag hatte er in stummer Pflichterfüllung vor jeder Hütte Wache gestanden, die sie besuchte. Er hatte nicht einen Ton gesagt, war aber immer in der Nähe gewesen. Auch jetzt hüllte er sich in Schweigen wie in dichten Nebel.

Lark schwieg ebenfalls. Schließlich sagte sie: »Ich hatte gehofft, da du jetzt mein zweiter Schatten bist, würdest du gelegentlich das Wort an mich richten. Ich wünschte, ich wüsste, ob es daran liegt, dass du mich nicht magst, oder ob es einen anderen Grund gibt, über den du nicht sprechen willst. Dein Name ist Jamus, glaube ich. Hoffentlich stört es dich nicht, wenn ich dich so nenne.«

Nichts als das Geräusch seiner Schritte, obwohl seine Füße jetzt fester aufzutreten schienen.

»Ich frage mich, ob du eine Ahnung hast, wer hinter diesen Mordanschlägen auf deinen Lehnsherrn steckt. Auf die Stillen sollte man immer ein Auge haben. Einer der Soldaten meines Vaters sagte auch nie ein Wort – nein, das stimmt nicht ganz, er grunzte, wenn er etwas zu essen wollte, aber mehr als zwei Worte hintereinander kamen nie aus seinem Mund. Eines Tages, es muss ungefähr sechs Jahre her sein, verschwanden immer wieder welche von unseren Pferden, und stell dir vor, mein Vater erwischte Rattle – so nannten wir ihn –, als er gerade das Pferd eines anderen Soldaten stehlen wollte.«

»Ich w-w-weiß es n-n-nicht.«

Beim Klang seiner Stimme blieb Lark stehen und sah ihn an. Er starrte zu Boden, das Gesicht leicht gerötet. Der neckende Unterton verschwand aus ihrer Stimme, als sie sagte: »Du brauchst dich deines Stotterns nicht zu schämen.«

»D-d-die anderen m-m-machen sich darüber lustig!« Jamus zwang die letzten Worte in einem Rutsch heraus.

»Weil sie Dummköpfe sind. Ich weiß, was es heißt, von anderen aufgezogen zu werden. Meine Zwillingsbrüder ärgern mich, seit ich zurückdenken kann. Oft war ich fest davon überzeugt, dass sie nicht meine richtigen Brüder sein könnten. Als ich noch ganz klein war, stellte ich mir vor, boshafte Feen hätten sie vor unsere Tür gelegt. Immer wieder ging ich in den Wald, um die Feen zu bitten, sie wieder abzuholen, aber sie kamen nie. Schließlich gab ich es auf und dachte mir, dass sie vermutlich zu uns gebracht worden waren, um mich zu quälen, denn mein Vater sagte immer zu mir: ›Was dich nicht umbringt, macht dich stark.‹ Ich glaube, er hatte Recht.«

Jamus grinste sie verlegen an. Seine Gestalt zeichnete sich vor dem Mondlicht ab, und sein kurzes Haar erhob sich wie eine kräftige, gerade Bürste vor dem samtigen blauen Himmelsgewölbe. Er hatte ein nettes Lächeln.

Lark grinste zurück, bis sie auf einmal das merkwürdige Gefühl hatte, beobachtet zu werden. Sie hatten die Tore von Kenilworth erreicht. Ihre unbestimmte Vorahnung löste ein Prickeln auf ihrer Haut aus, und ihr Blick flog über die Brustwehr. Niemand war zu sehen, aber das Gefühl ließ sie dennoch nicht los.

Metall kratzte auf Metall. Ihr Blick wanderte zu den Toren des inneren Burghofs, die sich gerade öffneten.

Unvermittelt drang das Donnern von Hufen an ihr Ohr. Alles, was sie sehen konnte, war das gewaltige schwarze Streitross, das auf sie zukam. Stokes Streitross.

Das Pferd brach aus.

Lark machte einen Satz zur Seite und stieß mit Jamus zusammen. Sie plumpsten auf den Boden. Das Pferd bäumte sich auf und hieb mit seinen gewaltigen Hufen in die Luft. Pferd und Reiter hoben sich als massiver dunkler Schattenriss vor dem Abendhimmel ab.

Bevor sie sich von Jamus befreien konnte, hörte sie Stoke absteigen. Seine Füße krachten wie schwere Felsbrocken auf die Erde. Im nächsten Moment packte er sie an den Armen und zog sie auf ihre Beine. Jamus rappelte sich hoch und stellte sich hinter sie.

»Wo warst du?«, fuhr er sie an. Seine Finger bohrten sich in ihren Arm. »Ich wollte mich gerade auf die Suche nach dir machen. Amory hat gesagt, du würdest im Dorf die Kranken versorgen, aber ich hatte nicht erwartet, dass du so lange ausbleiben würdest.« Er musterte Jamus scharf. »Du hättest sie längst zurückbringen müssen.«

»Lass Jamus in Ruhe.« Lark stieß seine Hände weg. »Ich konnte nicht früher weg. Im Dorf war ich bei einer kranken, alten Frau, die ihr Abendessen nicht zubereiten konnte. Ich blieb bei ihr, um ihr eine Brühe zu kochen.«

»Du hättest mir Bescheid geben können.«

»Ich dachte, du bist immer noch in deiner Werkstatt.«

»Ich habe sie eben erst verlassen, um dich zu suchen, aber du warst nicht da.«

»Vielleicht ist das ganz gut so. Jetzt weißt du, was für ein Gefühl es ist, mich nicht mehr als Gefangene und unter deinem wachsamen Auge zu haben, denn eines Tages werde ich von hier weggehen.«

Stoke wandte sich zu Jamus um. »Los, verschwinde!«

Jamus warf Lark einen mitfühlenden Blick zu und griff nach Shechems Zügeln. Begleitet von dem schwerfälligen Trotten der Hufe, verschwanden Pferd und Knappe durch das Burgtor.

Lark wartete, bis das Geräusch verklungen war, bevor sie Stoke anfuhr. »Du hättest nicht so grob zu ihm sein müssen!«

»Ach, auf einmal hast du dein Mitgefühl für meinen Knappen entdeckt? Ist es möglich, dass du zu viel Zeit in seiner Gesellschaft verbracht hast?« Er starrte sie an. Auf sein Gesicht fiel genug Mondlicht, um das eifersüchtige Funkeln in seinen Augen erkennen zu lassen.

»So, nicht nur, dass du mir nicht vertraust, jetzt glaubst du auch noch, ich würde die Bewacher verführen, die du mir hinterherhetzt. Lass dir etwas gesagt sein!« Lark drohte ihm mit dem Finger. »Es gehört nicht zu meinen Gewohnheiten, Männer zu verführen – abgesehen von dir, und da habe nicht ich mit dem Verführen angefangen. Zuerst jedenfalls nicht. Und ich will dir noch etwas sagen. Wenn ich von hier weg wollte, könnte mich kein Bewacher der Welt daran hindern. Du kannst deinem Knappen also ruhig wieder andere Aufgaben übertragen, statt ihn mir auf Schritt und Tritt folgen zu lassen.«

Lark spürte, wie Stokes heiße, schnelle Atemzüge an ihr Gesicht schlugen. Als sie seine Hände nach vorn schnellen sah, erkannte sie, dass sie vielleicht ein bisschen zu weit gegangen war.

Er packte sie bei der Taille und warf sie über seine Schulter.

»So kannst du mich nicht behandeln! Ich werde weggehen!« Lark verriet ihm nicht, dass sie nicht einmal gehen würde, wenn er sie freigab. Sie musste bleiben und Louis beobachten. Trotzdem konnte dieser aufreizende Mensch ruhig wissen, dass sie so nicht mit sich umspringen ließ. Sie drosch mit den Fäusten kräftig auf seinen Rücken. »Lass mich runter! Ich sehe vielleicht wie ein Strohballen aus, den man herumwerfen kann, aber ich bin keiner!«

»Als ob ich das nicht wüsste! Es macht mir einfach Spaß, dich über meine Schulter zu werfen.«

»Wo bringst du mich hin?«

»In mein Bett.«

»Nein, bitte nicht«, sagte Lark verärgert.

»Warum nicht?«

»Ich will mit dir streiten, und wenn du mit mir ins Bett gehst, kann ich das nicht.«

»Genau deshalb tue ich es.«

»Das ist nicht fair«, protestierte Lark.

»Das Leben ist nie fair.«

Eine Stunde später schlenderten Stoke und Lark in die Halle. Stoke lauschte auf die Stimmen, die zu hören waren, unter anderem die von Rowland und Louis. Seine Männer drängten sich bereits um die Tische und warteten auf ihn. Dienstboten eilten hin und her, um Holzteller und Becher zu füllen. Jamus, der an einer Wand lehnte, starrte fasziniert Ebba nach, die sich mit schwingenden Hüften und wogenden Brüsten an den Tischen vorbeischob und die Aufmerksamkeit jedes Mannes im Raum erregte. Nach den verstohlenen Blicken zu schließen, die sie in Stokes Richtung warf, gab sie sich größte Mühe, seine Eifersucht zu wecken.

Rashid kam in die Halle geeilt, in seinen Armen ein Tablett mit Speisen. Er entdeckte Stoke, blieb stehen und verbeugte sich leicht. »Herr.«

»Seit wann bringst du das Essen aus der Küche?«, fragte Stoke stirnrunzelnd.

»Seit der da.« Rashid nickte in Larks Richtung.

Stoke sah sie mit hochgezogenen Augenbrauen an.

Sie zuckte die Achseln. »Ich habe seiner Küche nur einen Besuch abgestattet.«

»Viel zu lange.« Rashid starrte sie düster an.

»Ich war nur in Sorge um das Essen deines Herrn.« Lark begutachtete die Speisen auf dem Tablett. »Wenn das für Varik und deinen Herrn ist, sollte ich es lieber kosten.«

Rashid sah sie entrüstet an und schüttelte den Kopf. Das Tablett entzog er rasch ihrer Reichweite. »Du mich nicht beleidigen, indem du mein Essen kosten. Ich koste vor deinen Augen. Das genug für dich? Oh, Allah!« Er verdrehte die Augen gen Himmel.

»Ich will dich nicht beleidigen.« Lark runzelte die Stirn. »Ich vertraue dir, Rashid, aber einer deiner Gehilfen in der Küche könnte etwas in das Essen getan haben.«

Rashid schnaubte leise. »Niemand gibt etwas in mein Essen. Essen wird kalt, keine Zeit zum Streiten.« Er eilte zu der erhöhten Tafel und setzte das Tablett vor Stokes Platz ab.

Stoke nahm Larks Hand. »Sieh zu, dass du nicht den besten Koch kränkst, den ich je hatte. Ich möchte ihn gern behalten.«

»Ihn kränken? Ich wollte nur dein Essen kosten. Wir können nicht vorsichtig genug sein.«

»Seltsames Verhalten für eine Person, die noch vor kurzem gesagt hat, dass sie mich nicht mag.«

»Ich will nicht, dass Varik ohne Vater aufwächst.«

»Ich weiß deine Sorge um Varik zu schätzen.«

Sie entzog ihm ihre Hand und steuerte einen Platz am unteren Ende der langen Tischreihe an, wo die Dienstboten aßen. Sechs rasche Herzschläge, und Stoke hatte die Halle durchquert und sie am Arm gepackt. »Du isst bei mir!«

»Warum? Ich bin nur deine Gefangene. Als solche sollte ich hier essen. Bring mich nicht noch mehr in Verlegenheit, indem du mich an deiner Seite sitzen lässt.«

»Lark, ich –«

»Bitte! Deine Männer starren uns schon an. Lass es gut sein.« Sie senkte den Blick auf seine Brust.

Mit gerunzelter Stirn ging er zu seinem Platz. Er setzte sich und sah zu, wie Rashid ein Stück Aal von seinem Brett kostete.

Rashid beugte sich vor und sagte: »Sie stolz, Herr. Nicht wie andere Frauen.«

»Ja.« Stoke sah Lark unverwandt an.

»Stolze Frauen sind wie Stute, brauchen sanfte Hand und viel Streicheln.«

»Ich werde deinen weisen Rat beachten.«

»Stets zu Diensten, Herr. Nur zu Rashid kommen, wenn brauchen Hilfe bei Frauen.« Rashid zwinkerte ihm zu, kostete den Rest des Essens und machte dann eine übertriebene Verbeugung in Larks Richtung.

Sie nickte, und ein schwaches Lächeln zeigte sich auf ihrem Gesicht, aber es erreichte nicht ihre bekümmerten Augen. Sie setzte sich zusammen mit Stokes Dienstboten und seinen Männern hin, und das Scharren der Stühle auf dem Boden war einen Moment lang das einzige Geräusch in der Halle.

»Versucht Euren Aal, Herr«, sagte Rashid.

Stoke nahm ein Stück auf seinen Löffel und probierte es. »Interessant. Irgendwie anders.«

Rashid wirkte nicht erfreut über den Kommentar seines Herrn. »Neues Rezept. Ich versuche, besser zu machen.«

»Nicht nötig. Es ist ausgezeichnet.«

Rashid wechselte einen Blick mit Lark. Sie schien aus irgendeinem Grund sehr zufrieden mit sich zu sein. In gereiztem Ton sagte Rashid: »Ich gehe wieder in Küche. Muss noch arbeiten.« Er machte sich eilends davon.

Er ging an Dalia vorbei, die gerade mit Varik im Arm hereinkam. Als Varik Lark sah, gellte sein Stimmchen durch den ganzen Raum: »La'k! La'k! Mit La'k essen!«

»Nein, mit deinem Papa«, sagte Dalia.

Varik verzog den Mund. Hilflos sah er von Stoke zu Lark und wieder zurück. »La'k isst bei mir und Vapeer?« Er richtete seine Frage über Dalias Schulter an Lark.

»Dein Platz ist bei deinem Vater, Varik, nicht bei

mir.« Lark sprach mit fester Stimme, aber man sah ihr an, wie viel Kraft es sie kostete.

Dalia setzte den Jungen auf den kleinen Stuhl, den Stoke für ihn hatte anfertigen lassen, machte einen Knicks und ging zu Lark, um sich zu ihr zu setzen.

Rowland nahm auf der anderen Seite von Stoke Platz, während Amory, Thomas und Louis die Plätze neben Varik einnahmen.

»Wie ich sehe, hast du deine Persephone auf Abwegen im Dorf gefunden.« Rowland nahm sich von einer Platte ein großes Stück Hühnerbrust. Fett troff von seiner Hand, als er hineinbiss.

»Ja, ich habe sie gefunden.« Stoke senkte seine Stimme. »Was hat Louis am Nachmittag getrieben?« Er sah verstohlen zu seinem Cousin und stellte fest, dass er Lark anstarrte. Der hungrige Blick in seinen Augen ließ Stoke die Stirn runzeln.

»Er war mit Ebba in seinem Zimmer. Sie könnte in die Sache verwickelt sein. Vielleicht war sie es, die Varik vergiftet hat. Und den Stein zur Schau zu stellen könnte eine List sein, um uns in die Irre zu führen.«

Stoke beobachtete, wie Ebba ihre Brüste an Jamus drückte, während sie seinen Becher mit Wein füllte. »Ja, daran habe ich auch schon gedacht. Wir sollten auch sie im Auge behalten. Ich habe zu ihr ungefähr so viel Vertrauen wie zu Louis.« Stoke reichte Varik einen Löffel, ohne Louis aus den Augen zu lassen. »Hast du in meiner Abwesenheit irgendetwas herausgefunden?«

»Nein, nichts, aber nicht etwa, weil ich es nicht versucht hätte. Amory, Jamus und ich haben die Diener und deine Soldaten ständig überwacht, und doch hat es jemand geschafft, Varik zu vergiften. Ich glaube, wir kämpfen einen aussichtslosen Kampf, solange wir nicht wissen, wer hinter diesen Anschlägen steckt.«

»Wir finden den Bastard.« Stoke biss die Zähne zusammen.

»Hoffentlich bald.«

Varik ließ ein Stück Brot in seinen Schoß fallen. Stoke beugte sich vor, hob es auf und warf es Baltizar zu, der unter dem Tisch lag. Das Klicken von Baltizars Zähnen, als er zuschnappte, ließ Varik unter den Tisch schauen und lächeln.

Rowland machte noch einen Bissen von dem Hühnchen und schluckte ihn herunter. »Was hast du mit Lady Lark vor?«

»Ich weiß es nicht.«

»Glaubst du immer noch, dass sie an den Mordanschlägen auf dich beteiligt ist?«

»Nein.«

»Hast du ihr das schon mitgeteilt?«

»Nein, und das ist auch nicht meine Absicht.«

»Hast du etwa vergessen, dass sie von Adel ist, ob es dir nun passt oder nicht? Du kannst sie hier nicht mehr sehr viel länger gegen ihren Willen festhalten.«

»Ich halte sie hier fest, solange ich will.«

Am anderen Ende des Raums spürte Lark Stokes Blick auf sich ruhen und ignorierte ihn. Sie rückte etwas näher zu Dalia. »Welchem von Stokes Leuten traust du zu, mit Lord Trevelyn zusammenzuarbeiten?«

»Ich weiß nicht, Mylady.«

»Was kannst du mir über Thomas sagen, den Verwalter?«

»Ein durchtriebener kleiner Bursche. Ich persönlich hatte nie viel für ihn übrig, aber er macht seine Arbeit. Er ist jetzt seit über einem Jahr im Dienst Seiner Lordschaft.« Dalia zuckte die Achseln und stopfte sich ein großes Stück Fleischpastete in den Mund.

Lark bemerkte, dass Amory und Rowland zu ihr

schauten. »Was ist mit Pater Amory und Sir Rowland? Könnten sie Lord Trevelyn helfen?«

»Nein, Pater Amory nicht, er ist treu wie Gold. Und Sir Rowland, nun ja, er ist ein Nachbar. Er und der Herr kennen sich, seit sie Wickelkinder waren. Nein, Sir Rowland bestimmt nicht.«

»Ich frage mich, wer es außer Ebba noch sein könnte. Es muss noch jemand sein. Ebba hat gesagt, dass sie mit Lord Trevelyn auf ihrem Zimmer war, als Varik vergiftet wurde. Ich habe mit Pater Amory gesprochen, und er hat ihre Geschichte bestätigt. Es muss außer Ebba noch jemand geben.«

»Wenn man vom Teufel spricht ...« Dalia zeigte unauffällig auf Ebba, die gerade bei Rowland gewesen war und jetzt bei Stoke stand. Sie drängte sich dicht genug an ihn heran, um ihn mit ihren Hüften und Brüsten zu streifen.

Lark beobachtete, wie Ebba sich vorbeugte und etwas zu Stoke sagte. Ihr voller Busen lag beinahe an seiner Wange, als sie mit ihren Händen durch sein Haar fuhr und ihm ein kokettes Lächeln schenkte. Eine Kunst, die Lark nie beherrscht hatte.

Larks Blick fiel auf eine Schale mit Obst, die vor ihrem Teller stand. Sie wählte einen schönen, festen roten Apfel, fixierte Ebba und holte aus.

21

Dalia, die sah, was Lark vorhatte, hielt ihre Hand fest. »O nein, Mylady, das dürft Ihr nicht tun!«

»Ich will aber.« Lark musterte mit zusammengekniffenen Augen Ebbas Kopf, um die Flugbahn abzuschätzen und zu überlegen, wie viel Kraft erforderlich war, um den Apfel an diesem hübschen Gesicht zerplatzen zu lassen.

»Ich weiß, aber Ihr dürft es nicht.«

Larks Schultern sackten in sich zusammen, als sie ihre Hand auf den Tisch sinken ließ. »Wahrscheinlich nicht. Es würde ein schlechtes Beispiel für Master Varik abgeben.« Lark öffnete die Hand und ließ sich von Dalia den Apfel wegnehmen.

»Es steht Euch ins Gesicht geschrieben. Ihr liebt den Herrn.«

»Nein, tu' ich nicht«, sagte Lark ein bisschen zu hitzig.

»Es ist doch nichts dabei, wenn Ihr zugebt, ihn zu lieben. Er hat die Liebe einer Frau weiß Gott nötig. Meine Herrin hat schlecht an ihm gehandelt und ihn mit Bitterkeit gegen die Liebe erfüllt. Ihr könntet das vielleicht ändern. Es ist nicht zu übersehen, dass er Euch begehrt.«

»Was ist zwischen den beiden vorgefallen?«

»Es hat mir von Anfang an nicht gefallen. Ich wusste, dass meine Herrin nicht recht handelte, und er liebte sie zuerst so sehr. Sie war eine Schönheit. Die Männer lagen ihr zu Füßen.«

»Und dann?«

»Sie war verliebt in den Sohn von Lord Breeden, einem Feind ihres Vaters. Lord Breeden hatte versucht, ihrem Vater Land zu nehmen, und zwischen den beiden tobte seit Jahren ein erbitterter Krieg. Ihr Vater duldete nicht, dass sie Lord Breedens Sohn traf, deshalb schlich sie nachts heimlich aus dem Haus, um ihn zu sehen. Genau in der Woche, in der die beiden durchbrennen wollten, stürzte der junge Mann vom Pferd. Brach sich das Genick, so war's. Sie trauerte so sehr um ihn, dass ihr Vater die Ehe mit Lord Blackstone arrangierte. Er dachte, es würde ihr neuen Mut geben. Ich flehte sie an, dem Herrn die Wahrheit zu sagen – dass sie keine Jungfrau mehr war –, aber sie wollte nicht. Wollte es nicht einmal mir gestehen, mir, die ich sie großgezogen hatte. Ich kannte sie wie den Rücken meiner Hand, und ich wusste, dass sie nicht mehr unberührt war.«

»Und er fand es in der Hochzeitsnacht heraus. Wie dumm von ihr, ihn zu belügen.«

»Ja, ja, sie erntete, was sie gesät hatte.« Dalia schüttelte den Kopf. »Diese Nacht werde ich nie vergessen. Es war schrecklich. Noch nie hatte ich ein solches Schimpfen und Toben gehört. Er wollte sie zu ihrem Vater zurückschicken, aber sie flehte ihn an, es nicht zu tun. Oh, diese Nacht war der Anfang vom Ende. Jeder andere hätte ihr die Kehle aufgeschlitzt, aber er nicht. Er bekam Mitleid mit ihr. Rührte sie ein Jahr lang nicht an, um sicherzugehen, dass sie nicht den Bastard eines anderen unter dem Herzen trug.«

»Hat sie ihn wieder betrogen?«

»Nein, ob Ihr es glaubt oder nicht, sie fing an, ihn zu lieben, aber es war zu spät. Er konnte ihre Liebe nicht erwidern. Er wollte nur einen Erben von ihr. Ging mit ihr ins Bett, bis sie schwanger wurde, dann kam er überhaupt nicht mehr, sondern zog ins Heilige Land. Ich glaube, er tat es vor allem, um von ihr wegzukommen. So manche Nacht habe ich sie vor Einsamkeit weinen hören. Und ich konnte sie nicht einmal bedauern, denn sie hatte alles sich selbst zuzuschreiben. Aber er bekam, was er wollte. Bevor sie starb, schenkte sie Master Varik das Leben.«

»Wie tragisch.«

»Ja, aber er liebt dieses Kind.«

Lark beobachtete, wie Stoke seinem Sohn half, ein Stück Brot mit Butter zu bestreichen. Er war ein rührend besorgter Vater. Lark starrte auf ihren Bauch und runzelte die Stirn.

Dalia sah verstohlen zu ihr. »Ihr könntet schwanger sein.«

»Wagt nicht einmal daran zu denken. Ich kann nicht sein Kind tragen. Ich habe vor, von hier fortzugehen, sobald Lord Trevelyns Schuld bewiesen ist und Stoke und Varik in Sicherheit sind.«

»Ihr wollt vielleicht fort von hier, aber der Herr hat sich für Euch entschieden. Und was er sich einmal in den Kopf gesetzt hat, gibt er nicht mehr auf.«

»Er wird es müssen. Ich habe nicht vor, die Mätresse eines Mannes zu bleiben, der in mir nur seine Feindin und Gefangene sieht.«

»Und wenn er Euch zwingt, ihn zu heiraten? Ihr seid von edler Herkunft. Er hat Euch die Unschuld genommen. Bestimmt wird er wie ein Ehrenmann handeln und Euch heiraten.«

»Von Heirat war bisher nicht die Rede.« Lark verzog das Gesicht und sah von Stoke, der brütend auf sein Essen starrte, zu Dalia. »Ich heirate keinen Mann, der mir nicht vertraut.«

»Es ist ihm nicht gegeben, Frauen zu vertrauen.« Dalia seufzte. »Als meine Herrin mit ihm fertig war, verlor er jeden Glauben an Frauen. Er hütet sein Herz jetzt sehr gut, aber ich weiß, dass er Euch genauso anschaut, wie er meine Herrin angeschaut hat, bevor er sie heiratete.«

»Nur weil er will, dass ich ihm sein Bett wärme, aus keinem anderen Grund.« Dalia zog bei Larks unverblümter Bemerkung die Augenbrauen hoch, aber Lark ignorierte sie und fuhr fort: »Ich bin seine Gefangene, das ist alles. Aber eines Tages gehe ich fort, und er wird mich nicht aufhalten.«

Eine Sorgenfalte stand auf Dalias Stirn, als sie einen Blick auf Baltizar warf. »Sieht so aus, als würdet Ihr allein gehen, Mylady. Euer Wolf hat sich an Varik gehängt.«

Lark spähte unter Stokes Tisch, wo Baltizar zu Variks Füßen lag. »Er scheint in letzter Zeit nicht mehr zu wissen, ob er bei mir oder bei Varik und Stoke bleiben soll. Ich habe schon immer daran geglaubt, dass Tiere – insbesondere Wölfe – ein angeborenes Gespür für Gefahr haben, und ich denke, Baltizars Beschützerinstinkt ist geweckt. Er wird mit mir gehen, wenn für die beiden keine Gefahr mehr besteht.«

In diesem Moment lief der Pförtner in die Halle, schnaufend und ächzend und mit bebendem Spitzbauch.

Das Stimmengemurmel erstarb, und nur das Zischen der Kohlen in der Feuerstelle war zu hören.

Der Pförtner blieb vor der Empore stehen, so kurzatmig, dass er sich nach vorn beugen und auf seine Knie stützen musste, um ein Wort herauszubringen. »Mylord, vor dem Tor steht ein Bote. Er trägt das Banner des Königs. Soll ich ihn hereinlassen?«

»Selbstverständlich.« Stoke brachte den Mann mit einer Handbewegung auf Trab.

Kurz darauf betraten drei mit Kettenhemden bekleidete Männer die Halle, deren Waffenröcke drei goldene Löwen auf rotem Hintergrund zeigten. Ihre Gesichter wurden zum Teil von den Naseneisen ihrer Helme verdeckt. Der mittlere verbeugte sich und sprach. »Mylord, ich bringe eine Botschaft von König Richard.« Er überreichte Stoke ein Stück zusammengerollten Pergaments, auf dem das goldene Siegel des Königs im Kerzenlicht glänzte.

Stoke nahm die Nachricht entgegen und deutete auf die Tische. »Ich darf Euch bitten, das Mahl mit uns zu teilen.«

Die Männer nickten zustimmend und suchten sich Plätze. Stoke lehnte sich hinter Rowlands Rücken nach hinten und gab das Schreiben Amory. Nicht viele Edelleute konnten lesen, nicht einmal Larks Vater. Die Kenntnisse, über die ein Edelmann verfügen musste, beinhalteten, dass er untadelige Manieren hatte, um bei Hof bestehen zu können, und ehrenhaft und ritterlich zu kämpfen und auf die Jagd zu gehen verstand. Die minderwertige Aufgabe des Lesens blieb Priestern und Frauen vorbehalten. Auch Lark hatte es früher für eine untergeordnete Fähigkeit gehalten, aber da sie über ihre Heilmittel Aufzeichnungen machen musste, hatte sie den Priester von St. Vale gebeten, es ihr beizubringen.

Eine weitere Herausforderung stellte es dar, ein Versteck außerhalb Elizabeths Reichweite zu finden, um sich in der Kunst des Lesens zu üben. Elizabeth war der Meinung, Lark sollte sich damit beschäftigen, Spinnen und Sticken und Haushaltsführung zu lernen. Da Lark in all diesen Dingen kläglich versagte, wurde Lesen zu ihrer heimlichen Leidenschaft.

Amorys Hüsteln brach das Schweigen und riss Lark aus ihren Überlegungen. Er hob den Kopf. Alle vierzig Menschen, die in der Halle waren, lehnten sich auf ihren Plätzen vor und warteten gespannt darauf, die Nachricht zu hören.

Amory schien das zu wissen, denn er rollte das Schreiben langsam und bedächtig wieder zusammen und ließ sich viel Zeit dabei, wie es jeder Priester tun würde, der ein gebanntes Publikum vor sich hatte. Er räusperte sich und sagte zu Stoke: »Hier steht, du sollst als Favorit Richards in dem königlichen Turnier, das anlässlich seiner zweiten Krönung in London stattfindet, in die Schranken treten.«

»Wie ich sehe, zieht er dich mir vor.« Louis musterte Stoke aus schmalen Augen.

»Scheint so.«

»Über Geschmack lässt sich nicht streiten.«

Stoke quittierte diese Bemerkung mit einem finsteren Blick. Die beiden Cousins sahen aus, als würden sie einander jeden Moment an die Gurgel gehen. Im Geist sah Lark bereits vor sich, wie Louis eine Waffe zückte und Stoke niederstreckte. Es würde ihm ähnlich sehen, unerwartet anzugreifen, so wie schon einmal heute, als er mit Stoke auf dem Turnierplatz gerungen hatte. Aber würde er selbst angreifen, oder würde es derjenige sein, der mit ihm unter einer Decke steckte? Lark musste endlich herausfinden, wer außer Ebba noch in die Sache verwickelt war.

Noch etwas ließ ihr keine Ruhe. Sie konnte nicht vergessen, in welcher Form Stoke ihr den Zutritt zu seiner Werkstatt verweigert hatte, und eine Erinnerung ging ihr nicht aus dem Kopf, und zwar an das Gespräch, das ihr Vater und Stoke über sein Schwert Dragon's Eye geführt hatten. Ihr Vater hatte gesagt, Stoke könnte ein reicher Mann sein, wenn er eine Waffenschmiede aufmachte. Das Metall, das er für sein Schwert verwendet hatte, musste außergewöhnlich sein, wenn es hart genug war, um deutschen Stahl zu durchschneiden. Sie sollte ihm nicht nachspionieren. Dazu hatte sie kein Recht. Wenn er je dahinter kam, würde er wahrscheinlich vor Wut explodieren, aber ihr Stolz war immer noch verletzt, und ihre Neugier wollte befriedigt werden.

Ein kurzer Blick konnte nicht schaden. Sie musterte verstohlen den Lederbeutel, der an ihrem Gürtel hing. Vorhin hatte Amory ihr für den Fall, dass sie es im Dorf brauchen könnte, das Schlafmittel gebracht, das der Heiler für Varik zurückgelassen hatte. Die Phiole war noch halb voll.

Später am Abend lehnte sich Lark mit überkreuzten Knöcheln in ihren Stuhl zurück und lauschte dem Knacken und Prasseln des Feuers. Sie spürte, dass Stokes Blick auf ihr ruhte, und sah zu seinem Tisch, wo er mit einem der Abgesandten des Königs vor dem Schachbrett saß.

Der flackernde Schein des Feuers brach sich in Stokes rabenschwarzem Haar und warf graublaue Glanzlichter in die dunklen Wellen. Ein wölfischer Ausdruck glomm in seinen Augen. Es war nicht zu übersehen, dass er darauf lauerte, mit ihr ins Bett zu gehen.

Der Mann, mit dem Stoke spielte, betrachtete unschlüssig seinen König und kratzte sich an seinem roten Kinnbart. Die innere Unruhe seines Gegners schien ihm nicht aufzufallen.

Rowland, Amory und Jamus verfolgten das Spiel von ihren Plätzen aus. Zum Glück hatten sich Louis und Ebba für die Nacht zurückgezogen, denn Lark war sicher, wenn Ebba noch länger mit Stoke geflirtet hätte, wäre sie auf das Mädchen losgegangen.

Larks Blick fiel auf einen Weinkrug, der auf dem Tisch geblieben war. Ihre Hand tastete nach dem Beutel an ihrer Taille. Um das Spiel zu beschleunigen, gähnte sie und schenkte Stoke ein keckes Komm-schon-Lächeln.

Stokes Blick wanderte hungrig über ihren Körper. Er rutschte unruhig auf seinem Stuhl hin und her und bedachte seinen Gegner mit einem unfreundlichen Blick.

Lark unterdrückte ein Grinsen. »Sieht so aus, als würde es noch eine Weile dauern«, sagte sie. »Soll ich die Becher auffüllen, Mylord?«

Er musterte sie kurz, nickte und sah seinen Gegner stirnrunzelnd an. »Werdet ihr vor Michaelis noch einen Zug machen?«

Der Rothaarige brummte und zog seinen König.

Jetzt wusste Lark, dass das Spiel bald zu Ende sein würde. Es war ein dummer Zug gewesen. Ihre Hand bebte kaum merklich, als sie nach den Bechern griff und an den Tisch eilte. Sorgsam darauf bedacht, mit dem Rücken zu den anderen zu stehen, langte sie in den Beutel, zog die Phiole heraus und schüttete das Schlafmittel in den Wein. Nachdem sie die leere Phiole wieder im Beutel verstaut hatte, ließ sie den Becher ein wenig hin und her kreisen, bis sie überzeugt war, dass sich das Pulver aufgelöst hatte. Dann lief sie zu Stokes Tisch zurück.

Bis sie dort war, hatte Stoke seinen Gegner schachmatt gesetzt.

»Verdammt, das war ganz schön gerissen.« Der Rothaarige neigte den Kopf vor Stoke.

Lark reichte den beiden die Becher. »Bitte sehr!«

Stoke und der Mann setzten gleichzeitig die Becher ab, ohne getrunken zu haben, und standen auf. »Ein gutes Spiel, Sir. Mich zieht es in mein Bett.« Er nahm Lark an der Hand. »Komm mit.«

Lark starrte die Becher auf dem Tisch an und schnappte sich den, den sie für Stokes hielt. Der Wein schwappte über den Rand und lief über ihre Finger, als sie sich von Stoke durch die Halle ziehen ließ. Als sie die Treppe erreichten, blieb Lark stehen und hielt ihm den Becher hin. »Euer Wein, Mylord.«

»Pass lieber auf, Lark, du machst dich allmählich unentbehrlich – nicht, dass ich darüber klagen wollte, wohlgemerkt. Mir gefällt diese fürsorgliche Seite an dir. Was hat sie zum Vorschein gebracht?«

»Ich dachte nur, du könntest durstig sein.«

»Bin ich.« Er zog ihre Hand an seine Lippen und leckte den Wein von ihren Fingern, seine Zunge heiß und rau auf ihrer Haut. »Aber ich dürste vor allem nach dir«, murmelte er und sah sie über den Rand des Bechers hinweg an.

Lark fühlte, wie ihr Inneres unter seinem Blick warm wurde. »Ich habe von meinen Brüdern gehört, dass Wein die Erregung steigert. Was sagst du dazu?« Ein spitzbübisches Lächeln lag auf ihren Lippen.

»Ich sage, dass ich nichts brauche, um meine Erregung zu steigern, wenn du in der Nähe bist«, sagte er mit gedehnter Stimme und sah sie herausfordernd an.

»Dann trinke ich ihn.« Lark entzog ihm ihre Hand und hielt den Becher an ihre Lippen. Sie machte einen winzigen Schluck, obwohl jeder, der zufällig hinschaute, schwören würde, dass sie den Becher geleert hatte.

Stoke nahm ihn ihr weg. »He, du wirst mir noch einschlafen, bevor ich dich in mein Bett bekomme.« Er hob den Becher an seinen Mund und kippte den Wein hinunter.

Lark sah gespannt zu, wie er den Becher auf eine Stufe stellte. Dann nahm er ihre Hand fest in seine und ging mit ihr die Treppe hinauf.

Als sie oben angelangt waren, kam Dalia zu ihnen gelaufen. »Master Varik will einfach nicht einschlafen, bevor Ihr ihm nicht gute Nacht gesagt habt.«

Lark sah verstohlen zu Stoke. Würde er es bis zu seinem Zimmer schaffen, bevor er zusammenbrach? Als sie Dalia den Gang hinunter folgten, bewegten sich Larks Füße im selben Rhythmus wie ihr klopfendes Herz.

Sie fanden Varik aufrecht im Bett sitzend vor, wo er auf einer Flöte spielte. Bei jedem falschen Ton zuckten Baltizars Ohren.

»Du hättest mit dem Üben bis morgen warten können.« Stoke nahm Varik die Flöte weg, umarmte ihn und zerzauste ihm das Haar. »Gute Nacht, kleiner Lord.«

»Nacht, Va-peer.« Varik sah zu Lark und streckte die Arme nach ihr aus. »Nacht, Nacht, La'k.«

Lark starrte die molligen Ärmchen an, die sich ihr entgegenreckten, die schwarzen Locken, die in eine winzige Stirn fielen, und das kleine Gesicht, das in ihrer flachen Hand Platz fand. Das Lächeln, das auf seinem Gesicht lag und die kleine Lücke zwischen seinen Milchzähnen zeigte, strahlte reine Unschuld aus. Dreijährige Jungen sollten nicht so entzückend sein. Sie spürte einen Kloß in ihrer Kehle, als sie sich bückte und ihn umarmte.

»Gute Nacht, Sir Varik. Sieh zu, dass du in deinen Träumen nicht zu viele Drachen erschlägst.« Sie spürte, wie sich seine Arme enger um ihren Hals schlangen.

»Mach' ich nich'.«

»Wir sollten gehen«, mahnte Stoke hinter ihrem Rücken ungeduldig.

Sie wollte sich schon losmachen, aber als Variks weiche Wange über ihr Gesicht strich, musste sie ihm einfach schnell noch einen Kuss geben. Als sie sich erhob, sprang Baltizar auf das Bett.

»Aha, jetzt weiß ich, wo du die Nacht verbringst.« Sie strich über seine Schnauze.

Er bohrte seine Nase in ihre Hand, leckte sie ab und machte es sich neben Varik bequem.

»Der Wolf sollte nicht auf dem Bett liegen«, ließ sich Dalia vernehmen, die mit einer Kerze in der Hand neben ihrer eigenen Schlafstelle stand.

»Ist schon gut.« Stoke nahm Larks Hand und zog sie zur Tür.

»Außerdem kann er Varik beschützen«, fügte Lark hinzu. »Und vergiss nicht, die Tür abgesperrt zu lassen.«

»Natürlich nicht, Miss. Hier kommt niemand rein.«

Nach einem letzten Blick auf Varik, der sich selig lächelnd eine Hand von Baltizar ablecken ließ, schlüpften Lark und Stoke aus dem Zimmer. Sie warteten, bis sie hörten, wie Dalia den Riegel vorschob, dann führte Stoke sie den Gang hinunter.

Die gedämpften gelblichen Schatten einer Fackel flackerten über Wände und Fußboden und warfen einen goldenen Schimmer auf den schwarzen Samt von Stokes Tunika.

Lark sah ihn an. Kein Anzeichen, dass der Schlaftrunk Wirkung zeigte. Hatte sie den falschen Becher erwischt? Sie lauschte auf ihrer beider Schritte und fragte: »Was ist mit diesem Turnier? Du denkst hoffentlich nicht daran hinzugehen.«

»Wie kann ich die Bitte des Königs abschlagen?«

»Es ist eine Ehre«, sagte Lark. Ihrer Stimme war anzuhören, wie stolz sie auf ihn war. »Aber du wirst ein leichtes Ziel abgeben.«

»Machst du dir Sorgen?« Er sah ihr forschend in die Augen.

»Natürlich.«

»Das höre ich gern. Du wirst mich nämlich begleiten.« Sein Blick glitt über ihren Körper und registrierte das unvorteilhafte braune Wollkleid, das lose an ihr herunterhing. »Dalia sollte ein, zwei Kleider für dich nähen.«

»Nein, ich kann nicht an den Hof gehen!«

»Du gehst dorthin, wo ich hingehe.« Er beugte sich vor und sah ihr scharf in die Augen. »Sehe ich etwa Furcht?«

Sie schluckte schwer. »Es ist nur so, dass ich noch nie bei Hof war.«

»Dein Vater hat dich nie mitgenommen?«, fragte Stoke ungläubig.

»Meine Mutter sagte, ich wäre ungeeignet, dem König vorgestellt zu werden. Und das war mir nur recht, denn ich war sicher, ich würde ihn irgendwie beleidigen und ihm einen Grund geben, die Ländereien meines Vaters zu beschlagnahmen. Und wenn mein Vater gezwungen war, bei Hof zu erscheinen, blieb ich mit einem meiner Brüder zu Hause, um mich um St. Vale zu kümmern. Es hat mir nichts ausgemacht, wirklich. Früher einmal hätte ich gern gesehen, wie es dort ist, aber Helens Geschichten über schwatzhafte Hofdamen und ihre öden Gesellschaften, bei denen nur genäht und geklatscht wird, befreiten mich von diesem Wunsch. Es muss die Hölle sein, einen ganzen Nachmittag mit so einer Weiberschar eingepfercht zu sein, findest du nicht?«

Er brach in ein volles, tiefes Lachen aus, das erste, das sie seit Stunden von ihm hörte. »Ich verstehe, was du meinst«, sagte er. Dann wurde er wieder ernst.

Bevor Lark wusste, wie ihr geschah, hatte Stoke sie in sein Schlafzimmer gezogen. Es schien so selbstverständlich, an seinem starken Arm sein Zimmer zu betreten, fast so, als wären sie verheiratet, und das schon ihr Leben lang. Aber das waren sie nicht. Sie waren einander fremd, in jeder, außer in körperlicher Beziehung. Er kannte jeden Zoll ihres Körpers, aber er kannte nicht die wahre Lark, die Person, die seines Vertrauens und seiner Liebe würdig war.

Er schloss die Tür und nahm sie in seine Arme. Einer der Diener hatte eine Kerze angezündet und in einem Kerzenhalter auf den Kaminsims gestellt. Der Schein der Kerze ließ das tiefe Schwarz seiner Haare schimmern. Licht flackerte über sein Kinn und überzog die Haut unter den Barthaaren mit einem goldenen Glanz. Seine dunklen Wimpern verbargen seine Augen vor ihr, denn er blickte auf ihren Körper hinunter und liebkoste sie mit Blicken.

Er brauchte sie nicht einmal zu berühren. Sein Blick reichte aus, um das vertraute Ziehen tief in ihrem Bauch hervorzurufen. Wenn sie noch halbwegs bei Verstand wäre, würde sie sich jetzt zurückziehen.

Verstand.

Er hatte sie in dem Moment verlassen, in dem sie sein Zimmer betraten.

Bei allen Heiligen, sie würde wieder mit ihm schlafen. Sie würde sich diese wenigen Augenblicke reiner Seligkeit stehlen. Eines Tages würde sie ihn verlassen müssen, denn sie wollte weder seine Gefangene noch seine Mätresse bleiben.

Er senkte den Kopf und fing ihre Lippen ein. Ohne den Kuss zu unterbrechen, hob er sie auf seine Arme und trug sie zum Bett, legte sie behutsam hin und ließ sich mit unerträglicher Langsamkeit auf sie gleiten.

Das Gewicht seines Körpers senkte sich auf sie und drückte sie tiefer in die Daunenmatratze.

Er legte seine Hände auf ihre Brüste, liebkoste sie, bis sich die Spitzen unter ihrem Kleid zu kleinen Knospen verhärteten. Sie schlang ihre Beine um seine Schenkel und ihre Arme um seine Taille, um ihn so eng an sich zu ziehen wie nur möglich.

Seine Lippen pressten sich fester auf ihren Mund,

während sich seine Hüften an ihren rieben. Sie konnte seine harte Männlichkeit an ihrem Unterleib spüren, und eine Woge von Hitze durchlief sie. Er stieß seine Zunge in ihren Mund, und jede Zärtlichkeit verschwand von seinen Lippen. Sie nahmen sie in Besitz, heftig und fordernd. Eine seiner Hände wanderte nach unten und schob ihr Kleid hoch.

Mit unsicheren Fingern befreite sie sein hartes Glied. Er drang in sie ein. Ihr Liebesakt steigerte sich zu fieberhafter Raserei. Lark hob den Blick zu ihm und ertappte ihn dabei, sie anzustarren, in ihren Augen zu forschen. Aber wonach?

Sie hatte das Gefühl, jeden Moment zu zerbrechen. Zusammenhängendes Denken war unmöglich geworden. Sie schloss fest die Augen und dachte nicht länger an den Schlaftrunk, den sie ihm gegeben hatte, und den prüfenden Blick in seinen Augen.

Eine Viertelstunde später stellte sich Larks Befürchtung, Stoke den falschen Becher gegeben zu haben, als grundlos heraus. Er schlief. Sie konnte seine schweren Atemzüge über das Knistern des Feuers im Kamin hinweg hören. Es war kein leichter Schlaf wie gewöhnlich, denn er schnarchte. Seine kräftigen Arme hielten sie an seine Brust gedrückt, und das Dreieck seiner schwarzen Haare kitzelte sie am Rücken. Das war es, was sie am meisten vermissen würde, wenn sie ging – neben ihm zu liegen, seine Nähe zu spüren, die Wärme seines Körpers, den Schlag seines Herzens. Ein Herz, das niemals Liebe für sie empfinden würde.

Sie schnitt eine Grimasse, richtete sich auf und schüttelte ihn. Er stöhnte und rollte sich auf den Rücken. Sein Schnarchen wurde lauter. Sie warf einen Blick auf seine Stiefel. Sie lagen auf dem Boden, und das Licht des Feuers flackerte über die Lederkanten.

In der festen Überzeugung, dass er nicht aufwachen würde, zog sie ihr Haar unter seinem Arm hervor und kroch unter der Decke hervor.

Sie schlüpfte in ihr Kleid und huschte auf Zehenspitzen zu seinen Stiefeln. Als sie hineinschaute, entdeckte sie nur seinen Dolch. Kein Schlüssel. Aber sie hatte gesehen, wie er ihn aus dem Stiefel zog. Neugierig geworden kippte sie die Stiefel um, konnte aber kein Geheimfach entdecken, auch nicht in den Sohlen. Er musste den Schlüssel irgendwo anders aufbewahren. Nachdem sie seine Sachen gründlich durchsucht hatte, nahm sie sich eine Kerze und Zunder vom Kaminsims und verließ das Zimmer.

Es dauerte nicht lang, bis sie im Burghof war. Fackeln brannten an den Wänden, und sie konnte zwei Wachtposten auf und ab gehen sehen. Die kalten Steine streiften ihre bloßen Füße, als sie sich mit gespitzten Ohren an der Mauer entlangdrückte. Etwas Großes und Weißes kreuzte ihren Weg. Lark erstarrte. Dasselbe tat eine große weiße Katze. Sie beäugten einander mit unverhohlenem Misstrauen, zwei Streunerinnen in der Nacht, jede das eigene Ziel vor Augen.

Die Katze wartete nicht darauf, sich streicheln zu lassen, sondern flitzte zu den Greifvogelgehegen. Lark, die zur Werkstatt weiterschlich, hörte aufgeregtes Flügelschlagen aus den Käfigen. Sie musste unwillkürlich grinsen, bevor sie zur Tür der Werkstatt lief.

Ihr blieben nur wenige Augenblicke, bevor die Wachen eine weitere Runde machten. Sie fuhr mit der Hand über den Türpfeiler und tastete nach einem Geheimversteck. An der Kante. Unten am Boden. Plötzlich näherten sich Schritte. Dort wo sie stand, erhellte das Licht einer Fackel wie ein Leuchtfeuer den Saum ihres Kleids.

Panisch kauerte sie sich in den Schatten des Dachvorsprungs und presste den Rücken mit angehaltenem Atem an die Mauer der Werkstatt. Die rauen Steine bohrten sich durch das Tuch ihres Kleids, und die Kälte der Granitsplitter drang ihr in Schultern und Rücken.

Die schweren Schritte des Wachtpostens klangen wie nasse Wäschestücke, die auf einen Stein geklatscht wurden. Dann verhallten sie.

Sie wollte schon aufgeben, aber als sie sich mit den Händen abstieß, um aufzustehen, streifte sie einen losen Stein in der Nähe der Tür. Er bewegte sich ungehindert unter ihren Fingerspitzen. Etwas Flaches, Glattes ragte zwischen den rissigen Mörtelfugen heraus und traf auf ihre Handfläche. Sie spürte glattes Metall. Ein Schlüssel.

Schritte ertönten und kamen näher. Wieder die Wachen. Mit zitternden Händen sperrte sie die Tür auf und schlüpfte hinein. Die Türangeln quietschten. Sie schnitt eine Grimasse und stieß sie zu.

Der beißende Geruch von geschmolzenem Metall und Rauch lag in der Luft. Sie schlug den Zündstein an und entzündete die Kerze. Ein Lichtkreis erhellte den Raum. Entlang der Wände verlief eine Werkbank. Eisenwerkzeug jeder Art stand auf Regalen darüber. Zwingen, Gussformen, Drahtspulen, Töpfe mit Wachs und große Stücke Eisenerz übersäten die Bank. Mitten im Raum ein riesiger Kessel, darüber ein Seilzug. In einer Ecke des Raums entdeckte Lark einen Brennofen, wie Töpfer ihn benutzten. Sie ging hin.

Die Tür flog abrupt auf.

Lark machte einen Satz und ließ die Kerze fallen. Bevor sie erlosch, erhaschte sie einen Blick auf Stokes wutentbranntes Gesicht.

»Was zum Teufel hast du hier zu suchen?« Seine

Stimme war belegt, und doch kamen die Worte mit der Heftigkeit eines Schwertschlags heraus.

Lark wich vor ihm zurück. Ihr Rücken stieß an die Kante der Werkbank, und sie erstarrte. »D-du wolltest mich doch nicht reinlassen, und ich war so neugierig auf deine Werkstatt.«

»Ist deine Neugier befriedigt?« Stoke kam auf unsicheren Beinen zu ihr, packte sie am Arm und zerrte sie nach draußen. Er schlug die Tür zu und fummelte mit dem Schlüssel herum, den Lark im Schloss gelassen hatte.

Als er es nicht schaffte, schob Lark seine Hände beiseite, sperrte die Tür ab und gab ihm den Schlüssel zurück.

Er riss ihn ihr aus der Hand. »Du hast mich betäubt, oder?«

»Offensichtlich nicht genug.« Ihm schien schwindlig zu sein, denn er taumelte an die Tür. »Wodurch bist du aufgewacht?«

»Ich bin gegen solche Tricks gefeit. Sowie du aus dem Bett warst, wurde ich wach. Ich wusste sofort, dass du etwas im Schilde führst.« Lark versuchte, ihn zu stützen, aber er stieß ihre Hände weg. »Wie hast du den Schlüssel gefunden?«, knurrte er.

»Es war reiner Zufall, wirklich. Du hast das perfekte Versteck gefunden.«

»Offenbar nicht gut genug für verlogene, schamlose Weibsbilder wie dich.« Stoke packte sie am Arm und zog sie zur Halle, wobei er sich an sie lehnen musste, um sich auf den Beinen zu halten. »Ich wusste, ich hätte dich anketten sollen. In Zukunft werde ich es tun, und ich werde klug genug sein, nichts mehr zu trinken, was du mir gibst.«

»Ich wollte nur –«

»Ich weiß, was du wolltest.«

»Sei mir bitte nicht böse. Ich wollte nur sehen, wo du so viel Zeit verbringst. Ich dachte, du hast Angst vor Feuer. Wie kommt es, dass du da drinnen am Feuer arbeiten kannst? Du musst furchtbar viel Hitze brauchen, um das Erz zu schmelzen.«

Er zögerte einen Moment, bevor er ihr antwortete. »Ich zwinge mich, mich meiner Angst zu stellen. Wenn ich erst einmal anfange, an einem Stück zu arbeiten, und das Metall geschmolzen ist, denke ich nicht mehr an das Feuer.«

»Warum hast du einen Brennofen in deiner Werkstatt? Du bist kein Töpfer.«

»Noch eine Frage, und ich sorge dafür, dass du einen Monat lang nicht sitzen kannst.«

Der rasende Zorn in seiner Stimme brachte Lark zum Verstummen. Einen Moment lang ließ sie zu, dass sich seine starken Finger in ihr Handgelenk bohrten und er sie über den Hof schleifte. Dann sagte sie: »Ich werde keinem Menschen erzählen, was ich in deiner Werkstatt gesehen habe, falls es das ist, was dich beunruhigt.«

»Ich weiß, dass du das nicht tun wirst, denn nach diesem Vorfall ist dein Schicksal besiegelt.«

»Was soll das heißen?«

Er zerrte Lark durch die Tür in die Halle.

Die Tür fiel krachend hinter ihr zu.

Er blieb stehen und starrte sie an. »Das heißt, wir müssen heiraten.«

»Heiraten?« Lark stieß das Wort so laut hervor, dass es durch die Halle echote. Da sie überzeugt war, die schlafenden Diener geweckt zu haben, senkte sie die Stimme und zischte: »Ich gehe keine Bindung mit einem Mann ein, der mir nicht vertraut.« Sie fügte nicht hinzu: *Und mich nicht liebt.* »Deine Gefangene zu sein ist schlimm genug. Warum belässt du es nicht dabei?«

»Irgendwann wird dein Vater kommen, um dich zu holen. Da ich nicht die Absicht habe, dich herzugeben, ist eine Heirat der beste Weg, einen Krieg zu verhindern. Du wirst tun, was ich dir sage.« Als wollte er die Worte, die er mit zusammengebissenen Zähnen hervorgestoßen hatte, unterstreichen, zog er sie an seine Brust und drückte sie an sich, bis sie kaum noch Luft bekam.

»Nein«, japste sie.

»Doch. Wir heiraten morgen früh.«

»Du kannst mich nicht dazu zwingen.«

»Ich werde mir etwas einfallen lassen, um deine Meinung zu ändern.« Er beugte sich vor und küsste sie.

Lark versuchte, sich zur Wehr zu setzen, aber seine starken Arme hielten sie ebenso erbarmungslos fest wie die Hitze seiner Lippen und das zornige Heben und Senken seiner Brust. Sie konnte nicht mehr denken. Er setzte ihre Leidenschaft gegen sie ein, aber sie konnte seiner Forderung nicht nachgeben. Niemals.

»Ich will.« Lark sagte die Worte so leise, dass Amory sich vorbeugen musste, um sie zu verstehen.

Stoke begnügte sich damit, ihr einen ungeduldigen Blick zuzuwerfen.

Lark starrte auf den Altar. Sie hatte eher das Gefühl, auf ihrer eigenen Beerdigung als auf ihrer Hochzeit zu sein. Draußen tobte ein Unwetter. Regen schlug an die Fensterrose der Burgkapelle. In dem hohen Raum herrschte Totenstille, nur dann und wann von einem lauten Donnerschlag unterbrochen. Stoke hatte nur Rowland, Varik und Dalia bei der Trauung zugelassen, und sie standen hinter ihnen.

Lark spürte den festen Griff, mit dem Stoke ihre Hand umklammert hielt. Sie wusste, dass er sie nicht etwa heiratete, weil er sie liebte, sondern weil sie seine Werkstatt gesehen hatte und er sie mit diesem Wissen nicht gehen lassen wollte. Sie konnte sich nicht dagegen wehren, denn sie wusste, wenn sie nach Hause zurückging, würde Stoke nicht ruhen, bis er einen Krieg mit ihrem Vater angezettelt hatte. Und wenn sie nun wirklich schwanger war, wie Dalia angedeutet hatte? Lark hatte es nicht wahrhaben wollen, aber es war möglich. Und sie konnte den Gedanken an die Enttäuschung und die Scham auf dem Gesicht ihres Vaters, wenn sie einem Bastard das Leben schenkte, nicht ertragen. Das konnte sie nicht auf ihr Gewissen laden.

Noch bevor Lark wusste, wie ihr geschah, war die Trauung vollzogen. Stoke zog sie auf ihre Füße, nahm sie in die Arme und küsste sie. Lark war mit dem Herzen nicht bei dem Kuss, sondern sah die qualvollen Jahre vor sich, die vor ihr lagen, weil sie einen Mann liebte, der diese Liebe nie erwidern würde.

Er ließ sie los und murmelte: »Es mag dir nicht gefallen, aber finde dich lieber damit ab, Lark, sonst wird es zwischen uns nichts als Unfrieden geben.«

Wieder zuckte ein Blitz über den Himmel und erhellte die Kapelle. Donnerschläge grollten und erschütterten das Haus bis in die Grundfesten. Lark schloss die Augen vor dem bösen Omen.

In diesem Moment flog die Tür zur Kapelle auf.

22

Lark schnappte nach Luft. Fast erwartete sie Satan persönlich in der Tür zu sehen. Sie starrte die in einen Umhang gehüllte Gestalt an. Nicht der Teufel, sondern ein Mönch. Sie ließ den Atem heraus, den sie angehalten hatte, und beobachtete, wie sich die Kutte und die Kapuze des Ordensbruders um seine hagere Gestalt und sein Gesicht blähten.

Er trat über die Schwelle und schloss die schwere Tür hinter sich. Das Krachen, mit dem sie zufiel, zerriss das monotone Prasseln der Hagelkörner und Regentropfen auf dem Dach der Kapelle. Der Mann schüttelte den Regen von seiner Kapuze und kam näher.

Seine braune Kutte klebte tropfnass an seinen Beinen, und ein dunkles Wasserrinnsal folgte ihm den Mittelgang hinunter. Vor Stoke blieb er stehen und verbeugte sich. »Vergebt mir mein Eindringen, Mylord, aber Abt Hadrian lässt Euch bitten, sofort zu ihm zu kommen. Wir haben die beiden Männer gefunden, die Ihr befragen wolltet.«

»So schnell«, sagte Stoke angenehm überrascht. »Abt Hadrian hat wirklich keine Zeit verloren. Ich komme gleich mit.«

Wieder ging abrupt die Tür auf.

Jamus kam in die Kapelle gerannt. Blitze zuckten hinter ihm am Himmel und tauchten ihn einen Moment lang in grelles Licht. Er schlug die Tür zu. Sein Atem ging so schnell, dass er kaum ein Wort herausbrachte. »M-m-ylord, es t-tut mir l-leid, aber L-lord Trevelyn hat g-gerade die B-burg verlassen.«

»Folge ihm, Jamus.«

Rowland trat zu ihm. »Ich begleite ihn.«

»Nein, ich brauche dich. Ich nehme Varik und Dalia mit in die Abtei.«

Dalia, die Varik im Arm hielt, drehte sich mit ungläubiger Miene um. Varik betrachtete interessiert den Mönch.

»Du nimmst Varik meinetwegen mit.« Lark schnürte sich die Kehle zu.

»Ich nehme ihn mit, weil jemand ihn vergiften wollte, als ich ihn das letzte Mal allein ließ. Sollte so etwas noch einmal passieren, wird es auf meinen Schultern liegen, nicht auf deinen.«

»Das glaube ich nicht. Du vertraust mir immer noch nicht. Du wirst mir nie vertrauen.« Lark verbarg ihren Schmerz hinter einem resignierten Tonfall.

Er versteifte sich bei ihrer Anschuldigung. »Glaub, was du willst, aber sei einfach hier, wenn ich zurückkomme.«

»Verlass dich nicht drauf.«

Er packte sie am Arm und sah sie mit einem bohrenden Blick an. »Du solltest lieber hier sein.«

»Vielleicht statte ich meinem Vater einen längeren Besuch ab. Er weiß schließlich noch nichts von meiner Heirat.«

»Du wirst Kenilworth nicht ohne meine Begleitung verlassen. Warte auf mich, dann machen wir uns gemeinsam auf den Weg.« Er betrachtete sie einen Moment lang, dann küsste er sie und drückte sie so stürmisch an sich, dass es ihr den Atem verschlug. Mit ernster Miene löste er sich von ihr und ging.

Lark beobachtete, wie sich seine Schultern mit jedem seiner festen Schritte bewegten. Als er bei der

Tür war, rief sie ihm zu: »Denk immer daran, dir den Rücken freizuhalten.«

Er musterte sie scharf. Seinem Gesichtsausdruck war nicht zu entnehmen, was in ihm vorging. Dann drehte er sich um und folgte dem Mönch nach draußen.

Lark sah zu, wie Amory, Rowland, Dalia und Varik die Kapelle verließen. Amory lächelte traurig, einen Ausdruck von Mitleid und Bedauern auf seinem Gesicht. Auch Rowland wirkte feierlicher, als sie ihn je erlebt hatte. Varik summte vor sich hin und spielte mit Dalias Zopf. Er hielt inne und winkte ihr über Dalias Schulter zu.

»Komm, Lark.«

Lark schüttelte den Kopf. »Ein anderes Mal.« Sie sah, wie sie in das Unwetter hinaus eilten.

Ihr stieg ein Kloß in die Kehle. Und wenn es das Letzte war, was sie tat, sie würde Stokes Vertrauen gewinnen. Irgendwie.

Sie hörte hinter sich Schritte und sah Jamus durch den Mittelgang kommen. »Ich gehe mit dir«, sagte sie zu ihm.

»N-nein, das g-geht nicht. Ihr habt ihn g-gehört.«

»Wenn du mich nicht mitnimmst, Jamus, stehle ich mich einfach hinaus und folge dir. Ich will dir dabei helfen, Louis im Auge zu behalten. Ich bin überzeugt, dass er derjenige ist, der Stoke töten will, und er wird es bald wieder versuchen.«

Jamus bemerkte ihren entschlossenen Gesichtsausdruck, schüttelte den Kopf und zuckte die Achseln.

Nachdem Stoke und die anderen davongeritten waren, brachen auch Lark und Jamus auf. Oben in einem der Türme stand Ebba an einem Fenster und starrte Lark nach. Ein Lächeln lag auf ihren Lippen, als sie zurücktrat und auf leisen Sohlen die Wendeltreppe des Turms hinunterhuschte.

Einige Stunden später ließ Stoke Rowland, Amory und Baltizar zu Variks Bewachung im Garten der Abtei zurück. Abt Hadrian, dessen Stock bei jedem Schritt mit einem leisen Glucksen im Matsch versank, trottete neben ihm her. Das Unwetter war vorbei, und am Himmel wölbte sich ein Regenbogen.

Stoke lauschte dem Geräusch ihrer schleppenden Schritte im Schlamm. Der Abt, der mit gebeugtem Rücken und auf einen Stock gestützt an seiner Seite ging, bewegte sich mit einer Behändigkeit, die sein Alter Lügen strafte.

»Wir haben die Männer, Mylord. Sie sind in unserem Gefängnis«, sagte Abt Hadrian.

»Und wie konntet ihr sie fassen?«

»Gottes Hände reichen weit – das solltet Ihr nach Eurem Kampf gegen die Ungläubigen im Heiligen Land wissen.« Abt Hadrian wandte ihm mit einem fast boshaften Lächeln das Gesicht zu.

»Wie habt Ihr sie gefunden?«

»Ich habe unsere Brüder ausgeschickt, und wir haben alle, die uns begegnet sind, nach den beiden Männern gefragt, die sich als Mönche ausgeben. Die Spur führte uns in ein Dorf. Die Dorfbewohner wussten von den beiden und sagten, sie hätten sie mit ihren Auftraggebern reden sehen. Wie es sich durch den Willen Gottes fügte, waren die beiden Männer, die die Mörder gedungen hatten, in jenem Dorf aufgewachsen und hatten dort Familie. Wir fanden sie in einer nahe gelegenen Schenke, hurend und saufend. Das Dorf liegt nicht weit von Kenilworth entfernt.«

Stoke folgte dem Abt in einen Innenhof, in dessen Mitte sich ein runder Fischteich befand. Große goldene Karpfen schossen zwischen den Seerosen hin und her. Die beiden Männer kamen an einer Gruppe von Mönchen mit Heugabeln auf den Schultern vorbei. Abt Hadrian nickte ihnen grüßend zu. Schließlich erreichten sie ein kleines Gebäude mit spitz zulaufendem Dach. Der Abt zeigte mit seinem Stock darauf. »Ihr findet sie dort drinnen. Zu meinem Bedauern muss ich sagen, dass sie über ihren Aufenthaltsort nicht allzu glücklich sind, seid also auf der Hut.«

»Darauf könnt Ihr Euch verlassen.«

»Der Schlüssel hängt neben der Tür.« Der Abt drehte sich um und wanderte langsam zum Fischteich zurück.

In eine Wand des Gefängnisses war ein winziges Fenster, nicht größer als der Kopf eines Mannes, eingelassen, und der Gestank von Schweiß und menschlichen Exkrementen und Fäulnis drang aus der kleinen Öffnung. Stoke griff ungeduldig nach dem Schlüsselbund, der an einem großen Eisenring hing, und öffnete die Tür. Er war gezwungen, sich zu bücken, um den kegelförmigen Raum zu betreten. Der Boden war mit Stroh bedeckt. An den gewölbten Wänden hingen paarweise Handfesseln. Die letzten zwei Paare waren um die Handgelenke von zwei Männern geschlossen. Sie blickten auf, als sie Schritte hörten. Stoke erkannte die beiden Männer wieder, die er in St. Vale entlassen hatte, weil sie Lark belästigt hatten, Hängelid und Narbengesicht.

»Wen haben wir denn da?«, sagte Stoke und ließ die Schlüssel in seiner Hand klimpern.

»Wir waren es nicht, Mylord.« Sills' Hängelid zuckte, als er sprach.

»Ja, wir sind froh, dass Ihr da seid. Diese Mönche sind verrückt geworden.« Schweiß lief über Torrs narbiges Gesicht.

»Wenn ihr diese Mönche für verrückt haltet, wisst ihr noch nicht, wozu ich in der Lage bin.« Stoke zog den Dolch aus seinem Stiefel und fuhr mit einem Finger über die Klinge.

»Wir haben nichts getan, Mylord.« Ein Schweißtropfen lief an Torrs Nase hinunter und fiel auf seine Tunika.

Stoke musterte ihn finster. »Ich hoffe, du lügst weiter. Ich habe seit dem Kreuzzug keinen Mann mehr gefoltert.«

Torr wand sich unter Stokes Blick, und sein Gesicht verzerrte sich zu einer Grimasse.

»Es war alles seine Idee!« Sills zeigte auf seinen Gefährten, und die Ketten an seinen Handgelenken klirrten an die Steinwand.

»Halt den Mund, du Dummkopf!«, brüllte Torr.

»Nein! Ich will nicht für dich sterben!«

»Sterben wirst du spätestens dann, wenn ich dich töte.«

»Versuch's doch!«

»Was war seine Idee?«, unterbrach Stoke den Streit der beiden.

Beide Männer pressten die Lippen zusammen. Dann sagte Sills: »Das Geld anzunehmen, um diese Mörder anzuheuern.«

»Wer hat es Euch gegeben?«

Torr sah, wie Sills den Mund öffnete, und platzte heraus: »Wir sind so gut wie tot, wenn wir das sagen!«

»Das seid ihr auch, wenn ihr es nicht sagt.« Stoke hielt seinen Dolch an Sills' Kehle und sah zu seiner Genugtuung, wie der Mann zusammenzuckte.

»Na gut, Mylord! Wir werden reden!«

»Und sagt die Wahrheit. Ich komme dahinter, wenn ihr lügt.«

»Es ist die Wahrheit.«

»Dann sprich.« Stoke ließ sich seine Nervosität nicht anmerken, sondern starrte Torr drohend an.

»Werdet Ihr unser Leben verschonen?«, fragte Sills mit klagender Stimme.

»Wir werden sehen. Ich pflege meine Feinde nicht am Leben zu lassen, aber sollte sich eure Geschichte als wahr erweisen, könnte ich bei euch beiden vielleicht großzügiger sein.«

»Das wird sie, Mylord.« Sills nickte.

»Hoffentlich.« Stokes Stimme war anzumerken, wie leid er es war, seiner stummen Nemesis nachzuspüren. Endlich war er am Ziel!

»Es war Ebba, Mylord.«

Stoke starrte Sills mit zusammengekniffenen Augen an. »Ich hoffe, du lügst mich nicht an.«

»Bei Gott und allen Heiligen, ich sage die Wahrheit! Sie hat uns das Geld gegeben, die beiden anzuheuern, und sie hat gesagt, wenn wir nicht den Mund halten, sorgt sie dafür, dass wir auch sterben.«

Stokes Miene verdüsterte sich, als ihm einfiel, dass Ebba bei Lark auf der Burg war. Er fuhr herum und rannte zur Tür hinaus.

Es waren zwei Tage vergangen. Lark, die sich dicht an Jamus hielt, ließ ihren Rotschimmel langsamer reiten. Sie waren Lord Trevelyn bis hierher gefolgt, bis an die Ufer der Themse. Der Geruch des Flusses, eine schwere Mischung aus Moos, Fisch und frischem Wasser, wehte ihr zu. Eine dichte Baumreihe versperrte ihr den Blick auf den Fluss, obwohl ihr der Geruch verriet, dass sie sich seit zwanzig Meilen in seinem Windschatten bewegten, den ganzen Weg von London.

Sie sah den runden Turm von Windsor Castle vor sich, der auf einer zentralen Erhebung über den weißen Steinmauern der Burg aufragte. Die Anlage erinnerte in ihrer Form an einen Schmetterling, wobei der

Turm mit seinen kreisrunden Mauern das Mittelstück bildete, auf dessen Seiten der untere und der obere Burghof wie verunglückte Flügel hingen. Quadratische Mauertürmchen erhoben sich in strategisch günstigen Abständen auf den Innenhöfen. Lark sah entlang der Mauern auf langen Stangen die Farben des Königshauses wehen und aller Welt verkünden, dass Seine Majestät anwesend war.

Hinter dem Ringgraben befand sich die Zeltstadt, die sich Meile um Meile ausdehnte, wie es schien. Lark vermutete, dass der König seine Truppen ausquartiert hatte, um Platz für seine vielen treuen Vasallen zu schaffen.

Als Lark die lange Reihe der Wartenden entdeckte, die Einlass in die Burg begehrte, riss sie hart die Zügel an. Pferde, Ritter, Diener und Fuhrwerke jeder Art wanden sich in einer langen Schlange bis zu den Toren. Hier und dort leuchteten die kostbaren Kleider und Schleier der Edeldamen aus schweren Seidenstoffen wie heitere Farbtupfer aus der Menge. Knechte, die das Vieh zu betreuen hatten, hielten sich dicht an die Wagen ihrer Herrschaft. Die zwei Diener vor ihr saßen mit ihren Schützlingen, einem Paar schwarzer Schwäne und einem Pfau, auf der Erde. Lark, die dem misstönenden Krächzen der Vögel lauschte, empfand sie als passende Gaben für König Richard. Anscheinend legte die gesamte Christenheit Wert darauf, dem König von England bei seiner zweiten Krönung Glück zu wünschen.

Lark trieb ihr Pferd an und trottete mit Jamus zum Ende der Reihe.

»W-was für ein G-gedränge«, bemerkte Jamus.

Lark musterte die Reihe der Wartenden. »Kannst du Lord Trevelyn sehen?«

Jamus nickte und zeigte mit dem Finger. »D-da drüben ist sein B-banner, d-das mit d-den zwei D-drachen drauf.«

Durch die vielen Menschen und Tiere hindurch, die sie trennten, entdeckte Lark eine Gruppe von Rittern in leuchtend roten Waffenröcken.

»Ich möchte dem König eigentlich lieber nicht begegnen, Jamus, aber ich fürchte, uns bleibt nichts anderes übrig, wenn wir Lord Trevelyn folgen wollen, um festzustellen, mit wem er spricht. Ob wir nicht ein bisschen näher an ihn heran könnten?«

Jamus nickte. »V-vielleicht sollte ich v-voranreiten. Zwei k-könnten seinen V-verdacht wecken.«

»Na schön. Ich warte hier. Gib mir sofort Bescheid, wenn er sich rührt.« Lark beobachtete, wie Jamus davonritt, und bemerkte auf einem etwas weiter entfernten Feld den Turnierplatz.

»Bei meiner Seel! Sieh dir das an. Wir hätten in London bleiben sollen.«

Larks Kopf fuhr beim Klang dieser Stimme in die Höhe. Dieses tiefe Timbre liebte sie, seit sie es als kleines Kind zu erkennen gelernt hatte. William Mandevilles Stimme. Sie wandte ein wenig den Kopf, aber die nächste Stimme ließ sie erstarren.

»Aber wir sind von Adel.« Lark zuckte bei den Worten ihrer Mutter zusammen. »Wir haben das Recht, von Richard empfangen zu werden. Er wird uns nicht abweisen. Wir hätten früher kommen sollen. Das habe ich dir gleich gesagt, aber du wolltest ja warten, für den Fall, dass sie zurückkommt …« Sie schien zu aufgebracht zum Weitersprechen, denn ihre Stimme erstarb.

»Keine Sorge, Elizabeth, Helen findet schon einen neuen unbesonnenen Beau.« Leder knarrte, als sich ihr Vater im Sattel umdrehte. »Sieh nur zu, Helen, dass du ihn vor den Altar bekommst, bevor er sich wieder davonmacht – wenn er meine Schatullen allerdings so reichlich füllt wie Lord Blackstone, könnte ich gut und gern von deinen wankelmütigen Verehrern leben.«

»Ich will keinen Ehemann, Vater. Ich werde nie heiraten.«

Lark hätte sich bei Helens scharfen Worten beinahe umgedreht. War es tatsächlich ihre stille, sanftmütige Schwester, die in so herbem Ton sprach? Lark hätte ihr am liebsten applaudiert oder einen ermutigenden Blick zugeworfen, aber sie durfte nicht riskieren, entdeckt zu werden.

»Lass dir bitte nicht von dem unerfreulichen Zwischenfall mit diesem Scheusal von Blackstone dein ganzes Leben ruinieren«, sagte Elizabeth mit ungewohnt milder Stimme. »Wenn dich die erstrebenswerten Edelmänner bei Hof erst einmal sehen, haben wir dich bestimmt noch vor dem Maifeiertag unter der Haube.«

»Ich will nicht unter die Haube. Ich habe beschlossen, niemals zu heiraten. Lieber nehme ich den Schleier.«

»Nein, das wirst du nicht«, kreischte Elizabeth. »Es würde mich umbringen, dich in einem Kloster zu sehen. Dein Wildfang von Schwester findet nie einen Mann, aber du wirst heiraten, und damit basta!«

»Nein, werde ich nicht. Lieber lasse ich mich bei lebendigem Leib rösten.«

»Sprich du mit ihr, William.«

Mit väterlicher Vernunft, in die sich eine Spur trockenen Humors mischte, sagte William: »Mir scheint, es wäre Verschwendung, wenn deine Mutter stirbt, falls du in ein Kloster gehst … Andererseits würde ich nicht wollen, dass du bei lebendigem Leib geröstet wirst. Aber ich muss zugeben, es freut mich sehr, eine eigene Meinung von dir zu hören. Damit hätte ich nie gerechnet. Ich stelle dir frei zu tun, was du willst, meine Tochter.«

»William, das war Absicht!«, tobte Elizabeth,.

Lark spürte das warme Grinsen auf dem Gesicht ihres Vaters förmlich. Wie sehr sie ihn doch vermisst hatte!

Der Zug rückte weiter vor, und Lark beobachtete, wie sich Lord Trevelyns Truppe vor allen anderen auf die Tore zubewegte. Ein Reiter, der das Banner des Königs trug, führte sie an. Sie hörte, wie ihr Vater eine unfreundliche Bemerkung über die Günstlinge des Königs machte.

Wenn sie sich nur unbemerkt davonstehlen könnte, wäre es ihr möglich, zu Jamus zu stoßen. Sie nahm die Zügel und lenkte den Rotschimmel an einem Knecht vorbei, der einen Pfau hielt.

»Lark, Kind, bist du das?« Lady Lucindas rundes Gesicht lugte aus dem Fenster einer geschlossenen Kutsche. Ihre Augen weiteten sich. »Du bist es wirklich! Gott sei mir gnädig!«

Lark gestikulierte hektisch, um ihr zu verstehen zu geben, dass sie den Mund halten sollte.

»Was machst du denn da, Lark? Sind Fliegen in der Nähe? Ich hoffe nicht. Ich dachte, der König würde versuchen, diese schreckliche Plage einzudämmen. Ich sagte gerade zu Sir Joseph, dass ich deine Mutter zu hören glaubte. Wo ist sie denn?« Lady Lucinda spähte an Lark vorbei und winkte lebhaft. »Da ist sie ja. Ich kann sie sehen – und die süße, liebe Helen. Was für ein schrecklicher Wirbel um ihre Heirat. Und du, mein Liebes – wie schlimm von dir, nicht zu deiner eigenen Hochzeit zu kommen. Aber wir haben das Essen deiner Mutter nicht verkommen lassen.« Lady Lucinda wandte sich ins Wageninnere. »Ist es nicht so, lieber Gemahl?«

Sie wartete seine Antwort nicht ab, sondern drehte sich rasch wieder um und sagte: »Was für ein Glück, dass ich dich hier treffe. Ich dachte schon, ich sterbe ohne einen Menschen, mit dem ich reden kann. Sir Joseph beachtet nicht ein Wort, das ich sage. Du musst dich zu uns setzen und uns Gesellschaft leisten. Warum trägst du denn eine Rüstung, Kind?«

Lark hatte gehofft, die Rüstung, die sie sich von einem der Soldaten Stokes geliehen hatte, würde als Tarnung ausreichen, aber sie hatte sich wohl geirrt.

»Pigeon!« Williams Dröhnen übertönte Lady Lucindas Stimme.

Lark fuhr zusammen, und das Nackenstück ihres Helms stieß klirrend an ihren Harnisch. Sie drehte sich um und sah William. Seine goldenen Augenbrauen stießen über den Augen zusammen.

»Lark!«, rief Helen, als sie von dem Wagen sprang, wo Marta saß und Lark anstarrte, die pergamentdünne Haut über ihren hageren Wangen vor Missbilligung gestrafft. Aber im Vergleich zu Elizabeths Gesichtsausdruck wirkte ihre Miene fast herzlich.

Helen blieb bei Lark stehen und platzte heraus: »Ich hatte solche Angst um dich!« Sie streckte ihre Hand aus.

Lark hielt liebevoll die Hand ihrer Schwester und sah in ihre großen Rehaugen, die voller Sorge waren. Das arglose Vertrauen in Helens Augen traf Lark bis ins Herz.

»Was ist los, Lark?« Helen sah sie an. »Fühlst du dich nicht wohl? Du siehst erhitzt aus. Du musst aus dieser Rüstung heraus. Es ist sehr warm für März.«

»Es geht mir gut, wirklich.« Lark rutschte unbehaglich im Sattel hin und her. Ohne Zweifel hatte Helen beschlossen, nicht zu heiraten, weil sie immer noch

Stoke wollte. Wie konnte Lark ihr sagen, dass sie und Stoke verheiratet waren?

»Ich merke doch, dass etwas nicht in Ordnung ist. Willst du mir nicht sagen, was es ist?«

William räusperte sich.

Lark sah über Helen hinweg zu ihm. Scharfe, wissende Augen hielten ihren Blick fest. Es gab kein Entkommen vor ihrer Eindringlichkeit; sie schien Lark förmlich zu durchbohren.

Sie verlagerte ihr Gewicht im Sattel und schluckte schwer. Stampfende Schritte lenkten ihren Blick an Helen vorbei auf Elizabeth, die mit wehendem blauem Schleier auf sie zumarschierte. Zum ersten Mal in ihrem Leben begrüßte Lark den Anblick ihrer Mutter – bis sie in Elizabeths Augen sah. Ein eisiger Winterwind von den Bergen hätte Lark nicht kälter treffen können.

Ihre Mutter blieb neben Helen stehen. »Wo bist du die ganze Zeit gewesen? Weißt du eigentlich, welche Schande du über uns gebracht hast? Ich sterbe jetzt noch, wenn ich daran denke, dass ich all diesen Gästen gegenübertreten musste. Es war grauenhaft, einfach grauenhaft – und ganz schrecklich gemein von dir.«

Bevor Lark etwas erwidern konnte, setzte Elizabeth ihre Tirade fort. »Hast du auch nur einmal daran gedacht, was du uns angetan hast? Nicht ein Wort haben wir von dir gehört. Dein Vater hatte einen Verdacht, wo du sein könntest, aber du hättest uns zumindest mitteilen können, dass du gesund und unversehrt bist. Ich war krank vor Sorge.« Elizabeth brach ab. Man sah ihr an, dass sie von ihren Worten selber überrascht war.

Auch Lark zog die Augenbrauen hoch. Es war das erste Mal, dass Elizabeth offen aussprach, sich um Lark gesorgt zu haben. Sie hatte fast ständig genörgelt und jeden Makel an Lark bekrittelt, aber nie hatte sie gesagt. »Ich habe mir Sorgen um dich gemacht.«

Der beispiellose Augenblick verlor einiges durch die nächsten Worte Elizabeths. »Hattest du vor, in diesem Aufzug vor König Richard zu erscheinen? Wir werden unsere Baronie verlieren! Liegt dir denn nicht einmal an der Meinung des Königs etwas? Was hast du dir nur dabei gedacht, Lark, hier in Rüstung aufzutauchen?«

»Offensichtlich gar nichts.« Lark stieß einen unhörbaren Seufzer aus. Ihre Hoffnung, dass ihre Mutter sie im Grunde doch liebte, starb einen schnellen Tod.

»Wir müssen ein Kleid für dich auftreiben.«

»Da könnte ich behilflich sein«, meldete sich Lady Lucinda von ihrem Wagenfenster. »Bitte erlaubt es mir. Es wäre mir eine Freude. Ich habe einige Damen aus meinem Bekanntenkreis gesehen, die junge Töchter haben. Vielleicht können sie uns helfen, obwohl ich glaube, keine von ihnen ist so groß wie Lark.«

»Lady L, wie freundlich von Euch. Ich habe die Frau des Marquis of Lor gesehen. Ich weiß, dass ihre Tochter fast genauso groß wie Lark ist. Wir könnten von ihr etwas zum Anziehen leihen, bis ich das geeignete Material finde, um ein Kleid für Lark nähen zu lassen, in dem sie dem König vorgestellt werden kann.« Elizabeth suchte die lange Wartereihe eifrig nach der betreffenden Dame ab.

»Sie ist nicht hier, weil sie dem König vorgestellt werden will.« William legte seine Hände auf den Sattelknopf und sah Lark fragend an. Offensichtlich wartete er auf eine Erklärung.

»Warum bist du hier?«, fragte Helen.

»Ich bin hinter dem Mann her, der …« Lark brach ab, als Hufschläge ihre Aufmerksamkeit ablenkten. Mit sinkendem Mut sah sie Evel, Avenall und die Zwillinge herangaloppieren. Der Moment, den sie gefürchtet hatte, stand kurz bevor.

Avenall war als Erster da. Er blieb neben ihrem Vater stehen und starrte sie an, auf seinem hübschen Gesicht eine Härte, wie Lark sie noch nie an ihm gesehen hatte. »Lark! Warum bist du an unserem Hochzeitstag weggelaufen?«

Lark öffnete den Mund, um etwas zu sagen, aber Evel fiel ihr ins Wort. »Weißt du eigentlich, dass wir die ganze Umgebung nach dir abgesucht haben?«

»Wie haben Harold und Cedric euch gefunden?« Die Frage kam von Helen.

»Wir halfen einer jungen Frau, die auf der Straße von ein paar Galgenvögeln belästigt wurde. Harold wurde zufällig auf den Kampf aufmerksam.«

»Und das ist ein Glück, sonst wären wir immer noch da draußen auf der Suche nach Lark.« Evel richtete seine blauen Augen auf sie. »Ich dachte mir, dass ich dich vielleicht hier finden würde.«

»Sieht ihr ähnlich, wieder mal Ärger zu machen«, sagten Cedric und Harold wie aus einem Mund. »Wenn wir nicht einen Abstecher nach London gemacht hätten, hätten wir Evel und Avenall nie gefunden.«

Lark starrte die beiden unfreundlich an.

»Wo ist Blackstone? Er ist doch sicher bei dir.« William suchte in der dichten Menschenmenge nach ihm.

»Blackstone? Was hat er damit zu tun?« Avenall starrte Lark unverwandt an.

»Ich glaube, das wollte Lark uns gerade mitteilen.« William richtete einen vielsagenden Blick auf seine Tochter.

Lark schlang die Zügel so fest um ihre Handfläche, bis ihre Hand weiß wurde und ihre Finger ertaubten. Sie ertrug es nicht, Avenall anzuschauen, deshalb senkte sie den Blick auf ihre Hände. »Nun, ich …«

Ihre Stimme wurde von donnernden Hufen übertönt, einem so lauten Dröhnen, dass Lark das Vibrieren bis in die Brust spürte. Sie machte den Mund zu und drehte sich um. Zehn Ritter zu Pferde, alle in schwarzen Waffenröcken, schoben sich in ihr Blickfeld. Ein roter Drache zischte und flatterte auf dem schwarzen Banner, das einer von ihnen trug. Allen voran ritt ein gewaltiger Krieger in einer tiefschwarzen Kampfrüstung, die selbst in der prallen Sonne jedes Licht zu verschlucken schien. Das Naseneisen des schwarzen Helms verbarg das Gesicht des Ritters fast vollständig. Nur die Augen waren zu sehen. Stokes Augen.

23

Er kam näher, und seine Aura erfüllte die Luft, wie die Dunkelheit den Nachthimmel überzieht. Ein Sonnenstrahl brach sich in dem Stein auf dem Heft seines Schwerts und blitzte in Larks Augen. Einen Moment lang geblendet, blinzelte sie und bewegte den Kopf. Ihr fiel auf, dass sich die Leute beeilten, ihm den Weg freizugeben. Sie hatte ihn noch nie in voller Rüstung gesehen. Er sah unbezwinglich aus.

Lark schluckte schwer, als Stokes Streitross mit stampfenden Hufen neben ihr stehen blieb. Helen und Elizabeth wichen bis zu ihrem Wagen zurück, um ihm Platz zu machen. Sein Gefolge, darunter auch Amory und Rowland, hielt sich hinter ihm. Weitere sechs Ritter bildeten den Begleitschutz für Dalias und Variks Wagen.

Varik, der sie erspäht hatte, rief: »La'k! La'k!«

Sie winkte ihm zu. »Hallo, Sir Varik.«

»Hab' dich vermisst!«

»Bringt ihn hinein.« Stoke bedeutete Dalia und ihrer Eskorte weiterzuziehen.

Der Wagen rollte auf dem Weg zur Burg an ihr vorbei. Varik drehte sich um und winkte ihr mit seiner kleinen Hand zu. Rowland und Amory begrüßten sie im Vorbeireiten mit einem Nicken. Baltizars Kopf tauchte hinten auf dem Wagen auf. Er legte sein Kinn auf die Kante und starrte sie an.

Der Anblick ihres alten Freunds zauberte ein Lächeln auf ihr Gesicht, aber es war in dem Moment verschwunden, in dem ihr Blick mit dem von Stoke zusammentraf.

Abgesehen von dem Feuer in seinen Augen und dem Zucken eines Kiefermuskels blieb seine Miene undurchdringlich. Er sagte kein Wort zu ihr, sondern drehte sich um und wandte sich an ihren Vater.

»Ich muss Euch davon in Kenntnis setzen, Sir, dass Eure Tochter mit mir verheiratet ist.« Stoke schleuderte William die Worte wie Kugeln entgegen, und sie schienen durch die Luft zu zischen.

Elizabeth brach das Schweigen mit einem Keuchen. Tränen glitzerten in Helens Augen. Lark, die es nicht fertig brachte, sie anzuschauen, starrte auf ihren Harnisch.

»Ich frage Euch nicht nach den Gründen, meine Tochter ohne meine Erlaubnis zu heiraten, denn sie sind mir bekannt«, sagte William.

»Du hast die ganze Zeit davon gewusst?« Der Blick, den Evel auf William richtete, war so glühend vor Zorn, dass er die Wimpern hätte versengen können.

William wirkte nicht sonderlich zerknirscht. »Ja, ich habe gewusst, dass sie bei ihm war.«

»Warum habt Ihr uns nach Lark suchen lassen?«, fragte Avenall gepresst.

Evel und Avenall starrten William aus zusammengekniffenen Augen an und warteten auf seine Antwort.

»Ich hatte meine Gründe.« William beachtete sie nicht weiter, sondern wandte sich wieder Lark und Stoke zu. Nicht ein Funken Wärme lag in seinen scharfen grünen Augen, als er Stoke musterte.

»Wenn Ihr wusstet, dass ich Eure Tochter habe, müsst Ihr auch gewusst haben, dass ich keine andere Wahl hatte, als sie zu heiraten.«

»Ich bin froh, dass Ihr wie ein Ehrenmann gehandelt habt.« Die Furchen auf Elizabeths Stirn glätteten sich.

»Wie konntest du ihn nur heiraten?« Avenall war fassungslos.

»Es war nicht meine Entscheidung.« Lark spürte, wie sich ihre Kehle zusammenschnürte.

»Das ist bedeutungslos. Sie gehört jetzt mir.« Stoke sah zu Lark. Der Zorn auf seinem Gesicht verbarg sich hinter einer seltsamen, schwer zu deutenden Miene.

»Wie könnt Ihr es wagen, sie für Euch zu beanspruchen?«

»Jetzt ist nicht der Zeitpunkt für ritterliche Anwandlungen.« Lark sorgte sich um Avenall. Noch nie hatte sie ihn so aufgebracht gesehen. Was war aus dem sanften, friedfertigen Mann geworden, den sie gekannt hatte? Was es auch war, es konnte ihn das Leben kosten. »Halt dich bitte raus«, sagte sie. »Es ist geschehen, und du kannst es nicht ändern.«

»Nein, das werde ich nicht tun«, sagte Avenall, ohne seinen hasserfüllten Blick von Stoke zu wenden. »Er hatte kein Recht, dich zu nehmen und zur Ehe zu zwingen.«

»Ich habe keinen Streit mit Euch. Es ist am besten, Ihr belasst es dabei.« Obwohl in Stokes Augen ein mörderischer Sturm tobte, klangen seine Worte ruhig und unbewegt.

»Ich lasse mich nicht von Euch einschüchtern! Ihr habt Lark entführt, nicht wahr? Sie ist nicht weggelaufen, wie wir alle dachten. Ich wusste, dass sie nie vor mir davonlaufen würde. Bei Gott und allen Heiligen, dafür werdet Ihr mir mit Eurem Leben büßen!« Avenall stürzte sich auf Stoke.

Stoke wehrte Avenalls Angriff mühelos ab, und so schnell, dass Lark nur eine verschwommene Bewegung sah. Harte Knöchel landeten auf einem Kinn.

Dann rutschte Avenall aus seinem Sattel und fiel rücklings auf den Boden. Bevor Lark vom Pferd springen konnte, lief Helen zu ihm und kniete neben ihm nieder.

Sie strich behutsam über seine Wange. »Ist alles in Ordnung? Bitte sag mir, dass dir nichts passiert ist!«

Avenalls Augen öffneten sich. Einen Moment lang starrte er Helen mit einem verdatterten Grinsen an. Die Benommenheit verschwand aus seinen Augen, als er sich auf seinen Ellbogen aufstützte und den Kopf schüttelte. Vorsichtig bewegte er seine Kinnpartie, um zu prüfen, ob der Kiefer gebrochen war. Dabei sah er die ganze Zeit Helen an und berührte ihre Hand, die immer noch auf seiner Wange lag. Nach einem Moment sagte er: »Ich werde es überleben.« Er ließ seine Hand sinken und warf Stoke einen flammenden Blick zu. »Wir werden die Angelegenheit auf dem Turnierplatz austragen!«

»Nein!« Helen packte ihn an der Schulter. »Bitte nicht – das darfst du nicht! Du wirst sterben!«

»Er ist ein Schurke. Erst hat er dir wehgetan, und jetzt schau dir an, was er Lark angetan hat. Nein, ich werde mich mit ihm schlagen.«

Tränen glänzten in Helens Augen, als sie den Blick zu Stoke hob. »Bitte, kämpft nicht gegen ihn.«

»Es liegt bei ihm, Mylady.«

Evel sprang vom Pferd, um Avenall zu helfen. »Sie hat Recht. Du kannst Black Dragon nicht fordern.«

»Ich habe es getan, und ich bleibe dabei«, sagte Avenall, als Evel und Helen ihm auf die Beine halfen.

Lark hatte noch nie eine solche Leidenschaft in Avenalls Augen gesehen. Bedeutete sie ihm immer noch so viel? Ihr blieb keine Zeit, darüber nachzudenken, denn Stoke streckte die Arme nach ihr aus. Mit einer schnellen, ruckartigen Bewegung hob er sie vor sich in den Sattel, als bedeuteten die zusätzlichen siebzig Pfund ihrer Rüstung nichts für ihn.

Er wollte sein Pferd antreiben, aber Williams tiefe Stimme hielt ihn zurück. »Hört gut zu, Blackstone. Ich lasse Euch Lark, aber wenn sie unglücklich ist oder Ihr sie schlecht behandelt, habt Ihr mir dafür gerade zu stehen.« William durchbohrte Stoke mit einem unerbittlichen Blick.

»Ich bin nicht unglücklich, Vater.«

William forschte in Larks Augen, um zu sehen, ob sie die Wahrheit sagte. Offensichtlich glaubte er ihr nicht, denn seine Miene verfinsterte sich.

»Keine Sorge, Lord Mandeville, sie wird so behandelt werden, wie es einer Ehefrau zusteht«, sagte Stoke, während sich seine Arme besitzergreifend um ihre Taille schlossen und ihren Kettenpanzer mit einem leisen Klirren an seinen drückten. Nach einem letzten Blick in Williams Richtung galoppierte Stoke auf die Tore zu. Sir William starrte ihnen nach.

Lark spürte den Zorn, der in Stoke wie in einem Kessel brodelte, und sagte: »Ich nehme an, du wirst mich jetzt verprügeln, weil ich Kenilworth verlassen habe?«

»Nein, aber ich sollte Jamus verprügeln.« Seine Stimme war ein tiefes Knurren an ihrem Ohr.

»Bitte nicht.« Lark drehte sich zu ihm um und bedauerte es sofort, als sich sein Blick in ihr Gesicht bohrte. »Es war meine Schuld. Ich habe ihn gezwungen, mich mitzunehmen, um ein Auge auf Lord Trevelyn zu haben.«

»Ich wollte nicht, dass du ihm in die Nähe kommst. Deshalb hatte ich Jamus beauftragt, ihn zu beobachten. Du solltest zu Hause bleiben, in Sicherheit. Ich hätte wissen müssen, dass du genau das Gegenteil tun würdest.«

Lark wechselte hastig das Thema, in der Hoffnung, seinen Zorn zu besänftigen. »Was hast du in der Abtei herausgefunden?«

»Dass Ebba mit der Person zusammen arbeitet, die meinen Tod will.«

»Hast du mit ihr gesprochen?«

»Nein, sie war verschwunden, als ich nach Kenilworth zurückkam.«

»Stoke, du musst hier sehr vorsichtig sein. In diesem Gewimmel bist du ein leichtes Ziel.«

»Sieh dich vor, du klingst fast wie eine besorgte Ehefrau.« Er sah ihr tief in die Augen, als ob er dort etwas suchte. »Hast du mich vermisst?« Er neigte den Kopf, um sie zu küssen.

»Nein«, log Lark und drehte sich wieder nach vorn.

Windsors äußerer Burghof war schwarz von Menschen. Edelmänner und ihre Damen saßen von ihren Pferden ab; ihr Gefolge von Dienerschaft und Vieh irrte verloren umher. Einer von zehn Stallburschen kam auf sie zugelaufen, um Shechems Zügel zu nehmen. Stoke fiel der merkwürdige Blick auf, den der Bursche seiner Braut zuwarf. Offensichtlich vermochte er nicht zu entscheiden, ob sich hinter der Rüstung ein Mann oder eine Frau verbarg. Und wenn es ein Mann war, warum saß er dann auf Stokes Schoß? Stoke ignorierte den Burschen, saß ab und drehte sich um, um Lark aus dem Sattel zu helfen.

Sie stieß seine Hände beiseite. »Ich brauche deine Hilfe nicht.«

»Ich denke schon.« Trotz ihrer Einwände fasste er sie um die Taille und stellte sie auf den Boden. Sie hob den Blick zu ihm. Er sah die Verzweiflung in ihren Augen und wusste, der Grund dafür war, zur Ehe mit ihm gezwungen worden zu sein.

»*Bonjour*, Dragon!«, tönte eine tiefe Stimme über den Hof.

»Sire!«, rief Stoke.

Lark folgte der Stimme bis zu einem hohen Fenster im Turm. Dort oben stand König Richard. Sein goldenes Haar und seine tiefblauen Augen leuchteten im Sonnenschein.

»Wen habt Ihr denn da?«

»Eine Ehefrau, Sire.« Stoke nahm Larks Helm ab, und ihr langer blonder Zopf ringelte sich über ihren Rücken. Er packte sie am Arm. Sie stemmte sich mit den Fersen in den Boden, aber er zog sie mit sich, um sie dem König zu präsentieren.

Volles, dröhnendes Gelächter schallte über den Hof. »Nach einer Ehefrau sieht sie zwar nicht aus, aber Ihr könnt sie zu mir nach oben bringen, damit ich mir diese Eroberung näher anschauen kann.« Richard trat vom Fenster zurück.

Lark drehte sich zu Stoke um. Ihre goldgelben Augen funkelten. »Ich kann nicht mit dir gehen. Ich muss mich auf die Suche nach Jamus und Lord Trevelyn machen.«

»Das wirst du nicht tun. Ich habe ein paar meiner Männer angewiesen, ihn nicht aus den Augen zu lassen.«

»Trotzdem–»

»Kein Wort mehr. Du wirst dem König vorgestellt.«

»Aber ich kann doch nicht im Harnisch vor ihn treten! Hast du nicht gehört, was meine Mutter gesagt hat? Ich werde meiner Familie und dir Schande machen.«

»Ich glaube, er wird es viel eher verübeln, wenn du ihn warten lässt, um dich umzuziehen. Nein, du trittst so vor ihn, wie du bist.«

»Aber –«

»Das hättest du dir überlegen müssen, bevor du diese Rüstung angezogen hast. Ich werde dich einfach als meine widerspenstige Braut vorstellen.«

»Das könnte dir so passen! Ich habe einen sehr guten Grund, eine Rüstung zu tragen. Ich dachte, ich müsste vielleicht mit Lord Trevelyn kämpfen, und ich wollte lieber im Harnisch als im Kleid gegen ihn antreten.«

»Jetzt kannst du gegen den König antreten, falls sich die Gelegenheit ergeben sollte.«

»Manchmal könnte ich dich hassen.«

»Nur manchmal? Du enttäuschst mich, Lark.« Er zog sie hinter sich her über den Burghof.

Zehn Minuten später trat Lark auf einen dicken Teppich, als sie Stoke in das königliche Gemach folgte. Schwere Balken stützten die gewölbte Decke, und Wandbehänge mit Szenen aus den Kreuzzügen schmückten die Steinwände. Auf einer Seite stand ein gewaltiger Tisch, und nicht weit ein schweres Mahagonibett mit vier dicken Pfosten.

Der König lehnte mit dem Ellbogen am Kaminsims und musterte sie aus den gerissensten blauen Augen, die sie je gesehen hatte. Kurze goldblonde Locken umrahmten sein scharf geschnittenes Plantagenet-Gesicht. Obwohl seine über sechs Fuß hohe Gestalt leicht vornüber gebeugt war, sah er wie ein Riese aus.

Lark, die das Gefühl hatte, beobachtet zu werden, drehte sich um und sah direkt in Louis' Gesicht. Er saß breitbeinig auf einem Stuhl hinter ihr und hatte die Frechheit, ihr zuzuzwinkern und sie lüstern zu beäugen, obwohl eine Frau auf seinem Schoß saß – noch dazu eine sehr schöne Frau. Sie schien ein paar Jahre älter als er zu sein, etwa Mitte dreißig. Rund um ihre Augen zeichneten sich erste Fältchen ab. Ein Lächeln lag auf ihrem üppigen Mund, und ihr knalliges scharlachrotesKleid bildete einen starken Kontrast zu dem langen, dicken goldblonden Zopf, der bis zu ihrer Taille fiel. Lark wusste, dass anständige Frauen niemals Rot trugen. Die Frau war eine Kurtisane, und zwar eine reiche, nach dem goldenen Reifen auf ihrem Kopf und den schweren goldenen Armbändern zu schließen.

»So, so, wen haben wir denn da?«

Die Stimme des Königs lenkte Larks Aufmerksamkeit wieder auf ihn.

Er richtete sich auf und verschränkte seine Hände hinter dem Rücken. Die Bewegung ließ den burgunderroten Umhang, der auf seinen Schultern lag, an seine Ellbogen flattern. Er starrte Lark mit unbewegter Miene an.

Ein dünner Schweißfilm trat auf ihre Stirn. Im Geist hörte sie immer wieder Elizabeths Worte: »Du wirst uns allen Schande machen.« Ihr fiel nicht ein, was sie sagen sollte.

Richard zog eine dichte goldblonde Augenbraue hoch, als erwarte er etwas von ihr.

»Ich darf Euch Lady Lark vorstellen, Sire.« Stoke tippte an ihre Schulter, neigte sich dann zu ihr und raunte: »Erweise dem König deine Reverenz.«

Erst jetzt fiel Lark auf, dass sie einfach dastand und den König von England anstarrte wie ein Tölpel. Sie zog ein Bein zurück, um in einen Hofknicks zu versinken – was sie in Elizabeths Augen nie bis zur Perfektion beherrscht hatte –, aber ihre Knie zitterten. Unter dem zusätzlichen Gewicht ihrer Rüstung war es ihr unmöglich, einen Knicks zu machen, ohne auf den Boden zu kullern. Also tat sie das Einzige, was sie tun konnte. Sie ließ sich auf ein Knie sinken und beugte den Kopf.

»Vergebt mir, Hoheit, ich habe die Kunst, in voller Rüstung eine Reverenz zu machen, noch nicht erlernt.« Ihre Stimme klang unsicher.

»Wenn Ihr diese Aufgabe gemeistert habt, möchte ich der Erste sein, der es zu sehen bekommt.«

Lark spürte, dass eine Haarsträhne an ihrem Mund klebte. Sie wischte sie mit dem Handrücken weg und sah den Anflug eines Lächelns über Richards Gesicht huschen.

Er kam zu ihr und streckte seine Hand aus. »Erweist mir das große Vergnügen, einer Dame in Rüstung dabei behilflich zu sein, sich zu erheben.« Lark legte ihre Hand in seine breite Handfläche und erlaubte dem König von England, ihr auf die Beine zu helfen. Als sie aufrecht stand, legte er eine Hand unter ihr Kinn und drehte ihr Gesicht hin und her, um ihr Profil zu begutachten.

»Seid Ihr mir jemals vorgestellt worden, *Mademoiselle*? Sicher nicht, denn an ein so interessantes Gesicht wie das Eure hätte ich mich erinnert – ein Gesicht voller Leben und Charakter.« Er zog mit einem langen Finger ihre Kinnpartie nach. »Hm, Euer Kinn schaut recht eigensinnig aus. Bestimmt wart Ihr eine Herausforderung für die jungen Galane – und für meinen Freund hier.« Er nickte in Stokes Richtung.

Stokes Augen fixierten die Hand des Königs, als er Larks Kinn berührte. Er sah aus, als wäre er drauf und dran, sich auf Richard zu stürzen. Stattdessen trat er zu Lark, zog sie einen Schritt zurück und legte ihren Arm auf seine Armbeuge.

Ein amüsiertes Lächeln trat auf Richards Lippen, und seine scharfen Augen zwinkerten vielsagend, als er Stoke musterte.

»Ihr habt Recht, Hoheit.« Lark zerstreute die angespannte Atmosphäre. »Die wenigen Male, die Ihr in

England Hof gehalten habt, war ich zu Hause, um den Besitz meines Vaters zu verwalten. Aber Ihr kennt meinen Vater, William Mandeville, Baron von St. Vale, einer Eurer treuen Vasallen.«

»O ja, ich erinnere mich gut an Euren Vater – ein guter Mann.«

Lark hörte das leise Keuchen, das die Kurtisane, die auf Lord Trevelyns Knie saß, ausstieß. Vor Larks Augen wich jede Farbe aus dem Gesicht der Frau. Sie nahm ihren Arm von Lord Trevelyns Hals und starrte Lark an, als wäre sie ein Geist, der sich aus seinem Grab erhoben hätte. Als sie abrupt aufstand, wallte das scharlachrote Kleid um ihre üppigen Formen. Sie schien unsicher auf den Beinen zu sein, denn sie hielt sich an der Lehne ihres Stuhls fest. Es kam nur selten vor, dass Lark einer Frau direkt in die Augen schauen konnte, ohne den Kopf zu neigen, aber diese hier war genauso groß wie sie.

Richard folgte Larks Blick und sagte: »Erlaubt mir, Euch mit den Herrschaften bekannt zu machen. Lord Trevelyn, soeben eingetroffen, und seine ... äh ...« Er machte eine Pause, um nach dem richtigen Wort zu suchen. »...Freundin Carmia. Wie Ihr seht, sind Lord Trevelyn und Carmia alte Bekannte.«

»Zum Glück für mich.« Lord Trevelyn lächelte Carmia an, die ihm jedoch keine Beachtung schenkte, sondern unverwandt Lark anstarrte.

»Sagt«, forderte Richard Lark auf, »wisst Ihr auch die Waffen zu gebrauchen, die zu dieser Rüstung gehören?«

»Ja, Euer Hoheit, aber nur Lanze und Schwert.«

»Keinen Bogen?« Richard zog belustigt eine Augenbraue hoch.

»Nein. Ich könnte einen Pfeil nicht einmal gerade abschießen, wenn mein Leben davon abhinge.«

»Aber Ihr gebraucht eine Lanze?« Richard machte ein ungläubiges Gesicht.

»Ja.«

»Dann werdet Ihr in meinem Turnier antreten?«

»Nein, wird sie nicht«, schnitt Stoke seiner Frau das Wort ab.

»Dürfte ich wissen, warum nicht?« Lark starrte ihn aus zusammengekniffenen Augen an.

»Ich habe nichts mehr zu sagen.«

»Ach ja, ich hatte einen Moment lang vergessen, dass ich Eure Frau bin. Natürlich habt Ihr jedes Recht, mir Vorschriften zu machen. Vergebt mir, Mylord.« Lark benutzte ihren höhnischsten Ton und verbeugte sich vor ihm.

»Wie schön, dass du endlich begriffen hast, wo dein Platz ist.«

Goldene Augen fochten einen Moment lang einen Kampf mit schwarzen aus, bis Richard das Schweigen brach.

»Nun, das wäre also geregelt. Dann hoffe ich, Ihr gebt Euch damit zufrieden, mir Gesellschaft zu leisten, während Euer Gemahl für mich kämpft. Wir kön nen uns in aller Ruhe über Waffen unterhalten.«

»Es wird mir ein Vergnügen sein.«

Das freundliche Lächeln verschwand von Richards Lippen. »Stoke, Lord Trevelyn hat mir berichtet, dass es zahlreiche Anschläge auf Euer Leben gegeben hat.«

»Ich habe keine Ahnung, woher er das weiß.« Stoke sah Louis fragend an.

Louis grinste von oben herab. »Nun, Ebba, deine Mätresse, hat es mir erzählt. Du scheinst vergessen zu haben, dass sie auf Kenilworth häufig in meiner Gesellschaft war.«

»Sehr beunruhigend«, fuhr Richard fort. »Vielleicht

sollte lieber Lord Trevelyn im Turnier für mich antreten.«

Ein selbstgefälliges Lächeln breitete sich auf Louis Gesicht aus, als er seine Beine überkreuzte und mit den Fingern auf seine Sessellehne trommelte.

»Nein, diese Ehre lasse ich mir nicht nehmen«, gab Stoke zurück.

Richard schwieg, während er die beiden Männer im Geist abzuwägen schien. Nach kurzem Überlegen sagte er: »Nun gut. Wie Ihr meint.«

Lark sah den selbstzufriedenen Ausdruck von Louis' Gesicht verschwinden. Sie warf einen besorgten Blick in Stokes Richtung.

»Ihr müsst heute Abend beim Festbankett bei uns sitzen, dann können wir uns ausführlich darüber unterhalten. Ihr seid ein zu guter Freund, und ich will Euch nicht verlieren.« Richard klopfte Stoke auf den Rücken. »Es ist viele Jahre her, seit wir uns gesehen haben.«

»Ja.« Etwas von der Anspannung in Stokes Miene wich. »Ich hoffe, Heinrich hat Euch in seinem Gefängnis gut behandelt.«

»Nicht so gut, wie er gekonnt hätte, aber besser, als ich ihn behandelt hätte.« Richard lächelte trocken. »Da fällt mir ein, ich bekomme noch jenes Ersatzschwert, das Ihr mir vor über zwei Jahren versprochen habt. Ich musste die ungläubigen Sarazenen mit einer minderwertigen deutschen Klinge bekämpfen.« Er rümpfte die Nase. »Nicht annähernd so gut wie der Stahl, den Ihr macht.«

»Ich dachte, Ihr hättet es vergessen, als man Euch gefangen nahm.«

»Eine so gute Waffe wie die Eure vergessen? Niemals. Ich erwarte sie innerhalb eines Monats.«

»Ihr bekommt sie, Sire.«

»Wenn du gerade dabei bist, Schwerter zu verschenken, würde ich mich geehrt fühlen, auch eines zu erhalten«, sagte Louis mit einem geringschätzigen Lächeln.

»Leider fertige ich nur einige wenige im Jahr an, und mit dem Schwert des Königs wird mein Soll erfüllt sein.« Stoke ignorierte den beleidigten Blick seines Cousins und wandte sich an Richard. »Ich überlasse Euch meinem Cousin. Wir müssen gehen. Meine Frau muss noch mit einer angemessenen Garderobe ausgestattet werden. So sehr es ihr auch gefallen mag, eine Rüstung zu tragen, ich sehe sie nicht gern darin.«

»Ich verstehe, was Ihr meint.« Richard warf den Kopf in den Nacken und lachte.

Lark machte ein finsteres Gesicht, als Stoke sich vor Richard verbeugte, ihren Arm auf seinen legte und sie aus dem Raum führte. Der König sah ihnen mit einem strahlenden Lächeln nach.

Einer der zwei Wachtposten, die auf dem Gang standen, schloss die Tür hinter ihnen.

Lark wartete, bis sie um eine Ecke gebogen waren, und versuchte dann, ihren Arm aus Stokes Griff zu ziehen. »Lass mich los!«

»Nein. Ich sollte dir dafür, dass du dich da drinnen so widerspenstig gebärdet hast, eine ordentliche Tracht Prügel geben.« Mit einer schnellen Bewegung drehte er sie um und zog sie in seine Arme.

Sie flog an seine Brust. Ihr Kettenhemd und das von Stoke schlugen klirrend aufeinander.

Sie dachte, er würde versuchen, sie zu küssen, aber er starrte sie nur an, als ob er darauf wartete, dass sie den ersten Schritt machte. »Ich lasse mich nicht von dir herumkommandieren.«

»Du bist meine Frau, Lark. Du wirst tun, was ich sage, und ich dulde nicht, dass du dich in einer Rüstung zur Schau stellst und in Turnieren antrittst.«

»Nur zu, kommandiere mich herum wie eine deiner Mägde.«

»Ich denke dabei nur an deine Sicherheit.«

»Warum machst du dir Sorgen um jemanden, dem du nicht vertrauen kannst?« Lark musterte ihn forschend.

»Du bist meine Frau. Es ist meine Pflicht, als dein Herr und Meister darauf zu achten, dass dir nichts zustößt.« Er starrte auf sie hinunter und strich mit seinem Daumen über ihre Lippe.

»Und es geht natürlich nicht, dass du deine Pflicht vernachlässigst.« Sie zuckte mit ihrem Gesicht vor seiner Hand zurück und spürte eine schmerzhafte Enge in der Kehle.

Das Geräusch von Schritten ließ sie aufblicken.

Carmia tauchte auf. Es schien ihr unangenehm zu sein, Lark und Stoke in einer Umarmung vorzufinden. »Verzeihung, ich komme ungelegen.«

»Nein, ganz und gar nicht.« Lark trat einen Schritt zurück und befreite sich aus Stokes Griff. Seine Stirn zog sich in Falten, als er zu Carmia sah.

»Mylady Lark.«

»Ja?«

»Könnte ich in meinem Zimmer ungestört mit Euch sprechen?«

Die Stimme der Frau klang so bittend, und in ihren hellbraunen Augen lag ein solches Flehen, dass Lark sich antworten hörte: »Ja, natürlich.«

»Mein Zimmer liegt auf der gegenüberliegenden Seite des Burghofs. Kommt bitte ebenfalls mit, Mylord. Die Sache geht auch Euch an. Wenn Ihr mir folgen würdet.« Sie drehte sich um und ging voran.

Ein seltsames Gefühl regte sich in Lark. Sie erinnerte sich, wie die Frau erst vor wenigen Augenblicken auf ihren Namen reagiert hatte, und bedauerte schon, einem Gespräch zugestimmt zu haben.

Stoke nahm ihre Hand in seine. Sie dachte daran, was er über seine Pflicht ihr gegenüber gesagt hatte. Kein Wort von Liebe. Nur Pflicht. Sie hätte ihre Hand am liebsten weggezogen, ihn nie wieder berührt, aber es war auch so tröstlich, seine warmen Finger auf ihren zu spüren. Sie konnte ihn nicht loslassen.

Draußen im Burghof stieg William gerade vom Pferd. Der Gestank eines acht Fuß hohen Misthaufens schlug ihm entgegen. Er schnitt eine Grimasse. Überall wimmelte es von Menschen. Einige murrten über ihre Unterkünfte und die mangelhaften Vorkehrungen, die für die zweite Krönung des Königs getroffen worden waren. Das Pferd eines Ritters scheute und scheuchte alles auf, was zufällig in der Nähe war, Menschen, andere Pferde und eine Schar Hühner.

Der Knappe des Ritters hängte sich in die Zügel und versuchte, das Tier zu beruhigen, aber mit wenig Erfolg. Der Ritter wurde ungeduldig, schalt seinen Knappen und bekam das verschreckte Pferd schließlich selbst wieder in den Griff. Als der Knappe mit dem Pferd zum Stall trottete, entdeckte William seine Tochter. Blackstone war neben ihr und …

Er schluckte schwer. Groß, üppig, scharlachrotes Kleid, rotblondes Haar. Carmia.

Bei der Vorstellung, Lark könnte die Wahrheit von Carmia erfahren und nicht von ihm, krampfte sich sein Magen zusammen. Plötzlich drang Elizabeths Stimme in sein Bewusstsein. Er fuhr herum. Seine Frau und Carmia in ein und demselben Land verhieß Unheil, aber beide in ein und demselben Burghof konnte zu einer Katastrophe führen.

Elizabeth, die sich gerade mit Lady Lucinda und Sir Joseph unterhielt, schien aufmerksam Lady Lucinda zu lauschen. Wenn es doch nur noch einige Augenblicke so bliebe! William warf seine Zügel einem jungen Stallknecht zu und rannte über den Burghof, wobei sein Blick zwischen Elizabeth und Carmia hin und her irrte.

Carmia bemerkte ihn zuerst. Sie blieb stehen. Fast sah es so aus, als wäre es ihr unangenehm, mit Lark erwischt zu werden. »William«, sagte sie, ihre Stimme durch ihre Nervosität kehliger, als er sie in Erinnerung hatte.

Er wusste noch gut, wie sie einen Mann mit dieser Stimme um den Verstand bringen konnte.

»Hallo, Carmia«, sagte er. Man hörte ihm an, wie peinlich berührt er von dieser Begegnung war.

»Du kennst diese Frau, Vater?« Lark trat zu ihm und sah ihm forschend ins Gesicht.

»Ja, ich kenne sie.« William erinnerte sich an Elizabeth und drehte sich zu ihr um. In diesem Moment zeigte Lady Lucinda direkt auf ihn, ohne ihr unaufhörliches Geplapper zu unterbrechen.

Der Augenblick, vor dem sich William seit fast zwanzig Jahren fürchtete, war gekommen. Elizabeth entdeckte Carmia.

24

William sah, wie das Lächeln auf Elizabeths Gesicht schlagartig erlosch. Ihr Unterkiefer verspannte sich, und ihre Hände ballten sich zu Fäusten, und dann ließ sie Lady Lucinda einfach stehen und rannte los.

»Mutter kommt her, und sie sieht nicht gerade glücklich aus. Lass uns lieber gehen«, sagte Lark zu Blackstone.

»Bleib nur, Pigeon. Sie ist nicht böse auf dich.«

»Auf wen sonst?«

»Auf mich«, sagte William, ohne Elizabeth aus den Augen zu lassen.

Sie stürzte sich mit der Wucht eines wild gewordenen Rammbocks auf William und blieb erst stehen, als ihre Nasen sich beinahe berührten. »Wie kannst du es wagen, diese Person hierher zu bringen?« Ihr Geschrei gellte durch den Burghof und brachte unvermittelt jeden anderen Laut zum Verstummen. Ein Todesstoß hätte kein größeres Schweigen hervorrufen können.

William hörte seinen eigenen Herzschlag in seinen Ohren hämmern. »Nun, Elizabeth –«

»Nichts da mit Elizabeth!«

»Lass es dir doch erklären.«

»Was gibt es da zu erklären? Ich wusste, dass du sie immer noch siehst, diese … diese …« Elizabeth stieß ihren Zeigefinger in Carmias Richtung und rief hitzig: »Diese Kreatur! Tief in meinem Herzen wusste ich es.« Tränen glitzerten in ihren Augen, als sie sich mit der Hand an die Brust schlug.

»Ihr irrt Euch, Mylady«, sagte Carmia knapp.

Elizabeth fuhr herum und starrte sie vernichtend an. »Wie könnt Ihr es wagen, mich anzusprechen! Erwartet Ihr etwa, dass ich einer wie Euch glaube?«

Die letzten Reste von Höflichkeit verschwanden aus Carmias Stimme. »Ihr seid eine Närrin, wenn Ihr Euch einbildet, ich hätte mich mit William getroffen. Ich habe seit Jahren nicht mehr mit ihm gesprochen.«

»Das ist eine Lüge! Eine Lüge, hört Ihr!« Elizabeth stürzte sich auf Carmia.

William versuchte, Elizabeths Kleid zu fassen zu kriegen, aber es rutschte durch seine Finger.

Elizabeth warf sich auf Carmia.

Die beiden gingen zu Boden.

Elizabeth ging wie eine Rasende auf ihre Gegnerin los. Sie riss an Carmias Haaren, zerkratzte ihr das Gesicht und versuchte, ihre Hände um Carmias Hals zu legen. In all den Jahren seiner Ehe hatte William nie das volle Ausmaß von Elizabeths Zorn erlebt. Achtzehn Jahre unterdrückter Wut stachelten Elizabeth an. Er trat einen Schritt näher, um die beiden zu trennen, hielt aber inne, als Carmia seine Frau überwältigte und ihre Arme auf den Boden drückte.

Elizabeth starrte Carmia hasserfüllt an. Ihre Brust bebte, und Tränen liefen über ihr Gesicht. »Ihr habt gewonnen«, brachte sie schluchzend heraus. »Lasst mich los.«

»Nein, Mylady. Ihr seid es, die alles gewonnen hat. Jahrelang habe ich Euch jeden Augenblick, jede Stunde des Tages beneidet. Ihr hattet alles, was mir je etwas bedeutet hat. Wie sehr habe ich mich danach gesehnt, nur eine Stunde an Eurer Stelle sein zu dürfen.«

»Wünscht es Euch nicht. Sie hat mich nie geliebt. Alles, was ich für sie getan habe – sie hat es nie zu schätzen gewusst. Ich bin nie an sie herangekommen.

Ihr hättet sie aufziehen sollen, Ihr wart ihre Mutter ...« Elizabeths Schluchzen erstickte ihre Worte.

William drehte sich zu Lark um. Sie stand wie angewurzelt da; ihre zitternde Hand klammerte sich an die ihres Mannes.

Endlich wusste sie es. Es war ausgestanden. William fühlte, wie das Gewicht der Lüge, die er mit sich herumgeschleppt hatte, von ihm wich – bis er in Larks Gesicht sah und die Last sich wieder auf ihn senkte. Ihr Gesicht war so weiß, dass es wie aus Marmor gemeißelt wirkte. Ihre Nasenflügel bebten; die schwarzen Pupillen ihrer Augen waren stecknadelgroß, und die Lider zuckten nicht. Diese winzigen Punkte durchbohrten ihn, wie es kein Schwert je hätte vollbringen können, und er spürte es bis in die Tiefe seines Herzens. Fort war das Leuchten der Liebe und Verehrung in den goldenen Tiefen. Alles, was blieb, waren Leere und Schmerz. Sie starrte ihn einen Moment lang an und schluckte mühsam.

»Es tut mir leid, Pigeon. Ich wollte es dir sagen. Ich habe es so oft versucht.« William ging auf sie zu.

»Jetzt weiß ich es.« Lark drehte sich um und rannte über den Hof. Die Menge teilte sich vor ihr.

William wollte ihr nachgehen, aber Blackstone hielt ihn am Arm fest. »Ich gehe.«

William beobachtete, wie Blackstone ihr folgte. Trotz des zusätzlichen Gewichts ihrer Rüstung hatte Lark bereits die ganze Länge des Burghofs zurückgelegt. Ihr langer Zopf wippte hin und her, als sie um die Ecke eines Stallgebäudes lief.

Wie konnte er das je wieder gutmachen? Sie hätte es nicht auf diese Art erfahren dürfen. Er hatte sich diesen Moment immer ausgemalt – nur sie zwei auf dem Turnierfeld, ihrem Lieblingsplatz. Er würde sie auf die Absperrung heben, sich neben sie setzen und es ihr schonend beibringen. So viele Male in seinem Leben hatte er dieses Bild vor sich gesehen. Es war verflogen …

Elizabeths Schluchzen drang in Williams Bewusstsein. Er sah seine Frau seitlich zusammengerollt auf der Erde liegen. Sie verbarg ihr Gesicht in den Händen, und ihr Körper wurde von heftigen Weinkrämpfen geschüttelt. Es war, als ließe sie alles heraus, was sich im Lauf der Jahre in ihrem Inneren an Wut und Schmerz angestaut hatte. William fühlte, wie sich sein Blick trübte, als er sich bückte, um seine Frau zu trösten. Er hatte gehofft, der Kampf wäre vorüber; aber er hatte gerade erst angefangen.

Stoke fand Lark zusammengekauert hinter dem Stall. Ihr Rücken war an die hölzerne Bretterwand gepresst, ihre Arme um die angewinkelten Knie geschlungen, und sie starrte unverwandt geradeaus, ohne etwas wahrzunehmen. Beim Anblick ihres Gesichts, das so blass und völlig ausdruckslos war, regte sich etwas wie Angst in seiner Brust.

»Keinen Schritt weiter«, sagte sie, ohne sich auch nur umzudrehen und ihn anzuschauen.

»Ich wollte sehen, ob du mich brauchst.«

»Warum sollte ich dich brauchen?«, sagte sie mit erloschener Stimme. Sie wandte den Kopf und sah ihn an. Ihre Augen waren leere, dunkle Höhlen. »Ich brauche deinen Trost nicht, und ich will ihn nicht. Du hast mir schon genug angetan, indem du mich gezwungen hast, dich zu heiraten, und mir für immer die Möglichkeit geraubt hast, mit Avenall glücklich zu werden.«

Stoke blinzelte, als die Worte, die sie ihm an den Kopf warf, in sein Bewusstsein drangen. Ohne ein weiteres Wort drehte er sich um und ging.

Als er um die Ecke bog, stieß er mit Marta, der alten Dienerin, zusammen. Sie hielt ihn am Arm fest. »Oh, Mylord!« Sie betrachtete sein Gesicht, registrierte die finstere Miene, die Aufgewühltheit, die sich in seinen Augen zeigte, und sagte: »Bitte, Mylord, seid ihr nicht böse. Das war ein Schlag für sie.«

»Für uns alle.« Stoke schob sich an ihr vorbei.

Marta sah kopfschüttelnd zu, wie er mit steifen Schritten den Burghof überquerte, drehte sich dann um und humpelte um die Scheune herum.

Es war Larks Art, sich zu verkriechen, wenn sie Kummer hatte, aber als sie den Kopf hob und Marta den Ausdruck auf Larks Gesicht sah, wusste die alte Kinderfrau, dass es mehr als Kummer war.

»Geh weg, Marta.« Lark lehnte den Kopf wieder an die Scheunenwand und umklammerte ihre Knie, bis die Knöchel an ihren Händen weiß wurden.

»Nein, ich gehe nicht.« In dem Moment, als Marta ihre Hand auf Larks Scheitel legte, war es um Larks eiserne Selbstbeherrschung geschehen. Ihre Unterlippe zitterte, und Tränen liefen ihr übers Gesicht. Marta streichelte zärtlich ihr Haar. »Ach, Kindchen, Kindchen.«

»Oh, Marta!« Lark warf ihre Arme um Martas Beine und vergrub ihr Gesicht in ihrem Rock. »Er hätte es mir sagen können. All die Jahre hat sie an mir herumgenörgelt. Als ich klein war, habe ich versucht, ihr Freude zu bereiten, aber nie konnte ich ihr etwas recht machen. Und zwar, weil sie mich hasste. Hätte ich nur die Wahrheit gekannt, dann hätte ich es verstanden! Ich hätte es erfahren müssen. Wenn die beiden Streit hatten, dann immer nur meinetwegen. Warum hat mir keiner von ihnen etwas gesagt?«

Marta spürte an ihren knochigen Knien, wie es Larks Körper schüttelte. Sie hätte gerne die richtigen Worte gefunden, um den Schmerz zu lindern, den das

Mädchen empfand, aber ein Leben voller Qualen war nicht mit Worten auszulöschen, deshalb ließ Marta sie einfach weinen.

Es dauerte eine Weile, bis Larks Schluchzen nachließ. Marta stand auf und wischte Larks Gesicht mit der Schürze ab, wie sie es unzählige Male getan hatte, als Lark noch ein Kind war. Nur hatte sie damals Schmutz weggewischt, keine Tränen.

»Warum hat Vater es mir nicht gesagt? Das werde ich ihm nie verzeihen.«

»Lark, wenn dir dein Herz nicht sagt, dass du ihm verzeihen kannst, dann bist du nicht das Kind, das ich großgezogen habe.« Marta richtete einen vorwurfsvollen Blick auf Lark. »Schau mich bloß nicht so an. Er ist dein Vater, und er ist der freundlichste Mann von der Welt. Versteh doch – er wollte dir nicht wehtun.«

»Aber das hat er!«, rief Lark mit erstickter Stimme.

»Er hat nichts getan, als dich zu lieben, dein ganzes Leben lang. Er hat dich seinen anderen Kindern vorgezogen – sogar seinen Söhnen, und das, obwohl du ein Bastard bist. Gut, er hätte es dir sagen sollen. Wir haben alle unsere Schwächen. Schwächen kann man verzeihen.«

»Du hast es gewusst. Warum hast du es mir nicht gesagt?«

»Das stand mir nicht zu.«

»Und Elizabeth? Es hätte ihr doch ein Hochgenuss sein müssen, es mir unter die Nase zu reiben.«

»Ich schäme mich für dich, Kind, wenn du so von der Herrin sprichst.«

»Warum? Sie ist nicht meine Mutter.«

»Sie mag dich nicht zur Welt gebracht haben, aber sie war weit mehr eine Mutter für dich als diese Dirne. Und wehe, ich bekomme je etwas anderes von dir zu hören.« Marta drohte Lark mit dem Finger.

»Sie hat sich nie wie eine Mutter verhalten.«

»Aber ja. Glaubst du etwa, sie liebt dich nicht? Wenn du das glaubst, bist du ein Dummkopf, Kind. Sie hat während deiner Abwesenheit Kleider für dich genäht. Und wie oft habe ich sie in den letzten Tagen dabei ertappt, stille Tränen zu vergießen. Sie hat um dich geweint, Kind.«

Lark spürte, dass sich ein Kloß in ihrer Kehle formte. Sie runzelte die Stirn. »Warum sollte sie?«

»Was glaubst du denn?«

»Sie hat mich nie geliebt. Ich konnte ihr nie etwas recht machen, deshalb habe ich es irgendwann aufgegeben.«

»Verstehst du denn nicht, dass sie so hart zu dir war, weil sie dich liebte? Das war ihr Problem. Sie wollte dich nicht lieben, weil sie wusste, wo du herkamst. Aber sie konnte nicht anders, und das verbitterte sie.«

»Oh, Marta, das glaube ich dir nicht!«

»Eines Tages wirst du wissen, dass es die Wahrheit ist.« Marta schwenkte erbost ihre magere Hand. »Und ich sage dir noch etwas – wenn du nicht Acht gibst, wirst du deinen Ehemann vertreiben, so wahr ich hier stehe. Du hättest sein Gesicht sehen sollen, als er wegging, nachdem du ihn angefahren hattest.«

»Das ist mir egal. Er hat mich gezwungen, ihn zu heiraten. Er liebt mich nicht. Er will mich nur für den Rest meines Lebens zu seiner Gefangenen machen.«

»Das glaube ich keinen Moment.«

»Es ist wahr. Ich war in seiner Werkstatt, und er hat mich gezwungen, ihn zu heiraten, damit ich nicht überall herumerzähle, was ich gesehen habe.«

»Also, wenn du das glaubst, bist du noch dümmer als die Zwillinge. Die Frage ist, liebst du ihn?«

»Nein, tu' ich nicht«, platzte Lark heraus.

»Du sprichst jetzt mit deiner Marta, Kind. Ich kenne dich wie mich selbst. Wenn du den Mann liebst, sagst du es ihm besser und hörst auf, dein Herz in Schutz zu nehmen. Du hast es schon immer gut gehütet, aber wenn all das hier überstanden und vorbei ist, kommst du vielleicht dahinter, dass es nicht nötig ist. Es ist klar, dass ihm eine Frau tiefen Schmerz zugefügt hat, und er braucht Zeit, um zu lernen, seine Liebe zu geben. Und ein Mann wie er lässt sich nicht alles bieten. So, jetzt habe ich mein Teil gesagt. Ich war immer offen zu dir, und ich bin es auch jetzt. Aber du wirst von mir nichts mehr dazu hören. Jetzt ist es an dir, dein Herz zu befragen.« Marta drehte sich um, straffte die Schultern und humpelte davon.

Lark starrte ihr nach. Wieder strömten Tränen über ihre Wangen, und sie vergrub ihr Gesicht in den Händen.

Ebba, die sich die ganze Zeit im Schatten versteckt gehalten hatte, spähte hinter einem hohen Heuhaufen hervor und musterte Lark. Ein durchtriebenes Lächeln spielte um ihre vollen Lippen. Sie wartete, bis Marta weg war, zog sich die Kapuze ihres Umhangs über den Kopf und schlüpfte in das Gewimmel auf den Burghof hinaus.

Kurze Zeit später, nachdem sie geweint hatte, bis keine Tränen mehr übrig waren, kam Lark hinter den Stallgebäuden hervor. Weil sie nicht wollte, dass jemand ihre rote Nase und die verquollenen Augen sah, bewegte sie sich vorsichtig am Rand des Burghofs entlang, vorbei an den emsig hin und her eilenden Dienstboten. Sie hielt überall nach Elizabeth und William Ausschau. Sie waren verschwunden, ebenso wie Marta. Lark glaubte nicht, dass sie ihrem Vater jetzt gegenübertreten konnte. Der Schmerz saß zu tief. Auch Stoke war nirgends zu sehen.

Martas mahnende Worte gingen Lark nicht aus dem Kopf, aber sie brachte nicht den Mut auf, Stoke zu sagen, dass sie ihn liebte. Wie konnte sie ihr Herz offen vor ihm darlegen? Marta hatte leicht reden. Es war ja nicht *ihr* Herz, das leiden würde.

»Lark! Lark!«

Sie drehte sich um und sah Helen über den Burghof laufen, wobei sie geschickt Hühnern und Dienstboten auswich. Sie blieb vor Lark stehen und legte eine Hand an ihre Brust.

»Oh, Lark, ich habe überall nach dir gesucht, seit Mutter mir erzählt hat, was passiert ist«, keuchte sie. Larks verweinte Augen fielen ihr auf, und sie rang die Hände. »Wie elend dir zumute sein muss! Wenn ich geahnt hätte–»

»Ich weiß. Ist schon gut. Ich bin froh, dass ich es erfahren habe. Wenigstens weiß ich jetzt, warum Mut … Elizabeth mich so gehasst hat.« Würde sie sich je daran gewöhnen, Elizabeth nicht mehr Mutter zu nennen?

»Ich muss dir auch etwas gestehen.« Helen ließ den Kopf hängen und senkte den Blick, sodass ihre langen Wimpern ihre Augen verbargen.

»Ich hoffe, es ist nicht noch ein dunkles Familiengeheimnis. Eins davon am Tag reicht mir.«

Helens Antwort bestand aus Tränen. Sie rannen über Helens Wangen und tropften von ihrem Kinn.

»Was ist denn?« Lark legte einen Finger unter Helens Kinn, um ihr Gesicht zu heben.

»Oh, es ist eine so schlimme, schlimme Lüge.« Helens Unterlippe bebte; dann nahm sie Lark und umarmte sie so fest, dass Lark keine Luft mehr bekam. »Du wirst mir nie verzeihen.«

»Doch, natürlich.« Lark befreite sich aus den Armen ihrer Schwester und sah Helen an. »Erzähl's mir.«

Helen hickste und sagte: »Ich habe so lange mit dieser Lüge gelebt.«

»Was meinst du, Helen? Erzähl mir nicht, dass Mutter eine Affäre hatte und wir beide nicht einmal Halbschwestern sind.«

»Nein. Es ist viel schlimmer.«

Lark packte Helen bei den Schultern. »Was ist es?«

»Avenall. Wir dürfen nicht zulassen, dass er gegen Lord Blackstone kämpft.«

»Weil du Lord Blackstone liebst?«, fragte Lark mit einem Hauch von Eifersucht in der Stimme. Sie wollte Stoke nicht, solange er ihr nicht vertraute und sie nicht liebte, aber sie hatte trotzdem etwas dagegen, dass Helen ihn wollte. »Ist es das, was du mir zu sagen versuchst?«

»Nein, nein!« brachte Helen schluchzend heraus. »Ich liebe Avenall, Lark. Ich liebe ihn seit Jahren, seit dem Tag, an dem Vater ihn nach St. Vale gebracht hat.«

Lark blieb der Mund offen stehen.

Angesichts Larks Schweigen platzte Helen heraus: »Du darfst mich deswegen nicht hassen! Ich wollte es nicht! Er ist so sanft und liebenswert.«

Lark klappte den Mund zu und starrte Helen wortlos an. Sie hatte das Gefühl, jeden Moment unter dem Druck in ihrem Inneren zu zerplatzen. Plötzlich stieg unaufhaltsam Gelächter in ihr auf. Sie beugte sich vornüber und hielt sich die Mitte. Tränen liefen über ihr Gesicht, und ihre Brust zuckte krampfhaft.

»Lark, fehlt dir etwas? Es tut mir so leid – kannst du mir jemals verzeihen? Lark, hör bitte auf. Hast du einen Anfall? Ich gehe Lord Blackstone holen.« Helen wandte sich zum Gehen.

Lark hielt sie am Arm fest und stieß keuchend hervor: »Nein, bitte nicht. Er braucht sich nicht daran zu weiden, dass ich all die Jahre eine dumme, blinde Närrin war. Warum hast du es mir nicht gesagt, Helen? Ausgerechnet du – ich dachte, ich könnte dir vertrauen.« Lark wischte mit dem Handrücken die Tränen weg, die ihr übers Gesicht liefen. Sie sah ihre geliebte Schwester an, der sie nie im Leben zugetraut hätte, dass sie sie belügen würde. Aber auch von ihrem Vater hätte sie das nie geglaubt. Echte Tränen brannten in ihren Augen, und sie blinzelte sie weg.

»Das konnte ich nicht. Ich wollte dir nicht wehtun. Und Avenall wollte es genauso wenig. Er hat versucht, es dir zu sagen.«

»Tatsächlich? Nun, dann hat er kläglich versagt.« Lark konnte die Bitterkeit in ihrer Stimme nicht unterdrücken.

»Als er es nicht übers Herz brachte, bat ich ihn, es nicht mehr zu versuchen.«

»Wie lange seid ihr zwei schon ineinander verliebt?«

»Ich glaube, ich habe ihn immer geliebt, aber er erkannte erst, dass er mich liebte, nachdem er dich gebeten hatte, seine Frau zu werden. Vor einem Jahr hat er mir seine Liebe gestanden.«

»Vor einem Jahr schon?« Lark runzelte die Stirn.

»Versteh doch, bitte. Wir hatten das nicht geplant. Ich erinnere mich noch, wie er in den Garten kam, um mich zum Abendbrot zu holen. Ich stolperte über einen Stein, und er fing mich auf. Wir küssten uns, und …« Helen brach ab, als wäre es ihr zu peinlich, mehr zu sagen.

»Und du hättest zugelassen, dass ich einen Mann heirate, der mich nicht liebt?«, fragte Lark ungläubig.

»Ja, das hätte ich, denn ich hätte dir nie wehtun können. Ich wusste doch, wie sehr du ihn liebst.« Helens Unterlippe zitterte, und in ihren großen braunen Augen glänzten Tränen. »Ich wollte lieber ohne ihn leben als dir Kummer machen.«

»Oh, Helen!« Lark konnte nicht anders, sie musste ihre Schwester in den Arm nehmen. »Ich hatte immer das Gefühl, dass er ein bisschen feuriger sein könnte. Ihn zu küssen war, als würde man einen toten Fisch küssen.«

»Lark!« Helen wich zurück.

Lark sah den gekränkten Ausdruck auf Helens Gesicht und fügte besänftigend hinzu: »Ich bin sicher, dass er bei dir leidenschaftlicher ist.«

»Du liebst Lord Blackstone, nicht wahr?«

Lark wich der Frage aus. »Apropos Lord Blackstone, warum warst du so außer dir, als er die Heirat absagte? Ich dachte, du liebst ihn wirklich.«

»Das war reine Selbstsucht. Und Neid. Wenn Avenall schon dich heiraten musste, wollte ich nicht den Rest meines Lebens eine alte Jungfer bleiben und mich nach ihm verzehren, und zwar in dem Wissen, dass er das Bett mit dir teilt. Ich wollte einen Ehemann, auch wenn ich ihn nicht liebte. Verstehst du?«

»O ja. Avenall war nicht der Richtige für mich. Das begriff ich erst, als Marta und Vater mich darauf hinwiesen.« Lark machte eine Pause. Ein stechender Schmerz brannte in ihrer Brust. Jedes Mal, wenn sie an ihren Vater dachte, schien dieser Schmerz stärker zu werden. Trotz Martas tadelnder Worte konnte sie sich nicht vorstellen, dass sie ihm je verzeihen würde.

»Lord Blackstone passt zu dir.« Helen sah Lark forschend an. »Und er muss dich lieben, sonst hätte er dich nicht geheiratet.«

»Nur um mich für den Rest meines Lebens gefangen zu halten.« Lark runzelte die Stirn.

»Bestimmt liebt er dich.«

»Dafür habe ich noch nicht das geringste Anzeichen gesehen – wenn man davon absieht, dass er mehr als bereit ist, mich in sein Bett zu holen.«

Helens Wangen liefen feuerrot an.

Lark bemerkte den Ausdruck gekränkter Tugend auf ihrem Gesicht, und ein schiefes Lächeln huschte über ihre Lippen. »Du brauchst nicht so schockiert zu schauen. Deine Zeit mit Avenall kommt noch. Sag, hat Avenall jetzt, da ich nicht länger seine Braut bin, mit dir von Heirat gesprochen?«

»Nein, erst will er gegen Lord Blackstone antreten.« Ihr Gesicht verdunkelte sich vor Sorge. »Er glaubt, er könnte verwundet oder verstümmelt werden und dass ich ihn dann nicht mehr will. Lark, ich kann nicht mit ansehen, wie er gegen Lord Blackstone kämpft. Er wird Avenall töten. Du weißt selbst, dass du mit der Lanze besser bist als Avenall. Ich habe Evel und die Zwillinge gebeten, mir zu helfen, aber Evel hat sich geweigert, und die Zwillinge – nun, du weißt ja, wie sie manchmal sind.«

»Warum versteift er sich darauf? Er liebt mich nicht – wie kommt er darauf, er müsse meine Ehre verteidigen?«

»Er hasst Lord Blackstone. Ich bin sicher, es ist reine Eifersucht. Er dachte, ich mag Lord Blackstone, und er fand die Vorstellung, ich könnte seine Braut werden, furchtbar. In dir sieht er so etwas wie eine Schwester, und er kann den Gedanken, was Blackstone dir angetan hat, nicht ertragen.«

Lark zog eine Augenbraue hoch. »Gib's zu, du wolltest ihn eifersüchtig machen, oder?«

Helen zögerte einen Moment. »Ja«, gestand sie dann. »Ich war auch eifersüchtig. Ich wollte es nicht, aber ich konnte nicht dagegen an.«

»Du bist auch nur ein Mensch«, sagte Lark nüchtern.

»Ja, und selbstsüchtig. Jetzt, da Avenall frei ist, will ich ihn haben. Aber was nützt mir das schon? Avenall hat sich in den Kopf gesetzt, gegen Lord Blackstone anzutreten. Er wird sein Leben verlieren, und dann bleibt mir nichts mehr.« Wieder traten Tränen in Helens Augen.

Lark machte ein nachdenkliches Gesicht. Schließlich sagte sie zu Helen: »Keine Angst, mir fällt schon etwas ein, damit ihm nichts zustößt.«

Nachdem Lark ihre Schwester zu Avenall geschickt hatte, machte sie sich auf die Suche nach Carmias Zimmer. Sie blieb vor der Tür der Frau stehen und hob die Faust. Nach einem kurzen inneren Kampf klopfte sie schließlich an.

Carmias Stimme klang hinter der Tür erstickt und unsicher. »Ich will niemanden sehen.«

»Nicht einmal Eure Tochter?«

Lark hörte das gedämpfte Geräusch von Schritten, dann wurde die Tür geöffnet. Eine Fremde starrte sie an. Ihre Mutter. Ihre Augen waren rot vom Weinen. Sie streckte eine Hand aus, um Larks Arm zu berühren.

Lark wich zurück. Sie wusste selbst nicht recht, warum; sie wusste nur, dass diese Frau sie nicht gewollt hatte, und sie, Lark, jetzt ihre Berührung nicht wollte.

Carmia sah Lark einen Moment lang schweigend an. Ein trauriges Lächeln huschte über ihre Lippen. »Ich hatte gehofft, dass du kommen würdest. Tritt bitte ein.«

Der kleine, schmucklose Raum enthielt nur ein Bett, zwei Stühle vor dem Kamin und eine Truhe. Carmia deutete auf einen der Stühle. »Setz dich doch.«

»Danke, ich stehe lieber.«

»Lass dir bitte erklären …«

»Was gibt es da zu erklären? Jetzt kenne ich ja die Wahrheit.«

»Ich wollte dich behalten, wirklich, das wollte ich.« Tränen trübten den Glanz ihrer goldenen Augen, die denen von Lark so sehr glichen. »Aber ich wusste, dass du in Williams Obhut zu einer Dame heranwachsen würdest. Was hatte ich dir schon zu bieten? Von einem Hof zum anderen, als Mutter eine Prostituierte. Nein, diese Art Leben wollte ich nicht für dich.«

»Dafür danke ich dir.« Es überraschte Lark, dass keine Bitterkeit in ihrer Stimme mitschwang. Ihre nächsten Worte erstaunten sie noch mehr. »Ich hätte meinen Vater nicht gekannt, und das wäre ein schrecklicher Verlust für mich gewesen.«

»Er ist ein wundervoller Mann. Ich wünschte, er hätte mich geliebt, aber es gab nur diese eine Nacht hier bei Hof. Deine Mutter war nicht bei ihm; sie erwartete ein Kind. Er hatte zu viel getrunken, und ich muss zugeben, ich wollte ihn. Er war unglaublich anziehend. Ich lockte ihn in mein Bett ...«

Lark hob abwehrend ihre Hand. »Auf die Einzelheiten kann ich verzichten.«

»Aber ich möchte es dir erzählen, versuchen, es dir begreiflich zu machen.«

»Eigentlich will ich es gar nicht begreifen. Ich will es einfach vergessen.«

Carmia senkte den Kopf. Gedankenverloren starrte sie auf ihre Hände, und das Wispern ihrer Handflächen, die sich aneinander rieben, war der einzige Laut in der beklemmenden Stille.

Schließlich brach Carmia das Schweigen. »Willst du nichts über meine Familie erfahren?«

»Warum nicht?«, sagte Lark widerwillig.

»Mein Vater war Flickschuster. Ich hatte keine Geschwister. Er verprügelte mich ständig. Irgendwann hatte ich genug und lief davon. Ich lernte, anständig zu sprechen, und verdiente meinen Lebensunterhalt als

Kurtisane. Ich habe es noch keinen Moment in meinem Leben bereut. Wenn ich noch einmal von vorn anfangen müsste, würde ich es genauso machen. Aber ich bin so stolz auf dich. Du bist eine Schönheit. Du machst Lady Elizabeth Ehre.«

»Das würde ich ihr nicht sagen.«

»Aber du bist ein funkelnder Edelstein, und dein Lord Blackstone hat es erkannt – und Lord Trevelyn auch, fürchte ich.«

»Da fällt mir ein – was wisst Ihr von ihm?« Lark musterte Carmia argwöhnisch.

»Ich kenne ihn seit Jahren. Er ist ritterlich, kann charmant sein, wenn er will, und stellt nie Forderungen an mich.« Carmia lächelte, ein Lächeln, das die Natur ihrer Beziehung enthüllte. »Warum fragst du?«

»Ach, nur, weil er Lord Blackstones Cousin ist.« Lark wusste, dass es zu nichts führen würde, Carmia weitere Fragen zu stellen. Sie hatte sich von Lord Trevelyns oberflächlichen Reizen blenden lassen. Immerhin war er ein attraktiver Mann, genau wie sein Cousin.

»Du bist nicht hier, um mit mir zu plaudern. Warum bist du gekommen?«

»Ich brauche Eure Hilfe.«

»Meine Hilfe?«

»Ja, morgen beim Turnier werde ich Eure Hilfe brauchen. Ich zahle auch gern dafür.«

Carmia wirkte gekränkt. »Willst du mich beleidigen?«

»Nein, ich dachte nur –«

»Nun, ich denke, ich kann etwas für meine Tochter tun, ohne mich dafür bezahlen zu lassen.«

»Es tut mir leid, dass ich von Geld gesprochen habe.«

»Ich verzeihe dir.« Carmia lächelte schwach.

Während Lark Carmia ihren Plan anvertraute, musterte sie die ältere Frau unauffällig. Es war, als sähe sie sich selbst in dem ovalen Gesicht. Es war ein wenig älter, stärker vom Alter und vom Leben gezeichnet, aber die Ähnlichkeit war unheimlich. Kein Wunder, dass Elizabeth Larks Anblick nicht ertragen konnte; sie musste jeden Tag das Gefühl gehabt haben, in Carmias Gesicht zu sehen. Lark schloss die Augen und seufzte. Martas Worte fielen ihr wieder ein. *»Versteh doch, sie war hart zu dir, weil sie dich liebte. Das war ihr Problem. Sie wollte dich nicht lieben, weil sie wusste, wo du herkamst. Aber sie konnte nicht anders, und das erbitterte sie.«*

»Ich gehe jetzt lieber.« Lark warf Carmia einen schnellen Blick zu und verließ das Zimmer.

Als sie über den Burghof schlenderte, fiel ihr noch etwas ein, das Marta gesagt hatte. *»Wenn du den Mann liebst, solltest du es ihm besser sagen.«* Lark beschleunigte ihre Schritte. Sie wollte Stoke suchen und ihn um Verzeihung bitten, weil sie ihn so schroff abgefertigt hatte, als er versuchte, sie zu trösten.

»Sieh mal an.«

Lark hob den Kopf und erstarrte. Vor ihr stand Louis.

25

»Lady Lark! Endlich habe ich Euch ganz für mich.«

Lark versuchte, an ihm vorbeizugehen, aber er verstellte ihr den Weg. Sie nahm eine abweisende Haltung ein und sagte: »Irgendwann mussten wir uns ja treffen.«

»Richtig.« Seine blassblauen Augen funkelten vor Bosheit. »Ihr geht mir nicht mehr aus dem Kopf, seit ich Euch zum ersten Mal gesehen habe. Wisst Ihr, wie sehr ich Frauen mag, die Feuer haben? Und Ihr habt Feuer. Wollt Ihr nicht mit auf mein Zimmer kommen und mich entflammen?«

»Lieber lasse ich mich auf den Misthaufen werfen, bevor ich mich mit einem Schurken von Mörder wie Euch abgebe.«

»Ihr denkt, ich will meinem Cousin ans Leben?« Seine Lippen teilten sich zu einem bösartigen Lächeln. »Nicht ich war es, der einen Dolch in seinen Rücken stieß. Und noch etwas. Ich weiß nicht, wie Ihr ihn dazu gebracht habt, Euch zu heiraten, aber ich gratuliere Euch zu diesem Fang.«

»Lenkt nicht vom Thema ab. Ihr steckt hinter den Mordanschlägen auf ihn. Ihr habt durch seinen Tod am meisten zu gewinnen. Ich warne Euch, ich werde alle weiteren Mordkomplotte durchkreuzen, die Ihr gegen Stoke und Varik schmiedet. Ich werde die beiden mit meinem Leben verteidigen.«

»Wie edel von Euch. Der Gedanke, von einer Frau beschützt zu werden, wird Stoke amüsieren.«

»Unterschätzt mich nicht, Mylord. Das hat schon manch einer getan und es später bereut.« Lark starrte ihn wütend an.

»Davon bin ich überzeugt. In Euren Augen ist keine Angst. Es ist gefährlich, wenn eine Frau keine Angst zeigt – ich zum Beispiel würde lieber einem furchtlosen Mann als einer furchtlosen Frau gegenübertreten.«

»Warum?«

»Was ein Mann tun wird, kann ich abschätzen, aber ich habe keine Ahnung, wie eine Frau reagieren könnte. Frauen sind so unberechenbare Geschöpfe, vor allem« – jetzt klang seine Stimme abfällig – »wenn sie verliebt sind. Bitte sagt doch, dass dieses Bedürfnis, meinen Cousin zu beschützen, Eurer Liebe zu ihm entspringt. Was für ein guter Scherz das doch wäre. Er wird Euch nämlich nie lieben – dafür hat seine erste Frau Sorge getragen. Solltet Ihr hingegen zu mir kommen ...« Er kam näher.

Seine ausgestreckte Hand sollte Lark nie berühren. Stoke packte ihn am Arm und stieß ihn weg. »Wenn du meiner Frau noch einmal zu nahe kommst, schicke ich dich auf direktem Weg zur Hölle!«

»Ich wollte ihr nur alles Gute zu ihrer Heirat wünschen.« Louis setzte ein spöttisches Lächeln auf. »Ich war zur Hochzeit nicht eingeladen. Darf ich die Braut nicht küssen?«

Sie starrten einander an. Die Luft knisterte vor Feindseligkeit. Lark zupfte Stoke am Ärmel. »Lass ihn, bitte.«

Stoke warf noch einen letzten Blick auf Louis, bevor er sich von Lark wegziehen ließ. Es kostete sie ihre ganze Kraft, ihn einige wenige Schritte weiter zu zerren. Dann drehte er sich um, nahm ihre Hand und ging mit ihr über den Burghof. Sie erhaschte einen Blick auf Jamus, der sich in sicherem Abstand von seinem erzürnten Herrn hielt und sie mitfühlend ansah.

»Ich hätte mir denken können, dass du Ärger bekommst, sowie ich dir den Rücken zukehre.«

Larks Entschluss, ihn um Verzeihung zu bitten, löste sich in Luft auf. *Ihr müsst wissen, dass er Euch nie lieben wird – dafür hat seine erste Frau Sorge getragen.*

Louis' Worte gingen ihr nicht mehr aus dem Kopf. Als Stoke mit ihr über den Hof ging, fühlte sie sich mutlos wie nie zuvor.

Es war spät in der Nacht. Lark saß in Stokes Zimmer und kämmte ihr Haar. Sie betrachtete den hochlehnigen Stuhl vor dem Kamin, das große Bett, den Kamm, die einzigen Dinge, die es außer den vier Wänden zum Anschauen gab. Vor einer halben Stunde hatten vier Näherinnen das Zimmer verlassen, nachdem sie Lark mit einer neuen Garderobe und Schuhen ausgestattet hatten. Sie waren die einzigen Menschen, mit denen sie in den letzten Stunden geredet hatte. Stoke musste die Kleider in Auftrag gegeben haben, und wenn er nicht so gemein zu ihr gewesen wäre, hätte sie sich vielleicht darüber gefreut.

Er hatte vier Wachen vor ihrer Tür postiert und ihr befohlen, das Zimmer nicht zu verlassen, unter dem Vorwand, es ginge nur um ihre Sicherheit. Aber sie wusste es besser. Das war reine Taktik, um ihr seine Macht zu demonstrieren, um sie in ihre Schranken zu verweisen. Sie war seine Gefangene und seine Ehefrau, und er hatte jedes Recht, ihr Befehle zu erteilen. Genau das, was sie an einer Ehe am meisten gefürchtet hatte, war eingetreten. Nun, er würde schon noch dahinter kommen, dass sie sich nicht wie bewegliche Habe behandeln ließ!

Und wer sollte ihn vor Louis schützen? Stoke musste zu Richards Bankett gegangen sein und sie völlig vergessen haben. Der Gedanke, dass Louis auch dort sein würde, quälte sie den ganzen Abend. Lark sah zum Kamin und starrte in die Flammen. Sie könnte das Zimmer in Brand stecken, dadurch die Wachen ablenken und fliehen. Das würde Stoke eine Lehre sein. Sie wollte gerade aufstehen, als sie Stimmen hörte.

Stokes tiefer Bariton dröhnte durch den Gang und schmetterte in den höchsten Tönen ein Lied. Was er sang, konnte sie nicht erkennen, denn sein Gesang drang nur undeutlich und gedämpft durch die Tür.

Sie ließ den Kamm fallen. Hastig pustete sie die Kerze aus, schlüpfte ins Bett und zog sich die Decke bis zum Kinn. Sie würde ihm nicht die Genugtuung geben, ihn sehen zu lassen, dass sie seinetwegen die halbe Nacht geschmollt hatte.

Die Tür wurde aufgestoßen.

»Wo zum Teufel ist das Bett?« Sie erkannte die Stimme ihres Vaters.

»Da drüben«, sagte Rowland.

»Ich brauche noch kein Bett.« Stokes laute Stimme hallte durch das Zimmer.

»Psst! Wollt Ihr meine Pigeon wecken?« Lark zog die Augenbrauen hoch, als sie die Stimme ihres Vaters hörte. Sie klang leise und gepresst. »Sie ist böse auf mich. Ich habe ihr wehgetan. Sie wird mir nicht verzeihen. Ich würde alles tun, damit meine Pigeon mir verzeiht.«

Seine Worte gingen Lark unter die Haut. Am liebsten wäre sie zu ihrem Vater gelaufen, um ihn zu trösten und ihm zu sagen, dass sie ihm verzieh.

»Rechnet nicht damit. Ihr Herz ist hart wie Schuhleder«, sagte Stoke mit schleppender Stimme.

Lark runzelte die Stirn und verdrehte die Augen.

»Verdammt alberner Name, Pigeon«, fuhr Stoke fort. »Wie seid Ihr darauf gekommen?«

»Als sie klein war, fand ich sie eines Tages im Taubenschlag. Sie sammelte Federn, um sie Harold und Cedric an den Rücken zu kleben und ihnen einzureden, sie könnten vom Dach fliegen. Die beiden hatten ihr am Tag zuvor eine Tracht Prügel verpasst.« William lachte in sich hinein.

»Was habt Ihr gemacht?«, fragte Rowland neugierig.

»Ich ließ sie gewähren. Wenn die beiden dumm genug waren, darauf reinzufallen, hatten sie es verdient, vom Dach zu fallen.«

»Und?«, fragte Rowland. »Sind sie gefallen?«

»Ich fand sie beide mit den Händen an der Dachrinne hängend vor, mit Teer und Federn bedeckt. Lark stand unter ihnen und weidete sich an ihrem Unglück. Seit damals sind sie auf der Hut vor ihren Tricks. Und seit damals ist sie Pigeon, meine kleine Taube«, sagte William. Seine Stimme war voll versonnener Zärtlichkeit.

»Warum überrascht mich diese Geschichte nicht?«, murmelte Stoke.

»Morgen kann ich Euch mehr erzählen.« Lark fühlte, wie jemand an die Bettkante stieß; dann gab die Matratze unter Stokes Gewicht nach. »So. Tut Eure Pflicht und schenkt mir viele gesunde Enkel.«

»Geht nicht. Sie hasst mich, weil sie mich gezwungen hat, sie zu heiraten.«

»Umgekehrt. Du hast *sie* gezwungen, *dich* zu heiraten«, sagte Rowland. »Und im Bett findet sich immer ein Weg, Hass zu überwinden, alter Freund.«

»Richtig. Hass bringt das Blut in Wallung. Nutzt es, Mann, nutzt es.« Dieser kluge Rat kam von William.

Lark hörte ein Klatschen, das so klang, als hätte ihr Vater Stoke einen Klaps auf den Arm gegeben. Dann stimmten Rowland und William wieder ein Lied an. Lark hörte unsichere Schritte. Die Tür fiel krachend ins Schloss.

»Lark.« Stokes tiefe Stimme klang schmeichelnd. Er berührte ihren Arm.

Lark, der ein Schauer über den Arm lief, ignorierte ihren Mann. Sie durfte sich nicht anmerken lassen, wie einsam sie ohne ihn gewesen war, und genauso wenig durfte sie ihrem Verlangen nachgeben, mit ihm zu schlafen, nicht, nachdem er sie hier im Zimmer eingesperrt hatte.

»Lark.« Er rückte näher an sie heran. Sie hatte ihr Hemd angelassen, und er strich sanft mit der Hand darüber und legte sie auf ihre Brust, als er ihren Nacken küsste.

Trotz des Prickelns in ihrem Nacken und der Hitze in ihren Lenden nahm Lark seine Hand und schob sie beiseite. »Lass mich in Ruhe. Schlaf lieber.«

»Na gut. Ich hoffe, deine Seite des Betts bleibt warm.«

Lark hörte ihn laut grunzen, als er sich herumrollte Kurz darauf verrieten ihr seine tiefen Atemzüge, dass er schlief.

Heute Nacht würde er sich ihr nicht mehr nähern.

Lark befiel ein Gefühl von Einsamkeit, wie sie es noch nie in ihrem Leben empfunden hatte. Jeder Mensch, den sie je geliebt hatte, hatte sie verraten. William. Elizabeth. Helen. Avenall. Und jetzt schien Stoke nicht einmal genügend Interesse an ihr zu haben, um einen zweiten Versuch zu wagen. Sie wollte, dass er sie in seinen starken Armen hielt und ihr »Ich liebe dich« ins Ohr flüsterte.

Louis' Worte kehrten wieder, wie ein böser Traum. »Er wird Euch nie lieben, müsst Ihr wissen … « Immer wieder hallten sie durch ihren Kopf. Lark rollte sich zusammen. Tränen brannten in ihren Augen.

Als Lark am nächsten Morgen aufwachte, tastete sie nach Stoke. Nichts. Nur kühle Leintücher. Nun, sie war froh, dass er nicht da war. Oder etwa nicht?

Es klopfte an die Tür.

Die gedämpfte Stimme eines der Wachtposten rief: »Lady Helen wünscht Euch zu sehen, Mylady.«

»Lass sie herein.«

Helen trat mit einem leuchtend gelben Kleid im Arm ein. »Lark, Mutter hat mich gebeten, dir dein Hochzeitskleid zu bringen.«

»Hätte sie das nicht selber machen können?«

»Nein, sie sagt, sie kann sich nach der Rauferei mit dieser Frau außerhalb ihrer Gemächer nicht mehr sehen lassen.« Helen bemerkte, dass Lark die Stirn runzelte, und fügte hinzu: »Tut mir leid.«

»Nicht so schlimm. Aber ich hätte ihr gern für das Kleid gedankt.«

»Ich werde es ihr ausrichten.« Helen betrachtete lächelnd das Kleid. »Ist es nicht schön? Du wirst wie eine Prinzessin aussehen, wenn du zum Turnier gehst.«

»Ich werde es nicht anziehen.«

»Aber –«

»Wenn dir Avenalls Leben lieb ist, machst du, was ich dir sage, ohne Widerspruch. Bring das Kleid Carmia.«

Helen sah sie unsicher an. »Was wird Lord Blackstone sagen, wenn du nicht zum Turnier kommst? Lord Rowland hat mir erzählt, dass du beim König persönlich sitzen solltest.«

»Keine Sorge, ich werde da sein.«

Helen machte ein verwirrtes Gesicht. »Was hast du vor?«

»Ich werde Avenall aufhalten. Und jetzt brauche ich dich. Du musst die Wachen ablenken.«

»Wie denn?«

»Klapper einfach mit den Wimpern und sag ihnen, dass du unten in der Halle ihre Hilfe brauchst. Sie werden dir mit heraushängenden Zungen folgen.«

»Na gut. Ich tue es für Avenall.«

Lark runzelte die Stirn und fragte sich, ob er die Mühe wert war, nachdem er sie so hintergangen hatte. Aber Helen liebte ihn, und deshalb musste sie dafür sorgen, dass ihm nichts passierte.

Lark spähte in der Menschenmenge nach den Wachen, aber sie waren nirgendwo zu sehen. Sie eilte zu den Schranken, durch die man auf den Turnierplatz kam. Lärmende Zuschauer, die den Beginn des Turniers kaum noch erwarten konnten, füllten auf den steil ansteigenden Holzgalerien zu beiden Seiten des Platzes eine Reihe nach der anderen. Zeltartige Stoffbahnen spendeten auf der einen Seite, wo der Adel und die Reichen saßen, Schatten. Die andere Seite war ungeschützt, und dort nahmen die weniger Begüterten, Leibeigene und Freisassen, ihre Plätze ein. Die Zuschauer, die keine Sitzplätze mehr bekamen, standen hinter der Absperrung. Einige von ihnen hatten sich ihre Kinder auf die Schultern gesetzt, um ihnen zu einer besseren Aussicht zu verhelfen. Ein gewaltiges Stimmengetöse erhob sich und verstärkte die Geräuschkulisse.

Lark musterte die Zeltreihen, die sich jenseits der Absperrung auf beiden Seiten des Feldes entlangzogen. Auf der einen Seite waren die Vasallen des Königs, auf der anderen die Herausforderer, fahrende Ritter mit wenig Geld, aber ungebrochenem Mut.

Fahnen mit bunten Wappenbildern flatterten im Nachmittagswind. Ein stetiger Strom von Knappen und Pagen zog vor den Zelten hin und her wie Ameisen, deren Bau gerade zerstört worden war. In der Nähe standen Ritter, die ihnen arrogant Befehle erteilten.

Inmitten des Tumults entdeckte sie das Emblem ihres Vaters, einen brüllenden Drachen auf weißem Feld. Lark schob sich durch die Menge und bewegte sich auf das Zelt zu. Eine Gruppe von Männern scharte sich um einen Abwassergraben und starrte auf etwas hinab. Harold, Cedric, Evel und Avenall gehörten auch dazu.

Lark blieb neben Evel stehen. »Was schaut ihr Euch ...« Ihre Worte erstarben, bevor sie die Leiche in dem Graben sah. Abwässer flossen an dem Leichnam vorbei und ließen Teile von Exkrementen auf den weißen Armen und dem braunen Kleid zurück. Lange Strähnen kastanienbraunen Haars fielen über ein blasses Gesicht. Die Augen starrten ins Leere. Diese Augen. Dieses Gesicht. Ebba. Lark erhaschte einen Blick auf die Blutergüsse an ihrer Kehle, als sie sich abwandte.

»Heilige Jungfrau Maria«, murmelte sie.

»Kennst du sie?« Evel zog die Augenbrauen hoch.

»Ja. Sie war Dienstmädchen auf Kenilworth. Stoke sagte, sie wäre mit der Person im Bunde, die versucht, ihn umzubringen.«

»Wir müssen ihn benachrichtigen.«

»Willst du ihn beunruhigen, bevor er in dem Turnier antritt? Nein, lasst ihren Leichnam zur Beerdigung nach Kenilworth zurückbringen und sagt Rowland, dass er alle, die hier in der Nähe waren, befragen lassen soll. Irgendjemand muss etwas gehört oder gesehen haben.«

»Und was willst du hier?«

»Ich muss mit Avenall sprechen.«

Als Avenall seinen Namen hörte, drehte er sich um und entdeckte sie. Die Zwillinge rissen sich von dem schaurigen Anblick los und wandten sich ebenfalls zu ihr um.

»Was machst du hier? Du solltest doch beim König sitzen.« Harold kniff die Augen zusammen, und die Narbe auf seinem Gesicht trat grell hervor.

»Bestimmt brütet sie wieder irgendein Unheil aus.«

»Das hier ist kein Anblick für dich«, sagte Avenall.

»Ich habe schon Schlimmeres gesehen. Ich muss mit dir sprechen.«

»Ja, ich muss auch mit dir sprechen«, sagte er, wobei er fast so aussah, als hätte er Angst vor ihr.

Lark sah zu, wie die Männer Ebbas Leichnam aus dem Graben hoben. Sie legten sie auf die Erde, und Evel nahm seinen Umhang ab und legte ihn über ihr Gesicht und ihren Körper. Er gab den Männern ein paar Befehle und rief dann Avenall zu: »Wir treffen dich auf dem Feld. Vater wartet auf uns.«

Avenall nickte.

Lark sah einen von Stokes Männern in ihre Richtung laufen. Sein Blick ruhte auf Ebba, und er bemerkte Lark nicht. Sie nahm Avenall an der Hand und zog ihn mit sich. »Komm, wir unterhalten uns in Vaters Zelt.«

Er ließ zu, dass Lark ihn in das Zelt lotste; dann stand er vor ihr und schlang nervös die Hände ineinander. »Es tut mir aufrichtig leid, Lark. Ich wollte längst zu dir kommen und dir alles erklären, aber ich fand einfach nicht die richtigen Worte.«

»Wie wäre es damit gewesen: Ich habe mich in deine Schwester verliebt. Das hätte gereicht. Du hattest ein ganzes Jahr, um deine Worte zu wählen.«

»Ich hatte nicht das Herz, es dir zu sagen.«

»Ich hatte ganz vergessen, wie edelmütig du sein kannst.« In Larks Worten lag gerade genug Schärfe, um ihn zusammenzucken zu lassen.

»Du musst mir glauben, ich hatte nie vor, mich in Helen zu verlieben. Und ich liebe dich – nur nicht so, wie du es gern hättest.« Avenall wandte ihr den Rücken zu und befingerte eine Streitaxt, die auf einer Truhe lag. »Auf meine Art werde ich dich immer lieben.«

Larks Blick fiel auf ihr Schwert, das gleich neben dem ihres Vaters in seiner Scheide hing. Er musste es für sie mitgebracht haben. Sie ging lautlos hin und zog es heraus, ohne Avenalls Rücken aus den Augen zu lassen.

»Das ist mir ein großer Trost.« Lark behielt ihren verächtlichen Ton bei, damit er sich gründlich schämte und nicht wagte, ihr ins Gesicht zu sehen. Sie schlich sich an ihn heran, den Griff des Schwerts in ihrer hoch erhobenen Hand.

»Ich hoffe, eines Tages wirst du darüber hinwegkommen und mich vergessen.«

»Das habe ich vor.« Lark ließ den Griff ihres Schwerts auf seinen Hinterkopf sausen.

Er sackte mit einem dumpfen Krachen auf den Boden. Lark lächelte auf ihn hinab. »Du weißt es vielleicht noch nicht, aber du bist bereits Vergangenheit. Helen sei dir willkommen.« Lark bückte sich und fing an, ihm seine Rüstung auszuziehen. Sie wusste, wenn sie nicht in dem Turnier antrat, würden Evel und die Zwillinge Avenall suchen kommen.

Die Vorstellung, gegen Stoke in die Schranken zu treten, behagte ihr ganz und gar nicht. Die Erinnerung an Stoke, wie er draußen vor der Burg auf sie zugeritten kam, stieg in ihr auf. Sein gewaltiger Körper in der schwarzen Rüstung. Sein düsterer, Unheil verkündender Blick. Sie runzelte die Stirn, verließ das Zelt und passierte in Avenalls Rüstung unbemerkt die Wachen.

Lark trottete auf Avenalls Wallach zu den anderen Herausforderern. Sie hielt sich ein gutes Stück hinter den Rittern. Durch den Sehschlitz in ihrem Helm konnte sie an ihren Lanzen die kleinen Wimpel sehen, die in leuchtenden Farben prunkten. An einigen Lanzen hingen bunte Stoffstreifen von Handschuhen, Strümpfen und Bändern, Unterpfänder für die Zuneigung einer Dame. Lark dachte an Stoke und fragte sich, ob auch er ein Liebespfand an seiner Lanze haben würde.

Laute Jubelrufe ertönten.

Lark sah zu der mittleren der überdachten Logen. Direkt unter dem königlichen Wappen, das auf einem Banner prangte, erspähte sie Richard Löwenherz, der gerade seinen Platz einnahm. Die Höhe seiner Tribüne und seine hoch gewachsene Gestalt betonten seine königliche Haltung, und sein Auftritt hoch über ihren Köpfen ließ ihn überlebensgroß erscheinen.

Lark hielt den Atem an, als Richard sich vorbeugte und Carmia ansprach, die auf einem Sessel neben ihm saß. Ein Schleier verhüllte ihr Gesicht, sodass nur ihre Augen zu sehen waren. Das leuchtend gelbe Kleid, das Elizabeth für Lark genäht hatte, hob sich lebhaft von den burgunderroten Polstern ihres Sessels ab und ließ sie aus der Gruppe junger Damen hervorstechen. Ihr Haar, bernsteinfarben wie das von Lark, wogte wie ein goldener Wasserfall bis zu ihrer Taille. Der König schien nicht zu merken, dass Carmia Larks Platz eingenommen hatte, denn er lehnte sich auf seinem Sitz zurück und gab dem Feldmarschall ein Zeichen.

Hinter Carmia saß Varik auf Martas Schoß und streichelte Baltizar. Amory und vier Wachen, die Stokes Farben trugen, umringten Varik und Marta. Lark atmete etwas leichter, nun, da sie wusste, dass Varik gut beschützt wurde, falls ein Attentäter versuchen sollte, ihm etwas anzutun.

»Alle Teilnehmer aufs Feld!«

Der Befehl des Feldmarschalls lenkte ihren Blick wieder auf das Feld. Zwei Ritter vor ihr ritten auf das Feld hinaus, während die anderen zurückblieben, um auf das Handgemenge zu warten. Sechs andere betraten das Feld von der Seite der Vasallen.

Plötzlich senkte sich Schweigen über den Turnierplatz, ein andächtiges Schweigen.

»Guck mal, Pa, es ist der Teufel!«, tönte eine Kinderstimme durch die Stille.

Lark sah über das Feld zu Stoke, eine beeindruckende Gestalt in tiefdunkler Rüstung auf einem pechschwarzen Streitross. Eine bedrohliche Aura umgab ihn, wie die Ruhe vor einem Sturm, und legte sich über das ganze Feld. Nur das Weiße in seinen Augen zeigte sich in dem tiefen Schwarz seines Helms.

Shechem blieb tänzelnd vor der Loge des Königs stehen.

»Euer Vertreter, Sire, Lord Blackstone of Kenilworth«, durchbrach die Stimme des Marschalls das Schweigen.

Carmia nahm einen roten Schal und warf ihn Stoke zu. Er fing ihn mitten in der Luft auf und zog die Zügel an. Shechem ließ sich auf ein Knie sinken und neigte vor ihr den Kopf. Auch Stoke verneigte sich, als das Pferd sich wieder aufrichtete. Die Menge johlte vor Begeisterung über den Trick.

Nicht so Lark. »Angeber«, murmelte sie und beobachtete mit einer Grimasse, wie Stoke den Schal um seine Lanze band. Die Gabe schien ihn erfreut zu haben, sonst hätte er das Publikum nicht mit seinem kleinen Kunststück unterhalten. Lark konnte sich nicht vorstellen, dass er immer noch erfreut wäre, wenn er wüsste, dass es Carmia gewesen war, die ihm den Schal gegeben hatte.

Lark fiel auf, dass die anderen Ritter auf den Feldmarschall zuritten. Zu ihrem Verdruss stellte sie fest, dass sie wie ein Tölpel dagesessen und Stoke angegafft hatte. Sie setzte den anderen nach und blieb dicht bei ihnen stehen. Strohhalme wurden gezogen, um auszulosen, wer als Erster gegen den Schwarzen Drachen antreten würde. Sie zog den letzten Strohhalm aus der Hand des Feldmarschalls.

»Gut, sehen wir nach, wer zuerst dran ist.«

Lark streckte wie alle anderen ihre Hand aus, die in einem Panzerhandschuh steckte. Der Feldmarschall musterte eine Hand nach der anderen und zeigte auf sie. »Ihr habt den längsten Halm und tretet in der ersten Runde an. Ihr seid reichlich klein – hoffentlich könnt Ihr Euch gegen Black Dragon behaupten. Ich habe ihn noch nie verlieren sehen. Gebt Acht, dass Euer Pferd nicht auf Euch drauf pisst, wenn man Euch vom Platz trägt.«

Die Ritter brachen in schallendes Gelächter aus.

Lark fixierte den Marschall und die anderen. Mit gesenkter Stimme sagte sie: »Ein bisschen Feuchtigkeit macht mir nichts aus. Es sind der Mist und die üblen Winde, die ich nicht vertragen kann.«

Die anderen Ritter und der Marschall grinsten sie an. Lark hörte die Menge lauthals den Beginn des Turniers fordern. Evel kam mit Lanze und Schild zu ihr gelaufen.

»Da, Avenall. Das wirst du brauchen. Was du da vorhast, ist reiner Wahnsinn.«

Lark nahm die Lanze und den Schild, ohne ein Wort zu sagen. Sie hielt den Kopf gesenkt, damit Evel ihre Augen nicht sehen konnte.

»Ich finde immer noch, du solltest das nicht tun.

Lass mich deinen Platz einnehmen. Ich kann gegen Blackstone reiten.«

»Nein.«

»Was ist mit deiner Stimme los?«

»Halsweh.« Lark sah Evel nicht an.

»Avenall?« Evel zögerte einen Moment, dann packte er sie am Arm. »Verdammt, Lark! Schau mich an.«

Lark wandte den Kopf und sah ihn durch die kleine Öffnung in dem Helm an. Sie konnte nur die obere Hälfte seines Körpers und sein Gesicht sehen, das zornrot war. »Was zum Teufel fällt dir ein? Das kannst du nicht machen. Ich lasse es nicht zu!«

»Sei ruhig, Evel, oder willst du, dass der Marschall dich hört?«

»Der König lässt dich hängen, wenn er dahinter kommt.«

»Ich habe Helen versprochen, dafür zu sorgen, dass Avenall nicht gegen Stoke kämpft. Du und die Zwillinge wolltet ihr ja nicht helfen.«

»Ich konnte ihn nicht aufhalten. Er ist mein Freund. Das hier war für ihn eine Frage der Ehre.«

»Wo war seine Ehre, als er mich heiraten wollte, obwohl er Helen liebte? Ihr Männer und eure Ehre. Ihr legt sie an und wieder ab, ganz nach Belieben. Ach übrigens, hast du gewusst, dass er in Helen verliebt ist?« Lark wuchtete die Lanze auf ihre Hüfte, eine Bewegung, die sie schon unzählige Male in ihrem Leben gemacht hatte.

»Nein, aber sieh mal –«

»Ich habe dir nichts mehr zu sagen. Ich kann es schaffen, und zwar unbemerkt, wenn du nur den Mund hältst.« Lark trieb ihr Pferd an und setzte sich in Bewegung. Evel starrte ihr mit offenem Mund nach.

Sie ritt zum Start. Am anderen Ende des Felds hielt sich Stoke bereit, ein Koloss in Schwarz. Der einzige

Farbfleck an ihm war der rote Schal, den Carmia ihm zugeworfen hatte. Lark sagte das Gebet, das sie vor jedem Wettkampf sprach: »Liebe Mutter Maria, gib mir flinke Glieder, um der Lanze auszuweichen, die Kraft eines reinen Herzens und Glück bei der Eröffnung.« Sie verstärkte ihren Griff um Schild und Lanze und spürte, wie ihre Hände in den Panzerhandschuhen schwitzten.

Richard erhob sich und hielt eine Flagge in Schulterhöhe. »Seid Ihr bereit?«, ertönte seine tiefe Stimme. Er sah erst zu Lark und dann zu Stoke und registrierte ihr Nicken.

Die Flagge senkte sich.

Lark hörte das Röhren der Menge in ihren Ohren und trieb ihr Pferd an, den Blick unverwandt auf Carmias flatternden roten Schal geheftet. Zweitausend Pfund Pferd und Reiter kamen auf sie zu. Das Stampfen der Hufe ihres Wallachs erschütterte ihren Körper von oben bis unten, und sie wappnete sich.

Lanzen und Schilde trafen aufeinander.

Mit einer Schnelligkeit der Reflexe, die immer ihre Rettung gewesen war, wich Lark seitlich aus. Die Spitze von Stokes Lanze streifte gerade eben ihren Schild und rutschte ab. Er bewegte sich zu schnell für einen Mann von seinem Gewicht und seiner Größe, und sie verfehlte ihr Ziel. Ihre Lanze kam nicht einmal in seine Nähe.

Die anfeuernden Rufe wurden lauter. Hände klatschten; Füße stampften. Die allgemeine Erregung steigerte sich ins Fieberhafte.

Lark zog ihre Zügel an. Als sie ihr Pferd wendete, erhaschte sie aus dem Augenwinkel ein kurzes Aufblitzen, und sie entdeckte den Mönch, der nach dem Mordanschlag auf Stoke in der Abtei geflohen war, auch wenn er heute keine Kutte trug. Er saß in der ersten Reihe der billigeren Tribüne und hielt in seinen erhobenen Händen eine Armbrust. Die Pfeilspitze funkelte in der Sonne.

Die Menge brüllte ihr zu, sich bereit zu halten. Panisch fuhr sie herum und sah, dass Stoke wieder auf sie zugeritten kam. Mit einem scharfen Zügelruck trieb sie ihr Pferd zum Galopp an. Stoke rückte näher. Ihr Blick schoss zwischen Stoke und dem falschen Mönch her. Stoke schien den Attentäter nicht zu sehen, und es war zu spät, ihn zu warnen. Der Mann richtete die Armbrust auf ihn.

Kurz bevor sie und Stoke wieder aufeinander trafen, brach sie nach rechts aus und hielt direkt auf den Mann zu.

Buhrufe aus der Menge drangen an ihr Ohr.

Der Attentäter wandte den Blick von Stoke ab und sah sie direkt auf sich zukommen. Er schwenkte die Armbrust in ihre Richtung. Bevor er den Pfeil abschießen konnte, stieß sie ihm ihre stumpfe Lanze in die Mitte. Der Mann taumelte mitsamt der Armbrust in die Zuschauer hinter ihm. Als er zusammenbrach, löste sich der Pfeil. Er sauste direkt auf Lark zu.

26

Lark riss ihren Schild hoch, aber nicht schnell genug. Ein stechender Schmerz brannte in ihrem Oberschenkel. Sie schaute hinunter und sah den Pfeil zitternd in ihrem Sattel stecken. Gleich daneben rann Blut aus ihrem Schenkel und tropfte auf den Schaft des Pfeils. Die Spitze war durch den Kettenpanzer gedrungen und hatte ihre Haut aufgerissen.

Laute Schreie lenkten ihren Blick auf die Galerie. Die Menge hatte sich mit ihrem eigenen Empfinden für Gerechtigkeit auf den am Boden liegenden Mann gestürzt und drosch wie von Sinnen mit Händen und Füßen auf ihn ein.

Lark rief Stoke zu: »Hilf ihm – du brauchst ihn lebend!«

Er warf einen Blick auf den Mob. »Zu spät.« Er sah ihr in die Augen und knurrte: »Ich sollte dich windelweich prügeln.« Er warf Schild und Lanze zu Boden und streckte eine Hand nach ihr aus.

Sie zog die Zügel an und wich zurück. Ihre Lanze fuhr wieder in die Höhe und bohrte sich an seine Brust. »Abstand halten, Mylord«, brüllte sie ihm über das Toben der Menge hinweg zu.

»Lass den Unsinn. Dass du ein königliches Turnier lächerlich gemacht hast, kann uns beide das Leben kosten.« Er packte ihre Lanze und riss sie ihr aus den Händen. Mit einer unwilligen Bewegung schleuderte er sie zu seinen Sachen in den Sand. Dann nahm er seinen Helm ab und kam auf sie zu.

Als sie sein finsteres Gesicht sah, wich Lark auf ihrem Pferd zurück, bis sie an den Rand der Tribünenreihen stieß. Weiter ging es nicht. Stoke griff nach den Zügeln und führte ihr Pferd über den Turnierplatz.

»Ich kann mein Pferd selbst führen. Meine Raufereien mit den Zwillingen haben mir schlimmere Verletzungen als diese hier eingebracht.«

»Sei still. Ich bringe dich zu meinem Zelt.«

»Ich muss dir etwas sagen«, fuhr Lark in der Hoffnung fort, ihn von seinem Zorn abzulenken.

»Was?«

»Ebba wurde in der Nähe des Zelts meines Vaters erwürgt aufgefunden. Ich habe Evel gebeten, es Rowland zu sagen, damit deine Männer all jene befragen können, die in der Nähe waren.«

»Eine gute Idee, aber ich bin sicher, sie werden feststellen, dass niemand etwas gehört oder gesehen hat.« Stokes Augen wurden schmal. »Ich vermute, Louis ist dabei, seine Spuren zu verwischen. Ebba war mein letzter Anhaltspunkt.«

»Sind deine Männer Louis gefolgt?«

»Ja, und er war die ganze Nacht bei Carmia. Jamus hat ihn heute Morgen aus ihrem Zimmer kommen sehen, und seither war er für alle sichtbar bei seinen Männern. Wenn er es war, hat er jemanden dafür bezahlt, den Mord zu verüben, vermutlich denselben Bastard, der dich verletzt hat.«

Lark hörte, wie der Feldmarschall das Publikum anherrschte, sich ruhig zu verhalten. Sie ließen das Chaos hinter sich und ritten zum Zelt weiter. Stoke hob Lark vom Pferd und legte sie auf seine Pritsche. Ihr Kettenpanzer schlug klirrend an die hölzernen Seitenteile.

»Hast du große Schmerzen?« Mit gerunzelter Stirn sah er auf sie hinab.

»Nein, ich habe dir doch gesagt, es ist nicht der Rede wert.«

Er warf ihr einen skeptischen Blick zu, nahm ihr den Helm ab und warf ihn auf den Boden. Dann beugte er sich vor und begutachtete die Wunde an ihrem Bein gründlich. »Ich sollte dich für deinen Ungehorsam übers Knie legen, aber ich denke, deine Verletzung ist Strafe genug.«

Lark ließ ihren Kopf auf die Pritsche sinken und starrte an das Zeltdach. »Ich habe dir das Leben gerettet. Dafür habe ich wohl tatsächlich eine Strafe verdient.«

»Du hättest gar nicht da draußen sein dürfen. Glaubst du etwa, ich will, dass du meinetwegen verwundet wirst? Los, setz dich auf, damit ich dir die Rüstung abnehmen kann.«

Lark ließ sich von ihm helfen, sich aufzurichten. »Du solltest den Heiligen danken, dass ich da war, aber ich nehme an, du willst nicht in meiner Schuld stehen, und noch viel weniger willst du auch nur ein kleines bisschen an mich glauben.«

»Das tue ich, Lark. Wie könnte ich das nicht, nachdem du mir das Leben gerettet hast?« Er löste die Spangen ihrer Beinschienen und streifte sie ab.

Lark biss die Zähne zusammen, als er den zerrissenen Kettenpanzer von der Wunde zog. »In dir werden immer Zweifel bleiben, ob ich mit diesen Schotten im Bunde war. Erst wenn du deinen Verfolger gefunden hast und mein Name wirklich reingewaschen ist, wirst du von meiner Unschuld überzeugt sein.«

Er schwieg. Die Spannung zwischen ihnen steigerte sich von Augenblick zu Augenblick. Er drehte sich um und warf die Beinröhren hinter sich auf den Boden.

Klonk. Sie schepperten wie Eisenpfannen.

»Ich habe jetzt keine Zeit, mit dir zu streiten. Ich

muss ein Turnier beenden. Ich schicke nach deiner Schwester, damit sie die Wunde versorgen kann.« Er stand auf und wandte sich zum Gehen.

»Na schön, geh ruhig. Du kannst deine wahren Gefühle nicht verteidigen, denn wir wissen beide, wie sie aussehen. Ich habe es satt, ständig zu versuchen, meine Ehre in deinen Augen wiederherzustellen.« *Und dich dazu zu bringen, mich zu lieben.* Aber das sagte sie nicht. »Mir ist es sowieso egal«, log sie.

»Pass auf, was du sagst, Lark. Worte kann man nicht zurücknehmen.« Mit diesem letzten Seitenhieb drehte er sich um und verließ das Zelt.

Lark kämpfte gegen die Tränen, die ihr in die Augen stiegen, und gegen die Schmerzen in ihrer Brust, die ihr das Atmen erschwerten. Sie wollte ihm so gern sagen, wie sehr sie ihn liebte, aber sie wusste, dass er ihr keine Liebe zu geben hatte. Sie konnte es nicht riskieren, ihm ihr Herz zu schenken, nur um es sich brechen zu lassen, so wie Cecily ihm das Herz gebrochen hatte.

Sie hörte, wie Stoke seine Männer zur Rede stellte, weil sie Lark aus den Augen gelassen hatten. Er knurrte, sie sollten sie gefälligst bewachen, und falls sie ihnen wieder entwischte, würde er sie auspeitschen lassen. Der Wachtposten, der Lark früher am Tag gefolgt war, ein dünner Mann mit einem bohnenförmigen Kopf, kam herein und baute sich in einer Ecke auf. Der andere bezog vor dem Eingang zum Zelt Stellung.

Lark hob entschuldigend die Schultern, als sie die Beine über die Pritsche schwang. Noch immer saß der Schmerz in ihrer Brust, und sie wusste nicht, was ihr mehr wehtat, die Wunde in ihrem Bein oder die in ihrem Herzen.

Der Wachtposten musterte sie argwöhnisch.

In diesem Moment kamen unvermittelt William

und Elizabeth ins Zelt. Elizabeth schlug den Schleier zurück, der ihr Gesicht verbarg, und sah Lark an. »Ich habe alles gesehen. Ich dachte mir gleich, dass du es bist. Ich wollte nachschauen, ob ich dir helfen kann.« Sie entdeckte den Wachtposten im Zelt und zeigte auf den Eingang. »Raus mit dir! Ich kann die Wunden meiner Tochter nicht versorgen, wenn du daneben stehst und glotzt.«

Der Mann runzelte die Stirn und verließ zögernd das Zelt.

Elizabeth stellte einen Kübel Wasser, Verbandzeug und eine kleine Schachtel mit Kräutern ab und setzte sich neben Lark auf die Pritsche. »Ich fürchte, hier brauchen wir ein paar Stiche«, sagte sie, während sie die Wunde mit einem Finger abtastete.

Lark zuckte zusammen, und leichte Schweißperlen traten auf ihre Stirn.

»Ich dachte, du verlässt dein Zimmer nicht.«

»Ich musste deinen Vater und deine Brüder in dem Turnier reiten sehen.«

Lark drehte sich um und sah ihren Vater an. Die Bewunderung in seinen Augen ging ihr direkt ins Herz. Sie hob eine Hand und hielt sie ihm hin.

Er starrte ihren ausgestreckten Arm einen Moment lang an. Seine Augen wurden feucht, als er fragte: »Kannst du mir verzeihen, Lark?«

»Es gibt nichts zu verzeihen.« Lark spürte, wie auch ihre Augen feucht wurden. Er beugte sich vor und drückte sie so fest an sich, dass sie kaum noch Luft bekam.

»Es tut mir leid, Lark. Ich wollte es dir schon früher sagen.«

»Ich weiß, Vater.«

»Weg mit dir.« Elizabeth gab ihm einen Schubs. »Ich muss die Wunde versorgen.« Sie tupfte das Blut mit einem feuchten Lappen ab. »Ich bin stolz auf dich. Großartig, wie du Lord Blackstones Leben gerettet hast.« In Elizabeths Worten lag weder Bosheit noch Verachtung; sie wurden schlicht geäußert, mit einem kaum wahrnehmbaren Hauch von Wärme. Zum ersten Mal in ihrem Leben sah Lark ein Leuchten in Elizabeths Augen, als ihr Blick auf ihr ruhte – ein stolzes Leuchten.

Sie sah Elizabeth an. Ihre Kehle war wie zugeschnürt, und sie brachte kein Wort heraus. Ihr ganzes Leben hatte Lark darauf gewartet, solche Worte aus Elizabeths Mund zu hören. Der Knoten um ihre Kehle schien sich immer enger zusammenzuziehen. Jeden Moment würde er ihr die Luft abschnüren. Lark konnte die Tränen nicht länger zurückhalten. Sie strömten ihr über das Gesicht.

Elizabeth sah Lark an. Auch in ihren Augen standen Tränen. Sie legte ihre Arme um Lark. »Ich hätte es schon früher sagen sollen, ich weiß, aber ich konnte es nicht.«

»Ich weiß, und ich habe es dir nicht leicht gemacht.« Lark umarmte sie stürmisch und spürte, wie Elizabeths Schultern an ihren zuckten.

»Oh, Lark«, brachte Elizabeth schluchzend heraus. »Ich habe versucht, dir eine gute Mutter zu sein, aber je mehr Mühe ich mir gab, desto mehr misslang es mir. Ich konnte den Zorn und die Ablehnung einfach nicht überwinden. Ich konnte nie vergessen, dass du die Tochter dieser Person warst, aber obwohl du mich ständig zur Weißglut gebracht hast, musste ich dich einfach lieb haben.«

»Das weiß ich jetzt auch.«

Lark und Elizabeth hielten einander lange in den Armen und weinten.

William sah die beiden Frauen an, die er auf der

Welt am meisten vergötterte. Ein versonnenes Lächeln spielte um seine Lippen. Achtzehn Jahre der Hölle waren endlich vorbei für ihn. Wenn Lark und Blackstone nun noch ihre Liebe zueinander entdeckten, würde Williams Glück vollkommen sein.

Eine Viertelstunde später betraten Helen, Avenall und Evel das Zelt.

»Lark!«, rief Helen. »Ich habe gesehen, was passiert ist. Geht es dir gut?« Sie starrte Elizabeth an, die Larks Wunde nähte,und wurde blass.

Avenall, der sich den Hinterkopf rieb, sah zu Lark und betrachtete stirnrunzelnd sein Rüstzeug, das auf dem Boden lag. »Es ist meine Schuld, dass du verwundet bist. Ich hätte dort draußen sein sollen.« Seine Gereiztheit war nicht zu überhören.

»Meine eigene Dummheit war schuld. Wenn ich schneller reagiert hätte, wäre der Pfeil an mir vorbeigeflogen.« Lark biss die Zähne zusammen, als Elizabeth ihr Bein bandagierte. William hatte ihr Hosenbein abgeschnitten, sodass nur der untere Teil ihres Schenkels und ihres Beins zu sehen waren.

»Helen und Evel haben mir erzählt, was passiert ist. Ich gehe jetzt da raus, und diesmal stelle ich mich diesem Bastard«, sagte Avenall. »Ich bin nicht darauf angewiesen, dass du meine Kämpfe für mich austrägst, Lark.«

William durchbohrte Avenall mit einem finsteren Blick. »Wenn du nur einen Fuß da hinaus setzt, gebe ich dir einen Tritt in den Hintern, dass du über das ganze Feld segelst!« So hatte er noch nie mit Avenall gesprochen, und Avenall blieb der Mund offen stehen. »Du brauchst hier gar nicht das arme Opfer zu spielen. Ich weiß, warum Lark das gemacht hat – es war dir zuliebe.«

»Es war meine Schuld. Ich hätte sie daran hindern müssen«, sagte Evel.

»Du hättest mich nicht aufhalten können«, erwiderte Lark.

»Nein, Vater, es war meine Schuld. Ich habe sie darum gebeten«, platzte Helen heraus.

William starrte das betretene Pärchen an und schürzte die Lippen. »Aha! Jetzt sehe ich klar. Nun, ihr zwei habt lange genug gebraucht, euch zu erklären. Mir ist es bis jetzt nicht aufgefallen, aber ihr passt ausgezeichnet zusammen. Und jetzt sprecht erst wieder mit mir, wenn ihr ein Datum für die Hochzeit festgelegt habt.«

Tosender Applaus erhob sich von den Tribünen. »Ich frage mich, was da draußen los ist«, sagte Evel. »Komm, Avenall, schauen wir uns das mal an.« Evel verließ das Zelt, gefolgt von Avenall und Helen, die Hand in Hand gingen.

»Ich wüsste auch gern, was los ist.« Lark versuchte aufzustehen, aber Elizabeth drückte sie energisch auf die Pritsche zurück. »Sei jetzt bloß nicht so dickköpfig wie dein Vater. Du musst dich ausruhen.«

»Aber es ist nur ein Kratzer!«

»So ist es, aber die Wunde wird sich entzünden, wenn du dich nicht schonst.« Sie hob eine Schale auf und ließ den blutigen Lappen hineinfallen, mit dem sie die Wunde gereinigt hatte. »Ich werfe das schnell weg, und dann schauen dein Vater und ich nach, was da draußen vorgeht, und erstatten später bei dir Bericht. Und wehe, du rührst dich vom Fleck – ich kenne dich!« Sie drohte Lark mit dem Finger.

Lark lächelte über die Ermahnung. Jetzt konnte sie es. Elizabeth liebte sie. Seit sie das wusste, hatte sie das Gefühl, so gut wie alles von ihr hinnehmen zu können.

Elizabeth ging nach draußen. Ihr Vater blieb noch

einmal stehen und zwinkerte seiner Tochter zu. »Ist sie nicht einfach zum Küssen, wenn sie den Ton angibt?« Er verdrehte die Augen und verließ das Zelt.

Lark lachte trotz der Schmerzen in ihrem Bein leise in sich hinein.

Eine Dreiviertelstunde später hatten die Zwillinge einen Wortwechsel mit den Wachtposten. Mit übermütig funkelnden Augen kamen sie in das Zelt. »Du hast ein gutes Turnier versäumt, Schwesterchen«, sagte Harold und schnalzte mit der Zunge. »Ein Jammer, dass du das Feld räumen musstest.«

»Tja, ich hätte gern gesehen, wie du Blackstone fertig machst«, fügte Cedric hinzu.

»Na ja, noch ist sie nicht mit ihm fertig.« Harold gab Cedric einen Stoß in die Rippen, und die beiden kicherten.

»Was wollt ihr?«

»Wir sind gekommen, um dir eine Nachricht zu überbringen und um dir von dem Turnier zu erzählen, das du versäumt hast. Es hat nicht sehr lang gedauert. Jeder Herausforderer hat nur eine Runde durchgehalten. Black Dragon hat sie alle erledigt. Ein Mann blieb bewusstlos auf dem Feld zurück.«

»Er war nicht gerade bester Laune.«

»Hast du den bösen Blick gesehen, den er der Frau zugeworfen hat, die an deiner Stelle neben dem König saß?« Cedric grinste und stieß seinen Bruder an.

»Die Frau hat mich eine Weile auch getäuscht. Du musst wohl wirklich ein bisschen Grips haben, um dir eine so raffinierte Täuschung auszudenken.«

»Danke für das Kompliment, Harold, aber welche Nachricht hast du für mich?« Lark sah Harold an. Sie wusste, dass er sich gerne bitten lassen wollte, um sie noch länger schmoren zu lassen. Also schloss sie die

Augen, lehnte sich an die Zeltwand und ignorierte ihn.

»Sag's ihr, Harold.«

»Hm, wie hat er sich noch ausgedrückt? Er sagte ...« Cedric machte seine Stimme tiefer: »›Teilt eurer Schwester mit, dass wir aufbrechen, sobald das Handgemenge vorbei ist‹.«

Er konnte sie nicht persönlich herumkommandieren, also schickte er ihre Brüder, um es an seiner Stelle zu tun.

Das Geräusch gedämpfter Schritte lenkte Larks Blick auf den Zelteingang. Carmia steckte den Kopf herein. »Darf ich eintreten?«

»Ja«, sagte Lark.

Carmia kam mit Larks gelbem Kleid in den Händen herein. Sie trug wieder ein scharlachrotes Gewand. Es war verwegen tief ausgeschnitten, und die Zwillinge konnten ihre Blicke kaum von Carmias Dekolleté losreißen.

»Raus mit euch«, sagte Lark zu ihnen.

Harold musterte seine Schwester. »Vergiss nicht, was wir gesagt haben. Du solltest dich lieber bereithalten, mit ihm aufzubrechen.«

»Du kennst doch unsere abartige kleine Schwester – bestimmt hält sie sich nicht bereit und bezieht dafür Dresche«, fügte Cedric mit einem hämischen Blick auf Lark hinzu.

»Raus!« Lark zeigte auf den Zelteingang.

Sie warfen ihr gleichzeitig einen giftigen Blick zu, begutachteten Carmia mit dem gleichen Grad an gönnerhaftem Interesse und gingen.

Carmia trat zu ihr. »Bist du mit den beiden aufgewachsen?«

»Ja, mein Leben lang«, sagte Lark mit müder Stimme. »Vater hat zweimal versucht, sie als Knappen unterzubringen, aber meine Onkel haben sie mit der Begründung zurückgeschickt, dass sie unverbesserliche Rüpel wären.«

»Ich bin sicher, du bist mit ihnen ganz gut fertig geworden.«

Ein leises Lächeln hob Larks Mundwinkel. »Ja, der tägliche Kampf mit ihnen war mein größtes Vergnügen.« Ihr fiel auf, dass sie mit Carmia plauderte, als wären sie alte Freunde. Sie verstummte.

Carmia sah sie nachdenklich an. »Ich wollte dir nur dein Kleid zurückbringen.«

»War der König sehr ärgerlich auf Euch?«

»Ja, obwohl du noch mehr seinen Unwillen erregt hast.« Carmia lächelte. »Aber dein Mann hat die Wogen geglättet, indem er das Turnier gewann. Richard sagte, er würde nicht versäumen, euch auf Kenilworth zu besuchen.«

»Oh.« Wieder verstummte Lark. Nach einem Moment sagte sie: »Danke, dass Ihr meinetwegen riskiert habt, Euch Richards Groll zuzuziehen.«

»Ich wollte so gern etwas für dich tun.« Carmia sah Lark ängstlich an. »Glaubst du …« Ihre Stimme erstarb.

»Was denn?«

»Ich reise morgen früh wieder in die Normandie zurück. Ich habe mich gefragt, ob du mir vielleicht gelegentlich eine Nachricht zukommen lassen könntest, wie es dir geht. Ich möchte nicht mit meinesgleichen in dein Leben eindringen, und bestimmt brauchst du mich jetzt nicht mehr, aber ich würde einfach gern wissen, wie es dir geht.«

Lark starrte Carmia einen Moment lang an. Sie hätte sie von ganzem Herzen verabscheut und ihren Wunsch abgelehnt, weil sie Lark als Baby verlassen und sich dann nie mehr um sie gekümmert hatte. Aber sie konnte dieser Frau nicht wehtun. Obwohl sie ihr völlig fremd war, spürte Lark eine innere Bindung zu ihr, ein Band, das sie nicht ignorieren konnte, so sehr sie sich auch bemühen mochte. Sie hob eine Hand und legte sie auf Carmias Arm. »Ich werde schreiben. Und ich würde mich sehr über einen Besuch freuen.«

Lark sah in Carmias Augen ein Licht aufleuchten und wusste, dass sie es entzündet hatte. Sie lächelte, bis sie an Stoke dachte und daran, mit ihm heimzugehen, ihn zu sehen, sein Bett zu teilen und die ganze Zeit zu wissen, dass er sie nicht liebte. Körperlich fühlte er sich zu ihr hingezogen, aber wie sie von den erotischen Eskapaden ihrer Brüder wusste, würde sich diese Anziehungskraft bald abnutzen und er würde sich eine Mätresse nehmen. Oder mehrere. Lark spürte in ihrem Inneren eine schreckliche Leere, die mit jedem Moment größer wurde.

27

Am Nachmittag desselben Tags saß Lark, einen Arm auf Variks Schultern gelegt, hinten in Stokes Wagen und spürte unter sich das Rumpeln der Räder. Sie wusste nicht, was ihr mehr wehtat, das Bein oder der Kopf, der auf den tiefen Furchen und Rillen der Straße durchgerüttelt wurde. Baltizar legte seinen Kopf an ihre Schulter und hechelte. Sein Atem roch nach wilden Zwiebeln und faulem Fleisch, und sie schubste ihn weg. »Platz, Baltizar .«

Er drehte sich um, sah hinter sich Elizabeth im Stroh sitzen und duckte sich. Elizabeth seufzte resigniert.

»Keine Angst, ich tu' dir nichts. Ich kann ein Stück rücken.«

Elizabeth streckte ihre Hand aus. Baltizar kroch zu ihr, schnüffelte an ihrer Hand und schob sich rückwärts zurück.

»Na gut, aber irgendwann werde ich dich streicheln«, sagte Elizabeth. »Leg dich hin, du wandelnde Flohdecke.«

Baltizar drückte sich an Larks Beine und legte seinen Kopf auf ihr Knie.

Lark sah zu Elizabeth. »Hast du es bequem?«

»Ich kann nicht klagen – die Zähne sind mir von dem Holpern jedenfalls noch nicht aus dem Mund gefallen.« Elizabeth lächelte sie an.

»Ich bin froh, dass Vater und du euch entschlossen habt, mich in meinem neuen Heim zu besuchen.«

»Du kennst ja deinen Vater. Als Lord Blackstone das Schwert erwähnte, das er ihm schenken wollte, konnte er nicht Nein sagen, das wusste ich.«

Lark sah von Amory, der den Wagen lenkte, zu Stoke. Er ritt neben ihrem Vater. Die Breite seiner Schultern schien ihren Vater schrumpfen zu lassen. Sie hatte sich danach gesehnt, mit ihren Händen über diese Schultern zu fahren, von neuem das Gefühl zu erleben, in seinen Armen zu liegen, aber seit sie verwundet worden war und sie im Zelt gestritten hatten, hatte er keinerlei Anstalten gemacht, sich ihr zu nähern. Und wenn es ihm gefiel, sie zu ignorieren, nun, das konnte sie auch. Aber es fiel ihr mit jedem Moment schwerer.

Lark lauschte dem stetigen Klappern der Hufe von Rowlands Pferd, das hinter ihnen gemeinsam mit dem Rattern der hölzernen Räder eines zweiten Karrens ertönte, der mit Vorräten und Zelten beladen war. Sechzehn Reiter flankierten die beiden Wagen und bildeten eine Schutzmauer aus Männern in schwerer Rüstung. Helen und Avenall waren mit Evel und den Zwillingen nach St. Vale zurückgekehrt; Harold und Cedric konnten Lark also nicht ärgern, obwohl ihr im Moment fast alles recht gewesen wäre, was sie von Stoke ablenkte.

»Muss Pipi, La'k.« Varik zupfte an dem Ärmel von Larks neuem Kleid aus leichter blauer Seide. Er betrachtete bewundernd die kleinen Perlen an den Manschetten und strich mit seinen Fingern darüber.

»Du warst doch gerade erst.« Dalia drehte sich von ihrem Platz neben Amory um und sah auf Varik hinunter.

»Schon gut. Ich glaube, er muss sich ein bisschen die Beine vertreten, wie wir alle.« Lark zerzauste seine dunklen Locken.

»O je, ich glaube, mir sind die Beine eingeschlafen.« Elizabeth rieb sich die Schenkel. »Ich kann nicht behaupten, dass mir das Tempo behagt, das dein Mann uns aufgezwungen hat.«

»Ich glaube, er hat es eilig, nach Hause zu kommen«, sagte Amory, während er die Zügel anzog. »Er fürchtet, es könnte erneut ein Überfall stattfinden.«

»Das ist doch lächerlich! Bei einer so großen Eskorte wird niemand uns angreifen.«

Rowland lehnte sich zu Elizabeth hinüber. Er warf ihr ein charmantes Lächeln zu, aber es wandelte sich in Sorge, als er sagte: »Verzeiht mir, Mylady, aber dieser Schurke scheint vor nichts zurückzuschrecken.«

»Mein Freund hat ausnahmsweise Recht.« Amory grinste über Rowlands entrüsteten Gesichtsausdruck. »Aber ich glaube, es ist nicht nur Sorge, die Stoke seit einigen Tagen so ungenießbar macht.« Er warf einen betonten Blick auf Lark.

»Könntet Ihr ihn nicht mit Eurem lieblichen Lächeln beglücken, Lady Lark? Ich bin sicher, das wird seine Laune erheblich verbessern.« Rowland lenkte sein Pferd vor den Wagen und grinste sie an.

Die anderen Ritter hatten zugehört. Sie wechselten vielsagende Blicke und nickten zustimmend.

Amory brachte den Wagen zum Stehen und rief Stoke zu: »Varik muss mal.«

Elizabeth beugte sich vor und wisperte: »Rowland hat Recht, Lark. Du solltest dich schämen. Du kannst ihn nicht einfach ignorieren. Er ist dein Ehemann. Schenke ihm ein wenig Aufmerksamkeit, und er wird dir aus der Hand essen. Schau nicht so. Sieh dir deinen Vater an. Er tut alles für mich.«

»Es gibt einen Unterschied – Vater liebt dich.« Lark biss sich auf die Unterlippe und drehte sich zu Stoke um.

In diesem Moment drehte auch er sich um. Sein Blick suchte nach ihr, und der harte Ausdruck in seinen Augen wurde ein wenig milder, als ob es ihn freute, dass sie zu ihm blickte.

»Einen Bären fängt man leichter mit Honig als mit Essig«, flüsterte Elizabeth ihr zu.

»Danke für den klugen Rat. Sollte mir je der Sinn nach einem Bären stehen, werde ich ihn beherzigen.« Lark lehnte sich mit gerunzelter Stirn zurück und verfiel in brütendes Schweigen.

Stoke verließ die Hauptstraße und blieb auf einer Lichtung in der Nähe eines dichten Waldes stehen. Hinter den Wäldern erhob sich ein mit hohem Gras bewachsener Hügel. Die letzten Strahlen der untergehenden Sonne fielen über den Gipfel und tauchten den Himmel in tiefes Blau und Rot und Altrosa.

Stoke schwang sich vom Pferd und half Elizabeth und Varik aus dem Wagen. Varik lächelte zu ihm hinauf. Mit klarer, deutlicher Stimme sagte er: »Danke, Vater.«

»Gern geschehen, kleiner Lord.« Stoke lächelte ihn voller Stolz an.

Varik schielte zu Lark. »Hab' ich gut gemacht?«

»Besser als ich es gekonnt hätte.«

Varik lächelte breit; dann nahm er Dalias Hand und zog sie zu Baltizar.

Lark machte Anstalten, vom Wagen zu springen. Stokes Lächeln verblasste, als er eine Hand nach ihr ausstreckte. »Warte, ich helfe dir.

»Das schaffe ich schon, wirklich.« Er überhörte ihren Protest und hob sie vom Karren. Sie fühlte, wie sich seine Hände unter sie schoben und genoss es, sie wieder auf ihrem Körper zu spüren. Es schien eine Ewigkeit her zu sein, seit er sie zum letzten Mal berührt hatte.

Er setzte sie nicht gleich ab, sondern trug sie zu einer mächtigen Eiche. Lark spürte seinen Atem auf ihrem Gesicht, die Wärme seines Körpers, die durch ihre Kleidung drang. Ihr Entschluss, ihn auf Armeslänge von sich fern zu halten, löste sich schnell in Luft auf. Aber dann hörte sie wieder Louis' Sticheln. *»Er wird Euch nie lieben, müsst Ihr wissen …«*

Lark wollte sich nicht mit weniger als seiner Liebe begnügen, also sagte sie: »Lass mich bitte los. Ich kann gehen.« Sie sah, dass sich seine Kinnpartie bei ihren Worten verkrampfte.

Er setzte sie ab. »Jetzt brauchst du meine Berührung nicht mehr zu ertragen.« Er drehte sich abrupt um.

Lark öffnete den Mund, um ihn aufzuhalten, aber er war bereits auf halbem Weg zum Lagerplatz und brüllte seinen Männern Befehle zu.

Sie lehnte ihren Kopf an den Baumstamm. Durch eine Flut von Tränen sah sie Varik in Dalias Armen zappeln. Er zeigte auf Baltizar, der an einem Brombeerstrauch schnupperte. »Runter! Will mit Ballie spielen!«

»Na schön, geh mit dem Wolf spielen.« Dalia setzte ihn ab, nahm ihn an der Hand und lief mit ihm zu Baltizar.

Baltizar steckte seinen Kopf unter den Busch und scheuchte ein Kaninchen auf. Es flitzte davon, und Baltizar jagte hinterher. »Ballie! Ballie!« Varik lief ihm nach, dicht gefolgt von Dalia. Amory und zwei Ritter bildeten die Nachhut.

Zwei von Stokes Männern tauchten abrupt vor Lark auf, um sie zu bewachen.

Sie konnte Stokes Nähe und die seiner Männer einfach nicht ertragen, nicht mit diesem Gefühl von tiefer Mutlosigkeit, das sie erfüllte. Es kostete sie Mühe, aber sie rappelte sich hoch. »Ich muss Wasser lassen. Und ich will es allein tun.«

»Geht nicht zu weit, Herrin.« Der Wachtposten mit dem bohnenförmigen Kopf warf ihr einen warnenden Blick zu.

Sie nickte und humpelte in die Wälder. Der Schmerz tief in ihrem Inneren wurde stärker, als sie an die Tage dachte, die in Kenilworth vor ihr lagen, mit einem Ehemann, der sie niemals lieben würde.

Stoke beobachtete, wie seine Männer sein Zelt und das von Sir William aufbauten. Lady Elizabeth lag den Männern in den Ohren, es gerade und nicht auf feuchtem Boden aufzustellen. William hielt sich im Hintergrund und trank Ale aus einer kleinen Flasche. Er drehte sich um, um nach Lark zu schauen, und sah sie in die Wälder humpeln. Da die Männer ihr nicht folgten, nahm er an, dass sie sich erleichtern wollte.

Stoke war drauf und dran, ihr zu folgen, hatte aber das Gefühl, dass er sie damit nur verärgern würde. Er starrte finster auf ihren Rücken, als Rowland zu ihm trat.

»Wie ich sehe, ist zwischen dir und deiner Frau alles beim Alten.«

»Ja.« Stoke sah ihr dunkelblondes Haar zwischen den Baumstämmen aufblitzen, als sie tiefer in den Wald eindrang.

»Lass ihr Zeit, Stoke. Sie gewöhnt sich schon noch daran, eine verheiratete Frau zu sein.«

»Ja, aber ich verliere allmählich die Geduld.« Stoke ballte die Fäuste.

Das Geräusch von Hufschlägen ließ Stoke und Rowland herumfahren. Louis kam durch die Wälder galoppiert. Er führte Jamus' Pferd am Halfter; Jamus saß gefesselt und geknebelt im Sattel. Louis warf Stoke die

Zügel zu. »Es gefällt mir nicht, von deinen kleinen Spionen verfolgt zu werden. Der hier wurde besonders lästig.«

Jamus gab erstickte Laute von sich und zerrte vergeblich an seinen Fesseln. Rowland ging zu ihm, zog einen Dolch aus seinem Stiefel und schnitt ihn los.

»Ich habe gute Gründe, dich beschatten zu lassen.«

»Was denn, Cousin, glaubst du etwa, ich würde dich einer verwünschten Frau wegen umbringen?«

»Nein, ich glaube, du würdest mich für einen Halfpenny umbringen.«

Louis lächelte gönnerhaft. »Dein Problem ist, dass du jedem misstraust. Glaub mir, sollte ich dich töten, würde ich es nicht hinterrücks tun.«

»Du hast den weiten Weg doch kaum gemacht, um mir meinen Knappen zurückzubringen. Was willst du?«

»Ich wollte dich und deine Frau auf meinen Besitz einladen. Du bist nach dem Turnier so plötzlich aufgebrochen, dass ich keine Gelegenheit hatte, mit dir zu sprechen.«

»Warum glaube ich dir nicht?«

»Um ehrlich zu sein, in Wirklichkeit wollte ich nicht dich sehen, sondern deine Frau.«

Stokes Arm schoss nach vorn. Er packte Louis am Hemd und riss ihn vom Pferd. Dann holte er aus und pflanzte seine Faust in Louis' Gesicht. Das alles ging so schnell, dass Louis keine Chance hatte, sich zu verteidigen.

Louis verdrehte die Augen und sackte auf den Boden.

Stoke starrte seinen Cousin an. Plötzlich drängte ihn derselbe sechste Sinn, der ihm im Heiligen Land mehr als einmal das Leben gerettet hatte, jetzt sofort nach Lark zu suchen.

Er rannte über den Lagerplatz in Richtung Wald.

Als er an dem Baum vorbeikam, wo er sie zum letzten Mal gesehen hatte, nahm er aus dem Augenwinkel ein flüchtiges Aufblitzen wahr. Er blieb stehen und sah einen Dolch im Baumstamm stecken. Eine Nachricht war daran befestigt.

Stoke zog das Messer heraus und betrachtete den mit Perlmutt eingelegten Griff. Larks Dolch. Seine Hände zitterten leicht, als er die Nachricht von der Klinge zog. Unter der letzten Zeile sah er eine lange, verschmierte Blutspur. Er fuhr mit einem Finger darüber. Sie war feucht. Es war Larks Blut.

Er hatte sich durch dunkle Gassen geschlichen, wo es von Sarazenen nur so wimmelte und er nie gewusst hatte, ob nicht ein verirrter Pfeil oder Schwerthieb ihn rücklings treffen würde; er hatte sich in der Schlacht Hunderten von Feinden gestellt, ohne sich vor dem Schicksal und dem, was es für ihn bereithielt, zu fürchten. Aber jetzt empfand er eine Furcht, die ihn bis ins Mark frösteln ließ. Das Schicksal konnte ihn nicht so grausam strafen und ihm Lark nehmen. Er würde es nicht zulassen.

Er brüllte Rowland über die Schulter zu: »Fessle meinen Cousin. Lass ihn nicht weg von hier.« Seine Faust zerknüllte das Pergament, als er sich in die Wälder schlug, um Amory zu suchen.

Lark wusste, dass sie träumte. Stoke war in ihrem Traum. Er war umgeben von undurchdringlichem Schwarz. Sie konnte nur das Weiße in seinen Augen und den fahlen Schimmer seiner Haut sehen. Der Rest von ihm verschmolz mit der Finsternis. Sie rief nach ihm. Er antwortete nicht. Wieder rief sie, dieses Mal lauter, aber er sah einfach durch sie hindurch. Sie trat auf ihn zu. Er öffnete den Mund, als wollte er etwas zu ihr sagen.

Statt Worten kam eine gewaltige Feuerwoge auf sie zu, direkt auf ihr Gesicht. Alles, was sie sehen konnte, war eine rote Wolke aus Flammen. Die Hitze versengte sie. Sie spürte, wie ihre Wimpern Feuer fingen, ihre Lippen …

Lark wachte abrupt auf, bevor das Feuer sie verschlingen konnte. Ihr Kopf lehnte an etwas Hartem, und sie nahm ein dumpfes Pochen wahr, das einfach nicht aufhören wollte. Dann merkte sie, dass das Pochen von ihren Schläfen kam, und sie erinnerte sich, dass sie einen Schlag auf den Hinterkopf bekommen hatte.

Sie wandte leicht den Kopf und stellte fest, dass sie hinter den dicken Eisenstäben eines Käfigs saß. Er hing an einer schweren Kette, die um einen von vielen grob behauenen Eichenbalken an der Decke geschlungen war.

Sie versuchte, ihre Arme zu bewegen, aber da der Käfig nicht größer als eines der Greifvogelgehege war, hatte sie kaum genug Platz, um den Kopf zu drehen. Irgendjemand hatte sie brutal hineingestoßen, ihre Beine eng an ihre Brust gedrückt und ihre Schultern an die Seiten gequetscht. Ihr ganzes Gewicht ruhte auf einer Hüfte und dem verletzten Oberschenkel.

Um den Druck auf die Wunde zu erleichtern, stemmte sie sich mit dem Ellbogen an den Käfig und versuchte noch einmal, sich zu bewegen. Der Käfig prallte rasselnd an die Kette, die ihn hielt, und fing an, hin und her zu schwingen. Lark wurde schwindlig. Sie schloss einen Moment die Augen, um die aufsteigende Übelkeit zu unterdrücken.

Als das Schwanken aufhörte, öffnete sie die Augen und versuchte erneut, sich zu bewegen, diesmal behutsamer. Sie spürte Lederriemen an ihren Handgelenken. Ihre Hände waren an ihren Oberkörper und ihre angezogenen Knie gefesselt, und es war ihr unmöglich, sie zu bewegen. Getrocknetes Blut bedeckte den Schnitt auf ihrem Daumen, den ihr jemand zugefügt hatte. Die Wunde war lang, aber nicht tief. Zumindest hatte der Betreffende einen scharfen Dolch genommen. Der Schmerz, den er verursacht hatte, war nicht annähernd so schlimm wie das Hämmern in ihrem Bein und ihrem Kopf.

Sie sah sich durch die Gitterstäbe ihre Umgebung an. Es war eine Art alter Werkstatt, ganz ähnlich der von Stoke, mit den gleichen Hämmern und Zangen, nicht ordentlich an Haken aufgehängt, sondern achtlos auf eine Bank geworfen. Wie in Stokes Werkstatt war alles mit schwarzem Ruß überzogen, und der stechende Geruch von Eisenerz und Holzkohle hing in der Luft. Aber diese Werkstatt war größer, und nach dem Geräusch von plätscherndem Wasser zu schließen, das sie draußen hörte, handelte es sich um eine leer stehende Mühle.

Grelle Sonnenstrahlen fielen durch die Löcher in dem alten Strohdach und die verwitterte Holzverkleidung an den Außenwänden. Einige Strahlen trafen sich und bildeten ein Mosaik aus Lichtflecken. Lark betrachtete einen Moment lang die Staubflöckchen, die in der rauchverhangenen Luft durch die Lichtstreifen tanzten. Nach dem Lichteinfall zu urteilen, ging die Sonne gerade unter. Wie lange war sie ohne Bewusstsein gewesen?

Sie hörte jemanden pfeifen und spähte über ihr gekrümmtes Bein zur Tür. Der schrille, misstönende Laut kam näher, unterlegt von dem leichten Knirschen von Fußschritten.

Die Tür ging auf.

Thomas, der Verwalter, stand in der Tür. Seine kleine, schmächtige Gestalt hob sich deutlich vor dem

Sonnenlicht ab. Ein Paar braune Wollhosen bedeckten seine kurzen Beine. Die grüne Tunika, die an ihm herunterhing, schien zu groß für seine gedrungene Brust und die zu kurz geratenen Arme. Als er lächelte, erinnerte er Lark an ein Wiesel.

»So, so, wie ich sehe, seid Ihr wach.« Er kam herein und schlug die Tür hinter sich zu.

»Ihr! Ihr wart es also!«

»Ja, ich.« Thomas klopfte sich stolz auf die Brust. Er ging weiter und blieb unter dem Käfig stehen, wo er zu ihr hinauf spähte. »Ich habe es genossen, Euch bei Eurer Jagd auf Trevelyn zu beobachten. Blackstones Plan, Euch gefangen zu nehmen, lenkte Eure neugierigen Augen von mir ab und auf seinen Cousin. Besser hätte ich es selbst nicht planen können.«

»Warum habt Ihr Ebba überredet, Varik zu vergiften?«, fragte Lark, indem sie ihren Verdacht laut aussprach.

»Ich wollte, dass Ihr weiterhin Lord Trevelyn in Verdacht habt. Als Blackstone mit der Nachricht nach Hause kam, Ihr hättet ihn niedergestochen und wärt mit der Person verbündet, die es auf sein Leben abgesehen hat, war ich außer mir vor Freude. Ihr habt verhindert, dass Blackstone mir auf die Schliche kam. Dann erfuhr ich, dass er Euch als seine Gefangene mitbringen wollte. Ich musste herausfinden, ob Ihr so hinterhältig wart, wie ich hoffte.«

»Habt Ihr geglaubt, Ihr könntet mich ebenso für Eure Zwecke einsetzen wie Ebba?«

»Ja, bis Ihr den Jungen gerettet habt. Dann hörte ich Euch mit Dalia darüber reden, dass Lord Trevelyn der Schuldige sein müsste.«

»Das muss Euch sehr erheitert haben.«

»O ja, ich habe oft herzhaft darüber gelacht.« Er grinste boshaft.

»Habt Ihr auch gelacht, als Ihr Ebba getötet habt?« Lark widerstrebte es geradezu, diese Frage zu stellen, da sie das Gefühl hatte, die Antwort bereits zu kennen.

»Ja. Die kleine Schlampe drohte mir, mich zu verraten, wenn ich ihr nicht mehr Geld gab.« Thomas schnippte ein Stück Dreck unter seinem Fingernagel weg.

»Warum wollt Ihr Stokes Tod?«

»Es geht um das Geheimnis.«

»Welches Geheimnis?«

»Das Geheimnis, über das er zufällig gestolpert ist, als er anfing, mit Metall zu arbeiten.«

»Ihr brauchtet ihn nicht zu töten, um an das Geheimnis zu kommen.«

»Sowie er gemerkt hätte, dass ich es gestohlen hatte, wäre es um mich geschehen gewesen.«

»Was ist das für ein Geheimnis?« Lark starrte ihn ratlos an.

»Der Brennofen.«

»Das verstehe ich nicht.«

Er sah sie an, als wäre sie ein Idiot. »Der Brennofen, das ist das ganze Geheimnis. Ich habe es hier ausprobiert. Wenn man das Erz in einem Brennofen schmilzt, wird das Metall härter. Ich weiß nicht, warum, aber es ist so.«

»Wie seid Ihr in seine Werkstatt gekommen?«

»Genau wie Ihr. Ich habe zufällig den Schlüssel gefunden.«

»Das wisst Ihr also auch.«

»Ja.« Er lächelte anzüglich. »Ich weiß eine Menge über Euch. Ich habe Euch nicht aus den Augen gelassen.«

Lark erinnerte sich an den Tag, an dem sie und Stoke sich im Wald geliebt hatten. Leichte Röte stieg ihr ins Gesicht. Um das Thema zu wechseln, sagte sie:

»Ihr wollt Euch also Stokes Geheimnis zu Nutze machen, um reich zu werden?«

»Ja, sobald er tot ist. Ich kann nicht zulassen, dass er mich tötet, nicht wahr? Ich will keine Schwierigkeiten, wenn ich meine eigene Waffenschmiede gründe. Könige aus aller Herren Länder werden jeden Preis zahlen, den ich verlange. Sie werden vor mir das Haupt neigen.« Seine Augen glänzten vor Hass. »Nie hat jemand zu mir aufgesehen. Nun, eines Tages werden sie zu mir aufsehen. Schluss damit, für arrogante Edelmänner zu arbeiten, ihre Befehle auszuführen und Land zu bearbeiten, das mir gehören sollte!«

Die Tür flog auf.

»Lord Blackstone! Er kommt!« Ein Mann mit einem schmierigen Gesicht stand in der Tür. Sein Blick flog zu Lark. Seine Augen leuchteten in freudiger Erwartung des Tötens.

»Ist er allein, wie ich in meiner Nachricht verlangt habe?«

»Ja, sieht so aus.«

»Sehr gut.«

Lark beobachtete, wie Thomas ein Paar dicke Lederhandschuhe anzog, eine Zange nahm und zur Feuerstelle ging.

»Was macht Ihr da?«

»Nur ein bisschen einheizen. Ich will ganz sicher sein, dass er dieses Mal wirklich stirbt. Er hat es geschafft, die Stümper zu überwältigen, die ich auf ihn angesetzt hatte, aber heute sorge ich persönlich dafür, dass es klappt.« Er zog ein brennendes Scheit aus dem Feuer und warf es in den Raum. Dann noch eines. Und noch eines. Er griff nach einem Blasebalg und pumpte Luft.

Wusch!

Flammen züngelten aus den Scheiten und stürzten

sich gierig auf das alte, morsche Holz. Flammen loderten auf dem Boden auf und krochen über die Holzdielen.

»Zeit für mich zu gehen.« Er hielt einen Arm vor sein Gesicht, um sich vor der Hitze zu schützen, und rannte hinaus.

Larks Augen brannten von den wogenden Rauchschwaden; jeder Atemzug stach in ihrer Kehle. Hitze stieg in jähen Stößen auf. Die Eisenstangen unter ihr wurden mit jedem Moment heißer. Sie fühlte, wie sie unter ihren Füßen zu glühen anfingen.

Sie legte eine Hand auf ihren Mund und hustete, den Körper so verrenkt, dass sie die kleine Tür im Käfig sehen konnte. Ihr Blick fiel auf Kette und Schloss. Sie sah, wie die Flammen an den Wänden hinaufkrochen und unter ihr über den Boden züngelten. *Heilige Muttergottes, lass Stoke nicht hier herein!*

Stoke blieb auf dem Pfad, der zur Mühle führte, stehen. Neue Schößlinge aus dem nahe gelegenen Wald entzogen sie seinem Blick, aber er konnte über den Wipfeln Rauch aufsteigen sehen. Bei dem Anblick gefror ihm das Blut in den Adern. Er wusste durch die Nachricht, die Amory ihm vorgelesen hatte, dass das hier eine Falle war.

Kommt zu der alten Mühle in Kenilworth. Ich habe sie.

Als er die kleine Anhöhe zur Mühle hinaufgaloppierte, sah er die Flammen, die an dem Strohdach leckten. Mit zusammengebissenen Zähnen und wild klopfendem Herzen hielt er direkt auf den Mühlbach zu. Er schwang sich aus dem Sattel, tauchte ausgiebig ins Wasser ein und lief dann durch das Buschwerk, das rings um das verlassene Gebäude wucherte.

Er versuchte, die Flammen nicht anzuschauen, die

ihm an der Tür entgegenschlugen. Wenn er hinsah, war er verloren. Er musste sich auf Larks Gesicht konzentrieren, nicht auf das Feuer. Es kostete ihn alles, was er an Willenskraft besaß, seinen feuchten Umhang über seinen Kopf zu ziehen und sich in das Flammenmeer zu stürzen. Die Hitze traf ihn wie ein Schlag.

»Lark!«, brüllte er über das Zischen der Flammen hinweg. Rauch und Feuer hüllten ihn ein. Gott im Himmel, wo war sie?

Auf einmal war er wieder auf Kenilworth, kämpfte gegen das Feuer an, hörte die Schreie seines Vaters und seiner Mutter. Die Hitze war überall; sie versengte ihm die Beine. Er rannte und rannte. Er musste raus aus der Burg …

Stoke wollte sich schon umdrehen, um aus der Mühle zu laufen, als er Larks Stimme hörte.

»Stoke! Komm nicht rein! Du wirst umkommen! Lauf weg!«

Lark. Er musste sie finden. Er musste. Indem er sämtliche qualvollen Erinnerungen verscheuchte und all seinen Mut zusammennahm, wehrte er das Feuer ab und wagte sich weiter in die Mühle vor. Er rief pausenlos ihren Namen. »Lark! Lark! Antworte mir!«

Durch eine Wand aus Rauch und züngelnden Flammen sah er den winzigen Käfig von der Decke hängen, dann Lark, die hilflos darin gefangen war. Unter ihr krochen Flammen über den Boden.

Sein Blick folgte der Kette, die den Käfig hielt. Sie war um einen brennenden Balken geschlungen, aber nur lose, denn das eine Ende hing hinter dem Käfig herab. Wenn er es nur erreichen könnte! Entschlossen, es zu schaffen oder mit ihr zusammen zu sterben, rannte er durch das Feuer. Es streifte zischend seine nassen Stiefel und Hosenbeine.

Er machte einen Satz nach der Kette. Eine Hand

verfehlte ihr Ziel, aber die andere erwischte es. Die glühend heißen Glieder der Ketten brannten sich in seine Haut, aber er hielt sich fest und schwang sich zum Käfig hinüber. Rauch füllte seine Lungen, und er musste husten.

»Rette dich! Sei kein Narr!«

»Wenn du stirbst, will ich auch sterben. Du bist mein Leben.« Er sah das Schloss an der Käfigtür. Mit einer Hand die Kette umklammernd, zückte er mit der anderen Dragon's Eye. »Achtung!«

Lark duckte sich und zwängte den Kopf zwischen ihre angezogenen Knie.

Er ließ Dragon's Eye mit aller Kraft niedersausen. Funken sprühten, als Metall auf Metall schlug. Das Schwert schlug so hart auf, dass der Stoß bis in Stokes Arm hinein vibrierte. Die Kette gab nicht nach. Jetzt wusste er, was hinter allem steckte. Er wusste es. Die Kette war aus demselben Metall geschmiedet wie Dragon's Eye.

Der Rauch wurde dichter; er konnte Lark kaum noch sehen. Die Hitze brannte in seinen Lungen. Wie lange würde er noch durchhalten? Er hörte ein lautes Knarren und spürte, wie der Balken über ihnen nachgab.

Mit wilder Verzweiflung warf er einen Blick auf das Schloss. Es war einen Versuch wert. Wieder holte er mit dem Schwert aus. Dragon's Eye traf punktgenau. Dann ein lautes Knacken. Das Schloss sprang auf und fiel in die Flammen.

Er stieß das Schwert in die Scheide zurück und riss die Käfigtür auf. Mit seiner freien Hand packte er Larks gefesselte Hände und zog sie heraus. Sie sah aus, als würden ihr gleich die Augen zufallen, und sie war kreidebleich.

»Bleib wach, Lark, für mich!«

»Ich versuch's.« Jedes Wort wurde von einem qualvollen Husten begleitet.

Er fühlte, wie sich alles in ihm verkrampfte, als er auf die Flammen starrte. Aber er hatte Lark. Er konnte es schaffen. Er musste es schaffen! Er nahm sie um die Taille. »Halt dich fest!« Er drückte sie eng an sich, schloss die Augen und ließ die Kette los.

Er landete mit beiden Beinen auf dem Boden, Lark immer noch in seinen Armen. Die Hitze versengte die Sohlen seiner Stiefel und langte nach seinem Körper, als er durch die Flammen taumelte.

Wieder knirschte der Balken.

Blindlings stolperte er durch die Rauchschwaden, nur von seinem Instinkt geleitet. Durch den schwarzgrauen Dunstschleier, der vor ihm lag, sah er das Licht in der offenen Tür.

Ein lautes Knarren.

Der Balken, an dem der Käfig hing, brach ein.

Stoke war mit einem Satz bei der Tür. Ein Feuerstoß schleuderte ihn nach draußen. Brennende Holzstückchen prasselten auf seinen Kopf und Rücken, als er den Abhang vor der Mühle hinunterrollte.

Er hielt Lark eng an sich gepresst. Sie kullerten durch das hohe Gestrüpp und landeten dicht vor dem Ufer des Mühlbachs. Dort blieb Stoke liegen. Er zitterte am ganzen Leib und hielt Lark fest. Er hatte in den letzten Augenblicken den Atem angehalten, und jetzt kam er mit einem lauten Japsen heraus.

Lark war auf ihm gelandet; ihr Gesicht lag an seiner Brust. Er spürte, wie ihr Körper krampfhaft zuckte, und hörte, wie ihr Atem in kurzen, hektischen Stößen ging.

Stoke legte beide Hände an ihr Gesicht und hob sanft ihr Kinn, um ihr in die Augen sehen zu können. Tränen liefen ihr über die Wangen und zogen lange Bahnen durch den schwarzen Ruß auf ihrem Gesicht.

Das tränenfeuchte Weiß in ihren Augen bildete einen starken Kontrast zu ihren goldbraunen Wimpern. Das Blau ihres Kleids hatte sich in ein hässliches Grauschwarz verwandelt; ihr Haar war voller Rauch und Ruß und das dunkle Gold zu einem stumpfen Braun geworden. Sie war wunderschön. Wunderschön und am Leben. Und sie weinte.

»Was ist denn?« Er strich mit dem Daumen über ihre Tränen und verschmierte den Ruß auf ihrem Gesicht.

»Die ganze Zeit dachte ich, du liebst mich nicht. Aber du liebst mich. Du liebst mich wirklich«, brachte sie schluchzend heraus.

»Merkst du das jetzt erst, meine Tigerin? Du bist alles für mich … alles.« Er vergrub seine Hände in ihrem Haar und zog ihr Gesicht nach unten, um sie zu küssen. Als ihre Lippen aufeinander trafen, spürte er die feurige Leidenschaft in ihnen. Lark schlang ihre Arme um seinen Hals und schmiegte sich an ihn. Seine Tigerin war wieder da.

»Sieh mal einer an.«

Stoke und Lark fuhren auseinander. Thomas stand zehn Fuß von der Mühle entfernt. Hinter ihm schlugen die Flammen hoch. Er hielt eine Armbrust und zielte genau auf die Stelle zwischen Stokes Augen. »Wie schön, dass Ihr mir Beachtung schenkt. Verdammt, Ihr müsst hundert Leben haben. Euch zu töten entwickelt sich allmählich zu einer Lebensaufgabe. Steht auf. Ich will Euer Gesicht sehen, wenn ich Euch töte.«

»Tötet mich, aber lasst meine Frau ungeschoren.«

Lark klammerte sich an seine Arme, aber Stoke schubste sie weg. Er stand auf und sah Thomas an. »Scheint so, als wäre ich meinem Cousin Abbitte schuldig.«

»Ja, und er wird nicht einmal das Vergnügen haben, Euch für Euren Irrtum zu töten.« Thomas kicherte und richtete die Armbrust auf Stokes Herz.

Plötzlich passierte alles auf einmal. Lark schrie auf. Baltizar kam mit einem Satz aus dem Wald und stürzte sich von der Seite auf Thomas. Mann und Wolf gingen zu Boden. Bei seinem Versuch, den Angriff abzuwehren, ließ Thomas die Armbrust los. Baltizar ging mit der gnadenlosen Härte seiner Art auf ihn los.

Das Dach der Mühle sackte ein.

»Baltizar!« Lark rappelte sich hoch, um zu ihm zu laufen.

Stoke packte Lark, als sich das Gebäude nach vorn neigte wie ein gewaltiger, einstürzender Flammenturm.

Die brennende Mühle krachte auf den Boden, und eine Wolke aus feurigem Schutt wurde in die Luft geschleudert.

Ein Hitzestoß schlug Stoke ins Gesicht, und er zog Lark zurück. Er hörte, wie Thomas' Schreie erstarben. Dann war nur noch das Zischen der Flammen zu hören.

»Oh, Baltizar,« schluchzte Lark. Sie drehte sich um, klammerte sich an Stoke und vergrub ihr Gesicht in seiner rauchgeschwärzten Tunika.

Er hielt sie fest, fühlte, wie es ihren Körper von oben bis unten schüttelte. Ihm wurde warm bei dem Gedanken, dass sie bei ihm Trost suchte. Über ihren Kopf hinweg sah Stoke etwas Dunkles hinter den Flammen auftauchen. Er wich ein Stück zurück und drehte Lark um, damit sie sehen konnte, was er gerade sah. »Schau mal!«

Larks Schluchzen brach ab, als sie Baltizar entdeckte, der auf sie zugetrottet kam. »Heilige Jungfrau! Er lebt!« Lark rannte zu ihm und streichelte sein versengtes Fell. Seine Schnauze sah ein wenig verkohlt aus, und seine Barthaare waren verschwunden. »Ich werde dich pflegen müssen, alter Freund.«

»Ich wusste nicht, dass er mir gefolgt ist«, sagte Stoke und betrachtete staunend den Wolf. »Ich dachte, er wäre auf die Jagd gegangen.«

»Wölfe können Gefahr wittern.«

»Ja, und meiner Meinung nach noch viel mehr.« Er starrte sie einen Moment an und beobachtete, wie Baltizar ihr das Gesicht leckte.

»Glaubst du, er wusste, dass du mich retten musstest, damit ich endlich begreife, dass du mich liebst?«

Stoke sah in die hellen Augen des Wolfs. »Nun, ich glaube jedenfalls, dass er viel mehr weiß, als wir je erfahren werden,«, sagte er und bückte sich, um die Fesseln an ihren Händen mit seinem Dolch zu zerschneiden.

»Stell dir vor, ich hätte vielleicht mein Leben lang nicht gemerkt, dass du mich liebst. Kannst du mir verzeihen, dass ich so kalt und abweisend zu dir war?« Sie strich mit ihren Fingern über sein raues Kinn.

»Es war die Hölle, dich nicht berühren zu dürfen. Ich wollte dich jeden Augenblick des Tages.« Er sah ihr in die Augen und zog sie enger an sich.

»Ich mache es wieder gut.« Ein verheißungsvolles Lächeln spielte um ihre Lippen.

»Das will ich hoffen.« Stoke neigte den Kopf, um sie zu küssen, aber sie wich ihm aus.

»Darf ich dich etwas fragen?«

»Was denn?«

»Können wir noch einmal heiraten?«

»Wir sind schon verheiratet.«

»Ja, aber ich will es noch einmal machen.« Sie lächelte ihn an, und das Grübchen in ihrer linken Wange zeigte sich.

Er grinste. »Ich bin nur einverstanden, wenn ich dieses Mal am Altar auch dein Herz bekomme.«

Sie stand auf und legte ihre Arme um seinen Hals. »Mein Herz gehört dir, seit du mich zum ersten Mal geküsst hast. Ich hatte nur zu viel Angst, es zuzugeben.« Sie murmelte an seine Lippen: »Ich liebe dich, Stoke … ich liebe dich.« Und dann küsste sie ihn.

Stoke ergriff feurig Besitz von ihrem Mund. Lark vergrub ihre Hände in seinem dichten Haar und erwiderte seinen Kuss, glücklich, erneut von ihm erobert zu werden. Er hob seine Hand und legte sie auf ihr Herz, um es unter seinen Fingern schlagen zu fühlen. Es schlug kräftig und stetig und es gehörte ihm.

Epilog

Die Burgkapelle von St. Vale war bis auf den letzten Platz gefüllt. Der König von England beanspruchte eine Seite der ersten Sitzreihe und betrachtete das Paar, das vor dem Altar stand, erleichtert und amüsiert zugleich. Varik, der neben dem König saß, strich über den Hermelinbesatz auf seinem Umhang.

Louis warf ihnen einen schiefen Blick zu und betastete seine geschwollene Nase. Rowland musterte Louis zynisch und sah dann zu Amory, dessen Stimme bis in den letzten Winkel der Kapelle drang. Sein Schwert schlug an seinen Schenkel, als er eine Hand hob und die lateinischen Worte psalmodierte.

Baltizar lag vor Amorys Füßen und hielt den Blick auf Stoke und Lark gerichtet. Jeder der Anwesenden, dem das zottige Tier auffiel, hätte geschworen, dass der Wolf lächelte.

Sonnenstrahlen fielen durch die kleine Fensterrose über dem Altar und warfen einen leuchtenden Regenbogen über Lark und Stoke, Avenall und Helen. Stoke war ganz in schwarzen Samt gekleidet, und der gestickte Drache auf dem Rücken seines Umhangs schaute die Hochzeitsgäste an.

Stoke wandte den Kopf und betrachtete das volle goldblonde Haar seiner Braut, das über ihren Rücken fiel, ihr perfekt geschnittenes ovales Gesicht und ihre üppigen Lippen. Sein Blick senkte sich auf das Kleid aus himmelblauer Seide, das sich an ihre schlanken Formen schmiegte. Das Blau des Kleids passte zu dem Kranz aus blauen Immergrünblüten auf ihrem Kopf.

Als könnte sie seinen Blick spüren, wandte sie den Kopf und sah ihn an. Sie schenkte ihm ein Lächeln, ein ungewohnt sanftes, hingebungsvolles Lächeln. Er drückte ihre Hand.

Avenall hielt Helens Hand. Er starrte sie mit einem Ausdruck in den Augen an, den Lark nie an ihm erlebt hatte. Helen errötete, als sie in die Augen ihres Bräutigams sah. Sein Blick wanderte weiter nach unten und verschlang ihre Rundungen, die in dem Kleid aus dünner blauer Seide so gut zur Geltung kamen, und ihr dunkles walnussbraunes Haar, das in weichen Wellen bis zu ihrer Taille wogte.

Lady Lucinda beugte sich vor und zwickte ihren schlafenden Ehemann. Sir Joseph blinzelte träge.

»Du verpasst alles. Schau dir nur Lark und Lord Blackstone an, lieber Mann«, raunte sie. »Er wendet nicht den Blick von ihr, seit wir hereingekommen sind. Sieh nur, wie er ihre Hand hält, als wollte er sie nie wieder loslassen. Und ich bin sicher, genau das hat er vor. Sie hat ihn ganz schön auf Trab gehalten.« Lady Lucinda gluckste in sich hinein. »Wer hätte gedacht, dass Lark sich so gut machen würde. Ich habe sie noch nie so hübsch wie heute gesehen, hübscher noch als Helen. Ja, ganz bestimmt. Hätte man so etwas für möglich gehalten? Oh, und wie die beiden zusammengekommen sind, ist mir ein Rätsel, aber was für eine Liebesgeschichte! Findest du nicht, dass Helens Kleid eine Spur dunkler ist als Larks? Ich bin sicher, es ist der leichtere Farbton …«

Sir Joseph verdrehte die Augen, schloss sie wieder und ließ seine Frau weiter plappern.

Während Pater Amory mit der Messe fortfuhr, lehnte sich Elizabeth zu William. »Oh, William, ich dachte, dieser Tag würde nie kommen! Hättest du je gedacht, dass wir die beiden doch noch unter die Haube bekommen?«

»Ich habe mir darüber nicht die geringsten Sorgen gemacht, meine Liebe.« William nahm ihre Hand in seine und drückte sie. »Sie mussten nur die richtigen Partner finden. Das sollte dir eine Lehre sein, dich nicht immer einzumischen.«

»Ich und mich einmischen?«

»Allerdings. Bestimmt versuchst du dasselbe auch bei meinen Söhnen.«

Elizabeth warf einen Blick auf Evel und die Zwillinge. Die Zwillinge beäugten Sir Blantons Zwillingstöchter, die eine Reihe hinter ihnen saßen.

Die beiden jungen Damen schienen dieses Interesse aufdringlich zu finden. Evel, der gedankenverloren wirkte, betrachtete zerstreut die Fensterrose. Elizabeth machte ein nachdenkliches Gesicht.

»Ich sehe dich, und ich weiß, was du denkst. Schluss mit dem Einmischen«, ermahnte William sie mit gedämpfter Stimme.

Lark konnte William mit Elizabeth tuscheln hören, denn die beiden saßen in der ersten Reihe. Sie grinste und sah zu Stoke. Er starrte auf sie hinab, in seinen Augen ein strahlendes Feuer. Wie sehr sie dieses Feuer an ihm liebte! Es gab keinen Zweifel. Er war ihr ganz persönlicher Drache.

ENDE

Jessica hat noch nie mit ihrer Meinung hinter dem Berg gehalten und damit bisher jeden potentiellen Heiratskandidaten verscheucht. Sie selbst findet das gar nicht so schlimm, obwohl sie inzwischen längst als alte Jungfer gilt.
Aber dann begegnet sie Gage Calloway. Es macht Gage rasend, wie sie stets seine Entscheidungen als Bürgermeister kritisiert. Wenn er sie jedoch vor sich sieht, möchte er sie am liebsten so lange küssen, bis sie in seinen Armen dahinschmilzt. Eines Tages geraten sie beide in einen Blizzard – doch der ist ein laues Lüftchen im Vergleich zu dem Sturm der Gefühle, der sie alles um sie herum vergessen lässt ...

3–404–18274-X

BASTEI LÜBBE